舒漾无需冠我的姓氏，

她有自己的力量和光芒。

The rose has no principles,

and the heart is above all else.

（上册）

妘子衿 著

江苏凤凰文艺出版社
JIANGSU PHOENIX LITERATURE AND ART PUBLISHING

CONTENTS

她认为的初遇，原来是精心设计的重逢。

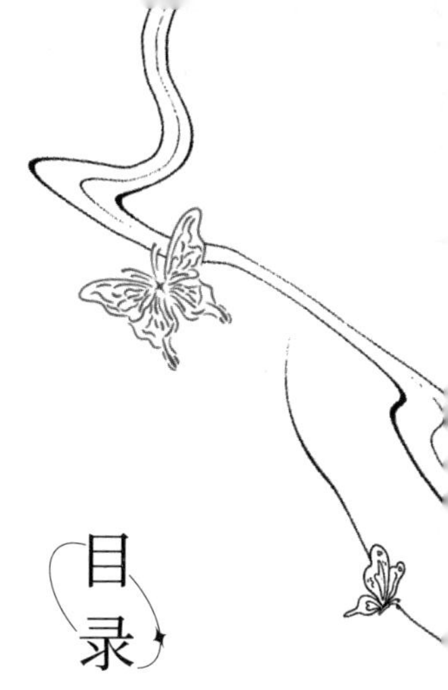

目录

残缺不全的记忆，

再度缔结的缘分。

二人的付出永远都是双向的，

他们占据了彼此的整个世界。

他们是命中注定的伴侣。

Chapter 01 被迫闪婚

京城，金山酒吧门口。

霍折宇：舒漾，除了我，全京城没人敢娶你！

舒漾正倚在门边，看见信息后她嗤笑了一声。

这时一通电话打进来，舒漾接通后秀眉紧皱："结婚？"

现在谁不知道，她舒漾背了一屁股债，还摊上霍家那位混世魔王。哪个冤大头敢顶着霍家的压力娶她？

听完消息后，舒漾冷声道："没人敢嫁的老男人，凭什么让我去？"

管家解释道："大小姐，对方指定要你。"

"我舒漾就是饿死，从家里滚出去，也不会结婚！"

"老夫人说了，只要你肯答应联姻，家产、珠宝、跑车任你挑选！形婚一年，这期间绝对自由。"

舒漾十分不屑地"呵"了一声，金钱而已，跑车而已……

舒漾嗔怒："本小姐像那么肤浅的人吗？明早九点，让老男人在民政局门口等着！"

管家一愣，电话已然被挂断。

舒漾笑着弹了弹烟灰，一年而已，买不来吃亏，买不来上当！

正想着，她突然耳膜一震。

"舒漾姐姐！嫁给我吧！"只听扑通一声，捧着花匆匆跑来的人，直直地跪在她面前。

舒漾吓得手中的烟直接掉在了地上。

酒吧门口瞬间围过来不少人，看热闹的声音此起彼伏。

“这霍小少爷都死缠烂打多久了？”

“听说上次还跟踪舒老板，又躲进舒老板家里！”

“疯了吧！霍家都没人管的吗？”

……

舒漾拧着眉，盯着跪在地上的少年：“你发什么神经？”

霍折宇捧着大束红玫瑰，上面是一枚价值不菲的大钻戒。他红着脸，一身酒气，痴痴地看着眼前的人儿：“宝贝舒漾，我妈说，我们两家马上就要联姻了！不嫁给我，你难道要眼睁睁看着用心经营的酒吧倒闭吗？只有我能帮你！”

霍折宇酒劲上头，一顿掏心掏肺，丝毫没注意到身后的变化。

一辆低调奢华的迈巴赫停在路边，所有人的目光都被吸引过去，舒漾也不例外。

车门被司机拉开，车里下来的男人身材颀长，肤色冷白，气场凛然。

男人高大的身影被路灯拉长，英挺的鼻梁上架着一副银边无框眼镜，此刻折射出光芒。

抬眸时，长指习惯性地推了下镜架，眉眼英气逼人。

舒漾对上那双幽深的黑眸，有些犯怵。这男人长得清隽、斯文，衬衫领口系得严丝合缝，一眼看上去就给人一种自律又节制的印象。

祁砚大步走来，周围的人纷纷让出一条道，不停地互相使眼色。

舒漾咽了咽口水，这男人真是帅得有一套，草率了，那婚得退！

一无所知的霍折宇还跪在地上又喊又闹：“舒漾姐姐，你要是不答应，我就死给你看！我爱你！我要让全世界知道——我！爱……”

舒漾看着浑身森冷的祁砚逼近，随后他单手拎起跪在地上的霍折宇。

“砰！”一个利落的拳头砸了过去，表白的话戛然而止。

舒漾一怔。

祁砚冷着脸拽起酒气冲天的霍折宇，低沉的声音悦耳又瘆人：“清醒了吗？”

霍折宇半边脸肿起，歪着脑袋盯着人看：“小……叔……”

祁砚手一松，霍折宇打了个踉跄，站在旁边的舒漾突然被他扯了过去。

“小叔！你来得正好！给你介绍一下！这是我老婆漾漾……”

祁砚晦暗的目光扫过舒漾被抓着的胳膊，随后慢条斯理地解开腕部的袖扣。

“砰！”又是一拳，醉酒的霍折宇直接晕倒在地。

围观众人纷纷唏嘘不已，早就听说霍家这位私生子是个狠角色，没想到长得斯斯文文，作风如此暴戾，竟然敢对正牌少爷下手！

众目睽睽之下，霍折宇被两个保镖架走。

舒漾揉着手臂，饶有兴致地盯着这位霍折宇口中的“小叔”。

男人捻了捻指尖，接过助理递来的手帕，不疾不徐地擦拭着。动作静雅，一副绅士做派，让人完全无法把刚才阴狠的画面和他联想到一起。

舒漾靠在门框边，直勾勾地看着，脑海里只有一个词：斯文败类。

她捡起霍折宇掉落的钻戒，走过去摊开手，把钻戒递给男人：“给。”

趁着祁砚抬手接过，舒漾收紧了些手心，挨着他的手指。舒漾唇角的弧度风情万种：“先生，有没有兴趣……”

祁砚从她放肆的手中抽出戒指丢进垃圾桶，薄唇轻启：“不约。”

舒漾暗自咬牙，扯出一抹僵硬的微笑。

被预判了！她要是倒贴祁砚，明天就上山挖野菜！

舒漾若无其事地眯着眼睛，像是看见了摇钱树般，扫了扫男人肩头不存在的灰尘：“有没有兴趣……当我们店的头牌？”

祁砚睨了她一眼，没躲开，任由舒漾靠近他耳边，感受着女人生来轻柔的语调。

祁砚顺势往下看去，眸光忽暗。女人做旧的低腰阔腿裤松散地挂在腰线下。白得过分的细腰间缠着根红绳，在夜色中透着诡异的魅惑感。

祁砚意味不明地笑了声，舒漾以为他在嘲讽自己，打算走人。

忽然，她的肩膀被用力摁住，整个人被按向墙角。

“啊！”

男人再次抬起的眼眸，其中细小的血丝清晰可见。

祁砚盯着她，喉结滚动着，声音阴沉：“我是你钓的第几个？”

祁砚的气息笼罩着她，舒漾躲避不开，耳边的声音更是苏到没边：

“看着我回答。”

舒漾干咽了一下喉咙，揪着男人腰侧的衬衫，莫名有些紧张：“就你一个。”

祁砚眼睫轻颤，唇边似乎带着丝丝清冷的笑意：“是吗。”

舒漾不明所以地看着他：“我们见过？”

“没有。”祁砚轻笑着回答，敛起眼底的晦暗。

他盯着眼前尤物般的女人，内心隐藏的狂潮在暗自翻滚。

宝贝，我们终于可以重新开始了……驯服你，会比占有你更有意思吗？

舒漾微微皱眉，总觉得哪里不对。她刚想开口，一名穿着黑色卫衣的男生走了过来，二话没说，往她领口塞了张房卡。

那人做了个电话联系的手势，随后大步离开。

舒漾瞪大了眼睛，惊恐地看着自己的领口和祁砚的表情。

“他，他干什么？！”

面前男人的脸色，黑得能滴出墨。

舒漾摘下领口的卡看了眼，表情瞬间变得精彩。

祁砚从她的手中抽过房卡，盯着看了两秒：“情侣套房？”

祁砚幽冷的目光仿佛能冻死人，舒漾话中的可信程度再次骤降。

舒漾指着男生离开的方向，结结巴巴地解释：“他，他是我弟弟！”

江衍这个杀千刀的！没事抽风给她塞房卡干什么？

祁砚没什么情绪地扯了扯唇角，幽幽的口吻听得人背后一凉：“你弟弟真多。”

舒漾：“……”

“跟我来。”丢下话，祁砚将房卡塞进自己的口袋，转身就走。

舒漾看着他往卡座走去的背影，郁闷得要死：“来什么来，你倒是把卡还我啊！”

开都开了，哪有不住的道理？

服务生走近说：“舒姐，刚才那位先生找你喝酒。”

金山酒吧有个规矩，哪一桌要是玩得过老板娘舒漾，就全场免单，挑战失败则要为全场买单。

舒漾是圈子里出了名的抓钱手，酒桌游戏基本输不了。

此前不少人都碰了一鼻子灰。

舒漾看着卡座上静静等着她的祁砚，冷笑了一声："呵，拒了我还想吃霸王餐，全天下好事都算在他头上了！"

她舒漾，今天势必要喝倒这个男人！

舒漾拉住服务生，小声嘱咐："那个垃圾桶里有枚大钻戒，快去帮我捡回来。"

随后她走了过去，明知故问道："哪位要和我玩？"

坐在沙发上的男男女女不约而同地看向一角正在抽烟的男人。

祁砚一双长腿随意搭着。他不知什么时候点了根烟，不疾不徐地弹了弹烟灰后，他睨了一眼他身边的位置，示意舒漾坐过来。

舒漾扫了眼周围，只有他那里还空着，她只好坐过去，看向祁砚时眼中满是挑衅。

祁砚似笑非笑的眼神就像在逗小孩，完全无视她的怒气。

男人侧身去拿桌上的骰子，黑色西裤下结实有力的大腿不经意地挨着她："怎么玩？"

舒漾瞬间绷直了身子，向一侧挪开些："就玩最简单的，五局三胜。"

祁砚点头示意："可以开始了。"

见有难得一遇的场面，周围的人全部聚了过来，不少人开始起哄。

"舒姐，加油！"

"霍家这位不是作风最正吗，怎么突然来酒吧玩了？"

随着骰子的晃动声，一锤定音。

舒漾微掩着看了眼自己的骰子，像是胜券在握地说："四个六。"

话音刚落，就听见祁砚沉声道："开。"

骰盅移开，舒漾没有六。她刚才刻意先喊自己没有的数，没想到祁砚竟然立马就开她。若是双方的骰子加起来不够四个六，就意味着她输。

场内的目光全都投向祁砚面前的骰盅上。

男人打开骰盅，周围一片哗然。

"两个人居然一个六都没有啊！"

舒漾输得干脆，直接端起一杯洋酒一饮而尽。

随着男人一声声"开"，几轮下来，舒漾已经喝迷糊了。

不管她喊什么，祁砚要开必中，次次精准。而她想反制时则把把中招。

这男人就像是和她有仇一样，她一输，满满一杯酒就送到她的面前。

舒漾惶恐地看着男人再次握着酒杯抵到她的嘴边，他只吐出一个字：“喝。”

舒漾混混僵僵地摇头。她虽然是酒吧老板，但喝酒是真的不算在行。更何况，刚才祁砚递给她的全都是极其上头的特调酒。

只见男人放下手中的酒杯，笑得斯文：“不喝也行。”

舒漾溢着泪花的眼睛看着他。祁砚扣住她的后颈，将人带到身前，当着所有人的面，沉声道：“叫老公。”

祁砚话音一落，整个酒吧的氛围瞬间炸开了锅。

“哇！原来祁大少爷玩得这么开的吗？”

“我怎么感觉……舒姐是不是得罪他了？”

“不会吧，他不是刚从 Y 国回京吗？”

嘈杂的声音中，祁砚凑近她，用只有两个人能听到的声音故意刺激她：“玩不起？”

舒漾弯着眼睛，甜甜一笑：“您多虑了。”

“不过，先生……”舒漾娇滴滴地看着他，“这儿人有点多，人家只想喊给您一个人听。”

祁砚轻声一笑，舒漾只觉得腰上传来一股力量，随后她整个人瞬间腾空！

“啊！”突如其来的失重感，吓得她赶紧搂住眼前的男人。

祁砚一把抱起她，大步流星地穿过人群，往人烟稀少的仓库走。

在场所有人目瞪口呆。

“哇！！！”

“祁砚不是不近女色吗？！”

“啊啊啊！怎么走了！什么是我们尊贵的会员不能看的！”

“砰”的一声响，祁砚利落地踹开门，将人抱了进去。舒漾又晕又蒙，被男人圈死在门后。

“疼……”

祁砚抚了抚她的手腕，锐利的狐狸眼极具侵略性，他开口的声音沙哑，有些急不可耐：“叫。”

舒漾的后背被门硌得有些痛，她的脾气本来就大，一整晚都憋屈极了。她凑近男人的耳边，咬牙切齿地挤出每个字："叫你大爷。"

男人俯身咬住她的唇，舒漾吃痛地缩了缩："你……"

祁砚死死地封住眼前这个女人的唇，阻止她再说出什么破坏氛围的话语。

舒漾被吻得快晕过去，她狠狠一咬，血腥味瞬间在两人的唇齿之间弥漫开。

祁砚松开她，用指腹擦了擦被咬破的唇角，露出一个邪气的笑容。

舒漾被他不知廉耻的样子震住，这和刚才衣冠楚楚的男人竟然是同一个人？

酒的后劲逐渐上来，舒漾人都软了不少，男人挑起她的下巴，居高临下地看着她："以后还玩这种游戏吗？"

舒漾赶紧摇了摇头，发现不对后，又点头，带着酒气嘟囔着："关你什么事。"

她会醉成这副样子，和这个衣冠楚楚的男人脱不了关系！

没收了她的房卡，还故意灌她酒，当着那么多人的面让她叫老公。现在还亲了她！舒漾越想越气，这人哪像来吃霸王餐的，分明是恨不得把她吃了。

她抬着粉红的脸质问："你是不是来找事的？"

祁砚指尖描过她的眉眼，没说话。他不确定她是否还记得他。

舒漾还没反应过来，祁砚扣着她的手一松，转身就走。失去支撑的舒漾，顿时有些站不稳。她用仅剩的一点力气抓住男人的袖口："别走……"

舒漾内心策马奔腾。

混蛋！亲完了就想把我一个人丢在这鬼地方！

"我，我回不了家，卡在你那儿，你能不能送我去睡觉……"

由于没有力气，舒漾干脆扑了过去，抱住他。

她仰着头看着祁砚，男人的下颌线清晰，喉结的弧度性感极了。

祁砚任由她抱着，眼底浮起精光："怎么叫人的？"

舒漾知道他指的是什么，不想让人觉得输不起，心里一横，小声地开口："老公……"

舒漾原本就轻柔的声音，在酒后变得更加软腻。

祁砚眸色一沉，喉结轻动，整颗心被掐着跳动。他抬起头，自嘲地笑了下。

祁砚，你就这点出息吗？

祁砚低声呵斥道："松手。"

再这样下去，迟早出事。

舒漾见他不为所动的样子，有些沮丧。

她舒漾连这点魅力都没有了吗？连个看上的男人都撩不到。

舒漾视线开始模糊，祁砚越是要她松开，她靠得越紧，说话也变得无所顾忌。

祁砚脸色乌黑，他抓住舒漾胡乱撩拨的手，无奈地说："舒漾，我数三个数，松手！"

舒漾伸出一根手指，放到男人的唇上："嘘。"

她迷迷糊糊地仰头看着他："可是，哥哥……你抱着人家的腰不放做什么？"

祁砚的手顿住，他发现自己的手指不知何时绕进了那根红绳之中。

他抓住舒漾的手："舒漾，你找死？"

舒漾有些疑惑对方怎么会知道自己的名字，但也来不及多想。

她懒得和他废话，踮起脚凑了上去。祁砚眉心狠狠地跳了一下，将人抱起。

顶级套房内，灯光朦胧暧昧。

雪白的被褥上，舒漾抓紧了男人的胳膊。

"你叫什么……"

男人的声音亦如他的举动一般霸道："祁砚。"

醒来的时候，舒漾头脑昏沉，身上的每一部分都像刚认识一样，又酸又痛。

她刚想动就发现腰间落了只结实有力的小臂。

昨晚到最后她直接断片了，她居然真的和一个连名字都没记清的男人睡了！

她悄悄地从男人的臂弯中钻出来，见床上的人似乎有要醒的迹象，舒漾赶紧拾起衣服穿上。顺了件男人的西服外套，裹住破烂的衣物，直接开溜。

“砰”的一声关门声响起，祁砚睁开眼。

他几乎是下一秒就猜到发生了什么，伸手往身旁一探，床上还留有余温。

祁砚按了按眉心，盯着天花板，气得发笑：“渣女。”

祁砚摸起手机，拨了通电话：“叔叔，我们今天在民政局门口见。”

民政局门口。

“祁先生，久等了。”管家毕恭毕敬地颔首。

被绑来的舒漾，抬头看见眼前的男人，瞬间石化。

祁砚走近她，解开她手腕上的绳子，意有所指地问：“疼吗？”

舒漾眼睛都瞪直了，不可置信地看着眼前的男人：“你，你就是我未来的结婚对象？”

祁砚略带危险地轻眯双眼。

昨晚记忆中的碎片闪过，男人的名字重重地砸在舒漾心头。

祁砚！

这不是昨天恨不得把她气死的人吗，怎么突然成了她的结婚对象？

一同而来的母亲舒梅看着眼前登对的俊男靓女，笑得合不拢嘴：“小砚啊，我家小女羞涩，你看她，见到你高兴得都说不出话来。”

祁砚看向满脸写着“高兴”的“羞涩”女人，对着舒梅微微点头：“看得出来。”

意识到不对，舒漾抿了下唇，拔腿就跑：“你好，再见！”

和这么疯的人结婚，她得少活几年！

谁知刚迈出一步，她的衣领直接被人从后拽住。

祁砚一手把人拎到身边，抬手扶了扶眼镜：“知道你很急，但你先别急。登记处，在这边。”

舒漾：“……”

祁砚把人往里带着，微微侧过头：“想提上裤子不认人？祁某倒也不介意让所有人都知道，我们昨天……”

舒漾浑身一僵：“你个混……”

“嘘。”祁砚按住她的唇，“再说脏话，以后这张嘴就别说话。”

半小时后。

舒漾看着手中的红本本，还没缓过来。她刚踏出民政局，眼前突然涌出一堆记者，扛着“大炮”对着她和祁砚一顿拍。

“祁先生、祁夫人，新婚快乐！”

“听说两位是闪婚，请问是什么原因让两位如此坚定地选择对方呢？”

舒漾暗自腹诽：是什么？当然是钱给得太多了！

私人医院。

躺在病床上的霍折宇跳了起来，抓着旁边的管家，指向手机里的画面。

“小叔怎么突然结婚了？旁边这个人怎么那么像我的舒漾姐姐？”

管家低着头，大气不敢出一声。

“你说话啊！本少爷的老婆呢？舒舒怎么和祁砚小叔在一起了？”

霍折宇的眼睛都快掉下来了，瞥见舒漾手中的红本本，他顿时五雷轰顶。

“啊啊啊啊！怎么回事！”

霍折宇怎么也没想到，一觉醒来，就看见自己追求多时的女神和自己的小叔领证的甜蜜画面！

管家赶紧按住霍折宇的手：“小少爷，你冷静一点。舒小姐和祁先生联姻已成定局。”

霍折宇手中的力道再次收紧：“你说什么？霍江两家联姻，不应该是我和舒漾姐姐吗？”

他费尽心思买了金山酒吧那块地，又让舒家向舒漾施压，从而促使两人结婚。

现在舒漾婚是结了，可新郎怎么成他小叔叔了？！

霍折宇忽然灵光一闪，细思极恐地扣住管家的胳膊：“小叔他挖我墙脚？”

管家劝道：“小少爷，话不能这么说……”

霍折宇直接两眼一闭，往病床上一倒：“我死了。”

他想过无数舒漾拒绝他的理由，唯独不可能想到，舒漾会变成他小婶婶！

管家看着病床上还没恢复的少年，小心翼翼地告知：“小少爷，祁先生让你回主宅吃饭。祁夫人今天进门，少爷你是小辈，要回去端茶递水……”

管家话没说完，受到挑衅的霍折宇马上从床上弹了起来：“啊啊啊祁砚！我要和他拼了！”

结束采访，舒漾瞬间呼出一口气：“这联姻夫妻真难当！”

舒漾站在路边抽出一支烟，刚准备点上，旁边的西装革履的男人缓缓说道：“跟我回主宅吃个饭，其他的，我们晚上谈。”

舒漾懒散地瞥了他一眼：“形式婚姻而已，至于吗？”

“形式婚姻？”祁砚对上她的视线，“昨天晚上也算形式婚姻的一部分吗？”

“……咳咳！”舒漾咬着烟的唇一松，被烟呛到咳嗽。

如果不是亲耳听到，她绝对无法相信，面前矜贵俊雅的男人会把这件事说得如此直白。

舒漾抚了抚男人身前的领带，笑意撩人：“祁总，那都是婚前的事儿了。”

祁砚看着舒漾在他身前胡乱拨动的小手：“这是想撇清关系了？”

见舒漾不回答，祁砚轻勾唇角：“行。”

舒漾静待他的下文，只听男人说：“昨天是你先惹我的，既然不想负责就还回来。”

她刚想反驳，祁砚的声音先她一步：“就今天怎么样？”

见她不说话，男人抽走她掌心握着的打火机，声音清冷：“你腰上摘下来的红绳还在我那儿。”

舒漾恍然记起，赶紧掀起衣角低头一看，果然腰上空空如也。

那是妈妈去山里给她求的红绳，寓意着好运缠身，她一直戴着。

黑色的打火机在祁砚指间转了一圈，随着男人手上的动作轻甩，发出清脆的金属磕碰声。下一秒，打火机在祁砚手中绽放出蓝色的火光。

祁砚慢悠悠地掀起眼帘：“晚餐时间六点整，夫人若是迟到或者不来，祁某就把那根红绳……”

男人的眼神停在她脸上，话音戛然而止，任凭她自行想象。

祁砚收起打火机，坐进车内。

等舒漾反应过来，车子已然驶远。

这老男人话说一半是什么意思？难道想丧心病狂地把她的好运给烧了？

舒漾烦躁得要命，夹起烟时突然发现身上没火。打火机呢？祁砚把她的打火机也顺走了！舒漾气得往地上狠狠地踩了两脚："老男人！可恶！"

没一会儿，江家的豪车停在了她面前。车窗降下后，母亲舒梅温婉地笑道："宝贝，你的行李妈咪已经让管家打包送去霍家了。"

看见自家女儿成婚，舒梅弯起的嘴角就没下来过。

江氏近年才全家回京发展，急需打开国内的市场。有霍家的支撑，江家如今称得上是锦上添花。不仅合作危机解决了，祁砚这个人她也满意得很。京城上上下下，恐怕也就只有这位冷面狐能治得了自家桀骜不驯的女儿。

舒漾娇嗔地噘着嘴："妈咪，你怎么能这样对我！"

舒梅红唇扬起，笑意柔和："要怪就怪你那弟弟。他不争气，可咱们江家的产业，怎么能没个继承人。漾漾啊，这重大的任务就交给你了！"

舒漾："……妈！"

舒梅给司机使了个眼色，心情畅快地冲着女儿飞吻："早生贵子哦！"

车窗一关，舒梅一改人前的端庄，激动地抓着旁边助理阿姨的手。

"太好了！终于送出去一个！"

舒漾看着远去的车子，有点怀疑人生。

这时电话冷不丁地响了起来，一接通，电话口就传来经纪人蓝姐的大嗓门："舒姐！你在哪儿啊！上头条了姐姐！公司那个徐娜娜，不知道从哪儿听来的风声，内涵你在模特圈混不下去，拜金嫁了个老男人，要回家生孩子去了！"

乍一听，舒漾竟然觉得没什么问题，好笑地扬着唇角："她清高她牛呗，攀不上高枝是不想吗？"

"不过……"舒漾漫不经心地问，"她哪位啊？"

蓝姐到嘴边的话一哽："就是前段时间和你竞争时装周名额的模

特啊！

“她都看你不爽多久了，你连人家是谁都还没对上号。”

“哦……”舒漾拖着音调回想着，“就那个走台步扭得跟蜈蚣精一样的关系户啊？”

“就是她！”

蓝姐气得冒烟：“仗着自己有点人脉，没事总喜欢在网上瞎爆料，给自己炒热度。徐娜娜最近怕不是盯上你了，疯狂捆绑营销，还买水军故意拉踩。说你腰没她细，腿没她长，家境穷酸没见过世面。”

舒漾只想发笑：“她不带我还真就不会独立行走了。”

蓝姐庆幸地说道：“不过你听说了吗，霍家当翻译官的那位少爷，祁砚今天结婚了！多亏了他，咱们这点热度直接被盖过去了！”

一提到祁砚，舒漾突然想起什么，赶紧捂了下肚子。

完了！昨天那事，要是怀孕了怎么办？

舒漾急忙说道：“先不说了蓝姐，我有点急事！”

“行，记得看信息。”蓝姐匆匆交代道。

挂完电话，舒漾马上叫了个人，把自己的机车骑了过来。

等人的时候，蓝姐已经把工作信息发了过来。

这个月有场T台秀别忘了！参加的全是时尚界的知名人士，投资方也会到场，你注意保持身材，把握好这次机会啊！

舒漾还没细看，就回了两个字过去。

收到。

不久，青年骑着火红色的机车在舒漾面前停住，把车钥匙抛给她。

青年睨了一眼她身后的“民政局”三个大字：“舒姐，你这挑的地方……挺别致啊？”

“别瞎打听。”

舒漾转了转钥匙：“对了，江衍在哪儿？”

她要顺便去找她的好弟弟算笔账！

“你别问我啊！”青年赶紧摇头，“我什么都不知道！”

舒漾眼神很是怀疑，又问：“真不知道？”

青年摆了摆手，慌张避开视线：“我真不知道衍哥在基地。”

舒漾红唇轻勾：“知道姐姐为什么叫你来吗？”

不等青年回答，舒漾直接把结婚证塞进腰间，长腿一跨，坐上机车把头盔戴好，整套动作一气呵成。

扣下面罩前，她意气风发地扬了扬下颌：“谢了。”

途中，舒漾把车停在路边，赶紧溜进一家药店，买完避孕药后火速离开。

霍家主宅。

沙发上坐着的男人，敞着白衬衫领口，鼻梁上架着一副无框眼镜，透着一种生人勿近的感觉。

祁砚抬眼看向墙上的挂钟，管家脚步急促地走了过来。

祁砚眉间轻蹙：“有事？”

“九爷，夫人她去药店买了避孕药。”

祁砚捏着报纸的手攥紧了些：“什么时候？吃了吗？”

管家如实汇报：“买完就匆忙离开了。”

男人把报纸往茶几上一扔，随即起身：“定位给我！”

说罢，祁砚接过外套，准备开车找人。

查到实时位置后，跑车疾驰在通往招金基地的公路上。祁砚扫了眼电话，一直处于没人接的状态。

很快，他的视线中出现了一抹亮红色。见到人后，祁砚的脸色缓和了一些。

公路上，烈焰般的机车后紧跟着一辆黑色超跑。

舒漾从后视镜中瞥见尾随着自己的跑车，那要超不超的模样，成功地激起了舒漾的胜负欲。

舒漾唇角一弯，单手背到身后，中间的一根手指立起，然后直接油门加到底。

正好，她许久没玩过一场了，就拿这辆跑车练练手。

看见那个手势，车内男人的眼神锐利得像箭。

祁砚盯着前方，女人灌着风的短衣下露出一片有型的后腰。

摇曳的虚影晃入他的眼底，风情，难驯。

他喜欢。

祁砚并没有提速，而是保持着一个更加安全的距离跟在后面。

舒漾降下速度，有些纳闷："什么人啊，真沉得住气。"

她都这般挑衅了，还能忍住不比一场？

招金基地。

舒漾娴熟地把车停好，摘下头盔晃了晃脑袋。

她摸出口袋里刚买的药，拨出一颗，仰头打算直接吃掉。

忽然，一道身影闪过。

舒漾刚把药丢进嘴里，就被宽大的手掌控制住。

"咳咳……"舒漾猛地咳嗽，药片瞬间掉落在地上，"你找死……"

"找什么？"清冷的男声接过她的话，祁砚走到她身前，脸上带着阴郁的凉意。

舒漾很是惊讶："你怎么在这儿？"瞥见男人身后的跑车，她又问，"你跟踪我？"

祁砚不答反问："谁告诉你要吃药的？"

刚才如果不是他来得及时，那片药就已经被舒漾吃了下去。

舒漾看着地上沾着灰的药，撇开脸："你还好意思说，我不吃药，万一中招了怎么办？"

她还没玩够呢，才不想生孩子。

祁砚黑着脸，神色复杂："昨天你也是当事人吧？最后怎么样你不清楚？"

舒漾抿着唇，话到嘴边，又收了回去。她要是说她忘得差不多了，祁砚恐怕恨不得掐死她。

可很显然，即便她不说，祁砚眉宇间已然夹杂着阴戾："断片了？"

祁砚的声音平淡，眼神冷得能结冰。

被接连逼问的舒漾无辜地眨了眨眼睛，娇娇地望着他："你灌人家酒的时候，怎么不想想？"

祁砚："……"

只要想起这个女人前前后后把自己忘得一干二净，祁砚就有些失了分寸。

没想到到头来，这没良心的人还是把他忘得半点不剩。

舒漾环着手臂，逼近他："昨天的事，我越想越觉得蹊跷……"

随即，舒漾手一伸，把人按在停车场的方柱上。

那双漂亮勾人的眼睛微眯起来，她语调慵懒地说：“祁砚啊，是你……先心怀不轨的吧？”

毕竟这男人看起来可不像是那么好泡的。看似是着了她的道，可回过头细想，谁是猎物还真不好说。

很可惜，舒漾并没有在祁砚脸上捕捉到任何慌神的样子。

祁砚的神色一如既往：“你想多了。”

舒漾当然不信，轻佻地打量着他。

祁砚抬手顺着她后脑勺的长发：“别乱吃药，我做过一些必要的措施。这件事怪我没和你说清楚，以后不会再让你担心了。”

舒漾喝了酒，转眼就忘光了，但他怎么可能不记得。

他还没做什么，这女人就哭得跟鬼一样，他只好不停哄人。

“我……”舒漾结结巴巴蹦出一个字，不愿承认是自己没好意思问。

祁砚扯下她腰侧翻上去的衣角，目光顺势扫过腕部的表盘：“还有半个小时，要不要跟我回家？”

只是见过几面舒漾就知道，祁砚这个人的时间观念强到极点。

说好的六点整，差一分一秒，这男人都真敢把她的红绳给烧了！

舒漾犹豫地看了眼招金基地，拉着男人的袖口轻轻晃了晃：“可人家好不容易过来了，你就等我一下嘛！”

女人娇软的声音扰得祁砚心乱如麻。

“十分钟。”

舒漾脸上立马荡起笑容，踮起脚冲着男人“吧唧”一口。

舒漾转身时，想起自己的东西，又停下朝他伸了伸手：“打火机还我。”

男人面无表情，语气有些生冷：“没带。”

舒漾撇了撇嘴，赶紧往招金基地里走去。

祁砚看着风风火火消失的倩影，只觉得太阳穴生痛，他抬手按着仿佛被火烧过的喉结处。

要命。

男人从西服口袋中摸出烟盒，里面除了半包香烟，还落着一个刻有精致花纹的雅黑色齿轮打火机。打火机的左下角有两个用钻石镶嵌的英文字母——SY。

祁砚拿着烟往吸烟区走，抽出一根放在唇边，闲散地点燃。

烟雾将他凌厉的面容衬得柔和了些，他举手投足的气质优越而矜贵，悄然吸引着旁人的目光。

祁砚没什么烟瘾，但这已经是他24小时之内第三次摸起烟。

第一次是事后凌晨，第二次是发现舒漾走了的午后，第三次就是现在。

打听到江衍所在的包厢后，舒漾挽起袖子就往那边赶去。

大厅的门是敞开着的，桌上的人玩得起劲，直到舒漾走近，屋内的人赶紧停下，拍了拍背对着门口的少年。

“衍，衍哥……”

“有屁就放。”江衍不耐烦地嗤了一声。

江衍话音刚落，幽冷的女声就在他的耳边响起：“玩得开心吗，我的好弟弟？”

少年脊背一凉，飞速抓起自己的包，提腿跑路。

舒漾早有预料，直接抬手抓住他挎包的带子，从挎包还没来得及拉上的口子里捞出江衍的钱夹。

江衍赶紧回过头，盯着自己的全身家当：“姐！”

舒漾抽出里面的信用卡，把空钱夹丢还给了他：“快滚不送。”

信用卡一收，江衍就走不动道了，上前亲切地抱住姐姐的手臂：“姐姐这说的是哪里话，弟弟听不懂。”

一旁的纨绔子弟见状，个个都讪讪地往后退了退。

江衍拉着舒漾说话，眼睛就没离开过自己的卡：“昨天订的豪华落地窗情侣套房，你不满意？”

众人一脸震惊，穿着各式各样潮流服饰的少年们纷纷鞠躬喊道：“嫂子好！衍哥，嫂子和你真有夫妻相啊！”

江衍一脚就踢了过去：“有没有可能这是姐弟相！外边去！”

几位同龄少年赶紧准备撤出去。

“不用了。”舒漾赶紧出声，“你们玩，我该走了。”

江衍立马跟了上去，在她的耳边解释着：“你那天摆明了一副不把人吃了誓不罢休的鬼样子。本少爷是看不下去了，才去帮你开了个房。”

“我谢谢你啊。”舒漾笑了笑，扬着手中的信用卡，“这就当份子钱了，姐姐收下了。”

江衍咬牙切齿：“舒、漾！你晚上睡觉最好两只眼睛轮流站岗！”

舒漾微笑着点了点头：“嗯！配合治疗，卡就还你。”

自从江衍身体出问题后，性格和行为都变得阴晴不定。

因为他拒绝看医生，江衍一见家人就吵架，索性就天天躲着打游戏、玩牌、赛车，随心所欲。这自然给舒漾留下了一堆收拾不完的烂摊子。

“不去。”江衍想都没想就拒绝了。

“那没得谈。”舒漾也果断走人。

少年突然想到什么，追到她旁边提醒道：“别把你和祁砚的婚姻太当回事了。”

“什么意思？”舒漾皱眉。

江衍瞥了她一眼，双手抄在运动裤口袋，边走边说：“一个被限制回国二十多年的私生子，能背着霍家在国际翻译公司混得风生水起，现在不仅扎根京城，还让霍氏那几兄弟都得看他脸色。”

江衍淡淡地看着她：“他想要利用你，手段多得是。”

祁砚这个人，江衍早有耳闻，是华人圈的精英，城府深、手段狠、控制欲强。

现在的霍家对祁砚百般器重，他就是说一不二的太子爷。

舒漾刚想问句话，就听见一道沉冷的男声从前面传来：“漾漾，过来。”

顺着声音望去，转角处站着一抹黑色卓越的身影。

祁砚面色清冷，手臂处搭着西服外套，解开的衬衫领口，隐约露出锁骨，随性而又内敛的矛盾在他身上融合。他就像一杯鸡尾酒，惹人细细品味。

上一秒还在理性分析的江衍，顿时像个单纯大男孩一样笑着颔首：“姐夫好！新婚快乐！”

舒漾被他瞬间的变脸惊到，递了个佩服的眼神过去。

此时完全看不出江衍对祁砚有任何意见。

祁砚也似乎没听见他们刚才的对话，回以微笑：“谢谢。”

他抽出一张卡递给江衍，温和有礼地说："祁某来得匆忙，没准备什么，一点见面礼，希望弟弟不要嫌弃。"

江衍两眼放光地接过卡，称呼一句比一句顺口："当然不会，谢谢姐夫。"

话语间，他又不经意地向舒漾挑了挑眉，张扬又得意。

舒漾："……"

江衍心情大好，轻笑着说："那弟弟就不多打扰，先走了。"

舒漾眼睁睁地看着弟弟潇洒离开，少年的手夹着银行卡，举过头顶随意地晃了晃，做着再见的手势。

那画面看在舒漾眼里，简直就是明目张胆的挑衅！

舒漾看着自己手中刚收过来的信用卡，走到祁砚面前，嗔怪道："祁砚，你给他钱怎么不跟我说一声。"

她刚找到机会收掉江衍的卡，想把人劝回家。祁砚倒好，直接给她一记回旋镖。

祁砚轻轻地笑着，语气有些缱绻："小朋友，看来新身份适应得不错啊，开始管我了？"

舒漾避开他的眼睛缩了缩脖子，意识到自己刚才说的话，心里吓了一跳。

那语气，不就和妻子对老公耍小脾气一样？自然得根本不像是两个闪婚的人。

"我没有……"舒漾赶紧扯开话题，往出口走去，"马上六点了，我们赶紧过去吧。"

祁砚站定身，看着仓皇落跑的小姑娘，笑着推了推眼镜，提醒道："反了。"

舒漾故作镇定地折了回来，跟在男人身后："你给他多少钱了？"

"不多。"祁砚说得不痛不痒，"一点零花钱。"

听他这么说，舒漾才稍稍放心。

到了地下停车场，舒漾刚坐进车里系好安全带，手机就响了起来。

是霍折宇打来的电话。

祁砚听她把电话挂了，随口问了句："怎么不接？"

舒漾翻下车内的镜子照了照，不以为然道："接什么？霍折宇打来的。难道接了后和他说，我一夜之间成了他小婶婶吗？"

红绿灯路口，祁砚停下车，侧眸看向她："事实如此。"

舒漾收起镜子，伸手随意地往他大腿上一搭，指尖轻轻点了点，说话时媚眼如丝："祁砚，你说你连侄子墙脚都敢挖，我以后是不是该小心着点啊？"

祁砚看着她的纤纤细指，只说了一个字："手。"

这女人，净会乱碰。

舒漾知道他这是让自己把手拿开，兴致缺缺地收了回来。她环着手臂，继续说道："以你对霍家的掌控程度，霍折宇在你面前根本就不够看的。你自然也不可能不知道自己这个侄子每天都在追一个女人，却依旧在选择联姻对象的时候，看上了我。

"祁先生，这一切未免也太过于巧合？"

到现在，舒漾不可能反应不过来，祁砚昨天摆明就是冲着她来的。布局把她灌醉，让这场联姻变得更加顺理成章。

只不过，这个男人她恰好看对眼了。虽然心机重，可这张脸嘛……结个婚，也无可厚非。

缓缓的刹车声传来，祁砚把车停在路边，认真地看着她。

"你觉得我娶你，是为了对付霍氏那些脏东西？"

见舒漾不说话，男人冷峻的脸上蒙上一层白霜。

"下车。"

舒漾心里一惊："喂，祁砚你也太小心眼了吧？就因为我拆穿了你，你打算把我丢在这儿？"

原本气得不轻的男人听完这些话，转眼就被她清奇的脑回路惹得发笑。

祁砚揉了揉镜框下的鼻梁骨，耐心地解释道："车里不方便，我不喜欢一直侧着身和你讲话。"

祁砚整个人往这边靠了些，解开她身前的安全带："出来谈谈。"

舒漾抿着唇，呼吸似乎都屏住了。

男人白衬衫的领口微微敞开，近在咫尺的喉结锐利有型，红色的小痣落在上面，被白净的皮肤衬得更加诱人。

舒漾干咽了一下喉咙，这谁顶得住啊！

等祁砚下车后，舒漾赶紧捂着心口，喘了两口气。

舒漾跟着下车后，就见祁砚站在车旁，白雾侵蚀着夜色，男人抽烟时轻眯起双眼，迷人又神秘。

这一看，舒漾也有些想抽烟，可惜身上没带打火机。

她摸出自己裤子口袋里的烟，倒出一根放到嘴里，走过去朝祁砚伸了伸手。

祁砚摸到西服里的打火机，动作一顿。

舒漾燥得很，不等祁砚拿出来，就扯着男人的西服外套，迫使他低下头。

她叼着烟，含含糊糊地说："借个火。"

说着，舒漾就将她未点燃的烟对着祁砚咬着的烟，深吸了两口。

几秒钟的工夫，舒漾的烟就燃了起来。

舒漾松开他，轻飘飘地吐出一口烟。她盯着唇边吹散的烟雾，缓缓开口："说实话，你娶我这件事，除了想恶心恶心霍折宇，让霍家的人心里都不舒服，我想不出其他原因。"

祁砚闻言，笑而不语。

舒漾不解，盯着他眸子，怕被烟挡着，又凑近了些："你可别说你爱我，你爱上我什么了？"

他们才认识多久？

祁砚微微上挑的眼尾轻动，像极了狐狸，危险，又有些勾人。

他盯着她看了两秒，咬着不同的重音，逐字说出答案："单纯爱上了你。"

舒漾猝不及防被一口烟雾呛到，撇开头咳了两声："别开玩笑了。"

祁砚步步紧逼，顺势把她手上的烟抽走，丢进灭烟池。

男人嗓音低沉，似乎在听到这句话后认真了起来："玩笑？舒漾，我不开玩笑。至于你说的那些，我还没有不择手段到要利用你大做文章。"

舒漾惊讶地问："所以，你不知道霍折宇在追我？"

"知道。"

祁砚没否认，俊逸斯文的脸上仍旧表现得风轻云淡："挖墙脚这种事，偶尔做一次也无可厚非。"

舒漾错愕了一瞬，没想到祁砚会把挖侄子墙脚这件事说得如此坦然。

祁砚目光没离开过她，每个字都用意颇深："我挖的是你，和他有什么关系？”真要较真起来，那也是霍折宇动了他的人。

舒漾细细打量着男人精致的五官，她仰着头，风情万种地笑着：“祁先生，我们是不是在哪儿见过？我怎么总觉得，你看我的眼神里有种幽怨？”

舒漾一个劲儿地盯着他看，这男人天生就像个钩子，容貌俊美得让她惊为天人，见上一面就绝不可能忘记。

祁砚没回答，而是说：“六点了。”

舒漾扫兴地撇了撇嘴：“不愧是业内精英啊，时间观念真强。”

舒漾显然没有什么时间观念，她是开酒吧的，晚上还要去看场子，作息时常是乱的。

祁砚看着她说：“我人生中，最没有时间观念的时候，就是和你在一起的时候。”

舒漾怔怔地看着眼前的男人，这些情话从他的口中说出来，竟十分自然。

果然什么斯文禁欲都是假的！

祁砚拿开她的手，准备去开车。

如果舒漾没有主动记起曾经在 Y 国的一切，那提不提那些往事对他来说没有任何意义。

舒漾也没多想，坐上车系好安全带，她一眼就看见储物夹层里熟悉的黑色打火机。那是她的打火机。

她把打火机拿起来，在祁砚面前晃了晃：“不是说没带吗？”

祁砚瞥了眼，说得随便：“忘了，丢车里了。”

“那你刚才用什么点烟的？”

“呲！”刹车声刺耳。

祁砚冷声开口：“到了。”

舒漾这才注意到，车子已然停在偌大的庄园里面。

往外看去，整个庄园的车道旁是一望无际的绿植，坐落着数十栋不同外形的别墅。

刚下车，舒漾就看见大堂门口齐刷刷地站着一排用人，目不斜视地鞠躬。

“夫人好！”

舒漾被这场面吓得差点把脚崴了，祁砚手疾眼快地扶住了她。

他的手自然而然地落到舒漾的腰上，舒漾怕痒，下意识躲了一下。

祁砚的手掌牢牢地跟着覆在她腰侧，他压低了些声音说："乖，装一下。"

看见朝他们走过来的人，舒漾立马十分配合地待在男人的怀里。

霍老夫人拄着拐杖，即便上了年纪，依旧气场十足，身后还跟着两位中年男女。

见到舒漾，霍老夫人赶紧抚了抚脸上的老花镜，喜笑颜开地看着她："姑娘就是小砚的媳妇儿吧！"

舒漾轻轻点头："奶奶叫我漾漾就好。"

"哎哟，这孩子嘴可真甜！"

霍老夫人笑意更浓了，夸赞道："我们漾漾这脸蛋、身段太标致了，小砚好福气啊，奶奶以后也跟着有眼福了！"

被长辈夸的话，舒漾无论听多少遍都还是挺害羞的。

"谢谢奶奶。"

老夫人满脸欣慰，紧紧地拉住她的手，给管家使了个眼色。

管家立马奉上一个精致的木盒，里面是一份份工工整整的合同。

舒漾疑惑地看向祁砚，男人只是微微点头，放在她腰边的手，轻轻抚了抚。好似在告诉她别担心。

老夫人笑吟吟地拿出其中一份合同，递到她面前："漾漾啊，这是我们霍家的矿山，就当是个微薄的见面礼，你先收下。"

舒漾不可置信地盯着合同，眨了眨眼睛。

不是吧！玩真的啊？这家产，还真说给就给！

舒漾咽了咽口水，内心十分挣扎。她想收，又有点不好意思。

"奶奶，这……"

还没等她客气两句，祁砚就已经替她接过合同，他对管家说道："派人全部核实一遍，替夫人收好。"

管家立刻应声："是。"

舒漾两眼放光地朝祁砚投去一个感激的眼神。这男人的形象，在她心目中瞬间高大了不少！

霍老夫人侧过身，向她介绍着身后的两位："这位是小砚的父亲，旁边是奶奶的儿媳妇。"

舒漾有些奇怪，她怎么这样介绍祁砚的父母？

当下来不及多想，舒漾刚想鞠躬打招呼，忽然，腰间的力量一紧。

“降温了，我带舒漾先进去了。”

话语一出，舒漾很明显感觉到，面前的中年夫妇脸色变得十分尴尬。

中年女人迎着笑，附和道：“也是，小姑娘都娇贵，别感冒了，还是先进屋吧。”

祁砚看都没往那边看一眼，旁若无人地揽着舒漾往里走，仿佛对方与他无关。

舒漾乖巧地跟着，她能够感觉到，祁砚的手悄然收紧，他似乎有些无助。

可从男人的脸上，看不出分毫动摇。

舒漾这才想到，刚才那个女人应该不是祁砚的亲生母亲。

祁砚把她带到客厅，自然地坐在沙发主位上，还不忘顺势把她拉到旁边。

舒漾四下看了看，犹豫着要不要换个位置。

她小声和祁砚说：“我们小辈坐这儿，不太好吧？”

她以前都跟着父母在国外生活，家里也没什么规矩。但她也知道，霍家应该很讲究主次礼数。

祁砚摘下眼镜，收进盒中。

没了镜片的阻隔，那双轻微近视的黑色眼瞳看起来更加迷离了。

“舒漾，你不用看任何人的脸色。”换句话说，祁砚就是这里的规矩。

在男人的示意下，舒漾也变得格外有底气。

这是她老公挣来的面子，她就应该顺理成章地接着。

厨房的饭菜已经备好，霍老夫人向管家严肃地问：“折宇呢？这孩子都多少天没回来了？你派人通知他了吗？”

管家刚想回答，大厅门口就传来一道急促的少年声：“小叔呢？”

霍折宇匆忙跑了进来，看见坐在祁砚旁边的女人，脸上表情一裂。

“祁砚，亏我那么相信你，把舒漾姐姐的事情一五一十地告诉你，你就这样对我！你，你竟然横刀夺爱！”

祁砚面无波澜，反倒是霍老夫人立刻训斥道：“放肆！折宇，你怎么能直呼你小叔的名讳！漾漾是你小婶婶，不是什么姐姐。”

霍折宇不敢相信地摇了摇头，喃喃自语：“怎么会这样……”

祁砚正襟危坐，抬眸看着霍折宇的眼神里有一种盛气凌人的气场。

他用眼神示意了一下舒漾那边，对霍折宇说：“既然来了，不叫人吗？”

祁砚身上的锋芒大多数时候是内敛的。和霍折宇说话时，字里行间有一种不计前嫌的淡然。可那双漆黑的眸子深沉得过分，又让人生怯。

“小叔，我……”

在祁砚面前，霍折宇的气势瞬间落了下去。

让他当着这么多人的面，喊他喜欢的女人为小婶婶，他想想就觉得窒息。

旁边的霍老夫人想劝两句，又怕驳了祁砚的面子，其他人更是不好插嘴。

祁砚也没打算得过且过，态度不容置疑：“把人给我丢出去！”

花他的钱，追他的女人，还敢在这里碍他的眼。只是打一顿，他已经很仁慈了！

他话音刚落，身边的特助就准备动身。

一直没说话的舒漾，起身走到霍折宇面前，拍了拍他的肩膀：“多大点事嘛，大侄子。”

舒漾笑着靠近他的耳边，小声快速地说：“别磨磨叽叽的，姑奶奶要干饭了。”

随后，舒漾退了一步，脸上的笑意得体。

可只有霍折宇知道，在这温柔笑容的背后，藏着想把他拖出去暴揍一顿的心思。

以前有一次他躲进舒漾家里，想给人一个惊喜，没想到却成了惊吓，被舒漾拿着锅铲追着打。自那以后，舒漾见他一次就揍他一次。

霍折宇足足躲了一个月，直到准备万全后才决定求婚。谁知道，当天就进了医院……

霍折宇倔强地看了一眼祁砚，在舒漾面前低着头，声音小得可怜：“小婶婶……”

霍折宇捏着拳头，愤愤地想：他绝对不是怕挨打才妥协的！他只是怕他的舒漾姐姐饿着！

嗯！没错！

见气氛缓和了些，霍老夫人心里的石头也跟着落下来。

祁砚的脾气她是知道的，若不是舒漾出来给霍折宇递台阶，事情绝没这么容易混过去。

看着刚进门的孙媳妇，霍老夫人心头一暖："好了好了，折宇也该懂点事了，先用餐吧。"

霍折宇下意识想坐在舒漾的另一边。但他刚抬脚，就瞥见祁砚轻飘飘的眼神，顿时望而却步。

一大家人坐在餐桌上，舒漾已经尽可能去认人了，可一时半会儿，实在有些记不住。听说还有几位祁砚的同龄人在国外出差，她总结下来就是——霍家人真多。

席间不知是谁提了一句："漾漾和小砚这基因啊，可不能浪费了，得多生几个漂亮宝宝。"其他人纷纷附和。

讨论到这个话题上，舒漾一言不发，很是识相地闷头干饭。

似乎大家都不知道，她和祁砚的婚期只有一年。

祁砚显然没兴趣讨论这些，见她有些不自在，开口问道："吃饱了吗？"

舒漾赶紧点头。

男人揉了揉她的手："去房间等我。"

舒漾跟着管家走后，男人原本柔和的脸色，瞬间阴沉了下来。

祁砚站起身，居高临下地扫过所有人："孩子的事，就不劳各位费心了。毕竟我祁砚的孩子，再怎么样也不可能姓霍，对吗？"

祁砚的几句话让霍家这些人脸上都有些挂不住了。

本以为这个眼高于顶的私生子对他们的态度可算是摆正了，没想到，他只是在媳妇面前装装样子。

他让他们见舒漾的真正目的，也变得显而易见，似乎只是想告诉他们，以后这个女人得供着。

祁砚彬彬有礼地一笑："各位慢用，祁某家事繁忙，恕不奉陪。"

说罢，祁砚就径直离开。

舒漾被带到二楼卧室，木调香气遍布整个房间，这里看起来舒适又贵气。

"以后这就是我的房间了？"

管家阿姨笑着点头："夫人以后就住这。有什么需要，随时找我就好。"

舒漾环视着自己的房间，捂着扁扁的肚子："那我不就客气了阿姨，我没太吃饱……你偷偷帮我端盘白灼大虾上来吧。"

好在霍家房子多，大家是分开住的。不然每天要和这么多人一起用餐，她真的会头皮发麻。

"好的夫人，您稍等一会儿。"

见完这些亲戚，舒漾也轻松了不少，直接去冲了个澡。她刚洗完，门口就传来规律的敲门声。

舒漾套了件浴袍去开门，准备迎接她的大虾。

门一拉开，高大的男人骤然闯入她的眼帘，舒漾愣了一下。

祁砚的目光在她身上从上至下滚过一遍。祁砚比她高出许多，舒漾低头一看，立马捂紧身前的浴袍。

"你你你，来我房间做什么？"

她的虾呢？

祁砚眉尾一挑："你的房间？"

舒漾顶着疑问看向他，难道这不是她的房间吗？

祁砚环着手臂，打量着她："你要不要看看，你身上穿的是谁的浴袍？"

舒漾捂着浴袍的手一紧，脑子变得空白。难怪这浴袍这么长！

她一米七六的身高，这件黑色浴袍却到脚踝了。她刚还在想，不愧是大户人家，连浴袍都多截料子……

原来，这是祁砚的浴袍！

舒漾看了看身后的房间，磕磕巴巴地问："我们要住一起？"那晚的画面闪过她的脑海。

舒漾赶紧摇了摇头："不行不行，差不多就得了吧，没必要住一个房间。反正你不说我不说，奶奶不会知道的！"

祁砚轻轻勾唇："是吗？"

男人往旁边站了站，舒漾这才看见，管家阿姨不知道什么时候已经上楼了，手里还端着她的白灼大虾……

祁砚不紧不慢地介绍道："这位是琴姨，是奶奶的干女儿。"

琴姨面带笑意地轻轻颔首："夫人放心，阿姨知道您说的是玩笑

话，不会当真的。”

舒漾干笑了两声：“当然……”

琴姨的话听在舒漾的耳朵里，就像是在告诉她“听见了听见了，我两只耳朵都听见了，你最好是在开玩笑”。

舒漾这下才意识到什么叫“拿人手短”。她刚收了霍奶奶上亿元的家产，且不说配合演个全套，要是第一天就和祁砚分房睡，确实不太合适。

舒漾接过琴姨托盘上的虾，转身想往房间里走，却被一只漂亮的手拦住。

祁砚平静地开口：“卧室里不许吃东西。”

舒漾看了他一眼：“那我去书房。”

“书房也不行。”

“阳台？”

“不行。”

祁砚紧紧地拧着眉，像是没有半点商量的余地。他从来不允许食物出现在餐厅区域外的任何地方，更何况还是这种要剥壳、蘸酱汁的虾。

这简直是踩在他雷点上蹦迪。

舒漾深呼了一口气，眼神玩味地轻扫过他，红唇一勾：“你不行，我行。”

祁砚：“……”

舒漾略过他，端着虾就往落地窗外的茶桌边走去。放好盘子后，她长腿一搭在椅子上坐稳，随后就准备戴上手套开始剥虾。同时她还不忘提醒站在房门口的男人：“我的红绳呢？”

祁砚的脸色很是难看。他走到桌前，从西服口袋摸出红绳，丢到她身前：“去把我的浴袍换了。”

舒漾戴手套的动作一顿，笑得意味深长：“祁总这是什么爱好？动不动就让人换衣服，这是另外的价钱啊。”

祁砚按下她的手，俯身撑在桌面上，薄唇轻启，嗓音沉厚，字字清晰。

“你穿着我的浴袍，从我的视角看下去……很难不多想。”

舒漾气愤地捂紧胸口：“你，变态！”

祁砚薄唇一弯，直起身把手收回，丝毫没有生气："是吗？夫人对变态的理解，过于浅薄了。"

舒漾抓起红绳，推开他就往衣帽间跑："说得好像你很了解一样！"

祁砚侧过头看着那段身姿，笑意了然。等看到桌上的虾和随意乱丢的手套时，祁砚无奈地坐下来整理。

舒漾换了身吊带睡裙，一边检查着领口一边往回走。一抬眼，她就被眼前的画面惊住，祁砚居然在帮她剥虾？！

男人衬衫顶部的扣子解开两颗，喉结处的线条像致命的利器，流畅得让人想碰上去感觉感受。

祁砚略显烦躁地蹙着眉心，戴着透明的手套，剥着虾壳。明明是一件很普通的事情，放到这个男人身上却变得非常违和。毕竟，祁砚怎么看都不像是会帮人剥虾的主。

"老公你好棒棒哦！"舒漾走过去，矫揉造作地夸道。

都说男人也是要夸的，她多夸夸祁砚，这样以后他就更愿意帮她剥虾了。一想到这儿，舒漾心里就美滋滋的，甚至把毕生所学都用了出来。

"我们祁总十指不沾阳春水，分分钟上下几套房，还能在这里帮我剥虾，真是我的荣幸呢。"

祁砚抬眼看着面前谄媚奉承的女人，扯了扯唇角。

舒漾身材高挑，穿着这件黑色的雪纺吊带裙时越发显得玲珑有致。裙子的腰部有一半月牙形的镂空，露出半边白皙的皮肤，系着的红绳底下挂着一颗深褐色的串珠，随着她的步伐轻轻晃动。

祁砚看见那颗串珠，心沉了沉，随即看着她："这是想PUA我了？"

被看穿的舒漾笑道："哪有。"

祁砚不以为然地轻呵一声，把刚剥好的虾喂到她的嘴边。

舒漾一口吃掉："我很有诚意的。"

祁砚深沉的目光落在她的脸上，盯得她脸上滚烫。在他这副文质彬彬的眼镜后面，从眉梢到眼角都透着危险的气息。

他摘下手套，不紧不慢地擦着手，忽然问她："月事刚过？"

舒漾有些惊讶："你怎么知道？"说完，她就看见祁砚的视线停在她腰侧坠着的串珠上。

她在特殊时期会习惯性摘掉串珠。昨天生理期刚结束，她原本是准备挂上的，谁知道转眼就碰见祁砚，索性就把这件事抛之脑后了。

舒漾拿起那颗串珠，在指腹间揉了揉，随后到祁砚对面坐下，撑着下巴盯着人看："既然祁先生知道这些讲究，要是以后不小心走火了，记得帮人家摘下来。"

她可不相信，两个人相处的一年中不会发生点别的。

祁砚把调好的酱汁推到她面前："夫人好像很期待？"

舒漾无辜地眨了眨眼睛："单纯想回味一下你解不开红绳的着急样儿。"

昨晚的记忆，舒漾逐渐记了起来。

祁砚清冷的脸上出现别样的色彩时，带着明显的欲望和嚣张，完全不像是克制的人。

祁砚盯着她，狠狠地捻着手指："舒漾，以后再停下哄你，我就是狗！"

他又是哄人又是擦眼泪的，这女人一句不提。一根绳子没解开，急躁了些，舒漾就记得死死的。

舒漾拿起筷子夹了只虾，放到男人的嘴边："别生气呀。"

祁砚撇开脸，拿起外套直接起身："吃完到书房来找我。"

舒漾得意地笑着，把虾放到自己嘴里："什么事儿啊？"

"婚内协议。"

Chapter 02 暗里升温

书房。

舒漾过来的时候门开着，男人坐在电脑前，轻靠着椅背，正在闭目养神。他静静地拨着手中串珠，等着她来。

舒漾没急着进去，而是靠在门口欣赏着这一幕。原来这老男人也有串珠，难怪知道什么时候不能戴。只是祁砚手上的串珠她越看越眼熟，和妈妈送她的这颗也太过相像了。

“打算站到什么时候？”

舒漾闻言抬脚就往里走，侧靠在男人手边的办公桌前，环着手臂好整以暇地看着他：“还说你昨天不是来钓我的，那你干吗不戴串珠？你可别说，你也来大姨妈了。”

祁砚掀起眼帘，神色淡然如水，丝毫没有被抓到证据的窘迫。

舒漾居高临下地伸手挑起他的下巴：“来，让姐姐听你狡辩。”

祁砚疑惑地笑了：“姐姐？”

“少岔开话题！”

祁砚按住指间的那颗珠子，没有任何逃避地对上她的目光。

“是又怎么样？”

他们曾经的关系很亲密，舒漾不记得，不代表事情没发生过。

舒漾眯着眼睛：“你算计我？”果然，她才是那条被钓的鱼！

祁砚轻轻一笑：“夫妻之间，谈这些伤感情。”

舒漾心里万马奔腾，在今天之前，哪来的夫妻，哪来的感情？

祁砚把人拉进怀里：“现在谈算计，是准备过河拆桥了？”

“你！”

舒漾跌进清冽的松香之间，头脑一空，她完全没料到，祁砚会抱

着她坐下。

舒漾耳朵迅速变红，她想撇开他的手起身，却被轻松扣住。男人用性感的低音在她耳边说：“乱动什么？”

舒漾如坐针毡，想挣脱开男人的手臂：“你让我起来！”

这时，祁砚丢在一边的手机响了起来。他依旧没松手，搅着人的手轻掐了一下：“消停点，祖宗。”

祁砚把电话接通，原本还在挣扎的舒漾立马老实了。她无聊地拿过男人手中的串珠，仔细地端详着。

手机听筒里传来陌生的男声，问候着：“听说你结婚了？”

祁砚应了声，指腹在她的腰间有一下没一下地轻点。

“听说你离婚了。”

舒漾无语，好家伙，这老男人的问候真硬核，完美地诠释了什么叫“人的悲喜并不相通”。

果然，电话那边的声音消失了几秒钟。

陆景深烦躁地说：“既然知道了就别废话，出来喝酒。”

“不去。”祁砚想都没想就拒绝了，“已婚人士，要在家陪老婆。”

陆景深站在办公室窗台狠狠抽了一口烟：“你……”

真是哪壶不开提哪壶！

“你在 Y 国那些破事处理干净没？这么着急回来，还真是离了舒漾就会死……”

“行了。”祁砚打断他，再说下去就出事了，“记得打份子钱。”

他在陆景深结婚的时候可没少送礼，借此机会当然要收回来。

陆景深：“……”

挂断电话后，舒漾玩味地看着他：“祁先生就不怕一年后他也对你落井下石？”毕竟，他们也是会离婚的。

祁砚回答得果断：“我不会给他这个机会。现在来好好谈谈我们婚后的相处。”

舒漾故意逗他：“各玩各的。”

祁砚脸色一沉：“免谈。”

舒漾脸上的笑容更浓了：“你不会打算忍一整年吧？”

再怎么说祁砚也二十八岁了，而且她知道祁砚并没有表面上那么波澜不惊。

但一年后霍家会发生大变动，江家获利后会从中脱身，一旦纠缠不清，难堪的不光是她自己，还有整个江氏。

“不打算。”

祁砚把她整个人的位置调整了一下，让她后背靠在办公桌边缘，面对面对她说：“既然你没有别的想法，那我来说。我不玩形式婚姻。对于我们的夫妻关系，肢体接触，你能够接受到什么程度？”

“咳咳……”舒漾直接被自己的口水呛到，她实在没法做到像祁砚一样面不改色地谈论这些事情。

“我，我没想那么多……”

祁砚托住她的下巴，不让她低头：“我默认你都可以，前提是我没有勉强你，对吗？”

舒漾自己都听糊涂了，只想谈完溜之大吉，赶紧随便点了点头。

今天把话说得太死，万一她哪天按捺不住，岂不是太没面子。

他的手指绕进舒漾的长发，把人往怀里带着，同时在她的耳边轻声说：“记得你今天答应的一切。不早了，你先去睡，我还有份紧急文件需要翻译备稿。”

舒漾点了点头，她把串珠还给祁砚，趁着他没注意，在他的喉结上飞快亲了一下。

祁砚看着那道撩完就跑的倩影，摘下眼镜按了按眉心。

他以前怎么没发现，这女人还真是知道怎么讨他开心。即便嘴里说的是假话，他也认了。

至少没白养。

至于怎么把刚才的话变成真真切切的感情，这是他该考虑的。

舒漾回到房间后直接扑到床上，整颗心还在怦怦跳。她捂着心口处喃喃自语：“舒漾啊舒漾，你真是出息了。”

只是这话一说，舒漾不免得担忧起，要是以后被翻旧账怎么办？

她晃了晃脑袋：“不管了，亲到就是赚到！”

舒漾认床，翻来覆去好久才睡着。

祁砚忙完后去客房洗漱完，才回房间。一开门，他就看见白条条的人正四仰八叉地躺在床上。睡裙已被她掀得乱七八糟，略微昏暗的灯光下，展露出无限旖旎。

祁砚只觉得喉咙像被羽毛扫过一样，又燥又痒。

他轻叹了口气，走过去把舒漾身上的裙子拉下来。

刚碰上裙子，他的手就被抓住。纤细的小手拉着他，指尖触在腕上的串珠上。

祁砚想拿下她的手，就听见睡梦中舒漾的似乎呢喃着什么。

他靠近了些："嗯？"

舒漾闭着眼睛，似乎是梦见什么，声音又小又轻地说了声："九爷……"

祁砚浑身一怔，夜色中黑眸情绪滚烫，他有些不敢相信。自从出了那件事后，两个人的关系彻底脱轨。他都快记不清舒漾有多久没这么喊过他了。

祁砚紧紧盯着她，试探着说："再喊一遍。"

熟睡过去的舒漾没有任何回应。

祁砚贴着她的唇又说："再喊一遍好不好？"

依旧没有任何声音回应他，这种怅然若失的感觉让他有些窒息。

祁砚起身帮人把被子盖好后，吻了吻女人的眉眼，摸起烟就去了窗台外。

深夜微凉的风，将男人唇边吐出的烟雾飞快吹散。

祁砚摘下左手腕的串珠，在掌中无声息地一颗一颗拨动着。

让事情发展成这样的是他，想回到从前的也是他。

这时，一条消息发了过来。

祁砚，你会遭报应的！

祁砚冷笑着拨了通电话过去。

愤怒的中年男声从电话里传来："祁砚！你别碰我女儿！这就是你把我置换到Y国的目的吗？你简直太令人失望了！"

江东旭怎么也没料到，自己才出国几天，国内就已经被祁砚扰得翻天覆地！

甚至连妻子舒梅是怎么被祁砚说服的，他都一无所知。

他本以为自己被派到Y国是真的有重要任务。

直到落地当天被强行带走的那一刻，江东旭才意识到出事了。

可一切为时已晚。

他被祁砚的人控制着，断了一切信息来源，直到今天才被放出来。

重获自由后他得到的第一个消息就是——他的女儿居然嫁给了祁砚这个疯子！

祁砚把烟放到唇边抽了一口："岳父先生，怎么这么沉不住气呢？我和漾漾结婚了，你不应该开心吗？"

江东旭气得失态："事情已经过去了！漾漾的生活也好不容易步入正轨，你现在又来接近她，你到底是什么意思？！"

他当初千不该万不该，把女儿交给这个人照顾！

一个从小在精神病院被关了十年的人，内心的黑暗是无法控制的。

祁砚眯着眸子，轻蔑地重复着他的话："什么意思？我可从来没有让这一切成为过去。游戏是岳父先生开始的，至于该怎么结束……很遗憾，你没有话语权。"

他让舒漾忘记那些事情，只是想让他的宝贝快乐一点，和结束可没什么关系。

江东旭心里清楚，现在他斗不过祁砚，只能冷静下来试图劝解。

"祁砚，你这是在把她往悬崖上推。那些对你虎视眈眈的人，还不够多吗？你完全可以没有软肋，霍家没人敢轻易动你，可你为什么要娶我女儿！她不该踏进你那见不得光的世界里！"

祁砚掐断手中的烟："我警告你闭嘴！别把自己说得那么高尚，你为什么让舒漾到Y国留学，又为什么将人安排到我身边，这一切，我相信你比谁都清楚。

"人我养了四年，现在如你所愿了，你却想反悔了，把人要回去。你当我吃白饭的？"

江东旭有些绝望，他真的糊涂了。

当年，他为了稳固自己在公司的地位，想要拉拢备受瞩目的祁砚，用了最不该用的方法。

当时的祁砚优秀、俊雅、天赋异禀。

他十分相信自己看人的眼光，一度以为祁砚是最适合女儿的联姻对象。等他了解到祁砚的身世和杀伐果决的真面目时，所有的事情已经由不得他。

"霍家已经在你手里了，你还有什么不满意的？"

祁砚失去耐心，也懒得解释，冷冷地开口："你若是敢跟舒漾提些

不该提的，我会让你这辈子的努力付诸东流！”

挂断电话，祁砚眼底变得冰冷。

散了散身上的烟味，他才回房间。

看着熟睡的舒漾，他小心翼翼地抱住她，薄唇贴着女人耳边的发丝说：“宝贝，只有你最爱我。”

只有他的舒漾，会趴在他的腿边告诉他：“九爷，你是女娲私藏的宝贝啊！”

祁砚俯下身，眉宇间满是温柔。他看着眼前半梦半醒的人，轻抚着她的脸：“好想你。”

没有人回答他，舒漾柔软的手搭在他黑色的浴袍上，下意识抱住了眼前的人。

祁砚盯着人看了好一会儿，不知该如何是好。

“宝贝，和你在一起的时候，我的想法最简单。”

祁砚心无旁骛地细细亲着舒漾，直到自己彻底平静下来。

他从床头柜抽屉里，拿出一个精美的小盒子。里面存放着一枚戒指，顶部镶嵌着指节大小的全美方钻，即便在微光下，也熠熠生辉。

祁砚拿起舒漾搭在被子上的手，将戒指缓缓戴了进去，轻轻抚了抚舒漾脸旁的发丝。

“宝贝，欢迎回来。”

舒漾一觉睡到自然醒，抬手要揉眼睛，忽然被闪了一下。

“呃……？”

舒漾渐渐睁开眼睛，突然发现右手指间多了一枚大钻戒，她瞬间清醒，赶紧坐了起身，盯着手上的戒指，看了又看。

这是祁砚送的吗？

她扭头看向自己身边，有人待过的痕迹，但是显然他已经离开很久了。

舒漾摸着那颗大方钻，爱不释手。

她本来不觉得自己会喜欢这种东西，也压根没在意过结婚有没有对戒之类的。可真当收到绚丽夺目的钻戒时，她怎么可能不心动！

舒漾冷静了一下，全方位无死角地把钻石看了一遍：“这么大个儿，不会是假的吧？”

正想着，房门被敲响了。

“夫人，您醒了吗？”

舒漾爬起来去开门，脚一落地，就觉得好像被碾过一般没有力气。

她来不及多想，赶紧打开房门，就看见琴姨站在门口：“怎么了琴姨？”

“没事。”琴姨笑着解释道，“先生担心您睡太久，饿坏了肚子，就让我过来喊您下楼吃晚饭。”

舒漾愣了一下：“晚饭？”

好家伙，一觉醒来竟然天都黑了，她这也睡得太久了吧？

“祁砚也在吗？”

琴姨摇头：“先生在公司，不回来用晚餐。”

舒漾松了一口气：“知道了，我马上就来。”

关上房门，舒漾捂了下脸，她现在最不想见到的就是祁砚。

昨天她貌似做了个无法言说的梦，而那个对象就是祁砚。

舒漾拍了拍脑袋，不许自己想下去。

洗漱完刚吃上两口饭，手机就响了起来，是好友许心寐打来的视频电话。

接通后，绚烂的灯光布满屏幕，许心寐的声音伴随着音乐声从听筒里传来：“Hello，舒漾宝贝，快来玩呀！”

舒漾被她做作的声音恶心到：“你好好说话，我吃着饭呢！”

许心寐可爱又猥琐地嘿嘿一笑：“你人呢？结了个婚，场子都不要了？真准备守着男人过一辈子啊！”

她刚离完婚，目前正处于看透了男人的本质的阶段。

舒漾揉了揉太阳穴：“我刚醒，这就过去。”

“哇！”许心寐一眼就注意到她手上的大钻戒，“这不是盛天拍卖会上价值三个亿的全美方钻吗？你从哪里搞来的？”

舒漾被她嘴里的金额吓到，饭都不吃了：“什么？三个亿？”

好吧，她为她怀疑祁砚买假货这一点感到非常抱歉。

许心寐抓狂地喊了两声：“好男人都是别人家的！”

她跟着陆景深三个月，没名没分没钱，她越想越委屈：“我不管，我离婚了，我伤心欲绝，舒漾宝贝你快过来陪我呜呜呜……”

“行了别装。”

舒漾擦了擦嘴，准备换衣服出门："男人靠边，法力无边！姐才是你最好的归宿，今天不醉不归！"

金山酒吧。

一辆黑色大G停下，舒漾踩着恨天高从车里下来，及腰的青丝微卷，白皙的小脸上妆容不浓，但极其精致。黑色的羽毛纹旗袍将她的曲线勾勒得像妖精。

一进场，就有不少人投来目光。

合作人秦叙走过来打招呼："呵，今天心情不错啊？"

舒漾用戴着钻戒的手拨了拨头发，笑得妖娆："你怎么知道我老公送了我十二克拉价值三亿的大钻戒？"

秦叙愣住，他好像没问吧？

秦叙轻轻皱眉："谁问你这个了？"

"什么？"舒漾故作惊讶，"你也认识这是全美方钻？"

秦叙无语，结婚是费脑子吗？拜托！他哪个字提了这枚钻戒？

"好了好了，知道你有大钻戒了，这边建议直接刻脑门上呢。"

舒漾不怒反笑，十分惬意地欣赏着手上的戒指，她越看越喜欢。

秦叙泼了盆冷水："祁砚还真是出手阔绰，不过你别高兴得太早了。当心他离婚后把钻戒收回去啊！"

舒漾鄙夷地瞥了他一眼："你以为谁都跟你一样啊。送人家姑娘的房子，一个不高兴就收回去。秦少爷的光荣事迹圈内都传遍了，要点脸吧！"

秦叙顿觉心梗："我那情况能一样吗？我不这么做，那女人都要上房揭瓦了！"

秦叙烦躁地扬着下巴，示意了一下三点钟的方向。

"你赶紧过去看看，许心寐在那儿喝得没完没了。真要出了事，姓陆的非得把场子砸了。"

舒漾往那边看了一眼，赶紧过去，进门就看见某位少爷正把酒往许心寐嘴里灌。

她伸手挡住，扫了对方一眼。

"嗯？"许心寐眯着眼睛抬头，"舒漾宝贝，你来啦。"

她胡乱地指着在场的人："快帮我看看，他们哪个俊俏？哪个厉害？"

舒漾看着面前一排各色各样的美男子们，靠在许心窠耳边，很是认真地点评道："一般。"

舒漾反手掏出手机："看姐姐给你叫几个更厉害的角色。"

她最看不得女人为情所困的样子，太闹心了！男人是吧，她给许心窠叫一打！

很快，一众堪比娱乐圈小生的帅哥聚集在金山酒吧的包厢内，其中还混进了一个极其熟悉的面孔。

舒漾点了根烟，看向混进来的霍折宇："你来干什么？"

霍折宇跑到她跟前："姐姐，你缺男人吗？我不比这些人好吗？"

舒漾被烟呛了一下，猛咳两声："你脑子没问题吧，你不怕祁砚给你废了？"

霍折宇执拗得很："舒漾姐姐，我都打听了，你和小叔迟早会离婚的，我可以等！"他还年轻，一年而已，不是什么难事。

舒漾更加无语："霍折宇，你到底要我说多少遍，我不喜欢你这款！我喜欢祁砚，喜欢像你小叔那样的男人，知道吗？"

在祁砚面前，霍折宇简直一点魅力都没有。

她本以为她已经把话说到这个份上了，霍折宇会知难而退。谁知道他的眼神越发坚定："我会努力的！"他明天就去健身，去赚钱！

舒漾懒得和他废话："你赶紧给我回去！"

许心窠一手拉过霍折宇，说起了醉话："舒漾不喜欢你，姐姐喜欢你，和心心姐姐玩儿。"

霍折宇感激地看着许心窠，又害羞地点头。好不容易找到机会和舒漾姐姐待在一起，他不想走。万一舒漾姐姐喝醉了，他还可以照顾她。

舒漾吸了两口烟，也没再说什么，随着许心窠开心就好。

这时一位金发碧眼的混血帅哥找上了舒漾。

"舒姐，许久不见还是这么漂亮，能否给个机会？"金发男在舒漾旁边坐下，盛情邀请。

女人的身材和旗袍的适配度极高，那长而匀称的腿更是白得惹眼，没有人不想接近这样的女人。

舒漾抬起手，钻戒闪闪发光："已婚，勿扰。"

办公室内，两名西装革履的男人相对着坐在茶桌前，旁边放着谈好的合作协议。

祁砚摆放着茶具，烧水准备泡茶，抬眸问着对面的年龄相仿的男人。

“真离了？”

陆景深：“当然不可能。一张假离婚证而已，能让那女人消消气，何乐而不为？”

他皱起眉，看着眼前的茶都烦得很：“别泡了，没心情喝。”

祁砚没拿他当回事：“我有心情。”

“呵。”陆景深冷笑，“等舒漾记起你对她做的那些事情，你最好也能表现得如此淡然。难道你打算永远把她催眠下去？”

他不过是骗着许心寐，等人回头。要说手段狠，祁砚才是当之无愧。

祁砚没说话，继续煮着茶叶。

门外传来两声的敲门声。

“进。”

陆景深的助理走了进来，忐忑地汇报：“陆总，许小姐她在金山酒吧，前前后后叫了几十个男人过去……”

陆景深骨节声声作响：“她一天没男人就会死吗？”

这才刚“离婚”，许心寐就迫不及待地要给他头上扣绿帽子。

“备车！”

事不关己的祁砚，轻轻摇头。还是他宝贝漾漾乖，不会出去拈花惹草。

陆景深把合同丢到助理手中，质问道：“谁活腻了敢给她找男人？”

助理低着头：“酒吧老板舒漾，一起陪着玩的。”

祁砚手中的茶杯“砰”的一声掉在桌子上。

“你说什么？”

包厢内。

舒漾面对着金发男，手指慢慢悠悠地摸着指间的钻戒。

“你知道我老公是谁吗？”

金发男笑着反问："这重要吗？"

在这个圈子里，多的是结了婚互不干扰的夫妻。

没有人能守得住舒漾这么野的女人，她不可能只属于一个男人。

舒漾吐着烟圈，扬着拒人于千里之外的微笑："当然重要。你一没我老公高，二没我老公帅，三没我老公有钱。"

她又不是傻子。她若真缺男人，直接找祁砚不好吗？

"嘭！"包厢的门直接被大力踹开。

舒漾蹙着眉："是哪个不长眼的？"

舒漾不耐烦地抬眼，就看见门口站着一抹熟悉的身影。

祁砚在正装外面套了件黑色风衣，面色阴戾得像要杀人。

祁砚看着舒漾那险些遮不住腿根的旗袍，紧绷着脸，眼神锋利得似乎要划破舒漾的皮肤。

舒漾刚准备抽烟的动作停住："你，你怎么来了？"

祁砚走到她面前："打扰你了？"

他把人当祖宗一样供着，结果这个女人倒好，结婚第二天就出来找男人。不光找，还要找一打！

舒漾赶紧解释："不是，这事和我没关系。"她是帮许心寐找男人的啊！

她转头一看，许心寐不知道什么时候已经喝晕过去，被陆景深带走了。

房间内就剩下她和十几个男人，其中还有瑟瑟发抖的霍折宇。

她跳进黄河也洗不清了！

祁砚一把将她拉了过来，抽过她手上的烟狠狠地摁灭，他咬牙切齿地说："舒漾，好样的。"

祁砚身后的手下则把现场的人全部控制了起来，场面一片混乱。

舒漾急忙抓着祁砚的胳膊说："他们真的只是我的朋友，你快让人放了他们！"

"朋友？"祁砚逼近她，"刚才那个也是朋友？"

"我……"

舒漾连连后退，差点往沙发上跌去，祁砚把人拉到身边。

舒漾忽然瞥见他的手好像在流血："你的手……"

下一秒，祁砚就把手背到身后，二话没说扯下风衣外套，把她的腿包了起来，将人扛走。

“啊！”舒漾吓了一跳，下意识地蹬腿，“祁砚你放我下来！你手怎么了……”

舒漾趴在男人肩上，她想转头去看祁砚那只手，却被重重拍了一下。

“老实待着！”

“……你打我？”舒漾踢着腿，不停地打他的背，“我不活了呜呜，没想到你是这样的人，你打我……”

出了包厢，祁砚蹙着眉，牢牢地捂着女人腿上的风衣。

“别乱动。”

这女人到底知不知道会走光？穿得这么短，还敢乱踢。

“我不听我不听我不听……”

舒漾嘴上这么说着，心里还是怕，万一祁砚一个不高兴，当着这么多人的面打她，她一世英名就彻底毁了！

舒漾立马老实了不少，把脸躲在男人的颈窝，不想让人认出来。

她心里越想越气，看着男人颈侧露出的皮肤，舒漾一口就啃了下去。

祁砚猝不及防地青筋一跳，舒漾很快就感觉到淡淡的铁锈味在她唇齿蔓延。

舒漾想抬头，后脑勺却被男人摁住。

这男人想闷死她吗？

祁砚快步走到车前，伸手拉开后座车门把人丢了进去，随即上车。

隔音玻璃缓缓升起，舒漾晕乎乎地摇了摇头：“你懂不懂怜香惜玉啊！”

男人摸了一下自己的后颈，小小的血珠和指间伤口处的血混在一起。他拿过车上的薄毯，盖住舒漾的脸和视线。

祁砚扯下身前的领带，快速擦掉手上的血。他绝对不能让舒漾看见他沾了血的手。那是他费尽心思，都想让舒漾忘记的画面……

舒漾拉下脸上的毯子，怒目圆睁：“你欺负我！”

离婚！离婚！这日子是一天也过不下去了！

祁砚点了点他身边空着的大片位置，嗓音沙哑：“过来。”

舒漾揉了揉刚才被打的地方，缩在离他最远的角落：“我不。”

她记仇得很。

虽然祁砚下手还算轻的，可是她舒漾长这么大就没挨过打，更别说还是被一个男人打屁股，简直太削她锐气了！她才不想理这个老男人！

祁砚坐过去，直接把人抱到腿上："舒漾。"

她不理，撇过头。

祁砚无奈地看着嘴都要歪到天上去的女人，靠过去说："你卡粉了。"

舒漾顿时瞪圆了眼睛，赶紧拿出手机照了照完好无损的妆容，随后恶狠狠地瞪着他："祁砚！我要下车，我要去找我的帅哥们！"

祁砚把人圈死在身边，冰凉的目光落在她冷白的长腿上，话语里充满了危险气息："你敢去，这腿就别要了。"

舒漾下意识缩了缩腿。她完全相信这阴晴不定的老男人能干出那样的疯事。

舒漾推着他，挣扎着要离开："你这个表里不一的衣冠禽兽，丧心病狂的斯文败类，你放开我！"

她闲得没事才会关心这老男人的手，真是气死她了。

祁砚抬了抬鼻梁上的眼镜，低声笑着说："嘴真甜。"

突然，舒漾被男人宽大的手扣住，一抹温软重重印在她的唇上。

"嗯……"舒漾两只手胡乱地挥打着。

反了天了！祁砚竟然敢强吻她！昨天说好的婚内不会乱动她呢？

不会换气的舒漾感觉自己头脑空白，整个人都要昏过去。

在她缺氧到极点的时候，祁砚松开了她，她赶紧深吸了一口气。

男人欣赏着她，神色疯狂又优雅。

舒漾呼着气，有种死里逃生的感觉，可逃到一半，男人又一次将她笼罩。

救命，这老男人是打算亲死她！

舒漾换不来气，急得掉了眼泪，尝到淡淡的咸味后，祁砚彻底放开了她。

祁砚浅浅地亲了亲她的眼角，带走那小颗泪珠："别哭。"

一听这话，舒漾更是委屈了。她像是被狗啃了一样，嫌弃地把嘴巴擦干净。

祁砚把人紧抱在怀里，抚着她的背："对不起。"

他只是气着了，想让人听话一点，那点念头一时没控制住。

只不过，这女人如白纸般一窍不通。

舒漾又想咬他，可看着男人后颈处还在泛着血丝的两排牙印，动作一顿。祁砚的手，好像也受伤了……

舒漾抿了抿唇，看在老男人已经向她道歉的分上，她就大发慈悲放过他一口。

想着，舒漾往他怀里挤去，这男人身上真好闻。

"亏我还在那个黄毛面前不停地夸你！我终究是错付了！"

祁砚顺着她长发，问道："夸我什么了？"

舒漾冷哼："不告诉你。不是要打断我的腿吗？"

说着，舒漾一脚踢开盖在腿上的风衣："你爱打就打。"

舒漾耍起性子来骄纵得很。今天这才哪儿到哪儿，她是开酒吧的，一向看得开。

更何况，她确实没做什么出格的事情。为了她以后的自由，不蒸馒头也要争口气。

祁砚盯着眼前大片的白腿，少了风衣的遮挡，看得人目眩神迷。

他的指尖平缓地滑过她的大腿，舒漾一颤："你不会真要打我吧……"

祁砚薄唇轻勾："是啊，祁某怎么能让夫人失望呢？"

舒漾按住他的手，磕磕巴巴地说："这么好看的腿，你，你真舍得啊……"

祁砚笑意温柔，再次靠近她，语调慵懒："当然舍不得啊。"

舒漾耳朵一红，刚想骂人，就被祁砚顺势堵上了唇。

这一次，祁砚没有像刚才那样强势，而是给足了她耐心。

舒漾一点点地去习惯，逐渐适应了他的节奏。

她好像也有点尝到点甜头了。

时间不知道过了多久，车子在宅院门前缓缓停下。

祁砚松开她，盯着眼前被亲得眼花缭乱的女人，舒漾没什么力气地抓着男人衣袖撒娇："老公抱！"

她还有些没缓过来，真的一点也不想动。

祁砚拿过风衣把人裹了起来，抱下了车。

他把舒漾带回了房间，放到沙发上："乖，等我一下，有点事。"说完，祁砚就打算先去处理一下手上的伤口。

舒漾捉住他的衣角，睨了一眼他一直刻意回避的左手："我看看。"

见他不回答，舒漾环着手臂："不让看？行，以后别亲我。"

她就搞不懂了，她好心好意关心这个男人，为什么他总是拒绝她？

手都不让看，那么哪里能看？

祁砚无奈地叹气，把受伤的手伸到她的面前。

舒漾拉过他的手，男人手指内侧像是被玻璃划过，上面留着几道口子，还有浅浅的干血迹。

舒漾心里一跳："怎么弄的？"

祁砚收回手："茶杯不小心掉了，收拾的时候没注意。我去处理一下。"

见他又要走，舒漾赶紧把人拉住："你不是左撇子吗，准备让谁给你处理？"

舒漾这两天就注意到，祁砚居然和她一样也是左撇子。

难怪两个人并排坐着时，手都不会打架。

"坐下。"舒漾别扭地起身，"医药箱在哪儿？"

"储物柜顶层。"

舒漾走过去打开柜子，踮着脚去够里面的医药箱。

该死，这柜子做这么高干什么？真是火大！

舒漾高举着的手忽然被按下，祁砚拿着医药箱，递到她手里。

"不常用。之后会调整一下家里的布局。"

舒漾倒是很少碰到自己够不着的东西，因为她已经很高了，可祁砚比她还高出一大截。

舒漾回到沙发坐下，见祁砚跟过来，上下打量着他。

"有一米九没？"

"193.5 厘米。"

舒漾扑哧一笑："男人该死的执念。"

"嗯？"祁砚有些不明所以，他只是正常回答了体测时的身高而已。

舒漾看着站在自己面前的男人，抬起手，蜻蜓点水般随意拨了

拨他衬衫的最后一颗扣子："可我怎么觉得，祁先生那天的表现一言难尽。"

祁砚扣住她的手腕，声音幽沉："再试试？"

舒漾把手抽了回来："试什么试，手受伤了还不老实。"

舒漾一边打开医药箱，一边碎碎念着："再说了，我刚才说的是实话啊。"

舒漾不知道，这比质疑男人的身高更加过分。

祁砚挑起她的下巴，深深地看了她一眼："记住你说的话。"

舒漾无所谓地撇撇嘴，继续准备着酒精棉签："本小姐长这么大，还没照顾过谁呢，自己把袖子挽起来。"

祁砚依着照做，解开袖口的扣子，把手摊在舒漾的面前："这是要拿我练手？"

舒漾调侃道："怎么？怕你无福消受啊？"

男人点头，眉峰一挑："乐意之至。"

舒漾看着面前修长的手，不禁暗自感叹，真好看啊。

泛红的指尖和骨节，若隐若现的青筋，启发着她无限的想象力。

她故作镇定地拿着棉签，开始小心翼翼地涂着，担心酒精过于刺激伤口。

不过对于祁砚来说这点伤不算什么，上药时他面不改色。

舒漾是有点反骨在身上的，用棉签点了点他的伤口。

祁砚轻轻皱眉，并没有责怪她的意思，而是揉了揉她的脑袋："会痛。"

他并不是没有感觉，只是不习惯把什么情绪都写在脸上而已。现下他也看出了舒漾有些顽劣的小孩心性。

舒漾看向他的眼睛发亮，嫣嫣一笑："那我给你吹吹。"

说完，舒漾就立马低下头，轻轻地吹着男人受伤的手指。

祁砚哑然失笑。能让他的宝贝有如此有趣的体验，受点伤好像也不是什么坏事。

最后舒漾用纱布在男人的手上系了一个偌大的白色蝴蝶结。她看着成品十分满意地点了点头，交代祁砚："记得让人把我的朋友们放了。"

祁砚看着自己的手，冷呵了一声："原来这才是夫人费尽周折想要达到的目的？”

突如其来对他好，就为了那些不三不四的人？

舒漾扑过去捧着他的脸，笑嘻嘻地问：“你在吃醋吗？”

祁砚没说话，也没躲开只是看着她，似乎有些低落。

舒漾不乐意了，控诉着：“你冷暴力。”

祁砚知道，这已经上升到态度问题了，沉声开口：“没有。”

“那你就是死鸭子嘴硬。”

“……”

祁砚拉下她的手，表情严肃认真：“第一，我还活着；第二，我不是死鸭子；第三，我……”

舒漾抢答：“你嘴硬！”

话音未落，她的唇就被男人封住。

不同于之前的温柔，祁砚早已摘下眼镜丢到一边，这吻带着野劲，像是在惩罚人。

第三，他吃醋了。

“咚咚咚”，房门被敲响了，舒漾瞬间清醒过来。

睁眼一看，她的旗袍扣子怎么开了？

祁砚的目光正落在她领口，舒漾捂住他的眼睛：“不准看！”

“嗯。”祁砚应声。

感觉到她想要逃跑，他把人扯了回来。

“别动。”

说着，舒漾感觉自己的背上一凉，祁砚的手绕过去，帮她整理旗袍。

“急什么？没人敢进来。”

舒漾红着脸推开他：“你快去开门，等下不知道的还以为我们在干什么呢！”

两个人在房间里面待了半天，没人出来开门，外面的人肯定会多想的。

祁砚倒是不急，笑得清朗：“我们没干什么吗？”

舒漾停下系扣子的动作，瞪着他说：“你还笑！表面一副衣冠楚楚的样子，下流！”

祁砚摸了摸她奓毛的头发：“嗯，都是我的错。”

男人随手将她领口上系反了的两个扣子调正。

"我去开门。"

门一打开，琴姨端着汤毕恭毕敬地站在旁边。

她的余光瞥见房间里略显尴尬的舒漾，和蔼的脸上露出一抹意味深长的笑容。

"先生，这是老夫人亲自煲的海参杞参汤，说一定要送到您手里。"

祁砚揉着太阳穴："让奶奶没事多休息休息，我不需要这些。"

他现在一身的火气没处发，现在却给他送来了上火的汤。

坐在沙发上的舒漾咯咯地笑了起来。

她托着下巴，往门口看去："琴姨，你把汤放着吧。祁砚确实需要好好补一补。"

既然是逢场作戏的形式婚姻，她和祁砚应该是越生疏越相敬如宾才好。这样霍家以及外界盯着祁砚的人，才不会把主意打到她头上。

可很显然，他们不完全是走个形式。两个人似乎在较着劲，都希望对方主动。

听到舒漾开口，琴姨心中一喜："先生，夫人都说需要……那这汤我就给您留下了。"

祁砚脸色更是难看了些。

琴姨瞧见他情绪虽然不好，但也没说什么，赶紧把手里的汤放到桌子上。

"那我就不打扰了，先生和夫人早点休息。"

房间门关上后，祁砚看着满屋子飘香的汤和惬意地在沙发上抽烟的女人，眉心直跳。

奶奶明知道他有洁癖，还让人把汤送到房间，恨不得叫琴姨盯着他当面把汤喝了。

这和舒漾上次在房间里吃虾绝对脱不了关系，规矩全都乱了套了。

祁砚直接把汤端去了窗台外的桌子上，然后走近舒漾："房间里不准抽烟。"

男人作势要拿过她手里的烟，舒漾抬手躲开，缓缓朝他吐出烟雾。

"你确定？"

突然，舒漾的肩膀被摁住，男人一手把她推回沙发上，两手撑在她耳边两侧。

祁砚斯文俊美的脸上神色复杂:“舒漾，别太放肆。”

被一个自己养过四年还小他五岁的女人拿捏，这绝不是祁砚想看到的情况。

更何况，他曾经牢牢地将她置于掌中。

舒漾被他禁锢在原处，却没有任何害怕的意思，这反倒挑起了她身上的野骨，她想驯服这个男人。

没有什么比高高在上的人对她俯首称臣更让她兴奋了。

“哥哥……”舒漾故作娇俏地看着他，“这么大的房间，都抵别人一套房了。各种空气净化设备都是高科技，又不是摆设，祁先生得好好利用起来啊。”

祁砚眸色沉沉，听着她说。

“听老婆的话，不好吗？”舒漾也不急着等他回答，接着说道。

这场形式婚姻，真是越来越有意思了。

她舒漾什么帅哥没见过，还是第一次遇见让她这么有征服欲的男人。

矜贵、克制，骨子里又带劲，可真迷人。

祁砚盯着她，刚才那些问题他明知道答案，却答不上来。

两个人在 Y 国的时候，经常一起抽烟。

他喜欢逗她，看着她被呛得掉眼泪，然后放低语气地哄她，他乐此不疲。

后来舒漾怕冷，不喜欢去窗台陪他，就撒娇拉着他靠在床边抽烟。他默许了，也被带坏了。两个人一同抽着烟，看着窗外夜色的放空感觉，让他难忘。

果然在这个女人面前，规矩就是摆设。

舒漾拿过烟盒，抖出一根烟，递到他的唇边:“抽吗？”

下一秒，祁砚含过烟。

舒漾满意地笑着:“怎么像是我带坏你的感觉？明明你骨子里，也坏透了。”

这个男人又何尝不是一心想让她乖乖听话？她倒也没什么太大的烟瘾，不过就是讨厌那些条条框框。

祁砚放开她，拿起舒漾丢在桌上的打火机，将烟点燃。

舒漾牵着他那只受伤的手:“我没有为了外面那些朋友才讨好你，

我是真的关心你。"

祁砚在她旁边坐下，把人揽进怀里："你确定那些人也只是把你当朋友？"

"当然不可能。"这点自知之明舒漾还是有的，"我又不经常和他们打交道。"

今天若不是为了哄许心寐开心，她也不会叫那些人来。

"既然清楚，"祁砚认真地看着她，"那也应该知道，和那么多男人待在一起很危险。"

即便舒漾是酒吧老板，可在有人想要作恶的时候，这都是没意义的虚名。

舒漾拿起他的手欣赏着："祁先生的意思是……和你待在一起不危险吗？"

祁砚可不像是吃素的，他反抓住她的手："知道还敢乱碰。明天我有工作要飞国外一趟，回来时间暂时不确定，你乖一点。"

舒漾也没多问，她当初在Y国学的也是类似专业，祁砚的这种工作，保密级别一般不低。

"那你记得把手养好。"舒漾可不想看见这么漂亮的手留下几个小疤痕。

"嗯。"祁砚捻灭了烟，"明天不是有模特面试吗？早点洗澡休息，我把工作资料整理一下就过来陪你。"

舒漾讶异："你还看娱乐新闻？"她可没和祁砚提过工作上的事情，这男人居然一清二楚。

"自动推送的。"

"哦哦。"舒漾半信半疑地点点头，等他去书房后，倒头就睡。

祁砚处理完工作回来，被窝里的女人已经睡得很熟，男人小心地将她拥入怀中。

背对着他的舒漾动了动身，祁砚忽然觉得有些不对劲，就见怀中的人不知道什么时候无声地掉了眼泪。

祁砚眉心紧蹙："宝宝，怎么了？做噩梦了吗？"

他不知道该怎么办，紧张地拂去她脸上的泪水。

"宝贝，宝贝乖，别哭。"

可舒漾似乎越来越伤心，眼泪从闭着的眼睛里，一滴滴滑落。

“九爷……”

祁砚心里一抽，人仿佛掉进了碎纸机，被细细地粉碎。

曾经的舒漾就是这么喊他的。

祁砚恨不得把人揉进骨子里，一遍遍低声细语地说：“别哭宝贝，对不起。”

天知道他有多后悔那天发生的一切。那不光是舒漾的阴影，也是他的。

所有解释都是虚无缥缈的，他也解释不了，他就是那样一个冷血寡情、出生就被黑暗笼罩着的人。

“私生子”这三字从小就刻在他的脊梁骨上。

可他的宝贝不是，舒漾被很多人爱着，她骄纵，也单纯。

他就像触到光了，想让自己也站在光下，却成了光下无处遁形的灰尘。

可即便是灰尘，也因她而有了形状。

第二天早上电话响了，舒漾完全没有听见，她有点低烧，睡得很沉，昨晚是祁砚在照顾她的。

运动后淋浴完的祁砚，一边拿着毛巾擦头发，一边往床边走，他拿过她的手机扫了一眼备注：经纪人蓝沫儿。

祁砚把电话挂断，回复了一条消息：

您好，舒漾身体不舒服，还在休息，现在不方便接电话，有什么事情请发短信，我会转告给她，谢谢。

长星娱乐公司。

蓝沫儿坐在办公室内，看着手机上的信息，一脸问号。

这大清早的，舒姐手机在谁手上啊？她和谁一起过夜了？

蓝沫儿疑惑地编辑着短信：“不是，舒漾不方便说话，也不方便电话沟通吗？这信息回复得可真官方。”

虽然很是不解，但她还是赶紧把工作行程发了过去，紧接着对方回复了两个字。

收到。

蓝沫儿："……"

睡梦中的舒漾是被祁砚叫醒的，她浑身都没力气，连睁个眼睛都困难。

男人把她托起来些，让她靠在枕头上，抚了抚她惺忪的眉眼。

"嗯？"舒漾疑惑地眯着眼睛看向他。

男人站在床边打着领带，说："刚才你经纪人短信通知，十一点有定妆拍摄，她会在公司等你。一会儿让司机送你去，你现在还有点低烧，不要自己开车，更别骑机车。

"我已经给你选好了适合今天穿的衣服，放在沙发上，生病了不准漏腰。

"你常背的风琴包也在旁边，里面有退烧药、止咳糖浆和保温杯，不舒服记得吃药，注意事项写在上面。

"我十点的飞机，现在要出发去机场，你可以再睡个回笼觉。闹钟定在半个小时之后，每三分钟一个，定了十个，记得起床。"

舒漾只觉得自己的脑袋嗡嗡作响。

"等等……"

祁砚整理着领带，看着她："怎么了？"

舒漾往边上一倒，抱着枕头恨不得睡死过去："你话太密了，我记不住……"

她现在本来就非常混沌，哪里听得进去。

原来祁砚这么啰唆，听了这么多，舒漾满脑子就只记得——这男人的声音真性感，真催眠……

祁砚摸了摸她的脑袋："那就不记。一会儿我会和琴姨再交代一下，睡吧。"

舒漾半睁着眼睛，抓着他的衣袖："记得想我。"

祁砚亲了亲她："会的，在家要乖。"

听着这么蛊人的嗓音，舒漾哪里能拒绝，呆呆地点了点头。

把所有事情和琴姨交代完，祁砚才坐上车。

车内，男人面色清冷，眼镜下眸子紧闭着。昨天哄人哄到半夜，他是一点也没睡好。等到有了困意的时候，也快到出门时间了，他盯着人多看了几眼，天就亮了。

这次回 Y 国，他要把那些事情处理干净。顺便，见见他的岳父大人。

舒漾再次醒过来的时候，祁砚早已经离开。

如果不是看见沙发上备好的衣服，她甚至以为早上的画面是在做梦。

她揉着眼睛，看着手机页面上刚被她关掉的第十个闹钟。

“祁砚……怎么这么了解我啊……”不仅仅知道她的习惯、喜好，甚至知道她的手机密码。

舒漾爬起来洗漱换衣服。

她刚下楼，琴姨马上迎了过来。

“夫人早啊，车已经备好，随时可以出发。今天工作日路况不是很好，早餐给您放在车内的保温箱，您可以路上用餐。”

舒漾今天才体会到，什么是真正的豪门少奶奶的生活。

一点一滴的小事都有人安排好。

琴姨跟着她上车，嘱咐道：“先生担心您身体不适，今天我陪同您一块儿去。这是今天的营养早餐，您先吃着。”

舒漾看着摆在面前的早餐，肚子咕咕作响。

“拍摄完再吃。”

琴姨还想说什么，舒漾问她：“祁砚有过几个女人？”

她直接问的是几个，而不是有没有。她绝不相信祁砚到二十八岁身边一个女人都没有，否则他怎么会那么了解女生？昨天她脸上的妆也是祁砚卸的。

琴姨一听这个问题，十分惶恐：“夫人，您怎么突然这么问？先生他一向以事业为重，没有别的女人。”

舒漾压根不信：“算了不为难你。”等祁砚回来，她亲口问。

让她好奇的是，明明祁砚也在 Y 国生活过，她在圈里怎么没听说过这个男人？照理来说，祁砚这身材气质，绝对吃得开。

嘴上说着不问，转身舒漾就打开手机疯狂搜索关于祁砚的资料。

很快就跳出许多热门相关话题，其中一条最为醒目。

#祁砚的金丝雀#

舒漾看着搜索页面的内容，瞪大了眼睛。简直是不搜不知道，一搜吓一跳。

网络上关于祁砚的话题五花八门，舒漾一一点进去查看。

“啊啊啊啊祁砚到底娶了哪个妖精？这对我来说很重要！”

“会不会是之前在国外的那个？”

“像祁砚这个年纪的男人，突然闪婚肯定是奉子成婚啊。”

舒漾越看越停不下来。

“这老男人还真没白多活几年，花边新闻不是一般的多。”

舒漾心烦意乱地关掉手机，靠在座位上休息。她干吗要自找罪受，闲得没事去搜这些东西。这不就跟查男人手机一样吗？别指望能笑着出来。

但是那个女生到底是谁？

本来还想劝舒漾吃早餐的琴姨，见她情绪不佳，只好把话收了回去。

Chapter 03 心生疑虑

长星娱乐公司。

舒漾拿起包下车。

“琴姨，晚上不用来接我了，我自己回去。”说是这么说，她才不想回去呢。

祁砚不在，她只会更加胡思乱想。

琴姨犹犹豫豫地提醒：“夫人，早餐……先生出国前特意交代的，您带着，饿了吃点。”

舒漾正准备答应，一道声音打断了她的思绪。

“舒姐你可算来了，快进场了，一会儿来不及了！”

经纪人蓝沫儿看见她人，赶紧从公司门口跑了过来。

蓝沫儿挽着她的胳膊：“别愣着了，站人家豪车边上照镜子吗？你已经够美了！”

舒漾被她拖着走：“有没有可能……那是我家的车……”

“好好好，你先赶紧去等候室化妆，你说这片地是你家的我都信！”

蓝沫儿敷衍着，一心惦记着拍摄。

舒漾跟着她走着：“这可是你不信的啊，别怪我没告诉你。”

到了等候室门口，蓝沫儿小声交代着：“咱们一会儿主要讲究一个低调，待会儿不管见了谁，统统是前辈！男的叫哥，女的叫姐，没有技巧，全是感情！”

舒漾露出一个标准的官方假笑：“知道了沫儿姐姐。”

进了等候室，还没等她开口，各种目光齐至，所有人都打量着她。

“娜娜说的人就是她啊……”

“和祁砚那事是她自导自演炒作吧？毕竟人家转头就结婚了，恐怕连她是谁都忘光了。”

“开酒吧的，懂得都懂。”

“我当年做新人的时候，有拍摄都提前三个小时到场，她倒好，掐着点来，挺能摆谱的。”

舒漾拎着包，径直走进来，她可没什么兴趣热脸贴冷屁股。

下一秒，看见旁边眼比天高的徐娜娜，舒漾恍然大悟。

“原来是有乌鸦在乱传话啊。”

“你！你骂谁乌鸦！”

舒漾嗤笑着环起手臂：“谁上赶着对号入座，我就骂谁。”

徐娜娜气得脸都绿了：“你没素质！”

舒漾指间璀璨夺目的钻戒，成功转移了徐娜娜的注意力，她歪着嘴讥讽：“手上戴那么大个钻戒，生怕别人不知道是假的吗？”

“嘘。”舒漾做了一个噤声的动作，“别乱叫。”

徐娜娜又急又气，一下把心里打的草稿全忘光了。

舒漾懒得搭理她，走到自己的座位旁边，却发现她的椅子已被别人的外套和包霸占了。

舒漾微笑着扭头问道：“哪个小可爱，不小心把东西放错位置了？帮忙拿开好吗？”

众人面面相觑，就是没人过来认领。

舒漾抬手就打算把这些东西全部扫到地上去，这时一位女生怯生生地开口：“我、我的，这就拿走。”

舒漾笑眯眯地看着她，“谢谢你呀小姐姐。我看过你出道那场成名秀，太惊艳了！”

女生有些不好意思：“是，是吗，谢谢。”

她刚才还跟着说了几句舒漾的坏话，这会儿突然被夸，脸都不知道往哪儿放。

见她低着头收拾东西，舒漾眼里闪过暗芒，要的就是这种效果。

坐下后，蓝沫儿紧扣着她的胳膊，侧过头说着：“首先声明，我觉得你的做法没问题！那些人嘴太碎了，就是欠教训。其次……你完了，全得罪完了……”

舒漾无所谓地耸了耸肩。

"我是来走秀的，又不是来和这群人作秀的。再说，当大恶人的感觉，真爽！"

蓝沫儿无奈地扶额："有你是我的福气。"

舒漾拿出手机准备上网冲浪，突然出现提示——账号异常，永久封闭。

"谁把我号封了？"

蓝沫儿赶紧帮她看了看："你这是干什么了？又和人家对喷被举报了？"

"我就在网上冲浪时辟了个谣，随手回了句'祁砚没有传的那么神'啊。"

蓝沫儿："姐姐，祁砚你也敢乱说，什么背景敢造他的谣？换我我也封你号！"

舒漾："……没天理了！"

Y 国，外面还是凌晨，车子停在别墅院内。

祁砚下车后，大步流星地往里面走，杨助理带着资料紧跟在身后。

到了书房，祁砚解开西服扣子，在电脑前坐下。

杨助理放下资料汇报道："九爷，这是江东旭这些年在 Y 国做生意的来往。"

祁砚从上抽过汇总资料翻了翻，冷笑道："纰漏不小。"

"九爷这是要给他点教训？"

祁砚仿佛听见了什么很过分的事情，轻扯嘴角。

"他不是我岳父吗？"

杨助理："……"

难得九爷惦记起了这么一层关系，他听着竟然怪不习惯的。是他想多了？

要知道祁砚以前对事，哪会考虑这些问题，一切都是利益至上。

祁砚把手中的资料丢了回去："收进保险箱吧。"

他也希望这些东西永远不要派上用场。前提是，江东旭不会干涉他和他宝贝的美好生活。否则，他也并不吝于给人一个教训。

只是到时候，即便所有的事情都不会和他有半分关系，他的宝贝又该掉眼泪了。

他舍不得。

祁砚整理着袖口："夫人在做什么？"

"正在进行拍摄，琴姨说，夫人早餐一点没动，似乎情绪不好。"

祁砚皱眉。谁又惹她了？

他昨天才把人收得服服帖帖，早上出门前都是好好的，她怎么会不吃早餐？

"我知道，你出去吧。"

祁砚拿起手机准备打了电话过去，见他不走，问："还有什么事？"

杨助理继续说道："这两天网络上对您结婚的看法和各种杂乱的言论比较多，这边统一进行了禁言和封号处理。刚才得知，夫人的账号也在其中。"

祁砚停下正准备摘眼镜的手："什么？"

"夫人参与的话题发您邮箱了。"

祁砚揉了揉眉心："先赶紧让人把账号放出来。"

小孩子上不了网，不生气才是怪事。

杨助理走后，祁砚打开电脑，看着发过来的邮件，里面是一些评论和账号追踪的相关记录。

这女人点进去的话题，还真是大胆得很。

祁砚现在十分后悔，那天把人灌得太醉，导致现在根本解释不清。

祁砚打了个电话过去，无人接听。

舒漾此时在等候厅闭着眼睛，正等着化妆师上完妆。

电话响了起来，她瞥见是陌生号码，直接挂断。

很快就收到一条消息。

我是祁砚。

祁砚？那更不想接！

她刚因为看祁砚各种的八卦郁闷得不行，转眼号还被封了，现在看见祁砚这两个字，她就差没冒火。

拍摄导演走了进来，高举着手，大声问道："舒漾，舒小姐在吗？"

刚化好妆的舒漾，抬手示意了一下。

"这里。"

“不是还没到我拍摄时间吗？”

导演赶紧跑过来，把自己的手机递给她，在旁边小声交代：“舒小姐，祁先生有电话找你。”

舒漾看着备注上的两个大字——祁总。

不是吧，祁砚找她都找到公司来了？

舒漾拿过电话：“喂，怎么了？”

电话那头传来男人低沉的声音：“舒漾，你手机呢？”

舒漾看了一眼放在腿上的手机：“在身上啊。”

“那就是故意不接电话？”

舒漾沉默了一下。因为她手里拿着导演的手机，等候室的人时刻都关注着这边的情况。

导演和蓝沫儿还围在她旁边，舒漾有些不自在。

“我拿自己手机打给你吧。”

“嗯。”

挂断电话后，舒漾一抬头吓了一跳，导演正笑嘻嘻地说道：“舒姐，以后多多照顾啊，你懂的！”

刚接到电话的一瞬间，他还以为是祁总按错号码了，没想到竟然真是找他。还没开始客套，对方就把话题带到了舒漾身上，让他把电话给舒漾。可见舒漾和这位祁总关系肯定不简单！

舒漾：“呃，我不懂啊……”

导演离开后，周围的人全部围了过来。

“舒漾，你和导演什么关系啊？”

“不会是有大佬看上你了吧？”

“命真好啊，那可是祁砚啊……”

蓝沫儿把那些人往外拦了拦：“行了行了，接个工作电话，有什么好八卦的。”

舒漾起身，拿着烟往外走。

站在通风的小阁楼上，她深吸了一口烟，把电话回拨过去。

“怎么了小祁同志？”

祁砚心里的沉闷，在听见这几个字的瞬间消失了大半。

“你说呢？生病了不吃早餐，不吃药，不接电话。可以解释一下吗？”

舒漾拨着指间的烟，却没什么心情继续抽。

她总不能说，自己上网吃了个瓜，把自己噎着了吧？

“不说？”祁砚接过话茬，“如果你是因为网上那些谣言和我置气，现在可以马上把烟熄灭，乖乖吃饭、吃药，照顾好自己。我祁砚有且仅有过你一个女人。”

他二十四岁时名利双收，风光无限，那几年他报复心强，喜欢挑战，而能同时满足他内心对于猎物和女人预期的，只有被父亲当成礼物还一无所知的舒漾。这个女人身上的个性和纯情，陌生得让他为之着迷。

听完祁砚的话，舒漾闷不吭声。她信了，但又没完全信。

这男人，怎么看也是个情场老手啊。

祁砚语气柔和许多：“别乱看网上那些没营养的东西。”

男人给她发了张截图，是舒漾夹着烟的手，点开图片。

上面赫然出现许多有关于她的各种话题。

#舒漾前男友合集#

#舒漾深夜约会#

#舒漾脚踏两条船#

舒漾直接无语了：“这标题要不要搞这么离谱啊！我倒是也想前男友成群……”

男人发出一个幽冷的音节：“嗯？”

“没事。”

没事没事，你以后也会变成，姑奶奶的前男友，哦不，前夫之一。

还不知道自己快成前夫的祁砚，不放心地嘱咐道：“待会儿我会让琴姨送餐过去，乖乖吃完，她会给你量体温，在彻底退烧之前都要配合吃药，知道吗？

“不舒服一定要休息，我不希望在国外还听到任何你生病的消息。”

舒漾懒洋洋地“嗯”了声，她的心情好了许多。

“我现在严重怀疑，你上辈子是我爸。”

祁砚简直比她爸妈还了解她，分分钟拿捏住她的一切心思。

真是神了。

祁砚："……"

把他变得这么婆婆妈妈，让他操碎了心的，可不就是现在控诉他的女人。

养了四年，惯出一身娇气。

"你要是想叫爸爸，祁某也不介意。"

"你你你，你变态啊！"

在她看不见的电话那端，男人不怒反笑："记得你刚才答应我的话，要是我回国之后，你还病着……自己做个心理准备。"

舒漾心中不平，老男人竟然威胁她？难不成还想教训她不成？

"我生病和你有什么关系？"

"当然有关系。"祁砚幽幽地说，"你会传染给我。"

他可不想抱着个病秧子睡觉，半夜还要给她端水喂药。

亏舒漾还以为这个男人嘴里能说出什么感天动地的话，原来他只是担心他自己！真是冷血无情！

祁砚的目光扫过电脑屏幕。

"账号已经给你放出来了，夫人请勿再在网络上继续给祁某造谣，感谢配合。"

舒漾很是不服气："我哪有造谣！"

"是吗？"祁砚声音慵懒，似乎带着困意，"夫人会有机会在我这里辟谣的。"

回到等候室，舒漾就觉得脑袋开始疼。

她肚子里没东西，又吹了点风，突然有些难受。

为了不耽误进度，舒漾强撑着拍摄完后，走路都差点摔倒。

赶过来的琴姨和蓝沫儿急忙扶着她，她这才没事。在琴姨的百般相劝下，她终于住院了。

病房内。

舒漾吃着琴姨带来的粥，说道："这件事要不别告诉祁砚了。"

她前脚刚答应祁砚听话吃药，后脚就把自己作进了医院。这老男人要是知道了，那脸色指定阴沉得会打雷。

她可没忘记初见的时候，祁砚发起怒来连侄子都不放过，下手又重又狠，还不知道他会怎么训她。

“这……”琴姨陷入纠结。

舒漾放下勺子，眼巴巴地看着她：“琴姨你看我真的没……咳咳咳……事咳咳……”

话还未说完，舒漾就咳嗽了起来，琴姨赶紧把温水递过去。

舒漾摆了摆手：“我真的没……咳咳咳……”

“夫人您还是少说点话吧，这么咳下去嗓子该疼了。”

好吧，她承认她好像有点事。

舒漾缓过来后，抓着琴姨的手：“琴姨，你真不能告诉祁砚啊，他会打我的！”

琴姨惊慌地说道：“先生温文尔雅，是断然不会这么做的。”

舒漾无奈地叹气，琴姨显然是被男人的表象蒙蔽了双眼。

“夫人您放心，我当然还是站在您这边，只是……你这病要是一直好不了，我也瞒不住啊！”

舒漾拍了拍她的肩膀：“放心放心，我自有办法！”什么感冒发烧，还不是出点汗的事儿。

舒漾立马拿出手机，给好友许心寐发消息。

老公不在家，出来约！

发完后，想起另外一位圈内好友秦雅致近期也在京城拍摄，舒漾又把消息快速转发过去。沉浸在喜悦当中的舒漾，压根没发现消息转错人了。

打完针后，舒漾把琴姨安排走了，她才不回家呢。

一出院，她就给许心寐打电话：“喂宝贝，你到哪儿了？快开着你的拉风大敞篷，来医院南门接我。”

许心寐开着车，连着蓝牙耳机：“来了来了。我跟你说，陆景深也出差了，听说在沪城让人讹了一笔哈哈哈哈，我可真得好好庆祝庆祝！”

再没有什么比前夫出事更加令她大快人心了！

舒漾也憋着一肚子话：“别提了，我结婚两天老公就飞国外去了，去就去，还管着我。我算是见识了什么叫业界精锐，这不许，那不准，天天恨不得一分一秒都规划明白。

“凌晨还在办公，早上六点就起来锻炼，真是神人！”

许心寐笑得很大声：“祁大翻译官怎么样？闪婚后还满意不？”

“就那样吧。”舒漾撇撇嘴。

忽然，舒漾听见附近有人叫她，转身一看，中年女人有点眼熟，但她一时又想不起来是谁。

见对方朝她走过来，舒漾先挂断电话。

“漾漾，你怎么会在医院，是身体不舒服吗？要不要阿姨陪你看看？”

舒漾脑子转了八百遍，才勉强记起，眼前这位米色长裙的阿姨是祁砚的后妈。

至于叫什么，祁砚没让人介绍，她也记不住。

“额，不用了，我就是小感冒。”那天家庭聚餐，她的第六感告诉她，祁砚极其厌恶这个后妈，她还是要保持距离。

柳玉儿偷偷打量着面前的小姑娘。这女孩不光把霍折宇迷得魂不守舍，竟然还能成功嫁给祁砚，肯定为人有独到之处。多和她接触接触，没准儿能缓和家里的关系。自己被远派的两个儿子也好借机从国外调回来，不被祁砚处处压制着。

“是这样的漾漾，祁砚这孩子马上二十八岁生日了，我和他爸爸都想真心表示一下，你觉得他会喜欢什么礼物呢？”

舒漾满脸问号。那天祁砚略显无助的样子，一遍遍在她脑海里回放。她确信她没有察觉错，祁砚明明是长子，却沦落到只有一个私生子的名头。这一切恐怕只有这些霍家的人心里清楚。

她不想去揭祁砚的疤，别人更不能碰。

舒漾很是认真地看着柳玉儿：“我觉得……你们要不还是别膈应他了？”

她可不相信，男人收到这位后妈送的礼物时会开心到哪里去。

柳玉儿脸色一僵。

舒漾见许心寐车子来了，点头示意：“我先走了。”

祁砚当时没让她和这位女士打招呼，她自然也不需要以礼貌称呼。

柳玉儿看着女人往车里钻的背影，沉重地叹了口气。这两夫妻还真是一个比一个刁。

粉色敞篷跑车在路上呼啸而过。许心寐问道：“刚才那是谁啊？”

舒漾欣赏着自己的美甲和手上的钻戒："祁砚后妈。她可真搞笑，祁砚过生日让我给她出主意，这不是摆明了想拿本小姐当枪使吗？真当我傻啊。

"我要是站在他们那边，祁砚马上就得弄死我。本就不富裕的夫妻感情，那更是雪上加霜。"

许心寀突然一脚刹车，舒漾被她这车技吓了一跳。

"姐姐，你注意点，我还不想歇菜。"

许心寀拍了拍脑袋："我去！我说我怎么在豪门过不下去，这换成我，我铁定就心软答应了。"

难怪她离婚前帮别人说了两句话，陆景深就气得疯成那样……

舒漾扑哧一笑："你不会真以为这些生在豪门的人，个个都如表面那般和善吧？他们不吃人，那就等着被人吃。"

装什么装。就拿祁砚来说，表面上有多斯文优雅，骨子里就有多恶劣阴暗。

祁砚比这些人直白的一点就在于，他在她面前没有过度伪装。

许心寀听得云里雾里的："你脑子分我点！"

舒漾美美地想着：本小姐今天表现得一定很不错，老男人知道了该怎么奖励我呢？

跑车停在金山酒吧门口。

许心寀拍了拍她："下车了，你脸红什么？有帅哥？"

"没。"舒漾咳了声，"我还生着病呢，脸红点很正常。"

说完，舒漾赶紧打开车门，拍了拍异常滚烫的脸颊。

完蛋！她刚才在想什么？她竟然想着祁砚，她满脑子都是那天在书房里，男人闭着眸子，慵懒地拨着指间串珠的模样，举手投足都在她审美点上。

许心寀一进酒吧就点了一桌子酒，这次他们没有选包厢，而是在大厅卡座找地方坐下。

舒漾走过去说："我吃了药，可不能喝酒，顶多陪你喝点止咳糖浆。一会儿秦雅致过来，她能喝。"

"她不是叔管严吗？傅衍之能放她出来？"

舒漾耸了耸肩："不知道。估计毕业了不管了吧。"

听见二楼包厢有不正常的动静，舒漾皱了皱眉。

“我去看看。”

金山酒吧分工明确，楼下的酒吧是归舒漾管，上面的会所主要由合伙人秦叙经营。不过一旦出事，他们都会插手，毕竟是真金白银的合作伙伴。

舒漾刚站上二楼的地板，就听见包厢里又传来玻璃摔碎的声音。

她紧皱着眉：“哪个傻子钱多得没处花，乱砸东西。”

旁边认识舒漾的人赶紧过来解释：“舒姐，要不要通知安保？江少爷不知道在里面发什么疯。还有个女生……刚才还在哭，现在都没声儿了……”

舒漾瞳孔一震：“什么？江衍？！”

她赶紧拨开人群，往包厢走去，刚准备踹门，就被一道身影挡住。

秦叙站在她面前，悠哉地睨了一眼包厢里面。

“你这个时候进去，解决不了什么。你弟弟你还不了解吗？”

舒漾咬着牙说：“我看他是疯了！”

秦叙笑着说：“舒漾，你不懂男人。那妹妹害得你弟弟年纪轻轻就不能人事，江衍的态度已经很收敛了。放心，只是吓唬吓唬而已，不会动手。”

突然，包厢的门从里面被打开了。

满身戾气的江衍看见站在门口的舒漾，怔了一瞬：“姐。”

舒漾又气又无奈，看见人的瞬间，连指责的话也说不出口。

“跟我过来。”

舒漾给秦叙使了个眼色，让他进去看看，没想到，江衍直接伸手拦住秦叙。

“她不需要人照顾。”

舒漾沉了沉气：“万一出事了怎么办，江衍你别把自己搭进去了。”

她是个护短的人，不想弟弟彻底毁在这里。

“能出什么事。”江衍满不在意，“她还能吓破胆不成？”

他可没动粗。那该死的女人，都有胆子把他废了，怎么会没胆子承受这些？是她哭得太烦人，惹急了他而已。

舒漾把人带到卡座上，自己点了根烟之后，把打火机和烟丢给他：“你打算报复到什么时候？”

江衍叼着烟点燃：“我说了，本少爷见她一次，教训她一次。”

当初江衍在几个高年级混混面前帮了陈雨馨，并且把人送回家。可是没过几天，他就看见陈雨馨和那些混混玩在一起，看起来已经非常熟络。

缺乏认知的小孩总觉得，认识高年级的人似乎有种莫名的优越感。而认识有钱人家的小孩，效果亦是如此。

于是，陈雨馨便想拉着江衍一起和他们玩，几个高年级的男生也很热情。

在江衍的再三推脱下，那些人心理变得不平衡，拉着陈雨馨一起恶意整蛊江衍。也是在那个时候，江衍有了心理疾病，性功能也出现了障碍。

他才十九岁，这辈子就这样了，他怎么可能甘心？

舒漾怎么会不知道他在想什么，难得耐心地说："让你配合看医生，你死活不愿意，要你命了还是怎么样？"

江衍抽着烟，没有出声。

"下周，等祁砚出差回来，让他帮忙一起联系联系医生，我也不逼你。但是有一点你必须清楚，拖的时间越久，就越难痊愈。"

虽然她这个姐姐也没有多靠谱，但总归还是记挂着江衍的事情。

祁砚人脉广，医疗资源也不缺，江家本就是要找他帮忙的。既然现在她和祁砚结婚了，这件事情就由她来开口。

舒漾抽了两口烟，嗓子就开始疼，她掐掉烟说道："为了你，我都要跟祁砚低头了，你还有什么不满意的？乖乖接受治疗。"

那老男人好讲话的时候，三个亿的钻戒说送就送；但难沟通的时候，也能为了一句话和她斤斤计较。

江衍沉默着移开夹着烟的手，把脸埋在她的肩膀处，许久不说话。

舒漾有些不习惯："这是怎么了？"

她感觉肩头一热，似乎是泪水。

江衍沙哑地呢喃着："姐姐……我恨她……我真的好恨她……"

舒漾轻轻叹气，温柔地摸着他的脑袋："我知道咱们江少爷受委屈了，乖，别哭了，姐姐这衣服挺贵的。"

江衍："……"

许心寐靠过来，递了杯酒给江衍。

"得了得了，这是酒吧，舒漾是陪我出来喝酒的，不是在这里跟你哭哭啼啼的！”

江衍接过酒，一饮而尽。他看了眼时间，起身拍了拍舒漾的肩膀：“你们玩儿，我还有小组作业没弄完，先回了。”

舒漾听他如此正经地提到课业，笑出了声：“这是什么新型冷笑话吗？”

只是哭了一下，突然要发奋图强了？

江衍掐掉烟，把手抄进裤子口袋，盯着二楼的方向，高深莫测地说着：“小组成员里，有个特别特别特别让我感兴趣的女人。”

只要江衍不出事，舒漾没兴趣干涉他那么多。她从包里拿出止咳糖浆，给自己倒了一杯：“那你这是答应姐姐，下周去见医生了？”

江衍避而不答：“你还是先搞定那只老狐狸再说吧。”

舒漾眉眼轻眯，感觉自己的家庭地位受到了亲弟弟的质疑。

真的很令人不爽啊。

“放心，姐姐很快就会把你送上‘刑场’。啊对了，你这个情况还比较特殊，可能会被作为经典例子，到时候啊，手术台周围看着的人，会有点多哦。”

江衍咬牙切齿：“你可真是我亲姐！”

舒漾耸肩，脸上挂着胜利者的笑容。

可算说服了江衍，距离完成家里交给她的任务，就差祁砚那边点头答应了。

和旁边男生聊得正火热的许心寐，突然想起什么，转头问她：“你不是叫了秦雅致吗？她怎么还不来？”

舒漾拿起手机：“我问问她到哪儿了。”

刚点进微信，舒漾就发现有什么不对劲：她给秦雅致发的消息呢？

电话铃声响了起来。祁砚这个时候找她干吗？

舒漾赶紧又喝了一口止咳糖浆，她不想让祁砚发现自己生病没好，反而更严重了些。

清了清嗓子，舒漾才点下接通按键：“喂？”

祁砚的声音很冷：“为什么这么久才接电话？你在哪儿？和谁在一起？在做什么？”

舒漾被这一连串的问题问住了：“你怎么了？”

电话那头，男人的声音越发阴森："你约谁了？"

"我约了秦雅致出来玩，在酒吧，还有许心寐。我一个病人能干什么，当然是照顾自己咯。"

舒漾一口气把祁砚的问题全部回答了个遍，她疑惑地把腿搭在沙发上："怎么了？你吃炸药了？"

隔着电话，她能感到祁砚语气变得放松："你要不要看看，你发了些什么东西？"

祁砚站在床边接电话，手臂处还搭着件刚准备匆忙穿上的衣服。他为了倒生物钟，睡了几个小时，醒来后刚准备去健身房。点开这女人发的两条信息，还真是比什么都要提神醒脑。

舒漾思绪一闪，赶紧看了眼消息——她竟然把要发给秦雅致的信息，误转给了刚添加的祁砚！

在那句"老公不在家，出来约"的下面还配了一个超级大的两眼放光、伸着舌头的表情包！

怎么看都有歧义。

舒漾刚想解释，男人的醋味就从听筒里，溢了出来："怎么，我不在家，夫人好像很开心？迫不及待到，约人都约到我这儿了？"

舒漾捏着嗓子娇娇地说："人家倒是想约你。可惜我们祁先生是大忙人，既然如此，人在国外就别操国内的心了。"

她就差没直言：别管我了！

"好好说话。"祁砚把手机放到耳边夹着，腾出的手把外套挂回衣柜，"最后一个问题，旁边有异性吗？"

舒漾没回答，放在沙发上的手，有一下没一下地点着："问我这么多问题，祁砚，你就不打算和我汇报汇报？"

男人清透的笑意传来："这是终于知道，你还有位家属了。

"现在是 Y 国早上六点十分，我去健身房待半个小时后，早餐在七点半，八点一刻会到这边的交流院。

"在凌晨一点的时候，夫人可以在国际新闻频道看见祁某。

"当然，前提是你没睡。"

舒漾都能想象出男人井井有条地出现在每个场景的身影了。

"那你运动完，到七点半吃早餐之前的时间，都去干什么了？"

祁砚没想到她小脑袋还转得挺快，拿着手机往健身房走："洗澡。"

舒漾下意识的心虚，她看了下旁边的许心寐，内心十分抓狂。

“是我多嘴了。”

祁砚低着眸子：“够详细吗？不然你以为呢？”

“祁砚。”

“嗯？”

“能不能和你商量个事……”

“什么事？”

不管是什么话，祁砚显然都很乐意听。

舒漾叹了叹气：“我弟弟他有严重心理阴影和功能障碍，需要你帮忙找个靠谱点的医生团队。”

她也没想过，自己有一天会和男人沟通这种事情。

“会有报酬吗？”男人静静地靠在墙壁上，在他半米开外的身前就是一面落地镜。镜子中的他没有过多的表情，略微眯起的眸子，缱绻得像狐狸。

舒漾问：“你要多少钱？”

他轻笑着说：“只要你。”

舒漾大脑一片空白，直到手机突然响了几下，才将她的注意力拉回。

是许心寐找她的消息。

舒宝，你跑哪儿去了？我自己一个人在这儿坐大半天了，你不是说叫了雅致过来吗？她人呢？

舒漾格外心虚，正好借此机会岔开和祁砚的话题：“我朋友找我了，我得赶紧过去了。”

“国内时间也不早了，记得早点回家休息，不要住外面，不干净。”

她现在才真正意识到，原来自己的那点野心和平时的作风，在这个男人的眼里，简直就是小儿科。

祁砚，当之无愧的斯文败类。看来她以往对于这个词的概念，同样理解得过于浅薄。她无限刷新着曾经对祁砚的看法。

她捏着手心，忽然有些迷茫，直觉告诉她，祁砚还有更加不为人知的一面。

这感觉让她害怕，甚至有点熟悉……

舒漾应声问："那你大概什么时候回来？"

"至少还有三天。"

祁砚并不打算自己在国外待着，形婚一年，就算不打算离，这些天他也不打算放过她。

毕竟，人总归是要带在自己身边，才最亲。

舒漾觉得时间有点久，她等不到祁砚回来再谈。

"我弟弟江衍的事情就拜托你了，他答应接受治疗了，麻烦帮我联系些权威的医生，越快越好。"

祁砚答应得很果断："很荣幸被利用。事情办好之后，记得算报酬。"

"一家人不说两家话，么么！"

舒漾飞快地对着手机啵了两下，然后把电话一挂。

祁砚唇边微弯，放下被挂断的电话，走去窗台点了根烟。

家？可真是个迷人的字眼。

舒漾回到卡座，立马叫了杯冰水，她需要冷静冷静。

许心寐睨着她："你这大半个小时跑哪儿去了，和男人私会？"

舒漾眼神一闪躲，就被眼尖的许心寐抓了个正着："真的啊？谁啊？"

"没有，"舒漾把手机收回包里，"祁砚查岗来了。"

"他还怕你把他绿了？"

舒漾笑笑："那可不？像他这种上了年纪的老男人，把名声看得比什么都重要，我要是让他抓到出轨，不进医院躺几天都不像他的作风。"

许心寐似笑非笑地看着她："这是经验之谈啊？祁总看着挺温和的啊，他真敢动手？"

舒漾低着眸，不经意地勾了勾唇。

许心寐"啧"了一声："我一个离婚人士，还真是见不得这些，没有对比就没有心酸。"

舒漾手肘撑在沙发边，托着脸："可我就是不相信，他没有几个前女友、白月光之类的存在。"

许心寐深表感触："没错！这些老男人心思深得很，装得比什么都像样！”

“陆景深那个混蛋，有个白月光瞒了我整整两年，还哄骗我结婚，我真想提刀给他两下！”

舒漾很是心烦，祁砚这老狐狸的白月光到底是谁？

知道了也烦，不知道更烦。

“别让老娘碰着了，台词我都背好了，迟早训他一顿！”

骗她，对她撒谎，绝不能忍！

说话间，一道高大的黑色身影向这边靠近，舒漾注意到后，碰了碰许心寐的胳膊。

“喏，靶子来了。”

许心寐跟着看过去，就见她上一秒想捅刀子的陆景深就站在不远处。

男人面色阴沉，卡其色风衣里穿着白色的高领毛衣和宽松的牛仔裤。由于长得俊朗、穿得休闲，他身上的气质沉稳儒雅，让人根本猜不出他的具体年龄。

陆景深的目光先是落在许心寐身上，又移到她旁边陪着聊天喝酒的小帅哥脸上。

许心寐撇过头：“他爱看就看呗，反正离婚了。”

离婚了还挑她喜欢的风格穿衣服，在她面前膈应她，转身又不知道要进到哪个女人的房间。

许心寐拉过旁边的帅哥：“帅哥，离那么远干什么，坐过来点。”

坐在另一边看戏的舒漾，瞥了一眼陆景深的方向。

转眼间男人身边已经多了位搭讪的女人，两个人看起来相谈甚欢。

舒漾看着这两个人，暗自评价道：“牛。”

突然一个念头。让她细思极恐。她和祁砚以后不会也这样吧？

没等她多想，手机就响了起来，舒漾接起电话。

“蓝姐，怎么了？”

蓝沫儿说道：“舒宝你在家吗？我过来帮你一起收拾东西了。你被选上的那场秀，举办方换场地了，说是要改成 Y 国海边沙滩，这样比较贴合主题。

“你简单收拾一下，咱们明早直接准备出国。”

舒漾皱着眉：“这马上寒潮来袭，是嫌我们这些模特不够冷吗？”

秀场一下从室内改到了室外，并且模特所需要展示的是明年夏天的超季服装。

舒漾露出了身为打工人的痛苦表情。到底是哪个该死的主办方出的主意，真会瞎倒油。

蓝沫儿安慰她："宝你辛苦辛苦，这场大秀可是今年关注度最高的，表现好了咱们就飞黄腾达了！"

"知道了蓝姐。"

舒漾虽然心里骂着主办方，但是对于工作也只能吐槽，然后坦然接受现实了。

"你别光知道了，你赶紧给我开个门啊！"

舒漾拍了拍脑袋，赶紧说："我现在不在家，密码你知道的，直接进吧。"

"我在金山看场子，今天晚上就住休息室了，你明天到酒吧来接我吧。"

电话那边传来开门声。

"行，那我给你随便拿点衣服。"

蓝沫儿进去后惊讶道："咦？你最近没回家啊？不像是有人住过的样子。"

舒漾咳了一声："我结婚了。"

"什么？"

蓝沫儿惊讶的声音险些震破舒漾的耳膜。舒漾赶紧把手机拿远了些，又听见蓝沫儿噼里啪啦问了一连串问题："谁啊，男明星？模特？设计师？还是那个富二代？叫什么来着……霍宇折？"

"都不是。"

"啊？"蓝沫儿惊慌，"徐娜娜说的是真的啊，你不会真找了个老男人吧？"

"我还盼着祁砚哪天离婚和你在一起呢！你直接把我 CP 拆了……"

舒漾思索了一下："五岁，也不老吧？"

不过祁砚在翻译公司的地位，已经比她爸都更胜一筹了。若不是他们结婚了，看在爸爸同事的分上，见面她没准儿得叫祁砚一声"叔"呢。

蓝沫儿血压飙升，这什么意思？这就是承认了啊！

“姐，你糊涂啊姐！你该不会是被骗了吧？圈里面这么多帅哥美女你不要，非得找个年纪比你大这么多的，你图他什么啊你？

“不过话说回来，我也没见你最近接触什么男人啊？

“也就前两天和祁砚传了点小绯闻，人家转头结婚了，网络上都说你被啪啪打脸，没想到你也给我来了波大的！

“对方谁啊？有点名头的话，咱们公开算了，正好让那些人闭嘴。

“祁砚，咱们看不上！”

说完，蓝沫儿自己都不信。

“虽然我平常也喜欢听祁砚的外语新闻电台……

“但我精神层面上，绝对是站在你这边的！”

舒漾挑眉：“谁说看不上了？”

不仅看了，还发展了一下。

“不过公开的话就算了吧，我老公工作比较特殊，不适合被带进那些舆论中。”

“哇！”蓝沫儿激动，“尖端人才！那岂不是和祁砚一样？”

舒漾“嗯”了一声。何止一样？

不过早晚要离，也就没必要弄得尽人皆知，多一事不如少一事，对她和祁砚都好。

挂断电话后，舒漾编辑了一条短信，准备发给祁砚。

我不回去住了，金山这边离机场近。明天我也要出差，祁先生，Y 国见。

打完字，舒漾又看了几遍，一股脑全删了。

她先偷偷在 Y 国待两天好了，顺便看看，祁砚是不是真有什么娇养白月光。如果有，那必然会见面。没有的话，也能了结她的一桩心事，还能邀请祁砚一起看第三天的大秀。

殊不知，男人正紧盯着手机聊天框，眼看着提示从“正在输入中”变得平静。然而过了许久，没有一条消息进来。

祁砚捻着手中的串珠，他关掉手机，靠在椅背上，闭着眼睛，心中思绪万千。

他心心念念的好宝贝，来 Y 国走秀居然打算瞒着他？准备背着他

做什么？见那些所谓的老同学？还是另有新欢？

不对。逻辑合理，但过于简单。

过了三秒钟，祁砚缓缓掀起眼帘："小朋友学聪明了啊。"

这是打算背地里调查他。

多半是和之前网上的传言有关。再加上，他确实没有刻意去伪装，让舒漾觉得他不像是个没谈过恋爱的人。

祁砚轻声失笑。

虽然他压根就没有什么金丝雀，可陪小朋友玩玩也未尝不可。

逗小孩子嘛。顺便借机彻底消除一下他的宝贝心中的疑虑，这样才能获取更多的信任。

男人把串珠戴回手腕，从抽屉拿出烟刚准备抽，桌面上的手机就亮了。

是陆景深打来的电话。祁砚随手接通："怎么了？"他往露天窗台走，悠闲地把烟点燃。

陆景深格外暴躁："祁砚，我今天就要把你老婆开的这破酒吧连夜铲平！"

"怎么说话呢？"

什么叫破酒吧，那可是他宝贝大半年的心血。

"自从你老婆回国后开了酒吧，许心寐三天两头就往那跑。我想要见人一面，还得装作来酒吧消费，真服了！"

陆景深站在金山二楼打着电话。

只要一低头就能看见坐在卡座中心的女人，左右谈欢，笑得花枝乱颤。

扎眼！

祁砚抽着烟说："你管不好自己的女人，关我家小孩什么事。

"我话先说在前面，你敢铲平她的酒吧，我保证陆氏集团也会被连夜炸成废墟。还有，许心寐和舒漾是朋友，你要拿金山酒吧出气，这女人恐怕永远都别想追回来。"

陆景深："你是来给我添堵的吧？"

他当然知道这些道理，要不然什么金山银山，早就不复存在。只是他现在的情况，简直太闹心了。

祁砚以一副过来人的样子劝他："既然看上了，打算长期发展下去，就该做好自己的女人会越来越难哄的心理准备。”

陆景深越想越郁闷，焦虑地按着眉心。他这辈子的失态全都给了许心寐，到底还要怎么做？他不止一次想过把许心寐也送去实验室，进行催眠。可是舒漾已经回国了，她们见过了，事情瞒不住。

陆景深不想再继续讨论这个话题，岔开道：“你老婆今天看样子，不打算回家呢？”

他后院起火，不得给祁砚也点上？

祁砚盯着窗外：“不劳费心。”

陆景深笑而不语，男人最了解男人，他知道祁砚现在不过是装不在乎。

通话结束后，祁砚不疾不徐地捻灭手中的烟。

舒漾今天答应了他回家住，看来说得轻易，却做不到呢。该怎么让他的宝贝知道，人要信守承诺？半年不见，现在事事都敢瞒他骗他了。

祁砚比较倾向于一次性解决问题，斩草除根，不过不管什么事，还是关起门来才好解决。

该打的打，该亲的亲。

舒漾冲完澡，躺在沙发上时都快困死了，她又看了一眼时间。

“怎么还有二十分钟啊……”

这时差，可真是令人糟心，她就想看看祁砚工作的时候到底是什么样的。

从凌晨就守在电视面前，盯着国际新闻频道，听了大半个小时的其他新闻。

简直太催眠了，舒漾真的撑不下去，昏昏欲睡。不知道过了多久，电视机里传来熟悉的声音，她瞬间睁大眼睛，给了自己两巴掌，赶紧坐起来调大音量。

果不其然，祁砚出现在画面中。

男人的嗓音在电视中更加沉稳，发音流利。画面的另一边，极其奢华的古典长桌上坐着许多穿着西服的中年男女，来自各个国家，说着不同的语言。

祁砚面色如常，从容不迫地娓娓道来，嗓音蛊人的程度，让人根

本不记得他说了些什么。

舒漾不争气地咽了咽口水。

第二天飞机上，舒漾戴着眼罩困得不想说话，昨天她看祁砚看入迷了，完全忘了时间。

蓝沫儿放好行李坐过来："你这一副要死的样子，昨天晚上没睡？"

舒漾轻哼："一不小心点到祁砚的新闻频道，浅浅看了一下。这下好了，去Y国都不用倒时差了。"

蓝沫儿偷笑。

"还真应了网上那句，谁还没为祁砚熬过夜。这知名度还真不是明星可以比的，我奶奶都总是惦记着要看祁砚的新闻。"

舒漾悠悠然地想着，长得俊，作风正，确实讨长辈喜欢，难怪妈妈舒梅对这场联姻答应得那么果断。

Y国。

舒漾刚落地，就赶紧给许久没联系的父亲打了个电话。

"喂爸比，我来Y国咯，你住哪个酒店啊，我也住过去，正好我们都好久没见了。"

爸爸江东旭和祁砚是同事，工作上也有不少交集，出差肯定是公费报销。只要知道爸爸住在哪儿，祁砚就跑不了。

还在等电梯的江东旭听见女儿要住过来，赶紧劝阻。

"漾漾，这边交通不是很方便，爸爸让人帮你另外订个酒店，好吗？"

还是少让女儿和祁砚接触的好。

电梯在六十八层停住，江东旭从电梯门映出的影子中看见一个高大颀长的身影，正大步流星地走来。

江东旭目光一怔。

西装革履的男人站在他前方，面色温和谦逊，唇角露出一个优雅的弧度："江叔叔。"

舒漾自然也听见了。这声音……是祁砚，还真是巧。

江东旭微笑颔首，祁砚称他为叔叔，可他知道这人背后的狼子野心。

祁砚做了个请的手势，两个人一同走进电梯。

舒漾忐忑不安："爸，酒店的事情我自己安排吧，你可千万别告诉祁砚我人在国外。"

祁砚到底有没有听见他们父女刚才说的话啊？如果听见了，岂不是证明祁砚知道她来了？

可电话那边，祁砚打过招呼之后就没有再说其他的话，不应该啊。

舒漾决定不想了，先找妈妈打听了一下爸爸住的酒店，然后订了两个房间。

蓝沫儿跟着来到酒店的时候，顿时被眼前富丽堂皇的建筑吓到。

舒漾戴着口罩和帽子，拉着蓝沫儿："走吧。"

她的手臂被蓝沫儿抓住："不是吧姐，你确定是这儿？

"出个差我们没多少钱啊，这酒店你把我腰子割了我也住不起啊！"

舒漾拉着她往里走："怕什么，姐报销！"

谁让那老男人眼光这么好，一住就住最贵的酒店。

不过爸爸也住在这里是舒漾没有想到的，翻译公司对待职员的确非常好，但什么时候消费如此高了？难道是自费？

蓝沫儿眨了眨眼睛："姐！你是我唯一的姐！"

两个人在前台办理入住，蓝沫儿似乎看到什么，突然激动地抓着她的手。

"舒姐！舒姐！祁，祁砚！"

舒漾背对着门口，身体一僵。靠，这也太巧了吧？！

她两手放在吧台上，目不斜视地盯着前方，恨不得把自己的存在感降到最低。

旁边的蓝沫儿依旧沉浸在激动当中："哇，舒漾你快看啊！没想到有生之年能在国外近距离见到祁砚本人！"

"他真的好高啊，这就是传说中的九头身、双开门吧？"

看漫画里总是觉得夸张，可现实中比例完美的男人，简直颠覆她的想象。

舒漾面对着的前台，玻璃墙擦得锃亮，可以当成镜子。

听蓝沫儿说得那么夸张，舒漾也忍不住抬头看向"镜子"。

进入酒店大厅的是三个西装笔挺的男人，祁砚走在最前面，两边的同事步伐要比他快一些，不停地和他交流着什么。

蓝沫儿见她一动不动，匪夷所思地问："这么大个帅哥就在你面前，你居然不看？”

就连前台的几个外国人都不由得把目光投了过去，窃窃私语着。

舒漾赶紧低着头，内心疯狂呐喊着：你不要过来啊！

男人步伐沉稳地往大堂电梯口走，锐利的眸子淡淡地扫过右手边不远处的前台。他几乎一眼就看见了那唯一一个背对着他的女人。

高挑的身材，白色的紧身短上衣搭配浅蓝色高腰裤，还有那令人无法忽视的极致腰臀比。这个背影，他太熟悉了。

他倒要看看，这个女人又打算在他头上做什么花头。

直到他们的声音逐渐消失，舒漾才松了一口气。

终于走了。

蓝沫儿痴痴地回忆着："我宣布祁砚彻底变成，我的男神了！你说他住几楼啊，我们有没有机会和他坐同一部电梯？"

舒漾拍了拍她的肩膀："只可远观。他们这种工作性质，特别是在国外，根本近不了身，暗地里不知道有多少保镖盯着呢。"

蓝沫儿若有所思地点点头："你怎么知道？"

舒漾突然被问住："网上都有啊。"

蓝沫儿认真地点了点头，又盯着她问："可你不是从来不关注祁砚吗？"

前段时间，舒漾可以说都不知道世界上有祁砚这个人的存在。

舒漾拿过前台还给她的证件，故作凶狠地威胁她："再问把你腰子割了！走了，去享受一下大酒店。"

蓝沫儿拿到付款单和房卡的那一刻，下巴都快惊掉了："这么多零？全天下有钱人就不能多我一个吗？"

舒漾扬了扬下巴："姐带你玩儿。"

蓝沫儿立马抱紧她的手臂："呜呜不愧是我含辛茹苦带出来的，飞黄腾达了也不忘了我。"

舒漾做人向来仗义，否则她的酒吧也不会在京城风生水起。

蓝沫儿张了张嘴，又收了八卦的心："算了算了，不问你老公是谁了。这钞能力让我和他大你五岁这件事情，和解了！"

她虽然真的非常好奇，但还是知道分寸的。

在服务人员的带领下，舒漾和蓝沫儿回了各自的房间。

蓝沫儿因为时差的问题急需休息，而舒漾还是精神抖擞的。

得知舒漾回 Y 国后，同学群里热闹起来：

嘿，舒！出来聚聚吗？

艾瑞尔的酒庄开业了，我们正好准备过去坐坐。

舒，你在哪儿，我去接你，我爸刚给我买了劳斯莱斯，正好出去遛遛。

舒漾看着这些消息，赶紧回道：

皇家七星酒店。

群里的人对此没有任何惊讶：

行，你给我发个时间点，提前五分钟在南门停机坪后的主干道等我就行。

小爷马上登场！

今天没工作，舒漾也确实挺想见同学的，毕竟这是她待了四年的地方。

想到那段记忆，舒漾就觉得脑袋疼。

“我怎么会忘记自己在国外读书的时候，寄住在谁家呢？”

她脑海里有许多生活片段，唯独没有那个家的主人。

爸爸也一直不肯透露，被她问得实在逼不得已，才说对方出事被抓了，正在调查，她不便参与进来。

舒漾化了个妆，在墨绿色的旗袍外面披了件白色中长款的皮草。

走到外面时她还是打了个喷嚏，Y 国气温比预想中低了不少。

随着跑车的轰鸣声渐近，一辆劳斯莱斯停在她面前。

金发棕瞳的男人对她打了个响指：“快乐不等待！ Go！”

祁砚坐在沙发上，电视机前正播放着几个视角的监控。

绿色草坪上多了一个打扮得花枝招展的女人和一辆二手劳斯莱斯。

男人目光阴冷地盯着舒漾上了跑车。他花那么大的价钱把人弄到国外，结果等待他的就是这一幕？他不觉得舒漾会出轨，但他似乎依旧没法接受舒漾不在时的寂寞。

不过几年前他的宝贝就不喜欢他控制欲过强这一点，那时她在家里闹得翻天覆地，通过拆家来控诉对他的不满。现在，祁砚知道他要

避开这些问题。

舒漾吃软不吃硬，温柔才是必杀技。

祁砚拿过烟，又忽然抬手丢了回去，去他的必杀技。

刚整理完资料从书房出来的助理被祁砚阴沉沉的样子一惊，又听见祁砚把玩着打火机问："小孩去哪儿了？"

"艾瑞尔酒庄。"助理继续说道，"他好像是夫人的同学。"

他在祁砚身边当了多年的私人助理，调查夫人的一举一动成了他工作的一部分，只要祁砚想知道，他就要给出准确的答复。

祁砚紧抿着唇。他闭着眼睛，他不能着急，不能生气，否则计划全部都乱了。

他要把种种事情堆叠起来，让他的宝贝因为这些误会而愧疚，然后获取更多的信任。

如果再次因为争吵、不满和血腥失去他的宝贝，他不知道自己到时候，还能不能像个人。

这是一场驯服和攻略，他没有更好的手段。

他在努力变好，希望她不要丢下他。

艾瑞尔酒庄。

舒漾从跑车内下来，门口有许多同学迎接她。

刚才接她的艾瑞尔停好车就跑来搭她的肩膀，舒漾几乎是肌肉记忆般后退了半步。她好像一直都有和男生保持界限的习惯，特别是肢体接触。

艾瑞尔挠了挠头发："忘了这回事了。你刚才在车上和我说什么来着，没太听清楚。"

反正不管什么事情他都办得到，随口就答应了。

舒漾把他拉到一边："祁砚你认识吗？"

一段记忆被勾起，艾瑞尔脑子飞快地运转着。他有些犹豫，说还是不说？

"不认识。"艾瑞尔果断否认，严格来说他的确不算"认识"祁砚，只算见过。

Chapter 04 蓄谋已久

酒庄的设计充满了复古情调，一群同学坐在中心区的椭圆形高吧台上。

杰森向她招手："坐这边。"

舒漾走过去问："我们班真正从事新闻工作的，好像只剩你了吧？"

在座的同学要么是有家产要继承，要么去进修金融了，要么就像她一样在忙自己的兴趣爱好，真正从事专业相关工作的人寥寥无几。

杰森笑道："这么多年，都不见你交个男朋友，我给你介绍一个吧！"

舒漾赶紧摆手。

"害羞什么？"杰森笑道，"肯定是你喜欢的类型！

"标致的华人帅哥，净身高一米九，腰缠万贯，父母不管，想嫁给他的人，要从Y国排到京北呢。

"兄弟帮你插个队，近水楼台先得月。"

舒漾听他这么形容着，脑海里莫名就浮现出了祁砚的身影。

说实话，嫁给祁砚后，她看谁都觉得平平无奇。

杰森看她愣了一下："怎么样，不可思议吧？我们还是一个精神病院出来的。"

舒漾："……"

杰森提到他在精神病院的经历时，总是十分投入和回味："我是跟着他才彻底获得自由。

"你知道我一直非常欣赏你，很可惜，你不是我喜欢的类型，不过一般的菜鸟我不会介绍给你，你适合一个强者。"

舒漾和他碰了碰杯，淡淡地抿了一口酒："你这是担心我活得太长了？"

把这么个人介绍给她，她不得吓死。

杰森不以为然，目光随意地扫了一圈："你看看他们，多平凡多无趣，思维固化得像老头。"

艾瑞尔和其他同学都习惯了杰森这么说话，他们曾经告诉舒漾不用介意这个精神病。

杰森忽然有些沉重："你歧视他？"

舒漾刚准备点烟，听他这么一说，火都没打着，急忙开口："我尊重！我非常尊重！"

但她不理解啊，她真的不理解。再帅再有钱，她也已经结婚了。

杰森到底发什么神经，怎么还开始牵红线了？

"那就这么定了，见见看。"杰森放下酒杯，"我朋友差不多到了，我去接他一下。"

舒漾拦住他："就当和大家一起玩，别给我整什么单独相亲啊，我不感兴趣。"

她是想暗中观察祁砚有没有二心的，可不想让杰森给她带沟里去了，否则到时候她还有什么理由谴责祁砚？

"行。"杰森意味深长地看着她，"但愿你见到人之后，还能这么铁石心肠。"

舒漾轻哼，杰森形容的那个人在她心里就和低配版的祁砚差不多。

哪有正版在家里不要，出去买山寨的理由？

艾瑞尔撑着下巴："你现在总不用被家里人管着了吧，以后可要多回Y国玩。"

说起这个，舒漾忍不住问："你见过当时管我的人吗？"

那个人到底是谁？这个疑惑一直埋藏在她的心里。

"不就是祁……"

嘈杂声四起。

"快看谁来了？！"

"哇！是个华人，好帅啊！"

"杰森那个疯子什么时候这么有品位了？"

舒漾不喜欢凑热闹，着急地就等着艾瑞尔把话说完。

“不就是什么啊？”

只见艾瑞尔好像看见什么，顿时蹙了蹙眉。

舒漾跟着他的目光侧过身看去，酒庄正门口，杰森领着一位男士往里面走。

男人穿着身黑色高领毛衣，风衣外套搭在手上，在这个全是外国人的场合，显得格外特别。

舒漾飞速回过身。这杰森找的人怎么不是低配版啊。祁砚他怎么会在这里？

舒漾拿起包包，准备溜之大吉，一个不注意，手边的酒杯突然倒了下来。

“怎么了？你没事吧？”

艾瑞尔和旁边的同学，都投来担心的眼神，连忙给她递手帕。

舒漾呼了一口气，只觉得背后发凉，祁砚除非瞎了才认不出她。

看着自己沾上红酒的旗袍，舒漾刚伸手要去拿艾瑞尔的手帕，面前忽然多了一只修长的手和一块雅黑色的男士手帕。

舒漾盯着手帕怔怔看了两秒，就听见头顶上方传来男人询问的声音：“不要？”

舒漾头更低了些，抬手拿过他手中的手帕，整只手却被男人抓住。

舒漾猛地抬头。果不其然，祁砚就站在她座位面前。

祁砚看着她，话却不知道到底是在对谁说的：“杰森，你这位同学，没什么礼貌呢？”

男人揉着她的手指，目光深沉：“不谢谢哥哥吗？小朋友。”

他脸上扬着温柔又绅士的笑容，却把她的手包裹得严严实实，让她想抽也抽不出来。

舒漾看着眼前衣冠楚楚的男人，紧张又心虚地咽了咽口水。

“谢谢。”

她微微使力，可祁砚还是不松手，而是俯身靠近了些。

男人身上专用的松木香扑面而来：“谢什么？”

舒漾捏紧了拳头，硬着头皮又说了一遍：“谢谢，哥哥。”

祁砚这一瞬间的笑声很轻，不注意甚至都听不见。他摸了摸她的脑袋：“都打湿了，好好擦擦。”

舒漾应了声，立马闷头拿手帕，擦着腰部和腿上的红酒。

想到刚才的对话，她内心不停地腹诽着。死祁砚，还谢谢哥哥，怎么不上天？

天天摸她跟摸狗一样。

杰森看着祁砚向大家介绍：“这位是我的好朋友祁砚，祁先生，金融发家，现在是国际顶级翻译官。祁砚在国外也有不少产业，以后我们大概率都会有合作，可以先认识一下。”

一经介绍，本就俊逸的男人马上成了人群中的焦点。

很快就有人问：“祁先生有女朋友吗？”

舒漾擦拭着旗袍的动作一顿，捏紧了手中的帕子。

“没有。”男人话音一落，整个场面都沸腾了起来。

舒漾拽着手帕，气愤地擦着腿上的布料。

老渣男！她同学都下得去手！行，这可是祁砚开的头，不还他头上千层塔，“舒漾”两个字就倒着写！

忽然，她的手再次被摁住，祁砚不紧不慢地解释：“不过，我结婚了。”

周围一片唏嘘声。

这下，可以说是连路过的蚂蚁都知道祁砚和舒漾关系不一般。

舒漾看着在自己旁边坐下的男人，把手帕丢还给他：“你怎么会来这里？”

祁砚拿过丢在自己身上的手帕：“夫人这是打算贼喊抓贼？”

“杰森邀请我来的。当然，比起我为什么会这里，更重要的不应该是，你为什么会在这里？”

舒漾：“……”偷换概念失败。

祁砚捻着手中的帕子，继续说：“一夜之间，老婆都到国外来了，只有我不知道。我应该高兴的，对吗？”

舒漾：“……”这男人什么时候学会阴阳怪气的？

舒漾的手在桌子底下拉了拉他的衣角：“你生气了？”

祁砚放下手帕：“没有。”

舒漾轻松了许多，紧接着就听见男人幽幽地说：“我生什么气，我有什么可生气的，我没有生气。”

还说没有生气？！

好吧，这件事情确实是她做得不对，她道歉！

舒漾挪着椅子靠近，把手悄悄放进他的毛衣里：“老公，别生气了。”

祁砚隔着毛衣抓住她的手，眸光森然：“这样的道歉方式，我不接受。”

桌面上的手机振动了一下，祁砚看了一眼。舒漾老实地缩回手，男人起身出去接电话。

舒漾喝了一大口酒，闷闷地想着：早知道就不要那些小心思了。

平时都是祁砚哄她，她哪里哄过人，嘴笨得要死。说着不生气，她还以为祁砚真不生气了。现在人都不见了，应该是完全不想理她吧？

见艾瑞尔一直盯着自己，舒漾看向他：“你有事儿？”

艾瑞尔神色很是复杂：“你和那位祁先生，是什么关系？”

舒漾勾了勾手指，示意他靠过来。

就当舒漾靠近他的耳边准备开口时，突如其来的男声打断了这一切：“你们在干什么？”

祁砚接完电话回来，入眼就看见两个人交头接耳，恨不得贴到一起去的样子。

舒漾快速坐正，认错的态度非常积极，她拉着祁砚小声说道：“我真的错了，我和你道歉，有什么事我们回家再说好不好？”

“嗯。”祁砚拿起外套，“你慢慢玩，我先回去了。”

舒漾赶紧拿起自己的包：“你等等我。”

男人的步伐大，舒漾不仅穿着高跟鞋，身上还有件厚重的貂皮外套，根本就追不上。

“祁砚！”舒漾索性停下不走了，也懒得玩什么假摔。这男人要是再不停下等她，她就记一辈子！

见前面的身影终于停下，舒漾这才打算继续走。

祁砚回身走到她的面前，揽着她的腿，把人扛了起来。

舒漾一边搂住他的脖子，一边观察着男人的脸色。

男人拉开车门，把她放了进去，舒漾抓住他的毛衣：“你不理我。我真的不是故意的。”

“不是故意的？”祁砚细细品味着这几个字，“不是故意瞒着我来国外，还是不是故意在酒店躲着我，或者刚才不是故意想要逃走？”

车门开着，祁砚弯着腰，一手撑在她背后的靠椅上，将她整个人都圈在自己的身前："舒漾，说说看，还想撒多少谎？还是说，又不是故意的？"

舒漾看着他的眼睛，想要说清楚一切，可连她自己都不知道该从何说起。

她勾着男人的脖子，送上温热的唇，有些娇气地说："饶了我吧哥哥，想要什么道歉方式你才满意？"

亲了一下后，舒漾眼巴巴地盯着眼前的男人。

下一秒，祁砚的唇重重压了过来，吻得用力。

没过一会儿，祁砚松开她，一言不发地拉过安全带，给她牢牢地系上。

舒漾趁机往男人的脸颊上亲了一口："消消气。"

祁砚垂眸："把感冒传染给我，你就死定了。"男人把她两只手放好在身前，将风衣盖在她的手和腿上，然后关上车门，去驾驶位开车。

舒漾撑着脑袋，看着驾驶位上严肃的男人。

怎么办？这老男人计较起来，还真有点难哄。

舒漾把脸侧到一边，"咳，咳……"她忽然有些担心这要好不好的感冒咳嗽，可不能在她走秀的时候掉链子。

祁砚突然说："储物层的保温杯里有热水。"

舒漾来不及反应，难受的咳嗽又加重了些。

估计是身上被红酒打湿了，刚才又吹了风，咳起来就收不住了。

祁砚快速把车开到就近的路边，解下安全带，担心地拍了拍她的后背："先喝点温水。"

舒漾看着男人递过来的保温杯，没伸手接："我还是不用你的东西了，免得传染给你。"

祁砚沉了沉气："是我刚才说话太重了。乖，先把水喝了。还是说要我喂你？"

舒漾这才抱着杯子喝了几大口，刚放下杯子祁砚就递过来一颗药："止咳的。"

"你也生病了？怎么还随身带这玩意儿。"

祁砚没回答，动了动放着药的那只手："吃药。"

舒漾乖乖闭嘴，拿起药丢进嘴里，又喝了点水，把保温杯递还给他。

祁砚将保温杯盖好放回原处，重新系上安全带，启动车子。他面无表情，似乎刚才那一切都和他无关。

舒漾玩着他风衣的纽扣，小声嘟囔："真是别扭。"

到了酒店。祁砚打开车门，给她解下安全带，用风衣把整个人都包了起来。

"我抱你进去，大厅人多，乖乖待在怀里别乱折腾。"

舒漾唯他是从地点了点头，乖巧极了。不过，她是咳嗽，又没伤着腿脚，不知道的还以为她有公主病呢，虽然好像确实有点。

酒店大厅，大厅中大多数人都看向门口处，议论纷纷。

舒漾心中一动："是时候让你们见识见识姐姐的无敌大美腿了。"

舒漾想着，就想把小腿荡出风衣。

突然，舒漾浑身一僵。祁砚这老男人居然在大庭广众之下捏她！

进了专用电梯，舒漾就急忙把头钻了出来："祁砚，你想死是不是，你捏我干什么？"

男人把人抱高了些："这不是给你点训斥我的机会？"

电梯在六十层停下，祁砚准备把她放下来，舒漾赶紧勾住男人的脖子："我不走，我要和你一起睡。你还在生气吗？你也太小气了吧，你想怎么样才满意，我都答应你还不行嘛！"

祁砚薄唇轻轻扯动："像我这样的老男人，很危险。"

直到电梯门打开，舒漾也没撒手："我房间太冷了，冻手，我不要回去。"

祁砚："……有暖气。"

"不会用。"舒漾睁着眼睛说瞎话。

"今晚去你房间，好不好嘛？都好久没一起睡觉了……"

说着说着，舒漾的手已经牢牢地把祁砚锁住，一股脑地往他怀里钻。

祁砚无奈地叹气，把人带到自己房间。

他拿掉她脚上的高跟鞋，抽出柜子里的拖鞋："把鞋换上。"说完，他就往衣帽间去。

舒漾把身上的貂皮衣服挂到一边，快步追上男人："走这么快干吗，人家身上黏黏的，要洗澡。"

祁砚面无表情地拎出一套睡衣："给你找衣服，去洗澡。"

"那你不许生气了！"

见眼前的女人大有一副不答应就不罢休的势头，祁砚轻轻点头："毛巾和浴巾架子上有新的。"

浴室水雾渐起。

祁砚按了按眉心，真是养了个祖宗，他拿她一点办法都没有。

舒漾洗完澡裹着头发出来，一连打了好几个喷嚏。她抓着眼前突然出现的男人的胳膊，艰难地直起腰。

见到祁砚的瞬间她软了骨头，往他身上扑："感冒好难受啊老公……"

祁砚抚着她的背，拿过吹风机开始给她吹头发。

舒漾闭着眼睛一边享受着，一边思考着。她躲着祁砚来国外，脑子是被驴踢了吗？如果祁砚真有白月光，她难道还能直接来一出棒打鸳鸯？

全天下男人又不是死绝了。

祁砚看着她变化多端的小表情，问："想什么呢？"

舒漾眯着眸子审视着他，打算暂且信他一回。

祁砚眉眼带笑，他还真是猜不透舒漾的想法。

把吹风机关掉，他将人抱到腿上："现在我们好好谈谈。"

"谈什么？"

"道歉方式。"

舒漾一听，果断准备跑路，刚起身就被男人一把捞了回来。

祁砚危险的气音在她的耳边响起："想赖账？"

"哪有。"舒漾干笑着说，"只是…会不会太突然了些？"

虽然这是晚上，但是两个人马上就要发生什么，感觉就跟完成任务一样。

祁砚轻轻蹙眉："突然？"

"嗯嗯！"舒漾小鸡啄米般点头，"我都没有心理准备……"

男人的语气平静，听不出什么情绪："你撒谎的时候，我也没有心理准备。"

舒漾见说不通，顿时换了副嘴脸："祁砚你丧心病狂啊，我都生病了，你为了自己一己私欲，一个病人你也下得去手？！"

“诽谤我？”祁砚扣住她的下巴，“罪加一等。三千字检讨，写完交给我检查。”

舒漾：“你，你说什么？我眼睛进沙子了听不清。检什么，检讨？”

有没有搞错啊，她舒漾这辈子还没写过检讨呢！

“嫌少？”

舒漾直接傻掉：“我一脚油门都冲上高速了，你在这儿和我扯检讨？还三千字？你打死我我也写不出来！”

男人的声音沉稳：“是吗。”

话音刚落，祁砚直接把她从身上放倒，舒漾忽然觉得大事不妙。

“啪”的一声，男人的大手就落了下来。

舒漾整个人一蒙，随即“哇”的声音响彻房间。

“哇呜呜！你真动手啊！！！”舒漾一口咬在他的手臂上，控诉道。

“你不讲道理！难怪你这么大把年纪没人愿意跟你！我也不要你了，我好惨啊呜呜……”

祁砚缓缓抚摸着刚才下手的地方：“把刚才的话再说一遍。”

他没下重手，但这小女人娇气，眼泪唰地就下来了。

舒漾四肢扑腾着，嘴里还念念有词：“我不说！你叫我说我就说啊，你算老几？你以为自己谁啊，你管……”

“啪”，又是一道沉闷的声音。

舒漾的哭声瞬间大了几个分贝，两只手不停地打着他。

“哇呜呜呜呜你走开！死祁砚！坏蛋！老男人！”

舒漾手上留了点指甲，在她胡乱地挥舞下，祁砚还是没躲过，脖子上被抓了两道。

男人并不打算松手，直接扣住这两条手臂，把这双破坏力极强的手直接翻过头顶。

失去了两只手的自由，舒漾感觉自己就像只鱼，跑也跑不了，躲也躲不开，就等着被眼前的这个男人，宰割。

祁砚冷冷地盯着她：“不要我了？你想要谁？嗯？”

舒漾趴着默默地抽泣。

“不说？”

舒漾感觉到祁砚的冷意，以为他又要教训自己，赶紧服软：“要你，要你还不行嘛！”

舒漾仰头看他的时候，整张脸都是泛红的，眼睛里还含着泪。

“别，别打了，疼……”说着，她的眼泪就滴了下来。

如果说第一掌祁砚是和她闹着玩玩，那第二下绝对是认真的。

并且这男人丝毫没有打算停的意思，她敢一直犟嘴，祁砚就真准备一直打。

舒漾只能抓着自己的手，趴在男人身上闷头哭。

“你要是，要是再打一下，我就再也不理你了……”

祁砚有些不忍，抬起她的脸：“还撒谎吗？”

祁砚生气的并不是舒漾来Y国这件事情，而是她太不把自己的身体当回事。

原本只是一点小感冒，很快就能好，现在她为了工作不仅病情加重，还差点晕倒。真是一点都不让人省心。

况且，这才结婚几天，舒漾想的却都是瞒着他。这绝对不是祁砚想在以后婚姻里看到的情况。他不希望他们现在的婚姻充满了猜忌和谎言。

他们明明好不容易才重新开始。

“不，不撒谎了……”舒漾委屈巴巴地摇头，又开始咳嗽起来。

祁砚沉下气，把她手上的东西解开，把她整个人抱了起来，带着她去拿止咳糖浆。

舒漾抓着他的毛衣，咳得难受。

男人把装着止咳糖浆的毫升杯喂到她的嘴边。舒漾盯着那杯药，有那么一瞬间想起，第一次在酒吧碰见祁砚的时候，这男人手上也是这么握着酒杯，递到她的唇边，仿佛这些动作，他习惯得像是做过千百遍。

祁砚以为她觉得难喝，耐心解释道：“乖，这个不苦。”

舒漾一口喝了下去。

“好点吗？”

舒漾刚准备回答，想了想又不吭声。这老男人刚才打了她，还两下！她现在势必要翻身把歌唱，她做错什么了？她现在什么也没错！

祁砚见她不咳了，也不管她愿不愿意说话，就把人放到书桌前面的椅子上。

舒漾四处看了看：“干，干什么？”

只见男人拉开抽屉，拿出一个长方形的棕色小礼盒，放到她面前。

“给我的？”

祁砚“嗯”了一声：“看看喜欢吗？”

舒漾打开盒子，有一点点清淡古木香味飘出来，里面存放着一支墨绿色的钢笔。她拿起来看了看，沉甸甸的很有分量。

笔身做工精美细致，雕刻着繁复的花纹，堪比艺术品。

只是，怎么好像有点眼熟。

“这不是你昨天拍摄用……”

意识到自己说了什么之后，舒漾赶紧捂住自己的嘴。

完了，暴露了。

祁砚单手撑在书桌上，歪着头看她：“原来，夫人昨天熬夜看我了啊。”

他摸了摸她的头发：“早这么惦记哥哥，哥哥怎么舍得动你呢。”

舒漾躲开他的手：“没有！凑巧！凑巧而已！”

祁砚失笑：“昨天的会议同传，可是要提前预约进入频道的。我用到这支钢笔的时候是中场时间，当时国内应该近凌晨两点。那确实蛮巧的。”

老男人怎么记性这么好？大晚上逻辑这么清晰做什么？！

舒漾赶紧岔开话题：“你送我钢笔干吗？”

提到这里，舒漾心里升起不祥的预感。

祁砚似乎觉得她问到点子上了，将旁边的本子挪到她面前。

“这支笔我替你试过了，不累手。三千字检讨，写完再睡。”

舒漾顿时觉得手上这笔一点都不好看了，她赶紧盖上丢回去木盒：“呃呃，我觉得这东西太贵重了，我不配！我还是洗洗睡吧。”

让她写三千字检讨，这不是要她命吗？

那得写到何年何月，她才编得出三千字？

祁砚按住她的肩膀：“现在开始写，你或许还能在十二点之前上床睡觉。”

舒漾看着眼前的本子和笔，心里苦不堪言。她只是想过来睡个觉而已，为什么这么多破事？

生病的是她，挨打的是她，写检讨的怎么还是她？！

祁砚见她老实了点，拉过旁边的椅子坐下，拿了本书：“写吧，我

私尝

陪你。”

舒漾小心翼翼地点了点男人的胳膊：“少点行不行。三千太多了，等下人家的手都写起茧子了，你也不心疼心疼你老婆。”

不知是哪句话让祁砚高兴了，男人半合着书，轻轻勾了勾唇。

舒漾拉着他的手，可劲儿晃：“你还真舍得你漂亮老婆在这儿熬夜写检讨啊，会长黑眼圈和皱纹的。你知不知道想要淡化一条皱纹有多难？”

祁砚被她磨得没办法：“一千五，十二点之前没写完就再加一千。”

舒漾立马松开他的袖子奋笔疾书。

直到写得脖子有点酸了，舒漾抬头往纸上的计数处一看，居然才刚过一百线……

“写这么久，老娘的字是都被狗吃了吗？”

忽然，舒漾感觉自己的嘴一歪。祁砚伸手捏着她的脸：“说脏话？”

“就说就说。”舒漾龇牙咧嘴地发泄着不满，“怎么写得完嘛！”

写这么大半天，她想着怎么也该够了，谁知道连零头都还没写够。

更何况，她根本就不知道该从何检讨。

祁砚扫了一眼她的检讨，一针见血地说道：“总结问题所在，提出针对性改进方法，写出这两点后，给我检查。”

舒漾揉了揉脸颊：“怎么还带教人写检讨的，你是真的牛，我是真的服气。”

这么会写，干吗不自己来写？

祁砚一个眼神过来，舒漾随即抿上嘴，继续和检讨战斗。

她都不敢想象，这画面要是传出去了，圈内人该怎么八卦。

快二十三岁的人了，还在因为做错事情写检讨，亏祁砚这个老男人想得出这么老土的方法。

舒漾一边吐槽一边写，还时不时要和祁砚说两句，证明自己不是在孤身奋战。

“我明天穿什么啊？”

祁砚目不转睛地看着书：“会让人买了送上来。”

“可是贴身衣服……你助理买不合适吧？”

“我订好了，他只是去拿一下。”

“哦。”舒漾写不出来，转着笔古灵精怪地看着他，“我里面可什么都没穿，晚上你要控制住你自己啊！”

祁砚捏着手里的书，警告的目光飘向她：“看样子是一千五太少了，不够你发挥了？”

舒漾立刻打住：“别别，有话好好说，写着呢，这就写。真是不解风情。”

盯着那些字没过一会儿，舒漾就撑不住了，连笔都握不稳。她实在是太困了，飞机上睡的几个小时，到这会儿根本不管用了。她自然也没精神注意到，从她开始昏昏欲睡后，旁边男人手上的书就再也没翻动过一页。

舒漾趴在本子上直接睡了过去。

祁砚放下手里的书，小心翼翼地把她手上的钢笔拿掉，将人抱了起来，放到床上。

又是工作，又是生病，还要去见朋友，看样子她是真的累到了，睡得很沉。

祁砚把她写的检讨拿过来仔细看了一遍，毫无章法。字体也从一开始的端正逐渐变得潦草。

“总之，舒漾大美女做错什么事情，都是情有可原的！”

看到这最后一句话，祁砚轻笑出声，仿佛都能想象出舒漾说出这句话时傲娇得意的模样。

祁砚把检讨收到一边，温柔地抚摸着小女人的脸。

片刻后男人才起身，从暗角的保险柜里，拿出一个便携式小手提箱。

男人将东西放在床边柜上，打开，白色的雾气从箱子里往外散发，散去一些后，可以看见一支针剂和一排透明小玻璃瓶装着的液体药物。

这些药物的储存条件非常严格，因此箱子必须拥有自主调节温度的功能。

祁砚点燃床边的助眠香薰，对自己的手进行全方位消毒后，戴上手套，拿起一只透明玻璃瓶，拆开封口，用针将里面的药物吸取出。

男人轻轻拿过她的右手，在手臂落针处消毒。

随后，一针落下。

祁砚收了针，将小女人的被子盖好，俯身亲了亲她：“宝贝真乖。”

收拾完，祁砚躺下把人抱到怀里，那些记忆他们迟早要面对，那

么就从现在慢慢开始吧。

男人无力地把脸埋藏在女人的发丝之间，静静睡去。

怀中的人却悄然睁开蒙眬的瞳孔……

舒漾只觉得脑袋异常沉重，许多前所未有的画面闪入她的脑海。

在这些零碎的片段里，只有她和一个陌生模糊的男人。她悄悄走到窗台边，踮起脚夺走男人的烟，却被男人拽了回来，按在窗边亲了好久。

她光脚在偌大的别墅里跑着，被男人一把抱起来，抬手就打了两下。

她从背后环住男人的腰，把头歪到前面看着他："九爷，你想要什么生日礼物呀？"

男人回过身，温柔至极地捏着她的脸："宝贝给我什么，我就要什么。"

她的眼睛比什么时候都亮："那你要我吧，我最宝贝了。"

当天晚上，她就反复后悔自己说的话。

随着画面的增加，男人的脸也越发清晰起来。

祁砚！

舒漾感觉身上都开始冒冷汗了。

这一切的一切，充斥着她的思想，让她一时不知该如何接受。

她大学期间寄住在父亲的朋友家里，记忆里缺失的那个人，竟然就是祁砚？！

他们的关系……好像还不一般……

舒漾紧张得不敢动一根手指，生怕会惊醒旁边睡着的祁砚。

这到底是怎么回事？她怎么会选择性忘记这么多事情？祁砚刚才给她打的又是什么针？

不过，舒漾有预感，这些记忆并不是全部。

如果她和祁砚，真的像画面中那般美好，事情又怎么会变成这个样子？

看来，从头到尾祁砚都是心知肚明的。她以为的初遇，原来是精心设计的重逢。就连这场婚姻，恐怕也是蓄谋已久。

舒漾就这么一直琢磨着，直到抵挡不住困意，大脑逐渐失去意识。

第二天。

舒漾醒来的时候，身旁早已经没了祁砚的身影。

总统套房的视野好，她一眼就看见穿着无袖黑 T 和灰短裤的男人正在晨跑。

祁砚的皮肤偏白，跑起步来十分好看。

舒漾撑着坐起身，想到昨天的事情，她赶紧瞥了一眼自己的手臂后方，果然有一个小小的针孔。

她再次看向祁砚的方向，沉思起来。

所以，现在是要假装什么都不知道吗？相信祁砚，就像他昨天说的，再给他一点时间。在没了解清楚真相之前，似乎也没有更好的办法了。

等她回过神，祁砚已经从跑步机上下来，故意逗她："怎么大清早就这么含情脉脉地看着我？"

这男人不笑的时候冷若冰山，笑起来时面带桃花，完全让人移不开视线。

舒漾轻嗤一声："我含你个头！"

他该不会是做了什么对不起她的事情，才隐瞒她失忆的事实吧？

祁砚随手将毛巾丢进脏衣篓，俯身靠了过来。

舒漾靠在枕头上，缩了缩脖子："祁砚，你为老不尊！小心晚节不保！"

男人好整以暇地勾着薄唇："我好像还没到那个时候。"

祁砚双手撑着在她面前，微低着头，碎发挡住些许视线："再说……祁夫人，我们真的不考虑，找个时间重温一下？"

舒漾推着他："不了不了。"

祁砚把人从被子里捞了出来，舒漾不停地在男人的怀里扑腾着。

"喂你，你快放我下来……"

舒漾两手将自己和祁砚隔开一段距离，压根不敢抬头。

祁砚看她这副样子，笑得很畅快，他把人拉到自己面前："看不出来，你还挺害羞？可是，你知道我今天早上醒来，做的第一件事情是什么吗？"

舒漾避开他的眼睛："不关我的事。"

祁砚轻轻碾着她的手心，生怕她听不清似的，咬着每个字音："就是把乱来的八爪鱼，从我身上扒下去。"

“不可能！绝对不可能！”

她睡觉虽然不太老实，但也不至于干出这种事情吧？

祁砚就知道她不会认账：“随手拍了一张，发你手机了，记得查收。”

舒漾张着嘴，反复震惊。这是什么神经病行为？

祁砚瞥了她一眼，无奈地轻叹着气：“好了，乖，不闹了我去洗澡了。”

舒漾拔腿就跑，她要赶紧逃离这个是非之地。

祁砚揉着眉心摇了摇头，把门关上，独自冲冷水澡。

过了会儿，门铃突然响了起来。

舒漾嘴里叼了根还没来得及点的烟，打算开门。

旁边浴室的门却先打开了，祁砚裹着浴袍，上前按住她的手，沉声说：“宝贝，穿睡衣时别乱给人开门。”

说着，祁砚挡在她身前，自己把门打开，接过助理送来的衣服。

舒漾低眼看着自己的睡衣睡裤，再看向祁砚，身上只有一件灰色浴袍。

“说得好像你穿很多似的。”

男人浑身上下还散发着刚沐浴过后的清香，v 领的浴袍处露出锁骨，还有额前碎发尖尖上的小水珠，处处都显得别有韵味。

舒漾摘下烟，狠狠批评道：“不守男德！”

祁砚把手中装着衣服的袋子交到她手上，摸了摸她的头发：“老婆说得对，我会注意的。”

舒漾冷哼一声，把手里刚准备抽的那根烟塞到祁砚手里，就往衣帽间走去。

“我去换个衣服。”

祁砚看着手中的烟，上面还有一个浅浅的牙印。

男人把烟放进嘴里，摸起客厅桌上的打火机点燃，往窗外走。

舒漾换好衣服出来，不见祁砚的人影，仔细一看，他果然跑去窗外抽烟了。

男人背对着她，一手夹着烟，另一只手握着电话。

她走过去，脚还没踏进窗台外的地板，就听见男人语调温柔又无奈地对着电话那边说道：“就这么不想见我？”

舒漾感觉自己的脚像是被定住了。

短短一句话，祁砚说得有几分幽怨，可舒漾却从他的语气中听出了别样的温柔。她的脑袋像被雷劈了一样。

白月光？

还没等她多想，紧接着又听见男人说："我和舒漾不打算要孩子。"

渣男！！！

舒漾二话不说，撸起袖子冲上去，朝着祁砚的脸就是一拳头！

"去你的！"

祁砚手疾眼快地按住她冲上来的小脑袋，让两个人的距离始终有一臂之隔。

舒漾人没打到，还被死死地按住，气得快要喷火。

"祁砚你这个死渣男！我要打死你！一把年纪结婚了还不得安宁！吃着碗里的看着锅里的，老娘干脆给你废了得了！省得你去祸害别人！"

舒漾噼里啪啦一顿疯狂输出，见祁砚还拿着手机，她继续口吐芬芳。

"还不挂电话？行，算你牛！看来这种翻车小场面，你这老渣男肯定见多了吧？你……"

舒漾说着说着，突然听见男人喊了一声："妈。"

舒漾以为自己出现了幻听。

祁砚单手把她拽到怀里，对着电话说："是舒漾。"

突然被点名的舒漾，当场石化，电话那边的人，居然是祁砚他妈？

这是什么魔幻误会……

完了，这个家彻底完了，她刚才那么说祁砚，婆媳矛盾指定不小了。

祁砚点了免提，就听见电话那边的中年女人笑着说："这小姑娘还挺开朗的。"

舒漾不敢随便说话，赶紧给祁砚使眼色——还不赶紧帮你老婆，挽回挽回形象！

祁砚脸上也挂着淡淡的笑意："是挺开朗的。妈你别误会，她刚才……在找我对戏。她平时都很尊老爱幼讲礼貌的。"

舒漾简直赞同得不能再赞同。

电话那边祁砚的亲生母亲祁秋华说话时，一直带着笑：“小孩子嘛，没有坏心的，不管是不是对戏，话总是说得没错。

“小漾没准儿是借机点醒你，肯定是你哪里做得不好，让姑娘没有安全感了。祁砚，你可得好好反思反思。”

突然领取一张反思券的祁砚迟疑了一瞬间。

舒漾凑近男人的手机，乖巧地喊道：“妈妈好。”

这婆婆真明事理。

简单的一句称呼，可把祁秋华高兴坏了。

“小舒漾好呀，真是个乖宝贝，妈妈都迫不及待想见你了！下次等小砚带你来看我，妈妈一定给你准备漂亮的礼物。”

“好！”

祁砚又嘱咐了几句后，这通电话终于结束。

舒漾才从男人的怀里逃脱，整张脸都绿了。男人捏了捏她的脸：“想什么去了？”

舒漾拍开他的手：“没有！”

祁砚歪着头盯她：“没有什么？夫人抓奸失败，好像很是伤心啊，这么想训我？”

舒漾强行解释：“我只是在吐露心声！”

祁砚眯起眼眸，幽幽地扫过她。

舒漾害怕地抱紧自己：“你，你干吗？”

祁砚朝她逼近：“还要我说得更清楚一点吗？

“那天你喝醉了，哭得要死要活，再加上没买避孕的东西，我们根本就没进行到底。”

舒漾往后退着，险些摔倒，祁砚一把扣住她的手腕，稳住身体。想起那些憋屈的画面，男人就越发咬牙切齿。

“不仅如此，我全程都在哄你这个小哭包！

“结果你倒好，第二天一醒就提裤子跑了，还几次三番地挑衅。

“哥哥的好，你这小白眼狼，是一点都不念啊？”

他若是不收着，舒漾第二天恐怕得让人扶着去领证。

舒漾怎么也没想到事情会是这样，说话声音都弱了许多。

“这么说，祁先生还有点舍己为人的精神在身上……”

祁砚没什么温度地微微笑笑：“我并不想有。”

男人松开她的手，从放领带的台子上拿过一条黑色领带，不紧不慢地系着。

舒漾心里挺过意不去的，想着怎么感谢一下祁砚。

于是她小步跟了上前，手上一边舞着动作，一边围着男人，声情并茂地唱着："谢谢你，因为有你，温暖了四季……"

祁砚系着领带，抽空抬起眼看向她："这是要把我送走？"

舒漾直接罢工："我这是赞美你！"

祁砚薄唇勾起一个弧度，随即，抬手调整了一下领口处的领带。

"我现在要去开个会，你今天有行程吗？

"没有或者结束得比较早的话，可以来接你老公吗？"

舒漾哼了声："你以为就你忙啊，我也很忙的，我工作要很晚才结束。"

她今天要去秀场彩排，顺利的话几个小时就结束了。但是如果现场灯光等场景一直调试不好，待到半夜也是有可能的，到时候，西北风都够她喝一壶的。

祁砚也没管她说得是真是假，摸了摸她的脑袋："那我下班去接你。附近有家不错的料理，晚上一起尝尝。"

舒漾微低着头，手指轻捏着手心。这老男人的语气，还有摸她脑袋的动作，怎么跟驯小狗一样？！关键是，她还真就一点脾气都提不上来。

祁砚整理着袖口，心里把时间计算得很清楚。

"早餐马上会有人送过来，吃完再走。还有，早晚温差很大，你感冒还有点没恢复，在外面一定要把大衣穿好，知道吗？"

舒漾小鸡啄米似的点点头："那你不吃早餐吗？"

"不吃了，时间有点赶，我先去公司。你乖一点，下班了和我说，等我来接你。"

舒漾总觉得想说什么，但还没开口，祁砚就要走了。

她碎着步子跟到门口，祁砚看着面前的小女人："怎么了？"

男人忽然弯腰把侧脸凑到她面前："要亲我一下吗？"

舒漾看着突然出现在眼前的侧脸，感觉自己的心跳一下子快了起来。

见她不为所动，祁砚并没有起身，而是又把脸凑近了些："嗯？"

舒漾飞快地在他脸上嘬了一口，推着祁砚往外走：“不是赶时间吗，快去上班吧！”

把门关上后，舒漾呼了呼气：“该死的老男人，怎么长得那么嫩。”

很快，服务人员把早餐送过来，舒漾坐在餐桌上盯着燕麦粥，却没什么胃口。

她其实大概猜到，祁砚平时都是非常规矩地起床、运动、用餐，今天肯定是因为和她闹腾才来不及吃早餐的。

舒漾撑着脑袋：“有老婆和没老婆，多少还是不一样。

“不过……祁砚，你到底瞒着我什么了？”

他们是怎么分手的？单纯合不来，还是出轨？

一静下来，舒漾就没法控制自己不去想这些问题。

电话铃声打破了她的胡思乱想。

蓝沫儿精神抖擞的声音传来：“早啊我的宝，快给姐姐开个门，收拾一下，咱们该准备去拍摄场地了！”

舒漾直接从椅子上蹿了起来，拍了拍脑袋。想着想着，竟然把时间给忘了！

“蓝姐你等我一下，我现在回来。”

“回来？”蓝沫儿惊讶，“你这大清早的就去哪儿了？听这声音，不像刚醒啊。”

舒漾一边穿鞋：“我去吃了个早餐。”

蓝沫儿看着自己手上拎的两份早餐，沉默了两秒。

她和舒漾相处这么久，这祖宗什么时候早起吃过早餐？怎么一来Y国，整个人生活还规律了？

舒漾回到自己住的楼层，拿房卡开了门。

蓝沫儿跟着进来：“哇，你房间这么快就被收拾好啦？不愧是七星级大酒店，速度啊！”

舒漾嘴脸抽了抽，她根本没住。

蓝沫儿放下早餐，两眼放光地说道：“你知道我刚才带早餐回来路上，看见谁了吗？”

舒漾淡淡吐出两个字：“祁砚。”

“你怎么知道？”

“还有什么事能让你激动成这样？”

蓝沫儿很是赞同地点头，又话锋一转。

“不对，重点不是这个！重点是，祁砚的后颈处，有两道抓痕！那一看就是女人指甲抓的，衬衫领子都遮不住！”

蓝沫儿又激动又心碎：“到底是谁？到底是谁！”

舒漾心虚地摸了摸鼻尖。

等蓝沫儿吃完早餐，两个人就坐上了去秀场的商务车。

车内，舒漾把大衣放到一边，转过头就看见经纪人一脸不可置信的表情。

“舒姐，你，你没事儿吧？”

“怎么了？”

蓝沫儿指着那件米色大衣：“太阳打西边出来了，你竟然主动带外套？”

这一晚上不见，舒漾怎么在生活的方方面面发生了如此大改变，还懂得照顾自己了？

舒漾靠在椅背，眼睛睨向她：“你忘了，我现在可是已婚人士，有老公的好吗？”

老男人别的不说，还是挺会照顾人的。

蓝沫儿总觉得哪里怪怪的。

让她惊讶的，不是有人叮嘱舒漾照顾自己，而是舒漾听进去了！

她听话了！

到底是何方高人，把舒姐拿捏得死死的。

秀场。

舒漾做妆发造型花了三个小时，头发被拉得笔直，中分梳到耳后定型，身上是一件纯黑色高开衩贴身长裙。

舒漾从试衣间出来，照了照镜子，问着蓝沫儿。

“会不会有走光的风险？”

现在是白天彩排，谁都不能保证，正式走秀的那天晚上海风不会作妖。

这么高开衩的裙子，半个臀部都快要露出来了，再加上布料又比较顺滑，要是刮一阵不合时宜的风，她恐怕会被火速送上娱乐头条。

这时，旁边的试衣间门也开了。

徐娜娜扭着腰走了出来，上下扫了她一眼：“真矫情，不能走就回家。”

舒漾挠了挠耳朵：“谁在乱叫？”

徐娜娜大步向前：“我说的不是事实吗？谁像你这么矫情，这可是官方发布的成衣，难不成还要设计师特地为了你改衣服？”

“看不惯我？那你报警吧。”舒漾懒得和她拌嘴，和蓝沫儿说，“蓝姐你联系一下服装老师，看到时候能不能在这条裙子里面粘双面胶贴住腰臀处的皮肤。”

新发布的裙子不同于借给明星的礼服，是不能二次改动的，模特的任务，就是需要完美展现设计师的作品。

彩排开始。

为了模拟晚风的情况，导演特意在 T 台两边准备了几台鼓风机。

舒漾踩上恨天高，气场全开，神色坚定地开始配合走过场。

一到定点拍照处，风是最大的，离自然海也最近，木制的 T 台与沙滩景色融合，观赏度直线上升。

海风呼啸而过，舒漾手疾眼快地按住乱飞的裙子，淡定地继续走完全程。

下台后，导演果然就指出了问题。

“舒漾，正式秀那天，你可千万不能出现捂裙子的情况。这条裙子是季度主打，必须呈现出最完美的效果。”

舒漾点了点头。

导演把造型师叫过来：“Alin，记得帮忙跟进一下。”

舒漾和造型师 Alin 坐下沟通了一会儿。

Alin 说道：“是这样的舒女士，我明白您的顾虑。从里面加几条布料固定双面胶是可以的，但是难免会破坏裙子本身飘扬的灵动性，再加上这条裙子比较贴身，在高清镜头下可能会有胶布的印子出现。”

舒漾认真听着。

其实这不算什么大事，但是她还打算叫祁砚过来看秀呢。

以这老男人的接受程度，回去高低得把她训一顿。

要不和祁砚商量商量？没过几秒钟，舒漾就先打消了这个念头。

可是她以后会参与越来越多的秀，尺度参差不齐，难不成每回都和祁砚报备申请？

舒漾想了想：“那先这样吧。”

Alin:“行，我随时做好准备。如果当晚风太大，我再给你加。”

舒漾回到休息室，等待二次彩排。

蓝沫儿去帮她对接一些事情，舒漾无聊地坐在沙发上，瞥见休息室的全身镜，眼底光芒一闪。

“老男人能接受到什么程度，试试不就知道了？”

她搬了把椅子，坐在全身镜前，开始搔首弄姿对镜自拍。

拍了十来分钟，舒漾从大同小异的照片里面筛选出一张最满意的，给祁砚发了过去。

肤白，有料，又不失清纯。

舒漾看向自己发的照片，不知道的还以为他们是网上那种给钱就能瞎聊的关系。

想着，舒漾立马打算把消息撤回，谁知道手一点快，直接按到了删除。

交流院。

祁砚播完新闻从厅里出来，打开柜子拿自己存放的手机。刚拿到手，就听见消息发来的响声，祁砚迅速解锁，点开对话框的未读消息。

一张照片弹了出来，祁砚要点开大图的动作一顿，眉心轻轻蹙起。

女人穿着高开衩的黑色长裙，背对着镜头的同时，后背的曲线在镜子里面，特别夸张。

舒漾微微转过脸，看向镜头的眼神，情绪翻滚。

那双极具韵味的桃花眼里，却有些无辜的意味。

旁边的同事见他表情不对，边走过来问道：“怎么了祁砚？”

祁砚把手机熄屏：“没事。晚上的聚餐我就不去了，陪老婆吃饭。”

同事笑道：“祁夫人真是好福气啊，能让你如此惦记着回家，一定很贤惠吧。”

祁砚礼貌一笑，算是默认。

贤惠？是挺贤惠的。怕他工作太专心，还特意发了张照片过来刺激他。

祁砚拿起车钥匙直奔停车场。坐进车内，他有些无奈，揉了揉太阳穴，发动了车子。

舒漾还在等最后的导演会议，突然接到祁砚的电话。

“来停车场。”说完，男人就把电话挂断，没有给她任何拒绝的机会。

舒漾刚彩排完，换下裙子，看时间还算充裕，拿着包就往停车场去。

她一眼就看见了祁砚那辆车身干净得能反光的黑色宾利。

她打开车门，坐进去后刚抬起头，整个人就被男人揽了过去。

“怎么了，今天下班这么早啊。”

男人的脸色微沉，修长的手扣住她的后颈，往怀里摁。

“唔……”

舒漾胡乱地动了动脑袋，勉强挤出一句话：“……你发什么神经？”

祁砚低头抚着她头发，嗓音沉得蛊人：“想亲你了。”

舒漾整个人都蒙了一下：“什，什么……”

男人拿出手机打开，翻出她发的那张自拍，摆到舒漾面前。

舒漾怔着听他说：“发这种照片过来，就该负责到底啊！宝贝。你是第一天知道，你老公是个二十八岁的正常男人吗？”

舒漾张嘴想解释，男人用白净的食指轻按住她的唇。

“嘘。”祁砚神色恹恹，“不想听。”

他把人捞起来，亲了又亲。

舒漾暴躁得想打人，她直接抓着男人的手臂，狠狠啃了一口。

祁砚看着自己左手臂上的抓痕和咬痕，只能无奈受着。

直到舒漾电话响起来，祁砚才将人松开。

接通后，蓝沫儿的声音有些着急：“舒姐，你快回休息室，要开会了，待会儿人到齐了，你最后进场不合适啊！”

舒漾理了理衣服：“你别着急，我马上过来。”

挂掉电话，舒漾看向车窗外，担忧地晃了晃祁砚的手：“停车场这会儿全是人，怎么办啊？”

她现在出去，想要不被人看见几乎不可能。

祁砚一只手牵着她，然后打了个电话，和对方说了几句话之后，他告诉她：“会议取消了，我们现在去吃晚餐吧。”

舒漾：“……”

这男人直接从根本上解决了问题，取消会议。

舒漾算是见识到了，什么叫一手遮天。对于祁砚来说，解决这种问题似乎过于简单了。

没等她拒绝，祁砚就已经帮她系好安全带。

祁砚坐正开车，得到满足过后心情似乎不错。

“今天工作怎么样？”

舒漾玩着手机：“还行吧。”

“就是不知道哪个人才，非得把秀场改到海边，我今天模拟彩排都快冷死了。”

祁砚：“……”

舒漾正一边回蓝沫儿的消息，没注意到他的表情，又说：“你周末有没有空，要不要来看秀？只可以邀请一个好友呢，不来的话，我叫艾瑞尔了。”

“我把时间空出来。”

舒漾睨了他一眼：“你要是太忙不用管我。”

像祁砚这种翻译，工作时间不确定，舒漾可不想影响他工作，毕竟新闻事关重大。

“不忙。”

祁砚盯着前方，没再说什么。

那天，是他二十八岁生日……

舒漾突然想到什么，小心问道：“你电话里说，你妈妈不想见你，是为什么啊？”

话一说出口，舒漾就有些后悔了，但是祁砚的表情依旧没什么变化。

他开着车平静地说道：“谈不上想不想见，她精神失常了很多年，现在应该只是想过自己的人生而已。我偶尔会去看她，仅此而已。”

明明是淡淡的几句话，舒漾却听得心如刀绞，眉头紧锁着。

理解得直白些，就是祁砚已然接受了自己的母亲不需要他这个孩子的事实。

祁砚到底是经历过多少事，才能如此面不改色说出这些话？

车子在餐厅前停下，舒漾还低着头后悔刚才问的问题，男人倾过身给她解安全带。

“怎么了？如果你在为刚才的话愧疚，我不需要你的可……”

舒漾环住他的脖子，堵住他的唇，不让他接着往下说。

祁砚任由她胡作非为，看着眼前笨拙地亲吻他的女人，喉结翻滚着。

舒漾松开他，来不及缓气，眼睛一眨不眨地盯着他，四目相对的时候，连语气都是坚定的。

“祁砚，我不会可怜你。”

“嗯。”

“我会一直爱你。”

祁砚的目光怔住，眼角微不可见的跳动，沉重的吻落下：“记住你说的话。”

舒漾的手轻轻地揉着男人的后颈，像是捏着小狗的脖子，让他感受自己无法用言语传达的情感，直到两个人的气息都变得有些不稳，祁砚的唇才离开她一些，额头抵着她的额头。

“吃饭，还是回酒店？”祁砚突然给她两个选择，而回酒店的意思已经暗示得非常明显。

该发生的，不该发生的，都会发生。

比如，履行妻子义务。

舒漾咽了咽口水：“先，先吃饭吧……”

她拍摄了一天，为了保持状态只吃了两个苹果。现在说起吃，舒漾的肚子就开始奏交响曲。

祁砚摸了摸她的脑袋：“下车吧。”

现在只是两个人感情的初期，他不能把人逼得太紧，否则会适得其反。

有些时候，多听听老婆的话，就当陶冶情操也不错。

舒漾跟在祁砚的身后，两个人一同走进私人餐厅，有祁砚在，她倒不怕也被人曝光隐婚的事实。

祁砚负责点菜，她负责吃，趁着男人出去接电话，她赶紧拿出手机打开网页搜索——祁砚生日。

“十二月三十……”舒漾想了想，“那不就是后天吗？”

之前听祁砚的后妈提生日这回事，她就想着等忙完这场秀好好准备礼物。可现在只有不到两天时间，她还要工作，完全想不到这么短的时间内能准备些什么。

祁砚的作风非常低调，生活的方方面面却都非常精致，有钱从不是摆在表面上，对事对物的审美也眼高于顶。

一支钢笔、一条领带都价值不菲，他能看得上的礼物，可没那么好找。

Chapter 05 定制戒指

祁砚回来后，舒漾一边想着礼物，一边用餐，突然桌子上传来动静。

回过神，就见男人缠着串珠的手，在她这片桌子上点了点。

“专心吃饭。”

舒漾看着木制餐桌上祁砚又白又长的手，脑海里瞬间有了想法。

她还没给祁砚送婚戒呢！

知道该送什么之后，舒漾就暗自开始琢磨，得想办法量到祁砚的无名指。

一直到吃完饭回到酒店，舒漾都没想到该怎么找机会。

突然，舒漾被一道力量拽到沙发上，祁砚揽着她的腰，将人控制在腿上。

“舒漾，你再这么魂不守舍，我可以合理质问你，是在精神出轨吗？”

舒漾没想到自己的情绪竟然暴露得这么明显。

“我没有，我只是在想工作上的事情。”

祁砚薄唇扯了扯：“是个好借口。出轨以工作为由的占比，高达百分之百。”

她就随口一说，怎么祁砚还较起真了。

男人面对面抱着她，锐利的眸子十分严肃：“舒漾，我再和你说最后一遍，不要对我撒谎。”

半年不见，这坏毛病到底是跟谁学的？

舒漾背后一凉，觉得自己的浑身在隐隐作痛。看祁砚这样子，不像是在和她开玩笑。

舒漾抓着他的手："知道了，不许动手！这打人也不是什么好习惯，赶紧改掉！"

这男人上辈子是不是带过小孩啊，动不动就打屁屁。

祁砚笑意斐然，拍了拍她："起来，哥哥还有点工作要处理。"

突然被抛弃的舒漾有些蒙，两只手扒拉住他："渣男！没事把我拉过来抱一抱，转身有工作就把我甩一边。祁砚，你有没有心！"

舒漾气得嘴都要翘上天。

祁砚把她抱了起来："好，那就陪我一起工作。"

舒漾像个树懒一样抱住祁砚，被他带到办公区域，然后被安排得明明白白，乖巧地坐在他的腿上："还真是一到晚上就加班……"

祁砚语调慵懒："我倒是不介意，和你加班做别的事情。"

舒漾直接亲了他一口："当我放屁！"

她这两天要准备走秀，她可不想拖着双废腿。

祁砚工作也忙，他们还是暂时各自安好吧！

祁砚的工作台上有一台大屏电脑和两台笔记本，其中一台还是主副双屏，屏幕上全是密密麻麻的资料、新闻、邮件。

舒漾看两眼就犯困，真不知道祁砚两只眼睛是怎么看得过来的。

这工作忙起来，还真不是一般人能干的，关键是新闻报道这种事和拟定的稿件是不能出一点差错的。

舒漾玩着手机，和同学们聊天。

急急急！Y国哪里有手工制作戒指的地方？后天就要！

群里很快就有人回复。

杰森：你要求婚？

艾瑞尔：就明天一天时间准备，生产队的驴都不带这么赶的吧？

舒漾看着艾瑞尔这句话，越想越不对劲。做戒指的人，不就是她自己吗？

靠！你居然骂老娘是驴？

不会说中文别硬说！回炉重造！

紧接着群里一片大笑。

平时言行举止都非常离谱的杰森，反而在这个时候成了最靠谱的人。

杰森：我家有相关产业，我让人安排一下，到时候把地址发给你。你要做重工戒指，一时半会儿肯定是来不及的，你考虑清楚自己想要的设计。

舒漾给他发了个捧着手机狂亲的表情包。

有你是我的福气！

至于戒指的设计，舒漾想了想直接作罢。

一天的时间，还要什么自行车？还是别瞎设计了。

祁砚工作比较讲究，在一些重要新闻中出镜的时候，连手上的串珠都要摘掉。所以，他就算是已婚人士，也只能佩戴简单的对戒。

想好了之后，舒漾就等着找机会量一量祁砚的手指，可是她连卷尺都没有。

祁砚一直陪在她身边，也没机会去买。

况且祁砚就是老狐狸一个，有一点不对劲都能发现，这件事情，好像还真不好办。

舒漾打算等祁砚睡着了，再用自己的手放旁边比对比对，戒指大小只要差不太多就行。就这么等着，舒漾眼皮都快睁不开了。

她趴在办公桌上，看着男人的手，还在电脑键盘上移动着。

“老公……”

“嗯？”祁砚抽空低眸看了看她，腾出一只手轻抚着她的长发。

“要先去睡觉吗？”

舒漾摇了摇头，偷偷打量着祁砚离她脸很近的那只手。

她把它当枕头一样，侧脸枕在祁砚的手心。

“还有多久啊？”

这老男人怎么这么能熬？

加个班转眼都快凌晨一点了，好像还不打算睡觉。

照这个情况下去，她还能仔细看看祁砚的手吗？

总不能太明显，要是被祁砚猜到她的意图，岂不是没惊喜了。

男人的手指摩挲着她的脸：“抱你去睡觉好不好？”

他工作量的确有点大，这次可不是什么轻松事。

再加上江东旭那边态度有些消极，他必须多盯着些江东旭预发布的稿件。

舒漾最后再摸了摸祁砚的手，困得不行，还是被祁砚抱去了床上。

躺在床上，舒漾昏昏欲睡：这就是嫁了个精英的后果吗……

每次都是她一个人先睡觉，祁砚堪比工作狂魔，专注起来，根本就没有什么时间概念。一定要把他计划的事情全部完成。

祁砚亲了亲她：“晚安。”

舒漾半睁着眼，嘟囔着说：“这样下去，以后不会真的连夫妻互动时间都没有吧……”

祁砚失笑，又亲亲她：“别担心，会有的。宝贝，我一直在等你同意。但耐心是有限的，对吗？”

他要她心里清楚。

权利现在掌握在舒漾的手上，但他随时可以剥夺这一切。

舒漾蒙蒙地“嗯”了一声，随时都快睡着。

没过一会儿，她感觉身边陷下去许多，整个人落进一个温暖的怀抱。

一双有力的手从背后侧抱着她，舒漾摸到男人手腕上的串珠，心安了不少。

第二天，舒漾比平常醒得早了许多，可旁边依旧没了祁砚的人影。

她看了眼墙上的挂钟，六点一刻，祁砚应该雷打不动在健身。

她往那边看了一眼，果然，祁砚在练拳击。

褪去了板正的西装，男人依旧意气风发，那看着不好惹的冷脸，在学生时期，怎么也是个冰山校草级别的，她高低得暗恋个几年。

舒漾撑着脑袋，就这么侧身躺在床上，静静地看着祁砚锻炼。

本以为她已经醒得足够早了，没想到祁砚还是比她早。

“这到底是什么魔鬼生物钟啊……”

舒漾无奈地叹了叹气，自言自语着：“怎么办，完全没机会仔细看看他的无名指。”

这男人睡得比狗晚，起得比鸡早。看来她只能多摸两下祁砚的手，然后去戒指制作的店里，找点模型试试感觉，没准儿差别不大。

舒漾从床上爬起来，小步跑了过去。健身房的玻璃门自动打开，祁砚停下练拳，拽下手上的拳击手套，吊着的沙包还在不停晃动。

“怎么醒这么早？”

男人走过来，拇指抚了抚她的脸。

“睡得不好吗？”

舒漾摇头，拉着他的手：“你教我练练。”

祁砚没有立马答应：“运动前需要拉伸的，而且你平时不怎么喜欢这些，刚开始肌肉会非常累，到时候工作又喊酸又喊累的。乖，还是去睡个回笼觉吧。”

真了解她！可是，她只是想趁机拉拉小手啊！祁砚真是一点机会都不给。

舒漾泄了气：“睡觉睡觉睡觉，我是猪吗？”

祁砚见她突然开始置气，俯身亲了亲她。

“怎么还生气了？”

男人在她的面前，刻意保持了一拳左右的距离，担心她身上沾到自己的汗。

舒漾什么也不管地抱住他，忽略他那句“身上有汗”。

舒漾闭着眼睛说：“有就有呗，一起洗澡。”

祁砚低眸看着她：“不太方便。”

“有什么不方便的？”舒漾抬眼，“你害羞？”

祁砚心想，这小孩说话真是，越来越放肆了。

“怎么了？”舒漾眨了眨眼睛，“跟你学的。”

祁砚问她：“确定？”

舒漾硬着头皮点头。她为了能多看看祁砚的手，送个戒指也是豁出去了！

舒漾已经在心里念叨了自己一百遍：都怪她平时太不主动，什么都拒绝祁砚，现在想拉拉手，都怕表现得太反常。

祁砚单手把她抱了起来：“你现在没有反悔的机会。”

舒漾低眸看着他的手，帮他把串珠，缓缓拿了下来，轻轻挑眉，一副“你随意”的样子。

祁砚忽然将她抵在后面的玻璃上。

舒漾心里有些没底：“你，你干吗……”

两个人不过一拳之隔。

祁砚扣着她的手：“不碰你。盯着我的手看这么久了，不牵牵吗？”

这心理素质，舒漾是真的服气。

舒漾回扣着男人的手，他的手很漂亮，非常匀称，没有关节凸起，随便拍一张都是手控福利。她越来越觉得，送戒指是非常好的选择。

看久了，她大概也知道了祁砚的无名指适合的戒指大小。

舒漾抿着唇，她这是什么歪门邪道的办法，全靠记忆力。

祁砚和她提起：“你好像很担心，和我再次发生些关系？”

舒漾没否认：“这不是怕有感情了。”

“祁砚，”舒漾有些失落地看着他，“我们一年后，真的要离婚吗？”

这场形式婚姻，好像有点脱轨了。

“谁跟你说的？”

舒漾愣了一下：“不离吗？”

祁砚笑着说：“如果开始不说为期一年，你会轻易答应吗？”

舒漾摇头：“所以……你套路我？！”一开始说的形式婚姻，居然是骗人的？

虽然她现在没那么想离婚，但是这概念根本就不同啊！

祁砚低头亲着她：“嗯。”

洗完澡后，舒漾懒散地坐到餐桌前，等着祁砚把送过来的早餐摆好。

舒漾拿出手机找了个下饭综艺，摆在旁边看。祁砚则安安静静地用餐，也没管她。

两个人的用餐习惯可以说简直是天差地别，不过看祁砚这样子，似乎挺能接受的。

男人盛了一小碗汤放到她面前：“凉一会儿再喝。”

舒漾啃着玉米，盯着综艺嘎嘎笑，随便点了点头：“知道知道。”

看她笑得不亦乐乎，即便是被敷衍，祁砚脸上也悄然蔓延着笑意。

早餐快吃完的时候，舒漾的手机闹钟先响了起来，她想起什么，赶紧把综艺关掉："我回自己房间了，一会儿经纪人又该找我了。"

祁砚按住她说："把汤喝了。"

舒漾捧着碗，直接闷头喝完。

她擦了擦嘴，俯身隔着餐桌亲了亲祁砚的嘴："我先走了。你收拾一下，么么！"说完，舒漾就拎着包，头也不回地夺门而出。

祁砚看着餐桌上，舒漾那边又是纸巾，又是玉米梗，还有用来靠手机的花瓶，无奈失笑着揉了揉眉心。

与他用餐区域的整洁对比起来，过于强烈。

祁砚背着手，指关节放在刚才被亲过的唇边，默默地起身收拾着。

手机突然传来消息，祁砚点开，看见来信的人备注写着"母亲"两个字，眼睫轻动。

儿子，祝你生日快乐。

看完内容，男人的脸色却是阴沉。

他放在餐桌上的手逐渐收紧，恨不得一手将这些东西全部掀翻。

祁砚讥讽地冷笑了声。

这就是他的亲生母亲，在他几番提醒下，依旧连他生日都可以记错的母亲。

真是可笑极了。

祁砚垂着眸，那个唯一记得他生日的人，会在那天对他百依百顺的人，一遍遍拥抱他的人，被他剥夺了记忆。

舒漾回到自己房间，其实她今天的工作根本就没这么早，但是她约了制作戒指。时间非常紧迫，为了不被祁砚发现端倪，她还是决定和经纪人一同离开酒店。

停车场。

舒漾走到车旁："蓝姐，我来开车。一会儿我找个路口把你放下去，你随便逛个街吃点东西，我报销，到时候直接拍摄场地碰面吧。"

蓝沫儿："你不是去准备礼物吗？这话听着，怎么搞得跟做贼一样？"

舒漾叹了口气："没办法，收礼物的人太精了！"不这样怎么瞒得住祁砚那只老狐狸。

到了手工店，舒漾系着围裙做准备，脑海里就已经开始美滋滋地想着。

我这么用心，老男人不得感动死？

辅导她制作戒指的中年师傅一眼就注意到她手上的钻戒。

"这戒指不便宜啊，普通的十克拉以上全美方钻，怎么也得三五千万了。如果您这颗是品质稀缺的古董宝石，配上这精美做工，估值应该上亿了。"

他们这种内行人非常清楚，钻石不光看大小，材质的稀缺性、净度才更加能决定价位。

"差不多。"舒漾勾唇一笑，"我先生送的。"

师傅看着她面前准备制作戒指的素银，有些不敢相信。

"所以，你就打算给你先生回礼这个？"他镶边都不用的素银……

舒漾扑哧一笑："做人别太攀比。"

她瞥了眼自己手上的闪耀大钻戒，又看向桌上的素银条。

"……好像确实有点寒酸。"但是她没办法啊，这么短的时间，她能顺利把一枚素银戒指做出来就不错了。

反正如果以后公开办婚礼，还要送一枚婚戒，到时候她再精心挑选一下吧。

师傅调侃道："你先生真是捡到宝了。这些是给你准备一些手的模具，这边你摸摸看。"

舒漾很快就找到和祁砚无名指直径差不多的模具，开始制作戒指。

她坐在工作台前，认真地听师傅讲解着注意事项，然后戴上护目镜，拿着平行钳，开始溶银等操作。

安静专注下，店内的背景音乐都变得清晰起来。

不知过了多久，舒漾看着自己做的戒指总算成型了，大呼了一口气。

她在戒指内圈，歪歪扭扭地刻了几个字母：SY ♡ QY。

工匠师傅站在旁边看："需要我帮你打磨吗？"

舒漾摇头："我自己来。"

把戒指打磨光滑后，她赶紧接过旁边师傅递来的水，喝了几口，

瘫坐在椅子上。

“这真不是人干的事，累死了。”

虽然不是什么苦活累活，但需要非常集中精力，费时又费精神。

工匠师傅无语，亏他好心给这姑娘递水，她居然骂他不是人。

“你确定给你先生送这个，不会当场分手？这可比你手上那枚钻戒差远了。”

舒漾捏着戒指欣赏着，眉宇间都是满意之色。

“这可不是一般的戒指。”祁砚敢不喜欢，她就把他吃了！

不喜欢她亲手做的戒指，那简直没天理。

师傅不敢苟同。送得起价值上亿钻戒的男人，要是喜欢这百来块的素银戒指，那才见了鬼了。那不是恋爱脑是什么？恐怕钱被女人套完了，还守着这枚素银戒指睹物思人呢。

舒漾和师傅道谢，付完钱后，也顺带着感谢杰森帮忙。

忽然她想到之前杰森说，祁砚是他在精神病院的朋友，那祁砚岂不是……也是精神病院出来的？虽说表面上看不出任何异常，但祁砚这个人吧，骨子里确实挺两极分化的。上一秒觉得他优雅脱俗，下一秒就可能像个又痞又邪的败类。

舒漾赶去了拍摄场地。

心情好，彩排状态也好，舒漾顺利结束工作后，给祁砚发了条信息。

亲亲老公，一起吃晚餐吗？

祁砚昨天带她去的那家餐厅还真不错，她想趁着人在这边多去吃几回。

办公室。

祁砚看见消息的时候，下意识瞥了眼桌上的证件，目光沉了沉。他打了几个字后，想了想干脆全删了，直接拨电话过去。

电话接通后，他一手摘下眼镜，一手握着手机放到耳边，轻声问：“忙完了？”

舒漾瞬间从躺着的沙发上坐了起来，手里还拿着那枚银戒。

“对啊，我都回酒店了，你还在工作吗？”

"嗯。"祁砚应声，"今天会比较晚，你记得早点休息。"

舒漾撇了撇嘴："这么忙啊，那你还有空来看明天的秀吗？"

祁砚弯着嘴角说："这么想我去？"

其实他就是为了能够空出明天的时间，今天才需要加班。

"你不来我怎么……"舒漾差点脱口而出，她赶紧收住，"我不管，你之前都答应我了。这可是你老婆的年度大秀，你不来我要骂人了！"

她要在明天穿着最漂亮的礼服，给祁砚戴戒指。

若是等整场秀结束她再去找祁砚的话，生日都过了。

不行！坚决不行！

祁砚笑得轻柔："乖，哥哥会去的。明天穿什么礼服？"

舒漾架着腿，很是随意："性感的。"

祁砚："……"

"反正你要是不来，少说后悔一辈子。"

祁砚手撑在办公桌上，摁着眉心："记得做好防护，别走光了。"

舒漾高深莫测地笑着："走光也是分给谁看的。"

祁砚喉结轻缓地滚动着。

"好了你赶紧忙工作吧，我不打扰你了，明晚八点秀场见哦。"

挂掉电话后，舒漾激动地捶了捶沙发。

"天哪，世界上怎么会有老娘这么体贴的老婆？"她简直要被自己迷倒了。

舒漾美滋滋地睡了一觉，第二天去秀场做准备。

夜幕降临，海滩秀场的场景布置得精致，和自然海景融合，沙滩上各色各样的男男女女等待观赏大秀。

舒漾一袭高开衩黑裙踏上 T 台，瞬间就捕捉到来宾席中与众不同的男人。

唔，鱼儿来了。

祁砚坐在高档席位，盯着 T 台上散发光芒的女人，拇指拨动着掌心的串珠。

男人的视线逐渐移到那条随风摇曳的高开衩裙子上。

欠打。

祁砚捻着串珠，眸色暗沉，他知道模特需要驾驭多种风格的衣服，

可这件事情放到舒漾身上，他只想把在场所有人的眼睛挖了。更何况周围的人还在不停地议论着。

祁砚旁边就是主办方，见他盯着一位模特看得如此专注，找到机会就开始套近乎。

“祁总，那个女人您感兴趣……”

祁砚冷冷地扫过他，周围的人全部脸色一白，就连正面走来的模特也吓了一跳，险些崴脚造成秀场事故。

所有人都没想到，这个看起来优雅脱俗的男人，那一瞬间眼睛里都是杀意。

秀场的几位女生，看着祁砚离开的身影，既害怕又心动。

“他……好像是祁砚吧？那个翻译官。”

“对，就是他。”旁边的人附和着，惊讶地捂着嘴。

舒漾稳定地走完全程，依稀记得自己目光扫过祁砚的时候，那老男人面不改色的清隽模样。

还挺能装。

结束完开场秀，舒漾刚去到后台，现场指导就找到她。

“小舒啊，今天秀场来了位大金主，我引荐你们几位去见见。”

指导话一说完，旁边受捧的模特们就开始补妆，整理着衣服头发。

舒漾想都没想直接拒绝：“你们去吧，我还有事。”

见那些所谓的大佬，她还不如抱紧祁砚的大腿呢，货真价实，还富得流油。

舒漾从包里拿出手机，就接到祁砚打来的电话。

“三楼天台。”男人言简意赅。

离开后台，舒漾踩着高跟鞋，往楼上去，这栋海边洋房并没有电梯。

舒漾检查了一下包里的戒指，身上的裙子她已经想办法买下来了，就算穿走也不会被品牌方说。

想到这里，她突然觉得好笑。

她花八百六十万买了这条全球首穿的裙子，却只用两百块搞定送给祁砚的戒指。这可不能怪她。

舒漾推开三楼的门，就看见祁砚背对着她，站在露天阳台抽烟。

听见动静，男人转过身轻靠在栏杆上，左手还夹着根烟，微微摊手的动作，像是向她敞开的怀抱。

舒漾走过去，两只手环住他，她刚抬头还没来得及开口，祁砚的唇就覆了下来。

“唔……”

男人将烟丢进旁边的灭烟池，肆意地吻着。

舒漾的手逐渐收紧，整颗心都提了起来，天台下面的沙滩全都是人，祁砚竟然就这么亲了她？

虽然祁砚挡在她的前面，可万一有人眼尖看出天台上是两个人在纠缠。

只要高清摄影机对过来，绝对什么都逃不过。

舒漾推着他：“站在这里会被人发现的，我们进去吧。”

祁砚抱着她没回答，舒漾也不再纠结。反正祁砚人高肩宽，把她挡得严实，如果有人非要想拍，祁砚应该也会处理好。

她抬起脸看着眼前的男人：“怎么了，看起来闷闷不乐的。谁惹你生气了？”

祁砚心里非常郁闷，他真的非常讨厌自己的女人被那些人盯着，甚至做出评价。可总不能像以前一样把人管着，不让舒漾有自己的兴趣爱好，那岂不是又要开始吵架了。

舒漾也没逼着他解释，而是轻声说：“闭上眼睛。”

“嗯？”虽然疑惑，祁砚还是顺从地闭着眼。

忽然他感觉手被拿了起来，微凉的东西缓缓戴进他的无名指。

祁砚指尖动了动，睁开眸子的刹那，舒漾的唇凑上去：“生日快乐。”

祁砚眸光跳动，揽着她的手，指骨骤然弯起：“你，说什么？”

他对今年的生日祝福没有抱任何的希望。他们的重归于好来之不易，只要舒漾陪在他身边就好，哪怕不记得生日，对他来说都不重要。

可真当听见舒漾亲口对他说出那句“生日快乐”的时候，他保护自己的城墙，全部崩塌。他才知道，原来自己是这么想听到这句“生日快乐”……

舒漾耐心地重复着：“祁砚，生日快乐。祝你二十八岁生日快乐。”

男人气息下沉，喉结轻滚，漆黑的眼底折射出光亮。

舒漾拿出打火机，打着火焰，放在祁砚的面前。

“快许愿！”

祁砚瞳孔里火光一片，他轻闭上眼，过了两秒才睁开。

舒漾眼尾扬着，示意他吹灭打火机的火焰。

“吹一下，会梦想成真的哦！”

男人十分配合地照做，舒漾满意地收起打火机，说话时还有几分得意：“你手上这枚戒指可是我亲手做的，你不喜欢也得喜欢。”

祁砚抱着她，把人亲了又亲。

“喜欢。”

舒漾搂着他的脖子：“刚才为什么不开心？”

祁砚微低着头，打量着她裙子开衩的位置，幽幽说道：“下次还可以开得更高一点。”

舒漾轻笑：“这就吃醋了？那要是我以后走泳装的秀，你要怎么办？”

祁砚盯着她说：“我不会给你这个机会。”

舒漾轻“啧”了声：“还真是古板。”

“古板吗？”祁砚不以为然，反手把她摁到围栏上。

舒漾怔住不敢动，就听见祁砚的声音，从背后传来：“你说，底下的那些人看得清吗？”

舒漾瞳孔微缩，想转过身，却被祁砚死死控制住。

“祁砚，你发什么疯，下面全都是人，还有摄影机直播，你赶紧放开我！”

“乖，亲亲你而已。”男人揽着她，“宝贝，我想和你说话。”

舒漾：“……”

要不是看在这个男人过生日的分上，她真的想打人。

“你怎么这么好啊，什么时候偷偷调查我生日的？连戒指都准备好了。”

忽然，舒漾捂住耳朵，随着“砰砰”几声，烟花划破天空。

金灿灿的烟花将整个秀场的天空都点亮了，所有人都不约而同地抬头，欣赏空中美丽绚烂的烟火。

舒漾却害怕到了极点，她正面对着人群，祁砚就在她的背后。

“你，你放开我！”

祁砚全当没听见：“宝贝，这里离烟花最近，抬头看看。”

舒漾不想抬头，却被祁砚托起下巴。

果不其然很快就有人注意到这边，毕竟三楼天台是个绝佳观赏烟花的位置。

他们像是恩爱的恋人，在烟花下心动又和谐。高颜值的氛围情侣，总是会让人想拍照纪念，舒漾惊慌地看着举着相机的人们。她急忙侧过头，想转身躲开，在她撇开脸的瞬间，祁砚低头亲了过来。

“别在这……”

回到休息间后，舒漾缩在沙发角落，看着祁砚把她的裙子挂在熨烫机架子上。

她托着脑袋，嘟囔着：“要是上新闻你就死定了！”

看样子好像祁砚事事都顺着她，可舒漾却没感觉自己有什么家庭地位。

祁砚笑而不语，强大的逻辑思维提醒着他，现在接什么话都是错上加错。

需要规避风险。

“裙子熨好了，起来换上。”

舒漾扭扭捏捏地穿好，祁砚就在旁边，多少有点不自在。

“别看了。”她背对着男人，“帮我拉一下拉链。”

祁砚提好裙后的拉链，舒漾想回过身，整个人被男人的手臂锁住。

“舒漾。”祁砚突然叫她全名。

她的颈窝，被男人的碎发扫过，祁砚从背后低头抱着她。

“今晚可以吗？”

舒漾眉目一怔：“你你你真下得去手啊！”

祁砚松开她，略显失落：“行，我知道了，你去准备闭幕秀吧。”

舒漾一愣。这，这就完了？

按照她心里的剧本，老男人不是应该再哄哄她，然后她再坚定不移地拒绝，说出那句“没想到你是这样的人”？

祁砚完全不给她发挥空间啊！

“怎么了？”祁砚整理着她的头发，“再不去后台准备该来不及了。”

舒漾咬着牙，她总不能说，她在等着人哄吧？还是为了那档子事。

钓鱼！绝对是在钓鱼！

舒漾踩着高跟鞋，闷闷地离开，祁砚跟在她背后。

走到一半，她停住脚步，回头。

“你，你就不争取一下？”

说完，舒漾就后悔莫及。她怎么能说出这种话？

完了，被钓了！

她立马捂住祁砚的嘴：“你别说，你还真别说。”

男人拿开她的手，低笑着说：“这是同意了？”

舒漾攥紧拳头：“你别胡说，我只是没想到你这么不坚定。”

“是吗。”祁砚脸上依旧挂着笑，“我也没想到你是这样的人。”

被反将一军的舒漾，顿时哑口无言。这都什么事儿啊！

舒漾气得跺脚：“松手，别拉拉扯扯的！”

祁砚捧着眼前的小脸亲了亲：“晚上一起回家。”

舒漾哼了一声也没答应，转身就走。

到了后台，舒漾就发现大家看自己的眼神，似乎有些不对劲。

她问旁边的蓝沫儿：“这是怎么了？她们一个个都眼抽了？不会正眼看人了？”

以徐娜娜为首的几位模特，看向她的时候，不是白眼就是鄙夷的斜眼。

蓝沫儿把她拉到一边，小声说：“刚才你是不是和祁砚在天台赏烟花？”

舒漾抿了抿唇：“是吧……”

蓝沫儿张大了嘴巴：“现场指导本来要带模特去见的那位大佬，就是祁砚！结果模特叫齐了，满场子找不到祁砚的人，烟花秀一开始，所有人就看见你和祁砚在天台拉拉扯扯。那些红眼病就差没用眼神给你杀成筛子了！”

舒漾很是无语：“我哪知道她们要见谁啊。找不到祁砚，骂祁砚去啊，盯着我做什么。”

蓝沫儿佩服地看着她：“真有你的。”

刚才还在和祁砚不清不楚的，转眼就不认人了。

蓝沫儿不放心地交代：“不过我跟你说啊，别玩过火了，你老公要是杀上门来，我可救不了你。”

舒漾的私人感情，她也不好干涉，只能提醒。

舒漾眉尾一挑：“谁有他玩得花啊。”

不分场合地瞎来，最后黑锅全让她一个人背了。

闭幕秀开始。

一到舒漾登场，嘉宾席鸦雀无声，男士的视线更是刻意避开。

舒漾台步很稳，肩颈平直不晃，心里却纳闷。今天的人眼睛都怎么了，捐了吗？

真正注视着她的目光只有一道。

祁砚一副悠然自得的大佬做派，轻轻转着左手无名指上的戒指。

舒漾对上他的视线，眼尾轻抬。

T 台下，祁砚缓缓勾唇。

大秀落幕。

舒漾回到后台，她赶紧扶着蓝沫儿的肩膀，第一件事就是把高跟鞋脱掉，换上平底鞋。

蓝沫儿把包还给她："品牌方组织了聚会，在红灯区那边的 Late Love 酒吧，我带你去换身衣服，安排了车直接过去就好。"

舒漾犹豫着说："我老公还等我回家呢。"

蓝沫儿惊呆了，这是舒漾嘴里说出来的话？

"我看你是想上山挖野菜了。"

舒漾耸了耸肩："可能吧。"

毕竟过生日这种事一年才一次，她总不能丢下祁砚不管吧？

"等等。"蓝沫儿突然发现盲点，"你老公也在这儿？"

舒漾点点头。

"那你直接把他也叫过去不就得了。

"这次聚会不是我非拉着你去，这关系到咱们以后和这个品牌的深度合作。

"今天的大秀，人家非常看好你，咱们可不能恋爱脑，该应酬的还是要应酬的。"

舒漾摆着两只手，十根手指撑开，左抓一下，右抓一下。

"事业！爱情！两手抓！"

蓝沫儿非常欣赏她的气势，拍着她肩膀。

"没错！全都要！"蓝沫儿双手交叉放在她面前，"恋爱脑，no！"

舒漾重重地点头。

"嗯！"

下一秒，舒漾手机响了起来，备注是“老男人”。

“我先跟我老公报备一下。”

祁砚估计是在停车场等她一起回家，没见着人等急了。

蓝沫儿：“……”

如果她有罪，法律会制裁她，而不是塞她一嘴的狗粮！

天知道，她现在有多想见见舒漾口中的老男人，究竟是怎么把人管得服服帖帖的。貌似舒漾还没意识到。高手，绝对是高手。

舒漾侧过身到一边接电话，男人富有磁性的声音通过听筒传来：“真的不跟我一起回家吗？”

舒漾心脏怦怦直跳，咽着口水，这该死又美妙的声音！第一句话就把她拿捏了，真是服了。她拍了拍心口处，调整好心情，语气淡然：“我要工作。”

话一说出口，舒漾内心暗爽。

祁砚腕上嵌着串珠的长指搭在方向盘上，电话里冰冷的女声充斥车内。

男人眉眼轻眯，把放在台子上的手机拿到耳边：“再说一遍。”

舒漾微微皱眉，是她这太吵了吗，祁砚听不清？

她找了个更加安静的角落：“我说——我要工作。”

听着这毫无感情的语气，电话那头依旧是低沉的嗓音，吐出的四个字：“再说一遍。”

车内，祁砚捻着手串上的一颗串珠，静静等着她开口。

若还是刚才陌生人般的语气，他就好好教教舒漾该怎么说话。

舒漾深吸了一口气，检查了一下自己的手机。

也没问题啊。

她有些不耐烦了：“喂？你听得到吗？听不到算了，我给你发短信吧。”

祁砚的声音沉沉：“在哪儿？”

总算是等到回复的舒漾接着说：“没事，你不用等我了。我还有点工作，可能没那么快回去，你明天要是忙的话，就赶紧休息吧。”

男人重复着刚才的话，语气森然：“在哪儿？”

舒漾疑惑，这男人是复读机吗？见祁砚这么执着，她只好回答：“在后台呢，一会儿公司安排车去 Late Love 聚会。”

“嗯。”

应声完，祁砚就没再说话。

舒漾抓了抓头发：“嗯是什么意思？”

这时，蓝沫儿拉了拉她，示意该准备出发了。

舒漾应付着点了点头，扭头和祁砚说道：“我经纪人找我了，到了之后我给你发定位，你要不放心可以过来，或者我早点回去陪你。”

“嗯。”

祁砚沉闷地溢出一个字音，舒漾再迟钝也发现了——祁砚情绪不对。

可下一秒，男人的话又让她觉得，自己是不是真想多了。

祁砚静下心：“别乱想，我工作也有忙的时候，对于夫人这份上进的事业心，祁某表示非常理解。”

听到这儿，舒漾松了一口气。理解万岁！

舒漾赞扬道：“没错没错，多支持一下老婆的事业，也没什么不好的。先不说了，乖乖等我回家哦！”

电话挂断，祁砚脑海里还回想着，舒漾刚才的话。

“支持老婆的事业……”

的确没什么不好。

那简直是糟糕透了！

还没等舒漾把定位发过来，祁砚已经查到那家酒吧的位置。

Late Love 酒吧。

灯光暧昧，中岛台卡座四周，离中心近的位置，很快就被霸占。

舒漾捏着包在边角坐下，长腿优雅一搭，别提有多悠闲。

蓝沫儿指尖戳了戳她：“姐，咱们要不过去敬杯酒？”

“等会儿吧。”舒漾眼睛一撇，“你看那都挤得跟马蜂窝似的。”

她又不是没钱，何必想不开。其实她挺没心情整这些虚的，但职场并不是一味地以实力说话，该做的表面功夫舒漾还是会做的。

蓝沫儿拍了拍她的腿：“舒姐，那个创始人他，他过来了！”

舒漾握着酒杯往嘴里抿的动作停住，看过去。

一个金发蓝眸的中年男士，手上拿着杯红酒，直奔这边：“舒小姐你好，我是 Lin。”

舒漾微笑起身，和他碰了碰杯，介绍自己的英文名："Surya。"

对方的视线有些冒昧："不好意思。舒小姐，我对你腰上的东西非常感兴趣，能否取下来看看？"

舒漾已经换了身小香风的白色套装，露出的一截腰间，红绳下荡着的串珠，吸引着 Lin 的目光，他对于这些陌生的元素非常感兴趣。

舒漾摸着那颗串珠，面色纠结。除了祁砚，就没人碰过她的串珠。

连妈妈交给她的时候，都是放在木盒里装着。

突然有人要看，舒漾总感觉怪怪的。

Lin 又问道："舒小姐您放心，我很快就还给您。"

酒吧的人目光全部聚了过来，毕竟这位 Lin，就是场上最大的主角，而他现在正在主动向一个嫩模搭话。

Lin："你是我第一个主动接触的模特。"

舒漾看着一圈的人，这不是道德绑架吗？捧杀她？

她要是不给，绝对要被说成耍大牌，这怎么办……

"你再让她摘一个试试？"

舒漾微怔。看着挡在自己面前，宽大笔挺的肩背……他怎么来了？

Lin 惊讶地看着面前的男人："祁总。"

什么风把万年难得一见的董事会股东吹来了？

祁砚冷着脸，似若冰山："你看不出来她不愿意？"

Lin 面露尴尬，祁总这是突然怎么了？一个女人而已。

他看向后面的舒漾，想寻求帮助："Su……"

还没等他喊出舒漾的名字，就听见祁砚毫无温度地吐出一个字："滚。"

舒漾在背后惊得眼睛都大了一圈，好家伙，本来她在圈内名声就不怎么样，这下祁砚直接帮她彻底毁了。

但，怪解气的！

"非常抱歉。"Lin 放下酒杯，冲着舒漾鞠躬致歉，讪讪地离开酒吧。

他知道祁砚说的滚，不仅仅是离开舒漾面前，而是彻底消失在他的视线当中。

场上的人震惊万分。

Lin 的副手赶紧出来打圆场。

"忘了给大家介绍了，这是我们品牌的大股东，祁砚，祁总。"

不少模特都认识祁砚，没想到，祁砚和时尚圈还有这一层关系。

只是，他为什么这么护着舒漾？

设计师引着祁砚往中间位置走："祁总，您坐这边吧。"

祁砚微抬手，拒绝交流。

他看了眼舒漾旁边的空位，上面还放着女人的粉色包包。

舒漾早就坐回沙发角落，见祁砚目光看过来，赶紧收起二郎腿。

她有种不祥的预感。

下一秒，众目睽睽之下，男人拿起她占着位置的包，在旁边坐下。

舒漾这个无人注意的沙发角落瞬间成了目光收集地。

舒漾坐端正了些，有一种在他人面前欲盖弥彰的意味："你不去应付一下那些设计师和品牌元老？"

祁砚把粉色的包放在自己腿上，手肘撑在膝盖上，侧过脸饶有兴致地看着她。

"我是股东，只负责出钱。"

舒漾"哦"了一声，阴阳怪气地鞠躬："金主爸爸好！"

舒漾端了杯酒："可是我要去应付他们了！"

人比人真是气死人，怎么处处是祁砚的产业。敢情搞半天，她是在给祁砚打工。

祁砚的手臂，穿过沙发缝隙绕过去，贴着她的后腰。

舒漾僵住，就听见男人缓缓开口。

"给你走个捷径，直接应付我。"

舒漾酒杯差点没拿稳："你在外面注意着点，真以为没人看啊？"

再怎么混淆视听，现在鬼都知道他们关系匪浅。

祁砚倒是无所谓，指腹钻着她的腰窝，慢慢悠悠地说："看看又能怎么样。"

舒漾有些痒，按住他的手："别玩了。我真的要去融入一下集体。"

再怎么说，她现在也是模特，碰见一些圈内人，还是需要打个照面的。这工作她还想多干两年呢。

祁砚没松开手："先解释一下，今天在电话里说话的语气，是什么意思？"

他好声好气地喊人回家，还准备接她，结果就等来冰冰凉凉的一句"我要工作"。

舒漾反应了几秒:“我……我就是想奋发图强搞事业,没别的意思。”

祁砚眼眸轻眯:“我没让你工作还是怎么?一句你要工作,语气那么冷。”

舒漾有些心虚:“哪有冷……”

男人放在腰上的手,捏起一块肉:“狡辩?”

舒漾疼得“嘶”了一声:“我错了我错了我错了。”

这男人有什么坏毛病,动不动就上手,还是在这么多人的场合,祁砚不要脸她还要呢!

“错哪儿了?”

舒漾捂着自己,不让他继续掐。

错哪儿了?她怎么知道……

“我当时就想装……”

说到最后一个字时,舒漾看见男人的脸色,急忙话锋一转。

“装个蒜而已。我哪知道你想那么多,还说给狗听的,有那么无情吗?”

祁砚抚了抚她,语气也柔和了些,像是教小朋友一样,耐心地说:“别那么对我。”

话一出,舒漾心里就泛起了愧疚。

本以为祁砚会反驳,却没想到,祁砚只是说别那么对他……

男人的声音冷静平缓:“舒漾,有脾气可以发脾气,可以骄纵,可以作,但不能冷暴力,不能冷言冷语。”

舒漾闹腾,他最起码知道人还活着。

若是演变成冷暴力的习惯,他上哪儿哄人去?

祁砚继续解释:“冰冷的言语和文字,在我们无法立刻相见的情况下,是非常伤人的。

“假设我们冲动地见面,一系列因素引发争吵,事情会变得更加脱离原意,明白吗?”

他这辈子都不想再和舒漾吵架……

舒漾吭哧吭哧地点头:“我知道了。”

祁砚低笑:“知道什么了?”

他说这么半天,这女人就丢给他四个字,也不知道是真懂还是假懂。

舒漾认真看着他:“知道你是玻璃心,听不得狠话。”

祁砚沉声笑得无奈："理解得过于透彻。"

舒漾见四下无人，又飞快地偷偷亲了他一下："我真的听明白了。"

祁砚笑着夸奖她："真乖。"

舒漾拨着他的手指："你赶紧把手拿开，再这么放肆下去，你名声就真毁了。"

酒吧里的目光，虽然不敢明目张胆地盯着祁砚看，但绝对是想着办法地瞥来瞥去。舒漾是不在乎，反正圈子本来就乱，她的那点传言算不了什么。

但祁砚不一样，他这种公众人物，是会被舆论毁掉的。

虽说到时候公开婚姻就能解决一切，但她知道，祁砚是有野心的。

这必然会影响到他报复霍氏的计划。

最好的办法就是，让霍家那些等着跳墙吃人的狗以为祁砚和她是在做戏。

至于是不是假戏真做，只有揣摩的份。

祁砚打量着她："是在担心我？"

"嗯……"舒漾小声地应着，"你要这么想的话，那就是吧。"

男人被她嘴硬的样子逗笑，舒漾狠狠地瞪了他一眼。

"所以，就是你提议，把秀场改到海边沙滩的？我走那几分钟都快冷死了。"

祁砚没否认，扶了下鼻梁上的眼镜。

舒漾："祁砚，你下次再敢在外面乱来，我就打死你！"

男人眼底划过锐利的精光："在家里也没见你同意。"

祁砚又靠过来一些，把她彻底逼到沙发角落："可是我就想让那些人知道，我们关系匪浅。"

舒漾急忙捂住他的嘴："不许乱说话！要是让别人听见了，就全完了。"

祁砚低眸盯着她的手，他顺势脸往前压，唇中温热，扫过她的手心。

她慌张地放开捂住祁砚的手："你活腻了是不是？"

祁砚勾着唇："想不到夫人这么担心我的形象啊。"

舒漾抿唇微笑，十分礼貌："有没有可能，我是在意我自己的？"

到时候若是出现什么传言，第一个被骂上热搜的，绝对是她跑不了。

祁砚手指搭在粉色的包上，像是弹钢琴般几根手指来回轻点着。

“夫人要是这么想，路就走窄了。”

舒漾头顶蹦出一个大问号。

就见祁砚眉眼带笑：“你的金主爸爸，不比那些垃圾公关好用？”

舒漾把他手里的包夺过来：“当爸爸还真当上瘾了。”

男人浅浅弯着嘴角，那可不是吗？他开始认真回答舒漾的顾虑。

“别担心。没有人敢瞎写那些八卦，他们不敢乱写我，自然更不敢乱写你。”

祁砚怎么可能只有这点城府，他想护着舒漾的名声，轻而易举。

舒漾嗤笑：“你确定他们是在瞎写？”可不就是事实嘛！

这老男人那副德行，清隽斯文，且作风优良。伪装得还真是深入人心。哪怕有人说祁砚的坏话，都没人相信。

哪怕这些亲眼所见的人，也还是会对祁砚带着翻译官的滤镜，给他各种找理由，然后变着法子把锅甩到她身上。

舒漾意识到，冤种竟是她自己？

祁砚轻笑：“写出来没人相信，不就是瞎写？”

舒漾：“……”

有点道理，但不多。

“夫人难道不觉得，所有人都对我们的关系心知肚明，又不敢非议的样子，很有趣吗？”

舒漾反复被男人口中的话震惊，一字一句地看着他说：“恶劣思维！”

小到言行举止，大到思维模式，祁砚都有着异于常人的一面。

阴暗，邪妄。

听着舒漾嘴里美妙的文字，祁砚丝毫不怒：“老婆说什么都对。”

舒漾：“……”

无法沟通！简直无法沟通！

祁砚沉下心说：“既然说到公关团队，后续我会让人和长星娱乐公司交涉，以后由我的团队负责你的公关预案。”

舒漾讶异：“你认真的啊？”

她就是随口抱怨一下。其实在网络上被骂两句，也没什么所谓，毕竟她压根不爱搭理。

进了这个鱼龙混杂的圈子，就该承受相关的压力，舒漾一直都很清楚。

“不然呢？”祁砚反问，“你以为我在干吗？”

“画饼吗？”

舒漾没敢承认，她确实没想过，祁砚会把这些事情考虑进去。还真是一把砒霜、一口蜜糖，把她拿捏得死死的。

她知道祁砚始终有灰色的一面，也不认为自己是什么特例，能改变一个男人。

情侣也好，夫妻也好，没有人是完美的，能包容对方的缺点就过，合不来就散，再正常不过。

而祁砚对她而言，就是温柔刀，似蜜糖，似砒霜，够疯，够带劲。

“那我待会儿和经纪人说一下。”

祁砚轻点头：“嗯。”

舒漾拿起酒杯，示意了一下几位设计师所在的卡座：“我过去打个招呼。”

祁砚朝她伸了伸手，舒漾有些疑惑。

“包。”

男人惜字如金，舒漾很快就明白了，把刚才从祁砚身上拿回来的包包丢给他。

这个粉包是个手拿款式，她带着去敬酒也确实不方便。

祁砚坐在舒漾待过的沙发角落，也没喝酒，只是静静地守着她的包。

晦暗的深眸看着他的女人，在人群中自信地和人交谈着。

西服中的手机响了起来，祁砚拿起看着备注皱了皱眉，接通。

“你最近事情挺多？”

电话那头的陆景深烦躁得要命：“别提了，我刚从看守所出来，出个差还能让人讹上。”

关键是对方脑子有问题，他一时半会儿还没法沟通，连律师都不管用。

坐在冰冷的冷板凳上，就听说他的好“前妻”，在金山酒吧大肆庆祝他进看守所的事情。

听着祁砚那边杂乱的环境，陆景深疑惑地问。

“你不是从来不去酒吧吗？最近都快成你家了吧？”

祁砚手托着下巴，语气闲散："替老婆看包。"

陆景深："我有红眼病，我现在听不得'老婆'两个字。你少给我撒狗粮！"

祁砚拿出烟盒，抽出根烟点上："那倒是说正事。"

陆景深有些别扭地开口："让你老婆把许心寐的号码给我一下。这个狠女人，一夜之间把所有联系都换了。"

祁砚拒绝："这个忙不帮。"

陆景深一脸迷惑："这也不是什么大事，你和舒漾提一下就好了。"

平时他们之间，上百亿元生意的渠道共享，许多事情根本谈不上帮忙的程度，只要向对方开口，就能解决。

现在不过是让祁砚找舒漾要个号码，他竟然被拒绝了？

祁砚弹着烟灰："怎么不算大事。我并不想让我老婆觉得，我和你很熟。"

陆景深："……"

他听到了什么？

紧接着，祁砚不疾不徐地继续说道："许心寐在舒漾面前，肯定没少说你坏话。女孩子吧，都相信一个道理：物以类聚，人以群分。"

他可不想让陆景深毁了他在舒漾面前仅剩的一点好形象。更何况，陆景深和许心寐都闹到离婚的地步了，实在是有些晦气，还是离远点好。

陆景深："祁砚，你听听你说的是人话吗？你是什么好东西？好男人的人设真让你学明白了？"

祁砚心机有多重，他们相识这么多年，他能不清楚？现在祁砚竟然反过来摆他一道，把他这个兄弟都算计进去了。

"人话。不是。很明白。"祁砚将问题一个接一个地回答。

陆景深仿佛要把后槽牙咬碎："为了个女人，你真是好样的。"

祁砚笑着，没有任何生气的意思。

"你玩不明白，就永远单着。"

想到许心寐绝情的那副样子，陆景深就头疼。

单身守活寡？绝不可能。

"你要不开个班吧，我花钱跪着听。"

祁砚盯着不远处的女人，敷衍道："没空。"

他自己家的小孩都没教好，哪有空去管别人的闲事。

舒漾迟早会恢复记忆，他得想好对策。否则在之后，他的婚姻彻底崩盘，岂不是成了天大的笑话。

祁砚好心提醒：“陆景深，你与其每天惦记着，不如好好静下心想想，问题出在哪？对症下药。”

陆景深坐在办公椅上，摁着眉头。

他其实心里很清楚，他和许心寐性格太像了，又倔又要强，谁也不肯低头。

他做到这个份上，已经经过了许多心理斗争。可许心寐那个女人，年纪小，却精得要死，知道他死性难改，就是不给他台阶下。

“对症下药？呵！我看我就是手段太仁慈了，像你那般把事做绝，也没见日子过不下去。”

“行了。”祁砚并不认同，“别搭上我。”

他懒得陪陆景深一个大男人在这里烦心。

“该说的我也说了，你是个聪明人，心里有数。号码的事情我问问舒漾，至于给与不给，不是我说了算的。”

陆景深应声：“不管怎么样，先谢谢舒漾了。”

祁砚注意力已然飘到老婆身上，目光紧跟着舒漾。

一支烟抽完，他正打算再点一根，就发现自己被前边盯着的人恶狠狠地瞪了一眼。

祁砚把烟收回去，放下手机前看了眼时间。

凌晨了，他老婆究竟还要在这种场合待到什么时候？

正常来说，这个时间点他一个已婚男士应该和妻子在家睡觉，而不是在这里看包。真是一秒钟也待不下去。

祁砚直接起身过去。

舒漾和设计师聊得正欢，眼睛一瞥就看见，祁砚不知道什么时候走了过来。

这男人要干什么？

祁砚站定在她面前，好似刚认识没多久的关心问候：“听说舒小姐结婚了？”

舒漾愣着看着一旁的祁砚，内心不解：你这是要搞哪出啊？

她当着造型师的面，故作镇定地说：“是的，刚结不久。”

祁砚却问：“舒小姐平时都应酬到这么晚吗？”

舒漾胡乱点头："差不多吧。"

男人茶香四溢的话语，从头顶上方传来："挺心疼你老公的，连正常的婚姻生活都没有。"

舒漾蒙蒙地眨了眨眼睛，她算是听明白了：说着说着，祁砚还心疼起他自己来了？

一旁的设计师接过话茬，附和着：

"舒小姐新婚快乐啊！祁总说得有道理，您还是赶紧回去多陪陪家人吧，咱们下次再聊。"

舒漾："……"

设计师非常识趣地离开，虽然不知道祁总和这位舒漾是什么关系，但是夹在他们俩中间，那简直就是脚踩指压板，气压降低，血压飙升，根本待不下去。

舒漾气呼呼地扭头盯着他："喂祁砚，你干吗影响我正常社交？"

男人点了点她的手机屏幕，时间亮了起来："正常人谁凌晨一点还在社交？"

新婚宴尔，当然有更重要的事。

舒漾这就不服气了："我们年轻人都这样。"

"是吗？"

祁砚两手撑在她身后的吧台上，将人圈死。

男人精致的五官离她不过几厘米，近到连下眼睑处的红色都清晰可见。

"那你可以迁就一下哥哥吗？"

舒漾微怔，一颗心乱飞，没出息地咽了咽口水。

"回，回家吧………"

祁砚眼睫轻扇，自然地拿着她的包："我去开车。"

舒漾磨磨叽叽地跟在后面，心虚地左右看了看，随后扶额感慨。

她今天干吗非要带个粉色的包出门。一身黑色正装的男人手里拿着个艳丽的粉色女包，简直不要太引人注目。

路过经纪人蓝沫儿旁边的时候，舒漾正想找个借口解释，还没等她说话，蓝沫儿就赶紧点头挥手："我懂我懂，去吧去吧。"

算了，别人怎么想已经不重要了，舒漾直接开摆。

酒吧门口，祁砚的车开了过来，舒漾拉开车门坐了进去。

趁着男人俯身过来给她系安全带，舒漾说道："你要是不喜欢在酒吧这种地方待着，下次在家等我就好了。"

虽说祁砚有些时候挺混蛋的，但她一直听说，这男人并不喜欢酒吧这种场所，也不知是嫌太低端了，还是有精神洁癖。

祁砚大概是没想到她会这么说，语气淡然地回答："没什么喜不喜欢的。"

今天应该是迄今为止祁砚在酒吧待得最久的一次。

他的确不常去这种鱼龙混杂的场所，他也没什么工夫应付那些搭讪的人。真要娱乐消遣，他完全有更好的选择：会所、基地、游轮、私人岛屿……

偏偏舒漾是开酒吧的，来了几次后，祁砚也就无所谓了。

底线，不就是用来被舒漾打破的吗？

舒漾没多问，瞥见车内储物夹层的黑色小盒子，拿了起来。

"你还给我买了巧克力啊。"

她拿出一块黑色方形巧克力，准备拆开尝尝。

碰巧前面路段行人较多，祁砚比较专注，听见舒漾说什么巧克力，他疑惑地看了过去。

男人眉心一紧："等……"

还没等他话音落下，舒漾直接两手撕开，看也没看就想咬下去。

车子突然停下，靠在路边。

祁砚看着眼前的女人，快速拿过手帕，捻住她手里的东西："松手。"

舒漾好奇地问："软糖吗？什么东西。"

祁砚没说话，动作行云流水地把包着东西的手帕飞快丢进车内的垃圾桶。

舒漾一肚子疑问："什么啊？你脸色怎么这么奇怪？"

她把祁砚刚丢的手帕又拾起来，打开手帕定睛一看，竟然是一个包装独特的计生用品。

舒漾瞬间僵住："这，这，这是……"

反应过来后，舒漾抓狂地挥着手。

她刚才竟然差点当作巧克力，还准备吃掉。

男人无奈地按着眉心，把那块手帕重新丢回垃圾桶："以后看仔细点。”

舒漾脸上一阵红一阵白：“这玩意儿的包装精致到我可以告它诈骗的程度了！”

祁砚把那个黑盒子拿起来，指了指上面一大堆外语：“上面意大利语标明了，甚至介绍得十分详细。”

舒漾瞪大了眼珠：“我怎么看得懂啊？”

祁砚把盒子放到她手上：“拿着吧，本来就是买来带回酒店的。”

虽然祁砚真的非常讨厌这种东西，可是一想到有孩子更烦，所以他还是妥协。

“我才不拿！”舒漾把东西丢回储物层，“你想都别想！”

祁砚也没步步紧逼，把车开回酒店。

一路上，舒漾只要回想起刚才的事情，尴尬得脚趾都能抠出一座城堡。

到了酒店，她立马下车快步进电梯，祁砚追上她，在电梯里把人摁住。

“怎么了？还在想刚才的事情？”

舒漾撇过脸：“你怎么不早点提醒我。”

祁砚当时在开车，他想提醒的时候已经晚了。虽然事实如此，但男人非常清楚，在这个时候摆事实，等于把自己送进火葬场。

祁砚把人抱进怀里，低声下气地哄着：“是我不对，是我的问题。乖，别乱想，我们是夫妻，这也没什么，又没让别人看见。”

舒漾看着他，恶狠狠地说道：“祁砚，都怪你！”

被她指责，男人却很认同地点头：“嗯，怪我没事先和你说。生气的话就这样说出来，不要撒闷气。如果还不够解气的话，可以打我。”

舒漾还是第一次听见，有人喜欢找打：“你疯了？”

“没有。”祁砚下巴蹭着她的颈窝，“老婆，别生气了好不好？”

“我们都没有结过婚。”

祁砚：“你知道我一直在等你同意，对不对？老婆，我们做最正常的夫妻不好吗？为什么要有那么多条条框框和担忧？”

他和舒漾本来就是一眼认定了对方，即便是分开过一段时间，在回国后真正相见的第一面，他们对彼此还是一如既往地心动。

舒漾纠结着，经历了几番挣扎之后，幅度很小地点了点头。

见她总算迈出第一步，男人眼中的笑意斐然。

Chapter 06
回忆乍现

酒店餐厅。

偌大的场地里一个人都没有，很显然被清场了。

两个人面对面坐着，舒漾一边吃着男人切好送到面前的西冷牛排，一边问着："我弟弟的事情，你联系得怎么样了？"

祁砚一边剥虾一边说："安排好了，随时可以和医生见面。不过，你可以提醒他一下，是个女医生。"

舒漾顿时眼睛都亮了："哇！那有好戏看了！"

祁砚无奈失笑："他可是你弟弟。"

舒漾挑着眉："那又怎样。他是我弟弟，我还是他姐姐呢！"

祁砚忍不住笑出声。

真可爱。

舒漾接着说："江衍因为幼年的心理阴影，对女生一直会犯恶心，希望这次能顺便把这个毛病彻底治了。"

祁砚静静听着，虽然他对江衍的事情根本没有任何兴趣。

舒漾巴拉巴拉说了一堆，才想起来问重点："对了，医生姐姐多大了，有照片吗？谁啊？"

"不太清楚，没有，不认识。"

舒漾拍了拍脑袋："喂，你也太不靠谱了吧！"

转念一想，舒漾又说："不过你要是了解得那么清楚，你就死定了！"

祁砚笑着把虾喂到她的嘴里："那我是该知道还是不该知道呢？"

舒漾吃着东西，理性分析，说话都有点飘："可以知道，但别那么清楚。"

“回头我让人把医生资料传给你。”

舒漾立马往后一转。

祁砚疑惑地看着她，就见她笑嘻嘻地露出一排白牙。

“好了，回头了。”

祁砚盯着她，不知道如何是好。

舒漾托着下巴看着他：“别笑了，迷死姐了。”

半晌，祁砚记起一件事：“对了，陆景深想找你要一下你朋友的联系方式。”

舒漾眯起眼睛：“你和他很熟？”

面对舒漾的疑问，男人只是慢条斯理地摘下剥虾的手套，擦了擦手：“不熟。只是工作上有一点交集，而已。”

听到这话，舒漾才松了一口气：“那就好。听说他不是什么好东西，你离那种人远点。”

陆景深这个人舒漾当然有所耳闻，毕竟女孩子之间聊天，难免会扯上对象。经过许心箂的一番渲染，她对姓陆的这名男士提不起任何好感——不仅渣，还坏。

舒漾护短，自然站在好朋友那边。

“嗯。”祁砚淡淡地应声，“我和他不是一类人，玩不到一起。”

舒漾满意地点头，这刚准备夸两句，就见祁砚放在旁边的手机响了起来。

备注着三个大字——陆景深。

祁砚淡然地抬手把电话挂断，刚准备继续用餐，对方又打了过来。

舒漾打量着他轻笑：“接吧。”还说不熟呢，真当她三岁小孩啊？不熟的人，哪敢在祁砚挂掉电话之后下一秒又打过来。

祁砚脸色微沉，把电话接了起来，语气十分官方：“请问什么事？”

电话那头的陆景深，听到“请问”这两个字顿时愣了一下：“你说话怎么这么客气了？搞得哥们儿是外人一样。”

祁砚换汤不换药地重复道：“请问有事吗？”

陆景深：“不是，我有没有事的前提是——你没事吧？你这样说话，我很担心你的精神状态啊！”

忽然，陆景深好像明白了什么，“哦”了一声：“老婆在旁边是吧？”

祁砚沉着气，一度想把电话挂断，可是舒漾就坐在对面盯着他，这么做未免太刻意。

换作平常，他早就讥讽陆景深，就他这反射弧，老婆跑了真怪不了别人。

祁砚自顾自地说着："项目的具体合同，我的助理会发到陆先生的邮箱。"

陆景深冷嗤了一声："你还真是装得像模像样，春节档没你我都不看。行，我也不和你废话了，我媳妇儿的联系方式，打听得怎么样了？"

他让人怎么去查，都查不到，许心窹为了躲他，可真是花了大价钱。

祁砚冷冰冰地回答："不怎么样。"

差点把他自己坑沟里去了！他就不该答应陆景深这事。

"陆先生若是没其他事情，祁某就先忙了，至于项目，可以之后再谈。"

没等电话那边的人应声，祁砚又继续开口："好的，那先这样，再见。"

正坐在车上的陆景深，看着还未黑屏的手机，暴躁地发了条信息过去。

得！又一个妻管严！

聊天框里突然跳出圆圆的一个红色感叹号。

真服气！

见祁砚接完电话，正好舒漾也吃得差不多了，她把左手摊在男人面前，一个字也没说。

祁砚看着她的手心，把自己的手机解锁，放了上去，一百八十度翻转，正对着舒漾。

舒漾惊慌地往后缩手："哎呀，你这是干什么呀？我可没想看你手机，这是你自己递过来的哦，不能怪我哦。"

祁砚轻轻一笑："查吧。"

"那，那就浅看一下吧！"

舒漾摸着手机，想看又怪不好意思，故作淡定地清了清嗓子。

见祁砚低头用餐，舒漾的立马在男人的手机屏幕上，疯狂翻了起来。

短短几分钟，舒漾已经查得手累了，小声嘀咕着：“怎么什么都没有……”

她偷偷观察祁砚的表情，男人不紧不慢地吃午餐，丝毫没有任何心虚的样子。

祁砚吃完后，也没打算拿回手机，走过去把人抱了起来。

“回去了，哥哥还有工作。”

这两天是过得真有些不节制了。

他只有和舒漾在一起的时候才会想着把工作堆着处理，空出时间去做别的事。

舒漾搂着他的脖子，趴在祁砚的肩膀上继续翻看手机，她可没兴趣天天盯着祁砚的手机，要查就一次性查个彻底。

工作前，男人捧着她的脸亲了亲。

“乖乖待着。”

舒漾的视线回到祁砚的手机上，她把页面从社交软件退出来，随后把手机盖到他脸上：“还你！老娘心理准备都做好了，什么都查不出来，真扫兴！”

祁砚的唇角微微扬起一个弧度。他从来不喜欢打字解决问题，所以自然不可能存在任何聊天记录。

男人把手机放到办公桌上，目光一转，就瞥见旁边舒漾的手机，舒漾顿时感觉大事不妙。

果然，祁砚就把她的手机拿到她面前，问：“可以给哥哥看看吗？”

舒漾飞快夺过自己的手机，义正词严地拒绝：“不行！”

舒漾瞬间失去表情管理，表现得像个渣女一样。她看祁砚手机可以，但是她的手机坚决不能被查！

“嗯？”祁砚溢出一个疑问的字音，“这是背着我养了多少条鱼？”

“没有！”舒漾找不到借口，又不敢撒谎，干脆破罐子破摔，“反正就是不能看！”

她手机里简直没一个软件能经得住查。

和闺密的聊天记录、点赞帅哥的视频、浏览器的搜索记录、相册那些劲爆的自拍，随便抓出一条，都够她社死的了。

祁砚听着她这渣女言论，不禁失笑。

“行，不看。”

他扫了一眼腕表：“给你一个小时时间，把那些不该存在的男男女女删干净。”

舒漾是开酒吧的，长得漂亮人缘又好，还混时尚圈，手机里的男人绝对比他想的只多不少。

从那天为了定闹钟，解开过舒漾的手机密码后，祁砚对这件事就一直耿耿于怀。定个闹钟的时间里，各种消息就没停过，他早就看不顺眼了。还没等到他想好解决方式，她倒好，主动查起了他的手机。正好，那就借此机会把那些野男人剔除。

舒漾怎么也没料到，她突然把自己给坑了。

祁砚盯着电脑，指尖在键盘上飞跃着，提醒她：“还有 58 分钟。”

舒漾噘着嘴：“知道了。急什么，删个好友而已，这不分分钟的事儿。”

舒漾拿着手机，打开列表往下拉，定睛一看总人数——4999。

绝大多数的人，她压根就没有任何印象，都是酒吧里的客人。她当时也没想那么多，随便就加了。

“祁砚，我以后去看场子碰见被删掉的顾客，那该多尴尬。”

祁砚一边看着邮件，一边回答她：“你不去看场子，不就没那么多事。”

舒漾往他的怀里钻，逮着机会就撒娇：“老公，手酸。”

祁砚揉着她娇贵的手：“那就不删了。”

舒漾顿时喜笑颜开：“真的吗？”

“嗯。”祁砚应着，“但你要是敢乱聊……”

还没等他说完，舒漾为表忠心，马上应道：“清楚！明白！懂！”

祁砚一直盯着电脑，看得眼睛有些累了。他单手托着怀里的女人，一手摘掉眼镜，吻了下去。

舒漾眨了眨眼睛，听见男人含糊地说：“亲一会儿……”

话到耳朵里，她整个人都不争气地变得娇软。

说来神奇，祁砚的脸上干净得一颗痣都没有。他的五官端正立体，非常上镜，现实中的他比镜头里更加有冲击力，用一眼万年来形容都不为过。

两个人就这么待到晚上，祁砚处理工作，她抱着人继续补觉。

舒漾醒来的时候，祁砚正好要开会。

“大概半个小时，乖，自己去吃点东西，别饿着了。”

舒漾乖乖去觅食，到餐厅打包了两人份的饭菜，准备回去，突然看见一抹熟悉的身影。

“爸爸。”

江东旭在餐厅出口看见自己的女儿也十分讶异，他激动地拉着她的手：“祁砚他对你好吗？”

舒漾皱眉：“怎么突然这么问？爸爸，我和祁砚之前到底是什么关系？”

面对女儿的疑问，江东旭如鲠在喉。他看着女儿舒漾，想说的话没一句能说出口，只是轻轻摇头。

舒漾看着父亲越是纠结，她越是疑惑：“爸爸，你倒是说呀？真是急死我了。”

江东旭无奈地解释：“你在 Y 国那几年，爸爸事业上和家里的生意都特别忙，实在不清楚细节。回国后爸爸见到你时，你已经失去部分记忆了，那位傅医生说，是应激情况下导致的选择性失忆。”

江东旭心里很清楚，祁砚和女儿的感情不是他能够干涉的，主导权始终都在那个男人手上。他只希望祁砚这次是真的对自己女儿好。

舒漾去国外留学那几年，他忙虽忙，可哪里会不想见女儿？但祁砚根本不给任何机会。所有关于女儿的一切，他都只能靠听说。起初祁砚还会让他见舒漾一两面，到后来直接派人告知他无权干涉。

后来，江东旭偷偷去佛罗荷大学见舒漾被祁砚发现。男人面对他时，笑容得体，优雅之下却是无尽的阴狠：“江叔叔是不是忘记了，你已经把舒漾交给我了，她现在是我的。”

祁砚背着路灯走近，颀长的身影站在他面前。

那一刹，江东旭仿佛觉得自己亲眼看着这个男人从地狱里走出来，他开始意识到不对。

“祁先生，这段时间麻烦你了，我打算今天把女儿接回去。”

祁砚双手低着头笑着，灯影下看不见男人的眸子，眼镜折射银光：“真是好久没听过这么好笑的事情了。”

祁砚收起笑意，语气越来越冷，越来越咄咄逼人。

“都还没毕业呢，怎么就急着把人带回去？不问问她愿不愿吗？还是说，你当我这儿是临时收容所？”

江东旭微皱眉，眼前这个男人只让他觉得恐惧，与几个月前他见到的那位彬彬有礼的翻译官相差甚远。

那时候，祁砚温和地笑着对他说：“叔叔的女儿长得真可爱。”

而现在，男人抬起深眸，冷冷地警告他：“离我的女人远点，她不需要你们这些所谓的家人。”

祁砚掸了掸西服外套，径直离开。

这话听到江东旭的耳朵里，讽刺无比，仿佛听到祁砚在说舒漾即将成为他的掌中物。江东旭久久缓不过神，祁砚的车开走后，他直接晕倒在地。

从医院醒来，他意识到自己做了这辈子最后悔的事情。他竟然把自己的女儿托付给了一个披着精英外壳的精神病。他被骗得彻彻底底。

而四年后，女儿回到江家，回到亲人的身边，江东旭不敢置信。

女儿是怎么做到的……

舒漾拎着快要冷掉的饭菜，气呼呼地看着自己心不在焉的父亲。

“爸爸，你走神了！我又不是傻子，这其中要是没有端倪，我和祁砚为什么会分开？”

可偏偏她有的那么一点点记忆，全都是好的一面，什么也分析不出来。

好一会儿，江东旭才意识到：“漾漾，你的记忆……”

他确信目前的情况下，祁砚是不可能想让他的女儿这么快恢复记忆的。那漾漾怎么会突然之间似乎记起了些事，难道是祁砚那边出问题了？

舒漾：“对，我是记起了一点以前的事情。”

江东旭有些担心：“你和祁砚提过吗？有些事情还是顺其自然的好。”

若是让祁砚知道了，恐怕要想方设法对自己女儿下手了。疯子，是不能惹的。

舒漾轻轻勾唇：“放心吧。”她要引蛇出洞，她倒要看看祁砚打算要什么把戏。

舒漾拎着两人份的餐，手都酸了："先不说了，东西好重，我先拎回去，改天我们一起吃饭。"

江东旭温和地点头，看着女儿离开。

漾漾现在似乎过得很好，他是不是真不该抓着之前那些事不放？……毕竟，他也有错。

舒漾回去的路上琢磨着，那段记忆究竟是什么？到了会离婚的程度吗？

她想得头痛，晃了晃脑袋。

"不会是最近病娇小说看多了，产生了被害妄想症吧？"

甩掉那些乱七八糟的思绪，舒漾回了房间，把晚餐摆放好，直奔书房。

"老公吃饭饭啦！"

伴随着做作的声音，舒漾推开书房的门，祁砚还坐在电脑前，屏幕里还有人在汇报项目。

舒漾瞬间僵住。

听到一道娇软的女声，电脑里面会议的声音戛然而止，整个场面瞬间安静。

祁砚把视线从电脑屏幕移到她的脸上，舒漾惊慌地微张着嘴，说不出一个字来。她猛地要把门关上，就听见男人温文尔雅地说："马上就来。"

舒漾捂着脸就跑了。

天哪，太丢人了！她好死不死的，突然夹着声音干什么？

祁砚看着女人落跑的身影，轻轻笑着。

电脑屏幕上，那些参加会议的股东们隔着屏幕都屏住了呼吸。

天！他们听到了什么？

祁砚推了推鼻梁上的眼镜，脸上很快没了笑意，口吻十分官方。

"还有问题吗？"

所有人一致摇头。

谁敢耽搁祁总陪老婆吃饭，那不是找死吗？

枕边风的威力，对哪个男人都管用。

结束会议，祁砚摘掉眼镜，合上笔记本往外走。到餐厅后不见人影，他四处找了找，就看见被子成了一个大雪堆。

祁砚走过去，想拉下她的被子："别闷坏了。"

舒漾捂着被子左右晃着拒绝，像个不倒翁："别管我了，让我死一死。"

祁砚干脆直接把被子扑倒："怎么了？"

舒漾气沉沉地扯下被子，露出一张绯红明艳的精致小脸："你不是说半个小时吗？我过了这么久才回来，你怎么还在开会？害得我……害得我直接就推门了！"

祁砚低头去亲她："就为这生气？"

舒漾撇开脸："不然呢！丢脸死了！这下好了，马上你公司的人全都要知道，你老婆是个夹子音！"

祁砚就这么隔着被子安慰她："夹子音怎么了？多好听。"

舒漾给了他一个白眼，祁砚慢慢悠悠地勾起她的长发，绕着食指。

"我说真的，挺好听的。"

舒漾害羞地顶膝踢了他一下。

祁砚紧紧地皱着眉，久久不说话，看起来非常痛苦。

舒漾的心不由得也揪了一下："你别给我装啊！我又没什么力气，哪里伤得到你。"

男人依旧不语，只是低着头，埋在她的心口处。

舒漾这下是真的有点慌了。她刚才一激动，也没管什么力气不力气的，不会真狠了点吧？

她试图抬起男人的脸："祁砚，你怎么了，你说句话啊？那么痛吗？"

见祁砚痛苦得一直不愿意抬头，舒漾真的急了："祁砚，你到底有没有事啊？你可不能有事啊，你有事我以后怎么办？"

舒漾推着他："你快起来让我看看。"

突然，男人抬头，眼睛亮亮的："好。"

舒漾看着眼前男人无辜的俊容，咬牙切齿。

"你！耍！我！"

舒漾直接又一个顶膝，祁砚"嘶"地痛出了声。

舒漾压根不理会他："你给我滚下去，本小姐要起来干饭了。"

可祁砚一动不动。

她去推祁砚的脑袋，却感觉到手心有汗。见祁砚额头有冷汗，她

的心顿时紧张了许多："祁砚，祁砚你，你还好吧？"

男人低低地呢喃："疼……好疼……"

舒漾又担心又慌乱："对不起对不起，我是故意的但是……呸，我不是故意的，都是你的错……

"呸呸呸，反正都是我的错，对不起对不起，你还行不行了？"

祁砚撑着起身坐在床边。过了那阵痛劲儿，他把舒漾抓了过来："宝贝，你再踢两下，真要出事了。"

这可不是什么好习惯。

"谁让你要我，我都说对不起了，你还要我怎么样？"舒漾颔首鞠躬，"对不起！"

祁砚："不接受。"

舒漾嗤了一声："爱接受不接受。"

说完，她就见祁砚又拧起了眉头，十分虚弱地扑在她的怀里："还是好疼……老婆……"

舒漾抱着他安慰："好了好了，对不起嘛。"

明知道人是在故意撒娇，她还是于心不忍。舒漾试图转移话题，实在是有些过于刻意。

"饭，饭菜要凉了。"

祁砚说："一会儿我来热。"

当她以为祁砚不再纠结刚才的问题，男人紧接着立马回归正题："宝宝，你的道歉一点诚意都没有。"

舒漾心虚地避开他的眼睛："以后再说吧……"

可祁砚这么精明的人，怎么可能听不出来她在试图画大饼。

祁砚亲了亲她，起身说："再躺会儿，我去热个饭菜。"

舒漾调侃道："还以为我们矜贵的祁先生吃不了回锅饭菜呢。"

祁砚被她逗笑了："哥哥是有钱，但不是暴发户。"

他捏着她的脸说："更何况，这是我老婆亲自带回来的。"

舒漾不由得耳朵一红，别扭着推他："快去，饿死了！"

祁砚在餐厅加热饭菜，舒漾美滋滋地躺在床上追剧，时不时瞥一眼厨房里的身影，心情别提多好。

两个人吃完饭，舒漾悠闲地泡了个澡。

祁砚回拨助理的电话，听对方汇报："九爷，夫人和她父亲见过面了，似乎恢复了些记忆。”

祁砚应了声，没说话。他当然知道他的宝贝恢复了些记忆。

“九爷，我看夫人现在对你挺信任的，催眠的事情，还要继续瞒下去吗？”

祁砚放下手，一言不发，他不敢赌。

舒漾是乖了不少，但这个前提是那些事情不被她记起。

男人闭着眸子轻笑：“你不会以为，这小朋友是个恋爱脑吧？”

祁砚的语气轻松，又似乎有些无奈。

舒漾若真是恋爱脑，他们就不会走到需要重新开始的那一步。

助理欲言又止。

他亲眼见证过，夫人对自家爷恋爱脑的时候，可那个时候……

酒店。

看了眼时间，舒漾给在国内的弟弟打了个电话：“喂，江衍，我明天就回国了，跟我去见医生。”

“男的女的？”

这个问题完全在舒漾的意料之中，舒漾毫不犹豫地说：“男的。”

怕江衍不相信，她懒懒散散地靠在床上，握着手机又说：“放心，姐还能害你不成？”

正在酒吧上网课的江衍，看着右手指尖打转的钢笔：“行，记得和那医生交代清楚，别拿本少爷当实验品。要是到时候有人在旁边围观，让我当小白鼠，有你好看！”

舒漾扑哧一笑：“真当谁稀罕看你啊？你到时候，别在人家医生面前犯矫情就行。”

“嗒”的一声，少年手上的钢笔直接转飞了出去，掉到地上。

江衍恨不得咬碎一口白牙。

“舒漾！”

听到电话里暴跳如雷的声音，舒漾赶紧把手机拿远了些。

面对自己亲弟弟，这个贱她必须犯。

江衍气得差点冒烟：“在这嘲讽你弟弟，真是好样的！别影响本男大学生上课了。”

舒漾嗤笑：“这就是你的新人设？”

江衍把手机丢一边，盯着电脑，有些出神。这几年他一直抗拒看病这件事情，突然明天就要见医生了，让他觉得有些恍惚。他能走出来吗？

江衍打算再问问舒漾，一大串字刚发出去，就蹦出一个红色感叹号。

江衍：“？”

正躺在床上等人的舒漾，接到弟弟打过来的电话。

“舒漾！你把我删了干什么？！”

被吓一跳的舒漾拧着眉：“胡说什么呢？”

说着舒漾就搜通讯录的好友。

“你就算再废，那也是我亲生弟弟啊！我怎么可能……”舒漾猛然记起上次当着祁砚的面批量清理好友的事，话锋一转，“当我放屁！”

江衍：“赶紧把本少爷加回来！烦死了，挂了！”

回国后。

舒漾下了私人飞机后，第一时间就立马打电话给弟弟江衍：“姑奶奶已经回国了，你人在哪儿呢？”

江衍：“金山酒吧。”

舒漾无语：“你真把我开的酒吧当你家了？”

江衍悠悠然地说道：“本少爷好心给你看场子，你别不识好歹啊！”

金山酒吧之前都是舒漾自己去看着。自从结了婚之后，她的确不常去，有什么问题也没法直接处理。

她心里还奇怪着呢，说怎么最近酒吧没有事情找她，看来都是江衍把这些问题解决了。

舒漾想了想：“行吧，那你在酒吧待着，姐姐这就开着大摩托来接你！待会儿见了医生，你给我礼貌一点啊，别丢我们江家人的脸。”

舒漾还没有告诉江衍医生是女的，这话要是说出去了，这小子铁定就不去了。

舒漾看着旁边的祁砚说：“到时候等江衍进了医院诊断室，再让医生露面吧。把门锁死，不然这小子就跑了。”

祁砚点点头：“已经和医院里交代过了。资料上这位医生从小就是练散打的，你弟弟只要没有受过专业的训练，应该干不过她。”

舒漾听到这话，瞬间放心了不少。

这次一定要把弟弟这件事情彻底解决。

祁砚捏了捏她的脸：“你这个姐姐还做得挺称职。”

舒漾嘿嘿一笑：“那当然。”

把江衍治好了，她就不用生孩子了，简直完美！

祁砚说：“别骑机车，和我一起过去。”

“你不是还有工作吗？”舒漾疑惑，“去医院干吗？”

祁砚不平不淡地回答：“拿我吃的避孕药。”

祁砚解释：“太快有孩子的话，我们就不能过二人世界了。”

舒漾：“大白天的你给我正常点！”

好歹她也是开酒吧的，什么场面没见过？想当年她双手插兜，不知道什么叫对手，直到碰见祁砚……

谁知道话一说出口，男人突然侧过头，饶有兴致地看着她：“怎么哥哥说什么你都爹毛？我的话让你这么有画面感吗？还是，你满脑子都是和我有关的画面。”

舒漾不解，怎么突然成了她的问题？

“你别偷换概念！你不天天在我面前那么说，我怎么会乱想？”

要不是她脑子转得快，差点就掉沟里去了！

“哦——”祁砚拖着尾音，讶异得恍然大悟，“那就是承认了，你在乱想。”

舒漾气结：“你！我不和你说了！”

她赌着气，直接快步走在他前面。

祁砚几步就追了上去，直接把人抱了起来，亲了几口。

“我错了。”

舒漾躲不开，祁砚每次都准确地预判到她的脸想往哪边歪。

半分钟时间，舒漾刚要冲天的脾气在半路上熄了火。

祁砚认真地看着她说：“真的错了。”

舒漾脸色红红，搂着男人的脖子：“你让我下来，我有脚，会走路！”

祁砚依旧抱着她，往司机开过来的车那边走。

“你还有老公，可以拿来用。”

他的宝贝要是什么事情都自己做，那他干什么？

舒漾抿着唇，没法反驳。

她偷偷瞄着祁砚，她待在男人的怀里，没抑制住自己的内心，凑过去啃了一口。看着那抹小小的牙印，她内心的报复心理可算满足了一些。

祁砚低头，唇贴着她的头发，什么也没说。他的宝贝做什么，他都喜欢，主动起来，他完全没有任何抵抗力。

车内。

两个人都有些不太自在。

坐在后座，祁砚刻意和她中间隔了一点距离，他解开西服外套，扯松了些领带，闭目养神。

他右手伸过来，成功抓到她的手，牵着她一言不发。

舒漾看着两个人的手，他们之间不需要任何言语，却觉得好像比说什么都要温暖。

江衍给她打了个电话："你不用来接我了，我自己过去。"

舒漾："我正打算和你说呢，我老公送我去完医院后还赶着上班，接不了你了，自己来吧！"

江衍："接不了就接不了，你说那么详细干什么？行了，本少爷自己过去！"

舒漾见他想挂电话，赶紧说道："你给我穿得乖一点，别整得像个小混混一样，给人家医生留下点好印象！"

江衍一阵烦躁："知道了！"

私人医院。

舒漾坐在休息室等着江衍，祁砚站在她坐的沙发面前，居高临下地揉了揉她的发丝："我去找医生拿点东西，一会儿过来。"

舒漾正在低头追剧，乖乖地点了点头。

祁砚大步流星地往诊断室去，敲门后走了进去。

位置上，一个与他年纪相仿的男医生正穿着白大褂坐在电脑桌前。

见人进来，傅衍之侧眸看过去，还没等他开口就听见，祁砚问："上次和你说的药，准备好了吗？"

傅衍之从抽屉里面拿出一个白色药瓶，放在桌子上。

“祁砚，你有必要为了一个女人，做到这个地步吗？这药虽然危害不大，但总归是药物，第一次听说你一个男人吃这种长效药避孕。”

傅衍之眉梢微挑：“你真不打算要孩子？别忘了，你也二十八了。”

别人像这个年龄，孩子都能下地跑了。

祁砚捏着眉心：“不打算。她都还是个孩子呢，生什么小孩？”

更何况，这些天的相处下来，祁砚也知道舒漾目前并没有生孩子的打算。

他的宝贝是个机灵鬼，知道他们的关系还不稳定。

祁砚悠闲地搭着腿，瞥了眼傅衍之：“我二十八岁好歹有老婆，你二十八岁有什么？”

祁砚想到他刚才问的话，就有些生气，继续有些讥讽地说：“有个不听话的侄女，是吗？”

诊断室变得异常安静。

祁砚的话句句扎在肺管子上，傅衍之又气又无法反驳：“赶紧滚。”

他最烦秀恩爱的人！

祁砚没有任何怒意，拿起药起身准备走人，好心地点醒他：“傅衍之，没有你那样管侄女的。你心里什么想法，自己掂量掂量清楚。”

傅衍之沉默了一会儿，自嘲地轻呵了声。

祁砚知道劝不动他，索性说：“那你就等她在外面玩到三十岁，看能不能记起你这个人。”

傅衍之：“……”

休息室。

舒漾窝在沙发角落追剧，电话突然响了起来。

见是陌生来电，她疑惑地接通，并没有说话，而是等着对方先开口。

“请问是舒漾小姐吗？我是折宇少爷家的管家。不好意思打扰您了，是这样的，这段时间我们都找不见少爷人在哪儿，夫人和先生马上就回京了，不得已才打电话问您的。”

舒漾微微皱眉有些疑惑，正好见祁砚走过来，她对电话里说了句“稍等一下”，然后捂着手里听筒，抬眸问着祁砚。

“霍折宇管家打来的，说找不到他人，你知道吗？”

祁砚朝她伸手，舒漾把手机交了过去。

下一秒，就听见男人握着电话不紧不慢地说："霍折宇在西郊工厂拧螺丝。"

回答完后，祁砚把电话挂断，交回她的手中。

舒漾不敢置信地睁着眼睛："祁砚，你认真的？"

"嗯。"男人淡然地答应，"我看他挺闲的。找个厂子拧拧螺丝，打发时间也不错。"总比，盯着他老婆好。

舒漾托着自己快要惊掉的下巴，她能说什么呢？半天后她憋出一个字："牛。"

霍家唯一和祁砚关系还算过得去的就是这个缺根筋的中二侄子霍折宇了。

这老男人也太狠了，一点情面都不给。

舒漾小声提醒："他还是个孩子……"

祁砚听见她的话，又幽幽地盯着她："夫人想去陪他？"

舒漾赶紧撇清关系，慌张地摆着两只手："不不不不……拧螺丝挺好的，挺好的，实在不行还可以去纳纳鞋底。"

一道声音从门口传来："姐、姐夫。"少年匆忙跑进来，还有些没缓过气。

舒漾看了眼时间，从沙发上起身。

"你能不能有点时间观念，就不能提前一点吗，非得踩着点来。"

江衍呼了两口气，头发还有些没干："知道了。刚打完球，洗了个澡。"

舒漾看他这一身雅黑色的校服，嗤笑一声："还算看得过去，难得像个人样。"

江衍："不是你叫我穿得乖一点吗？本少爷把家里压箱底的校服都掏出来了，你就这样评价？"

舒漾还想说什么，瞥向旁边的祁砚："你还不去上班吗？"

祁砚没什么表情地吐出两个字："就去。"

舒漾莫名觉得男人的声音有些沉闷，她过去抱着男人的腰，仰头盯着他。

"老公，你开会要迟到了。"

江衍一时眼睛不知道该往哪儿看，默默低头抓着头发走了出去。

他姐怎么还带两极反转的？

门带上的那瞬间，祁砚再也沉不住气，低头抱着怀里的人。

“你就不能亲我一下吗？”

江衍一来，她的眼里就跟没他这个人一样。

他算好了时间等着去工作，可就那么悄然离开，心里闷得要死。

舒漾感觉自己都快被男人口中的幽怨给淹没，没想到祁砚竟然还和江衍争风吃醋。她赶紧凑过去把人亲了亲：“委屈你了？”

祁砚闷闷地应了声，抱着人又加深了这个吻。

舒漾抓着男人后背的西服外套，慢慢放松手指：“祁砚……医，医生还等着……”

祁砚松开她，按了按眉心，走之前捧着她的脸柔声说：“晚上乖乖等我回家。”

舒漾心还跳个没完没了，混乱地点点头。

祁砚走后，舒漾深呼吸了两口，才去找江衍。

江衍：“医生在哪？”

舒漾带他走过去：“A1 诊断室。”

到了门口，江衍的脚步就像是钉了钉子，怎么都不推门进去。

舒漾这个急性子压根看不下去：“磨磨叽叽地干什么呢？进去往那一坐就完事了！”

江衍纠结地蹙眉，迟迟不动：“这医生行不行啊？”

舒漾不耐烦地帮他开门：“不行的是你。怎么废话那么多呢？赶紧进去吧，别耽误事，我去喊医生过来。”

江衍听到医生还不在里面，这才往里走。

他前脚刚进去，就听见门口“嘭”的一声，舒漾直接把门给锁死了。

江衍站在诊断室内，在工位对面的椅子坐下，腿往前面一伸，头往后面一仰，视死如归地等着人来。

长廊里传来“嗒嗒嗒”的脚步声，听到声响，江衍睁开眼睛，往门口瞥了眼。

他“嗖”地一下直接从椅子上蹿了起来。

怎么是个女的？

江衍定睛一看，袖口下的手缓缓收紧：“林教授？”

林烟伸手往后推去，锁上了门，江衍瞬间觉得自己待不下去了，眼睛紧盯着门口。

女人在米色连衣包臀裙外套着件白大褂，此时正一步步朝着他走去。她不紧不慢地把一头亚麻色的中长发扎到耳后："想不到江同学还记得我。"

江衍往后退了半步。

他高一那年，学校请了这个女人过来演讲，他负责对接。

当时还没有多少人知道他讨厌和女生接触，那天他把事情交给同学，谁知道那同学把这事给忘了，导致林烟第一次演讲流程就出错，听说下了后台就哭了。

最终他在道歉后把这个女人的名字抄了一千遍才算完事。

林烟之后又来演讲过几次，对接的工作全都安排在了他的头上，不过，他也全都推给别人了。

那通宵抄写的一千遍名字，就算化成灰，江衍都不可能忘记！

江衍攥紧了手："你是不是走错了？"

说好的男医生呢？舒漾竟然骗他！

在他说话的时候，对方已经开始进行消毒工作，中途还不忘瞥了他一眼。

"江同学，穿这么严实，多见外啊？人倒是高了不少，也不知道这些年过得怎么样？"

江衍反应过来这个女人真的是自己的主治医生时，立马往门口跑。可费了好大的劲儿，却发现门怎么都打不开，上面有个小小的显示屏，提示需要密码。

"我不看了，你给我把门打开！"

林烟擦着手，无辜地看着他："可是我也不知道密码啊。怎么办啊江同学？听说这种门堪比保险柜，防火防盗一流，要么……你把它炸开吧！"

江衍他瞬间觉得这个诊断室的空气都变得难闻了起来。他跑到窗口，看向九层楼的窗外，犹豫了半秒，准备直接翻到外面的空调外机上。

可惜的是，他的肩膀却被人手疾眼快地摁住。林烟的手劲不输男人，轻松把他掰正。她眯着眼睛说："乖一点。"

人长开了，就是不一样，比三四年前看着还要帅。

江衍眉头紧锁，反手就想把人推开。突然他意识到了什么，整个人僵住，他不可置信地看见眼前的女人，一和女生接触，反胃的感觉瞬间涌了上来。

林烟微微笑，非常温柔："再动？"

她可不想和江衍打架，她知道江衍这些年练过，更何况自己今天穿着高跟鞋，万一真打不赢怎么办？解决冲突最快最有效的办法，当然是一招毙命。

被扣住的江衍顿时暴跳如雷："你给我松手！"

江衍气得想打人，他这辈子什么时候被人这样对待过？

反胃的感觉直冲心头，江衍干呕了两声，想推开她，但碍于林烟抓得死死的，他根本没法躲。林烟是练家子，自然不可能轻易让他逃脱。

江衍抓住她的手腕："松手！"

林烟全当没听见："江衍，别那么暴躁。"

江衍气得差点冒火："你松开我！"他这辈子最憋屈的两件事情就是抄那一千遍名字和今天被人抓着无处可逃，全都是这个女人造成的！

林烟依旧不放手："听不听话？"她为了治疗江衍的病，特地转修医学，又去国外深造了两年。现在江衍想不听不治，当然不可能！

忘了救命恩人，这也就算了。他要是废了，她以后怎么办？

江衍整张脸快要爆炸，于是侧过头干呕着。

林烟见他反胃成这个样子，试图转移他的注意力："我们今天不一定要看病，就当和我聊聊天，不行吗？我们好像三年多没见了吧？"

江衍语气烦躁："不知道。"

林烟也不生气，接着说："你的事情你姐姐已经跟我说了。"

江衍反问："那她没跟你说我讨厌接触异性吗？你有必要接我这个单？想赚钱我给你！赶紧松开我！"

林烟搬出话术搪塞："我此刻是医生，不分男女。"

江衍："我分！"

林烟抬眸盯着他不悦的脸："为什么这么不配合治疗？"

她从一年前开始，就已经在联系江家，说她有一定的把握治好江

衍，并且自己在国际上也有了一定的权威度。

可是江衍一直不答应。

“我这不是来了吗？”

江衍握着拳头：“没人告诉我，医生是个女的啊！”更何况还是之前就结下梁子的女教授，这让他怎么能心无旁骛让她检查？

林烟自顾自地问：“你现在还会去找那个把你害成这样的女的？不恶心吗？”

江衍尽量沉着气回答：“我不恶心我就不会在这儿了！”他一直想着那句“解铃还须系铃人”，结果全是胡扯！见到那人他就想吐，简直是自找苦吃。

“我还不是什么受虐狂。”

林烟认真地告诉他：“江衍，这么想就对了。你要是为了报复她脏了自己，你就是犯贱！”

江衍：“关你什么事？我报我的仇，碍着你了？”

“对。”林烟肯定地回答，“你的病有七成的把握可以治好，剩下看我心情。”

江衍警告她：“你再不松手，我就弄死你！”

林烟嫣然一笑：“可是你打又打不赢我。”

江衍：“……”

“好了。”林烟看了眼墙上的时钟，“抓紧时间。”

林烟开始认真起来：“有一件事希望你记清楚。我不是靠关系才走到你面前，而是我已经达到这个高度，可以成为你的主治医生。你心里应该很清楚，厌女症才是造成性功能障碍的关键。”

江衍沉默着，最后“嗯”了一声。

整个检查过程，江衍极其难熬，结束后第一时间他就起身走人。

林烟看着突然一空的房间，轻嗤一声。

还真是无情。

可是她就是喜欢。

舒漾无聊地等在外面，刷了几集电视剧。

见诊断室的门打开，她赶紧跑了过去。

见自己弟弟的脸色黑得不能再黑，舒漾抱了抱他，说了句“乖”，随后看着后面跟过来的医生姐姐问道:“林烟姐，怎么样？”

林烟礼貌又温柔地回答:“已经检查过了，情况没那么糟，弟弟也非常配合。”

听到最后几个字，江衍感觉自己拳头都紧了。配合？这女人净胡说八道!

林烟的手段实在太卑鄙了，可不得不承认，对付他又恰到好处。

当着自己姐姐的面，江衍只能沉着气。他知道这个时候反驳林烟对自己一点好处都没有，只会被这两个女人联手对付。

真憋屈!

舒漾松了一口气:“那就好。江衍虽然脾气急躁点，但不会动手打女生的。”

林烟点点头:“我知道。”

临走前，江衍的眼神如刀一般扫过林烟:“你现在是最令我恶心的人，没有之一。”

林烟依旧保持着恰到好处的微笑:“荣幸。”她的态度很明显，就是冲着江衍来的。江衍脑子还没废，这点事情应该想得明白。

江衍不乐意，她可以推波助澜。

她已经过二十八岁了，一直单相思下去也不是办法。

舒漾把人领走时劝道:“江衍，这位医生不是我和祁砚故意安排的，人家是经过层层筛选才拿到资格的。既然答应了来看病，男医生女医生没有区别，你感觉能行吗？”

一出医院，江衍立马忍不住开口:“你知道刚才那女的，她……算了，你根本就不懂！”话说一半，江衍有些心梗，不愿回想。

舒漾有些担忧:“实在不行咱们就不看了！”

“不行就不行，还什么实在不行。别让本少爷再听见这俩字！”

舒漾嘿嘿一笑:“你能踏出这一步就是好的。照你之前那样下去，心理疾病只会越来越严重，难道到最后连你姐也不要了？”

江衍烦躁地抓了抓头发:“我不是那个意思。我知道你的出发点是好的，但你能不能先别出发？你知道林烟她看我的眼神……”

听到八卦，舒漾突然瞪亮了眼睛:“嗯？快说！”

她等了半天，也没听江衍憋出几个字。

江衍到现在都记得清清楚楚，那眼神太直白了。

他不是没被女生追过，可林烟给他的感觉就是明目张胆、不加掩饰的，丝毫不怕他发现。

舒漾听得似懂非懂，她咳了一声："你理智点，之后还要见面呢。"

江衍一想到刚才的事，就想要干呕："理智，你让我怎么理智？"

他这辈子还从来没碰见过这么难对付的女人！

舒漾手里转着车钥匙："看个病你还挑三拣四的。到时候等治疗方案出来，你好好配合人家，听到没？我觉得吧，林烟姐今天能成功让你配合治疗，已经是很大的一个跨越了。这证明你心里对于异性还是留有一些空间的，不然恐怕，你早就以死相逼了吧？"

听完自己姐姐这番话，江衍沉默了好一会儿，幽幽地说："你是懂的。"

舒漾嗤了一声，她知道江衍的内心从来都是上进的。他想走出来，只不过是靠着自己做不到而已，必须借助外力。

把江衍送去他的公寓后，舒漾回了家，由于早上起得太早，还没等到祁砚下班，她就在沙发上睡过去了。

犹如碎片般的梦境，在舒漾脑海中一段一段跳跃着。舒漾都不知道自己是醒着还是梦着，只知道大脑昏昏沉沉的，睁不开双眼。

脑海中的人明明是她，环境和故事她却格外陌生。

那是一场在 Y 国举办的盛大酒会 —— 舒氏贸易董事长女儿的生日会。

"我们宝贝漾漾啊，今天就彻底长大啦，祝我的宝贝闺女永远十八岁！"

舒梅看着自己的女儿，舒漾穿着一身粉色抹胸公主长裙，漂亮的纱裙上缀着珍珠和钻石，耀眼夺目。

见女儿笑容灿烂，舒梅也跟着高兴："一会儿有位贵客，是你爸爸的同事，这次你能进这么好的大学，多亏了人家祁先生推荐。待会儿见人记得打招呼，我和你爸爸打算回国发展，你在这边把学业完成，这位祁先生你爸爸信得过，有什么事就找他帮忙知道吗？"

舒漾点头，重点压根没放在那上面，而是转过身看向自己的母亲："妈妈，那我进了大学，是不是就可以谈恋爱了？"

舒梅被她逗笑了："就盼着这一天呢吧？"

其实他们的思想并不古板，两人对江衍就采取的是放养教育。但是舒漾毕竟是女儿，他们总害怕女儿吃亏，所以在她形成完全的独立思想之前，舒梅是不希望看见女儿和他人确定关系的。现在女儿成年了，他们也就放心了。

舒漾笑着眯了眯眼：“嘿嘿，只要一想到，上了大学可以明目张胆地谈恋爱，我当然开心了！”

话音刚落，舒漾背后就传来动静，她回身看过去，就见几个西装革履的男人正大步往这边走来。看到人群中最为高挑的男人时，她愣了一下。

男人跟在她父亲侧边，穿着一身极简的正装。黑西服里面搭配的是白衬衫，黑色的领带平平整整，透明的长方框眼镜则衬托出一种精英气质。男人全身上下只有领带夹点缀出一抹银色，看着极具层次感。更让人无法忽视的是那张年轻俊美的面容，白皙得没有一丝瑕疵。

舒漾紧盯着他，直到对方和父亲一同站在她的面前。回过神时，舒漾恰好就撞上男人的视线，她难得慌乱地避开了视线。

一时之间，舒漾脑子里面的想法颇多，但无一不是想着“怎么把这个男人的联系方式搞到手”。

还没等她多想，下一秒父亲的话直接打碎了她的梦想：“漾漾啊，这位就是爸爸和你提过的那位同事，祁砚，祁先生。”

舒漾当场傻眼，这个男人是她爸爸的同事？那岂不是至少三十岁了？

舒漾怔怔地盯着男人看了几秒钟，对方并没有回避她的眼神。

男人居高临下地看着她，镜片下的眸子轻缓地动了一下，像是给对面的人下了蛊一般，舒漾的心跳直接乱掉。

“咳，漾漾。”见她不喊人，舒梅赶紧碰了碰女儿的手臂。

舒漾立马冲着眼前的男人鞠了个躬：“祁叔叔好！”

她心里显然还没有接受对方和他爸快要同辈的事实，一想到她看中的帅哥就这么成了叔叔，她就心如死灰。

舒漾正胡思乱想着，就听见耳边传来男人的轻笑声。她抬起头，却完全不敢再多看他一眼。

祁砚将她刚才的称呼，又重新一字一句地重复了一遍：“祁叔叔。”慵慵懒懒的语气，好似在细细品味。

一旁的舒父也跟着笑了起来：“漾漾，祁先生今年才二十四岁。

祁砚笑着抬了下手："没事，随她。"

男人目光深沉地注视着她，朝她伸出一只手："祁砚。"

舒漾抿了下唇，赶紧两只手握了上去："舒、舒漾。"

祁砚垂眸看着那两只略显殷勤又带着些激动的小手，眉梢微挑。

她赶紧准备收手，可等她把手撤掉的时候，却觉得男人的指腹在她的手心轻轻捻了捻。

舒漾心里一颤。

就当舒漾觉得有些不对劲时，祁砚很快就松开了她的手。

看着男人淡然的神色，舒漾觉得是自己脑补太多了。

舒家父母挽着手说道："漾漾，你先和祁先生聊聊，爸爸妈妈去照顾一下其他的客人。"

舒漾硬着头皮答应下来，虽然对方很帅，但毕竟也算是她的"长辈"，她实在是不太会和长辈交流。

祁砚打量了一下她身上的裙子，礼貌地称赞："裙子很适合你，很漂亮。"

舒漾含蓄地点头："谢谢您。"

祁砚笑而不语。

舒漾给他倒了一杯茶，随后就开始整理旁边成堆的生日礼物。

她一下抱起了好几个盒子，同时偷偷瞥了一眼祁砚。

谁知就因为分了点神，最上方的黑色礼盒突然掉落下来，盒子里面的礼物也滚了出来。

看清东西后，舒漾吓得叫出了声："啊！"

她惊慌地抬头，就发现祁砚的目光一刻都没从她的脸上移开过。

祁砚缓缓看向地上那所谓的生日礼物，那是一张恶作剧 CD。

舒漾赶紧把手上的盒子丢了出去："这不是我的！"她也不知道为什么自己的生日礼物里面会出现这样的一件东西。

国外的同学里有一大半都是外国人，他们大都比较开放，会和她聊起一些带颜色的话题，这件礼物十有八九是朋友整蛊的行为。但她没想到，这个盒子就这么在祁砚的面前掉了下来！

两人之间一片死寂，舒漾有种想一头撞死的冲动。

天啊！

她乖乖女的名声，难道要在认识祁砚的第一天就毁了吗？接下来的几年，她该怎么面对这个男人啊？！

祁砚倒没说什么，而是上前把东西捡了起来。

舒漾看着他，眼睛都快瞪掉了。

男人面不改色地把东西装回礼物盒里面，然后递给她。

舒漾看着男人修长的手指，大脑瞬间宕机。

祁砚牵起她的手，把东西交到她手中："不管是不是你的，这东西一直丢在地上，似乎不太好。"

舒漾连连点头，整张脸已经红得不像话。

她赶紧收拾地上其他的礼物，祁砚也过来帮忙。

"礼物放哪个房间？我帮你送过去。"

舒漾知道自己两只手拿不下，又不好拒绝祁砚，就点了点头："我带你过去。"

两个人走在长廊里，谁都没有说一句话。

舒漾一直低着头，还没有从刚才的窘况当中缓过来。

把礼物放到房间后，见祁砚准备离开，舒漾总算松了一口气。

没想到走到门口的男人突然回过身，看着她认真说道："小朋友，注意分寸，被别人看见不太好。"言语间听不出任何情绪。

听完，舒漾愣在原地，看着不远处的男人，连解释的话都说不出来。

这简直就是当众处刑啊！

舒漾低着头，声音小得不能再小："嗯。"

到底是哪个杀千刀的，送她这种生日礼物？此时她连杀人的心都有了。

偏偏祁砚这种长辈一般关心的语气，让她根本无法反驳，此刻什么样的解释都显得苍白无力。

忽然，祁砚又朝她走了过来。

舒漾坐在床边，静静地看着那道身影一步一步地走到了她的面前。

她看着那双被西裤衬得笔挺修长的腿，听着自己的名字被男人平静地唤出。

"舒漾。"

这是她第一次从祁砚的口中听见自己的名字，也是生平第一次觉得自己的名字这么好听。

舒漾抬头看向他，听见男人沉声说：“你好像没明白我的意思。”

舒漾一脸蒙：“你几个意思？”

她疑惑地抿着唇，刚才她不过就“嗯”了一句而已，根本没有想那么多。

毕竟她现在只想让这个男人赶紧消失在自己的面前，然后冷静冷静。

话一出口，舒漾立马噤声，她刚才略显着急的语气好像不是很礼貌。

对方再怎么说也是爸爸的同事，以后没准儿还得见面，现在他对她的第一印象是不是变糟了？

果然，下一秒舒漾就发现祁砚正似笑非笑地盯着她。

舒漾赶紧换了一种礼貌的方式小声重问了一遍：“那，您是什么意思呢？”

听她这么问，祁砚眼底的笑意更深了。

舒漾微微皱眉，自己这话听着怎么好像更加不对了？

她刚崩塌的乖乖女人设，这下在祁砚的眼里，估计彻底成了一片废墟。

祁砚在她面前蹲下，两个人的姿态瞬间对调了一下，变成她俯视着祁砚。

祁砚耐心地和她说：“话不能乱答应的，我的意思是……你不许看那种东西。”

原本祁砚不想把话说得那么明白，可是她好像没听懂他的暗示。

“我没打算看！”舒漾有些着急地解释。

初次相识就发生这样的事情，舒漾为自己接下来几年的生活捏了一把汗。

祁砚回答的声音很轻：“真的吗？”

舒漾以为他在质疑自己说的话，赶紧说道：“当然是真的！”

祁砚弯眸微笑，对于舒漾的回答，他似乎很是满意。

舒漾捏着手心，突然有些担心地问：“你不会告诉别人吧？”

这种事情如果传出去了，她免不了成为别人的八卦对象。

祁砚不答反问：“相信我吗？”

舒漾心中纠结着，一时不知道怎么回答。让她轻易相信一个只见过一面的男人，那她不是犯傻吗？可是不相信又能怎么办呢？

没等她回答，祁砚已经站起了身，伸手摸了摸她的脑袋："放心，我会帮你保密的。"

目前为止，舒漾在他心里都是一个满分的猎物。如果刚才舒漾毫不犹豫地相信他，那么他会对这个女人失去百分之八十以上的兴趣，他没兴趣和一个笨蛋浪费时间和精力。

剩下的一点兴趣在于，舒漾真的过于符合他的审美。

舒漾连忙道谢："谢谢祁……哥哥。"

祁砚轻轻笑，睨了一眼桌上的那个黑盒子："需要我帮你处理掉吗？"

舒漾赶紧点头。正好她怕自己丢东西的时候被人看见，那可就真要命了。

"好人一生平安！"

从这天起，舒漾就自认对这个男人有了比较清晰的认知：心思缜密，很有分寸，长得还很惊艳！

听见"好人"这两个字，祁砚拿着礼盒的手一顿，唇角轻勾。

真是一个乖小孩。

房间内，舒漾呼出了一口气："这事总算是过去了。"

只是她没想到，当天晚上，她就梦到了只见过一面的祁砚。

Chapter 07
梦中初见

沙发上的舒漾忽然惊醒，她困惑地揉了揉眼睛："天啊，怎么会梦到这么离谱的事情……"

梦里的一切让舒漾完全反应不过来，分不清是真是假。

但不管怎么样，那场面都让她不敢回想，生怕梦里的一切是真的。她在"第一次"见到祁砚时就已经起了心思，居然还在对方不知道的情况下梦到了他。

假的，假的，一定是假的，太离谱了。

舒漾胳膊搭在额头上，清醒了一会儿后，她发现自己的脸好像很红。

她正愣神消化这一切时，就听到一旁传来轻微的开门声。她的心立马提了起来，顺着声音看过去，她最担心的事情发生了：祁砚走了过来。

祁砚关门后看着她："宝宝，你醒了？"

舒漾点头又摇头，还在想着刚才做梦的事情绝对不能让祁砚发现。

祁砚疑惑地看着她反常的举动，关心地问："怎么了？"

舒漾一言不发。她梦到自己先对祁砚动了心思，这样羞耻的事让她怎么说得出口？

祁砚仔仔细细地打量着舒漾，很快发现了她过于紧张的表现。

他隐约猜到舒漾脸红的原因，随即眼神变得阴沉沉的："你梦见谁了？"

舒漾被祁砚严肃的语调惊了一下，还没等她说话，男人似乎就失去了所有的耐心："谁？"

祁砚神色阴戾，仅仅眯着那双眸子，仿佛压抑着的情绪随时会爆发。

舒漾刚准备回答他，祁砚忽然低头吻住了她的唇。她本来还有些晕乎乎的，这下更加混沌了，直到祁砚在她的唇上咬了一口，她才清醒许多。

男人将手撑在她的身旁，挑起眼睛看着她："知道标准答案吗？"

舒漾怔怔地看着他，点了点头。

结婚以后，她还从来没见过祁砚这个样子，他表面上并没有发怒，但眼底尽是藏不住的锐利之色。有点疯，但似乎又在克制。

祁砚又重新问了她一遍，眸光依旧锐利："梦到谁了？"

"你。"舒漾环住他，将人拉下来，看着他的眼睛补充道，"我老公。"

祁砚怔了一下，答案在他的意料之中，可在听到的瞬间还是觉得如释重负。

舒漾捕捉到男人眼底的情绪，感觉自己的心被揪了一下。

她很少像刚才这样一眼就看出这个男人的心思，除非祁砚自己表现出来。

她看着祁砚的眼睛，软软的声音听着很舒适："梦到我们以前见过，还是在我的生日宴会上，我收到一个恶作剧般的礼物，被你撞见了。于是当天晚上，我就梦到你，那个梦还有点少儿不宜……"

祁砚静静地听着她说，很快就回想起了完全对应的画面。如果说他此前是说服自己对舒漾无条件相信，那么此刻就变成了有理有据的信任。

祁砚为自己刚才的怒意感到有些愧疚，低头亲了亲她："抱歉，刚才我语气是不是有些不好？我只是有些心急，怕你说错话，也怕我自己做错事。对不起，我不是故意对你生气的。"

祁砚抱着她，声音有些闷闷的："老婆，不可以出轨，任何形式都不可以。不准多看别的男人，不许梦到别人。"

舒漾推了推他，被亲得有些蒙了。直到祁砚停下，她才问道："不气了？"

"嗯。"

祁砚把人抱起来些，谁知下一秒，他的手却被舒漾一把撇开。

舒漾坐在沙发上，两手叉着腰："我要开始生气了！"

该来的，还是来了。

舒漾一脚把他踢了下去，祁砚也没躲，实实在在地挨了一下。

“你的第一反应居然是不相信我！”

祁砚被她训得一声不吭。

舒漾现在有种冲动，想把这个男人直接从房间里叉出去！她正准备动手，就接到江衍的来电。

按下通话键之后，舒漾悠哉地搭着腿，靠在沙发里，直接吐了一个字：“放。”

没想到手机里面传来的却不是江衍的声音，是江衍的一个朋友。

“舒姐！衍哥在酒吧出事了，你快过来！”

舒漾听到后赶紧起身，祁砚揽过她：“我送你过去。”

舒漾没拒绝，但还是调侃：“就这么不相信我的车技啊？我跟你说你别不信，姐这技术不说出神入化，那怎么也得是秋名山车神的水平。”

祁砚轻笑着，抬手抚着她耳侧的发丝：“哥哥正好有空。”

舒漾小脸一红，咳了一声，说：“OK，你是会说话的。”

十几分钟后，舒漾左脚刚踏进酒吧大门，就听见合伙人秦叙在旁边吹了个口哨，大声喊道：“大小姐驾到！统统闪开！”

话音一出，酒吧内所有人的目光都被吸引过来。

舒漾被吓了一跳，而整蛊她的秦叙正在旁边哈哈大笑。

酒吧里面吵吵闹闹的，就差没翻了天，不过秦叙压根不在乎，对他来说，只要没有炸弹，都算小场面。

秦叙坐在高椅子上，撑着脑袋往门口看过来：“这保镖都带出来了，气势当然要到位！”

舒漾看着他欠扁的笑容，问：“别整活儿了，江衍死哪儿去了？”

还不等秦叙回答，就听见不远处的混乱中传来哀号声和哭泣声。

有个舒漾眼熟的人赶紧跑了过来：“舒姐，你赶紧过去一下吧！”

舒漾拧着眉，拎起酒瓶就冲了过去，只听“砰”的一声，她直接把酒瓶子敲碎。

巨大的响声把所有人都吓住了。在场的人愣在原地，看着舒漾单手拎着只剩半截的酒瓶子，朝江衍这边走了过来。

"怎么了？"舒漾四下看了看，"是我影响江少爷发挥了？"

以前江衍要是被舒漾抓到在外面挑事，少不了检讨和教训。看着自己一反常态的姐姐，他不明所以地皱了皱眉。

"你搞哪出啊？"江衍一脸迷惑地看着她。

还没等江衍反应过来，舒漾就把自己手里的碎酒瓶递到他面前，十分认真地说："用这个吧，用拳头多没意思，打得手疼。弟弟手受伤了，姐姐会心疼的。"

见江衍不接，舒漾直接拿起他的手，把酒瓶往他的手里塞，并且做了一个"请"的动作："你继续。"

舒漾微微笑，看着江衍的每个眼神都在告诉他——请开始你的表演。

在场所有人瞬间愣住。劝架的见多了，助纣为虐的还真是少见！

江衍要是真敢拎着这酒瓶，这人生路可就走岔了。

见江衍不动，舒漾环着手臂盯着他："怎么了江少爷，一个不够？"

江衍咬着牙说："我是想报仇，不是想去吃牢饭！舒漾你巴不得送我进去是吧！"说到这儿，江衍的怒火顿时被浇灭了大半。

舒漾一脸无辜地看着他："我有什么错呢？我只是想帮弟弟出口恶气而已。况且打人这件事情，我看'刑'，很有'判头'！"

江衍捏了捏拳头，又踹了对方一脚："再敢乱说话，我就把你牙打碎！"

听到这话，舒漾明白是这个被打的男人不识好歹，故意戳了江衍的痛处。

对方爬起来跑路的时候，舒漾特地把脚往外一伸。

"咚"！刚爬起来的男子，又摔了个狗啃地。

舒漾故作不知地往后退了一步："不好意思啊，你怎么不看路呢？"

那人还想说什么，直接被他旁边的女朋友给拉走了。

舒漾薄唇一勾，嗤笑一声，她的弟弟当然只有她能欺负。

看见江衍走过来，舒漾立马就注意到跟在他身后的林烟。

舒漾打了个招呼："林医生，你也来玩啊！"

听到声音后，江衍转过头往身后看了一眼，果然就见一身白衬衫配包臀裙的林烟站在他身后不远处。

刚才那些画面，似乎被林烟尽收眼底。

林烟走了过来，面带微笑："舒漾妹妹好。"

江衍见不得她这副假惺惺的样子。外人一眼看过去，肯定会觉得林烟是个知性的完美女人，可这完全就是装的，谁也不知道这人私下里有多少黑心思。

江衍眉头轻蹙："你来干什么？"

林烟已然有些习惯了他的暴躁，毕竟江衍就喜欢用发脾气来掩饰一些尴尬的事实。比如，她是他的医生，清清楚楚地碰过他一次。

"怕江少爷忘了，我们明天还有检查，所以我特地过来提醒你一句。"

江衍脸色瞬间一变，这件事情早就被他忘得一干二净，他没想到林烟还记得第二次检查的日期。

他本以为那次从医院出来之后，他们两个人应该会默契地断绝任何联系，毕竟他可从头到尾都没给林烟什么好脸色。

这林烟还真会挑时候，什么时候来找他不好，偏偏等舒漾在的时候，他想逃都逃不掉。

舒漾用胳膊碰了碰他："江衍，别搞得像是别人欠你了一样。"

江衍闷闷地答应，他当然清楚，可是厌女症这种事情并非他能改变的。更何况这个林烟对他的想法太多，他不想承认自己会招架不住。

他似乎已经习惯了把自己封闭在不接触女生的世界当中。林烟想把他拽出来，他不仅像只乌龟一样缩着，可能还随时要跑出来反咬一口。

舒漾拍了拍他的肩膀："我这几天可能要去出差，没时间管你，医生已经帮你找了，这病到底要不要治，看你自己。你要换男医生也可以，你自己不换……"

舒漾说着说着，就发现弟弟好像在给自己使眼色，她也不知道是哪个字说错了，就停了下来。却见旁边的林烟笑了笑："原来，江同学也觉得治病和医生性别无关。"

如果换一个男医生真的有用的话，江衍这个病也不会拖这么多年。

舒漾的眼睛滴溜滴溜地在他们俩脸上打转，随后她红唇微扬，借着找熟人喝酒的由头默默离开。

姐姐走了之后，江衍只得和林烟面对面独处，他越发觉得不自在。

林烟看他时的眼神特别直白，仿佛要把他内心藏着的小秘密全部看穿。

他这个年纪只知道吃喝玩乐，根本没有经历过社会上的事情。用舒漾损他的话来说，就是有一股“清澈的愚蠢”。所以被大他五六岁的林烟盯着看了一会儿后，江衍就算心里面没什么，也觉得非常心虚。

林烟拿了一杯旁边吧台的酒，随后靠着吧台，静静地看着他。

“江衍，你想作便作好了。看我不顺眼，发脾气什么的都可以，我全当你在欲擒故纵。我对你的意思很明显，你当然可以拒绝，就像你可以直接把我换掉，然后找一个你觉得可靠的医生。既然你没有那么做，那你就该配合治疗，乖乖听话。”

江衍默不作声，其实这些他心里都非常清楚，只不过是他不愿意接受而已。

林烟的出现就像是一把利剑，将一直以来裹着他的保护壳突然劈开。

这样的反差让他特别不安，也特别排斥。

见江衍不说话，林烟喝了点酒，继续说：“接下来我们谈点私事。”

江衍瞥了她一眼：“什么？”

林烟靠过来了一些，她担心酒吧环境嘈杂，他听不清楚，但还是与他保持着半米的距离。

女人的声音变得温温柔柔的，但依旧富有力量：“即便我不说，你也看得出来我对你是动了心思的。”

这个心思动得非常早，江衍比她小，当时还没有上大学，她只能默默地喜欢，没有做出任何打扰。直到江衍成年后，她才决定将这份喜欢付诸行动。

她这些年，一直都在等着江衍，等着为江衍的治疗做出努力。

她只希望她喜欢的男孩能够健健康康的，哪怕以后不是跟她在一起，但是这并不代表她要放过追求他的机会。

江衍喉结滚了滚，依旧不说话，等着她说完。

林烟放下酒杯：“你放心好了，即便是我想吃了你，条件允许吗？”

江衍：“……”

林烟看着他，话说得一句比一句明白。

“你！”江衍被她这一番话气得快要冒烟，可是他又好像无从反驳，只能烦躁地离开。

舒漾回到家就开始收拾东西准备出差，这些天和祁砚待在一起，她也该找个机会独处，冷静地想想了。

祁砚刚下班，准备回家，旁边的助理就迎了上来。

“九爷，夫人让我转告您，她临时接到工作要去沪城出差。”

“什么时候？”

“已经在飞机上了。”

“……”

车内。

祁砚思来想去，还是不舍舒漾去外地出差。她不知道要把他一个人丢在家里多久，又会不会发生让他无法控制的事情，譬如记忆的变化。

祁砚薄唇轻抿，蹙起的眉心和轻滚的喉结已然暴露他的情绪。

西服中的手机响了起来，祁砚睁开眸子，拿出接通。

“离婚？”

不久前被拉黑的陆景深，醉意十足地在那边说着：“我、要、离、婚。”

男人的声音坚定，一字一顿，又似乎带着赌气的成分。

祁砚摸出烟点了一根，听着他重复着。

“说重点。”

“离婚”这两个字，祁砚听着就觉得晦气。

要不是公司产业的合作，他都不可能把陆景深从黑名单里放出来。

电话那头沉默着，似乎不知道从何说起，也可能是不知道该怎么开口。

祁砚抽了两口烟，干脆直接说道：“你要是真想离婚，现在就应该带着离婚证，潇潇洒洒地来找我喝酒。不要一个人在那边喝闷酒，幽怨得像是被人欺负了，又不敢作为，只能打电话诉苦。

“陆景深，你别告诉我，你这点表达能力都没有了？”

酒吧内，陆景深放下酒杯：“她根本就不爱我……许心寐这女人，心比石头还硬。

“她昨天突然联系我见面，我以为她想通了要和我和好。她破天荒地跟我回了趟家，还说好想我。

“你知道我心里多开心吗？我都打算把假离婚的事情告诉她，好好和她道歉认错，慢慢过日子。

“结果呢？结果这个女人来我家，第二天丢下两百块钱就走了。

“我……”

陆景深说着，回想起那个女人，一口喝光了酒杯中的酒。

“渣女！骗子！”

陆景深只要想到这件事，心里就痛苦得要命。

不走心是他先说出来的，现在被玩的成了他自己，真是天道好轮回。

他天真地以为，许心寐真的想他了，想和他和好。

许心寐却眯着眼睛笑他：“我们陆总啊，装什么深情？”

陆景深当时都快被气疯了。

可许心寐根本就不管他什么心情，不停地说着那些话，生怕气不死他。

在许心寐一句句的讥讽下，陆景深无法再做到面不改色，脸色黑成一片。他知道，他但凡有点骨气，就该赶她走，可是他没有。

看着女人在自己面前，一会儿说爱他，一会儿说想他，嘴里没一句真话。他好想她，只要人肯回来，怎么说他都行，错在于他。

许心寐走时陆景深还没醒，等他一睁眼睛，旁边就没了人，只剩下空空如也的房间，以及手机中的一条语音短信。

许心寐用甜甜的声音说：“老公，下次再见。”

看见这样的消息，陆景深气得太阳穴生痛，都想把手机砸了，但他还是在第一时间回了信息。

他编辑了大半天，控诉许心寐渣女行为的话，最后全部删得一干二净。

他只回了个“好”。

过后，陆景深简直想把自己这双不争气的手给剁了。

陆景深越想越气，无论待在任何地方，他满脑子都是那个女人。不得已，他才跑到酒吧，用嘈杂的环境去干扰自己的思想。

陆景深醉醺醺地说：“祁砚，你懂吗？我真的……她怎么能这么对我……”

祁砚摁灭手中的烟，回答得毫不犹豫：“我不懂。”

他婚姻幸福，夫妻和谐，怎么会理解一个快要离婚的人？

祁砚想了想，说："你不妨换位思考一下，你在她心目中至少还值两百块。"

陆景深："……"

祁砚又补充道："哦，还有一条语音。"

一时之间，陆景深已经听不出这到底是安慰还是又一次嘲讽。

他试图拿祁砚说的这些话来说服自己，很显然以失败告终。

"我怎么可能就值这点？！她太欺负人了！这女人现在的态度，明显就是打算长期钓着我！"

他什么时候受过这种待遇？这个女人却要他一而再、再而三地低头。

祁砚拉开车门，坐了进去，一边示意司机开车，一边回道。

"话别说那么绝对。"

陆景深："嗯？"

"不一定是长期。"

陆景深握紧手中的空酒杯："祁砚，你真会说话！"

祁砚："就事论事。你别期望太高，免得最后喝闷酒都解决不了。

"再者说，对方原本都懒得搭理你，现在就算是做法有些不妥当……当然，是你认为的不妥当，但好歹你也见到人了，知道她没别的男人，还要怎么样？

"别忘了，你之前连她的电话号码都要不到。"

陆景深盯着透明的玻璃酒杯，嘴角扯出一抹无奈至极的笑。

"说得对啊，招之即来，挥之即去。她凭什么真以为我离了她，会要死要活的？"

祁砚轻呵一声，反问："那你现在是？"

陆景深沉默。过了两秒钟，他开口："不想活了。"

一个明明有老婆的男人，现在却落得这种地步。

陆景深不知道自己当初是哪来的底气，说出让许心寐不要赖上他的这种话。现在的确如他所愿，许心寐玩得认真，清醒后马上翻脸不认人。

祁砚靠在椅背，直接给出结论："那就离。"

在他看来，人要是自己想不通，倒不如分开冷静冷静。

而陆景深现在的状况，很明显就需要人逼他一把，否则他永远都意识不到，真正的问题出在哪里。

短短几个字，让陆景深陷入了沉默。

离婚？

这个答案在陆景深心里简直就是废话。

过了好一会儿，陆景深又喝了几杯酒，才气愤地说道："祁砚！你就不能劝劝我吗？

"我说什么你还真就听什么？你婚姻也没到这种地步，非要把我伞撕了？

"你别告诉我，你听不出来我不想离婚？"

祁砚回答道："劝分不劝和。离吧。"

"离什么离！"陆景深立马拒绝，"什么劝分不劝和，你别跟我扯这些。你只能劝和，知道吗？"

陆景深郁闷得要死，他要离婚早就离了，何必拖到现在。

祁砚唇角微扬，依旧是不以为然的态度。

"你这不是会自己找台阶下吗？"

"怎么？"

"在你老婆面前，要什么面子？你早这么识相就没那么多破事，现在让我劝你，有什么用？"

陆景深："……"

祁砚怎么知道，陆景深的嘴每次碰上许心窠，就像是打结了一样。

他天天被气得说不出话，而许心窠早就该玩玩，该睡睡，压根不顾他的死活。

婚前协议好的内容和互不干扰的生活，许心窠记得牢牢的，完成得堪称完美。

不花他一分钱，也不欠他任何东西，以至于现在，他根本就拿这个女人一点办法都没有。能见到人都不错了，他还能指望什么？

"不说了，祁砚，是兄弟就出来喝两杯。我睡一觉自己就想明白了。"

陆景深越想越头痛，根本和喝酒没有太大关系，他现在只想赶紧醉过去，忘记那些事情。

"不去。"

司机将车子缓缓驶入别墅庭院，祁砚已经到了家。

陆景深本来就郁闷的心情，瞬间跌入谷底。

“祁砚，你什么意思？上次叫你出来喝酒你不来，这次你又怎么了？

“你别忘了舒漾回国那半年，我还特意跑去Y国开导你，帮你一起想办法，你现在竟然忘恩负义到这种地步，合适吗？

“更何况，我都听说你老婆去沪城出差了，你别想找借口，说什么回家陪老婆！赶紧的，我在酒吧等你！”

祁砚往大厅里走着，闲散地扯了扯衬衫口的领带。

“不能去。就是因为舒漾出差了，我才不能去酒吧这种地方。

“更何况舒漾现在还在飞机上，我也没办法和她说一声。就这样跑去酒吧喝酒，女孩子都容易胡思乱想。我得让她放心。”

祁砚可不想出现老婆一下飞机，就看见他在酒吧的绯闻。

两个人现在只能靠电话沟通，要是出了什么误会简直得不偿失。

陆景深：“行，你不来酒吧，你有老婆，你清高！”

祁砚摘下眼镜，坐在沙发上，对陆景深的情况实在是有些看不下去：“陆景深，喝酒解决不了问题，你喝可以，得有价值。”

陆景深丧气地自嘲着：“我有价值啊，两百块钱。”他的好老婆给他的价值。

祁砚知道他现在也听不进去什么话，干脆直接问：“现在醉了吗？”

陆景深撑着下颌，视线扫过吧台周围的人，含混地回答：“好像有点。怎么了？”

祁砚抿了口桌上的茶：“酒吧里找个人，让他帮你打你老婆的电话。”

陆景深坐正了些：“什么？”

提到许心瘵，他注意力很快就集中了不少。

祁砚接着说：“喝酒胃出血，没钱买单，被女人盯上了，随便找个理由，让她过来接你就行。你自己待在酒吧，喝再多的酒，见不到人也永远没法好好沟通。”

陆景深叹了叹气：“你想太简单了，她心狠着呢，不会来的。”

祁砚握着翠绿色的茶杯，继续说道：“那就直接说，你喝酒喝到胃出血，没钱买单，还被男人盯上了。”

祁砚放下茶杯，起身上楼："该说的我也说了，办法就在这儿，用或者不用取决于你自己，剩下的看你演技。"

沪城。凌晨。

舒漾一下飞机就给祁砚报了平安，随后给秦雅致打了个电话，嘚瑟道："哎呀，不会还有人被家里管着出不了门吧？"

秦雅致拎着包和高跟鞋蹑手蹑脚地下楼，怕闹出动静。

"放心，傅衍之他老人家一个，这个点早睡了。漾漾，上次我在京城都没见到你，这回你好不容易来沪城一趟，到时候姐姐带你去最大的游轮 party，直接玩个大通宵！"

想到可以借着舒漾过来的机会，不受傅衍之的管束，秦雅致心里就乐开了花。

成功下楼后，秦雅致拨开挡住视线的发丝。

"！"

秦雅致吓得整个人往后靠，看着眼前白大褂都还没来得及脱掉的男人，结结巴巴地吐出几个字。

"傅……"

话到嘴边，秦雅致飞速换了个称呼。

"小，小叔……"

一时间，秦雅致心里闪过许多想法。他不是早就回来了吗？什么时候又出去的？问题是，大半夜的还板板正正地站在她面前，吓死人了！

"嗯。"傅衍之淡淡地应了一声，面容带着些许疲倦之色，他将眼前的女人从头到脚扫了一遍。

火红色的卷发，看着乖乖的水手服搭配着灰色小短裙，往下却是一双黑色的丝袜，还破了些，手里拎着双黑色细高跟。

傅衍之没有情绪地开口问："出去？"

秦雅致正对着他站着，被盯得不自在。她默默地往旁边挪动着脚步。

"我，我之前和你说了，今天晚上要去机场接，接朋友……"

明明说的是实话，可不知道为什么，秦雅致一点底气都没有。

毕竟她刚才还在电话里面大放厥词，说了一堆真心话。也不知道傅衍之听见没有，或者说听见了多少。

在这个喜怒不形于色的男人面前，她只想快点溜走。

傅衍之把外套丢进脏衣篓，按下放在一旁的酒精随手消毒。

“接朋友，你结巴什么？”

秦雅致在心里默默腹诽着：还不是怕你听见我刚才打电话说的那些狂言狂语！

她强装镇定地组织语言：“我，我没，没有结，巴……”

说完，秦雅致有一种想给自己两个嘴巴的冲动！

这嘴怎么这么不争气？

傅衍之扯着嘴角，慢慢说：“是担心我听见你说我老，你要开派对玩通宵；还是担心，我知道你要去见男人？”

好，全听见了！

原本她还找人帮忙写了篇经典认错小作文，就等着全文背诵给傅衍之听，然后让他大发慈悲放她出去玩。

现在好了，白忙活了！

秦雅致无辜地眨着眼睛：“小叔，我不知道你在说什么。什么派对、男人，我听不懂。”

傅衍之看着这个女人在自己面前扮乖，睁着眼睛说瞎话。

刚才的话还没说完多久，现在就能脸不红心不跳地卖乖。

秦雅致不管，直接把打死不认这个原则贯彻到底。

“小叔，我都乖乖听话在家待了一个星期了，你真打算把我关一整月啊？”

秦雅致可怜巴巴地看着他：“意思意思差不多得了，你觉得呢？”

见傅衍之不为所动，秦雅致立马把舒漾搬了出来。

“更何况我朋友都来了，你总不能让她和我一样被你关在家里闭门思过吧？你在沪城怎么说也是个有头有脸的人物，到时候传出去不太好吧？

“舒漾和那些朋友不一样，她绝对不会带着我乱玩的。而且你和她老公也认识啊。放心好了。”

秦雅致小心翼翼地观察着傅衍之的表情。

傅衍之和他在医院拿针的手一样，稳如泰山，毫无波澜。

放心？到底谁带谁玩，还不一定。

秦雅致全当他默许了。直接像小猫一样，试探地伸出一只脚，准备溜之大吉。

前脚刚落地，就听见傅衍之的声音从旁边传来："家里是连双丝袜都买不起了吗？"

"嗯？"秦雅致疑惑地看着他。

就见男人目光落在她破了洞的黑色丝袜上。

"你，你不懂，这……"话说一半，秦雅致已经感觉到，男人的脸色差得不能再差了。

她赶紧说："行，我不穿这个，我一会儿去车上就换了，总行了吧？"

她还是不要试图和一个快奔三的男人解释这双有个性的丝袜。这种老古板根本听不进去。

上次他还让阿姨补上了她定制的破洞裤。

傅衍之冷声说："穿着。"

秦雅致回过身："这可是你说的！"什么别扭的老男人，事真多。

傅衍之拿起车钥匙："我送你过去。"

秦雅致赶紧摆手，满脸写着拒绝："不不不不不，我自己开车去就好了。"

傅衍之睨了一眼她手上的高跟鞋："穿这么高的鞋子，开什么车？车库里的车，你告诉我还有几辆没刮花？"

傅衍之至今都没忘记，难得司机请假，他自己开车出去私人应酬，结果发现除了被司机开走的那辆商务车，就没一辆车是完好无损的。在酒桌上，他还因此不停被那些人调侃。

"傅医生，拿手术刀的手这么稳，开起车来还挺与众不同的。"

其他人也附和着："车技什么的，傅总未来媳妇儿不介意就好，哪里轮得到我们说话？"

傅衍之只能笑笑。

这段时间，趁着秦雅致在家不出门，傅衍之又提了几辆新车，也不知道能撑几天。

秦雅致她满脑子找着借口，最后实在没办法，放弃抵抗。

"那就麻烦小叔了。"

她嘴上妥协，心里早就不知道把傅衍之吐槽了多少遍。

二十八岁的人了，会开个车了不起吗？天天没事干，没女人要，抓着她管，烦烦烦……

傅衍之拿了双拖鞋放到她脚边："穿上。"

秦雅致把两只脚塞进拖鞋，将手里的包直接丢给旁边的男人。她拎着高跟鞋，跑去沙发边换鞋。

秦雅致低着头换高跟鞋，上衣跟着提上去一小截，一截后腰映入男人的眼中。

傅衍之来不及移开视线，秦雅致已然抬头，就见他一眼不眨地看着自己，也不知道在想什么。

"这么看我干吗？走了。再不过去，舒漾该在机场等急了。"

秦雅致踩着高跟鞋，还没走到他面前，左脚鞋上的细绑带就散开了。

秦雅致烦躁地"啧"了一声，弯下腰系鞋带，完全忘记了自己穿的是短裙。她刚准备弯下身，手臂突然被傅衍之拽住。

突如其来的痛感，让她紧紧皱眉。

"嘶——你拽疼我了！"

傅衍之赶紧松开手，面色严肃："秦雅致，穿这么短的裙子，你能不能注意点？"

意识到什么之后，秦雅致抿着唇，认真答应："知道了。"

她被傅衍之在酒店抓到的那天，场面一度让她想撞墙。

两个人吵完架后，已经快一个星期没有说过任何话了，今天才有所缓和。

一出门，秦雅致就跟在傅衍之正后面，拿他挡风。

男人在车前停下脚步，她没看路直接就撞了上去。

开好车门，就见秦雅致捂着胳膊，有些发抖。

傅衍之问她："冷？"

大冬天的，全城估计也找不出第二个人像秦雅致这么穿的。

"不，不冷。"说着，秦雅致就一溜烟钻进车里。

见车门还开着，她催促道："快关上！"

傅衍之把空调调高了后认真开车，而秦雅致坐在副驾驶位，忙着和舒漾聊天。

救命舒宝儿，我小叔大半夜不睡觉，跟着来接你了！

还在机场的舒漾，轻笑着站在一旁等着。

我说你刚才怎么突然挂电话了，被抓着了？

你家门禁好像是凌晨 1 点吧？那我们明天的游轮 party，是不是泡汤了？

转头，秦雅致就和驾驶位的男人说：“小叔，我朋友有老公，你又是单身男性，她住我们家不太合适。要不，我陪她住酒店，一会儿你把我们送到酒店后，你自己回去吧？”

傅衍之闷不吭声。到了机场后，秦雅致去找舒漾，他立马打了个电话给祁砚。

“赶紧想办法把你老婆带回去！舒漾一来沪城，秦雅致心就完全不着家，完全把我当司机了。”

祁砚刚想给舒漾打电话，傅衍之的电话就打了进来，他带着困意把电话接起，有些闷气：“让你侄女陪我老婆玩玩怎么了？”

说完，男人就把电话挂掉。

傅衍之：“……”

舒漾和秦雅致上车后，舒漾接到了祁砚的视频电话。

“老公，我马上回酒店了，你困了就赶紧睡觉吧。”

视频里，祁砚撑着从床上坐起身：“宝贝冷吗？”

舒漾没想到他会突然喊她宝贝，车里面还有另外两个人，顿时她就红了脸。

秦雅致在旁边一个劲偷笑，负责开车的傅衍之安静如鸡。

刚才祁砚略显暴躁地挂了他的电话，下一秒和老婆说话就像是换了个人一样。

这简直令傅衍之无语。

舒漾赶紧把手机声音调小了些：“不冷。”

舒漾把手机屏幕往自己这边侧了些，和祁砚说：“你，你注意点。”

不知道的人，还以为她天天和祁砚都是这么相处的。

祁砚看了看自己身上，盖得好好的被子，轻笑着说：“你舍得把我

给别人看吗？”

舒漾：“……”

傅衍之：“……”

只有秦雅致笑个没停，不停地朝她使眼色。

舒漾快爆炸了：“我挂电话了，你赶紧睡觉吧！”再继续下去，还不知道祁砚会说出什么话。

祁砚脸皮厚，丢脸的却是她。

谁知道男人慵慵懒懒地靠着，又说了句：“宝贝，耳机我放你包里了。连我的声音也不让别人听了？”

舒漾捂着脸，翻出耳机戴上，却没有说话，而是直接打字和他沟通。

祁砚，你能不能有点正经样？

你让我怎么面对你朋友，尴尬死了！

男人深邃的眉眼看着她：“你不需要面对他。”

忽然，祁砚直接作势要把被子往下一拉，舒漾吓得赶紧把手机捂住。

耳机里面传来男人沉沉的笑声：“宝贝，想什么去了？”

舒漾捏着手心，气愤地打字回复。

别耍流氓！

祁砚见她脸红得不像话，也没再逗她。

隔着屏幕的相思病，实在是有些要命。

“宝贝，去酒店开两间房。”

舒漾不解。

啊？我当然要和秦雅致一起住。

这是她和秦雅致串通好的。一来，两个人本来就喜欢黏在一起玩；二来，也能让秦雅致多自由几天。

祁砚轻声开口:“乖，不太好。”

哪里不好了？房间和床都很大啊，我们两个女孩子完全够了。

祁砚盯着女人，靠近听筒说了一句:“我介意。”

祁砚的声音越靠近听筒，听着越发有质感，带着些似睡非睡的意味，慵懒低沉:“老婆，别和别人睡。女的也不行。”

原本忽然想到什么，还在为刚才的问题后悔的舒漾，听到这个答案，整个人愣了一瞬间。

就，就这?

祁砚突然认真地这么说，舒漾莫名有些不敢去看手机镜头。

发现自己想多了之后，舒漾心虚地抿着唇。

见她不敢看镜头，祁砚笑意深邃:“宝贝，你耳朵怎么红了？”

舒漾低着头，没脸接话，完了完了，暴露了。

“宝贝，你以为我想说什么？”

舒漾直接选择装死。她满脑子都想着这通电话什么时候可以结束。

祁砚每天固定时间起床，但是对于睡眠时间，没有任何规划，加班熬夜都是常态。

这会儿，她还没到酒店安顿下来，祁砚是不可能挂电话的。

舒漾躲在车窗边，压根不敢往秦雅致那边靠，生怕被她发现端倪。

她连字都打不下去了，直接嗔怪地叫他名字:“祁砚，耳机说，它早知道会听到这些内容，就烂厂里了！”

车子在酒店门口停下，舒漾赶紧下车，躲到一边:“我到酒店了。”

祁砚:“你今天和她一起住，明天分房间好不好?老婆，你去出差，我一个人在家，陆景深叫我出去喝酒我都没有去。你不答应我，我睡不着。”

舒漾看了眼时间，实在拿他没办法。

“好好好。不住一起。”

男人得逞地轻笑:“嗯。”

舒漾跟着往酒店里面走，瞥了眼站在不远处的秦雅致。

见她没往这边看，舒漾快速亲了屏幕上的男人。

“老公晚安。”说完她飞速挂了电话。

舒漾一身轻松地跑过去，挽着秦雅致的手。

傅衍之开好房间，把房卡递过来：“二十八楼，订了三天。”

秦雅致潇洒地拿过房卡，挥了挥手：“知道了，你走吧。小叔拜拜！”

舒漾礼貌地笑了笑。

傅衍之面无表情，秦雅致真是把他利用得淋漓尽致。

下一秒，傅衍之就觉得自己想得太简单了。

秦雅致摊着一只手在他面前，乖巧地说道：“小叔，给点钱，人家没有钱钱花。”

她可以说是身无分文，傅衍之之前给她的卡也全都冻结了。

否则，她也不可能老老实实地待在家里。

傅衍之翻了一下，把自己身上的卡递了过去，秦雅致毫不客气地抽过。

手里的卡被拿走的瞬间，男人就见秦雅致和舒漾手挽着手，头也不回地往电梯方向走去。

傅衍之向来心静如水，此时却躁得理了理领口的衣衫。

人管不到，钱也交出去了。

酒店房间。

舒漾：“我发现祁砚和你小叔根本就不沾边，假君子一个！”

这个时候，舒漾多希望自己能够有无数张嘴，趴在那些给祁砚贴上禁欲标签的人耳边，告诉她们祁砚伪装之下的恶行。

“的确不沾边。”

秦雅致托着下巴：“傅衍之他不喜欢女人。”

舒漾惊呆了：“真的啊？”

秦雅致很是认真地说道：“对啊。这么多年，我就没见过他和女的接触。他看女人的眼神，就跟机器人一样，心如止水。”

舒漾被这庞大的信息量惊到，这下好了，一旦接受这个设定，她以后再也没法装作不知道一样面对傅医生了。

虽然祁砚压根就不想让她面对傅衍之。

想到答应祁砚的事情，舒漾侧着头说：“雅致，明天我们得分开住了。”

“为什么啊？”

舒漾有些不好意思：“祁砚他，他有点介意。”

说完，看见秦雅致离谱的表情，舒漾也笑得无奈。

秦雅致贼兮兮地笑着：“就出差几天，和祁总这么难舍难分啊？”

舒漾赶紧摆手：“不是不是！”

秦雅致调侃着：“你知道你刚才在车里和祁砚视频通话的时候，脸有多红吗？我都觉得自己不该在车里，应该在车底。”

舒漾有一种想掐死祁砚的冲动，她的脸都丢光了！

秦雅致挑了挑眉：“分开住也行，那我明天找帅哥去。这样傅衍之应该也发现不了。”

秦雅致抛了个媚眼：“要不要帮你介绍几个？”

舒漾直接被吓到：“别，祁砚会弄死我的。小命重要！明晚我们出去喝喝酒，看看美女，我现在是恐男人设。”

秦雅致笑出声：“你还恐男，我看你是夫管严。漾漾，我觉得吧，你这么怕祁砚，以后还要不要自由了？”

秦雅致光是想想就觉得可怕，家里已经有一个把她从小管到大的傅衍之，她以后要是再嫁给占有欲强的男人，干脆不要活了。

舒漾很是争气地说：“你放心，我绝对、绝对、绝对不唯他是从！”

她已经学会和祁砚谈条件了。相信再过几天，在祁砚身上拿回主动权也不在话下。

第二天。

经纪人蓝沫儿也赶到酒店，顺便帮舒漾重新开了一个房间。

两个人赶去杂志拍摄的地方。

舒漾跟着蓝沫儿去见拍摄指导，却发现旁边还有一个年纪相仿的男生。

对方笑吟吟地朝她伸出一只手：“你好，我叫李永飞。”

舒漾有些尴尬，她没伸手，只是微笑着点了点头：“你好。”

拍摄指导介绍道：“既然都到了，我们现在讲下拍摄方案。”

舒漾坐下听着他们的各种方案。

开会的过程中，李永飞的目光时不时往这边看过来，舒漾觉得如

坐针毡。

会议一结束，她马上去摄影棚忙拍摄，没想到下班前还是被李永飞在长廊追上了。

舒漾拨了拨头发，不经意地露出指间的大钻戒。她希望对方能够有点眼力见，知道她是有对象的人。

李永飞气喘吁吁地站在她面前："女神，能加个联系方式吗？"

看着近在眼前的舒漾，李永飞一颗心怦怦跳。他没想到舒漾现实中比网上视频看起来还要高，还要漂亮。

舒漾唇角勾起一个礼貌却拒之千里的弧度。好吧，对方并没有眼力见。

"不好意思，刚才上厕所，手机掉坑里了。加不了，抱歉啊。"

李永飞直接听愣住："啊？这，这样吗……"

舒漾点点头，随时准备走人。

李永飞试探地问："女神，你，你觉得我怎么样？"

舒漾实在接受不了他过于热情的眼神，她需要与他保持距离。

"我家里门没锁，我得先走了。"

出了拍摄场地后，舒漾站在路边拍了拍心口处。

还没缓过气，就见一辆豪车停在她面前。

车窗缓缓降下，露出一张陌生的男士面孔，阴柔地念着她的名字。

"舒、漾。啧，怎么又落到祁砚手上了？"

说话的男人语气中带着四分阴柔、三分薄凉、两分调侃，还有那么一丝怜惜。

舒漾轻轻眯着眼睛，过了两秒钟，才试探地喊出眼前这个年轻男人的名字。

"裴青月？"

见对方颔首，舒漾难以掩盖内心的震惊："你不是死了吗？"

裴青月如鬼魅般笑着，露出两侧尖尖的虎牙："来自老同学的问候，还真是亲切。"

舒漾抿着唇："杰森、艾瑞尔他们都这么说……"

裴青月是她在佛罗荷的大学同学，只不过和其他人不同的是，裴青月只读了一年就退学了。

她对这个男人的印象就是——平等地看不起每一个人。

命运弄人，不巧的是，裴青月退学的原因就是家族出现重大变故。

他们家破产了……不可一世的裴青月瞬间失去了骄傲的资本，成了以前他自己最讨厌的人，然后他就消失在所有人的视线当中。

不少人都以为，他已经死了，没想到他竟然人在沪城，似乎还过得挺不错。

舒漾有些疑惑："你刚才那话什么意思？"

"先上车。"

舒漾犹豫不决，万一传到祁砚耳朵里，被误会了怎么办？

相隔两地，祁砚能够给足她安全感，她也应该做到才是。

裴青月指尖点着方向盘："你该不会自恋地以为，我三年前看不上你，三年后就会对你有什么想法吧？"

舒漾："到底谁在自恋？我可是有家室的人！讨厌一些没有边界感的老同学！"

裴青月举手投降："好好好，行了，我知道你结婚了。车上不止我们两个，车后座还躺着个女人呢，不然我也不敢让你上车。祁砚对我的事情很清楚，放心吧。"

舒漾拉开后座的车门，往里面看了一眼，果然还倒着一个女人。她似乎喝了不少酒，正昏睡不醒，黑色的短发将整张脸挡住了百分之七八十，只能依稀看见脸部轮廓，黑高跟搭配身上的女士西装，一看就是都市女强人类型的大姐姐。

舒漾小心地坐了进去，不由得打量着裴青月开的豪车。

"你家不是破产了吗？这车……"

"哦。"裴青月笑笑，睨了一眼后座的女人，"大富婆的。"

短短几个字，这信息量却让舒漾脑袋转了十八个弯。

"你该不会是……"

裴青月目视着前方："对啊，不敢相信？"

舒漾尴尬地咳了一声："我大概这辈子都想不到，你会寄人篱下。"

裴青月倒是说得自然："没什么不好的。我也不是十八九的人了，就当是花着别人的钱，娱乐自己，何乐而不为？"

那女人漂亮、有钱，他还有什么不知足的。

即便是如此，舒漾也从他语气中听出了自嘲的意味。

舒漾无言以对。看来这些年，裴青月没少挨过社会的毒打。

裴青月坦然地说着："你知道的，我过不了那种穷酸的日子，更何况，得有人愿意保我的命才行。"

他现在就是死过一次的人，对于很多事情已经无所谓了。他心中只有复仇的念头是最坚定的。

"不说我了，你想问什么直接问吧。"

舒漾把酒店地址报给他，接着问："你怎么会知道我和祁砚以前的事？"

裴青月："当年在 Y 国的朋友里谁没听说过一星半点？祁砚可带着你这个小朋友，去过不少场合呢。可惜，我现在落魄了，和你说不了太多。"

裴青月幽幽地说："你老公可是威胁过我的。"

舒漾的好奇心完全被勾了起来："那我随便问，至于可不可以告诉我，你看着回答。"

"嗯。"

"我和祁砚的关系，是 Y 国华人圈子尽人皆知的事情？"

"是。"

"正常吗？"

裴青月反问："怎么算正常？你觉得我和这个女人的关系正常吗？我觉得就挺正常的。"

"那换个问题，我多少岁跟他的？"

"十八。"

"自愿的吗？"

"嗯。"

舒漾沉默，裴青月的答案把她自己都听糊涂了。

"我已经不知道自己到底想听到什么答案了，也不知道该从何问起。"

以目前的信息和她的记忆来看，她和祁砚的关系过于和谐，反而有那么些不正常。

毕竟，她那会儿才刚过成人礼。

哪怕是她对祁砚感兴趣，碍于爸爸同事的身份，他应该也不敢做出那么放肆的事情。

裴青月看着快到酒店，说："这样吧，我来问你。祁砚是怎么和你编的？”

舒漾被他这个“编”字给笑到：“他什么也没说，在我面前没提过在Y国的事情，也不知道我记得部分片段。”

“那应该是他还没编好。”

果然，男人最了解男人。

舒漾咬了咬牙：“这老狐狸，最好是瞒严实了。”等她彻底恢复记忆，她铁定要开始翻旧账。

突然，后座旁边传来微弱的女声：“月月……”

裴青月往后看了一眼：“醒了？”

舒漾跟着侧眸看过去，短发女人眯着眼睛，还没完全清醒。

“这谁啊月？”

“同学，舒漾。”

舒漾微笑着打招呼：“姐姐你好。”

谁知道，对方一听见她的名字，立马甩开脸上挡住视线的短发。

“舒漾？那不是以前祁砚家的小玩……玩伴吗？”

裴青月应了声，顺便帮舒漾介绍道。

“江郁，我的提款机。”

舒漾云淡风轻地笑着，几年的时间里，裴青月的变化还真是大到离谱。

一身傲骨早已稀碎。

江郁托着下巴盯着她：“妹妹，你和祁砚现在什么关系了？”

舒漾摸了摸手上的钻戒：“结婚了。”

“什么？结婚了？”江郁立马酒醒了大半，伸手拍了拍舒漾的肩头，“姐妹！你糊涂啊！快跑，赶紧离婚，祁砚不是什么好东西的！”

正在开车的裴青月轻笑着，这女人还真是胆大包天，把他刚才心里想说的话全说给舒漾听了。

舒漾有些不知所措：“我，我不记得了。”

她隐隐能感觉到，好像在别人的视角里，她和祁砚的过往似乎真的有些不堪回首。

江郁关心道：“那他对你好吗？有没有感觉不合适？”

舒漾轻轻摇头：“我们挺好的。”

对她而言，祁砚到目前为止都是一个很好很负责的丈夫。

江郁感到奇怪："难不成他良心发现了？"

裴青月把车子停在酒店厅外，见到了地方，江郁说："妹妹，你加我联系方式，什么时候离婚了祁砚找你麻烦，你就来姐姐这儿住。"

裴青月接了句嘴："祁砚才刚结婚，你就把他老婆离婚流程安排好了，多冒昧啊。"

江郁瞪了他一眼："你懂个屁。要怪就怪祁砚自己作死！妹妹别理他，他穷光蛋一个。"

裴青月："……"

"男人没一个好东西，有事找姐。"

舒漾受宠若惊："谢，谢谢。"

江郁欣赏地看着她："我可喜欢你了，还经常看你走秀呢。"

当年，江郁还委婉地提醒过祁砚，别玩过了。一旦玩出感情，或者舒漾醒悟了，他迟早会后悔。结果如她所料，祁砚被分手就是活该。

后来，江郁听说舒漾离开了祁砚，她更是拍手叫好！她就喜欢拿得起放得下的女人！

没想到现在两个人居然结婚了，这是什么魔幻剧情反转？

加好联系方式后，舒漾晃了晃手机，笑眯眯地和江郁说："郁姐，到时候你要是来京城玩，我给你介绍一大堆帅哥！保证个个都比裴青月出色！"

裴青月："舒漾，我好心载你一程，还给你透露祁砚的消息，你居然要把我的饭碗都砸了。"

本来这个女人已经够难伺候了，总是嫌弃他没经验，隔三岔五就说要换了他。

"好啊好啊！"江郁听得很是心动，她瞥了一眼裴青月，"你再没点长进，迟早换了你！"

裴青月："……"

江郁理了理短发："况且我有钱，非得吊死在你这一棵树上？裴青月，你知不知道你多败家？"

裴青月喜欢车、表、古董，要定制私人飞机、买私人航线，还喜欢岛屿和游艇，全都需要钱。

裴青月的危机感一下就来了。

舒漾下车前，就听见裴青月咬牙切齿地说："你还真是老同学相见，两肋插刀！”

舒漾没再开玩笑，认真地和他说：“你家里的事如果需要帮忙，可以联系我们这些同学，杰森他们那段时间找了你很久。”

裴青月这个人虽然高傲，但是在Y国的时候，很多人都受到过他的帮助。

裴青月沉默了一会儿说：“我现在挺好的。”

舒漾也没再说什么，直接回了酒店。

她看了眼时间，叫好外卖后，就坐在沙发上追剧。

蓝沫儿过来房间找她吃饭：“舒姐，你看手机没？刚才那拍摄指导和策划几个人，突然把我们拉了一个群，李永飞也在里面。”

舒漾忙着追剧：“哦，一会儿退了。有什么重要信息，你传达给我就好了。”

蓝沫儿：“他不会是要追求你吧？”

舒漾扯了扯嘴角：“你说这好好的当红小生不努力搞事业，小脑袋瓜里面都想什么呢？沫儿姐，你找个机会告诉他一下，就说我结婚了。他不是我粉丝吗？这点消息都不知道。”

蓝沫儿耸了耸肩：“谁知道呢，没准儿压根不相信，或者以为你们是形婚，抱有一丝希望等着你离婚呢。”

舒漾被自己呛了一下：“咳咳，这么有远见吗？”

蓝沫儿：“可不是嘛，就像霍折宇那个小呆瓜一样，任凭你怎么拒绝，总想些不切实际的事情。这几天他联系不到你，还发信息给我呢，说想见见你，让我拍你的生活照片给他。

“然后我就劝他，男孩子别光想着谈恋爱。他说他有事业，现在在厂里拧螺丝，包吃包住，已经从一个月两千八加到三千块钱了。”

舒漾震惊得有些呆滞，她还是低估了霍折宇的心态。

本以为祁砚送他去这种地方吃几天苦，他就会妥协，再也不敢提喜欢她这种事情。谁知道，霍折宇已经魔怔到这种程度了。

舒漾过了好几秒才说：“看来螺丝厂还是太轻松了。”

霍折宇还真是不怕死，再这样下去，祁砚绝对不会轻易放过他。

舒漾想着这件事情该怎么和祁砚说。霍折宇是个妥妥的大恋爱脑，别人说什么都听不进去。这是病，得治！

Chapter 08
异地牵挂

饭后，舒漾和秦雅致约好了去参加游轮 party。

舒漾换了身新买的墨绿色旗袍，从衣帽间出来后，她美美地在房间内巨大的落地镜面前欣赏着，顺便自拍了几十张照片。

她本来想给祁砚打电话的，但是两个人之前说好了，祁砚忙完会主动给她打电话。她知道祁砚想把工作集中处理掉，然后来沪城陪她出差，所以也就没打扰。

她精挑细选出一张照片，给祁砚发了过去。照片中的她没穿鞋子，手机挡住整张脸，只露出玲珑有致的身材。

舒漾一边在镜子面前涂着口红，一边等着祁砚的消息。如果等不到的话，她就先出去玩了。

舒漾刚涂好口红，就收到一通视频电话。

刚一连接，画面里就出现一块起了雾的玻璃。

男人的声音传过来："老婆，我等你信息很久了。"

祁砚靠在角落里，一只手拿着手机，镜头并没有对着他自己。

他处理好公事后回到家，看着空荡荡的房间，有些不习惯。

舒漾才离开了不到一天，可回到家之后，他还是感觉这个家一秒都没法多待。他刚洗漱完准备给舒漾打视频，就收到了来自老婆的自拍照片。一时间，想念的情绪更浓了，他只想马上见到舒漾。

舒漾盘着腿坐在地毯上："你干吗把镜头照着玻璃啊？我要看看你，一会儿我就出去玩了。"

既然视频都接通了，舒漾干脆直接把该报备的事情都报备了，这样也好让祁砚放心。

随着祁砚那边的镜头一翻转，祁砚眯着眸子说："可是宝贝，我这么听话，你背着我出去玩合适吗？”

他本来对于舒漾不在他身边就已经够不放心的了，现在又一个人在家里，看什么都烦，这让他怎么接受老婆自己出去玩的事情？

他只想舒漾陪着他，哪怕两个人现在是异地也不要丢下他。

舒漾眨了眨眼睛：“要不，你也去玩？这样我们俩就平等了！我大概玩到凌晨两点回去吧，那你可以凌晨三点回去，我让你一个小时，怎么样？”

舒漾认认真真地和他商量着，还丝毫没注意到，祁砚那边的氛围有些怪。她以为是他工作太累了，没什么力气和她说话，没听出其他的端倪。

“老婆，你穿得这么好看，是给别人看的吗？”

祁砚幽幽地看着屏幕中的人，他只希望舒漾能陪陪他，可这个小朋友还在和他商量出去玩的事。

“我平时不好看吗？”

“可是我觉得你今天特别好看。”

好看到他一点都不想，让他的宝贝出去见那些异性。

舒漾笑着说：“怎么隔着屏幕都闻到一股醋味？”

祁砚说话的语气很娇，他倒是很少这样，一时之间，舒漾都不忍心就这样丢下他，好像是她做了什么天大的错事。

祁砚不紧不慢地说道：“宝贝，我好想你。”

祁砚冷静又蛊人的声音不断从听筒里传来：

“老婆，你今天好漂亮。

“老婆，外面没什么好的，你也不会丢下我的对吗？

“老婆，想多看看你。”

在祁砚一句句“老婆”的攻势下，舒漾到最后满脑子都是祁砚的声音，她都迷糊了。

“我，我……”舒漾整个人思绪都是乱的。

原本她还期待着出去参加游轮 party，现在她的脚就像是在地上生了根，连迈出这个房门都难。

舒漾看着时间，逐渐变得不坚定。

秦雅致化妆也没那么快，要不就先陪祁砚待会儿？

她犹豫再三地看着屏幕中清隽英气的男人：“那，那我陪陪你，晚

点再出门。”

祁砚这才让步：“好。”

舒漾看着手机，男人这张端正斯文的脸，隔着屏幕看时带着些许钓人的神秘感。

“老婆，你知不知道家里现在看起来多空，一切都在无声地告诉我，你不在我身边。我根本待不下去，所以我才在这里和你打电话。老婆，我觉得离你好远。”

舒漾：“你买那么大的房子，怪我？说得好像我在家，家里看起来就没那么空一样。”

“嗯。”祁砚应声，“在家里我们总是待在一起，地方一点都不大。”

“老婆，你今天在沪城发生的事情不打算和我说说吗？”

他相信舒漾是一回事，但不管是出于关心还是其他原因，他该知道的事情一件都不会少。

舒漾没想到祁砚人不在身边，消息是挺灵通的。

“去了拍摄场地，碰见一个男粉丝，但是我已经告诉他我结婚了，没有任何其他联系。”

祁砚：“还有。”

舒漾：“……见了裴青月。”

祁砚轻笑：“他说我坏话了吗？”

“没，没有吧……”

祁砚：“宝贝，别听他瞎说，他现在仇富。”

舒漾：“……”

看来裴青月破产的事情真的是尽人皆知。

过了会儿，她提醒祁砚：“小雅发信息来催我了。”

祁砚：“好，别玩太晚了。”

虽然他真的很不想舒漾自己去外面潇洒，可是一味地管着舒漾也不可能。

他应该适当给舒漾自由，前提是舒漾要给他足够的安全感，至于要做到什么程度，祁砚也不知道。比如，他知道他的宝贝今天还有一件事情，并没有告诉他。

江郁。

他的宝贝有小心思了，在背着他找退路，找靠山。

其实祁砚并没有觉得这有什么不对，一个女人如果全把心思放在他身上，那就完蛋了。

正因为舒漾不是这样的女人，所以他才能一直对舒漾保持兴趣。

这一点，祁砚心里非常清楚。

在舒漾和他闹得翻天覆地的情况下，他反而对这个女人的兴趣更浓了，他真正地喜欢上了她。

他想尽办法把舒漾抓回身边，即便两个人吵架吵得不可开交，也要在一起。

心中各种各样的念头都被祁砚压了下来，他希望和舒漾见面再说。

除了舒漾，没人真正爱他，那些人只会在他风光的时候想着攀附上来。而在他什么也不是的情况下，又会拿着私生子的名头大肆宣扬，戳他的脊梁骨。

舒漾挂断视频，查看秦雅致发来的消息。

舒宝，我在你房间门口了。我刚才看见傅衍之了！此地不宜久留，你赶紧出门！

秦雅致打扮火辣，一头红发极其显眼。她刚才出电梯的时候竟然在长廊里看见傅衍之了，男人是背对着他的，往相反的方向走去，那边是一个公共休闲场地。

她不确定傅衍之会不会突然折回来，整个人都心惊胆战。

舒漾赶紧跑出去，秦雅致拉着她快速进电梯，惊慌地说："我刚才看见傅衍之了！"

眼看着电梯门将要合上，忽然有人按了旁边的按钮，还未关上的电梯门又打开了。

看见站在电梯口的男人时，舒漾偷偷瞥了一眼自己旁边的人。

秦雅致早已经躲到她的身后，欲盖弥彰地低着头。

舒漾知道这个时候一定不能笑出来，她是专业的。

傅衍之身后还跟着一位助理，他面无表情地走了进来，扫过那一头红发。

秦雅致看着地面，她察觉到自己身边多了一位男士。

她还要继续装看不见吗？那未免太假了。

傅衍之也像是不认识她一样，静静地站在电梯里，也不说话。

思来想去，秦雅致偷偷抬脸，准备做好表情管理之后，和她的小叔叔打招呼。

可她一抹假笑还没扯出来，就听见傅衍之的助理在和他谈着事情：“傅先生，刚才那个男生还满意吗？”

这话一出，秦雅致眼珠子都快瞪掉了，舒漾也惊讶地张了张嘴。

舒漾微低头，她吃到什么大瓜了。

谁知道下一瞬，就听见傅衍之不咸不淡地应了一句：“还不错。”

舒漾和秦雅致对视了一眼，不对劲，太不对劲了。

看着秦雅致逐渐有些泛红的耳朵，舒漾就知道她肯定想的比自己还要歪。秦雅致没忍住，直接笑出了声，瞥见傅衍之冰冷如玉的脸色后，她立马闭上了嘴。

电梯到了停车场那一层，秦雅致走出去之前，拍了拍男人的肩膀。

她语重心长地说：“挺好的，挺好的。”

傅衍之不解，刚才还想装作不认识自己的女人，现在突然跟他说了一句莫名其妙的话：“什么？”

秦雅致眨着眼睛，给他抛了个“你懂”的眼神。

男人的下一句话，直接让她的笑容僵在脸上：“你眼睛有事？”

秦雅致：“……”

舒漾不愿再笑，正好信息响了，赶紧走到旁边低头看手机。

江衍发来短短三个字。

换医生。

舒漾疑惑地给江衍发了三个问号过去。

见他那边显示正在输入中，却半天没发一个字过来，舒漾打了个电话过去。

“快说，姐赶时间。”

一大堆帅哥等着她去看呢，一个两个的，能不能别耽误时间。

电话那头的江衍直接被问沉默了两秒。

“舒漾，问题是这么问的吗？我说要换医生，你不该先问我为什么吗？”

舒漾"哦"了一声。

"为什么？"

被问到这个意料之中又过于直白的问题，江衍反而有些不好意思开口。

"我怕她爱上我，无法自拔。"

电话那头安静了三秒钟，随后传来舒漾的爆笑声。

"哈哈哈……江衍……笑死姐算了……哈哈哈……"

舒漾捂着肚子，笑得眼泪都要飙出来了。

"你什么时候这么自信了？弟啊，你别太搞笑。"

江衍："我和你说认真的！你又不是看不出来她喜欢我。今天我撞见了她和家里人吵架，应该是因为催婚的事情。

"抛开其他问题不谈，她把心思扑到我一个连法定结婚年龄都没到的男人身上，有什么意思？

"不如离我远一点。否则到最后说白了，我不会有任何损失，而她……"

说到最后，江衍静了静才说："她没必要。"

江衍很清楚他自己是什么情况，现在他对于接触异性这件事依旧恶心至极。

未来会是什么样，谁都说不准，但他并不想浪费一个女人的青春。

舒漾缓了两口气，慢慢说道："江衍，我明白你的意思。那你有没有想过她的意愿呢？据我了解，在你配合治疗过后，林烟姐应该没再为难过你吧。

"你自己多难搞，你心里清楚。

"林烟姐作为你的私人医生，从结果出发她是合格的，至于感情方面……不要道德绑架自己。

"喜欢本来就是你情我愿的，没人能随意剥夺他人的权利。"

江衍疑惑，他姐说话怎么突然这么有水平了？怪不习惯的。

舒漾见秦雅致往自己这边走过来了，又和江衍说："你考虑清楚，如果有顾虑再和姐姐说，换就是了，别有负担。我先去玩了。"

江衍听得心中一暖。

"谢……"他还没说完，电话直接被舒漾挂断。

舒漾收起手机，秦雅致挽着她的手，心情看起来格外好。

“怎么？刚才你小叔没为难你？”

在她印象里，只要是秦雅致穿成这样晚上出去玩，傅衍之必然无法容忍；只要傅衍之不同意，秦雅致就要和他吵起来，然而今天两个人竟然如此和谐。

秦雅致嘿嘿一笑，把她带着往车边走。

“我们有个免费司机了。傅衍之开车送我们过去，晚上我们要是喝多了，他再送我们回来！”

舒漾跟着她一起上车，发现前面负责开车的傅衍之，一声不吭。

她碰了碰秦雅致的胳膊，悄悄地问：“什么情况？”

秦雅致小声说：“我和他说，我知道他的秘密了。”

感觉心中有底气的秦雅致，刚才在傅衍之面前丝毫不畏惧。

她一步步逼近傅衍之，男人也没往后退半步，只是冷冷地看着她。

旁边的助理见状，选择默默离开。

傅衍之看着曾经恨不得离他八百米远的女人，突然一反常态，她的红唇就快落在他衬衫的领口上。

男人的喉结滚了滚：“小雅。”

他不明所以地看着眼前的一头红发，反复思考着要不要往后退。

这是他第一次面对秦雅致有想要退缩的念头。

秦雅致忽然抬眸，笑眯眯地看着他，声音清甜：“小叔叔。”

傅衍之往后退了半步，傅衍之把两个人过于危险的距离拉开一些。

“有什么事？”

秦雅致这个样子是他前所未见的，似乎对他的恐惧和之前的不满一下子都消失了。

察觉到傅衍之退半步的动作后，秦雅致轻轻地说：“我知道你的秘密了。”

傅衍之神色复杂地看着她，上下翻滚的喉结，暴露了男人心中的紧张之色。

终于还是被发现了吗？

他对于这个情况，做过非常多的心理准备。可是当秦雅致在自己面前，真正要揭开他的真面目时，他还是不知道该怎么去面对。

秦雅致从被他收养的那天起，就只是把他当作小叔而已。而他则把自己的那些心思，藏得好好的。

现在……秦雅致是打算离开他身边了吗？

秦雅致盯着他，虽然知道自己已经抓到傅衍之的把柄了，但是她没想到，一贯沉稳如山的男人现在居然紧张成这个样子。

傅衍之沉声问：“所以呢？”

即便大概猜到结果会是怎么样，他还是问了，就当给这件事情画一个句号。

秦雅致微笑道：“所以你以后要是敢不让我出去玩，我就把你的秘密告诉傅家的人，到时候看你怎么和家里解释。但是，你要是不管我，那我就当作什么都不知道。小叔叔，觉得如何？”

傅衍之眉心微微皱起，他几乎是想都没想就答应了。

“好。”

短短一个字，男人却说得极为艰难。

秦雅致离开他身边和放任她接触外面的男人，他两件事都没有办法接受。可是在必须做出选择的时候，他依旧选择把人留在身边。即便秦雅致根本就没有把他当成男人来看待。

全沪城都知道，他把秦雅致当女儿养，在这些人的眼里，他们的关系已然是固化的叔侄关系。发生任何变化，世人的言语，都会把他们淹没。

秦雅致本来还想拉扯几句，没想到傅衍之竟然答应得如此果断。

她心中莫名还有些怪怪的。

秦雅致打量了他一眼：“你就那么怕家里人知道？”

“嗯。”傅衍之无奈扯了扯嘴角，“达到目的了吗？”

就让这荒唐的事情在今天结束吧。

或许他从一开始就不应该把秦雅致锁在身边，只要秦雅致外面玩得够花，或许他就一点兴趣都没有了。

傅衍之尝试过这么做，可最后的结果就是，秦雅致身边的那些男人，他没一个看得上的。

秦雅致总觉得他好像怪怪的，但是又说不上来。

虽然平时真的看这个男人很不顺眼，可她平等地心疼每一个帅哥。看见傅衍之黯然神伤，秦雅致伸手抱了抱他。男人站在原地，整个人一僵。

傅衍之怔怔地看着眼前的女人，垂下的手指尖动了动。

“小叔，别担心。现在的人都很开放的，这不是什么大事。我觉得你就没做错什么，我也不是非要拿这件事情来威胁你，但是我待在家里会发霉的。”

秦雅致只是轻轻地抱了一下就松开了他，却不知男人此时心头有些哽咽。

秦雅致没心没肺地笑了笑：“那我去玩咯，要不要带上你？”

经过今天这件事情之后，她突然觉得两个人好像平等了不少，和傅衍之讲话她心里都有底气了。

傅衍之忍下叹息：“我送你过去。”

其实他发现，好像比起秦雅致发现他喜欢她这件事情，他心里更加难过的是秦雅致的态度。

不温不热的，甚至没有任何表示。

两个人客套得就像是，同事之间婉拒表白一样。

傅衍之自嘲地呵了一声。她对他果然没有一丝其他的感情。

他本以为秦雅致知道这些事的那天一定会把他痛骂一顿，却没有想到，原来他连这些情绪都不配拥有。

可笑。

车内。

秦雅致心里也非常疑惑，和舒漾轻声说：“我本来只是想吓唬吓唬傅衍之，他要真像平时那般强势，我也不敢跟家里说，恐怕我还没开口呢，他就把我关起来了。但是没想到这男人没几秒钟就同意了。这不像是他的作风啊！”

傅衍之怎么可能如此忌惮这种事情？

他在整个家族里都是极其出色的存在，更何况，傅妈妈也没有那么古板，否则就不可能答应傅衍之把她养在身边了。

舒漾也觉得怪怪的：“可能人到一定高度，比较重视名声吧。人们接不接受是一回事，至于想不想被拿出来讨论又是一回事。”

秦雅致认真地点了点头，一想到以后再也没有人管着自己了，整个人心情大好：“不管他了，我们玩我们的！”

话音未落，秦雅致就立马捂住了嘴巴。

她太激动了，忘记了控制自己的音量，这番话响彻车内。

傅衍之："……"

舒漾撇开脸望向窗外，假装什么都不知道。

游轮上。

一进场，秦雅致就化身时间管理大师，和各个帅哥打招呼。

舒漾为了避免自己惹上桃花，特意把钻戒戴在无名指上，生怕别人不知道她已经结婚。

毕竟出来玩一次不容易，要是惹出什么事情，祁砚又不知道发什么疯，她还是乖一点好。

裴青月走过来跟她打招呼："你老公会同意你来这种地方？"

"谢谢关心，我老公非常大度，裴同学多虑了。"

裴青月轻轻一笑，他对此完全不信，看见眼前好似活在梦境里的女人，他有些想笑。

舒漾手里握着一杯酒，看着裴青月后面跟来的女生，两个人眉来眼去的。

等那个女生走后，舒漾才问道："谁啊？"

裴青月自然地回答道："拓展一下业务。万一以后江郁不养我了怎么办？我不得给自己找找后路。"

舒漾惊讶地挑眉："江郁姐知道吗？"

只见裴青月扬了扬下巴，示意了一下斜后方。

舒漾跟着他的目光看过去，就见游轮一角的沙发上，江郁坐在中间，旁边围了十几个堪比男模的年轻男子。

发现有目光投过来的时候，江郁还朝他们笑了笑，算是打过招呼。

裴青月："对了，别告诉祁砚你认识江郁。"他突然有些期待，如果这么做的话，舒漾和祁砚会闹成什么样子。他在舒漾结婚的时候没有吃上的席，能否在离婚的时候吃上？

舒漾看了眼裴青月："我怎么总觉得你不怀好意？"

裴青月一副吃瓜的样子，好像生怕她和祁砚之间没有隔阂。

"你想想，万一哪天你和祁砚闹掰了，光凭你家里就够对付他？这婚你是离不掉的。但多了江郁就不一样了，京沪两个江家联合，事情闹大了，你才有那么一些胜算。舒漾啊，你和祁砚不出点什么事，圈子里都无趣了不少。"

舒漾磨了磨牙："裴青月，你就见不得人好是吧？"

看来祁砚说得没错，裴青月现在就是仇富。但凡看见比他有钱的或者比他过得好的，他心里就不舒服。

行，既然如此，一会儿就别怪她在江郁面前下手无情！

裴青月看着手中的红酒："我这可都是为你好。"

不然他哪来的戏看？舒漾这么聪明的一个人，一定不可能就这么糊里糊涂地过日子，她迟早会恢复所有记忆的。到时候，看祁砚怎么编。

舒漾露出微笑："谢谢，不信，仇富的小少爷。"

裴青月："……舒漾，你别不信，你俩迟早得离。"

他不得不佩服祁砚，这才结婚多久，舒漾又一颗心扑在他身上了，这两个人看来注定纠缠个没完。

舒漾从包里面抽出一张百元大钞递到裴青月面前："重新组织语言。"

裴青月轻笑着抽过那张红色钞票，叠好收进自己的西服口袋中："百年好合。"

舒漾眉尾一挑，往江郁那边走过去，裴青月隐约觉得有些不妙，也跟了过去。

见到舒漾过来，江郁立马把她拉到身边："漾漾，坐这儿。"

舒漾直接落座在江郁周围，那些男人都和她保持着礼貌的距离，很明显是江郁交代过了。

江郁目光扫了一圈，唯一一个没座位的裴青月只能干巴巴地站着。

"漾漾，我准备在这些人里挑一个，裴青月实在是太不够看了。"

舒漾一看这场面："这我熟啊！"

她正打算帮江郁一个一个分析，就听见不远处传来冷冷的声音。

裴青月："我还在这里，没死呢。"

两个女人像是完全没有听到他的话一般，自顾自地开始聊了起来。

"漾漾，你觉得那位怎么样？"

"不错啊，超模，肯定吊打裴青月。"

"……"

裴青月只能在旁边干听着，气得攥紧了拳头。这个舒漾！还真是巴不得江郁马上把他换掉！

舒漾没管他，一边和江郁喝酒，一边聊得起劲。

裴青月脸色早就黑得不像话，他本来就没座位，可不留在这里，又怕自己连什么时候被换掉都不清楚。

真是郁闷死了。

酒过三巡，江郁很明显有些醉意，舒漾有些微醺的时候，想到了她和祁砚的未来。

江郁喝得特别多，但她酒量又不算好，裴青月看不下去，把人从沙发上捞了起来。他看了一眼舒漾：“她喝不了，我带她去休息。”

之前在外面应酬，都是他负责帮江郁挡酒。

舒漾起身想去找秦雅致，却发现她倒得比江郁还快，现在正被傅衍之扶着走。

傅衍之撑着秦雅致，路过这边的时候，示意了一下：“舒小姐，一会儿我让管家来接你回酒店。”他打算直接把秦雅致带回家。

舒漾轻轻摇头：“不用麻烦了，我今天就住这边。”

傅衍之点了点头，把秦雅致扶进电梯之后，直接把人抱了起来。

“嗯……”秦雅致醉得不像话，她勾着眼前男人的脖颈，迷糊地半睁着眼睛，“怎么是你……”

秦雅致一身的酒气，让傅衍之忍不住皱了皱眉。作为医生，他根本不碰酒，此时甚至有种想把怀里的人丢出去的冲动。

秦雅致扬着下巴，就这么看着他，忽然有些好奇：“小叔……”

“嗯？”

“上还是下啊？”

傅衍之看着电梯楼层数字逐渐减小，沉着声说：“下。”

秦雅致她用着仅剩的力气眨了眨眼睛，不敢相信。

她干脆当作没听见，晕了过去。

舒漾和那些名媛痛痛快快地打了几圈麻将。

由于喝了酒，她在游轮上开了房间，打算今天晚上就在这里住下。

她揉着太阳穴，往房间里去。

凌晨的游轮上依旧热闹非凡，只不过与刚开始相比不同的是，许多人都成群结队——男男女女都在夜色中找到了伴。

江郁被裴青月带走了，秦雅致被傅衍之带回家了，舒漾莫名地心里一酸，她想老公了。

舒漾拿着房卡打开房门，里面漆黑一片。她刚准备开灯，就被一股力量扯了进去！

舒漾吓得酒都醒了，刚想喊救命，深沉的男声从她头顶上方传来："嘘，别叫。"

舒漾还没来得说话，下巴就被略微冰凉的手挑起来，她仰头的瞬间，唇就被眼前的男人封住。

祁砚摘下眼镜，随手就放在门边柜子上，不管是目光还是唇，一秒都没离开过她。

男人吻中带着如潮的思念。

舒漾连人都没看清楚，只闻到周身那熟悉的香味，是祁砚。

舒漾有些不敢相信，上一秒还在念想中的人，现在就出现在她的面前。这种心情，无法言喻。

"老公……"

"嗯。"

舒漾原本有些失落的心情，瞬间好了起来。

本来她觉得异地没什么，可看见江郁和秦雅致都有人照顾，她的心里怎么可能毫无波澜？

她没想到，打个麻将的工夫，祁砚就从京城飞过来了。

"喝酒了。"男人的话语是肯定句。

"嗯……"

祁砚扣着她后颈亲着，眉心微微蹙起："怎么喝这么多？"

其实舒漾原本只是打算小酌几杯，但是看着外面这些形形色色的帅哥，总是会想到家里的那个老男人。

她打算拍的杂志改了时间，大概率要延后回京城的时间。祁砚又忙得不可开交，两个人也才打过视频电话，她只能拿着包里的钢笔，睹物思人。想着想着，酒杯就空了。

祁砚松开她的唇："喝这么多，被坏人盯上了怎么办？"

这种大型聚会上什么人都有，无法无天的人多得是。

如果不是他一直派人盯着，舒漾不知道要招多少男人惦记。

原本要处理的工作被祁砚一再压缩，他满脑子都在想以最快的速度见到舒漾。

祁砚本来打算像上次那样，直接把舒漾调回京城工作的，他不缺那点钱，把整个杂志社买过来都行。

可想想还是作罢。这是舒漾的事业，不该被随心所欲地干涉。

“坏人……不就是你嘛……”

舒漾无处安放的手缩在身前，她甚至都不知道祁砚是怎么进入这个房间的。

祁砚抱着她，修长的手指在女人的长发中若隐若现。

“抱抱我。”

舒漾把人抱得密不透风。

“老婆，今天乖吗？”

舒漾点点头。

或许是因为出门之前已经把祁砚看过一遍了，派对上见到那些帅哥对她来说就有些平平无奇了。更何况她和江郁还坐在一起，绝对被人误会成一伙儿了，一般人还真不敢过来和她打招呼。

“有没有和别的男人说话？”

舒漾摇了摇头。今天她心里还很奇怪，虽然她看上去就是一副已婚勿扰的样子，可也不至于没有一个人上前搭讪吧？

没一会儿，她就察觉到祁砚的气息出现在她的脸颊边，随着沉而富有磁性的低嗓音，掀起阵阵粉红。

“想我吗？”

舒漾踮着脚亲了亲他：“嗯。”

男人的瞳孔中有着很明显的红血丝，一看就是没休息好。他吻着她，一步步将人往床边牵去。

短短的时间里面，舒漾脑海里面已经冒出许多念头。

不是吧……明天的工作怎么办？

舒漾脑海里面各种各样的想法在不停地挣扎着。还没等她自己想出一个结论，白色的被褥已然陷下去一大块。

舒漾瞪大了眼睛，有一种在劫难逃的感觉。

她不由得紧张了起来：“我，你……我明天还要拍摄呢……”

舒漾说出口的话连她自己都觉得没有信服力。

她紧闭着眼，不停对自己交代着担忧的事项。

“祁砚，你记得注意点分寸，我明天真的要去上班，如果导致我没了工作的话，我会生气的。

“还有，绝对绝对不能有任何印记，把你那些不太好的习惯，全部都收起来。

“你怎么不说话……”

舒漾在黑夜中，一个人紧张地说了半天，却发现祁砚连一个字都没回她。

耳边逐渐传来平缓的呼吸声。

她慢慢睁开眼睛，发现刚才还在和她亲吻的男人，把她扑倒在床后竟然睡着了。

舒漾看着天花板，此时此刻的心情非常的复杂。她刚才所有心理准备都做好了，该说的也都说了，已经在开始畅想，这男人竟然睡着了？

舒漾呼了一口气，祁砚是睡死了，她一个人盯着天花板，完全不知道该如何是好。她轻轻地摸着男人的短发，祁砚很重，她根本翻不起身。

祁砚一看就是累着了，沾床就睡。

舒漾使出浑身的力气，把人推下去。

第二天早上起来，场面十分尴尬。

舒漾抬起头，对上一双漂亮又惑人的狐狸眼，瞬间僵住。

“这……”

男人早早就醒了，盯着趴在自己心口处的女人看了好久。

“睡得好吗？”

舒漾她撑着就要爬起来，祁砚轻而易举地把她整个人按了回去。

舒漾意识到事情开始不妙之后，故作生气地瞪着他。

“祁砚，我要去工作了。”

这次的工作是好不容易才找来的，她绝对是要认真对待的，可不能再因为这个男人而耽误事情。

祁砚把她抱起来。

“还没到工作时间，别着急，一会儿哥哥送你去。”

他要是想耽误舒漾的工作，昨天就不会那么快地睡过去。

祁砚心里非常清楚，他没有办法控制好分寸，干脆就不让那件事情继续下去。

不然第二天，他的宝贝恐怕不会这么心平气和地和他讲话。

舒漾："你从今天开始就不忙了吗？"

"嗯。"祁砚微点头，"好好陪你几天。"

舒漾眼睛瞬间亮了起来，祁砚一向很忙，难得有空陪她。

她又想到什么，板着脸控诉道："你昨天故意的？！"

祁砚撑着脑袋看着她："你不是不想吗？"

"你！"舒漾被祁砚倒打一耙的样子气炸。

"明明就是你昨天突然跑到我的房间，一顿瞎操作之后，秒睡过去。"

眼前的男人，依旧慵懒惬意，很是欠扁。

她气急败坏地往祁砚身上掐了一把，祁砚蹙眉冷吸一口气，扣住她的手腕。

舒漾不理会，她现在巴不得能让祁砚体会体会江衍的日子。

祁砚抱着她，整个人放松地靠在床边："宝贝，我昨天真的太累了。"

不可否认，他见到舒漾的时候内心的确有点坏心思。

他的宝贝可太不经撩了。把人惹急了，还得自己乖乖哄。

舒漾冷呵了一声，逻辑清晰地反驳："我信你个标点符号！你肯定清楚自己需要休息，还故意撩拨我。你就是个混蛋！装什么无辜？"

这男人偷换概念的时候，连眼睛都不带眨一下的。要不是她清楚祁砚的性格，被骗的次数多了，还真就傻乎乎以为祁砚说的都是真话。

都是血泪教训！

祁砚捏捏她的小脸："这么生气。"

舒漾瞪着他说："祁砚，你今晚别睡得太死！"

祁砚摸了摸她气奓毛的小脑袋，宠溺地笑着："嗯，不睡。"

他费尽心思跑来沪城，可不是为了相敬如宾的。

舒漾眼神乱飘："你不要脸！"

祁砚歪着脑袋，邪气地盯着她："要你就够了。"

要面子的人都没老婆，陆景深和傅衍之就是最典型例子。

舒漾说不过他，心里牢牢地记下了仇，祁砚下次也别想轻易得手，她一定要把这口气挣回来！

她推着祁砚圈住她的胳膊："放开我，我要起床去洗个澡。"

祁砚听见最后几个字，剑眉微挑。

洗完澡后，舒漾赖在男人的怀里，祁砚帮她吹干头发换好衣服，她才坐到化妆镜面前大显身手。

祁砚静静地站在她椅子后方，看着镜子里因为化妆一会儿眯眼、一会儿瞪眼、一会儿噘着嘴巴的可爱女人，眼中尽是温柔。

祁砚看了眼时间后，发现时间来得及，突然有些闲心。

他用指尖绕着她的发丝，慢慢地转了转，随后他挑起她的头发，编起了双马尾。

舒漾手里还拿着口红，察觉到他的动静之后，她看向镜子中的男人。

祁砚一身黑色正装，站在她的背后，正不紧不慢地捋着她的发丝，编着略微复杂的大麻花。

舒漾轻笑："想不到我们祁总还是个手艺人？"

手法这么娴熟，看来以前没少拿她练过手。

祁砚微笑道："谢谢夫人认可。"

舒漾没管他，继续化妆。

反正不管出门什么发型，到了拍摄片场都是要改的。

舒漾简单化了个妆，两只手正换着耳钉，放在桌面上的手机响了起来。

她光顾着戴耳钉，随口就和身后的男人说："你接一下。"

祁砚拿起她的手机扫了一眼，看见备注是那个女经纪人后，又把手机放回舒漾的面前："不太方便。"

舒漾疑惑地皱眉，蓝沫儿又不是哪个见不得人的外人。

还没等她说话，祁砚就拿过她手里的耳钉："我帮你戴。"

舒漾也没多想，美美地接起电话，在有人照顾的情况下，连声音都变得做作了许多："喂唉——"

正搭着出租车赶往片场的蓝沫儿听着电话里拐弯抹角的声音，瞬间起了一身鸡皮疙瘩。

"姐姐，大清早的，你没事吧？"

舒漾见她这么说，又娇娇地说："蓝宝儿，我怎么了吗？"

"那个，舒漾女士，你正常点，我害怕。"

舒漾笑着拿起手机在空气中嗅了嗅，还不忘瞥了一眼祁砚。

“什么东西烧起来了？”

祁砚和蓝沫儿都没有理解她的意思。

舒漾眯起眼睛笑着说：“原来是我烧起来了。”

男人失笑，又无语又无奈，俯身亲了亲她的脸颊。

一下子让两个人都无语的舒漾，自己笑得格外开心。

听到动静的蓝沫儿有些讶异：“你身边有男人？”

她刚才怎么听见有男人的笑声？那声音有一点点熟悉，好像在哪里听过。

舒漾眨巴眨巴着眼睛：“对啊，我老公。”

又娇又做作的声音听得蓝沫儿咳了两声，她感觉司机看自己的眼神都有点不太正常。

单身多年的蓝沫儿苦笑：“谢谢你舒漾，知道我没吃早饭，特意给我喂了一嘴的狗粮……”

舒漾笑嘻嘻地说：“说吧，什么事儿啊？我马上就过去拍摄了。”

蓝沫儿：“你还记得那个李永飞不？今天正好你们俩都要拍摄，对方经纪人联系我们说，希望借此机会炒一波绯闻。

“他才走红，估计团队想制造一些话题吸引粉丝，我们如果答应下来，肯定也能增加不少话题度。

“不过我觉得你应该不会同意，所以先问问。”

舒漾皱着眉：“这是什么迷惑操作？”

她老公就在旁边，真当祁砚是摆设？

舒漾没按免提，但是祁砚离她很近，正有一下没一下地亲着她。

祁砚全听见了。

舒漾回着话：“拒了，别来沾边。”

蓝沫儿：“行，那你今天自己注意点，别跟他有什么近距离接触。万一他们团队有一些恶心操作，单方面炒作，最后被骂的还是你。咱们还是多留点心眼。

“毕竟姐姐我一个月就拿那么点钱，也不想多操心那些破事。”

舒漾拉着祁砚的手，轻轻抚了抚，让他放心。

“知道了沫儿姐，放心吧。”

传绯闻？不存在的。

今天祁砚就会跟她一起去工作，就算真有什么绯闻那也是她和祁砚的，别人排不上号。

见她说完，祁砚抽过她手里的手机，挂掉电话，捧着她的脸，俯身亲了下去。

由于祁砚站在椅子背后，舒漾只能仰着头，两个人眼里的对方都是倒过来的。

收拾好后，祁砚拿过桌上女人的随身包，单手抱着她往外面走。

去停车场的路上，祁砚问："什么时候认识的？"

舒漾知道他在说那个男明星，赶紧摇头。

"祁总，这话可不能乱说哦！不认识！完全不认识！

"我和他就是碰过面而已，他说是我的粉丝，我已经让沫儿姐告诉过他我结婚了，谁知道他们团队怎么想的，不关我的事啊！"

真是人在家中坐，锅从天上来。祁砚要是真想多了，就有她好受的了。

祁砚听完这些话，情绪才有所好转，他千防着万防着，还是有漏网之鱼去招惹舒漾。

到了车前，男人替她系好安全带，又盯着她说："宝贝，别理外面那些男人。"

舒漾媚眼如丝地看着祁砚："我们祁总这方方面面的条件摆在这里，还需要担心什么？老公，我很听话的。"

要说以前舒漾可能还会看看外面的男人，现在她发现她连看都懒得看了。还是她老公长得最带劲，即便自己失去记忆，也能一眼就看中。

祁砚不知道今天已经是第几次吻她了。

男人贴着她的唇说："想要什么都给你。"

舒漾笑着眯起眼："那我就不客气啦！一会儿把清单全发你！"

祁砚颔首，坐进驾驶位，认真地开车。

舒漾翻了翻手机，把最近盯上的珠宝和衣服全部都发给了祁砚。

三句话，让男人给她清空愿望单。

到了片场。

停车场内，祁砚先下车，打算给她开门。

舒漾发现外面有几个工作人员非常眼尖地认出了祁砚。

“天啊，那是祁砚吗？他怎么会来这里？”

“天哪，好高啊！比电视上都显高！”

偏偏这个时候江衍打了个电话过来。

舒漾没下车，问：“又怎么了少爷？”

江衍纠结，有些难以启：“我……”

江衍站在金山酒吧的露天吸烟区，烦躁地抓了抓头发。

“就……我……她……唉……”

江衍艰难地说着每一个字，换了好几个开头，都没能继续说下去。

舒漾这急性子马上就上来了：“不是我说，少爷，你能不能说话利索点？”

她在这边听了大半天，江衍是一个字都没透露啊。

江衍又叹了一口气，他真的不知道那件事情该怎么说，想到就有一种想死的冲动。

舒漾看了眼等在外面的祁砚：“老公，你把车钥匙给我，先去休息室等我吧，江衍有话要跟我说，他太磨叽了。”

正好两个人分开走，可以避免不必要的麻烦，至于祁砚过来拍摄场地，已经提前让蓝沫儿打过招呼了。

江衍：“……”

“嗯。”祁砚摸了摸她的脑袋，“我在休息室等你。”

舒漾凑过去就是“吧唧”一口，电话那头的江衍默不作声。

等到祁砚走后，舒漾靠在车上，语气回到了刚才公事公办的样子：“说吧，我的小老弟！”

江衍听着自己姐姐，这仿佛杀了几十年鱼的冰冷口吻，和刚才喊老公时天差地别。

江衍愤愤不平：“把‘小’字去掉！”

舒漾还没来得及开口，就听见江衍又说：“‘老’字也去掉！弟就弟，加那么多前缀干什么？”

舒漾发出无情的嘲笑：“那小老弟，您现在能说说看，到底是什么事情了吗？

“姐姐一会儿还有工作呢，可不像你整天游手好闲的，况且姐还有

老公要陪，也不像你，不知恋爱是何物。”

江衍：“……我不知道该怎么说，算了，你就当本少爷没提。”

舒漾这就不乐意了：“喂，姐姐等你大半天了，你就给我搞这出？行不行的，还不就是一句话的事。

“你纠结成这样，怎么？你干什么混蛋事了？说来听听，回头姐好收拾你！”

江衍：“……我没有。”

他抹了把脸，视死如归般一口气说道：“行，好像又不太行……”

舒漾一脸疑惑：“你在说一种很新的东西。”

江衍叹气，眼神中已经没有任何世俗的欲望，他半死不活地吐出几个字：“昙花一现。”

舒漾严肃地抿着唇，又过了几秒，实在是忍不住笑了出来：“哈哈哈哈哈对不起啊弟弟，我真不知道说什么了，你真不把姐当外人啊哈哈哈……”

“别笑了！再笑不礼貌了！”

重点说完，江衍神色已经完全呆滞，心如死灰。

舒漾收起了笑声，突然反应过来更重要的信息：“等等！林烟姐把你治好了？！”

江衍仰了仰头：“好个头！”

那个时候，林烟在旁边帮他检查，他本以为自己的病状已经好了。谁知道他还没开始高兴，就被打入深渊。

林烟也愣住了，这场面是所有人都没有想到的。

林烟正准备开口要说些什么，就被江衍抢先一步阻止：“闭嘴！”

意识到自己过于失礼后，江衍眉头紧皱，完全不想面对这一幕。

气氛变得非常尴尬。

林烟也被吓得不敢说话，毕竟她很清楚，江衍平时只是脾气有些暴躁而已，但是今天这情况，似乎说错一个字都会让他们之间的关系雪上加霜。

就这么无言了两秒，江衍就躺不住了。

他飞速收拾起身，瞥见旁边还有些不知所措的林烟，说了一句“对不起”，就直接冲出了检查室。

他真的不知道自己该怎么继续待下去，该怎么面对林烟。

于是，他跑了。

江衍看了看周围没有别的人，才继续和舒漾说："我现在都不知道之后该怎么面对林烟。"

舒漾笑着说道："江衍你有没有想过，本来这件事情，只有你和林烟姐知道，现在哈哈……

"不过姐说真的，这没什么吧？你就是男人内心的自尊心在作祟。"

江衍沉默了一会儿说："烦死了！"

本来他在林烟面前就毫无形象可言，现在好了，彻底崩塌成废墟。

舒漾看着时间，下车后一边走一边说着："多大点事儿！弟弟，你要这么想，不管怎么样，咱们这些天的努力和付出，总算是看到了一点点成效对吧？没准儿好了之后，你还得找林医生继续讨论其他问题呢哈哈哈哈哈……"

差点热泪盈眶的江衍在听到后半段时一个急刹车收了眼泪。

"谢谢姐，安慰得很好，下次闭嘴。"

舒漾："好了，别纠结了宝儿，人生不就是起起落落落落落落。不过我发现，你最近好像挺乖的呢？"

以前她叫江衍去看病，他死活不去，甚至要和家里闹翻。

舒漾作为中间人，最多也只能推他一把，帮他迈出第一步。可没想到，遇到林烟之后江衍还挺积极的。

江衍："挂了。"

话音未落，电话就被挂断了。

舒漾看了一眼自己的手机。这死小子，遇到什么事情的时候就找她，说到关键的事情上又不透露，完全有当渣男的潜质！

舒漾放好手机，坐电梯上楼。

休息室。

祁砚闲散地坐在沙发的一角，翻着舒漾前几次参与拍摄的杂志。

他时不时看眼时间，发现舒漾还没上来，刚准备发条消息过去，休息室的门就被从外面推开了。

男人抬起眸子看过去，出现在视线当中的人并不是他想见到的人。

李永飞一打开休息室的门，就被眼前的人惊到了，这个人他好像在哪里见过。令他更加震惊的是，光凭借这个男人的外形条件，想要在娱乐圈出名非常容易，他却从没在圈里见过这个男人。

李永飞心里特别疑惑，可对方的气场看起来过强，只是坐在那里，就让他有些不敢直视的感觉："你是谁？你怎么会在漾漾的休息室？"

祁砚依旧坐在沙发上，没有起身。

"漾漾？"他轻轻地重复着这个男人，嘴里刚才吐出的称呼。

祁砚随后摘下眼镜，叠好放在旁边，目光森然地看着门口。

李永飞壮了壮胆，直接走了进来："对啊，这不是漾漾的休息室吗？你是怎么混进来的？

"我不管你为什么出现在这里，但是这是舒漾的休息室，一个女孩子的地方，你是不可以随便来的，请你立马出去！"

祁砚听得想笑。

自从把霍折宇送去西郊工厂拧螺丝后，他真是好久没有听到这么可笑的事情，也好久没有遇到如此不知天高地厚的草包了。

祁砚缓缓站起身，走到李永飞的面前，像是没听清楚他刚才说的话那般，问了句："什么？"

李永飞一时根本想不起来这个人究竟是谁，只能硬着头皮说："先生，请你离开……"

说着说着，李永飞的底气越来越不足。可是只要一想到自己现在是粉丝过千万的一线顶流，他就又挺直了腰板。

不管眼前这个人是谁，现在出现在他女神的休息室就是不对的！

"呵。"

祁砚捻着指尖冷笑着，似乎在思考些什么。

按照拍摄时间来算。

一会儿他的宝贝就要到休息室了，如果他现在和李永飞发生冲突的话，难免会被舒漾看见一些不好的画面。他并不想给舒漾留下不好的印象。

李永飞见他默不作声，料定自己说到了什么重点，不由得又高高在上地说："我不管你有什么后台，是什么身份，摄影团队里并没有你这个人，这家杂志社也不是谁走后台就能进的，你现在是私闯他人的休息室，我们可以告你！"

李永飞越说越起劲，毕竟在这个男人面前展现出绝对的优越感让他的心里非常爽。

"给你三秒钟，现在立马从这个休息室……啊……"

李永飞刚到嘴边的"滚"字还没有说出来，整个人就被男人制住。

舒漾刚进休息室，就听见一声哀号回荡在空气当中。

她看见祁砚脸色阴沉地站在不远处，而在他的一边栽倒着一个略微眼熟的男人。

发现舒漾进来了之后，李永飞捂着手冲祁砚怒吼着："你，你竟然敢对我动手！你知道我是谁吗？我要告到你倾家荡产！"

舒漾被这突如其来的场面惊到。

旁边的祁砚甚至懒得看地上的小丑一眼，他走过去，自然而然地揽着舒漾的腰，只用两个人能听见的声音，小声说着："手疼。"

舒漾赶紧拿起他的手看了看，骨节处有些红，泛着青筋，似乎刚使过劲。

她揉着祁砚的手，原本还倒地不起的李永飞爬起来，踉踉跄跄地跑到舒漾面前，气冲冲地伸出一根手指，指着祁砚："女神，这个人不知道从哪里来的，有严重的暴力倾向。他私闯你的休息室，我好心劝他离开，他竟然动手打人！你快离他远点！我们报警处理！"

舒漾眉心紧蹙，快速挡在祁砚面前。

"你乱指谁呢？"

看见李永飞这么指着祁砚，舒漾瞬间就不平静了。

她虽然没有全部恢复记忆，但是也知道这个动作对祁砚来说绝对是侮辱。祁砚牵着她的那只手，很明显紧张了起来，有些发颤。

舒漾轻轻抚着男人的手背。

李永飞的目光在两个人身上徘徊。

"你，你们是什么关系？难道真的像网上传的那样，你们都婚内出轨，私下就是见不得人的情人？"

李永飞越说越激动，他根本无法接受这件事："舒漾，你怎么能这么……

"女神，你不能和他在一起！他这个人很危险！"

舒漾已经完全没心情去了解事情的起因经过，她冷冷地提醒："你还是担心担心你自己吧。首先，这是我的休息室，不管里面出现什么人，都和你没有任何关系！你已经严重干涉到我的私生活了！"

"其次！"舒漾轻轻吐出一个字，"滚。"

李永飞简直不敢相信自己听到了什么："你在说什么？舒漾，你知

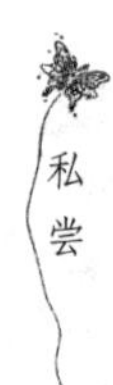

道多少人大排长龙想找我合作吗？我好心帮你，你竟然叫我滚？

“没想到，你真的是网上说的那种女人……”

舒漾的耐心已经消耗殆尽，她捏着手心，看着面前极度欠打的脸：“我再说一遍，滚出我的休息室，开工第一天，别逼我动手。”

她不明白这个人到底是脑子有问题还是怎么样，难道还没察觉到他已经对她造成了非常大的困扰吗？

李永飞灰溜溜地离开，还不忘瞪了他们一眼。

人走后，舒漾扑进男人的怀里，轻轻拍着祁砚的腰背：“老公对不起，我不知道他会到这边来，给你添麻烦了。”

她也没想到那个李永飞居然会这么喜欢死缠着不放，她话已经说得很明白了，他还要没事找事。

祁砚捧着她的脸，低头细细地亲着：“对不起宝贝，我动手了。”

其实即便祁砚不说，她也知道，那个李永飞说话的样子，就差没把“想挨打”几个字直接写脸上了。

舒漾学着他一点点地回吻：“老公，你，你别生气。”

祁砚放在她腰上的手不由得收紧了些，两个人在休息室内相拥而吻，直到大门突然被推开。

蓝沫儿抱着资料，背后还跟着拍摄指导老师和化妆师，几人正准备进来。

“舒……”

蓝沫儿刚说了一个字，就被休息室角落的场景惊住，她两只眼睛瞬间都瞪大了。

靠近最暗角的黑色沙发上，两个人吻得不可开交。

听到动静之后，舒漾赶紧撇开脸，让祁砚离开她。

舒漾简直无法想象，她和祁砚现在成什么样子，赶紧推开挡在她面前的男人。

在门口等着的工作人员，见蓝沫儿一直不进去，打趣地催促道。

“沫儿，站着干吗呀？快进去呢，一会儿时间赶不及了。”

“对啊！漾漾呢？你别挡门口。”

几个人的声音传来之后，舒漾整颗心直接提到了嗓子眼，她急得抓着祁砚的西服。

舒漾现在已经完全大脑一片空白，只见祁砚一如既往冷静地理好头发。

“宝贝，没事的。不会有人看见。”

男人宽大的背影将人挡住，几下就理好了舒漾身上的衣服。

门口的蓝沫儿见状，立马拿起资料，挡住自己的脸，顺便拦着后面几个工作人员往后推：“漾漾有点事情，我们晚点再进来！”

她赶紧往后退，把门飞快地关上了。

听见休息室的门被关上，舒漾呼了一大口气。她仰头靠在沙发上，感觉像死过一次那般，心跳飞快。

刚才要是几个工作人员全部进来了，她真的不知道该怎么面对那个场面。她刚才真的可以说是放飞自我了，没有祁砚挡着，她根本没办法见人。

舒漾着急忙慌地检查衣服，祁砚握住她的手说：“别紧张，接个吻而已。宝贝，别担心。”

整理得差不多了之后，祁砚把她抱了起来，亲着她的额头。

“是我的问题。老婆，主要是我们这几天见得比较少，然后昨天我赶过来又直接睡着了，也没好好亲亲你，抱抱你。”

刚才好不容易他宝贝老婆主动亲他，祁砚一时有些收不住。

当然，他也知道这并不是一个很好的时间点。他的宝贝今天需要工作，如果这个工作没做成，那他晚上估计也没有好日子过。

这一点祁砚非常清楚。

舒漾看他自己把锅背得这么积极，一下也不知该说什么好。幸好进来的是蓝沫儿一个人。

祁砚把她放到地上，手还是一直揽着她，她赶紧从祁砚的怀里面出来，往四周看了看：“你就待在休息室吧，我要去准备拍摄了，一会儿这个电视可以看到画面。”

躲进洗手间可不是祁砚的风格，他绝对不会做这种事情。

他想，刚才自己是背对着那些人的，除了蓝沫儿以外，其他人应该认不出他来。

临走前，祁砚又拉着她吻了两下。舒漾瞬间就察觉到了祁砚情绪有些不对。

“老婆，今天可以一起睡吗？”

舒漾一下就被这个问题给问住了。

毕竟一旦答应下来，后果无论怎么样，她都要自己承担，她完全不相信这个男人能听进去什么商量的话。

祁砚的话语中很明显带着期待，毕竟他从来都不掩饰。

舒漾看了眼时间：“要不我们晚上再说吧？刚才已经耽误了一些时间，我现在去拍摄的话都有点晚了。”

祁砚轻笑：“老婆，你在给我画大饼吗？”

对于拍摄时间，祁砚可以说记得比舒漾本人还要清楚。他时间观念非常强，也知道这一次的工作对于舒漾来说非常重要。

被说中心里话的舒漾，心虚得眼神乱飘。

“不管了，晚上再说！”舒漾给男人丢下一个大饼，之后就跑出了休息室。

舒漾出了休息室，就立马打电话给秦雅致：“帮我查一个叫李永飞的，把他所有的黑料全部给我挖出来。”

秦雅致喝了酒刚醒，拿着手机都是迷迷糊糊的。

“哦……”她反应了一会儿问，“他家祖宗十八代要查吗？”

舒漾咳了两声：“那倒不必，查个三代吧！总之，我以后不想再看见这个人出现在我的世界里！”

挂掉电话，舒漾想到今天晚上要和祁砚一起过夜，立马下单买了必需品。

她还是第一次买这种东西。

说实话，她还真有那么一点期待，祁砚知道后的反应会是怎么样呢？

Chapter 09
情敌针锋

舒漾进了化妆间，就见大家的目光不约而同地投了过来。

被盯着看的舒漾，莫名心慌："怎，怎么了吗？"

没想到下一秒，工作人员们纷纷举着手中的甜品、咖啡、礼物，笑着说道：

"谢谢舒姐啊，进组第一天就给我们准备那么多零食！"

"舒姐真大方，有什么事儿尽管说啊！"

见舒漾还蒙着，蓝沫儿赶紧过来解释："这不是你叫人送来的下午茶和小礼品吗？"

当着这么多人的面，舒漾干笑了两声，赶紧把蓝沫儿拉到一旁，小声又夸张地解释道："不是我啊！"

蓝沫儿奇怪地看着她："可是就是以你的名义啊！那还有谁？"

舒漾心里面刚想到一个名字，手机就响了一下，打开一看果然是祁砚发来的消息，里面只有简简单单四个字。

人情世故。

真有一套。

她几乎一下就明白了，祁砚这是在帮她拉拢人心。

对于这些细节，舒漾心里一暖。

做好妆发之后，光是第一套衣服，就拍了大半个小时。

一想到祁砚在休息室的屏幕上看着，舒漾就有点紧张，她从来没经历过探班这种事。幸好拍的不是什么尴尬的服装，不然她还真不好发挥。

中场休息时，舒漾看着手机，刚才下单的一盒生活用品已经到了，存放在一楼前台。

舒漾没回休息室，找到空隙就赶紧去拿东西，要不然总觉得心里不踏实。

拍摄结束后，舒漾第一时间跑回休息室，没想到祁砚就在门口等着她，她一开门就看见男人站在她的面前。

舒漾扑进了他的怀里："老公……"

祁砚把人揽进怀里亲了亲，将配送员刚才送来的东西拿起："宝贝，你买的什么？"

舒漾心里一惊，完全没想过东西会先落到祁砚手上。

"呃，就是那个……"

舒漾想往后退，可是祁砚搂着她的腰，一察觉到她想跑，手掌就扣紧了些。

祁砚刚才不过是随口一问，现在看见舒漾脸上都写满了"我要说谎了，你做好心理准备"的态度，男人漂亮的眸子轻轻眯起："嗯？"

舒漾心虚地思考，本来这件事情，她本打算晚上给祁砚一个惊喜。

祁砚勾起她的下巴，他没用什么劲，可舒漾不得不抬头面对他。

四目相对时，舒漾尴尬得脚趾已经快要在地上抠出一座城堡了。

祁砚一步步往前逼近，舒漾不得不跟着往后退，没两下就直接被男人抵在了门板上。祁砚的手掌撑在门后，垫着她的后背，让人无法逃离。

男人的指腹轻轻抚着她的下唇："宝宝，买什么了，不能告诉哥哥吗？"

其实在这个时候，祁砚心里早已经猜到能让舒漾脸红成这个样子的是什么东西，自然不难想到。可是他的宝贝脸红的样子实在是太好玩了。

舒漾开始胡编乱造，夺过他手上的东西："没什么，就是感觉有点上火，买了点清热去火的药而已。"

祁砚静静地等着她编完，目光停在她死死捂着的东西上，笑得低沉："宝贝，你自己信吗？"

舒漾："……"

祁砚饶有兴致地看着她："上火？"

被拆穿的舒漾见他这副明知故问的样子，气得给了他一拳头：“你还问！”

祁砚用手包住她的拳头，慢条斯理地揉了揉。他紧盯着眼前的人，低头在她脸上亲了亲：“不是挺大胆的吗，怎么现在不敢认了？”

舒漾靠近他耳边，小声地卖乖：“祁先生，你不应该奖励我吗？”

祁砚笑着低头咬住她的唇：“知道自己在做什么吗？”

舒漾睫毛轻轻地煽动着：“知道。”

她当时头脑一热就买了，现在祁砚又知道了，与其想着怎么逃，还不如直接摆烂躺平。

祁砚又问：“做好心理准备了吗？”

“差不多吧……”

对于她模棱两可的回答，祁砚认真地看着她：“宝贝，没有差不多。”

他需要听到准确的答案。毕竟他说的心理准备，可不像舒漾想的那么简单。

这个时候不和他的宝贝确认清楚，万一过后全赖他头上怎么办？

他总不能说他老婆的不对吧，最后还是得老老实实地把锅背下来。

还不知道会发生什么的舒漾乖乖地点点头。她忽然想到什么，赶紧推了推他：“你，你不会打算在这……”

祁砚轻笑，抚摸着她后脑勺的长发：“想什么呢。”

舒漾松了一口气，这男人还算有点理智。

祁砚把身上的西装外套脱下来，披在她的肩上，牵着她的手：“回家。”

他已经在休息室等了大半天了，现在只希望立马回到家关上门，两个人腻在一起。他要把异地几天没见面的时间都补回来。

回到酒店。

舒漾刚弯腰脱掉鞋，还没起身，就被男人从后面抱住。

舒漾醒过来的时候，整个房间都是昏暗的，她动动胳膊都觉得累得不行。

一道熟悉的手机铃声拉回了她的思绪。

舒漾摸起手机，看见上面的备注后接了起来：“沫……”

才刚开口说一个字，舒漾就被自己这沙哑的嗓音给惊到了。

舒漾意识到什么之后，赶紧闭嘴。

秉承着能少说一个字，就少说一个字的态度，舒漾等着经纪人蓝沫儿开口。

谁知道，可能是因为她刚才的声音过于沙哑，蓝沫儿误以为是信号不好："喂，宝贝，你说话呀，听得见吗？"

蓝沫儿又一次怀疑地看了看自己的手机："到底是我的手机有问题还是你的手机有问题啊？怎么最近给你打电话，老是信号不好。"

舒漾撑起身，说道："我在听……"

说完舒漾简直想直接昏死过去，她完全不敢相信这是自己的声音。

蓝沫儿也讶异万分："舒宝，你嗓子怎么哑成这样？吓得我都以为自己打错电话了。"

怕被发现出什么端倪，舒漾轻轻咳了两声，放慢了些说话的语速，尽量让自己的声音听起来稍微正常一点。

"我没事，就是有点上火。"

蓝沫儿疑惑地问："我看你前天状态，不也是好好的吗？怎么休了一天假之后，人都上火了？"

舒漾无言以对，直接岔开这个话题："什么事啊？"

蓝沫儿："哎哟我的宝，你是断网了吗？这两天关于李永飞偷税漏税的新闻漫天飞，你居然一点都不知道？"

蓝沫儿在知道这件事后立马发消息告诉了舒漾，谁知道已经过去二十六个小时了，连个"收到"的回复都没有。

蓝沫儿一边往她的房间赶来，一边说道："正好我包里有润喉糖，我给你送过来吧！

"不过你也真是神人，外面的世界都快翻天覆地了，你还一副没睡醒的样子。你平时不是最喜欢网上冲浪吗？放假居然不上网吃瓜。

"不回消息，也找不到人，那你做什么去了？"

舒漾开始胡扯："我宅在酒店通宵追剧了，刚醒。"

蓝沫儿打趣道："那你追个剧还挺费嗓子的。"

明明蓝沫儿就是在和她正常聊天，可是舒漾心虚得不行。

她低头往自己的身上瞥了眼，立马对着电话那头的蓝沫儿说道："你不用给我送东西过来了。"

蓝沫儿："咋啦？"

"我现在人不在房间。"

蓝沫儿愣了愣："可是你刚不是才说……你刚醒吗？"

舒漾心里一凉，真是脑子都不好使了。

还没等舒漾再次开口，酒店房间的门就被打开了。

舒漾往声音的方向看过去，祁砚手上拎着一个白色透明塑料袋，走了进来。

"宝贝，你醒了？"

男人开口的瞬间，舒漾和电话那头的蓝沫儿都下意识屏住了呼吸。

舒漾内心极度崩溃：完了完了，白扯那么多谎了。

她嗓子哑的原因再也瞒不住了……

蓝沫儿几乎是一下就认出了电话里的声音，这不就是祁砚祁大翻译官吗？

这两人已经好到了这种地步吗？

蓝沫儿心中大喜：又给我嗑到了！

舒漾看着祁砚离她越来越近，赶紧想捂着手机听筒，提醒男人不要讲话。

可是祁砚的话音已然传来："睡饱了吗？"

舒漾："……"

蓝沫儿："！！！"

舒漾反应过来之后，赶紧匆忙地和电话里的人说了一句："有事烧纸！"

挂断电话之后，舒漾小拳头往被子上一锤："祁砚，谁让你乱说话的？"

男人坐到她的旁边，轻轻地抚着她的后背："嗓子都哑成这样了，少说点话。"

舒漾刚想回嘴，祁砚的电话就响了起来。

祁砚微微皱眉接通："什么事？"

傅衍之："你现在有空吗？立马来找我一趟，先别跟你老婆说。"

电话里傅衍之才刚说完话，这边舒漾的眼神已经幽幽地射向祁砚。

到底有什么事情不能告诉她？

如果今天她不在这的话，祁砚是不是就真打算瞒着她了？

祁砚搂紧了怀里的女人，手指轻轻抚着她的肩膀，直接把手机调成了免提模式，然后和电话里的人说："有话直说。"

祁砚知道这个时候他去辩解是没有任何意义的，不如干脆让他的宝贝一起听听。万一被误会之前就有什么不可告人的秘密，那就洗不清了。

傅衍之叹了叹气才开口："还能有什么事，自从你老婆来沪城后，秦雅致天天拿她当借口，已经三天没着过家了，我找你取取经，商量商量对策。"

听到这里，祁砚眼眸微微眯起，已经心感不妙。

果不其然，下一秒傅衍之就说道："你在管人这方面不是挺有一手的吗？舒漾性子那么烈，在你面前倒是挺乖的。"

而隔着屏幕交流的傅衍之，显然没有意识到情况的不对。

"你为了舒漾花了大半年心思，我也没少帮你，现在你老婆也追到手了，我连个侄女都管不住，也该帮我出出主意了。行了，电话里说不清楚，你要是有空就来我公司一趟，我们坐下好好聊聊。"

说到最后，傅衍之又强调了一遍："别告诉你老婆。"

这件事要是舒漾知道了，那么肯定会告诉秦雅致，到时候他所有的努力都是白费。

祁砚滚了滚喉结，不用看都知道，舒漾的目光已然落到了他的脸上。

没有眼力见的傅衍之。一个电话，说那么清楚干什么？

舒漾微笑着掰过男人的脸，眼神示意了一下电话，让祁砚继续回复对方。

原来，祁砚对她早有预谋，还在长达半年的时间里，想着怎么攻略她。

甚至都可以开班了？

虽然舒漾现在已经在坑里面躺平了，但知道的瞬间她还是莫名想咬人。

她扛不住糖衣炮弹也就算了，可她姐妹不能这么糊里糊涂啊！

要是祁砚真给傅衍之出什么主意，秦雅致必然要傻呵呵地栽进去了。

祁砚面无表情地和电话里说道："没空。"

傅衍之："昨天发消息给你，你没空回也就算了，怎么今天大白天的也没空？你不是才忙完工作来沪城休假吗，怎么结了个婚就一天到晚没空。"

祁砚担心他越说越多，赶紧出声："忙。"

听到男人这句话，舒漾被呛得咳了两声。

电话那边的傅衍之陷入沉默。

刚才那是女人的声音，祁砚身边，除了舒漾还能有谁？所以说刚才他说的那些话，舒漾都听到了？那么也就意味着，秦雅致马上就会知道这件事情。

祁砚为了讨老婆开心，获取老婆的信任，反手把他卖了！

祁砚拿起手机，缓缓说："你也听到了，我老婆就在旁边，这个忙我不可能帮你。还有，傅衍之你是不是对我有什么误会，我哪有那么多花花心思。"

傅衍之："你……"

挂电话前还要利用他维持在老婆面前的人设。说祁砚没心机，简直是笑话，真不知道这人为什么能如此认真地说瞎话。

傅衍之忍了下来，平静了一下语气："舒小姐，我刚才那番话没有任何别的意思，只是希望小雅能记得她还有个家可以回。人天天在外面玩，我也联系不上，实在没办法才出此下策。"

其实要说是一般的玩乐也就算了，秦雅致一直没谈过恋爱，现在正处于毕业后的叛逆期，这才是傅衍之不安的真正原因。

他知道管束已经对秦雅致没有作用了，越是那样，秦雅致就恨不得把他不允许的事情都来一遍。

舒漾清了清嗓子："我懂我懂，理解理解。"人家都这么试图抢救了，她再不配合一下，多不好意思。

傅衍之作为医生，瞬间就听出了舒漾的嗓子不对劲："舒小姐是不是有些上火？"

舒漾此刻再也不想听到"上火"这两个字了！

祁砚嘴角多了抹浅浅的笑意，舒漾恶狠狠地往他胳膊上揪了揪。

都是这个男人的杰作！

"没有。"祁砚替她回答，"没其他事以后也少联系。"

说完，祁砚直接挂断了电话。

憋着气的舒漾，见状就要开始对眼前的男人进行“礼貌”问候。

她刚张开嘴要开骂，就被男人按下吻住。

“祁……祁砚……”

舒漾揪着男人的衬衫，试图让他起来，可平常她就不是祁砚的对手，现在就更没力气与之抗衡了。

男人轻而易举地拉下她的手，像是和她争夺周围的氧气。

舒漾一紧张就不会用鼻子呼吸，溢出的声音都是在求饶。

祁砚松开她的唇瓣，给她些许空间呼吸。

两个人依旧挨得很近，祁砚盯着枕头上这张动人的面容，欣赏着她缭乱的呼吸。

被亲得晕晕乎乎的舒漾，顿时脑子里面一片空白。

她刚才要骂什么来着？

舒漾两手把人推开：“你，你别以为这样我就会放过你，祁砚，你心眼子太多了！”

祁砚靠过来，舒漾责怪他：“你害得我连台词都忘了！”

本来接电话的时候舒漾心里已经打好腹稿了，就等着祁砚把电话挂断之后好好审他一遍。

现在倒好，完全不知道怎么开始。

男人顺着她的长发：“慢慢想，宝贝想什么时候训我都行。”

刚才舒漾在气头上，保不准会扩大这件事的矛盾，毕竟很多事情他狡辩不了。就算今天这件事情过去了，以后她想起来也可能会因为这个事情再次出现什么变故。

祁砚知道，从一开始就不能让这件事情继续讨论下去。再说下去，连几年前的事情都未必能瞒住。还需要培养更多的感情，他才敢让舒漾知道曾经的那些事情和他的所作所为。

祁砚不敢冒险，赌输了，老婆就没了。

舒漾冷哼：“别把本小姐说得像什么十级大恶人一样。”

祁砚无奈地安慰：“老婆，我没那个意思，你别误会。我做得不对的地方，你说出来是应该的，不存在什么恶不恶。”

舒漾磨着牙说：“从一开始认识你就知道我们会结婚，拿钱砸我也就算了，还装作不知道一样，在酒吧还故意拒绝我，又不让我走。

“此类套路，平时没少用吧？

“来沪城找我，害我一个人抓心挠肝的，再让我心甘情愿地把自己送到你嘴边。欲擒故纵真是让你玩明白了！”

她真是被卖了都还在数钱。

祁砚无法反驳，把人从床上抱起来，舒漾赶紧搂住男人的脖颈：“你这是玩哪一出？”

祁砚失笑：“宝贝，别想那么复杂，没有那么多精心设计。”

舒漾冷不丁说道：“那就是我们祁总，临时发挥咯？”

舒漾勾着他的脖子，继续阴阳怪气：“也对，我们祁总怎么会需要精心设计？随随便便都能拿下我。”

祁砚根本不敢接话，干脆直接又扣着眼前的人亲了亲。

舒漾撇撇嘴，也没打算得理不饶人。

“今天就放过你！”

下次，下次她一定要坚持得久一点！绝对不能轻易掉进这个男人的圈套。

几天后，舒漾忙完工作就和祁砚飞回了京城。

她回去第一件事情，就是去自己的场子看一看。

这段时间，她还真没管过金山酒吧里的事情。

舒漾一进去，就看见常年泡在金山的合伙人秦叙。

“最近场子里没出什么事吧？”

秦叙：“风生水起。”

舒漾轻笑一声：“那江衍呢？”

秦叙：“出事的都是别人。不过我说舒漾啊，自从你结了婚，这场子是完全撂下不管了？祁砚就那么大魅力，把你迷得死死的，这花花世界都不要了？”

舒漾笑着说：“野花哪有家花香。”

秦叙：“你这说得好听是顾家，再直白点，不就是被祁砚管着吗？他还真是把你拿捏得死死的，不过，你就这么甘心？”

舒漾抿着唇，内心疯狂地咆哮，为什么全世界都知道她是个夫管严了？

有那么明显吗？

舒漾不服气，想都没想就反驳道：“当然不可能！祁砚那点小伎

俩，我早就看破了，我不过是配合他而已。我要想更自由，那还不是洒洒水的事！”

舒漾绝不允许自己再被这样误会下去，她一定要想办法在祁砚面前拿回主动权！这样传出去才够有面子。

秦叙笑出声：“嘴还挺硬。”

舒漾冷笑着说：“你就等着看吧，小小单身汪！”

秦叙：“说说看，你哪点能拗得过祁砚？别到时候又从酒吧被扛回去，那我可会无情地嘲笑你。”

舒漾伸出两个手指对着他：“只需两亿，即可聆听我的反攻计划！”

秦叙：“……”

转眼两人就看见心情低落的江衍走进了酒吧。

江衍穿着一身黑色运动装，拉下卫衣的帽子遮住脑袋，双手抄在宽大的兜里，低着头往酒吧里走，整个人自带不好惹的气场。眼熟的人想过去打个招呼，想了想都还是没有上前。

站在舒漾旁边的秦叙给她使了个眼色：“这几天我只要看见江衍，他都是这么一副要死不活的脸色。年纪轻轻的就颓丧得像是老婆跟别人跑了几十年一样，你赶紧看看他什么情况吧。”

原本酒吧和会所时不时有人喝嗨了，都会出现闹事的情况。

自从江衍摆着这张厌世脸，像是定海神针一样往酒吧一坐，发酒疯的人少了很多。

舒漾一直盯着江衍，谁知道他都走到她面前了，也没注意到她这个姐姐。

舒漾直接伸手抓住他的卫衣帽子。

“谁敢……”江衍生气地拧着眉，看清人的下一秒，瞬间㞞了，“姐。”

舒漾蹙眉，拉着他直接按到旁边的椅子上。

“江衍，你好歹也是高才生，能不能有点素质？影响多不好！”

原本还像条死鱼的江衍听到舒漾这番话，顿时一脸不敢置信地看着她。

“你没事吧？大小姐，你从沪城回来，是把脑子留在那儿了吗？”

他从小到大在姐姐身边耳濡目染，舒漾现在竟然反过来训斥他没素质？

舒漾瞪了他一眼："你作为弟弟，要以身作则，知道吗？"

江衍："舒漾，你这么理直气壮合适吗？"

舒漾托着脑袋，两只大眼睛冲着他眨了眨："怎么不合适了？"

江衍直接伸手挡住自己的眼睛："你很迷人，我欣赏不来。"

见眼前的少年终于有了些正常人的气息，舒漾才拍下他的手，直说正题："江少爷最近是什么情况啊，难道是你学霸人设不吃香了，又来扮演什么忧郁少年？耷拉着脑袋，连你姐回来了都看不见。"

江衍瞬间又变回刚才沉默的样子。

观察了几天的秦叙也看不下去了，问道："江衍，你碰到什么事了？天天萎靡不振的样子。受什么刺激了？"

江衍现在耳朵里听不得这个词，他闭着眼睛，挣扎了会儿才开口："说话注意点。"

秦叙："我好心关心你，哪个字不注意了？"

说完舒漾和秦叙就同时反应了过来，两人异口同声地说道："你不举不是众所周知吗？"

本来两个人各自的声音都不大，可现在放到一块儿，瞬间吸引了卡座周围一圈人的目光。

江衍直接把刚才被舒漾抓住的帽子又套回了头上。

他咬牙切齿地瞪着他们："可以再大声点，要不要干脆直接做个横幅，拉在酒吧门口？"

舒漾握着酒杯嗤笑："这都过去多少天了，你还没接受这个事实啊？"

江衍："早知道这个样子，还不如废了算了。"

他努力克服心理障碍，配合治疗，结果等来的竟然是这种情况。

幸好所有的检查都已经初步完成，只需要等待结果和治疗方案就可以了，否则他真不知道该怎么去面对林烟。

秦叙："那女医生还真有两把刷子？"

江衍冷呵了一声："何止两把。"

最开始，江衍挺瞧不上林烟的手段的，但是他心里也很清楚，如果没有自己姐姐和那个女人疯狂推着他往前走，他恐怕还缩在自己的世界里，当个彻头彻尾的废物。

忽然，江衍停住不说话，朝着酒吧侧门看过去。

舒漾跟着他的目光看去，一抹熟悉的身影走进了酒吧。

林烟穿着黑色的职业套装，整个人成熟大气，浑身上下都散发着性感和妩媚。

她并没有往酒吧卡座这边走，而是直接走向旁边的扶梯，随着工作人员上二楼。她甚至没有往这边看一眼。

只不过像林烟这般大美女的存在，一进来就吸引了绝大多数的人的目光。

舒漾下意识看了看自己弟弟。

江衍眉心皱起来："她去会所干什么？"

舒漾："你管人家那么多做什么？"

江衍咬咬牙："我哪管她了？不过就是看见稍微眼熟的面孔，疑惑一下而已。"

舒漾在他面前，十分欠扁地挑眉："是吗？"

江衍越发暴躁，可惜对方是自己的姐姐，又不能拿她怎么样，不然家里得收拾他，以后他的零花钱还没了！

秦叙瞄了一眼："医生姐姐来消费了呢，我得去好好招待一下。"

江衍看着不靠谱的秦叙，想说些什么，终究又闭了嘴。

毕竟那个女人的事情跟他也没什么关系。

两个人在医院就是医生和患者，私底下林烟管不到他，他自然也没有权利去干涉对方的事情。林烟来金山会场找谁都不关他的事！

舒漾碰了碰他的胳膊："你想跟人家打招呼就去呀，在这里磨磨叽叽地干什么？"

江衍："我没有！你别乱造谣。"

舒漾翻了个白眼。

过了一会儿，秦叙从会场二楼走了下来，他意味深长地看了一眼江衍，却什么也没说。

不明所以的江衍，烦躁地拿着烟走了出去。

站在酒吧门口吞云吐雾的江衍，吸引了许多路人的目光。

江衍倚靠在墙上，修长的指间夹着根抽了小半的香烟，冷若冰山的表情让他看上去不太好接近。

三个女生站在不远处，很快就把话题转移到了江衍身上。

“我就说这条街帅哥多，石头剪刀布，谁输了谁就上去要微信！”

从酒吧里出来找江衍的秦叙正好看见这一幕，走过去站在这三个女生的背后，冷不丁地出声提醒道：“妹妹，看看就行了。那位少爷他厌女，你们还是别自讨没趣了。”

三个女生一回头，看到背后突然多了个帅哥，他和正在抽烟的男生年纪相仿却风格不同，看起来更有亲和力。

秦叙直接拿出自己的手机，打开添加好友的二维码：“加我吧。”

三个女生全部愣住。

这也太突然了，并且还是加她们三个人，怎么看都像是骗子，要不就是渣男！

秦叙基本也猜到大概对方在想些什么，他轻笑着说：“别误会啊，我是这家会所的老板，年底了，需要冲冲业绩，欢迎来消费。”

女生们惊呆，酒吧老板都这么别具一格吗？话里话外，就差直说“把钱交出来”了。

加完联系方式，一个女生问道：“那，真的能和你聊天吗？”

叱咤情场已久的秦叙，早已经把对方会说的话预料得一字不差，处理起来更是游刃有余。

他眉尾轻挑：“当然可以。金山会场二十四小时客服，随时为您服务。”

女生又往江衍的方向看了看，摇了摇头。金山酒吧，记录每一个不属于她的帅哥。

还在抽烟的江衍弹了弹烟灰，轻吐出白色的烟雾。

他往哪儿站不是万众瞩目的焦点？林烟那女人眼睛真不知道是长哪里去了。但凡眼睛稍微斜一点，都不至于看不见他。她有多迫不及待想见楼上会所里的人？

看见秦叙走过来，江衍把手里的烟盒丢给他，秦叙娴熟地接过，从里面抽出一根点上。

江衍把自己手里的烟头摁灭，站在旁边也没走，就等着秦叙开口说楼上的事情。一分钟过去，秦叙也抽了好几口烟，却没有任何想说话的意思。

秦叙时不时瞥向江衍，他倒要看看这人能坚持多久。明明好奇心

都全部写在脸上了，可江衍就是不问，也不敢跟上去看，现在还故意装作完全不在意的样子在这里抽闷烟，等着他透露。

江衍捻着手，看向秦叙的眼神带着威胁："你故意的是不是？"

秦叙："你小子这个时候倒挺能忍的嘛？我还以为你真不打算问呢。"

秦叙倒也不是真不想说，只不过他毕竟名义上也是会所的老板，在林烟交代过的情况下还随意透露客人的隐私，那相当于是自砸招牌。

江衍冷呵一声："我不打算问！"

说完，江衍直接转身进了酒吧。

他自己去看不就完事了？这点事还需要到处打听？

更何况检查完都过去这么多天了，也不见那个女人拿个方案出来，现在还有心思在这里花天酒地。他碰见自己的主治医生，顺便问一下治疗进展，也没什么不可以的吧。

做好心理建设之后，江衍就直奔会场二楼，然而二楼全是包厢，他根本就不知道林烟在哪儿。

江衍按了按眉心："我是疯了吗？"他在干什么？

之前林烟来过一次酒吧，明目张胆地盯着他看，生怕之后见不到了似的。

江衍被她盯得不自在，全程看着桌上的电脑，删删减减最后空白一片，半天没点效率。这女人只会影响他写程序的速度！

江衍故意背过身去，摆明了不想在检查室以外的任何地方看见林烟这个女人，谁知林烟却过来拍拍他的肩膀。

江衍敲打在键盘上的手顿住，就见眼前的女人扯下他身侧衬衫的一角，用满是醉意的眼睛妩媚地扫了他一眼："男孩子在外面也要注意点。"

江衍这才发现，不知什么时候，他衬衫翘起来了一块，现在才变得平整。

他看着林烟，还没来得及说点什么，林烟就拿着包一步一风情地离开了酒吧。

那天后，林烟就没再来过酒吧，像是从他的世界里消失了一般。

今天更是宛若陌生人。

江衍捏着鼻梁骨，现在这样私下互不打扰的关系不就是他乐意看到的吗？

他竟然可笑地因为林烟没看见他而心里郁闷。

两名服务生一边端着餐托路过，一边聊着："你说那漂亮姐姐是不是眼瞎了啊？居然看上那个男的，抓小三的场面看起来简直头皮发麻。"

"不过她好厉害啊，穿着高跟鞋都能对渣男拳打脚踢。"

"别说了，一会儿我们还得去打扫战场呢。"

江衍拦住两人："几号包厢？"

服务生吓了一跳，还没等他反应过来，江衍又问了一遍，他们赶紧回答："3号。"

"谢谢。"

江衍走了过去，手搭在门把上，在敲门和离开之间纠结着。

突然，包厢的门被人从里面用力拉开，心不在焉的江衍重心不稳，直接往里扑了过去。

一道沉重的力量压下来，林烟闷哼一声，踉跄着往后倒去，江衍手疾眼快地揽住她的腰身。

林烟下意识地挣扎着，练散打的本能让她想直接收拾掉揩油的"油腻男"。

林烟抬腿就要踢上去，江衍飞速松开她往旁边一躲。

"你干什么？"他都已经废成这样了，要是真挨了这女人一脚，恐怕会当场去世。

林烟看清来人，眼底有些讶异："你怎么在这里？"

江衍扫了一眼包厢里被林烟打得爬不起来的男人。那人看起来三十来岁，微胖身材，还留着一嘴的胡茬。

"这话应该我问你吧？"

听着江衍的口吻，林烟总感觉怪怪的，怎么有种出轨被抓到的感觉……

没等林烟回答，就听见地上的男人吃痛地哀号："你这个不识好歹的女人！除了我还有谁看得上你？别人把我介绍给你，那都是你八辈子修来的福气！"

林烟沉着怒气，简直想一高跟鞋踩死这个普信男。

林烟拉着江衍的衣袖想往外走，少年却站着不动：神色中带着明

显的戾气。

“你就这么任他说？”

林烟看出来他想干什么，赶紧制止：“别惹麻烦。”

她刚才已经把人打了一顿，再不收手，必然是要闹进医院的。

对方这种无赖，惹上了甩都甩不掉。

江衍狠狠地蹙眉：“我就是麻烦！”

本就不服气的男人看见江衍一副要替她出头的样子，立马讽刺道：“这就是你天天挂在嘴边的小男人？他这年纪除了一张小白脸，还能给你什么？！”

他三十出头就已经事业有成，林烟瞧不上他简直是天大的笑话。他哪点不比这个小白脸强？

已经忍到极点的江衍挣开林烟的手，冲过去把刚爬起来的男人按在地上：“你骂谁小白脸？”

他要是再忍下去，岂不是连废物都不如？

那人见江衍要来真的，又开始服软，江衍把他扔到一边，头也不回地往外走。

林烟赶紧跟了出去，少年脚步很快，她踩着高跟鞋小跑着，在天台停下的时候，她已经累得气喘吁吁。

“你赶着去收租啊，走那么快。”

江衍两手抄在运动裤的口袋里，转过身看着她，眉宇间难掩烦躁之色：“那男的是谁？”

只要一想到刚才那男人欠打的嘴脸，江衍收进口袋里的拳头就攥紧了些。

林烟还弯着腰喘气，刚想回答就意识到什么。

这问题竟然是从江衍嘴里问出来的？

林烟饶有兴致地对上他的眸子：“你这是在关心我？”

江衍没回答，依旧执着于刚才的问题：“说不说？”

林烟只好回答：“邻居介绍的相亲对象。”

江衍脸色铁青，他虽然对林烟没什么想法，但是他不是瞎子。

这女人的条件各方面绝对优越，怎么可能和那样恶心的男人相提并论？

林烟解释道：“我也是被骗过来之后才知道的。”

邻居夸大其词地说对方能帮助她制定江衍的治疗方案，只字未提相亲，林烟就半信半疑地过来了。结果那人没什么能力就算了，素质还极差，否则她也不至于动手。

江衍低着头问：“你不是喜欢我吗？”前几天还口口声声说喜欢他，现在就开始筹备相亲计划了。

林烟再次怔住。她是说过这话没错，也一直都表现得很明显，可从江衍的嘴里说出来就变得不是一个味道了。

她认识的那个江衍对她避之不及，怎么可能会问出这种话？

江衍发现自己说的话听起来有歧义后，心烦气躁地抓了抓短发：“本少爷的意思是，既然你喜欢过我，就算是移情别恋，也不至于审美降级这么严重吧？那男的什么德行，你看不出来？”

林烟天真地看着他回答：“看不出来。”

“你！”江衍气得头顶都要冒烟。

转眼就见林烟又凑近些，眼睛一眨不眨地盯着他：“因为我眼里只有你。”

江衍哑口无言，迟来的厌女生理反应突然涌上来，他立马撇开头，在一旁干呕。

林烟：“……”

江衍意识到什么后立马抬头看向林烟：“我不是那个意思……”

女人假笑着，哪怕江衍不是恶心她刚才说的话，可这反应未免也太巧了些。

这很难评。

她除了笑笑，已经不知道该怎么面对了。

江衍一手捂着腰：“我没嘲讽你，你别误……呕……”话未说全，江衍又开始疯狂作呕。

林烟退了两步：“行，江同学的好意我心领了，这话还是收回去吧。你还是别为难自己了。”

恶心的反应并不是江衍口头上说说就能够很好地控制的，那是一个长期困扰江衍的心理阴影。

江衍很心塞，早不吐晚不吐，偏偏这时候吐。

现实总是在他以为自己快要好了的时候，给他响亮的一巴掌。

江衍缓过来后，又恢复成不好相处的样子。

“所以你这几天都忙着相亲去了？你打算让我等你的治疗方案到什么时候？”

林烟环抱手臂问：“小小年纪，别胡说八道，你给我相亲啊？怎么？几天不见，没人恶心你，你不习惯了？”

林烟露出明艳的笑容：“还是，你想我了？”

江衍：“……”

看着少年表面波澜不惊，内心却快要抓狂的样子，林烟毫不掩饰自己的笑意。

江衍不甘示弱地回道：“也没什么，就是一天不吐浑身难受。”

林烟意味深长地看着他：“我还以为你都不敢面对我了呢。”

“闭嘴！”江衍凶巴巴地吼着。

关于那次的画面，他这辈子都不想再记起来。

“别惦记那些老男人了，赶紧把本少爷的治疗方案做出来！”说完，江衍转身就走。再和这个女人待下去，他血压都得飙升。

林烟总是有办法让他的情绪，在短时间以内上蹿下跳。

“江衍？”林烟叫住他。

少年的背绷直，停在原地没转身，静静等着她把话说完。

“我最多等你到三十岁，你想和谁谈恋爱随便，我不在乎。但如果三十岁之后你还是对我没兴趣，我林烟也有自己的人生要过。”

片刻后，江衍“嗯”了一声，径直离开。

舒漾在家也没闲着，上网冲浪不仅吃自己的瓜，还吃祁砚的瓜。

平时天天看着自己老公，帅归帅，多少是有点习惯了。可是网友一截图，各个部分分开来看，又都变得耐看起来。

“祁总不当明星真是可惜了！”

“每一根头发丝，都该分配对象的程度！”

“嫂子究竟是何方神圣啊！”

“我有个朋友，她死之前让我问问，祁总手有多长？”

舒漾在祁砚的手照合集下面激情评论道：

“12.8 厘米！”

没过两分钟，后台信息不停地响着，舒漾点开发现，自己被赞上了热门。

“舒漾！是本人？”

“我没看错吧？那个模特舒漾？等等！她怎么知道这些？”

“大号冲浪！我宣布舒漾是娱乐圈唯一活人！”

“互联网是没舒老师在乎的人了吗？”

“朋友们！她怎么知道这么清楚？难道！”

“死去的CP突然攻击我！舒漾祁砚是真的！”

舒漾瞪大眼睛一看：“忘了换小号了！”

光是待在家里，舒漾已经感觉自己社会性死亡了。

“完了完了，铁定又要上热搜了。”

她赶紧手忙脚乱地把评论删除，可是早有网友截图保存，并且重新发布到网络上，很快就掀起了激烈的讨论。

舒漾赶紧打电话给蓝沫儿，焦急地开口。

“姐！”

一个字，情感丰富，充满激情，蓝沫儿已然意会。

看见娱乐新闻后，蓝沫儿绝望了：“祖宗！你可真能整活儿！登着大号什么都往外面说，公关团队的棺材板都要压不住了！”

舒漾心虚一笑：“抱歉抱歉。年底了，这不是想着咱们也该冲冲指标，多上点热搜什么的。”

蓝沫儿说：“正好借这个机会，宣传一下你受邀去M国看秀的事情吧！不过，这件事情一发生，网上还有一个人没猜到你和祁砚就是一对，我都会伤心的好吗？”

真夫妻才是最甜的！

“现在还不是时候，新闻能处理就处理掉吧。”交代完，舒漾哼着小曲就去洗澡了，完事后裹上浴袍出来第一时间查看手机。

“也不知道沫儿姐把事情解决得怎么样了。”

舒漾赶紧点开热搜看了看，要不然等祁砚回家了，她连个心理准备都没有。

得先找好借口！

一打开热搜，她和祁砚的名字赫然在最上面。

不仅如此，旁边还附带着一个深红色的“爆”。

舒漾掐了掐人中，竟然有些不敢点开这个话题。

她拍了拍心口处：“不怕不怕。上一次热度这么高还是上一次。你

舒漾也是见过大场面的人了！”

上回被封号的事情，还历历在目。

她点进热搜，置顶博文就是营销号发的截图，里面是舒漾的言论和一些网友的提问。

原本以为自己点开热搜会遭到一片谩骂的舒漾，却发现网友们讨论最为激烈的并不是她为什么会知道这个消息，而是祁砚的手到底有多长。不巧的是，经过一些网友的东拼西凑，话题开始往不正经的方向转变。

舒漾看着各种各样的评论，面如死灰，她赶紧又拨通了蓝沫儿的电话。

“姐！”

为了这件事情正在公司加班的蓝沫儿，正想方设法联系各种媒体写公关文案，一听见这熟悉的江湖救急语气，她就知道舒漾要说什么。

蓝沫儿："在处理了宝儿！你说你但凡换个人，讨论热度也不至于这么高，你非得扯上祁砚，这热度降都降不下去。"

舒漾在娱乐圈其实并不算出名，也就走秀的时候，公司会给她买买热搜，营销一下。但是祁砚不同，一男一女两个人的名字一挂钩，再加上营销号渲染一番，话题度不输于一线明星塌房。

舒漾垮着脸："知道了我的姐，辛苦了，你还是别忙活了，我自己想办法吧。"

蓝沫儿立马就拒绝了："那怎么行？我再怎么说也是你经纪人，工资也没少拿，给你办事天经地义。虽然你以前不让我操心，我都习惯了，但出了事我也不能丢着你不管啊！"

舒漾像个戏精一样假哭道："谢谢姐，呜呜你真好！"

其实她倒根本不在乎网上的那些言论，她在乎的是自己的小命啊！

祁砚要是回来发疯，她一命呜呼了怎么办？那可比在网上被人骂两句要惨多了，光是想想舒漾就赶紧摇头。

蓝沫儿自然是了解她的："得了别装了，没什么事赶紧去睡觉，别打扰我战斗！在娱乐圈混了这么多年，我还没挑战过如此高难度的公关事件呢，都给我整精神了！"

说着，蓝沫儿像是打了鸡血一样，坚定地看着电脑屏幕，又噼里啪啦地敲打出一段公关文案。

挂掉电话，舒漾单手叉着腰在房间走了好几圈：“怎么办怎么办？”

祁砚消息那么灵通，迟早都会知道，回家肯定要盘问她了。

这还只是最好的一种可能，往坏了想，祁砚绝对要弄死她。

舒漾倒吸一口凉气：“不行不行，得找个借口……呸！想个办法！”

她拿着手机，在另一只手的掌心拍了拍，思索着该怎么避重就轻地解决这个问题。

想了一圈之后，舒漾看向门口：“要不还是提桶跑路吧！”

只要过了今天晚上，明天祁砚的公关团队绝对会把事情处理得一干二净。

等风平浪静了她再回来，也就什么事都没有了。

今天要是继续留在家里，祁砚回来还不知道会怎么收拾她。

想着想着，舒漾越发坚定了要跑路的念头。

她直接从桌上抓起车钥匙和包包，连浴袍都忘了换，拔腿就跑。

“拜拜了您嘞！”

翻译公司停车场。

祁砚刚坐进车内就接到助理的电话。

“九爷，夫人……夫人她……”

电话里，助理对于即将提及的事情忐忑不安。

祁砚微微皱眉：“直说。”

若不是提到舒漾，男人并不会在停车场浪费时间，他还有更重要的事情要做。

助理飞快地思索着怎么把事情圆住。

毕竟夫人在他要汇报事情的前一秒特地打电话过来嘱咐过。

“夫人在网上对您的话题，与网友们展开了一段……友好探讨。”

助理仔细斟酌过每个字后才敢说出口，生怕扭曲了事实，又担心违背了夫人的交代。

祁砚低眸接着电话：“是吗？怎么说我的？”

被这么一问，助理实在是不知道该怎么开口。他干脆换了个角度

说："九爷，毕竟这是夫人对您的评价，要不您还是自己看吧？"

听到这里，祁砚更加确定，那绝不是什么好事。

很快，祁砚就收到助理传来的新闻链接。

男人点开新闻，上面正是舒漾拿带V大号的激情发言，已经传遍全网。

两个人的名字挂在热一就没下来过，甚至带起了各种乱七八糟的话题。

看完所有内容，男人轻轻勾唇。

"这不是挺好的吗？"

好到让所有的人都知道他们的关系。

他的宝贝待在家里都不忘心系于他。

祁砚开车前给在家的舒漾，打了个电话过去，他可不想一回到家之后，人影都不见了。

这小朋友肯定会胡思乱想，以为他打算拿她怎么样。

过了好一会儿，电话才被接通。

已经穿着拖鞋跑到楼下的舒漾拿着手机没敢说话。祁砚突然给她打电话过来，已经意味着很多事情了。

可是她还没编好借口啊！

她的脚底就像是灌了水泥一样，明明主厅的大门就在眼前，她却不敢踏出一步。

男人的声音很快就从听筒里传来："哪儿也不许去，乖乖在家等我。"

听着祁砚的话语，舒漾心里一惊。

不是吧，她人都还没来得及跑出别墅，怎么祁砚就已经知道了她想逃跑？

舒漾赶紧捂着手机往家里的四周看了看。

"你是在我身上装了监控吗？"

舒漾想过祁砚发现她跑了后的所有可能，却没想到，在逃跑这一步就直接失败了。

要说她现在已经跑出去了也就算了，可偏偏临门一脚，她却尿了。

舒漾壮了壮胆，抬起左脚就要跨过那道门，脚还没落地，低沉的男声再次通过手机清晰地传到她的耳朵里。

"哥哥回家就要见到你的人。敢跑，腿就别想要了。"

以祁砚对自己老婆的了解，在看到新闻的第一时间，他就料到舒漾会打算躲着他。一听着舒漾那边的气息声就知道，她差点就跑了。

舒漾放在空中的左腿，收也不是，不收也不是。

她本想趁机解释些什么，说两句好话然后再溜之大吉，下一秒钟，电话就直接被男人挂断。祁砚根本没有给她任何机会。

舒漾惊慌地收回脚。

看来只能想点别的办法了，还是别动歪念头了。

本来祁砚心情或许就受到影响，她这个罪魁祸首要是再跑了，没准儿后果更严重。

舒漾灵机一动，立马跑到厨房，把管家阿姨已经洗好切好的食材全部从冰箱里拿了出来，一盘一盘地摆好。

舒漾双手叉腰，盯着这些食材抿了抿唇："要不……给他做个爱心晚餐？"

本来还想着吃祁砚做的菜，谁知道计划赶不上变化，还是别指望祁砚看见新闻后能笑着走进这个家门了。他不抓着她教训就不错了。

从来没下过厨的舒漾看向每样食材，她都认识，可放到一起就不知从何开始了。

她打开手机里保存的美食教程视频，打算一步步跟着学。

视频前面都是博主在准备食材，她直接把进度条拉到炒菜环节。

舒漾拿着锅铲，看向自己面前还没加热的锅。

"这……怎么用？"

做菜的第一步舒漾就被难住了。家里的灶台是触屏的，各种功能符号让舒漾直接看愣住。

她倒是认识开关，可也只认识开关。

舒漾生怕炒菜过程中把厨房炸了，想想还是准备打电话叫管家阿姨过来，帮忙盯着点。

外出逛街的管家阿姨听到舒漾要做菜，赶紧劝道："夫人，万万不可啊！"

管家可没忘记，曾经在Y国的时候，夫人也是想给先生做晚餐，他们这些用人起初拒绝，担心舒漾会伤到自己，可是抵不过她态度非常坚决，就开始指导她做菜。结果舒漾在做菜的过程中不小心被油溅到了，白嫩的手臂上一下起了好几个水泡。

先生回来后看见，当场脸色就阴沉得不像话，把别墅里所有的人都叫了过来，全部训了一遍。

夫人为他们辩解，奈何两个人在意的点有些不同，每一句话都听得人心惊胆战，管家也没敢上去接话。

突然两人一句不合就开始吵起来。

那场面让管家阿姨毕生难忘。

舒漾这个时候已经没心思管那么多："放心吧阿姨，你不在家的话就算了，我自己多小心一点。我就碰这个火的开关，其他的什么也不动。"

管家阿姨满脑子都是"夫人要做菜了，他们要挨骂了"。

"别动！千万别动！"

舒漾笑着说："不放心的话，那你叫个家里其他人过来看着我一下吧！好了，不说了，我要开始了，没时间了。"

舒漾认真地研究着手机里的教学视频，毕竟这顿饭菜做得好不好吃，关系极其重大。把祁砚哄开心了，一切事情也就迎刃而解了。

门口传来动静，舒漾以为是管家找的用人来了，就没管，谁知突然被一个温热的怀抱包裹住。

舒漾一僵。

熟悉的清冷气息让她的心里拉响了警报，她的脑袋嗡嗡作响。

舒漾赶紧回过头看去，还没等她的视线聚焦，唇上就覆上一层温热。

祁砚将眼前的人转了过来，牢牢控制在自己的怀里。

舒漾捏着微微出汗的手心，祁砚拉过她的一只手，放到身前的衬衫扣上。

舒漾瞳孔微怔，一道惊慌的中年女声突然传来："夫人！"

管家阿姨人未到，声先来。

下一刻，管家阿姨就出现在她的视线当中，舒漾像是看见救星那般眼睛亮了起来。

看见眼前的画面，阿姨肉眼可见地瞪大了眼睛，反应过来男人是谁后，她赶紧低下头。

"先，先生回来了……"说话时，阿姨甚至连离职报告都想好了。

她只不过是不放心夫人一个人做菜，谁知道现在突然多出了一个人，两个人还在进行一些情感交流。

“既然先生在这里，那我先走了。”阿姨一边说着一边往后退。

看着阿姨离开的背影，舒漾眼睛里的光瞬间暗了下去。

祁砚也没继续亲吻，舒漾小心翼翼地观察着男人的脸色。

舒漾小声说道：“是我把阿姨叫过来的，你别怪她。”

借此机会，舒漾赶紧献殷勤：“老公，你吃晚饭了吗？我打算给你做晚餐呢。”

舒漾试探的小眼睛，眨巴眨巴看着他：“要不……你先松开我？”

祁砚不说话，很显然被严重影响了心情。

舒漾看了眼桌上的食材，结结巴巴地说：“我饿了，能不能先吃饭……”

虽然是为了转移话题，但舒漾说的也是实话，本来为了控制体重，她每餐都吃得比较少，现在为了等祁砚回来一起吃饭，肚子里早就没东西了。

祁砚看着她思考了两秒钟，轻声答应。

舒漾没想到男人会答应得这么果断，直接放弃了表情管理，眼底的讶异都藏不住。

男人抚摸着她的脸，话语温柔：“多吃点宝贝。你吃完，我吃你。”

厨房里顿时安静下来。

舒漾没再管他，把自己的手机塞进男人的手里：“你帮我在旁边举着视频，我跟着上面学。”

祁砚失笑，打开那道非常有挑战性的糖醋排骨教学视频，充当起人形手机支架。

女人表情格外认真，却完全跟不上视频里的步骤，没一会儿就手忙脚乱。

“你暂停一下。”祁砚轻笑着把视频暂停。

他甚至都不需要提醒正在做菜舒漾当心点，因为这个女人连火都没开。

舒漾把火打开，用眼神剜了他一眼：“不许笑！再笑你以后就别想吃我做的菜！”

祁砚看了一下锅里：“宝贝，你的排骨要焦了。”

舒漾转眼一看，赶紧翻了翻："这火怎么这么大。老公你赶紧去洗手，顺便把阿姨煮好保温的米饭盛出来，菜马上好了。"

"嗯。自己当心点。"

祁砚收起她的手机，把饭盛好放在餐桌上，就看见舒漾端着一盘黢黑的不明物体磨磨叽叽地走了过来。

舒漾一步一犹豫地把菜放到餐桌上。

排骨和米饭的颜色对比实在是过于强烈。

"这个排骨……它有自己的想法。"

刚才她一走神，糖醋排骨就成了黑炭。

祁砚扶着额头，笑意斐然："夫人明明可以直接毒死我，还特地准备了美味的晚餐。"

舒漾："我们还是吃冰箱里的三明治吧，你去加热。"

舒漾已经对自己的厨艺彻底绝望，还是别再祸害三明治了。

祁砚捏了捏她的脸，走到冰箱前拿出三明治："帮哥哥准备两个餐盘好吗？"

还沉浸在失败中的舒漾听到后赶紧去拿餐盘，然后在微波炉前摆放好，祁砚放上三明治，指了指微波炉上的功能按键，对她轻声说："按这个，三十秒。"

舒漾专注地照着男人说的做，没过多久，餐桌上就已经出现了两盘香喷喷的三明治。

虽然舒漾只是稍微参与了一下晚餐的加热过程，心里却满是成就感。

祁砚亲了下她的额头："真聪明。"

舒漾看着盘子里成功的晚餐，对自己的厨艺又重燃希望。

吃完，舒漾起身，钻进还坐在椅子上的男人怀里。

"谢谢老公。"

她也不是傻子，看得出来祁砚是因为担心她把晚餐搞砸了后心情低落，才让她去帮忙加热三明治的。

祁砚："没有诚意的感谢，我拒……"

舒漾凑过去吻住男人的唇。她学着祁砚一样，将他的话全部吃掉。

祁砚绕过去扣住她的腰，对比刚才，舒漾已经有了一点点心理准备。

男人温柔地吻着，等怀中的人放松下来。

刺耳的手机铃声突然响了起来，刚进入状态的舒漾直接惊醒。

她赶紧往旁边的手机屏幕上瞥了一眼——江衍。

电话铃声停止，舒漾感觉自己的心跳也停了。

空气都仿佛凝固了。

Chapter 10 记忆碎片

“没事……”舒漾刚想亲下去，电话再次响了起来，依旧是江衍打来的。

她好不容易主动两次，都让江衍把野心吓没了！

算了，老天都在帮她，现在总算能在祁砚手上逃过一劫了。

这简直就是巨大的跨越！

祁砚松开她一些，死气沉沉地吐出一个字：“接。”

舒漾赶紧把手机拿起来，接通后故作严肃地说道：“你最好是有什么重要的事！”

废了这么久的弟弟，关键时候还是有点用。

江衍：“出了点事，我现在在派出所，姐你过来接我一下。”

舒漾直接脱口而出：“太好了！”

意识到自己把心里话说出来了之后，舒漾赶紧找补：“不是，我的意思是我现在刚好有空，可以去接你。”

江衍：“行吧，你赶紧过来，我可不想在这地方过夜。”

挂完电话之后，舒漾看着眼前的男人，很是为难地说道。

“老公，没办法只能委屈你一下了，我弟弟他出事了，做姐姐的不能不管。”

祁砚顺着她说道：“嗯。我现在刚好有空，可以送你去。”

舒漾瞥了他一眼，仿佛在说：你看我信吗？

生怕她跑了似的！

到了派出所，祁砚跟着她一起以最快的速度办好了所有的手续。

舒漾心如死灰，她甚至没机会问江衍事情的经过。

江衍大步流星地离开，还不忘说一句："谢谢姐夫。"

舒漾："……"

明明就是她来接人的好吗？

祁砚把所有的事情都安排妥当，让人把江衍送走，便开车回家。

一路上，舒漾都感觉得到，祁砚有些烦躁，要拿她开刀。

回到家，祁砚在去洗澡前，摸了摸她的脑袋。

舒漾就知道，这个男人绝不会轻易放过她。

祁砚去洗澡后，舒漾干脆直接往床上一躺，想让自己在这段时间睡过去。

可是不管怎么样她都睡不着。

才刚起身，就听见浴室的门被打开。

祁砚穿着黑色V领浴袍走了出来，头发还有些湿。男人走过来拿掉她手里的烟，坐到沙发上，目光直勾勾地落在她身上。

舒漾心慌慌。

"过来。"

舒漾小小地挪动着脚步，每一步都像是要上刑场一样。

看她像个做错事的小孩儿一样，笔直地站在他腿边，祁砚拉过她的手说："我不会因为别人牵连你，但今天的新闻……"

舒漾低着头，脸色委屈巴巴的，开始装可怜："真不能怪我。"

本以为祁砚要开始和她算账了，却听见男人开口问："想要什么奖励？"

舒漾抬眸看向他，细品着祁砚的话越觉得怪："不不不用了……祁总您太客气了！"

祁砚给的奖励，她恐怕无福消受。

男人弯着唇角："那哥哥就不客气了？"

舒漾："……"

祁砚牵着她，指腹轻抚，舒漾的手心手背逐渐有些热。她想抽回手，却被抓得死死的。

祁砚把她拉过来，将人禁锢住。

舒漾一脸无辜："都是网友们想多了。"

祁砚仰着头看她的时候，眼角眯起来的弧度好看极了："那怎么办？现在外面到处都是因你而起的谣言。"

舒漾："你不是有厉害的公关团队吗？等明天我们俩的团队一接洽，商量商量对策，这件事情也就过去了。不然你想怎么样？"

突然手臂被男人往下拽去，毫无防备的舒漾直接跌在他旁边。

两个人的视线骤然变近。

"你干吗……"

祁砚的吻落在她的唇上："从夫人身上找点补偿。"

第二天。

安静的房间内，手机消息铃声显得格外突兀。

趴在男人身上睡着的人似乎是被打扰了美梦，蹙着眉心不满地溢出娇声。

"嗯……"

祁砚摸起旁边舒漾的手机，调成静音模式，轻轻地拍着女人的后背，将人重新哄睡过去。

祁砚被压着，一时没办法起身，于是打算等怀里的舒漾再睡一会儿。

手机的消息还不停地增加，都是蓝沫儿发来的。

他从来不随便看舒漾的手机，不过由于担心舒漾错过什么重要工作，他还是打开看了眼。

蓝沫儿："舒舒宝儿，你要去 M 国时装周看秀的通告已经发出去了，今天晚上八点在 ×× 演艺厅有媒体采访，记得提前来公司准备妆造。"

祁砚看了眼时间，回复了两个字过去："收到。"

蓝沫儿："宝儿！你好冷漠呜呜……"

祁砚早已经把手机关掉，放到一边。

待到快下午，祁砚才舍得把人从身上挪下来，他小心地替躺在床上睡得昏天黑地的女人盖好被子。

起身冲了个冷水澡后，祁砚才进书房工作。

下午五点半，祁砚准时进房间，把还在睡的舒漾抱起来了些。

他轻声细语地说道："宝贝，该起床了，你今天晚上有工作。"

舒漾迷迷糊糊地说了句："啊？"

听到她的回答，祁砚哭笑不得，她真是睡糊涂了。

男人亲了亲她的额头："老婆，是真的有工作。"

舒漾半睁开眼睛，意识到自己刚才说了什么之后，马上就扑进男人怀里撒娇。

"不想动。"

祁砚抱着她说："好，不动，哥哥帮你。"

在男人的照顾下，舒漾收拾好了过后，也清醒不少。

舒漾看见活动现场的地址，抱着男人的腰身说道："老公，这里离我妈妈家很近，我晚上过去吃个饭再回来，顺便看看江衍那小子昨天出什么事了。"

"嗯，今天有工作没处理完，不能陪你去，让司机送你去。参加完活动就把高跟鞋换掉，知道吗？"

舒漾认真地点头，又仰起脑袋，男人已然意会，俯身亲了亲。

"宝贝，工作加油。"

舒漾甜甜一笑，男人也跟着轻笑："晚上去接你。"

舒漾："就那么担心我在娘家住，不回来啊？"

"不担心。"祁砚抚了抚她的腰，"你身上这个样子，应该没办法和岳母一起睡。"

这个男人已经完全把她的心思拿捏住了。

毕竟舒漾真的无法想象，要是不小心让妈妈看见了身上的痕迹，该会有多么社死，她肯定不会留下来住的。

祁砚亲亲她："等你电话。"

江家。

江衍顶着乱糟糟的头发，下楼吃早餐，看见母亲舒梅正在帮阿姨端菜，刚想打招呼就听见她说："阿姨，这是谁家孩子啊。"

江衍走下最后几个台阶，喊了声："妈……"

舒梅定睛一看："儿子，你咋回来了？"

江衍走过去抱住自己母亲，脸不红心不跳地胡编乱造："想你了。"

舒梅松开他，拒绝煽情地摆了摆手："不至于不至于。"

江衍："……"

舒梅拿起儿子的手："这怎么回事啊？手怎么破了？"

江衍正打算即兴发挥编个理由，主厅门口传来一道熟悉的女声。

舒漾拎着小包走了进来，冷不丁地说道："惹事了呗。"

江衍不停给她使眼色，舒漾就像是没看见他抽筋的眼皮子，继续说道：

"妈咪，昨天大晚上江衍打电话让我去接他。"

听着自己姐姐这语气，江衍莫名觉得有些报复的意味。

舒梅立马丢开儿子的手："你这孩子能不能有点边界感？你姐姐结婚了，那么晚了还打扰他们两夫妻干什么？不知道打电话到家里来吗？虽然我早早就睡了，也不一定愿意起来接你。"

江衍按着太阳穴："您难道不是应该先关心我有没有受伤吗？"

舒梅思考了一下："对哦。"

已经做好了被关心准备的江衍，紧接着就看见母亲两眼放光地盯着他："是不是因为女孩子？"

江衍："您儿子可能因为异性惹事吗……"

舒梅拍了拍心口处，这才松了一口气："那就好那就好，好歹没出丑。"

江衍："……"

他的关心呢？

下一秒，就见母亲对他关心道："你治疗得怎么样了？"

江衍："我说的不是这个关心！"

舒梅追问："有效果吗？"

舒漾在旁边偷着乐，当然有效果，只是这效果未免也太短暂了些。

江衍瞪了她一眼，警告着舒漾不许说出来！

可眼神还没来得及收回来，就被母亲逮了个正着。

"问你话呢，眼睛长你姐身上了？"

江衍咬咬牙："没效果。"那算什么效果，简直就是灾难！

舒梅语重心长地说道："儿子你也别太难过，咱们都废这么久了，也不差这一两天的。"

江衍："……"

舒漾的手机响了一下，她拿起来点开，祁砚发来了一张图片。

看见祁砚的信息，舒漾下意识挡着手机。

照片是祁砚的视角，拍的是她的后背照，发丝凌乱的她趴在深棕色的皮质沙发上睡着了。

祁砚配文：When I live，you're dying。是昨晚播放的那首 *Dope Lovers* 的歌词。

舒漾吓得赶紧关掉手机，心跳飞快。

过于心虚的样子被面前两个人精看得一清二楚。

江衍见她偷偷摸摸地看信息，拉开椅子坐到餐桌前，路过她边上时，轻嗤一声："玩得挺花。"

以他对自己这个姐姐的了解，不用看也知道，耳朵红得那么快，肯定不是什么正常信息。

舒漾直接一巴掌往他的鸡窝头上拍了过去："找死是不是？！"

舒梅嬉笑着拍了拍江衍的肩膀："儿啊，别装了，你是羡慕吧？"

江衍耸掉她的手，反驳着："我没有，您别瞎说！"

羡慕什么？有什么可羡慕的？

舒漾洗了个手过来，坐下准备用餐："弟弟呀，你与其这么关心我，倒不如说说昨天的经过。"

舒漾故意说得大声，让母亲听得一清二楚，看着江衍的表情大有一副"来啊，互相伤害"的势头。

差点忘了自己聊岔了的舒梅，立马严肃地盯着江衍追问道："就是！怎么又打架？"

江衍放下筷子："那不算打架，是本少爷单方面教训他，OK？"

舒漾抛给他一个白眼："……有被无语到。"

"这么说，那你还挺牛的？"舒梅幽幽地睨着他，"好日子不想过了，想进去踩缝纫机了是不是？"

江衍低下头："……倒也没有。"

舒梅嘴上虽然不饶人，但是这么久才见到儿子一面，不停地给他碗里面夹菜。

"多吃点，也不看看你都瘦成什么样了，小竹竿似的。"

听到母亲嘴里的称呼，江衍嘴角抽了抽，看着自己碗里的菜堆成小山，赶紧阻止道："妈，够了，我吃不完。"

舒梅："吃不完打包带走，妈咪已经习惯了家里没你的日子，没事少回来住。"

江衍顿时觉得面前的饭菜不香了。

舒漾笑得明目张胆："听到没，小竹竿？"

江衍严重怀疑，这个家是不是容不下他！

江衍笑眯眯地看着舒漾关心道："姐姐，你和姐夫打算什么时候要个孩子啊？我都迫不及待想当舅舅了呢，妈也想抱孙子，你说是吧，妈？"

提到抱孙子，舒梅瞬间两只眼睛放光地看向女儿。

舒漾咬着后槽牙，在桌下踢了江衍一脚，真是哪壶不开提哪壶！

"妈，你别听他瞎说，我和祁砚工作都忙，暂时没想着要孩子。"

江衍马上开始添油加醋："那怎么行呢姐姐，你不为自己考虑，也要为姐夫、为咱们家考虑呀。"

舒漾咬牙切齿地挤出一个称呼："江秒。"

刚才还气势十足的江衍听到这个称呼后立马识趣地闭上嘴，但他又快速说道："不生算了。"

再说下去，他这个好姐姐就要把他的秘密全抖出来了！

舒梅心里实在是想抱孙子的，但是又不好催女儿，于是扭头看着儿子问："江衍，你什么时候生一个？"

刚吃进去一口饭的江衍一听这话，猛地捂着嘴开始咳嗽。

舒漾哈哈大笑，还不忘添把火："江少爷，妈问你呢？你什么时候生一个啊？"

江衍拿起手帕擦了擦嘴，错愕地看着自己眼前的两个女人。

"妈！你们别太离谱了，且不说生理原因，我结婚年纪都没到和谁生去。"

舒梅摇头叹气："终究还是高估你了。漾漾，你见过那医生，怎么样啊？"

舒漾搅拌着沙拉："挺好的啊，超级无敌大美女。"

"哇！"舒梅附和道，"那好啊！"

又吃进去一口饭的江衍，刚缓过来就被呛得再次咳嗽。

舒梅嫌弃地看着他："儿，你怎么回事啊？在外面浪久了一点，用餐礼仪都没了？吃个饭咳咳咳的，嗓子不舒服啊？"

江衍喝了杯水："不是，妈，你和我姐对于医生的关注点会不会太奇怪了点？谁见过打听医生问长相的？"

舒漾摊了摊手："不好意思，我们美女就喜欢看美女。"

舒梅点点头，看着儿子说道："你也别给美女医生太大压力，咱们家对你康复本来也没抱什么希望。”

江衍：“妈，你有礼貌吗？”

“没有。”舒梅起身从柜子里，拿出几盒爱心巧克力，放到江衍面前，“这是妈亲手做的巧克力，你给美女医生送点过去。”

江衍一看那巧克力的形状，两眼一黑，果断拒绝：“不用了，妈。”

他一个大男人，给林烟送这种爱心巧克力，算什么意思？

舒梅把盒子塞进他的怀里：“让你送你就送，这是我的一份心意，你别往自己脸上贴金。”

江衍心肌一梗。

私人医院。

江衍拎着巧克力大礼盒等了半天也不见林烟的人影。

他烦躁地咬着烟，刚准备点燃，就想起林烟之前说抽太多烟也会影响功能恢复。

他夹着烟在手上转了转，终究还是没点。

片刻后，身后传来声音，江衍转身看去，就见林烟从医院走了出来，旁边跟着名男医生。

两个人似乎在聊些什么，紧接着就听见对方问：“林医生，今晚……有空吗？”

林烟还没来得及说话，就感觉到身前出现一个人影，定睛看去，江衍就站在他们面前。

林烟惊讶地看着江衍：“你怎么过来了？”

江衍站着面无表情，语气平淡：“来得不是时候？”

说话间，江衍的目光始终落在林烟和那男的快要挨到一起的衣袖上。

江衍：“林医生晚上打算去哪儿玩？报我名字，五折。”

林烟眼眸微低，唇角不经意的笑一闪而过。

吃醋了啊。真是难得一见。

男医生看着面前的清秀少年，又转向林烟问道：“林医生，这是……你弟弟啊？”

江衍拎着礼盒的手攥紧：“……”

林烟微笑得体：“不是，是我的一位病人。”

林烟又盯着江衍看了看：“出了诊断室，现在应该算是我的……心上人。”

对于林烟突然的转变，让江衍甚至都没发现，自己原本握紧的手不经意间松了松。

男医生打量着面前的少年，推测着他的年纪，好像比林烟小不止两三岁。

“那林医生晚上是另有他事吗？”

林烟没回答，而是笑吟吟地看向江衍：“江同学有事吗？”

她有没有事情，取决于江衍给她的答案。

江衍生硬地看着他们说：“玩得开心。”

丢下话，江衍头也不回地走人，一秒都不想看见那个男人。

林烟向男医生抱歉地点了下头，小跑过去拉住江衍：“把礼物留下。”

江衍把巧克力放在林烟面前：“我妈送的，跟我没关系。”

林烟被他撇清关系的样子逗笑：“你承认你有点在意我，是能死啊？”

“你想多了。”江衍撇开脸，“我们没什么可能。”

林烟眨眨眼：“你告诉我，怎么就没可能了？”

“你……”江衍欲言又止。

“我现在是个废物，以后没准儿还是……”江衍说不出口，“你说你喜欢我什么？”

听到这个回答，林烟认真地看着他：“江衍，你知道你自己在说什么吗？你当初对着我暴躁的那股劲儿呢？接受治疗后你就被打击成这样了？”

江衍默不作声。

“你觉得在我面前丢脸了？那么在意我的想法，你喜欢上我了？”

江衍低着头，正不知道怎么回答的时候，裤子口袋的电话就响了起来。

他烦躁地接通：“打本少爷电话干什么？”

舒漾听着他跩跩的语气，当即念头一转：“妈说，要纪念你短暂摆脱不举，准备办个宴会，把全世界的亲朋好友都请过来，好好庆祝庆祝呢。”

江衍气结大吼："舒漾！你干吗告诉妈那件事情！"

舒漾把手机放远了些，对着旁边人撒娇："老公，你看这个江衍，你给他钱花，他平时就是这样对你老婆的！"

忽然，电话那头刚才还暴跳如雷的江衍突然安静下来。

他的好姐姐，竟然断他财路！

舒漾接着说："对了，小衍子，上次听说林烟姐家里催婚，假男友我已经帮她找好了，是你的好兄弟。记得把林烟姐电话给我。"

江衍冷笑，信誓旦旦地对着电话里的舒漾说："我兄弟才不会愿意给人当什么假男朋友。"

给别人当合约男友，那岂不是断了自己的桃花？

他的朋友他最了解，绝对做不出这种事。

舒漾嘴角一勾："是吗？不好意思，他已经答应了。"

江衍感觉自己被隔空扇了个响亮的耳光。

感受不到亲情也就算了，现在连友谊都感受不到了！

舒漾在电话里说着："弟弟呀弟弟，你是不会明白林医生这种姐姐类型，有多么招小男生喜欢。

"反正你又对人家没兴趣，倒不如别耽误美女的大好青春，放心吧，姐姐特地找了个和你差不多类型的男生。

"从你大学那些好兄弟里，精挑细选的。好巧不巧，和你关系最好。"

江衍感觉到不仅是姐弟情，连友情也灰飞烟灭……

"你可真会挑人呢姐姐。"

不是他亲姐，都想不出从他好兄弟里挑人的念头！

舒漾听着他阴阳怪气，反倒很是得意："那当然！少废话，别转移话题，赶紧把林烟姐的联系方式发过来，你兄弟也等着呢。"

江衍不耐烦地说："我没有。"

"哦。"舒漾也丝毫不客气，"那你把我联系方式给林烟姐不就好了？"

她这弟弟今天怎么回事？去送个巧克力，连说话都扭扭捏捏的，好像谁要和他抢女人似的。

不是不喜欢吗？

舒漾站在窗台前，和男人对视了一眼。刚才电话里的内容，祁砚多多少少也都听见一些。

目光交汇的刹那，两个人瞬间意会。

舒漾红唇勾起，看来，她这个笨蛋弟弟还不算是无可救药，是对林烟有点转变了。还不准她介绍男人给林烟，都有占有欲了。

不管是不是出于喜欢，对治疗江衍的厌女症来说，这是一个非常大的跨越。

江衍想都没想："她不在。"

站在正前方的林烟环抱手臂，看着眼前一本正经扯谎的少年。

她这么大一个人，江衍说她不在就不在了？

江衍接着电话，抬眸时目光对上她的眼睛，没有任何心虚样。

林烟也没有戳穿他的谎言，毕竟，她现在印证了一件非常重要的事情。

江衍，在乎她，哪怕这份在乎还称不上喜欢。

舒漾："江衍，你知不知道你今天真的很奇怪？帮姐姐我要个联系方式会死啊！"

他去给林烟送巧克力了，想要个联系方式自然很简单，却想方设法地推脱。

"不帮。"

江衍果断拒绝，然后把电话一挂，收进口袋。

林烟眼尾微挑，轻佻地看着他："江同学，你急了。"

以前江衍情绪暴躁，都是因为她碰他了，而现在江衍是因为她的事情产生了情绪变化。

"是吗。"江衍朝她步步逼近，林烟踉跄地往后退了退，脚后跟抵到背后的树上。看着眼前逐渐被少年的身影笼罩，她莫名有些害怕。

"你，不会要吐我身上吧？"

毕竟江衍厌女症的反应可是说来就来，她多少还是有点心理阴影。

江衍："你家催婚就那么严重吗？已经到了要找假男朋友去应付的程度了？"

林烟想了想解释道："我爸妈思想都比较传统，但我已经过了二十八岁，一次恋爱没谈过，他们甚至以为是我出问题了，怎么可能不着急？"

江衍："那……"

回家路上，祁砚的手机里有一通电话打进来。

祁砚看都没看直接说："老婆接一下。"

舒漾接通，点了免提，陆景深的声音就从电话里传来："我不想活了……她好狠的心，她好狠的心……"

舒漾八成也猜到是因为自己的好姐妹，就没吭声。

祁砚："早就和你说了，那就离，一了百了。"

电话那边的陆景深沉默了两秒，怒吼："你也好狠的心！我不管，祁砚和你老婆说说，给你放天假，出来陪我喝喝酒。我撑不住了。"

祁砚看了眼副驾驶位的女人："可以吗？"

舒漾点点头。

这陆景深的状况，听着不是一般严重啊，她也不好插手小姐妹的感情，虽然她知道些内情，一切还得看陆景深自己。

金山酒吧。

祁砚送完老婆回家，赶过来就看见一身酒气的陆景深。

祁砚坐下来刚想说什么，陆景深丢在旁边的手机就响了起来。

陆景深甚至不打算看，直到听着铃声是他特地设置的，才赶紧放下酒杯。

"老婆……"

陆景深压在心里的"好想你"几个字还没来得及说出口，电话里就传来女人的声音，干净利落，没有一句废话："金山，608，速来。"

说完，也不管他有没有答应，许心寐都直接把电话撂断。

"咚"的一声，似乎让男人的酒劲都清醒了大半。

陆景深拿下耳边的手机，盯着那只有两秒钟的通话结束页面，自嘲地笑起来："真是活该。"

祁砚把玩着手中的玻璃酒杯，一口没喝："她找你？"

看陆景深的脸色，不用想也知道，对方肯定没说什么好话。

陆景深理了理领口，起身。

祁砚伸手拦住他，提醒道："收拾好你的玻璃心，去找她吵架可没有任何意义。不要认为你低头认错，她就理所应当会原谅你。"

这么久的时间，这两个人要是再不和好，他恐怕三天两头就要被叫出来给陆景深当情感开导专家。

那他的婚姻还要不要了？

陆景深喝得昏沉，撇开他的胳膊："起开。别让我老婆等急了。"

祁砚见陆景深连外套都没拿，就跑去找人了，他瞥了一眼桌上的酒，按了按眉心。

幸好这是他老婆的酒吧，不然他大老远跑过来安慰人，话没说上两句就被陆景深丢在这里，还要买单。

这算什么事？

"这不是我们祁大翻译官嘛？怎么？背着你老婆来酒吧消遣？"

秦叙走了过来，闲散地靠在吧台边，侧看着祁砚。

"你说你，要玩好歹也换个场子吧，在你老婆名下的酒吧玩，真是艺高人胆大啊？"

祁砚转了转无名指上的戒指："和老婆报备过了。更何况，是我已婚得不够明显吗？"

秦叙："好吧，是我多嘴了。"

祁砚语气漫不经心地开口："其实我不太能理解你们这些单身人士的乐趣。"

结了婚以后，他更加觉得纸醉金迷的生活枯燥无味，该把时间花在老婆身上才对。

回想起来在Y国的那几年，他简直是一步步被舒漾驯服。他去哪都带着舒漾，她见过他办公的样子、游泳的样子、喝醉的样子，对他了解得彻底。

每年的生日愿望她都是说："可不可以哪儿都不要去，就在家陪我。"

舒漾讨厌他在外面，男人之间的应酬、娱乐，特别是有钱人的圈子，可想而知。

后来，祁砚去娱乐场所，基本都是为了逮人。偏偏舒漾总会说："都跟你学的。"

他哑口无言。

秦叙反驳道："我单身是因为我想吗？"

祁砚扯扯嘴角："和你说个正事。你觉得现在的情况，让漾漾恢复记忆，她……会离开我吗？"

秦叙嗤笑："能让你不安的事情，还真是罕见。祁砚，从你问出这个问题，心里就已经有答案了不是吗？你根本没把握。”

祁砚深思。

“我甚至想过让漾漾生个孩子，可是我不能这么对她，她那么相信我。我不能让她失望。”

秦叙赶紧说道：“这就对了，你可真别这么干。现在可不流行什么带球跑，女人狠起来，孩子丢了拔腿就跑！”

陆景深在电梯里晃了晃脑袋，试图让自己清醒一点，他好久没见她了。

上次他打电话给许心寐，提出想见面谈谈。

许心寐告诉他：“想着吧。”

这通电话过后，陆景深就感觉自己快疯了，他变得毫无底线，甚至想不顾许心寐的感受，把她强留在身边。

没有见面的机会，陆景深就只能天天等着电话，看着那女人的照片和广告度日。

陆景深站在房间门口，刚抬手，门就从里面被打开了，柔软的手将他拽了进去。

他闻到熟悉的味道，将人抱紧：“老婆……别走……”

次日醒来，陆景深再次看见昨天睡在自己身边的女人，已然是在热搜上，旁边早就没了人影。

“许心寐心机抢C位”这一话题高高地挂在文娱热搜上，热度高居不下。

陆景深拧着眉撑着起身，还没看词条的内容，立刻给助理打了个电话。

“心心那新闻怎么回事？我不是让你时刻盯着她吗？人都在网上被骂成那样，你干什么吃的？”

一想到自己的女人昨晚伤心成那个样子，陆景深就想做点什么弥补她。

不是他逼问，许心寐还一个字都不肯说，全都埋在心里。

最后她才哭着抱住他，钻进怀里拼命掉眼泪：“老公呜呜呜……他们在网上那么骂我，你还凶我……我想见你，你居然跟我谈钱……我不活了呜呜呜……”

陆景深低声下气地帮人拂眼泪："好老婆，对不起对不起，我不要你两百块钱了，一分都不要，别哭宝贝。"

他见不得这个女人掉眼泪，他当初一定是脑抽了，才说出那些无可救药的混蛋话，把人越推越远，让人对他失望透顶。

本以为能够借此机会和好，可许心寀反手抹掉眼泪，把他推开。

"这可是你说的。"

女人的变脸快得他猝不及防。

他的两百块飞了……

助理忐忑地开口："陆总，昨天打电话给您，您在喝酒，说别管夫人，让她自生自灭……"

没有自家总裁的话，他哪里敢私自处理夫人的事情？这两个人的关系微妙到一触即燃，搞不好他就成了炮灰。

陆景深仰头捂着眼睛："我喝了酒的话你也当真？你能不能有点自己的判断力？！"

助理连连答应："是，陆总，是我的问题。"

陆景深也意识到自己语气过激，叹叹气："不关你事。"

他就不该喝那破酒。但是不喝，不发生这事，许心寀恐怕永远不会像昨天那样依赖他。

助理结结巴巴地回答："不不不，是，是我的问题。"

"行了。"陆景深担忧道，"赶紧把那些乱七八糟的八卦给我全部撤掉！"

挂掉电话，陆景深倒回床上，盯着天花板，给了自己一巴掌。

"你怎么那么能睡！到手的老婆都跑了！"

这下想要见许心寀一面，又不知道要过多久。

许心寀从来不允许他主动去找她，还十分严肃地告诉过他："越界就分手。"

陆景深抹了一把脸起床，已经接受自己赔了夫人又折兵，一分钱没捞到的事实。想起昨天的酒钱，以及被他叫来金山又被他放鸽子的祁砚，他打算打个招呼。

陆景深发了条消息过去。

谢了兄弟。

聊天页面直接蹦出一个红色感叹号。

陆景深不可置信地盯着手机屏幕："这都什么事啊？！"

钱没了，女人跑了，兄弟也没了！

男人握紧手机，气得要命却连电话都不敢打。

"许心寐，我再对你心软，我，我……"

闷气还没生完，手里的手机就响了起来，熟悉的专属铃声，让陆景深几乎是下意识就接起了电话："老婆……"

许心寐听着他要死不死的语气："叫魂呢？"

这女人是浪漫过敏吗？！

许心寐有些着急："我包落在沙发上了，里面有今天要用的 U 盘，赶紧帮我送过来。记得把你那张脸包严实点，爆出什么绯闻，唯你是问。"

陆景深刚拿起包，听到要全副武装，直接就丢了回去，格外硬气。

"我不去！"

放眼整个京城，他陆景深都是有头有脸的人物，什么时候给老婆送个包都要偷偷摸摸的了？

"行。"许心寐轻笑，"我自己想办法。"

陆景深赌气地往沙发上一坐，脸色铁青。这该死的女人，真就一句都不愿意哄他！

"老婆，我……"

陆景深刚开口，电话里就传来挂断的声音，看着通话记录旁边的十二秒，男人手指骨节捏得作响。

再打开他和"乖乖老婆"这个号码的近期通话记录。

三秒、两秒、两秒、三秒，今天是唯一上了十秒的电话。

陆景深趴在沙发上，抱着那个被自己丢开的包狠狠亲了两下："坏女人。"

过后，他赶紧起身洗漱，拿着包下楼找到秦叙。

"去你休息室，拿墨镜、口罩和鸭舌帽给我。"

秦叙一脸看精神病的样子看着他："大清早的你做贼啊？"

陆景深推开他："赶时间，磨磨叽叽的，我自己拿。"

全副武装后，陆景深头也不回地往外赶。

秦叙突然想起什么，冲着他的背影大喊："你倒是把房费结一下啊！”

一辆黑色劳斯莱斯驶入片场停车场，坐在驾驶位的男人全黑打扮，拿出手机拨了电话过去。

“老婆，我在南门停车场了。”

许心寐没想到他会来，很是讶异：“那我现在让助理过去拿。”

陆景深立马拒绝：“老婆你下来拿一下。”

许心寐看完时间就直奔停车场，她一眼就看见众多商务车当中停了辆限量版劳斯莱斯。

男人降下车窗，看着眼前的女人。

许心寐一看他开的车，两眼发黑，小声又紧张地说：“陆景深，你生怕别人认不出你是不是？快把包给我，赶紧回去。”

陆景深把包递过去后没有松手，靠近车窗看着她：“老婆，别凶我好不好？”

这时许心寐的手机响了，她一把收过包，接起电话就往回走。

陆景深手里一空，依稀听见没走远的女人吃惊道：“漾漾，什么？你的记忆……”

剩下的话陆景深并没有听清，人就已经走远了。

男人坐在车内，为自己刚才听到的内容微微皱眉。

舒漾难道恢复记忆了？这件事情到底要不要告诉祁砚？

可是他被删了啊！

挣扎了几秒钟，陆景深趴在方向盘上喜笑颜开。

“真是太好了！”反正他也不想干人事。

作为已经被祁砚单方面删除的“好兄弟”，陆景深当然是选择拔刀相“助”。

他巴不得祁砚落得和他这般下场，舒漾最好是赶紧甩祁砚八百条街，省得祁砚平时讽刺他追八百年还追不回老婆。

这单相思的滋味，真该让他这不知人间疾苦的好兄弟好好尝一尝。

男人抬眸，神色轻松地发动车子，哼着小曲，美美地离开。

许心寐回到片场，手里还接着电话，里面传来舒漾的声音。

“心心，怎么样？你确定你老公听见了？我真的是没办法了，让人刻意去调查祁砚肯定会被发现的，我想去Y国，利用熟悉的环境找记忆，但好像不太现实。只能这样，想办法让他自乱阵脚。”

舒漾的记忆其实依旧没有恢复，但她知道随着自己越陷越深，以后只怕会越来越难面对真正的事实。

不管是对自己还是对感情负责，她必须恢复记忆。

许心寐自信地说："放心吧，姐妹我演技炉火纯青！那语气，那小动作，陆景深绝对听见且相信了。他肯定会马上告诉祁砚的！"

毕竟这两个人就是一路的货色，没准儿陆景深正在帮祁砚出一些馊主意呢。

许心寐问："不过你真的想清楚了吗？万一那段记忆并不好，你真打算和祁砚离了？"

舒漾脑子乱乱的，她根本不知道怎么办，她迫切需要一个答案。

而另一边，翻译公司办公室内。

祁砚坐在客厅沙发上，泡着上好的茶叶，旁边还坐着个吊儿郎当的公子哥——秦叙。

"我说祁砚，你那么担心舒漾恢复记忆干什么，没准儿人家早就不在乎了。

"况且你也知道她恢复了些记忆，她也没说什么不是吗？

"没准儿她还以为你们之前挺好的，你还抓着不放干吗。"

祁砚坐在沙发上，指间捻着精致小巧的茶杯："你错了。漾漾要是真想那么轻而易举放过我，那她应该在恢复部分记忆的时候就告诉我，找我询问情况，或者要个说法。

"可是她没有。小朋友等着和我算账呢。"

秦叙抿了口茶，饶有兴趣地盯着他："难道你真跟别人有过？"

祁砚睨了一眼幸灾乐祸的秦叙："小小年纪，就这么见不得人好？"

别人结婚都是亲戚朋友百般祝福，而在这些人眼中，巴不得舒漾和他闹离婚。

秦叙耸耸肩。

"祁砚，你该庆幸你当初一眼盯上的就是舒漾，才没犯什么原则性的错误。

"不然以你从精神病院出来后那般性子，玩得不会比谁干净。

"谁知道舒漾让你收了心。"

祁砚抿着茶，似乎在回想着当年国外发生的那一切："我倒也不是

那么饥不择食的人。”

在他二十四岁前，向他示好的女人数不胜数，偏偏直到舒漾出现，他才动了心思。

而那个时候的舒漾够乖，纯得没一点心眼，适合待在他身边。

外人都说他把舒漾养得很好，但他却连自己是什么时候被驯服的都不知道。

祁砚走到窗台边，抽出根烟叼在嘴边，不疾不徐道：“我叫你过来是想办法的，不是欠教训。”

他连个说辞都没想好，他的宝贝若是哪天真的恢复记忆，他恐怕……只有挨巴掌的份。

错是错了，他承认，但是人绝不能放走。

秦叙懒懒散散地靠在沙发上：“想什么办法？离就离呗，是兄弟就一起单身！大家都有光明的未来。”

这一个两个的，全都奔着结婚去了，以后谁还能来酒吧陪他？

谈恋爱结婚到底有什么意思的？出个门都要报备，晚上十二点前就得回家，他秦叙这辈子都干不出这种事。

祁砚吹掉烟雾，果然，他就不该指望一个单身狗能给他什么好建议。

秦叙起身伸了个懒腰：“祁砚，祝你好运。”

秦叙走后，祁砚拿起西装外套，离开办公室打算回家。

坐在沙发上的舒漾听见门口有动静，立马就打起了精神。

祁砚见她一直盯着自己，问：“老婆，怎么了？”

舒漾心里疑惑着：老男人这么淡定？到底是哪个环节出现了问题？

舒漾这个时候怕被发现，也来不及多想。

祁砚摘下眼镜，松了松白衬衫的袖扣，走了过来：“夫人这么看着我，我会误会的。”

舒漾抬手推开男人越靠越近的脸，幽幽地说：“祁砚，你该收敛点。”

男人一手把人捞过来：“说说看，哥哥哪天不收敛了？”

看着怀中人略显不自在的神情，祁砚捧着摆正她的脸：“有秘密瞒着我？”

舒漾不答反问：“难道我们祁总没有？”

“有。”祁砚没否认，“我在等你惩罚我。”

随着现在婚姻一天天稳定下来，那些事情就像是一颗定时炸弹，他不得不担心。与其提心吊胆，祁砚试着主动揭开这一切。

先给他的宝贝打个预防针，希望到时候不会死得太难看。

舒漾没想到祁砚竟然承认得如此果断，完全不按套路出牌。

如果祁砚说没有，她的胡思乱想绝对会越发严重，可这是个有嘴的男人。

她是该庆幸呢，还是该担忧呢？

不出意外，她又被拿捏了。

舒漾眼睫微眯，双手撑在他结实的大腿上，仰起头。

“老狐狸。”

今天祁砚突然对她记忆的事情毫不避讳，看来也不是一天两天知道了，心里已经做足了准备。

而她到今天才开始调查这些事情，真是一步步都被这个男人算计得死死的。

祁砚摸摸她的脑袋：“宝贝，我们就顺其自然好吗？”

舒漾没想好，从他手心里把头挪开：“快去洗澡！”

男人放下她，又不放心地亲了两下：“别胡思乱想。”

祁砚转身去浴室，忽然，舒漾脑海里闪过一抹记忆。

Y 国某处庄园。

当晚她被司机接回家，把包往沙发上一丢，坐在角落一言不发。

管家阿姨上前关心道：“大小姐，这么晚了赶紧上楼休息吧。”

舒漾面无表情地问：“祁砚呢？”

管家阿姨说：“先生外出应酬了，应该没这么快回来。先生嘱咐您早点休息，明天他亲自送您去学校。”

舒漾捏着手心：“可他说今天来接我的。骗子！”

话音未落，主厅外就传来汽车引擎声，祁砚走了进来。男人揉了揉眉心，将领带解下，和外套一起交给了管家阿姨。

他站在舒漾面前，挑起她快要扎进地里的下巴：“怎么了？”

舒漾闷闷不乐，却不知道怎么说话，连空气中都仿佛能闻到祁砚身上那种风花雪月场合的胭脂气味。

祁砚在外面做什么了吗？会不会哪天直接带个女人回来，让她喊嫂子？

舒漾的想法已经完全不受控制，她丝毫没察觉，自己已经喜欢上眼前这个男人了，开始对他接触的场合，产生不满与反感。

开始想独占他。

祁砚被她的脸蛋可爱到，坐下认真地看着她："这么晚还不睡，明天起不来会挨打的。"

舒漾出声戗他："哥哥一把年纪熬夜应酬都能起得来，我怎么会起不来。"

祁砚显然是听出了她的小脾气，轻轻笑着说："漾漾，你最近脾气越来越怪了。哥哥哪里让你不满意了？"

舒漾被他盯得发慌，往旁边挪了一点："你身上味道真难闻。"

祁砚饶有兴致地问："什么味道？"

舒漾咬咬牙，说："脂粉味。"

本以为她这么说，祁砚会像往常一样哄哄她，没想到男人收起了笑意，抬眼时压迫感扑面而来："想管我了？"

舒漾知道她终究还是逾矩了，她试图解释。

祁砚食指放在她的唇上，禁止她撒谎。

她眼睁睁看着，男人的唇清晰地吐出每一个字："小朋友，收起你的小心思。很危险的，知道吗？"

舒漾低着头不敢说话。

"如果再让哥哥发现了，你就惨了。"

舒漾不明白他的意思，但是心里非常恐惧，她基本没见过祁砚如此严肃。

在她心里，祁砚一直是个温柔的大哥哥，但两人间有很明显的距离感，就比如现在。

"知，知道了……"

她不会想到有一天，自己会在喝酒壮胆后不要命地拽住祁砚问。

"哥哥，怎么个惨法？"

舒漾压下心头的酸涩，看着古棕色旋转楼梯上的西服背影。

不过短短一个月，她就被祁砚毫不留情地戳穿了刚萌生的那点心思，接下来的几年，她该怎么隐藏？

放弃吗？

谁知道走到一半的祁砚突然半侧过身看向她。舒漾吓得赶紧低头，又被抓住了。

“我们漾漾是打算在沙发上坐到明天早上吗？”

舒漾抓起旁边的包，跟了上去。

祁砚瞥了一眼身后的人，唇角带着不经意察觉的弧度。

小朋友上钩了呢，他不想玩她，可人非要送上来，他也不是什么好人。

这场游戏，他得好好享受。

舒漾还沉浸在刚才的事情当中，祁砚为什么不会喜欢她呢？难道自己不是他喜欢的类型？

某天假期，祁砚依旧是在外面应酬，舒漾因为想了解祁砚身边平时都有些什么人，就将自己裹得严严实实，去了附近最大的地下会所。

没想到在门外她就被拦住了。

对方找她要银行卡，证明她有消费的能力，可她的包里只有几本书。

当她尴尬得不知如何是好时，一只手握住她的手腕。从这种场合走出来的祁砚让她有些陌生。

“跟我来。”

这是她和祁砚第一次进这类场所。

男人微俯身在她耳边问：“会喝酒吗？”

舒漾摇摇头。

祁砚把身上的打火机递给她。

“一会儿帮哥哥点烟，会吗？”

京城。

江衍想到自己那天说的话，就恨不得抽自己两下。

林烟说她要相亲，他半天蹦出一句：“那……你多对比几个。”

从那天过后，林烟就真的去相亲了。

江衍之所以会知道这件事情，是因为他站在酒吧门口抽烟，而林烟的相亲地点就在马路正对面的咖啡馆。

即便是隔着一条街，也能看见里面的身影。

他想起这个女人对他说的最后一句话："既然江同学真心建议，相亲这件事我会考虑的。"

江衍掐断手中的烟，这女人考虑得真够草率的，不出一天，相亲就安排上了。

江衍甩了甩脑袋，摸出手机就拨了通熟悉的电话过去。

遇事不决，直接找姐。

"姐……"

听着弟弟低落的语气，舒漾表示："我还没死，注意语气。"

江衍："我好像精神出问题了。"

他到底在想什么，又想干什么……

舒漾"哦"了一声，已然见怪不怪："你才知道？你这段时间给我打的伤感电话，比过去一年都多！"

江衍气愤道："我是你亲弟弟吗？我都这样了。"

舒漾一边准备出门，一边逗他："影响我开法拉利吗？"

江衍："我管你开什么车，十分钟之内，本少爷就要见到你人！"

舒漾冷嗤一声："你霸道总裁啊你。"

她直接把电话挂断。

到了酒吧，舒漾一进去就看见位忧郁少年正在转笔思考人生。

舒漾走过去，放下包："说吧，又怎么了？"

果然，没有舒漾治不好的矫情，江衍现在只有心塞。

"我要是知道还在这里？"

舒漾直接夺过他手中的笔，撑着脑袋娴熟地转着，漫不经心地说："林烟姐什么态度？"

江衍："她说等我到三十岁。"忽然，他自嘲地笑了一下，"怎么可能？"

"现在林烟就已经被家里逼婚成那个样子，接下来的几年，怎么办？"

他拿什么保证自己身体一定没问题，且会坚持喜欢对方？

他又何必耽误林烟。

舒漾幽幽道："有的人活着，他的嘴已经埋了。不是我说，江衍，我发现你有当渣男的潜质。

“明明这些话，你可以和林烟姐直说，人家愿不愿意等你是她的权利。反倒是你，拒绝的时候肯定冷血无情吧？过后又患得患失的，表现得像个小怨夫一样。”

江衍有苦难言：“世界上有哪个女人会希望自己的男朋友有生理障碍？我拿什么去给林烟想要的？

“以后两个人的相处，就是从诗词歌赋谈到人生哲学吗？”

他一想到和林烟经历的那些画面，就根本没法正常地去看待这件事情。

舒漾扑哧一笑：“你还想得挺多。没准儿人家就是追求你谈谈看，你倒好，下半辈子都规划进去了。给自己这么大的压力，我是该夸你呢，还是该夸你呢？”

江衍：“你倒是夸啊。”

舒漾假装没听见，语重心长地拍着他肩膀说：“废弃零件多试试就好了。”

江衍脑海里刚闪过试一试的念头，胃里就一阵翻江倒海。

舒漾眼睁睁看着自己弟弟，下一秒就扶着吧台跑去了厕所。

她摇了摇头：“胃可真好。”

趁着祁砚不在身边，舒漾琢磨着怎么查四年前的事情。

联手江郁和裴青月，似乎是最可靠的。

相完亲，林烟一出咖啡馆就看见江衍又站在酒吧门口抽烟。

今日份呕吐结束的江衍，看林烟都顺眼多了。

林烟朝他伸手要烟，江衍直接把还剩大半的烟盒丢进了垃圾桶。

“没了。”

林烟只好作罢，又听见他问：“相得怎么样？”

林烟回身看了看咖啡馆处：“刚才那位，综合条件还挺令人满意的。”

江衍没当回事，就听见林烟大大方方地说：“京城本地人，有车有房，年薪百八十万。性格温柔，谈吐文明……”

林烟觉得挑不出一点毛病，对方很尊重她，可就是没有任何冲动的感觉。

像是完成任务一样。

江衍听着这些资料，却没发现心里默默地把对方和自己对比了起来。

他，京城本地人，没车没房，负债百八十万，所有经济来源靠家里。

江衍越听越烦。

林烟看着他吞云吐雾，继续说："还有一个家世不错，你姐姐介绍的。和你一样大，长得还有几分相似，听说是你的好兄弟？"

江衍摁灭手中的烟，面色格外严肃："首先，我比他大。其次，你看清楚，我和他除了都是男的，哪里像了？最后，我没那个兄弟！"

林烟无奈地勾唇，没打算惹他，而是关心道："好点了吗？"

江衍知道她问的是哪方面，低头撇开脸："就那样。"

还没等林烟开口，江衍就立马说道："你现在挺好的，别惦记我了。和我在一起，你只能玩过家家。"

林烟的视线落到他漂亮修长的手上："谁说的？"

她收回视线，天真又明媚地笑道："还可以玩柏拉图。我觉得精神恋爱就挺好的，我看上的是你这个人，又不是年轻的身体。"

才怪。林烟在心底否决自己刚才的话，什么柏拉图、灵魂交流、精神恋爱……当然是先把人骗到手再说。

听着林烟坦坦荡荡的一番话，江衍暗自咬牙。他，好像想太多了……更令他觉得烦躁无比的是，他面对林烟，思想出了问题。人家好像根本没往那边想，他自作多情个什么劲？

"总之，你要是对那人那么满意的话，那我祝福你。"说完，江衍就觉得有些怪怪的。

江衍生怕眼前的女人多想，一字一句补充道："别误会，是真心祝福。"

心梗已经不足以表达林烟内心的情绪。

见过嘴硬的，没见过这么嘴硬的。

江衍这嘴真是能把她气死。但是想到他母胎单身十九年，不仅没谈过恋爱，更没接触过女生，林烟心里好受了一些。

只是，她必须想办法让江衍认清内心的情感，哪怕最后变成教他谈恋爱，也没关系。

林烟咬牙切齿地挤出话来："谢谢江同学的'真心祝福'。

“不过……刚才那位先生，条件是不错，可其实差点感觉。我还是比较喜欢，你姐姐给我介绍的那个小男生。”

江衍眼睛微怔。

“对。”林烟点头道，“就是你的……好兄弟。”

江衍闭了闭眼，整个人在爆炸的边缘。

林烟莞尔：“对不起江同学，但我真的看他很顺眼。”

江衍有种想掐死她的冲动：“你跟我在这儿搞替身文学呢？”

林烟耸耸肩：“无可厚非。反正又得不到你，找个长得像的也行。”

江衍脱口而出：“谁说的！”

林烟眼底闪过不经意的笑意，真可爱，可算逼出点话来。

话音刚落，江衍自己都蒙了。

他磕磕绊绊地反驳道：“谁，谁说长得像了？”

林烟无奈：得，又回去了。他怎么就死不承认对她有感觉呢？

林烟往前半步，仰头盯着他：“像不像的，影响你不喜欢我吗？”

江衍看着骤然靠近的艳丽面容，喉结下意识滚动。

忽然，林烟意识到什么之后，心情复杂地看向眼前的少年。

“你今天怎么不吐了？”

她可不相信江衍突然之间厌女症就全好了。

江衍接触谁了？有人碰过他了？

江衍直接被问住。这女人都是些什么奇葩的关注点。

他总不能说，是他自己在一边想太多，然后被自己恶心吐了吧……

林烟眯着眼睛，视线缓缓停在他的唇上。

“不说……我就亲你了。”

林烟盯着眼前近在咫尺的少年，微红的唇似乎格外诱人。正当她打算一不做二不休的时候。

面前传来“呕”的一声，江衍迅速弯腰，飞快跑去了洗手间。

林烟：“……”

事实证明，质疑什么都不要质疑江衍的厌女症。

林烟拍了拍脑袋：“真是疯了！”这该死的病症，到底什么时候能好？

江衍跑到洗手间，刚才作呕的模样一扫而空。

他深呼了两口气，懊恼地抓着头发："我㞞什么？"

怕林烟发现他想多了，竟然已经需要装吐来逃避这一切。

江衍捂着脸："真是疯了。"

他立马跑到洗手池，捧着水疯狂往脸上泼，似乎这样才能让自己清醒些。

在旁边洗手的男生被江衍发疯式洗脸的举动吓到，一脸疑惑地看着他："衍哥，你这又是什么行为艺术啊？"

过了好一会儿，江衍才走出洗手间。

往酒吧门口一看，林烟不知什么时候已经离开了。

这样的场面江衍并不是第一次碰见，林烟在察觉到他退缩抗拒时会给他空间喘息。

本该感觉到松一口气的江衍，说不上是什么感觉，她好像总有离开的勇气。

江衍瞥了眼调酒师："来杯'螺丝起子'。"

他很少喝酒，特别是在白天。

等了半天，他刚伸手要拿过调好的酒，却被突如其来的一只手夺过。

"姐！你干吗？"

舒漾手里握着鸡尾酒杯，饶有兴致地看着里面的柠檬："这酒还有个名字，知道吗？"

江衍："我没文化，你别骗我。"

什么名字，都不影响他现在心烦。

舒漾把酒还到他的面前，慢慢解释道："渐入佳境。"

江衍盯着酒看了两秒，轻嗤一声："入个锤子。"

他仰头一饮而尽。

"我只感觉身上的病，越看越多。本来只是不接触女人就好，现在是感觉神经出了问题！"

舒漾笑而不语。

十九岁了，锦衣玉食的小少爷也该吃点爱情的苦了。

Chapter 11
逐渐失衡

小酌两杯后，舒漾差点忘了正事："江衍，把你手机借我一下。"

还在郁闷的少年二话不说把手机丢了过去。

决定开始调查丢失的记忆后，舒漾用弟弟的手机打了个电话给江郁。

没人接，她只好打给裴青月，想着反正他们俩住一起。

"郁姐呢？"

几秒后，听筒传来裴青月平淡的声音："不知道。她把我甩了。"

舒漾满脸问号。

前些天这俩人不还好好的吗？虽然看起来两人的情感非常塑料，但好歹也挺稳定的。

这才多久，裴青月就失业了。

舒漾忍不住开始八卦，裴青月对此愤懑不平："喂！舒漾！你还有没有点良心啊？你作为老同学，不应该帮我多介绍点出路吗？"

舒漾："那你也得先告诉我原因吧？帮人避避雷。郁姐那么好脾气，都被你气到了。"

裴青月慵懒地靠在露天泳池的露营椅上，身后就是江郁给他买的大别墅，其实他惬意得很。

"不方便透露，别乱打听。"裴青月笑笑，"有什么事快说，不然等下你老公的枪口就印我脑门上了。"

上一次，他在Y国想提醒舒漾这个恋爱脑，结果就被祁砚警告了。

祁砚说的话里他记得最清楚的一句是："好好看你的戏。"

裴青月直接听愣住，第一反应就是，这男人有大病！

当时他身后还有整个家族的牵扯，他当然不可能站在舒漾那边，于是，他可以说眼睁睁看着舒漾一步步陷下去，又一点点清醒过来。

祁砚也确实给他贡献了一出好戏。

舒漾问道：“被甩了你都不挣扎一下？”

裴青月满不在乎地轻呵一声。

“都分手了还挣扎什么？虽说是我用的都是她的钱，但我要让江郁知道，她不缺男人，我照样不缺女人。”

“我倒要看看，她能找出个什么货色替代我。”

舒漾听得一愣一愣的，最后评价：“不公正，不客观，但挺牛的。”

裴青月说：“你要是想找江郁，想办法联系她公司，找我没用。还有，这不是你的手机号码吧？既然这么怕祁砚发现，还调查个什么劲，稀里糊涂的一辈子很快就过去了。”

被甩的裴青月，恨不得把舒漾和祁砚这湖水搅得更混浊。

舒漾无语了：“神经病！问你正事，我需要调查一种针剂里的成分。你有没有认识的私人医生？”

她的记忆似乎和祁砚打下去的针息息相关，必须搞清楚这些，才能预防再次中招。

“有啊。”裴青月有几分得意，“况且本少爷的医生是家族里带出来的，不认识祁砚，更不受他的势力约束。”

舒漾还没来得及高兴，身旁突然多出来个身影，幽深的声音从她头顶传来。

“你在和谁打电话？”

听到头顶传来的男声，舒漾的冷汗瞬间被吓了出来。在这一瞬间，她脑海里已经掠过千万种死法。

舒漾僵着背，握着手机心虚地抬眼看过去——就见江衍咧着一张嘴，笑得别提有多灿烂：“哈哈哈，姐你要不要吓成这样，笑死我了哈哈哈哈……”

舒漾反应过来被耍后，一巴掌就挥了过去：“你吓死老娘了！”

刚才江衍那故作低沉的一声，她还真以为是祁砚来了，后背都是发凉的。

毕竟这悠闲日子还没过两天呢，她可不想招惹那个男人。

江衍捂着脑袋说：“要是知道你拿我手机打电话是为了调查姐夫，我就不借给你了。你这不是砸你弟弟饭碗吗？”

舒漾剜了他一眼："你当初对祁砚可不是这种态度！"

江衍摊手耸了耸肩："没办法，姐夫给的实在是太多了。"

在钞能力面前，这塑料姐弟情不值一提。

"一边去。"舒漾拨开他，继续和电话里的裴青月说，"你帮我联系那个医生，价钱他开，我会想办法拿到针剂的。"

裴青月提醒道："我劝你想清楚，逼疯了祁砚对你可没有任何好处。"

目睹过他们那段感情的裴青月，不知道对祁砚来说什么是绝对的对错，在他看来，不择手段也是一种很好的手段。

舒漾沉默了一会儿说："这是我人生的一部分，我有必须知道的权利。之后有消息了用这个号码联系我，我有空会给你回过去的。"

挂断电话后，舒漾心情不上不下的，把手机丢回给江衍。

"不是我说，姐，我怎么突然就变成中间人了？"江衍意识到不对，"我收了姐夫那么多钱，都说拿人手短，你让我干这事？"

舒漾就差没给他一拳头："你站哪边呢？那这么说，你还挺有职业操守的？亲姐姐都不要了，是吗？"

舒漾悠闲地品着面前的酒："看来，我得多给林烟姐介绍点你的小兄弟们。哎，为了帮弟弟摆脱被追的烦恼，我这个姐姐也是尽力了。"

舒漾郑重地搭着他的肩膀："弟弟，你放心吧！有姐在，没意外。"

江衍："你干脆别介绍了，你给她包办婚姻得了！没见过你这么爱操心的，你有空怎么不多关心关心你弟弟？"

"哦。"舒漾放下酒杯看向他，"今天行了吗？"

江衍咬牙："……谢谢关心。"

舒漾拿出自己的手机给祁砚打了个电话："老公，我喝酒了，你来接我回家好不好？"

还坐在旁边的江衍瞬间起了一身的鸡皮疙瘩。

如果不是他就坐在这里，他是万万不敢相信，自己那动不动就损人的姐姐，能说出这么肉麻的话。

别墅区。

男人坐在沙发上，而他的面前是还未使用过的针剂，还有一条通话记录。

祁砚手里握着刚挂断的电话，沉沉地看着屏幕的备注。

宝贝，我该拿你怎么办？祁砚从未觉得如此矛盾过。

记忆是他让舒漾恢复的，现在一切看似在他的掌控之中，可并非如此。

他面对的是一个可以转身把他甩掉，把他折磨得痛不欲生的女人。

祁砚盖上放针剂的保险箱，起身拿起车钥匙去酒吧接人，并看了身后的助理一眼：“收拾干净。”

到了车库，祁砚摁了摁眉心，担心自己思绪混乱，就这样开车太不负责任，还是叫了管家来。

男人坐在后座，扯松了些领带，闭目养神。

管家担忧地提醒道：“九爷，您这几天好像总是心神不宁。”

祁砚仰头靠着，微不可察地笑了声：“你见过哪个亏心事做多了快被揭发的人情绪惬意？”

管家闭嘴没再提，但在内心补充了一句：您当初做的时候，可不是这么想的。

谁都没想到，祁砚有一天也会成为待宰的羔羊。

所有人都在换伴侣时，祁砚却专注于家里扮乖的小女生。所有人都以为，祁砚是个痴情且纯情的种，可久而久之，又都渐渐发现不对劲。

祁砚对这个女生的疼爱，分明是在试图驯化她，让她成为同类。

最后的结果显然易见，看似成功的同时被狠狠反咬了一口。

去接舒漾的路上，祁砚一直都在做心理建设。恢复记忆是必然的，他的底线已经降低到，只要不离婚都好说。

至于他什么下场，那都是他活该。

金山酒吧。

看见祁砚进来，有些醉意的舒漾起身要跑过去：“老公。”

江衍赶紧扶住她：“别摔了。”

祁砚把人揽进怀里，目光扫过江衍还抓着女人手臂的手。

江衍火速松开，感觉再多碰一秒，自己这手都要被男人的视线盯穿了。

由于他成了谍中谍，面对姐夫这张长期饭票，多少是有些不好意思。

“姐夫好。”

祁砚点点头，带走老婆前又问了问他：“最近的零花钱够吗？”

这话听得江衍愣了一下，多么朴实无华的问候啊：“够的，姐夫我最近也在创业，没乱花钱。”

本来还昏昏欲睡的舒漾从男人怀里探出一个头：“那什么时候把卡还回来？”

江衍他话锋一转：“姐夫，突然又不是很够的样子。”

舒漾给了他个白眼，闷回男人怀里。

祁砚笑笑，摸了摸女人的脑袋，又和江衍说：“城西有家不错的车行，你也快二十岁了，有时间去挑辆喜欢的车，就当是我和你姐姐送你的生日礼物。”

江衍：“谢谢姐夫。”

舒漾已经习惯了自己弟弟吃里爬外的两副面孔。

她又探出脑袋，眼巴巴地看着祁砚：“我呢我呢？我也快过生日了。”

祁砚亲着她额头说：“买。”

江衍被这突如其来的狗粮噎住，每一秒都影响他心理健康！

“姐夫，时间不早了，你赶紧带我姐回去吧。”

他一时半会儿不想再看见这两个人了。

见两人离开后，江衍往沙发上一坐，屁股都还没坐热，旁边跑过来一个男生，把手机递到他面前：“衍哥！你快看这新闻！上面说的是你吧？这女教授谁啊？”

江衍眉头一皱，夺过他的手机，醒目的新闻标题。

#××学府女教授林烟恋上校内某高才生#

话题下面紧跟着的照片，就是林烟在不同场所偷看一位马赛克少年。

帖子发在高校论坛里。

照片里的江衍虽然被打了码，但因为穿衣风格和气质独特，还是很快就被网友们扒了出来。

“救命！这一看就是我男神江衍！我的房子啊啊啊！”

“我一生行善积德，为什么要给我看这些？”

“热知识：江衍厌女！谢谢！”

江衍眉心紧蹙，飞快地打字回复那位网友。

“你搞搞清楚，她在校当教授的时候，我还没考进去，哪来的师生关系？”

旁边的男生紧张地看着他：“衍哥，这是我的账号！”

江衍把手机丢还给他：“把本少爷电脑拿过来。”

男生直愣愣地问：“在，在哪儿？”

江衍伸手从角落把电脑拿了过来，二话不说开始处理网络上的这些话题。

男生凑上前八卦道：“那女人是不是碰过你的医生？姐姐没被咱们衍哥吓到吧？”

江衍停下敲打键盘的手，冰冷地睨了他一眼：“别再让我听到你拿女人开玩笑。”

男生讪讪地离开。

盯着电脑的江衍，思绪万千。他考上大学后，林烟就没再当教授，而是出国专攻医学。

难道是因为他？

合上电脑，江衍拿出手机拨了林烟的电话：“你在哪儿？”

女人声音有些闷：“有事吗？”

江衍沉了沉气：“我问你在哪儿！”

林烟：“家。如果是因为那条新闻，我没……”

没等她说完，江衍直接挂掉电话。

十分钟后，他把机车停在小区楼下，直奔三楼。

站在门口，他再次拨通了林烟的电话。

“开门。”

一月昼夜温差较大，江衍骑着机车疾驰而来，手都被吹得发红。

听林烟不回答，江衍恶狠狠地说道：“现在外面两度。你敢让本少爷在外面受冻试试？”

话音未落，门就被从里面打开。

江衍没进去，看了看她，果然哭了。

少年挂掉电话，握着手机站在门口：“我可以进去吗？”

林烟轻轻点头，往旁边站了站。

威胁归威胁，真当门开了，江衍反而没有像刚才那般霸道了。

林烟心想，她真的没办法不喜欢这个男孩子。

两个人坐到沙发上，江衍揉了揉冰凉的手，一时不知道该从何说起。

他完全不知道该怎么和异性单独相处。进来了，然后呢？

林烟把烟盒拿到唇边，叼了根烟，又把烟盒开口转向江衍："抽吗？"

江衍喉结滚了滚："在戒。"

林烟有些讶异，点完烟眯着笑眸看着他："江同学，你好乖啊。还真有些不习惯了。"

江衍被林烟盯得不自在，他立马准备摸烟。

林烟按住烟盒："准备戒就别碰了。"

江衍故意把烟盒抽出来："我没什么自制力。"

江衍点完烟把打火机丢回茶几上，抽了两口，整个人放松了不少。

林烟住在老式小区，家里不大，但设施齐全，布置得非常温馨，看样子独居挺久了。

突然，江衍瞥见自己脚上的男士拖鞋，这是刚才林烟拿给他换的。

江衍直接把拖鞋踢掉，林烟一脸迷惑地看着他："你干吗？"

少年弹了弹烟灰，语气桀骜不羁："别什么人的拖鞋都拿给本少爷穿。谁知道这人有没有脚气？"

"咳咳。"林烟被烟呛了一下，"脚……气？"

反应过来后，林烟被他惹得发笑："有没有可能，这就是给你准备的？"

江衍："……"

"买了好久了。"林烟目光落在茶几下的抽屉上，"还买了点别的。"

可惜，暂时还派不上用场。

江衍又走过去把拖鞋捡回来穿上，非常合适："你怎么知道我穿多大的？"

林烟笑着反问："你什么尺码我不知道？"

江衍脸色微红："那帖子我已经处理掉了，你别太在意。"

林烟的嘴角挂着淡然的笑意，她不紧不慢地摁灭手中的烟头，评价道："拍得还是挺可圈可点的。"

她突然有些不想告诉江衍，她刚才声音闷、眼睛红是因为昨晚做报告熬了个通宵，刚没睡多久就被电话吵醒了。

看见新闻图的那一刻，她甚至想找没打码的原图保存下来。

“那是重点吗？”江衍手机信息响了好几声，他看了眼后站起身，“我走了。”

林烟：“嗯。”

江衍不放心地回过身，发现林烟还盯着他，那双妖媚的眸子，又红又亮。

“不许哭，听到没？”

林烟撑着下巴，红唇微弯：“知道了，江总。”

江衍抬脚就走，刚到玄关处打算开门，门铃就响了起来。

林烟皱着眉跟了过来。这么晚，谁还会来她家？

旁边的监控显示屏上赫然出现一副男士面孔，三十几岁。

或许是见没人开门，门铃又响了响。

江衍握在门把的手捏得泛白，直接把门拉开。

门外的男人惊喜地抬头，却对上少年冷若冰霜的眼神。

“你，你是谁？你怎么会在林教授家？”

江衍丝毫不惧地和他对视着，面容和善地礼貌问候道：“叔叔好。”

突然被人叫叔叔，男士心里说不上的心塞。看着对方是大学生，他也不好说什么。

“你是？”

见这位对江衍的身份刨根问底，林烟赶忙上前说：“他是我的一个病人。

“现在已经这么晚了，关于相亲的事情，上一次我已经表达得很明显了，你如果还有什么事的话，我们明天再说吧，请回。”

江衍往外走去，直接撞过男士的肩膀：“叔叔，不走吗？”

“走，走……”

而后，两人同坐一部电梯。

男士问道：“你看什么病啊？”

江衍目不斜视，一字一顿道：“性功能障碍。”

同在电梯里的男士陷入了沉默。到底是他跟不上时代了，还是现在的年轻人说话都这么直率？这是能往外说的？

那岂不是意味着，林烟和这个男生已经有过亲密接触？

出了电梯，男士好言相劝道："像你这种长相的男孩子，在大学里肯定吃得开，只不过年轻人，还是要多注意身体。"

江衍，冷不丁回了句："你还是担心担心你自己吧，男人至少不能看起来就不太行。"

男士无言以对，心里不由得琢磨着，他到底哪里得罪林教授这个病人了……

不对，他为什么反倒被一个不行的人说不行？

江衍走到自己的机车旁，戴好头盔，发动油门前还不忘说道："对了叔叔，半夜敲女孩子家门，并不是什么惊喜，也很没礼貌。"

今天要不是碰巧他在，难道这个男人打算进林烟家里吗？

穿那双本是给他买的拖鞋？想想就烦。

男人愣了愣："同学，大家都是男的，你半夜从林教授家里出来，你就礼貌了？"

江衍语气淡淡："我没礼貌，但你可以有。"

这什么鬼道理？男士一时竟无法反驳。

江衍没给他啰嗦的机会，直接发动车子，黑色机车从男人身边呼啸而过，甩了他一脸机车尾气。

另一边。

舒漾酒意正浓，扒着男人的衬衫在车里不肯下来。

祁砚将她整个人搂进怀里："宝贝，到家了。"

怀里的人动了两下就没下文了，祁砚俯身在她唇边问："醉了吗？"

舒漾轻轻哼着声，祁砚也听不清具体在说些什么。

可女人要的就是这种效果。网上都说男人最喜欢在这个时候对心里有愧的女人吐诉心声，舒漾今天就要试试。

祁砚把人抱下车，带回主卧。

本以为马上要躺下的舒漾却一直被祁砚抱在怀里，到处走。

她眯着眼睛偷看，才发现男人或许是闻到她身上的酒味，来了兴致，拿了瓶昂贵的红酒出来，倒进晶莹剔透的容器里，正在醒酒。

祁砚抱着她，半靠着在落地窗边的沙发上，他抚着趴着的舒漾的

脊背，眯着眸子缱绻地品着手中的红酒。

装累了的舒漾动了动，怎么还不开始？

她默默在心里练起了台词，想着如果祁砚真有什么不可告人的秘密，男人可以不要，吵架决不能输！必须发挥好。

祁砚抱起她一些，手里握着酒杯，递到她面前。

舒漾迷迷糊糊地睁开些眼睛，酒香味扑面而来。

男人低沉的声音也随之传入耳中："要不要再喝点？"

舒漾："……嗯？"她听到了什么？

祁砚把酒杯放到她的鼻息边，轻轻晃了晃，逗她闻着："醉点，好掌控。"

舒漾眼睫动了动，这人丧心病狂啊！

不仅没打算来些忏悔发言，还嫌她不够醉？知不知道她装得多累啊？能不能尊重一下？

祁砚抚着女人的侧脸，喉结滚动着，几次三番想说点别的，都没开口。

他知道，不行。

舒漾为什么会在平常的一天把自己喝醉，显然值得深思。

他的宝贝在伪装。

理智告诉他，应该好好享受这来之不易的婚姻。没准儿哪天就有得他受的了。

"宝宝。"就当舒漾以为，这男人终于打算开口时，却听见意想不到的话。

祁砚垂眸看着趴在怀里乖巧的女人，低沉的嗓音丝丝入耳："你好性感。"

他的宝贝喝醉了，配合度应该会高很多。

舒漾哪敢接话？没想到这男人竟然能做到，对于过往只字不提。

舒漾不由得开始怀疑自己。难道……一切都是她太阴谋论了？

祁砚本就问心无愧？

听着男人的声音变化，舒漾手心隐约开始出汗。

现在她已经骑虎难下，只能一装到底。实践出真知，什么都信，只会害了她自己！

这男人哪有什么秘密，分明满脑子都是怎么趁机夺取。

祁砚看着她眉眼细微的变化，薄唇微弯。他放下酒杯，抬起女人红红的脸。

“宝贝。可以欺负你吗？”

“不，唔……”舒漾拒绝的话已然淹没在吻中。

舒漾眯着眼睛起床，房间内只剩她一个人，地毯被收拾得干干净净，原本放在茶几上的红酒已然消失不见。

舒漾吃了哑巴亏，有苦难言。

“狗男人。”

可来不及换掉的白色沙发上还是留下一片片晕开的粉红酒渍。

舒漾坐在床边，拿过手机气得直接在那篇“女人三分醉，演到你流泪”的帖子下面发评论避雷。

舒漾刚想继续编辑回复，卧室的门就被打开了，她下意识收起手机，老实巴交地看着门口。

男人拿了套衣服走过来，自然地把她揽到身边：“饿了吗？”

舒漾内心做着斗争，祁砚知道她喝醉向来是断片的，最快也可能几天后才能有点印象。如果她这个时候突然质问祁砚的所作所为，岂不是暴露了她昨天装醉的事情？

可是什么都不说，看这个男人衣冠楚楚的样子，她真的想咬人！

舒漾摇摇头，闷闷不乐。

祁砚停下给她穿衣服的动作，抵着女人的额头贴了贴：“怎么了宝贝，没睡好吗？”

“没有……”舒漾脸上写满了不开心。

老公太精了！原本打算套路秦叙的复仇计划也失败了。

人财两空。

祁砚捧着她的脸说：“是哥哥哪里做得不好吗？”

舒漾抿着唇，感觉再多说一个字都要露馅了。

祁砚轻轻抚了抚她的长发：“漾漾不想说就不说。”

看来下次还是得配合这个小朋友，提供些她想听到的信息。不然，看着娇气包一个人生闷气，他真心疼得要命。反正迟早要完，现在能哄着就哄着吧。

吃完午餐，舒漾才从牛角尖里钻出来，跑去书房站在门口敲了敲

门:“老公，我去和朋友喝下午茶了。”

正在处理公事的祁砚，推了推鼻梁上的眼镜，冲着她点点头:“嗯，忙完去接你。”

舒漾被男人这一套行云流水的举动帅到。她跑过去搂着男人的脖子，就这么亲了上去。

祁砚整个人怔住，目光盯着不远处的电脑屏幕，亲过瘾的舒漾见他这副表情，不安地看过去——视频会议中，数十双眼睛，惊奇地看着这一幕。

人至少不应该在一件事情上社死两次。

舒漾二话不说，直接拎包跑路。

茶餐厅。

许心寐已经提前到了，舒漾坐下就叹气:“啊啊啊疯了，我真是越来越看不透祁砚了。”

许心寐会心一笑:“你什么时候看透过？”

舒漾撇撇嘴:“那怎么办啊？”

正打算接话的许心寐被一道阴沉的男声打断。

“许心寐！你这次、上次、上上次欠的六百块，到底什么时候还？”

舒漾在许心寐和陆景深身上打量着。

她还是第一次见，薄情的陆景深这般失态。

就因为六百块钱？

舒漾瞥了一眼格外淡定的许心寐，仿佛在说:老姐，你干什么了？把人逼成这样？

许心寐依旧坐着，抬眼看向怒火中烧盯着自己的男人:“怎么不说了？”

“陆总声音还可以再大点，让整个餐厅乃至整个京城都知道，你，陆景深，两百一晚。”

很快，周边的几桌人都朝这里看过来，面露震惊。

谁都想不到，向来心比刀冷的陆景深，居然在向一个女生低头，还什么……两百一晚？

听着周围叽叽喳喳的声音越来越多，陆景深一把握住女人的手腕，拉着人径直往包厢走。

舒漾吓了一跳，她不由得开始担心，许心寐会不会出事。

毕竟陆景深脸色阴沉得仿佛要吃人。

殊不知，关上门的那瞬间，陆景深紧紧地抱住眼前的女人，声音里满是委屈："你太过分了老婆……"

那两百块钱是他最后说服自己的精神支柱，而现在，许心寐却分文不给。

他还一直骗自己，觉得在老婆心中是无价之宝，现在看来是一文不值。

许心寐等他抱够了，发现男人的眼睑都红了。

许心寐最不擅长处理这种场面，赶紧从包里翻出几张红钞，手塞到他手心里。

"陆景深，夫妻之间你非要算那么清楚，行，这钱你拿着，我们两清。"

听到"夫妻"这两个字，陆景深怔了怔，赶紧拉住要走的女人："不，不要了……老婆，别走……"

许心寐扬了扬手里没给出去的钱，眉毛微挑："你确定？"

陆景深点点头，认真地说道："谈钱伤感情。老婆，我下次再也不在公共场合这样了。"

许心寐摸摸他的脸："真乖呢。"

随后，她毫不犹豫地把钱收回包里，不错，又省一笔。

舒漾坐在餐厅玩手机，刚才的事情已经在社交群内传开了，全都是关于陆景深的消息。

#两百一晚陆景深#

舒漾笑着摇了摇头，真是一物降一物。

翻译公司。

祁砚处理完工作，就接到陆景深的电话问候。

"在干吗呢？"

祁砚摘掉眼镜，靠在椅子上放松地说："工作。"

很快，陆景深更加贴心的问候传来："别一天天就知道工作工作

的，也不怕舒漾恢复记忆甩了你。”

操心了半天的陆景深，没想到却等来祁砚一句：“我知道。”

陆景深一惊：“知道你还这态度？你到底怎么想的？”

祁砚拿起手机去到窗台外，声音再也不如刚才那般平静：“我怎么想的？我能怎么想？我这辈子都没这么迷茫过。

“一边想着漾漾要恢复记忆，一边又怕她甩了我，想控制她。

“你告诉我，我能怎么办？”

祁砚已然是陷入了两难的地步。

陆景深沉默后，恨铁不成钢地骂道：“谁让你当初作孽太多！”

“其他的我就不说了，光是感情这方面，多少人怕你陷进去，告诉你别玩过头了，你倒好，仗着人家喜欢你，恨不得往死里作。

“诱着她喜欢你，最后对她爱答不理。人家醒悟了，你还风光着呢，过后才开始后悔。

“孩子死了你来奶了，人家是好惹的？”

祁砚接着电话一言不发，手里捻着根没点燃的烟，慢慢揉碎。

既然如此，那就让他的宝贝在他身上百倍千倍赚回来。

祁砚决定好，看了眼时间准备回家。

“还有事吗？”

陆景深听他这语气，总觉得不太对劲：“你摆烂了？虽说舒漾大概率不会那么轻易地放过你，但你就不管了？”

好歹也努力了这么久，对于祁砚的改变，陆景深作为每次被兄弟捅刀子的受害者可谓是一清二楚。

祁砚疑惑道：“摆烂是什么？”

陆景深直接无语：“行行行，祁砚你好自为之吧，也没人帮得了你。不管最后结果如何，我永远会在你身后……”

到时候，他势必要把祁砚对他处理婚姻时的奚落，涌泉相报！

祁砚被他突然的煽情恶心到：“有病。”

陆景深刚想回嘴，就发现电话被挂断。他转过身，抬头就被眼前的身影吓了一跳。

许心寐环着手臂，好整以暇地看着他。

男人退了小半步。

“老婆，你，你洗好澡了……”

许心寐裹着浴袍，露出白嫩的颈部，她微眯着眼睛，视线扫过男人握着的手机："和哪个小妖精打电话呢？还说什么不管怎么样都永远在她身后？"

女人步步逼近，戳着他的心脏："陆景深，我洗个澡的工夫，你就这么按捺不住？和谁勾搭上了？

"搞半天让我跟你回家，看你和别的女人电话调情是吗？"

陆景深赶紧抓住女人的手，着急忙慌地解释道："不是，不是你想的那样，老婆你误会了，他是男的！"

许心寐神色微变，意味深长地看着他："陆总这是想告诉我，你魅力无穷，男女通吃？"

"老婆我，我没有……"

陆景深怕自己越描越黑，干脆把手机交到许心寐面前："老婆，你看看好不好？我真的没别人，我没有出轨。"

许心寐一把抽过他的手机，打开通话记录。

最新一条，备注"祁狗"。

许心寐掀起眼帘："呵，通风报信？"

不用想都知道，陆景深绝对把漾漾相关的事情全告诉祁砚了。

这两个人到底在害怕什么？

陆景深低着头说："老婆我跟他真的不熟，我错了，我不该有二心，我应该站在你这边的。"

他脑子是不是抽了？难怪祁砚总把他当块砖，哪里需要哪里搬，连不熟这种丧心病狂的话都说得出来。

许心寐把手挡在身前，打住他的话。

"别，你们兄弟情深似海，情同手足，因为我一个外人影响你们的感情不值得。"

陆景深总觉得这话越听越怪。

许心寐拢了拢浴袍领口："好了，我现在也没什么兴致，先走了。"

陆景深拉住女人的手腕："老婆，我真的错了，我都听你的。别走，在家里住一天好不好？"

自从许心寐搬走后，这个家就冷清得甚至不如酒店。

陆景深抱紧眼前的女人："老婆，你回家住好不好，我真的用心反思过了，我知道错了。"

许心寐抬眸："你错什么了？"

陆景深看着她，认真地罗列着自己的罪行。

"我不该抱着解决生理需求的想法和你结婚。

"不该让你没名没分。

"不该擅自推掉你的工作。

"不该冷暴力，不该……"

陆景深越发哽咽，眼眶都开始泛红，他老婆原来在他身上受了这么多委屈。

这短短三个月时间，他怎么就能干这么多破事？

许心寐每听一句，心就跟着痛。她也不知道她到底要多久，才能从那三个月里走出来。可是，这些都不是她和陆景深一定要分手的原因。

当时的她可以说是忍者神龟，唯独那件称得上过去的事，把她狠狠压垮。

她最在乎的，陆景深还是没有意识到……

陆景深颤声问："还有，对吗？"

许心寐捧着他的脸，咬牙切齿地说："陆景深，还有什么事，你给我好好想清楚！"

陆景深紧绷着，他知道现在说什么都是无力的，他哽咽着说："心心……我……"

许心寐松开他："我告诉你，老娘以后和谁在一起，都是你咎由自取。我累了，不管你用什么办法，让我一觉睡到天亮。"

陆景深盯着她倔强的眼睛，视线移到冷艳的红唇上，重重吻下。

这是他最后的价值。

舒漾在家试图寻找祁砚给她打过的针剂，显然没有任何收获。

赶在祁砚回来之前，她又在家里四处转了转，生怕哪里没收拾好，让那个老狐狸发现端倪。

门口却突然传来开门声，舒漾吓得赶紧把手往身后藏，笔直地站好。

祁砚挂着外套，看她紧张兮兮的样子，问："怎么了？"

"没事！"舒漾一边后退，一边闷头跑回房间。

门外的祁砚无奈地摇了摇头，走进书房。

不难发现，客厅有被翻动过的痕迹，祁砚拨通了助理的电话。

“东西呢？”

助理很快意会，回答道：“转移到城西别墅区了。”

祁砚拨着手中的串珠：“拿回来放家里。然后，想办法让夫人找到它。”

助理不明所以地问：“九爷，你这是……”

“漾漾长大了，我不能一味地控制她。”

若真瞒到最后，舒漾迎来第二次叛逆期，那恐怕才更加头疼。

助理沉思，他很清楚让祁砚下这个决心有多么困难。

祁砚收起串珠：“照我说的做。”

既然迟早要完，他自己来做推手，总比猝不及防要好得多。

祁砚回到房间，床上的人已经睡着了，看来是昨天累得还没缓过劲。

他在旁边躺下，把人揽进怀里，视若珍宝地亲了亲。

祁砚十分珍惜地看着怀中的人，平静的眸中暗潮汹涌。他不知道这和谐的婚姻还能维持多久。

舒漾就是典型的长得乖性子烈，还能折腾人。真到了气头上，她确实有可能给他办个离婚席。至于陆景深那几个人，必然会对他送上最真挚、最友好的问候。

忽然，怀中的人翻了个身，背对着他轻声嘟囔着：“祁砚你可真是个小混蛋……”

祁砚低声失笑，看来，他在梦里也不是什么好人。

男人把人又捞回来，接下来的两个字，却让祁砚脸色瞬变。

祁砚贴近她的脊背，清晰地听见舒漾嘴里呢喃着：“离……婚……”

男人浑身紧绷，搂在舒漾腰上的手骤然收紧，他不可置信地盯着还在睡梦中人。

他把人翻过来，晃醒。

“舒漾！”

被吓一跳的舒漾猛地惊醒，整个人蒙蒙的：“怎，怎么了？地震了？”

她拉起祁砚的手就打算逃跑，结果被男人直接抓回来。

"没有。"

舒漾呆滞两秒，幽怨地看着这个打扰自己美梦的男人："那是你发神经了？"

祁砚脸色阴沉，又不知道该怎么解释。

"没事。宝贝，你做噩梦了。"

舒漾原本还记得些刚才的梦境，被这么一搞，瞬间头脑空白。她裹着被子往里钻，顺便把祁砚拉下来。

"哥哥，你这样突然把我吵醒才堪比噩梦好吗？"舒漾缩在男人怀里，"再说了，我做噩梦，你怎么一副要吃人的样子？搞得好像我出轨了一样。"

祁砚把人往怀里揽了揽，轻拍着舒漾的后背："没事，睡吧。"

清早，舒漾起床的时候，祁砚已经去工作了。

她洗漱完，活动了一下发酸的手指，准备去公司开会，刚出门就发现祁砚的助理抱着个保险箱进到庄园。

"夫人好。"

"好好好。"

舒漾匆匆瞥了一眼就上了车，助理欲言又止，心想着：夫人，您真不再多看看吗？我只展示一遍。

舒漾见助理盯着自己不走，关车门前问了句："怎么了？是祁砚让你给我带什么话吗？"

助理双手颤抖地捧着保险箱，话倒是没有，不过这么大个箱子，您是真不好奇啊？

他毕恭毕敬地微微鞠躬："没什么，夫人慢走。"

车子缓缓驶出庭院，舒漾多瞥了一眼助理手里的箱子：祁砚做事情那么缜密，总不至于就这么让助理把针剂带回家吧？况且祁砚企业里的一些机密文件，平常也是这么放在保险箱带回家的。

舒漾撑着脑袋坐在后座苦恼着。她不会在找祁砚算账之前，先把自己折腾得神经兮兮吧？

到了公司，舒漾进入会议室，找了个边角正打算落座，就发现大家的目光都一致转向她。

舒漾以为自己坐错位置了："是，是我不配？"

听到这话，公司高层们瞬间慌了神，纷纷起身给她让座：“这是说哪里话，舒总您坐，您坐，您看哪个位置您最喜欢，随便挑！”

舒漾看着这群反常的领导们，只好向蓝沫儿投去不解的眼神。

蓝沫儿赶忙走到她旁边，示意了一下桌上的照片和资料。

舒漾这才注意到，会议桌上全是她和各种不同的男人被偷拍的照片。

“这怎么了？”

领导拿起一张照片，试探地问她：“照片上这位和您是什么关系？”

舒漾看了看，是在沪城时裴青月开着豪车接她的画面。

“哦，我同学。”

领导又拿起一张：“这位呢？”

“我弟弟，江衍。”

“这个呢？”

“我的合伙人，秦叙。”

“那个呢？”

“我家螺丝厂的员工，霍折宇。”

领导掐着人中，快要昏厥地举起最后一张照片。

“这……”

舒漾笑了笑。

“祁砚，我老公。”

领导直接腿软，这不是妥妥的现实版，豪门少奶奶体验生活吗？

舒漾：“你们找我来就问这啊？”

领导捂着自己激动的心脏，小心翼翼地问：“舒……祁少奶奶，咱们公司平时，没哪里做得太差吧？

“薪资分成这方面，上次从Y国秀场回来，蓝经纪人已经给您提报了，这个月一定落实到位！不对！马上到位！”

舒漾扑哧一笑：“你不说我都忘了。没事，按正常流程走就好。我不缺那仨瓜俩枣。”

舒漾意识到自己嘴太快，把心里话说出来了。她赶紧找补，干笑道：“但是，谁会嫌钱多呢哈哈。”

舒漾看大家强颜欢笑的样子，抓了抓头发。

她还想说些什么，就感觉到蓝沫儿疯狂给她使眼色，示意她别再说了。

舒漾讪讪地抿了抿唇，正好包里的电话响了起来，她低头看完备注，就赶紧走出会议室。

“喂，小雅？”

刚接通，就听见电话那头传来秦雅致哽咽的声音：“漾漾，你，你来机场接我，接我一下好不好？”

舒漾心里一紧：“怎么了？你不在沪城吗？”

“他，他不要我了……”说完几个字，秦雅致就不停地抽泣着。

舒漾眉头紧皱，好端端的怎么会这样？

“你先别哭宝贝，你告诉我在哪个机场，我现在过去接你。”

说完，舒漾急匆匆地跑回会议室：“那个，还有别的事吗？”

领导连忙附和道：“没有没有，舒总您忙，有什么工作上的合作，我直接让蓝经纪人和您对接就好。”

舒漾点头道谢后，立马赶去机场接人。

看见秦雅致的时候，她正一个人孤零零地站在角落，身边什么也没带。

舒漾不由得暗骂：这傅衍之真不是人！

见她过来，秦雅致扑到她的怀里委屈地大哭：“呜呜……男人都是骗子……”

舒漾拍着她的背，安慰地附和着：“是是是，都是骗子！都是混蛋！为那种人掉眼泪不值得，我们先回去再说好不好？”

舒漾带她找了一处就近的房子住下。

洗了把脸后，秦雅致情绪才算缓过来些。

看着眼前哭得红通通的脸蛋，舒漾更是想到就来气。

“他什么意思？好端端的就这么把你赶出来，你一个女孩子人生地不熟的，又没带什么东西，他这么做是人吗？

“平时看起来文质彬彬的，还什么医学世家出身，人品也不过如此！”

秦雅致越听越蒙：“啊？”

舒漾隐隐约约意识到什么：“不是傅衍之吗？”

“当然不是。他才不会把我赶出去，他只会自己离家出走。”

额，骂错人了。

秦雅致舒适地靠在沙发上，伸了个懒腰。

“也没有人生地不熟啦，我经常偷偷跑来玩。况且，我这不是认识你嘛！”

舒漾一拍脑门两眼发黑。这女人是怎么完美避开她标准的安慰模板的？真就一个也没中？！

她激动地抓住秦雅致的手：“不行，你重哭！我没发挥好。”

秦雅致毫不掩饰地哈哈大笑：“漾漾，你怎么这么好玩。”

舒漾捂着小心脏，突然觉得她才是需要被安慰的那个。

“那你刚才哭得那么真情实感，是怎么了？”

提起原因，秦雅致挠了挠后颈，怪不好意思的。

“我就是一下情绪上来了，没控制住。我谈恋爱被甩了，才确定关系，第二天他就莫名其妙发信息要分手，然后拉黑玩失联。

“我打听到他的航班，想追问原因，就跟着到这里了，谁知道那混账东西在机场蹿得比老鼠都快！

“不仅没品，更没眼光！”

舒漾嘴角抽了抽：“你这戏剧性的前男友都多少个了？实在不行咱们要不还是，别谈了？”

秦雅致嘿嘿一笑：“明天继续为爱冲锋陷阵！”

“你还是担心担心，怎么和你小叔解释吧？”

听到这，秦雅致脸上的笑容瞬间消失，耷拉着脑袋。

“我不敢回去……”

说什么来什么，秦雅致的手机一响，上面赫然显示着，来电人——“监护人：傅衍之”。

秦雅致吓得差点没把手机给丢出去，赶紧向舒漾投去求救的目光。

“漾漾，这，这我怎么办啊？傅衍之肯定知道了，我之前和他吵架，还那么信誓旦旦地说，这次找的男朋友绝对靠谱，现在……离了个大谱！”

舒漾指了指自己，惊讶道：“我一个夫管严，你问我？”

要说之前她还能指点一二，现在脾气被祁砚磨得快没了。

秦雅致见这个电话打得没完没了，丝毫没有挂断的意思，她立马把手机递给舒漾。

“宝贝你帮我接一下，你就说我非常难过，已经哭晕过去了，心情好了自然会回去的。”

舒漾点了点头，接起电话并打开外放。

傅衍之平静到听不出情绪的声音响起：“在哪里？我去接你。”

听到男人的声音，秦雅致都要应激了。

温柔刀，最致命。不管出了什么事，傅衍之每次都是这样，先把她哄回去再说。

秦雅致不停给舒漾使眼色，让她按照计划办事。

舒漾眉头一挑，替她回答道：“不好意思傅先生，我是舒漾，小雅她说她已经伤心得哭晕过去了。”

说着说着，舒漾觉得好像有什么不对，还是带着疑惑把话说完：“等她心情好了自己会回去的。”

傅衍之：“……麻烦把电话给小雅，谢谢。”

听完，舒漾和秦雅致双双瞪大了眼睛。

他怎么知道人没睡？

秦雅致正犹豫着，电话里又传来男人沉沉的嗓音：“我数到三。”

还没等傅衍之真的开口倒数，秦雅致就吓得赶紧起身拿起手机：“别别别，我在我在。”

她关掉免提，丢脸地躲到一边，小声喊着：“小叔叔……”

正坐车去机场的傅衍之，听到久违的声音，沉了沉堵在心口的闷气。

“人在京城哪里？”

秦雅致：“我不知道……”

担心傅衍之误会，她赶紧说道：“不过我在漾漾家，我没事的。”

男人轻轻叹气：“嗯。先在朋友家好好待着，下次不要一个人跑这么远，然后不和家里说，知道吗？我很担心。”

本以为小姑娘分手也就分手了，谁知道这次竟然为了一个男人追到那么大老远的地方。

“嗯……”秦雅致低着头，声音又有些哽咽了起来，“小叔叔……你说，你说他们怎么都不喜欢我……”

一个个追求她的时候，海誓山盟都张嘴就来，真到确定关系，反而全都退缩了。

她长这么大，谈恋爱就从来没成功过，仿佛这全世界的烂桃花，都跑到她头上了。

她这次之所以会这么冲动，也只是想抓到人问清楚原因而已。

傅衍之沉默了一会儿：“小雅，这不是你的问题，可能只是缘分没到。”

话说出口，傅衍之自己都说服不了自己。

“再等等吧……”等他彻底放下她，他会放她自由的，他能做到。

秦雅致抹了抹眼泪：“等就等吧，你一把年纪都还没结婚，我急什么。”

傅衍之：“……”

坐在客厅的舒漾把秦雅致来京城的事情简单地和祁砚说了说。

“老公，那我这两天就不回去住了。小雅她情绪不稳定，我多陪陪她。”

祁砚闷闷地应声：“嗯。”

挂断电话后，男人立马给傅衍之打电话。

发现正在忙线后，他破天荒地编辑了一条信息。

赶紧把你侄女给我接回去。

本来祁砚最近就被自己之前做的那些混蛋事烦得焦头烂额。现在，自己的女人居然还被兄弟的侄女拐跑了。

而傅衍之还在和秦雅致打电话，毕竟坏事做多了，听见小姑娘哭得这么难受，他难免心里有些愧疚。

“小雅，”他试探地问，“如果……我结婚了，你也会哭吗？”

前段时间他已经过完二十九岁生日，今年就是他给自己最后的期限。

面对独生子的压力，傅衍之三十岁之后会考虑结婚。

秦雅致直接愣住，从来没想过傅衍之会和她说这种事情。

“你，你要结婚吗？”

一时间，秦雅致脑袋一片空白，她虽然总是说傅衍之这性子八成孤独终老，可是真当傅衍之提到结婚，她突然有些不知所措。

她听见男人在电话那头轻声说：“人总会结婚的，你也是。”

秦雅致心里怪怪的，甚至脑补出各种宅斗大片："那你一定要找个对我好的婶婶……"

男人失笑："会的。"

不知为何，秦雅致并不是很想继续这个话题，她撒娇道："小叔叔，我把住址发给你，你要是这几天没工作，陪我在京城玩好不好？我不想这么快回去。"

她必须想办法找到那只逃窜的老鼠！

到底是脑子被驴踢了，还是有什么大病，为什么突然要和她分手？

傅衍之答应下来："好。"挂完电话还没过两秒，祁砚打了进来。

"傅衍之，你又把人怎么了？现在我老婆都要夜不归宿，去安慰你侄女了，你知不知道？"

傅衍之想起之前祁砚在沪城的那副嘴脸，以牙还牙地回敬道："让你老婆陪我侄女玩玩怎么了？"

他可没忘记之前舒漾来沪城，他又是给两人当司机又是当保镖的。

祁砚沉了沉声："你到底打算这样到什么时候？傅衍之，她和你没有任何血缘关系，你何必顾及那么多？这都多少年了，你光长年纪不长胆子吗？"

傅衍之握着手机的指节泛白："祁砚，我的情况和你不一样。"

"全沪城的人都知道，她是我的侄女，我得到她又能怎么样？

"你觉得别人会怎么揣测她，又会怎么唾弃她？

"别再刺激我了，我已经和小雅说了，我以后会结婚的。

"我了解我自己，哪怕结婚后并没有感情，也会出于责任，归纳好本来不该有的心思。"

祁砚轻嗤一声："你未免把自己想得也太高尚了。你只会被更加束缚的爱彻底逼疯。"

傅衍之沉默片刻，肯定地说："我不会。"

祁砚听着傅衍之不留后路的话语，轻笑一声。当年他不也是信誓旦旦，然后被舒漾狠狠上了一课。

傅衍之温文尔雅的声音传来，话却一句比一句扎心："祁九爷也别笑话我，在等着我被打脸之前，你可别死得太难看。"

明知道他在担心 Y 国的过往败露，傅衍之还故意提那个称呼恶心他，这兄弟情谊，真是半点都不掺假。

傅衍之："听说你最近让人把药剂带回家了？准备一条路走到黑？真是不怕死。"

祁砚抽出根烟含在嘴边点燃："我是那种人吗？"

听他这么说，傅衍之毫不留情地大笑。还真是永远不要低估一个男人想洗白的心。

他思索片刻："这是走坦白从宽路线了？"

祁砚眸色幽幽地吞云吐雾："从不从宽不知道，但再这样拖下去，会死得很难看倒是真的。"

"你还挺有自知之明。"

祁砚回道："可惜，你没有。"他犯浑早，自认为二十八岁回头应该还不算晚，但傅衍之就是典型的不见棺材不落泪。既然点不醒，那就祝他失败吧。

傅衍之："那只能让小雅在京城，多叨扰祁夫人几天了。"

祁砚薄唇微勾："祁某倒是不介意。但我劝你多想想，秦雅致在京城待得久，对你对我都没有任何好处。你就不怕……她继续去找那个被你逼走的男人？"

傅衍之："我人已经到机场了。"

祁砚满意地笑了笑，挂电话前还不忘补一句："尽快。"

书房门口传来清脆的两声敲门声。

"进。"

助理提着保险箱走进来，平放到茶几上。

"九爷，今天我把东西带回来，夫人看都没多看一眼。以夫人对您的信任，要不要考虑在夫人恢复记忆之前直接告诉她。"

男人眉心紧蹙，不紧不慢地把烟头往烟灰缸里捻："不能急于求成。这样她只会觉得，我把她玩弄于股掌之中。"

他只是想找个契机坦白认错，不是想离婚火葬场。

助理低着头，不由得想：难道不是吗……

祁砚解释道："你要明白一个道理，我在她恢复记忆前，强行告知她博取原谅，那是对她的不公平。

"因为此时没有感同身受的她，一定会选择原谅我。

"但之后呢，等她真的恢复记忆了，她心里的痛苦又该怎么办？

“让她吃哑巴亏，委屈着吗？”

助理陷入沉默，自家先生的心思真不是一般细腻。

祁砚轻舒了一口气：“有些脾气，还是要发出来才行。”

另一边。

舒漾和秦雅致两个人得知江衍人在招金基地后，开车就赶了过去。

正在放松的江衍直接被从里面拖了出来。

“又怎么了姐姐们？”

舒漾摊了摊手：“间谍，手机借我。”

江衍老老实实把手机递过去，下一秒手里就多了秦雅致的手机，屏幕亮着，显示被拉黑的页面。

“快快，帮我查一下这个账号的用户，现在人在哪里？”

江衍：“……”

他这一天到晚，真是和女人过不去了。

上午陪妈妈逛街，下午被林烟使唤，晚上出来消遣一下，结果又摊上女人的事。还是两个！

Chapter 12 决心坦白

江衍看着她们火急火燎的，赶紧把人拉进包厢。

“姐姐们，我们能不能稍微低调点？”

这两个人即便是被发现了，祁砚和傅衍之应该也不敢拿她们怎么样。可是，他们会联手把他暴打一顿啊！弟弟的命也是命啊！

江衍闭了闭眼睛，招呼着他的朋友们：“都别玩了，一天天的不干点正事，赶紧出去。”

青年们纷纷看向江衍，这局明明就是江衍组织的，现在反倒是成了他们的不是了。一个个男生起身排好队慢吞吞地往外走，幽怨地看着抛弃他们的江衍。

江衍把门一关，舒漾往椅子上看着他：“辛苦了弟弟。”

江衍把电脑拿了过来：“别客气，来点实际的吧姐姐。”

比如，先付了辛苦钱！

果不其然，一说到这个，他的好姐姐就选择性失聪。

江衍坐下，记了一眼秦雅致手机上的那个账号，问：“这人谁啊？”

万一被傅衍之发现了，他得知道自己是怎么死的。

秦雅致搬了把椅子坐到他旁边：“一个渣男！我要找他问清楚！”

江衍指尖在键盘上飞跃，一边问道：“你想不开啊？全天下男人又不是死绝了，姐姐，换一个吧。”

说到这里，秦雅致深深叹气：“何止一个，十二星座都凑齐了。你说这些渣男，分手就分手，连个原因都没有，气死我了！”

这次她来都来了，一定要逮住个好好问一问。

江衍盯着电脑上的资料：“定位到了，我把地址发你。只不过……”

刚才他多调查了点，这个人住的房产竟然是傅衍之的？现在正在

办过户手续。

秦雅致："不过什么？"

还没等江衍想好怎么开口，一旁的舒漾把他的手机递了过来："傅衍之给你发信息了。"

江衍心里有点疑惑，两件事情一串连，隐约猜到什么。他看了眼消息，果不其然，傅衍之发消息让他帮忙保密。

秦雅致一听，也赶紧凑过来看："我小叔？他找你干什么啊？"

这两人虽说认识，但什么时候关系好到分享秘密的程度了？

看完信息，两道女声同时在少年耳边响起："保密？保什么密？！"

江衍这下真成专业间谍了。都是些什么事啊！

关键是，这忙他是帮还是不帮？

舒漾挤了挤他的胳膊："弟弟，你业务挺多啊？什么忙都帮只会害了你。不如这样吧，你告诉我们，我们帮你一起保密？"

江衍感觉自己脸上蹦满了算盘珠子。

秦雅致问："快说说，我小叔到底瞒着什么了？"

秉承着一碗水端平，哪边都不得罪的原则的江衍，急中生智说："其实，傅衍之喜欢……咳咳……"

说到一半，江衍给了她们一个懂的都懂的眼神。

三个人面面相觑，秦雅致咽了咽口水，小心翼翼地问："真的啊？"

江衍压根不知道她怎么想的，点头就完事儿了。

秦雅致和舒漾两人恍然大悟："难怪他找不到老婆。"

秦雅致感觉自己平常对小叔叔的刻板印象都崩塌了。

她晃着江衍的肩膀："你还我霸道威严清贵的猛男小叔，呜呜我接受不了……"

江衍耳边嗡嗡的，这两人想什么去了？不是这位姐非要听他造谣的吗？怎么又成了他的不是？都毁灭吧！

江衍给傅衍之回了个"OK"。

他这保密工作，那是相当到位。不但帮忙保密了，还顺便帮忙迷惑了一下秦雅致。有了这双重保险，秦雅致能发现傅衍之对她有心思那才见了鬼了。

秦雅致把渣男的地址记了下来，准备明天就去找人算账。

舒漾拿江衍的手机拨通了裴青月的号码，接通后传来一阵乱七八糟的杂音："你那儿怎么那么吵？"

裴青月西装革履地站在包厢主位后侧方。

主位上正坐着一位短发女人，正悠闲地撑着下巴，看向大堂里。

裴青月回道："江郁在物色新对象。"

舒漾有些疑惑："那你在那儿干吗？平等地眼红他们每一个人？"

裴青月有些咬牙切齿地说："她雇我过来当保镖。"

说完，就见江郁睨了他一眼，应该是隐约听见他电话里传来的女声："谁允许你擅自接电话的？一秒钟扣一千。"

裴青月不以为然地勾着唇，伸出手指勾了勾女人的发尖："扣，扣完拿你抵债。"

江郁气得扭头："你要不要脸！"

裴青月笑着挑起她的下巴，在唇上亲了一下，声音温柔中带着警告："闭嘴。"

江郁瞪大眼睛，浑身一怔。她没想到裴青月竟然在分手后还敢如此明目张胆地亲她。

他还让她闭嘴，她就没见过这么难搞的人。

可这也是恰恰吸引她的地方。

男人宽大的手掌贴着她的短发尾，覆在她的后颈上，轻轻给她按摩。

他一手依旧接着电话，根本没打算挂断。

江郁抿了抿唇，裴青月手心的温度仿佛传遍了她的皮肤，让她生不起脾气。

他到底在和谁打电话？就这么依依不舍？

舒漾回到正题："我找不到针剂怎么办？祁砚藏得太严实了。你赶紧帮我想想办法，你们男人做了亏心事都喜欢把东西藏哪儿？"

裴青月十分认真地沉思了片刻："我没做过亏心事。"

他向来都是想干吗就干吗，江郁拿他没办法。当然，最后的结果就是他被甩了。

舒漾："……你清高，你了不起。"

裴青月分析道："要是我，我肯定把东西藏外面啊，你是不是傻。"

舒漾隔空翻了个白眼："你知不知道祁砚有多少房产，我怎么找？

算了，裴公子大概这辈子都没法再体会。”

裴青月：“说话就说话，请勿人身攻击！实在不行你装醉，或者把祁砚灌醉。男人最喜欢的不是酒后吐真言，就是在女人酒后吐真言。”

舒漾思忖，试过，挺废人的。再试一次，恐怕就只能下辈子注意了。

“敢情没点酒，是吐不出真言呗？”

“那不然呢？”裴青月有几分自傲，“可不是每个男人都像本少爷这般实诚。”

江郁冷幽幽地看向裴青月，但凡这男人不是长相出色点、年轻力壮点、身高体长点，就凭他上次敢那么对她，她早就一脚送人回Y国贫民窟了。现在倒好，他当着她的面手脚不安分，还跟别的女人打电话。

江郁狠狠瞪了他一眼。

裴青月收回手，和舒漾说道：“你先别着急，既然他在国外给你打过一次针，那么绝对还会有第二次，只不过是时间周期的问题。”

“药物效果显然是控制不住了，他才不得已这样做，更何况，你不是也已经恢复一部分记忆了吗？身体对药物有抗性就是好的。”

舒漾总觉得怪怪的，为什么记忆恢复，偏偏只有好的部分？

未免太过巧合。

裴青月继续说道：“我没记错的话，祁砚身边有个医生，或许你可以从他下手。”

舒漾看了看秦雅致：“我知道了。”

裴青月刚把电话挂掉，忍无可忍的江郁就起身说：“钱，扣光！”

今天她故意让裴青月过来，就是想给他点压力，只要裴青月低个头认个错，她马上就能过去那道坎。谁知道这少爷比她还潇洒。

裴青月把人摁回沙发上，两手撑着旁边，将她严严实实地圈住。

“江郁，你在气什么？”

江郁抬了抬手，让人把音乐停了：“都出去。”

在众人离场后，江郁的视线回到了裴青月脸上。

这人是真不知道她喜欢他，还是装傻？以她对裴青月的了解，后者的可能性实在是太大了。

“你刚才给谁打电话聊得那么欢，找到了更好的？”

裴青月："难道只允许你在这里看男模吗？"

"你！"江郁推开他起身，"不想说拉倒。"

裴青月一把将人拽了回来："是舒漾。"

他简单地把舒漾的事情又说了一遍："看把你急的。"

江郁："我没急！"她整个人扑到男人怀里，紧紧抱住他的腰。

"最近睡觉都不习惯了。"

裴青月微眯着眼说："江郁。"

"嗯？"

"别喜欢上我，别自讨苦吃。"

江郁笑道："你也别自作多情。"她低下头埋进男人的胸膛，没有人能看清她的情绪。

她知道，裴青月迟早是要回Y国重振家业的，甚至已经在计划之中。

等资金和时机成熟，或许轮不到她换掉裴青月，这男人就会离她而去。

但在这之前，她也有一件事要好好利用利用裴青月……

舒漾把手机还给江衍，问了问秦雅致："你小叔酒量好吗？"

"基本不沾。怎么了？"

舒漾："这次他不是马上要来京城吗？你找个机会，把他喝倒。"我拿祁砚没办法，只能从傅衍之这边下手了。"

她就不信了，这几个人就没有一个酒后吐真言的。

秦雅致听到喝酒越发来劲："没问题，我就说我分手伤心，让他陪我喝。就凭我的酒量，十个傅衍之来都一举拿下！"

江衍听着她们密谋着各种办法，恨不得把耳朵堵上。为什么要让他听到，让他知道？他稍微庆幸点的就是，自己还没有被算计进去。

最后所有事情不会全部找他算账吧？

舒漾和秦雅致两个人商量完了之后，才意识到还有个江衍在这里。两个人的目光纷纷看向江衍，透露着警告的意味。

江衍赶紧撇清关系："不是我要听到啊！是你们非要说的！"

二女语调幽深："嗯？"

"行行行知道了，你弟弟你还不放心吗？我哪敢说出去。我宁可多造几个谣，也不会让你们计划失败的。”

祁砚和傅衍之不好惹，这两个女人更不是省油的灯。

而他江衍，妥妥的受害者。

“谢谢弟弟。”

江衍露出一抹死亡微笑：“不客气姐姐。”

忽然，舒漾记起什么：“你还骗我说没有林烟联系方式，小东西，挺能装啊？”

江衍：“我失忆了。”

舒漾冷嗤一声：“走咯弟弟，下次再见。”

江衍咬牙微笑：“慢走不送。”

这两个祖宗总算是要走了。再多待一会儿，他大脑都要炸了。他感觉自己成了一个信息枢纽站，还是被迫的那种。

舒漾直接把他从位置上拎起来：“还敢不送？赶紧的！”最后他把两人送到停车场后才算罢休。

离开了女人们的世界，江衍深呼了一口气。

刚喘口气，江衍的手机亮了一下，是林烟消息分享的链接，还附了一句话。

好好享受。

江衍疑惑地打了个问号过去，在停车场就随手点开链接看了看。

一片漆黑的画面里，暧昧的声音让他瞬间毛骨悚然。

江衍刚想把手机关掉，结果原本就快没电的手机，直接自动关机。

他松了一口气，这女人真是越来越放肆了，竟然敢给他发那种暧昧语音！

回家后，江衍把手机充上电，也不管现在是晚上几点，直接打电话过去。

“林烟，我知道你想帮我，但你没必要做到这个份上。你一个女人，就不怕我犯浑，把这东西往外发？要是传出去了，你就毁了知不知道？你能不能有点警惕心？”

睡得迷迷糊糊的林烟，刚接通电话就被这噼里啪啦一顿狂轰滥炸。

“什么啊……”她怎么听不懂。

江衍回家后越想越气，连澡都没洗，就为了好好说这事。

结果，林烟还在那睡大觉。

“你问我？”江衍气笑了，“你给我发了什么你不清楚吗？你是不是闲的，别再录那些听到没有？”

林烟：“你不喜欢吗？那……”

江衍想到就烦躁，他打断她：“对，我不喜欢！我承认你声音好听，但不代表我希望你这么做。”

林烟越听越蒙：“你在说什么啊江衍，我就分享几个助眠的音频给你而已。”

坐在沙发上的江衍，整个人错愕地怔住。

“助眠……音频……？”

“你以为呢？”林烟嗤笑，“江同学，你想法是不是有点危险啊？”

“我声音好听？”林烟躺在被窝里接电话，“那今天下午你还说做作。”

江衍竟然把一个普通的助眠音频当成了不雅视频，还理直气壮地训斥林烟，结果……是他脑子不干净了？

此时，他只想换个星球生活，这个世界已经没什么值得他可留恋的。

他可能天生就和女人不和，没一个称心的！

林烟看着被挂断的电话，只能无奈地发笑，江衍第一次主动给她打电话，竟然是因为这件事。

这小少爷平时嘴巴不饶人，但遇到原则性问题总是第一时间为别人考虑。

林烟正打算关掉手机睡觉，才发现还有一条未读信息，是远在M国的爸爸发来的。

这边有非常适合你的专业性工作单位，如果你愿意过来发展的话，以后在医学界的名誉肯定更上一层楼，不要为了男人放弃自我，爸爸希望你再考虑一下。

林烟紧紧蹙眉，人想要失眠，一条信息就够了。

而另一边，洗完澡的江衍把音频连接上房间的蓝牙音箱，任由其播放，扑到床上闷头就睡。

“这一天到晚，真是为女人拼了半条命。”

第二天醒来。

江衍觉得有点怪，掀开被子一看，他一怔。

江衍赶紧起床跑去冲澡，身体还没完全清醒，脑子已经快冒烟了。

刚从浴室出来，江衍还没接受这个事实，门铃就响了起来。

他吓得一激灵：“谁闲着没事大清早来？”

江衍穿着浴袍走到门口，往监控小屏幕一看，熟悉和蔼的中年女人出现在画面中。

“原来是我妈……”

反应过来，江衍赶紧把门反锁，扭头看向自己还没收拾的房间。

“我妈怎么来了！”

他火速跑回房间把床单被罩全部换掉，全部丢进了脏衣篓。

他怕太明显，又丢了几件外套上去挡住。

门口又传来铃声，江衍拿起香水喷了喷，才敢过去开门。

舒梅看着他着急忙慌的样子：“哟，今天怎么不是一副要死不活，没睡醒的脸色了？”

江衍干笑着跟在她背后：“妈，你怎么来了？”

按照惯例，家长都会先在客厅转一圈，然后直奔主卧，拉开窗帘窗户，通风透气。舒梅瞥了他一眼：“你这是不欢迎妈？那我走呗？”

江衍急忙解释：“我没那意思。”

果不其然，江衍看着母亲径直地往主卧走，刚进门就捂了捂口鼻。

“你这房间一股子什么味儿，杂七杂八的？”

江衍：“我刚才在试香水。”

舒梅一边拉着窗帘一边说：“要不是我知道你不行，还以为刚办完事呢。”

转眼，舒梅就看看脏衣篓里面，堆放着满满一筐衣服。

“江衍啊江衍，你看看你自己一个人在外面，一天天过成什么样子？家政阿姨也不请一个，这脏衣服都比你衣柜里多了！”

江衍赶紧拦住她：“妈，你就歇会儿吧，我自己洗！”

舒梅眯着眸子打量着他：“说吧，怎么回事？这屋子一闻，是香水味还是欲盖弥彰的味道，你自己心里清楚。”

江衍眼看瞒不下去了，视死如归地闭了闭眼睛。

舒梅扒住他的胳膊：“儿啊，你的厌女症好了？你行了？那有什么不好意思的，妈妈替你高兴啊！”

江衍拉着她坐到沙发上：“我知道你高兴，但你先别高兴得太早。”

“有点效果而已。”他实在是说不出口。

可他亲妈永远不会让他失望，下一秒就问：“有点，是多少？”

“一秒？两秒？”

舒梅把自己都给说笑了，江衍听得脸都绿了。

“好了妈，你没事多看看我姐去，多督促她赶紧生个小宝宝。”

省得全家人没事总把心思放在他身上，这很难办。

“你姐姐那么大个人了，她自己会看着办的。”

江衍：“我也不小啊！”

“好好好。”舒梅敷衍道，“你有今天，那都得谢谢林医生，平时多送点礼物什么的知道吗？不要像个大直男一样，就知道暴躁地抓头发。”

江衍忍住下意识想抓头发的手，差点被预判了：“我给钱了啊，还要怎么谢她，以身相许吗？”

舒梅惊讶地说：“这可是你说的啊，我可没说。没想到你小子，年纪不大，胆子不小。”

江衍推着母亲往外走：“妈你快去祸害我姐吧。再这样下去，今晚我要远航了。”

江衍感觉再继续掺和这些女人们的事情，他以后就算是不厌女，八成也恐女了。

江衍去到和林烟约好的医院，看着女人眼睛里明显的红血丝。

“又熬夜了？”

林烟不答反问：“我怎么觉得你今天特别不一样？”

江衍：“？”

“特别……”女人盯着他的面貌，“精神抖擞。”

江衍掐着手心，没想到这点事情怎么人人都看得出来？

“我一个快二十岁的人，难道天天萎靡不振吗？”

林烟想想觉得也是，边翻着检查资料边问：“助眠音频好用吗？”

江衍最近忙着新公司的事情，再加上治疗上的心理压力，一直难以入睡。

抛掉那些乱七八糟的，少年吐出两个字："还行。"

林烟唇边带笑，要知道就凭江衍的嘴硬程度，一句还行基本就是非常好的意思。

时间一久，江衍都不用她说，直接自觉地往检查小床上一躺，然后开始装死。

林烟笑了笑，带着检查记录正打算过去，一旁的手机就响了起来。

江衍的目光投过来，她正好示意了一下，然后接起电话。

躺的江衍直接把床边的帘子一拉，可还是听见林烟俏媚的声音传来。

"郁总，怎么了？"

林烟握着电话，要知道朋友突然联系她，一般来说不是生病就是手术。

听见浴室传来水流声，确定裴青月在洗澡后，江郁才撑着腰坐起身："烟烟，有件事情拜托你。"

听到这，林烟看了眼江衍的方向，小声说："你说吧。"

检查完，林烟收拾时，瞥了眼正在整理衬衫的江衍："过些天我要去沪城出差，希望回来后你已经崛起了。"

江衍难得没有回嘴，乖巧地"嗯"了一声。

秦雅致一早就被通知，傅衍之人已经到了。

舒漾去公司了，而她昨天熬夜实在起不来，硬是让人在楼下等了一上午。

下楼时，见沙发上没人，秦雅致疑惑地看向家政阿姨："老男人走了？"

阿姨愣了愣："什么老男人？"

听到这个回答，秦雅致直接默认对方已经走了，谁知道刚转身就被身后高大的身形吓到。

"你，你不是走了吗？"

傅衍之伸手把她松松垮垮的领口往上提："老男人走没走我不知道，傅某人倒是在这等了一上午。"

秦雅致有些不好意思地笑笑："你也知道我有起床气。"

她在空气中嗅了两下，看向餐厅："哇，你给我做饭啦？"

"嗯。"

秦雅致迫不及待想跑去尝一口，胳膊却被男人拉住："去洗手。"

她只好撇撇嘴巴又去洗了个手："都不在家里了，还那么多规矩。"

傅衍之无奈地揉眉。

两人坐下用餐，品尝到美食的秦雅致总算是露出满意的笑容："傅衍之，你以后肯定很顾家！什么都会！"

男人帮她盛着汤："为了一个随意丢下你的人，又是掉眼泪又是离家出走的，这都第几次了？这次回去后，还谈吗？"

秦雅致嘿嘿一笑："谈啊！十二星座不行，不代表十二生肖不行。"

一不留神，男人端着的汤，直接泼洒到手上一些。

秦雅致赶紧起身拿纸擦着男人的手指。

"你怎么笨手笨脚的？"

傅衍之看着女人抓着他的手指，他喉结滚了滚，收回手："我自己来。"

收拾好，秦雅致也没敢再提那回事。她吃饱后就眼巴巴地盯着面前的男人，满脑子都是舒漾交给她的任务。

"小叔。"秦雅致娇滴滴地喊他。

男人抬起眸，他认真用餐时一贯不喜欢交流。

秦雅致做作地眨眨眼："今晚去喝酒吗？"

傅衍之看着面前人不怀好意的眼神，秦雅致就差没把"她要使坏"这几个字写在脸上。

"说吧，这次又想干什么？想骗我钱了，还是想挨打了？"

他可没忘记之前秦雅致故意灌他酒，然后摸走他身上所有的钱和卡，第二天人就飞国外的事。

秦雅致一听，被质疑后眼睛都大了一圈。

"小叔叔，您这说的是哪里话？"

男人低眉直言："你的心里话。"

秦雅致："……"这老男人，还不好骗了。

傅衍之见她如此失落，说道："非要我喝也可以……先说好，是走流程还是直接打？"

秦雅致的目光像是装了两个大灯泡开关，一会儿亮，一会儿暗。

看来傅衍之铁定猜到她居心叵测了。

她委屈巴巴地低下头："人家哪有……人家就是分手太难过了，想让你陪我小酌几瓶。你怎么能这样恶意揣测我呢？"

明知道她是倒打一耙，傅衍之看见她演戏演得投入，都不忍心拆穿。

男人用完餐盯着她说道："小雅，下次动小心思前，嘴角收一收。"

那种即将得逞的笑容，明显到都不是睁一只眼闭一只眼，能说得过去的。他要是这都能上当，这近三十年真是白活了。

秦雅致撇撇嘴，思索完两眼发光地说道："要不，还是走流程？喝完再打。"

秉承着不管三七二十一先把人骗去的想法，秦雅致又说道："既然你这么不信任你侄女，那我有什么办法呢？

"但如果我真的只是和你单纯喝喝酒，你故意曲解我，那你要向我道歉！并且，在京城这几天不准管我、调查我。"

秦雅致提出的两个条件，无论怎么样都能实现一个。

能从傅衍之嘴里套出话，她就挨顿打又怎么样，反正傅衍之不敢动真格的。如果没收获，傅衍之这几天不管她，她正好可以好好调查那渣男的事情。

再不济，她可以连夜跑路。

男人一下就抓住了她话中有歧义的地方。

"如果？看来秦小姐迫害我，还是分状况，看心情的？甚至连退路都想好了。"

一再被看穿心思的秦雅致，直接开摆："我不跟你玩了！"她气冲冲地就要跑上楼，却被一股力量拽住。

傅衍之轻叹了一口气："喝。"

今天要是不答应，小姑娘绝对得跟他置好几天的气。

更何况，他还有一点私心。

舒漾刚到公司，蓝沫儿跟在她身边说："舒姐，会议室有个你的礼物。"

她疑惑地往那边走："什么礼物怎么不放休息室？"

“对方担心你介意，这个礼物吧……还挺大只的。”

走到会议室门口，舒漾特地回头又问了句：“狗吗？”

蓝沫儿示意她自己进去看。

舒漾只好推门进去，空旷的会议室里没有她想象中的传统礼物，而是站着一位紧张到揉手指的少年。

印象中清瘦的身板变得健康，头发变成短寸头，依旧白皙的脸上，黑漆漆的眸色坚韧且坚定。

“霍……折宇？”

舒漾整个人怔住，心情复杂地看着眼前西装革履的男人，不知该说些什么。

半年前还在被她打骂的小屁孩，再见时已经完成了巨大的蜕变。

霍折宇设想过许多画面，可真的被自己日思夜想的人喊出名字的那一刻，他依旧笨拙的不知所措。

他张了张口：“漾……小婶婶。我，我就是工厂最近不忙了，来看你一下。

“听说你快过生日了，我到时候恐怕在车间工作，提前先祝你生日快乐了。

“我没有买礼物，你应该也不会收，小叔叔会不高兴的。”

紧张到有些发颤的霍折宇，语速都不由得加快了些，生怕舒漾会不耐烦。

来之前他就知道，舒漾是不会接受他送的任何礼物的。

所以他把自己积攒到的所有工资拿来定制了一身西装，穿来见她。

“谢谢。”除了这两个字，舒漾不知道该说些什么。

霍折宇的变化大到让她久久不敢置信，如果是以前的二愣子，绝对会直奔她的私人休息室，而不是选择在会议室等她。

“姐姐，如果……”霍折宇有些哽咽，眼眶一瞬间通红。

如果半年后，你和祁砚小叔过得幸福，不打算离婚的话，我就去当兵了……

最后，霍折宇还是没把这句话说出口。

“如果你和小叔办婚礼的话，我可以去吗？我没别的意思，我就是想去看看。”

祁砚已经在和霍氏分家了，等到那个时候，他大概率也收不到婚

礼请帖。

舒漾闭着眼睛沉下心，并没有擅自答应："之后真打算办婚礼的话，我和你小叔会商量的。霍折宇，你……

"霍折宇，你现在挺好的，你还有很长的人生路要走，不要把青春投资在我身上。"

舒漾说完，似乎又想到什么，眉眼都是温柔："我很清楚我的心在哪里。"

霍折宇认真听完，点了点头，他也是。

霍折宇站直了些："那我先走了。"

担心舒漾为难，又或者是不想自取其辱，霍折宇主动说出了"不用送我"。

从她身边路过的刹那，霍折宇洒下一滴沉默的泪。

拿着工作资料跑来找舒漾的蓝沫儿，抬眼就撞见刚从会议室出来的霍折宇。

男生身上穿着熨烫笔挺的合身西装，眼眶却红得吓人，仿佛下一秒就会号啕大哭的小孩。

蓝沫儿看了眼会议室的方向，想说什么。

少年竖起食指贴在唇上，做了一个噤声的动作，刚才还看着可怜兮兮的眸子泛起凌厉之色。看来他是在警告她，不能把这件事情告诉舒漾。

蓝沫儿愣在原地，没想到会被一个看着就比自己小的男生吓到。

霍折宇和她擦肩而过，从里面出来的舒漾拍了拍她："傻站着干吗呢？"

反应过来后，她赶紧拿起手上的资料："纽约时装周的时间定下来了。你收拾一下东西，机票订好了，三天后我们一起出发。"

舒漾应声，下班后就打电话给祁砚，把这个消息分享给他。

没想到男人却说："老婆，我在你公司地下停车场。"

她脚步飞快地赶到停车场，一眼就看见停车场里那辆熟悉的迈巴赫。

刚坐进车内，舒漾就闻到淡淡的消毒水味，她凑近男人身前闻了闻。

祁砚托着她的后脑勺，担心撞方向盘上："怎么了？"

舒漾半趴在他眼前，眯着眼睛幽幽说道："老实交代，你抽多少烟了？"

平时祁砚没什么烟瘾，身上基本不会有过重的烟味，今天很明显就不对劲。

她不排斥，但不由得想问问。祁砚仔细想了一下："真的不记得了。但我承认，有点多。"

舒漾捧着他的脸问："你想不开啊？"

祁砚揽着她的腰把人抱上来，连声音都沉闷了不少："你昨天不在家，我睡不着。"

"今天回家住吧，傅衍之已经到京城了，你朋友有他照看着，不会出事的。"

舒漾仰着头，手悄悄环住男人的腰背，她能感觉到祁砚最近很没安全感："我又不会跑了。"

"霍折宇来见你了对吗？"他刚才在停车场看见人离开了。

他知道，他的好老婆一定会处理好这其中的关系，霍折宇并不会对他们的感情造成任何实质性影响。

"嗯。"舒漾十指紧扣住男人的手，"他祝我生日快乐，还有希望我们结婚邀请他。"

"我把他送到西郊工厂，希望他蜕变的同时，也改变对你不该有的想法。但在封闭了这么久的情况下，他今天显然是正式作为一个男人来见你。"

祁砚缓缓抬起脸："你能明白我的不安吗？"

一个少年沉淀下来的感情，换作以前任何一天，他根本不会放在眼里。

可现在不一样，等舒漾恢复记忆，他也可能会被丢下。

舒漾一言不发地看着祁砚，她从未想到他也会陷入前所未有的慌乱。

她抿着唇，心里不得不想。祁砚，你曾经到底待我是什么样，才会如此害怕？

祁砚抱着她，能感觉到怀中人的颤抖。

"老婆，我知道自己做过错事，我没有想要逃避责任，你别害怕我，别胡思乱想，最后什么结果我都接受。"

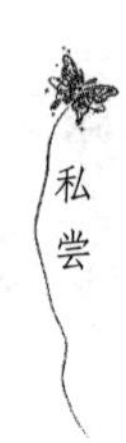

舒漾心疼地抚着男人的脸："既然我们都心知肚明，把针剂交给我好不好？"

她不想再去家里翻来翻去，把自己结婚以来所有的猜疑都花在他们的家里面。

男人的怀抱越收越紧："好。"

最后所有的编排和计划，都抵不过舒漾的一句话，他就能坦诚相待。

祁砚把她领口整理好："那这几天，方便吗？"

舒漾自以为已经习惯了祁砚大白天"口出狂言"，结果还是耳朵一红。

这男人为什么总是能把这种事情聊得像吃饭那么简单？

祁砚见她纠结，分析道："老婆，去 M 国后，你应该至少有一周都在忙工作。为了避免我做出什么不合时宜的事情影响你的工作进度，我觉得，宝贝你还是在这几天努力一下，如何？"

舒漾捂住自己的耳朵赶紧乱点头。

祁砚亲了亲她才松手，让人坐回副驾驶位后，祁砚帮她系好安全带，顺便想了一下自己的工作时间安排。

"我大概比你晚一天过去。"

回到家后，祁砚把保险箱交给了舒漾，想到今天自己不受控制的情绪，就有些担心。

觉得他是该找人练练手了。傅衍之想必也是一肚子窝囊气，再适合不过。

此时收到信息的傅衍之，已然被旁边的女人灌得面色粉红。

准备离开时，秦雅致扶着他，伸手去摸男人西服里的手机，小声哄骗道："小叔叔，密码多少啊，我们该打车回家了。"

傅衍之疼得晃了晃脑袋，整个人往她那边栽去："呃……"

沉重的力量压下来，秦雅致被抵到酒吧墙边，她推了推男人的脑袋，他已经完全醉得不省人事。

"过头了。"

当时想着万一傅衍之是装醉，毕竟这男人嘴巴可真严啊，半醉不醒的时候，一句话都套不出来。

但是秦雅致又不希望计划失败，干脆就多灌了几杯酒，免得查手机的时候被发现了。谁知道现在，傅衍之直接歇菜了。

她一个人扶都扶不动，叫也叫不醒，站在这里都没法挪动。

路过的秦叙瞥了眼这边，很是热心地招揽业务。

“需要帮忙开个房吗？”

秦雅致仿佛看见了救星：“快快，帮我把他带走。”

再这样下去，她都要被傅衍之压扁了。

秦叙上去搭了把手，把人扶到楼上酒店房门口，掏出口袋里的房卡递给秦雅致：“情侣主题房，六万八。”

本想接过傅衍之的秦雅致，立马撒手不管：“你敲诈啊！还有，什么情侣什么主题，你搞错了吧？”

秦叙抛过去一个意味深长的眼神：“这个主题嘛……咳咳。住过的都说好，绝对不亏。”

秦雅致把傅衍之抓住她衣角的手撇开，划清界限：“人给你了，我先走了！”

六万八一晚，她拿命给啊！

秦叙没想到今天踢到一个铁板，赶紧拉住她的外套：“等等，等等，八折行不行？我人都给你扶了。”

秦雅致看了眼昏昏沉沉的傅衍之：“五折，不行拉倒。”

秦叙看着醉得不省人事的男人，只好让步：“好好好，行行行，你别跑，五折就五折。”

到时候人跑了，他就真成了冤大头。

秦雅致把人带进去前，还不忘交代：“钱明天他付，到时候你就和他说原价，六万八。剩下一半分我，知道吗？”

秦叙眼睛都瞪直了：“你怎么还搞中间商赚差价？”

敢情这省下的那一半，进了她的口袋？

秦雅致无所谓地摆了摆手：“你放心吧，他不差这点钱。但是，我差。”

秦叙若有所思地点点头：“你别说，你还真别说。有点道理。”

看着眼前被关上的房门，秦叙累得扶墙：“不是，这有哪门子的道理？”

算了，他就当行善积德了。

房间内。

秦雅致想把人丢到床上，奈何傅衍之不松手，两个人都跌了下去。

被压在底下的秦雅致想要挪出来，抬头就看见床顶上方有一面巨大的圆镜。

镜子里，她只露出一张小脸和火红色的长卷发，旁边是男人的后脑勺和肩颈，她被傅衍之牢牢地圈在怀里，一举一动在透亮的镜子里清晰可见。

秦雅致总觉得哪里怪怪的，好好的房间装什么镜子？

把人推开后，秦雅致目光落到醉酒的男人身上。

她抓住男人的手使劲地晃，没想到手腕被反扣住，略微低哑的男声传来："水……"

"谁？"秦雅致趴在他耳边，"我是你爸爸，嘿嘿。"

平时被压榨久了，此时不占便宜更待何时？

没想到傅衍之真的抱住她，呢喃着："嗯。"

秦雅致大惊，这人不会是醉傻了吧？

"水……"

直到男人说第二遍，秦雅致才听清楚，她四处看了看，把床头柜上的水拿了起来。她一眼就瞥见上面摆放的其他生活用品，她火速拉开下方的抽屉，把东西都拨回抽屉里去。

她把抽屉关上，将傅衍之从床上拖起来："你的水。"

见男人没反应，秦雅致拍了拍他："喂，你不会还想本小姐喂你吧？"

傅衍之依旧是没什么力气地靠着，她实在没办法，只好把水小心翼翼地往男人嘴里喂，还不忘啰唆："傅衍之，你好大的福气啊你。"

刚说完，她把水放在嘴边半天，傅衍之就是喝不进去。

秦雅致一心急就把瓶子竖起来了一些，结果"哗啦"一下，半瓶水直接倒在了男人身前。

白衬衫快速被浸透，顺着皮肤贴牢，里面透得一清二楚。

傅衍之睁开些眼睛问："你在干什么？"

秦雅致把剩下的半瓶水递给他，又把纸丢了过去："你自己嘴里喊着要水，我喂你喝你又不喝，就这样了……"

男人喝了两口后沉默在原地，他刚才都醉倒了，还怎么喝水？

这下好了，小姑娘直接给他来了瓶醒酒水。

傅衍之用纸擦了擦，发现没用后，扯了扯粘在身上的衬衫，浑身却没有力气。

作为一个有洁癖的人，现在的傅衍之每个细胞都要忍受不下去了。

秦雅致看出了他的不自在，刚伸手过去就被他躲开。

“你躲什么？都这样了还穿着干吗？再说透成这样，都看得差不多了。”

说着，秦雅致指尖戳了戳那凹凸不平的腹肌：“想不到你平时看着轻轻瘦瘦的，身材还挺拿得出手。”

已经醉蒙了的傅衍之，实在没有太多的发言权。

可真当解开衬衫的时候，两个人的脸色都变得不太对劲，衬衫一丢，秦雅致飞快地用被子将人蒙上。

在被子下，视线漆黑的傅衍之被她折腾得有些呼吸困难，反手把人搒到一边。

秦雅致手里拿着男人的手机，小声问：“小叔叔，密码多少呀？”

闭着眼睛的男人已然睡死了过去，秦雅致拍了拍脑袋，忽然想到还有指纹识别，她抓起男人的手指，就往手机屏幕上摁。

果然解锁了。

其他的她统统不看，直接翻到和祁砚的聊天框。

上面是一条未读消息，她手一快，直接点开了。

秦雅致心觉不妙，明天傅衍之看见消息岂不就知道她偷看他手机了？

事已至此，她只能一不做二不休，点开一看到底。

结果发现，就只有那一条消息，还是约锻炼的。

“聊天记录删得这么干净，肯定有什么见不得人的东西。”

实在没办法，秦雅致只好作罢，跑到沙发上盖毯子准备睡觉。

她给舒漾发消息：

“一无所获。”

“不过，你老公要找傅衍之干架，这事你知道吗？”

第二天，傅衍之醒来的时候头痛欲裂，睁开眼睛就看见天花板的镜子，他坐起身，扫了一圈房间内奇怪的布局，怎么看都不像是正常酒店房间。

秦雅致四仰八叉地睡在沙发上，毛毯全垂在地上，一只脚搭在沙

发靠背上，毫无含蓄可言。

傅衍之掀开被子，才发现自己也没好到哪里去。

衬衫和西服都被丢在地毯上，旁边还有零零散散的白色纸团。

可是他已经完全断片，最后的印象就是秦雅致在他耳边说。

“小叔叔，醉了吗？你怎么不发酒疯啊？

“别睡觉嘛，吐点真言什么的也行啊，我不嫌你酒品差。”

然后他就倒了。

傅衍之起身拾起西服外套先套上，随后走到沙发旁边，把女人不雅的腿给拿了下来。结果下一秒，秦雅致又习惯性地搭了上去。

傅衍之叹了叹气，再拿下来，见她还不老实，干脆拿过丢在地毯上的领带，直接将她两只脚踝绑在一起。

见总算听话了，傅衍之才去洗澡。出来后他发现，缠着领带的两条腿一起搭了上去。

男人头痛地按了按眉心，把人抱到床上，迷糊的秦雅致翻了个身，嘟囔着：

“傅衍之，你怎么那么难搞……”

男人失笑：“到底是谁难搞？”

谁知道，秦雅致就像是在梦里听见了一样：“你还敢顶嘴。”

傅衍之无奈地笑了笑，他拿起放在旁边的手机，看着屏幕上的指纹，很显然是被动过了。祁砚发来的信息已经是已读状态，男人并没在意，快速回了个“不去”。

既然信息已经被秦雅致看见了，为了之后不落下话柄，他当然是要以身作则。

怎么能和祁砚这种遭遇婚姻危机的男人同流合污？

傅衍之打了个电话给助理：“去常住的别墅各拿一套我和小雅的衣服，送到金山2808。顺便问一下房费结了没有。”

助理立马着手安排，赶到的时候已经过了一个小时，傅衍之开门拿过装衣服的袋子。

助理说道：“先生，前台说就开了一间房。”

傅衍之睨了他一眼：“所以呢？”

意识到什么，助理赶忙低下头：“是我多嘴了。”

这么多年，傅先生和秦小姐从来都没有同住过一间房，自家先生的心意他想不发现都难，今天下意识就以为还是要付两份房费。

听到只订了一间情侣房，再加上让他带衣服，他那是又惊又喜，以为傅先生可算是要熬出头了。可现在看样子，依旧还没捅破那层窗户纸。

傅衍之回到房间后，秦雅致已经醒了，发现自己的脚被绑在了一块儿：“傅衍之，你干吗绑着我，你变态啊！”

男人走过来，坐下帮她拆开脚腕上的领带：“你睡觉不老实。”

她哼了一声：“又没和你睡。”

话音未落，房间内莫名安静了几秒钟。

傅衍之应声把衣服拿过来：“去洗澡换衣服。”

秦雅致抱起衣服就跑去浴室，找了半天没看见凉拖鞋。

她又跑出去问：“傅衍之，酒店拖鞋在哪儿？”

谁知道一抬头，男人赤条条的脊背映入眼帘。

“啊！”她赶紧捂住眼睛，又张开手掌露出一条缝。

男人的浴袍退到一半，正打算换衣服，她如果晚出来一秒钟，那件挡住身体的浴袍就荡然无存。

傅衍之快速套上浴袍，伸手挡住她偷瞄的眼睛。

“在洗手台下方的暗格里。”

重新跑进浴室的秦雅致咽了咽口水。

好样的，一天之内把傅衍之正正反反看了个遍。

但是，这也太尴尬了！这让她以后怎么正常看待衣冠楚楚的傅衍之？

而外面的傅衍之也同样头痛，看来以后真的不能随便答应喝酒的事情。

他不太适合喝酒。

刚发过去的消息，祁砚回了过来。

你够怂的。

短短四个字，直接把男人心头的怒火全部激了起来。

他当即就答应了祁砚的挑战。

原本他对于这种事情，是没有什么兴趣的，可祁砚算是挑衅到点上了。

正好，新仇旧怨一起算。

反正早已是塑料情谊，谁也见不得谁好，那就都别好过。

收到消息的祁砚，盯着手机屏幕缓缓勾唇，激将法果然管用。

傅衍之要是再拒绝下去，他真要怀疑人是不是废了。

秦雅致洗完澡出来，一时也不知道该和傅衍之说些什么，默默地看手机。

舒漾发消息告诉她东西已经拿到了。

秦雅致满头的问号，她打了个电话过去，躲到阳台上悄悄说："你怎么找到的？"

舒漾坐在沙发上，看着面前的保险箱："我直接和祁砚说，让他把东西交给我，他就给我了。"

秦雅致嘴角抽了抽："就，就这么简单？"

她费了半天劲，结果舒漾那边一句话就到手了？

舒漾笑了一下："其实我自己也没想到，我以为他已经把东西藏到其他地方去了。"没想到东西就在家里，甚至祁砚拿给她的时候，都不需要特意去翻找，就在书房柜子的隔层，摆放得十分醒目。

那么明显，她之前居然没发现，也没有任何怀疑。

舒漾看了都要感叹一句：祁总艺高人胆大。

秦雅致捂着嘴说："我，我刚才把傅衍之看光了，我现在看见他就浮想联翩，怎么办？"

舒漾无以言表，千言万语总汇成一个字："牛。"

"那就跑路。正好今天我们还有大事要办，你在酒店等我去接你，我们去堵那个渣男，找他质问清楚，到底为什么要分手。"

秦雅致把房间号报给了舒漾，想了想又说："算了我去楼下等你，傅衍之在这里，我再不走我的脚趾都要把这二十八层楼扣穿了。"

听着她报的房间号，舒漾疑惑地想着。

"那不是情趣主题套房吗……"

"呸呸呸！"秦雅致赶紧说道，"人家都说了情侣主题套房，你这满脑子都想什么呢？况且，你怎么知道？"

舒漾一下噎住了，别问，问就是住过。

当初江衍给她和祁砚开的那个房间，就在隔壁。

金山第二十八层，都不是什么正经房间。

“我瞎说的，你快来吧。”

挂掉电话后，秦雅致跑到楼下后的第一件事情就是找秦叙要钱。

“三万四，快点。”秦叙看着她活蹦乱跳的，有些讶异。

看来昨天那兄弟，不是装醉，是真废啊！

昨天看他一个劲陪女人喝酒，秦叙还以为这是个高手，毕竟男人七分醉，干啥啥不会？没想到，无事发生，真是浪费了他的良苦用心。

钱到账后，秦雅致美滋滋地笑了笑：“有了这笔钱，又可以一个星期不回家了。”

秦叙冒昧地问了一句：“你和他谈多久了？”

“谈什么？”秦雅致惊慌，“他是我小叔啊！”

就昨天那场面，换任何一个眼睛不瞎的人来看，那男人对女人的态度，都是铁打的小情侣。现在竟然告诉他，是亲戚？

秦叙感觉自己三观都要炸裂了。

眼前的女人还一无所知的，为了赚来的三万四，开心得合不拢嘴。

不久，傅衍之也从酒店下来，秦叙的目光紧盯着他。

幸亏这小姑娘昨天没出什么事，不然把人安排进那种套房的他，岂不是畜生不如？

舒漾下楼梯看到坐在沙发上的男人，走过去好整以暇地看着他。

“祁总要去干架？”

祁砚把手里的报纸放下，拉着她的手腕抱着人坐到腿上：“怎么知道的？”

舒漾赖在他怀里小声说道：“没事干什么架，有那力气还不如花我身上。”

虽然她心里很清楚，最近祁砚各方面压力特别大，而她能做的也十分有限。

保险箱已经让人送到裴青月的手上，等从 M 国回来后，她会全心配合恢复记忆的治疗，而到时候，她和祁砚会面临什么，全然未知。

所有事情都表明，她曾经绝不温顺。

祁砚抬起她的脸，把人亲了亲：“谁教你这么说话的？”

舒漾仰着头：“祁砚，你应该好好反思一下。”她变得如此色胆包

天，祁砚负全责。

男人轻轻笑了一下："那我不去了，就在家等你回来。"

缓解压力的方法有很多种，这无疑是他最喜欢的。

舒漾从他怀里钻出来："我先去处理一下事情，不许去打架知道没？"

祁砚眼睫微弯，认真地看着老婆点头。有老婆陪，还去找什么单身狗打架？

舒漾出门后，祁砚打电话取消了约架的事情："不好意思，我老婆不让。"

已经到了招金基地的傅衍之，直接被放了鸽子。他忍不住暗骂："祁砚，你就是个花孔雀。"

祁砚不以为然地说道："哦？是吗？

"现在花孔雀好心提醒你，你侄女已经找到那个男人的住址了。

"不出半小时，你就要完蛋了。"

傅衍之着急地拿着车钥匙往外面去，还不忘对电话里事不关己高高挂起的祁砚说道："不出半个月，你也要完蛋了。"

这男人到底有什么资格奚落他？就欺负他没老婆吗？

祁砚靠在沙发上，语气闲散："拭目以待。"

挂掉电话，祁砚难得打了个电话给远在 M 国的母亲。

关键时候，还是希望母亲能够给他一些婚姻上的建议。

电话被接通，祁砚正打算开口，电话那头就传来母亲祁秋华急促的声音："祁砚，妈妈现在有事，你想说什么给我留言就好了。

"还有，能不能别让你的人盯着我了？我感到非常不舒服。"

祁砚想说的话如鲠在喉："那你先忙。"

原本以为能在家等老婆回来的祁砚，终究还是开车去了招金基地。

没了傅衍之，自然还有陆景深。

果不其然，没老婆的人就是随叫随到。

陆景深进到拳击室，仰着头双手把头发往脑后一铲，潇洒不羁地走了过来。

"哟，祁大翻译官也有想不开的时候啊？竟然知道找哥出来练练。"

他少说有大半年没见祁砚如此颓丧。

换作平常，这男人只会风轻云淡地往他身上捅刀子。

正在戴拳击手套的祁砚，冷眼看着他。

才多久不见，陆景深就风光得让人刺眼。

陆景深直接搭了个胳膊过来："怎么不理哥？"

祁砚刚戴好手套，一拳就往他脸上挥了过去。

陆景深急忙一躲："靠！祁砚，你玩阴的啊！"

自从祁砚结了婚之后，每天动不动就平等地嘲笑每一个单身狗，陆景深还是第一次见他情绪起伏如此之大。

"不知道还以为你离婚了。"

祁砚拧着眉："找死是不是？赶紧的，我赶时间。"

打完早点回家，免得老婆久等，他还有很重要的事要做。

陆景深快速套上拳击装备，站上擂台，祁砚的拳头毫无预料地砸了过来。

陆景深闪躲着，暗骂："怕不是疯了！"

不是老婆要跑了，都干不出这种事。

陆景深快速进入状态，狠狠地回击。

几轮打完，两个人身上都挂了彩，但不约而同地都没往脸上招呼。

毕竟谁都知道，这张颇有几分姿色的老脸要是再毁了，老婆就真跑了！

祁砚冲完澡，换了身黑色运动服出来，脖子上还挂着条白毛巾。男人摸起丢在茶几上的烟盒，抽了根出来，叼在唇边点燃。

没带衣服的陆景深，直接裹着浴袍出来，他刚想挨着祁砚坐到宽敞点的沙发上，就被祁砚夹着烟的手挡住。

"坐那边去。"

陆景深："不是，祁砚，你搞什么东西，老子坐这儿怎么了？我又不是没洗澡，都是男人你嫌弃谁呢？"

祁砚抽着烟："我一会儿要回家，你身上味道不同，避免我老婆误会，你还是离我远点比较好。"

陆景深："……老婆老婆老婆，这么大个人了，一天到晚就知道惦记老婆。"

早知道他就不该来，祁砚现在倒是心情舒畅了，又拿他开刀。

陆景深也点了根烟，抽了两口得意地说道："不过你看，遇到事情了还不是第一个想到本少爷。"

祁砚嗤笑："倒也不是。"

陆景深突出一个大大的不信："那还有谁？"

"傅衍之。"

陆景深："他来京城干什么？小侄女又跑了？"

祁砚没说话，权当默认。

他们已经完全习惯了，傅衍之三天两头因为秦雅致往外跑的事情忙活。

喜欢管着人，又舍不得管太彻底，最后的结果就是自作自受。

不过他现在也没什么资格嘲笑傅衍之，当初他倒是管得彻底，最后成什么样子了？一败涂地。

陆景深悠哉地说道："你说他好死不活地看上谁不好？非得想着吃窝边草，你说是吧祁砚？"

祁砚沉默，他觉得自己被内涵了，但没有证据。

难得见陆景深没有哭天喊地地找老婆，祁砚问："这是打算复合了？"

陆景深轻轻叹气："没呢……"

祁砚若有所思地点点头："那就好。"

陆景深："你什么意思？你是人吗？"

他刚才那一瞬间竟然还天真地以为祁砚是真的在关心他。

祁砚扯着唇角说："表面意思。"

当年他在Y国追舒漾的时候，这些表面兄弟们也没少看笑话，现在只不过是天道好轮回罢了。

陆景深擦着头发："反正现在就是打不还手，骂不还嘴，积极认错，造福社会。听老婆的话，做幸福男人。"

还有两百块钱赚，何乐而不为？最后一句话，陆景深默默放在心里。这件事要是让祁砚知道了，他得被嘲笑一辈子。

下辈子没准儿祁砚出生张嘴第一句话就是"陆两百"。光是想想，陆景深就觉得太恐怖了。

陆景深弹了弹烟灰："说吧，今天怎么回事啊，突然这么大情绪？老婆不是在那吗，又没跑，你提前演练啊？"

祁砚嘴里吐着薄雾："我把针剂交给舒漾了。"

陆景深眉心一皱："你好日子过腻了？费那么大心思瞒着舒漾，现在居然打算‘自首’？”

“那能怎么办？我骗她，控制着她的思想，这样过一辈子吗？”

陆景深不由得摇摇头：“啧，不知道的还以为你良心发现了。”

虽说关系过于塑料，但好歹认识这么多年，他可不会相信祁砚真的转变了。

现在之所以说得出一些有人性的话，无非就是舒漾现在还在他身边。等人真的跑了，祁砚的控制欲绝对现回原形。

一根烟抽完，祁砚拿起烟盒想了想又放下：“那你打算怎么办？”

陆景深靠在沙发上，闭了闭眼睛：“不知道。我一直以为，心心最在意的是我以前对她的冷落，可上次过后，我总觉得还有什么事。她都难过成那样了，我总不能逼着她给我个答案。”

祁砚揉着眉心，真要摊到台面上来讲，谁也没比谁情况好到哪儿去。

别到最后，一个个年过三十，然后没一个有老婆。

陆景深起身：“别扯这些没用的了，起来再练练，我还没过瘾呢！”

祁砚跟着起身，拒绝道：“不了。洗过澡了。”

陆景深无所谓地说道：“回头再洗一次不就是了。”

“没空陪你玩，回家陪老婆。”祁砚盯着他，“非要我说这么清楚吗？”

陆景深：“你还是含蓄点吧！”

刚才还像个老婆马上就要跑掉的怨夫，现在就明里暗里给他喂狗粮。

陆景深转身就拿起手机给许心瘵打电话。

“老婆，你在哪儿呀？要不要我去接你？今晚可以去你家住吗？”

那头传来冷冰冰一个字：“滚。”

陆景深：“好嘞！”

挂掉电话，在祁砚面前他深深地感受到，人类的悲喜并不相通。

KUWEI
酷威文化
图书 影视

（下册）

妘子衿 著

江苏凤凰文艺出版社
JIANGSU PHOENIX LITERATURE AND ART PUBLISHING

CONTENTS

如果这就是最后的结果，那么我们重新开始。

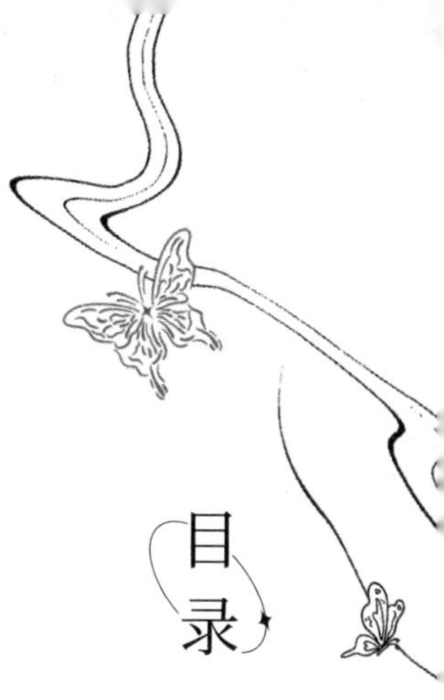

目录

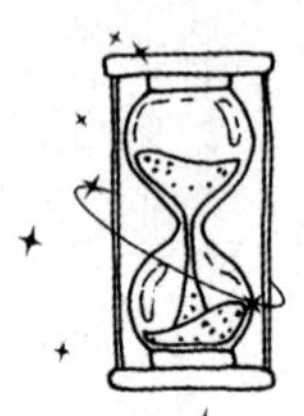

他们彼此的爱从来不缺具象化的表达。

当求婚与被求婚同时发生，

当美梦成真，

爱情的宿命亦达极致。

一切都是最好的安排。

Chapter 13 不安预感

祁砚开车离开，并没有第一时间回家，而是去了私人珠宝馆。

玻璃橱窗的展柜里面有一串色泽极好的野生珍珠项链，其中珍珠颗颗均匀、饱满，泛着粉白色的光泽，收藏价值极高。

场馆女主人把珍珠项链拿到玻璃柜台表面。

“祁先生，您现在就打算把东西取走吗？您夫人不是还没到生日吗？”

祁砚点了点头，没说什么，对方自然也不会再多问。

项链包好后，祁砚回到车内，看着放在副驾驶位的礼盒。

只有他自己知道，他甚至开始害怕，等不到舒漾过生日那天，他们或许就已经不欢而散。与其这样，不如早点把这份礼物送给舒漾，或许她还会留着。

祁砚不得不承认，他现在每一天都备受折磨，舒漾无须做些什么，就可以把他从内而外地腐蚀。

他希望那天慢点到来，又希望早点给他个痛快。就这样一直自我消耗着，可舒漾曾经又何尝不是呢？

他这也算是感同身受了些。

舒漾和秦雅致两个人赶到那栋别墅，正好撞见那个男人打算出门。

对方看见她们从车上下来，立马躲回了别墅内。

秦雅致气得往门上踹了两脚：“赶紧开门！我知道你在里面！你别躲在里面不出声！是男人就给我出来！”

里面的男人大喊：“我都说了分手，你还穷追不舍干什么！你能不能放过我！我真的对你没意思！说爱你都是骗你的！”

秦雅致看着这别墅四周的布景，更是火冒三丈。

“你当初穷得响叮当，还指望我花钱养你，现在住这么大栋别墅，还是京城三环内，今天你不交代清楚，我就让你有命住，没命出来！”

舒漾看着眼前的密码门，立马给江衍打了通视频电话。

江衍接了，没注意是视频，赶紧转成语音模式。

舒漾这边却因为网络卡了一下，正好卡在江衍切走画面之前。后置摄像头对着的房间，很明显不是江衍自己家。

想到自己弟弟这么心虚，舒漾都懒得问，直接说：“你在林烟姐家里。”

被一语说中的江衍赶忙转移话题：“有什么事快说。好端端的突然给本少爷发什么视频？”

旁边吵架吵得正起劲的秦雅致，听见江衍在女人家里，架都不吵了，跑来视频面前八卦。

“你跑女人家里做什么？开窍了？”秦雅致笑眯眯地凑在镜头前问。

江衍：“姐姐们别太高看我，谢谢。”

他这辈子遇到的女人，不是他的姐，就是他的劫。

舒漾：“那你倒是说啊，你去干吗？”

江衍整个人愣住：“姐，不是你找我有事吗？怎么突然变成你审问我了？”

舒漾笑笑：“顺嘴的事，你赶紧交代！”

秦雅致跟着附和：“没错！赶紧交代！小小年纪不学好，还跑女孩子家里去！”

江衍还没找好借口，浴室里就传出来一道女声。

“江衍，我浴巾忘拿了。”

“！”

江衍绝望地闭上了眼睛，终究是他承受了一切。

他话都还没说，舒漾和秦雅致两个人就一副懂了的表情。

“弟弟无须多言，姐姐们都是明白人。”

舒漾十分理解地点着头：“去吧去吧，别让林烟姐等急了，完事再给姐姐回电话就行。”

她想到什么后，又补充道：“要是一时半会儿没时间，你不用管姐姐们。”

江衍好不容易要开窍了，她心里那叫一个激动，恨不得过去偷听。

秦雅致认同地点着头：“对对，谈恋爱重要！”

江衍被生下来的时候也没人告诉他，姐姐是这样的啊？

本来没打算帮忙的江衍，现在被逼无奈，不得不挂掉电话起身去拿浴巾。

他黑着一张脸，拿过阳台消毒柜里的浴巾，敲了敲浴室的磨砂玻璃门。里面伸出一只还挂着水滴透白的小手，指尖像是被雾气熏染了那般微红。

江衍看着手里的浴巾，并没有第一时间递过去，而是就这么盯着浴室灯光下，那只还在滴水的手。

“你说我若是不给你，会怎么样？”

他明显看见女人的手颤了颤。

躲在门后的林烟没想到江衍忽然这么大胆，不过，她喜欢。

林烟突然探出个脑袋，把江衍吓了一跳，他以为林烟打算就那么直接出来，赶紧低下头：“别出来！”

他高估了自己的胆量，也低估了这个女人的流氓程度。

毕竟以林烟对付他的手段，在他面前没什么做不出来的事情。

轻快的笑声在狭小的空间内回荡，林烟笑道：“怎么？浴巾是你不给我的，还怕我就这么光着出来啊？”

她还真没这么想过，但现在有了这个想法。

自从江衍有反应过后，她脑袋里各种乱七八糟的想法就不少。

江衍头都没敢抬，伸手把浴巾递过去，声音再次传来：“你先回答我一个问题，你打算听从你父亲的安排，出国工作吗？”

他是因为在医院听说这件事情，才跑来找林烟的。

林烟接过浴巾，两个人隔着一道玻璃门，她一边系着浴巾一边说道：“所以，你在意了？”

她在里面，看不到江衍的表情，更听不到任何声音。

其实江衍一来就是找她问这件事情，在她看来，江衍只是担心突然换一个医生，会不适应罢了。

可是林烟就是想知道，他心里到底有没有一点点的私心？

林烟走出来，漂亮的眼睛一眨不眨地看着他，江衍依旧低着头，

一言不发。

她挑起江衍的下巴："你现在也是有种的男人了，江衍，别畏畏缩缩的。是，还是，不是？"

林烟看着他微微皱眉，心里有些不好的预感，她赶紧放下手："不许吐。"

江衍这要是再犯恶心了，她这么久就白干了。

还好，江衍只是拧着眉，忍忍就过去了。

他认真地看着林烟："是，也不是。"

模棱两可的答案，把林烟听得一头雾水。

她明明只给了两个选择，现在江衍直接自创一个答案。

面对她疑惑的样子，江衍喉结动了动，似乎陷入纠结当中。他的目光盯着女人扎起来的丸子头，丝毫不敢往下看一点点。

林烟也不着急，但更没打算得过且过，这是江衍主动送上门的，若是她不抓住机会也问个清楚，之后要想扯到话题上来，更是难上加难。

江衍微仰着头，说话时脖子红了个彻底："我的治疗还没结束，你要负责到底。"

见江衍越来越红的脸和耳朵，林烟才恍然大悟，她嘴角挂着笑："这样啊……"

这算是变相留她吗？一时之间，林烟也不知道这消息到底是好是坏。反正总比江衍嘴硬，冷冰冰地来一句"随你"要好得多。

"那你现在可以正面回答我吗？你上次和我说你要出差，到底是不是出国不回来了？"

林烟一手撑着洗手台，懒散地歪着脑袋说道："想什么呢？这是两码事。"

江衍一直盯着天花板，脖子都酸了。可他一低头，又会看到无限风光。

他索性也不管，林烟平时也没少放肆，他今天回个本怎么了？

林烟眼尾一挑："往哪儿看呢？"

脸红的江衍唇角微勾："别担心，我又做不了什么。把事情说清楚。"

林烟盯着他看了好一会儿，这是江衍第一次脸不红心不跳地面对她。

“我爸爸一直希望我出国工作，毕竟家人也都在那边，和出差没关系。”

江衍：“那出差呢？去哪儿？和谁？干什么？”

问完，江衍轻轻蹙眉，这还是他的嘴吗？说话都不听使唤。

林烟眨了眨眼睛：“这个，保密。你只要知道我人在沪城就行了。”

作为私人医生，雇主的情况以及信息是绝不能透露的，更何况，江郁找她还是那么重要的事情。

江衍没再刨根问底，扯开话题：“把衣服穿好，待会儿一个字都不许说，别出声。”

他可不希望给舒漾回电话的时候，又发生什么让他想一头撞墙的荒唐事。

林烟试探地问了句：“谁啊？”

江衍烦躁地坐回沙发上：“我姐！”

林烟勾唇：“实在不好意思啊，江同学，刚才情况紧急，也不知道你在打电话。”

少年玩着根香烟，看她丝毫没有不好意思的样子，扯了扯嘴角。

“无所谓。知道我和女人待在一起又怎么样？我什么情况尽人皆知。”

他行得正，坐得直，根本不会发生什么。

林烟目光意味深长：“哦？也对，毕竟你不太行。”

江衍的脸又红了一个色号。他揉着手指，直接把林烟拽到了沙发上。

“啊……”林烟以为他要干什么，又低头瞥了一眼自己身上的浴巾。

江衍坐在她面前，指尖已经碰上了浴巾的一角。

“你觉得我不敢吗？”

林烟心跳有些快，江衍让她越发陌生，她却依旧心动。

林烟看着他说：“不是不敢，是不会。你不会这么做。”

以江衍的家教和他的自我修养，他不会做出这种事。

哪怕是面对阴阳怪气的关心，江衍都会说谢谢，他又怎么会如此不尊重女生？

江衍松开手，忽然一笑：“未必，人都是会变的。”

男生漆黑的眸子似笑非笑，甚至让人判断不清话语的真实性。

林烟目光微怔，抿了抿唇，明知道江衍是在故意逗她，一颗狂跳的心还是上当了。她和江衍对视着，幽幽地评价道："江同学每天都在变坏啊……"

很显然江衍开始反击了，让人辨不清真假，又甘愿自我欺瞒。

江衍笑笑说："林烟，我快二十岁了。不是什么脑袋空空的小孩。这半年拜你所赐，别的不会，这点事倒是学得挺多。"

之前他或许只是脑袋里面有一些想法而已，现在忽然觉得说出来、做出来，好像也没什么。

林烟眉眼微弯："挺好的。我等着你真正变成男人的那一刻。"

希望由她来见证。

林烟抬手按着浴巾，回房间换衣服。

江衍把电脑拿了过来，又给舒漾回了视频电话。想都不用想，姐姐绝对是找他办事。

接通视频后，听到舒漾的第一句话就是："十分四十六秒！非常好！弟弟，你已经完全突破自我！"

江衍："你想什么去了，快点说正事，本少爷忙着呢！"

舒漾也没功夫继续逗他，把视频对着密码门。

"一分钟之内，我要知道这扇门的密码！"

江衍把旁边的电脑移过来："你在开什么玩笑，有什么生日之类的线索吗？"

傅衍之这边正着急地询问助理情况："那个人抓到了吗？"

他绝对不能让秦雅致见到对方，否则这么多年苦心维护的一切就彻底毁了。他不想变成令秦雅致恶心的人。

助理战战兢兢地回道："还没，人躲在别墅里面。大小姐已经在门口了，我们也不敢闯进去。

"傅先生您放心，我们钱给得够多，对方不会轻易开口的。"

傅衍之眉心紧蹙，每一个红绿灯都让他烦躁无比。

"我放哪门子的心？你不知道那女人多会钓鱼吗？

"更何况，连祁砚都已经知道这件事情了，舒漾绝对跟着去了，就凭这两个女人的鬼点子，恐怕那男人直接不打自招了。"

助理不敢接话，思来想去说道："先生，要不……我们直接把小姐抓回来？"

傅衍之想了想，不得已也只能用这个办法："马上派人联系江衍，让他不管如何，别帮小雅破解密码。"

傅衍之话音刚落，下一秒，就听见助理惊慌的声音传来："门，门开了，秦小姐不知道哪来的密码，开门进去了！"

傅衍之握着方向盘的手收紧，死死盯着眼前的道路。

"把人给我抓回来！"

现在已然是管不了那么多，若是真的事情败露，小雅会恨死他的。

他不敢想象最后的后果会是如何。

另一边，舒漾和秦雅致两个人进了别墅，里面的男人吓一大跳，立马拔腿就跑，舒漾抄起花瓶就丢了过去。"砰"的一声，昂贵的花瓶在他脚下炸开。

趁着人被吓愣了，舒漾冲上去把人摁住，秦雅致紧随其后，抓住男人的头发。

"你再跑一个试试？就问你点话，又不是要你的命，你躲什么？"

男人连忙说道："姑奶奶，您有话好好说，我的头发……"

秦雅致微笑道："你要是不说分手原因，你这可怜的头发，老娘给你拔得一根不剩！"

男人慌忙捂住自己的脑袋："我，我说我说！但你得给我笔钱，我说了我在国内就待不下去了。"

秦雅致皱眉："我就问你要个分手原因，你还敢要钱？"

她一共只有三万多，还是自己辛辛苦苦坑来的，凭什么给这个渣男？

"你说不说？我真拔头发了哦！"

男生死死护住自己的头发："说！我说！不是我要分手的，是，是……"

突然一个身影闯了进来，来人动静不小，所有人的注意力都转移了过去。

秦雅致看见来的人时微微蹙眉，这不是傅衍之的助理吗，怎么会出现在这里？

"大小姐！"助理慌张地跑过来，还不忘瞥一眼被抓着头发的男人，警告他不要乱说话。如果事情暴露了，傅先生第一个就会拿他开刀，毕竟事情是他去办的。早知如此，就把这个人送出国了，留着就是祸害。

秦雅致疑惑地看着助理："你怎么知道我在这里？傅衍之在我身上装监控了？他已经变态到这种程度了？"

匆忙跑进来的助理听到这致命三连问，头脑都是发麻的。

他压根就没有找好借口，只希望傅先生能赶紧赶过来救救他。

面对眼前两个女人锋利的眼神，他感觉自己都快被盯成筛子了，但凡说错一个字，直接给大伙表演一个原地失业。

"秦小姐，傅总有事找您。"助理无奈之下，干脆把锅直接甩出去。

这福气还是留给傅先生自己来承受比较好。

作为旁观者的舒漾总觉得好像哪里不太对："那刚才你给这个男人使眼色干什么呢？"

秦雅致虽然没看到，但是百分百相信自己姐妹的判断，立马跟着说道："就是！我都看到了，你好端端的眼睛抽抽了？"

舒漾眯着明眸，总觉得事情并没有这么简单，她看着傅衍之的助理："如果我没猜错的话，傅衍之也在路上吧？"

看来小雅分手的事情，很有可能就是傅衍之在从中作梗。她倒要看看傅衍之能编出什么理由，来解释这件事情。

被舒漾质疑后，助理的眼神心虚地闪了闪。糟糕，小姐今天有军师在，没那么好骗………

秦雅致指了指沙发旁边的位置："站着去！"

听到院子外传来的汽车引擎声，舒漾和秦雅致相视一笑。

鱼来了。

大堂的门再次被打开，傅衍之一进来就看见主厅的沙发上坐着两个跷着二郎腿的女人，背后还一边站着一个男人。

而眼前这四个人八只眼睛，全部都在第一时间汇集到了他身上。

秦雅致看着慌忙跑进来的男人，她还是第一次见一贯沉冷的傅衍之失去表情管理。

"哟，这么巧啊？葫芦娃救爷爷呢？一个个都来找本小姐了？"秦雅致看着这些诡计多端的男人们，冷笑道。

这里面要是说没有其他的原因，她就把这栋房子直接吃了。

傅衍之见到秦雅致的瞬间，就知道事情还没有暴露，否则现在她的小爪子应该就已经招呼到他的脸上了。

男人沉下心走过去，先发制人地问："小雅，你为什么还要来找这个男人？"

秦雅致轻笑道："傅总难道不应该先告诉我，你来这里干什么吗？"

还想跟她玩偷换概念，幸好舒漾早就提醒了她，不然还就真让傅衍之成功了。

傅衍之皱了皱眉，秦雅致能够说出这种话，不用想都知道，和舒漾脱不了关系。平时要被祁砚冷嘲热讽，现在还要被他老婆坏事，这两夫妻真是让他憋屈。

秦雅致见他不说话，主动开口："说说看，你到底是来找我的，还是来找这个男人？傅衍之，这处房产我越看越觉得眼熟，貌似是你的房子吧？"

"不是。"男人想都没想就否认了这个问题。

就见秦雅致轻轻勾唇："哦是吗？那还真是奇了怪了，这栋房子的密码竟然是我生日？"

她每一个眼神都在说着：你编，你接着编！

即便是心里再慌乱，傅衍之依旧不敢露出任何的破绽，毕竟舒漾就一直盯着他的表情变化。

傅衍之挣扎着，他都打算明年结婚了，为什么不能让这件事情一直瞒下去？

助理看着自家先生这副模样，也不由得揪心。

秦雅致叹了叹气："其实就算你不说，我也已经知道了，不就是情情爱爱那回事嘛！"

傅衍之眸色深沉，每一秒都在等着被判处死刑。

见助理还在，秦雅致走到傅衍之的身边，小声和他说："你喜欢我前男友是不是？"

傅衍之："……"

"喜欢你早说啊，我让给你不就行了，何必费那么大工夫？"

他一时竟不知道，承认哪件事情影响更严重。

秦雅致十分理解地把他拉到一边，像是个长辈一样和他说："我是你从小养大的，你有事情都不和我说，那还和谁说呢？"

傅衍之已经莫名开始犯恶心了，内心一直在鱼死网破和表白之间挣扎。

“你放一百个心好了，虽然我是不太听话，但我始终是向着你的知道吗？我不会和伯父伯母说的。”

傅衍之苦笑着说：“谢谢。”

这件事情到底是从什么时候开始变得荒唐的？傅衍之都想不通，不过现在好像也没有更好，更长远的办法。

秦雅致思来想去，还是忍不住说道：“你说你，好歹也找个稍微能看一点的吧？”

傅衍之沉默了片刻说：“人不是你先找的吗？”

说实话，他当时看见这个男人的时候也是这么想的。

虽然他一直管着秦雅致，但好歹以前她谈的男人还不至于这么歪瓜裂枣。真不知道小姑娘阅人无数，怎么能审美下降得如此严重。

秦雅致顿时哑口无言：“你，你还敢顶嘴！”

她完全就是被照骗了，即便是对方不分手，她也谈不过第二天，但是她没想到就这么一个人都敢随便甩了她。

简直是人丑多作怪！

傅衍之低着头说：“对不起。”

“行了行了。”秦雅致拉着他走，傅衍之原本以为这件事情就这么过去了，可是舒漾却一直盯着他不放。

傅衍之在秦雅致身后，轻轻地对着舒漾摇了摇头。

比起秦雅致，很显然舒漾没那么好糊弄，正所谓旁观者清，恐怕就是这个道理。舒漾很快就明白了，果然没那么简单。她一直都想错了傅衍之，这个人和祁砚一伙儿的，丧心病狂一点好像也很正常。

原来，他喜欢小雅啊……这么一想，舒漾完全理解了。

舒漾本打算回去，却被傅衍之在门口叫住。

男人让秦雅致先上了车，然后才走过去和舒漾道谢：“刚才的事情谢谢你，也请你帮忙继续保密下去。”

舒漾点点头：“不过我想知道，傅先生之后打算怎么办，就一直这么下去吗？控制着小雅的生活？”

她光是想想就觉得非常窒息，如果谁敢这么对她，那她必然不会轻易善罢甘休。

傅衍之没什么情绪地扯了扯嘴角："不会的，我明年就会计划结婚。小雅也会开始她自己的生活。"

舒漾一针见血地说道："自私的控制欲。"

傅衍之没有反驳，看着还未恢复记忆的舒漾，心想：你老公也是。

"最近祁砚的情况很不正常，舒小姐你可以多注意一下。"

虽然这是他自己作出来的。

舒漾却是笑笑："或许他现在煎熬一点，以后我就能少作两天。"

傅衍之被她这离奇的脑回路逗笑："舒小姐有分寸就好。"

江衍忙完，原本想关掉电脑，却忽然看见那个名为"江衍"的文档。

没想到，检查数据已经做完了，这个女人还留着他的资料。

现在对他来说，厌女症才是最根本的问题，林烟算是和他接触得比较多的女性，他对她基本已经脱敏。若是换一个医生，那和一夜回到解放前没什么区别。

他把鼠标挪了过去，准备直接把文档删掉。

从房间里出来的林烟正好看见，赶紧过去拿回自己的电脑。

"你干吗？"

江衍："那个文档，你留着当饭吃啊？"

林烟脸色一红："你别管！"

她没想到江衍会突然用她电脑，都忘记隐藏了。

她本来也是打算删掉的，打算着打算着，就没删了……

江衍好笑地看着她："喂，没记错的话，这里面是我的东西吧？我怎么不能管了？"

林烟抿了抿唇："那你想怎么样？"

江衍沉思着，林烟琢磨不到他的心思。

"那你删吧！"反正她也看得差不多了。

与其天天盯着照片睹物思人，倒不如想想怎么把面前这个男人直接泡到手。

江衍撑着下巴犹豫，林烟不说话在旁边静静地抽烟，有一种不顾人死活的惬意。

江衍把她手上的烟夺了过来："别在我面前抽烟。"

他好不容易戒烟才有了点效果，看着林烟一直在他面前吞云吐雾，心里十分不平衡。

林烟看着自己抽到一半的烟，在江衍的手中被摁灭，没想到自己竟然成了被管的那一个。

“你现在好不全和抽烟又没什么关系。”

“闭嘴！”

江衍明显是急了，他这点破事天天被拿出来反复鞭策，这世界上究竟是谁在快乐？

林烟已经完全习惯了他动不动就破防的脾气，关键是每次江衍都在隐忍的边缘，又自己把自己哄好，可爱极了。

林烟睨了一眼电脑上的文档：“不删了？不怕我拿你照片做什么？”

江衍笑笑：“我倒无所谓，记得打码。”

“你要求还挺多。”

虽是这么说，林烟却读懂了他话中的潜台词。那就是不用删咯？

“江同学这种舍己为人的精神，请继续保持。有什么腹肌照、锁骨照，也可以多来点，我不介意的。”

江衍：“那是另外的价钱。”

林烟看着他：“你说你以后女朋友会不会嫌弃你这段病史？”

江衍：“首先，我要有女朋友。其次，我要有女朋友。最后，我要有女朋友。”

意识到他竟然在林烟面前说这种话，难免会被误会他在暗示些什么。

果不其然，林烟的眼神已然毫不掩饰。这可是她家，江衍还真就不怕走不出这个门？

江衍咳了一声：“我没别的意思。”

女人侧着脸问：“那就是单纯暗示？”

明知道她喜欢他，还一口一个女朋友的。

江衍故作轻松，无所谓地耸耸肩：“你要这么想，那我也没办法。”

“渣男发言！”

见林烟真被这种小把戏气到了，江衍饶有兴致地打量着她，似乎在思量着什么事情。手机消息响了一下，江衍不太想去看，毕竟最近找他的人都没什么好事情，他完全就是一个冤大头。

林烟提醒他："都不看一下吗？"

"没什么好事。"

即便如此，江衍还是把手机打开看了看，万一要是他姐找他有什么重要的事情，最后还是要找他算账。

别人都说打弟弟要趁早，舒漾简直就是不分时候，不讲武德。

她是打不赢，可她会和祁砚告状啊！完全掌握了他的财权。

点开却不是姐姐舒漾发来的消息，而是一条短信，上面的号码江衍依旧留有印象。

"江衍同学，我是语馨妈妈，我知道我女儿对不起你，要不是你小时候为了保护她，就不会变成这样。为此她愧疚了多年，也一直没有机会和你道歉，雨馨现在患上了抑郁症，在医院住了一个星期都没有任何的好转，你能不能抽空过来看看她？"

江衍皱着眉把手机关掉丢到一边："就说没什么好事。"

林烟："怎么了？"

他默不作声。

见他迟迟不说话，林烟也猜了个大概："那人又找你了是不是？"

江衍默认了："我先回去了。"

他起身准备离开，林烟拉住他："你要去见她？"

她好不容易才让江衍摆脱那些过往，如果这女人又作什么妖，勾起江衍内心好不容易淡化的记忆，那她付出的努力又算什么？

江衍盯着林烟抓住他手腕的手。

林烟："江衍，她和你卖惨了是不是？你这点把戏都看不出来吗？你被她害得还不够惨吗，这就心软了？"

"她生病了，本少爷现在当然是要去精神病院，送她最后一程。"

趁人病要人命才是他的作风。

林烟当然是希望江衍连见都不要再见对方。可是她更清楚，在这件事情上，她无法左右江衍。

败给别人她都不会觉得有什么，江衍的心是自由的，陪他走过一段，林烟就已经觉得很好了。可是如果是那个伤害江衍的人，她不会甘心。

如果江衍当初不是为了帮那个女生出头，就不会被小混混欺负，

更不会对女性群体心生阴影。

江衍自然知道林烟在顾虑什么："林烟，没事多照照镜子，你的自信呢？你怎么会觉得我天天面对着你这张脸，会看上那个人？"

再说了，他要是真对那女人感兴趣，不需要林烟担心，他妈他姐他全家都会第一时间斩草除根。

林烟被他的话噎住："可以理解为我长在你的审美上，你在夸我好看？"

江衍低笑，轻轻应了一声。

走之前，他回头说道："我不去见她。"

一个伤害过他的人，不值得影响他任何情绪，包括恨意。

林烟怔在原地，这是放下了吗？

江衍骑着机车离开，晚风呼啸。

他可是江衍，他怎么会走不出来，站不起来？

书房。

祁砚回家后就用电脑给母亲打了通视频电话过去，想确定一下母亲最近的情况，

屏幕上出现一位温婉的中年妇女，坐在露天的阳台上。

"小砚，好久不见啊！你和漾漾打算什么时候过来啊？"

祁砚看着屏幕中的母亲："这周就去。

"妈，霍家的人在调查你的生活，我现在需要你明确地告诉我，你有没有碰那些不该碰的东西？"

比起百般猜测，祁砚选择直接把事情摆到台面上来。

祁秋华没想到自己儿子会突然这么问："小砚，妈妈不会去做任何对你不利的事情，我知道什么东西是不能碰的，这边的钱财也是由你在这边的助理管控着，该交的税一分都不会少。"

只是有一件事情，她的确不知道该怎么去告诉祁砚。

祁砚："我知道了。妈，我也就不拐弯抹角，你应该知道我的底线在那里。"

祁秋华笑了笑："妈妈知道。"

除了不违法以外，还不能背叛他，而这个背叛不只是事业上，还包括她的情感。可以和男人谈恋爱，但是绝对不能组建新的家庭。

祁砚非常介意这一点，这会让他觉得自己彻底地变成一个没有父母的人。

这些事情是祁砚没有说的，但是她很明白。

恐怕也只有和舒漾的感情非常稳定时，祁砚才会改变这样的想法。

即便已经二十八岁，祁砚本质上也不过是个缺乏安全感的人。

确认完这件事情之后，祁砚也清楚他不能一直这样下去，挂电话前说："妈，再等等好吗？我，我现在……很焦虑。"

在舒漾的记忆没有恢复之前，恐怕这种情况都会一直持续下去，如果母亲这边再出什么事情，他真的无法想象会用多么极端的方式解决问题。

祁秋华皱着眉，这样的祁砚是她这个母亲所不熟知的。

他有些消沉，仿佛脆弱地经不起任何细小的风浪。哪怕是曾经在精神病院备受冷眼，祁砚都没有如此。

祁秋华原本想说的话，思考片刻后还是全部收回肚子里。

"是和漾漾的感情有什么问题吗？"

之前儿子在Y国的事情她也有所耳闻，似乎是养了个女人，从来没带回来见过她。而后祁砚来M国看她，那个女孩子就直接追到M国来了。

她记得很清楚，那时候祁砚不知是为什么生气，把人家晾在雪地里，就打算这么过夜。最后还是忍不下心，年夜饭都没吃，带人去住院了。

祁砚摘掉鼻梁上的眼镜，捏了捏眉心，有些沉重。

"是我当初太过分了。"

祁秋华现在也不知道该怎么安慰他，只好说："儿子，慢慢来吧。"

祁砚应声："您照顾好自己的身体，我的事情你不用担心。"

结束完视频，祁砚并没有消除心中的疑虑。

霍家拉拢他无果，现在打算从母亲下手，他必须确保没有任何的后顾之忧。

只不过在M国，他的确没有派人特地去过多关注母亲的私生活和钱财来往。现在再让人着手调查，一定是会有不小的破绽，唯一的办法就是线上进行。

祁砚看了一眼时间，给还没回家的舒漾打了个电话。

"老婆，你还有多久回来啊？我洗过澡了。"

刚接起电话的舒漾本来还觉得，这是一句正常的询问，直到后面那句……

"我在开车，就快回来了，你，你别急……"

出门的时候话都已经放出去了，她倒是没指望跑，反正过两天就出国工作了。

祁砚笑声低沉："宝贝，你好像很担心？"

在他看来，夫妻生活就该是日常才对。但是当然舒漾也答应的情况下，他才会更加满足，而不是当成婚内的义务。

舒漾："受苦的是我，我当然担心了！"

要不是这个男人之前的操作，她至于想太多，这么担惊受怕吗？

关键当时还是她自己非要装醉，现在也有苦难言。

祁砚大概以为她只是断片后，依稀记得一点点，却不知道她从头至尾都是清醒的，把这个男人丧心病狂的手段，见识得彻彻底底。

祁砚无奈："路上注意安全，认真开车。"

"好。"舒漾应声，在路上磨叽了好一会儿，慢吞吞地开到家。

一进门，还没放下手上的包，整个人就被抱起。

"啊！"她吓得赶紧搂住眼前的男人，"祁砚，你让我下来。"

男人却没有听，而是直接把她抱去浴室。

"你，你不是洗过澡了吗，我自己洗！"

祁砚把人抵在玻璃上："谁说我是进来洗澡的？"

舒漾这时注意到祁砚喉结下有一小片的红。

分明她出门的时候都还没有，怎么一直待在家里的祁砚身上会出现这种痕迹？

"祁砚！你这是怎么弄的？"

男人对着镜子面前看着了一下，才发现这点红还没消下去。

陆景深这什么烂技术？随便练练手都能整出痕迹。

看来今天出门约架的事情是瞒不住了，否则被误会成女人弄的，那就说不清了。

"被陆景深打的。"

舒漾半信半疑地看着他："陆景深好端端的打你干什么？"

祁砚把人抱在怀里，解释道："我只是去招金健身，恰好碰到他。"

一听到陆景深这个名字，舒漾选择无条件相信祁砚。

舒漾轻轻抚着那点红：“那你少跟他玩。”反正她对陆景深这个人的印象本来就不好，免得她老公和这种人玩熟了，被带坏了。

“改天我再提醒一下许心寐，这男人绝对不能要，没准儿还有暴力倾向。现在新闻上爱而不得发疯的人太多了，还是让她注意点。”

祁砚点头：“嗯，一定要让你朋友小心这种人。”

舒漾还想说什么，手就被男人抓住，祁砚在她耳边沙哑地说：“宝宝，说话就说话，一直摸着我喉结做什么？”

舒漾这才注意到，刚才本来就想看看伤口，结果她的手有自己的想法。还没等她解释什么，她的声音就完全被男人的吻吞没。

……

在家里度过了两天，因为工作安排，舒漾比祁砚要早去 M 国，出发前，祁砚准备送她去机场，立马就她被拒绝了。

“不不不，不用了，谢谢祁总好意！”

说着她赶紧把后座的门关上，防止祁砚进来。她合理怀疑，这男人在车上是不会老实的。

那天晚上，祁砚突然拿出装着生日礼物的礼盒，比起惊喜，更是把她吓了一天，以为祁砚又要玩什么花样。

结果她的小心思被男人猜个正着，狠狠地教育了一番。

降下车窗，祁砚失笑，他俯身吻着她的眉眼：“这两天照顾好自己，我很快就过去。”

舒漾小声嘟囔着：“倒也不用太快。”

“嗯？”

男人危险的眸子看着她。

马上就要获得自由的舒漾赶忙找补：“没有祁总陪伴的日子，夜不能寐，速来！”

祁砚笑着抚了抚她的头发：“乖。”

踏上去 M 国的飞机，舒漾才松一口气，再不工作，祁砚就要天天抓着她在家加班了。

飞机上，一整夜都没合眼的舒漾很快就睡着了。

林烟到沪城第一时间赶去见了江郁，其实上次在电话里面事情并

没有说清楚，因为裴青月现在也是有一定的势力，很有可能之后会查到什么。

江郁把她拉到一边小声说道："上次他没做措施。"

林烟惊讶地看着江郁："你有了？"

她一直都知道江郁对结婚没什么兴趣，但是养孩子就另当别论，毕竟这亿万家产也得有个继承人。

可裴青月那种身份，随时都想着怎么回Y国，又怎么会允许女人的肚子里留着他的种？

江郁带她去了别墅区内的私家医院。

"刚好我这个月一直没有来大姨妈，我就想找你过来尽快检查一下。"

早知道，早做打算。

进了检查室，林烟不由得调侃道："裴青月那么谨慎的心思，竟然也会有控制不住的时候。郁总魅力不容小觑啊！"

江郁苦笑了一下："如果真的能怀上孩子，也算是圆了我的心愿。"

她想要孩子这件事情，自然也是一直瞒着裴青月。

裴青月不把她当一回事，她也只把对方当个情人，仅此而已。

检查时，林烟问："那他没让你吃药吗？"

江郁摇了摇头："醒了之后我就直接把他甩了。"

除了看见裴青月那张脸就烦以外，就是为了避免裴青月提出让她吃药。

干脆眼不见为净，先把人赶出去再说。

"但是我算了一下，可能是因为安全期的问题，他也就没提这件事。"

虽然知道中奖的概率不大，但江郁还是抱着期待。

检查结果很快就出来了，林烟告知她："没中。"

江郁皱着眉暗骂：白养那么久！关键时候掉链子！

林烟安慰道："你也别太心急。"

江郁无奈地闭着眼睛缓了缓，她很喜欢小孩，一直想有个自己的孩子。

让她去找别的男人，总觉得差那么点意思。

"过不了多久他就回Y国了，应该是没什么机会了。"

等裴青月回到自己的主场，恐怕连她江郁是谁都会忘得一干二净。

这男人在她身边也挺长时间了，从来都冷得很。

她敢把裴青月甩了，他就敢真的不回来。有钱的时候眼高于顶，没钱也是死性不改。

偏偏那张养眼的脸摆着，发脾气好像都显得是她太咄咄逼人。

江郁岔开话题问道："你最近怎么样？弟弟追上了吗？"

林烟笑笑："远着呢。"

她很清楚，等到江衍彻底康复后，两个人没有了固定的一层关系，所有事都会变得不一样。

不过她可以肯定的是，哪怕最后不了了之，她在江衍的记忆里，也会是浓墨重彩的一笔。

江郁："你这还真是麻烦，又不能太过了，不然他分分钟吐给你看。"

说到这点，林烟十分感同身受地点点头。

两个人走出医院，快到别墅住宅的时候，身后传来跑车的引擎声，扭头看去，裴青月正开着车回来。

透过车窗，男人探究的眸子却第一时间就落到林烟脸上。不用想都知道，裴青月起疑心了。

江郁没想到，裴青月先前说的有事出门一天，最后这么快就回来了。

"这位是？"裴青月停好车，过来问道。

带着笑意的脸上让人感觉不到任何不适，可要是江郁真这么想就完全错了。

林烟自然地回以笑容："我是郁总的私人医生。"

裴青月看向江郁："郁总这是怎么了，我怎么不知道？"

从这个医生的说话就能分辨出来，她并不是长期生活在沪城的人。

江郁好端端的约医生来家里干什么？还专门挑个他不在家的时间，也没和他说。

江郁灵光一闪，故作生气地说道："还不是因为你上次不注意，我吃完药之后身体就出问题了，我以为是怀孕了，幸好只是经期不调。"

比起裴青月到时候抓着她质问，江郁不如直接找机会说出来，还不忘进行一些改编。这样不仅可以打消裴青月的顾虑，还能让他以为

她根本没想怀孩子的事情，主动帮他预防这些后顾之忧。

林烟看着他们高手过招，心底很是佩服：“那我就先走了，你们慢慢聊。”

等人走后，裴青月看向江郁，什么话也没说，就这么盯着她看，仿佛要把她看穿。

江郁走上前，环住男人的腰，就和他这么一直对视着。

“你该不会真以为我怀孕了吧？”

裴青月一言不发，试图找出一些破绽。

江郁眼睛弯弯的：“放心，我不光吃药了，现在还做了检查，更何况……月月，你别太高看自己了。”

裴青月：“没怀最好！”

她竟然吐槽他，但这样的结果对谁都好。

江郁半开玩笑地故意去逗他，想要试探出一个结果：“那要是怀了呢？”

她倒是想看看裴青月的心会有多狠。

裴青月指腹抚着她的脸，没什么情绪地说：“打掉。”

他花了那么大的功夫才从贫民窟混到现在的样子，其中放下了多少东西，只有他自己心里清楚。不要尊严换来的今天，就为了能够站着回Y国，他绝不允许任何人或者事影响他的计划。

孩子只会变成他复仇路上的绊脚石，不存在才是最好的。更何况，他不会喜欢小孩子的，又吵又闹，烦死人。

即便是早就知道会是这个答案，江郁还是不免得有些心惊肉跳。一个新生命，在他的复仇计划面前不值一提。

裴青月搂住她的腰，温热的唇覆上她的红唇，口中的每个字江郁却觉得格外清晰：“江郁，你不会背刺我的对吗？”

见她点头后，裴青月额头抵着她，目光却越发凌厉地看着她的腹部。

“如果你敢，孩子和你都不会有好下场。”

江郁想要孩子，裴青月想复仇，直到这一刻，江郁才明白这两件事情不可能两全。

裴青月如果失败，她和裴青月的孩子恐怕也会成为一颗棋子。

此前，她还是想得太过简单。

就算她不考虑裴青月的命，那也该为孩子想好。

江郁心情复杂极了，她张了张嘴，竟然有一瞬间想要劝裴青月放弃复仇。

裴青月只要没有夺权的心思，名义上也一直是吃她的软饭，那些人就不会找他的麻烦，那么这些问题都不会存在。

可是裴青月家破人亡，一夜失势，谁又来替他申冤？

命运就决定了裴青月注定不会为她停留。

两个人一步步挪回了房间。江郁在男人细碎的吻下，渐渐放软："不是说今天有重要的事情要处理吗？怎么回来得这么早？"

裴青月托着她说："知道郁总想我了。"

江郁盯着天花板，有些走神，她好像从来都没有走进过裴青月的内心。

裴青月毫不留情地在她唇上咬了一口："对你男人放尊重点行不行？"

江郁低声失笑，她的问题就这么被男人完美地逃了过去。

混乱间，她听见裴青月说："郁总，我会想你的。"

江郁神色一僵，这是什么意思？

对上男人的视线，答案不言而喻，裴青月要回Y国了……

她知道时间差不多了，但是没想到会这么突然，没有任何的前兆，他们甚至才刚和好没几天。

短短几个字，把她拉回了现实当中。

江郁像控制自己哽咽的声音，可还是没做到。

"好……"

这夜，无眠，放纵。

舒漾到M国，趁着工作还不忙，她突然很想去祁砚随母亲一同曾生活过的精神病院看看，就打了个电话给杰森。

"你之前住在哪个精神病院来着？"

杰森声音慵懒，似乎是刚睡醒："你怎么不问你老公生活在哪个精神病院？"

好像有点道理。

舒漾冷笑了声，故意阴阳怪气地调侃道："呵，这不是我们杰森同学平时最引以为豪的身份吗？"

毕竟连杰森都能出院了，多么鼓舞人心。

大学那会儿也是，谁不知道他有点大病，他都会伤心的。

杰森从床上坐起来：“你没事打听这个干吗？你也在 M 国，还是你准备住进去了？我可以给你推荐条件更好的精神病院。”

舒漾：“我为我刚才觉得你的精神病减轻了，感到非常的抱歉！”

现在杰森的状况，完全没办法和祁砚相提并论。

杰森笑道：“我接受你的道歉。”

舒漾：“……那现在可以告诉我具体地址了吗？我只是想去看看我老公之前生活的地方。”

杰森想到什么就问什么：“你怎么不说你想去看看我曾经生活的地方？”

这话直接让舒漾听愣住了。

虽然是同一个地方，但她除非在有病的情况下，才会那么说吧？

她又不是为了杰森去的！讨厌一些没有边界感的老同学！

“行行行，你赶紧把地址给我，OK ？”再这样下去真要把她逼成精神病了。

杰森把地址说完之后，舒漾就打算挂电话，也算是为自己的心理健康着想。

她最后嘱咐一句：“对了，你别告诉祁砚。”

杰森一句话，让她没敢按挂断：“我没道理不告诉他。”

这同学不要也罢！

听筒里传来男人的笑声：“你怎么这么好玩，隔着屏幕我都能想象到你的无语。”

舒漾：“……”

杰森言归正传：“答应你可以，不过，正好你也来 M 国了，有件事情需要你帮忙，对你只有坏处没有好处。”

舒漾差点以为自己耳朵出问题了。她就找杰森问个地址，结果自己还摊上事情了，她就不该试图找这个疯子帮忙。

杰森语气悠然：“你先别着急拒绝，这个坏处嘛，也是你想要的。”

舒漾真怕自己打完这通电话，人都不正常了：“我的哥，你能把事情说清楚点吗？”

她听得云里雾里，若是和杰森相处久了，没病也沾点神经。

杰森闲散地说："你不是想恢复记忆吗，我可以帮你。"

又来？

"想帮我恢复记忆的人，大排长龙。"

这些人全是些看热闹不嫌事大的，可想而知，祁砚到底做了多少混蛋事。

杰森笑道："他们大排长龙关我什么事？

"你的记忆并不是只受到药物的影响，还进行了一定时间的催眠，所以只靠研究药物，要到何年何月？这个时间线会被无限拉长，一心求死的祁砚也痛苦，倒不如我让你们断个彻底。

"当初你的催眠师是我找的。"

听下来，舒漾震惊下的千言万语无法言说。

兜兜转转，身边到处都是祁砚的人。

之前杰森或许还有些顾忌，毕竟他和祁砚好歹是多年的病友，自然是站在病友这边。可是现在听说祁砚都已经放弃挣扎了，他做什么也就不重要了。

他就当是送病友最后一程。

舒漾考虑完问："说说看，你想让我帮你什么忙？

"很简单，我帮你找催眠师，你来庄园想办法和我女朋友解释清楚，我没有精神病，让她安心和我结婚。

"你们都是女的，应该比较好沟通。"

舒漾绷不住了："你有没有想过，你确实有呢？"

杰森真的停下来沉思片刻："好像是的。"

舒漾一时哽住："这让我怎么睁着眼说瞎话？更何况，人待在你身边那么久，难道她不比我清楚？"

杰森自问自答地说道："那你怎么和祁砚结婚？哦，因为你当时不知道，现在也马上要离了。"

舒漾："……"

祁砚当年住在精神病院是迫不得已，杰森就未必了。

"所以地址呢，你到底说不说？"

"行。"杰森果断地答应下来，"我把那个催眠师的联系方式也发给你。"

舒漾没想到他突然变得这么热心："这么积极，是怕以后吃离婚席

不给你留位置？”

这人的心思她可真是猜不透。

不过要是猜透了，那她离患精神病也不远了。

杰森说道：“我是怕祁砚这么患得患失下去，又把自己折腾回精神病院了，到时候可没有我这么优质的病友陪着他。”

舒漾：“……”

敢情这真是病友惺惺相惜。

拿到地址和联系方式之后，舒漾毫不犹豫地挂断电话，长舒一口气。

幸好祁砚现在已经好得差不多了，否则像和杰森一样沟通，用不了多久，她也可以一起住进精神病院了。

这也让舒漾知道，事情不能再顺其自然下去。

祁砚现在的心理状况真的非常有可能像杰森说的那般，到时候麻烦可就大了。

不能把祁砚的病根揪出来。

她先是去了一趟地址上的精神病院。光是在外面看着这地方，压抑的感觉就扑面而来。

舒漾试图让自己多去体会祁砚的难处和经历，或许等到恢复记忆，她心里会多一分理解。

她不知道这么做是否对得起曾经受伤的自己，但在恢复记忆前，她真的没办法看着祁砚焦虑而什么都不做。

她的心，是向着他的。

Chapter 14 旧时温存

舒漾摸了摸领口的珍珠项链，打电话联系催眠师沈轻。

“喂，您好。”

“我是杰森的同学舒漾。听说之前我在您这里进行过催眠治疗，请问您现在有空吗？我想和您见一面。”

年轻的女声从电话里传来：“可以啊，你现在在哪里，我开车去接你。”

舒漾报完地址后，沈轻惊喜地说道：“我就住在精神病院，你直接进来吧！”

舒漾震惊之余感慨，杰森的朋友果然不一般。

进去之后，舒漾按着地址找到一栋楼，正在门口确认时，几个穿黑西装的保镖过来驱逐她：“抱歉，这里不能进。”

这时上方传来一个中年女人的声音：“让她进来吧。”

舒漾抬头看去，声音是从旁边二楼的天台上传来的，妇女装扮华贵，戴着墨镜和太阳帽。舒漾看不清她的脸，却注意到对方微微隆起的肚子，想必这些人保护的就是这个女人。

几位保镖纷纷朝舒漾让位。

舒漾收回目光，心里觉得有些奇怪，刚才那位孕妇的声音好像听着有些耳熟？产妇怎么会选择住在这么危险的地方？一时间，舒漾特别想确认一下那个女人的身份，但她又不能突然要求见人家，万一根本就不认识，未免也太冒昧了。

到了工作室，沈轻连忙起身：“舒小姐你来了，楼下的保镖没为难你吧？”

“没有。”

舒漾在她对面坐下，沈轻拿出电脑检索她的相关资料："我对你印象很深。"

舒漾不解地看着她，就听见沈轻接着说道："因为你男朋友够疯。"

舒漾有些哭笑不得。她闪婚的时候哪想到，自家老公真的是名声在外，走到哪儿都有关于他的传言。

沈轻看了她一眼："只是我没想到，你会联系我。大概是你男朋友已经同意了这件事情吧？不然你不会这么轻易找到我的联系方式。"

当时祁砚和这姑娘闹掰的场面，她可是记忆犹新。

在外面风光无限的男人，只要碰上这个女人，就只有低头的份，这是当年圈子里公开的秘密。他们可以说是圈内最受关注的一对情侣，就连两人是否会分手都有人竞猜。

沈轻自然是希望美女赶紧摆脱渣男，所以当杰森受祁砚所托找她帮忙的时候，沈轻果断地答应了。

只是没想到更加丧心病狂的是，祁砚在舒漾忘了他后，又去招惹舒漾。

她知道这件事后都无语了。

舒漾轻轻叹气，眼中满是无奈："确实。如果不是祁砚默许，我还不知道要查到什么时候。"

祁砚确实让她在恢复记忆这件事情上走了很多的捷径，可是她失忆也是拜这个男人所赐，就是这么矛盾。

沈轻注意到了她的神情："你变温柔了。看样子他现在对你挺不错的，那你为什么还要恢复记忆啊，岂不是自讨苦吃？

"你别误会啊，我不是说你的做法有问题，谁都没有剥夺你记忆的权利。只是我怕你男朋友又发神经，让你重蹈覆辙。

"你也知道的，他和杰森是好朋友。杰森现在都还没治好呢，我简直无法和他沟通。"

舒漾感同身受地拼命点头，又有些担心地问："祁砚……应该不像杰森那样吧？"舒漾还是挺害怕的，恢复记忆却把自己给整疯了，到时候该怎么办？

恐怕真的要去请教许心寐了。

沈轻语重心长地看着她："杰森好歹是用'精神病'三个字就能概括的，你男人吧，就是个矛盾体。"

舒漾：“……”

沈轻翻着电脑上的资料：“待会儿有病人找我，如果你明天有空的话，可以再过来一趟，我试着唤醒你的记忆。”

“好。”确认完时间，舒漾就打算离开。

走到楼梯转角，她和刚才那名在天台的中年女人迎面相遇。

走近，舒漾看着面前熟悉的面容，心里一怔。她看着眼前的女人，迟迟没有说话。那双温婉中透露着精明的眸子，几乎让她一眼就猜到了其身份。

舒漾握紧手，此时此刻她只想跑，装作什么也不知道。

她径直往前面走，就当她以为可以蒙混过关时，女人出声叫住了她：“漾漾。”

舒漾闭了下眼睛，实在是挤不出任何笑容。

从对方叫出她名字的这一瞬，意味着她心中所有的猜想都得到证实。

这位中年妇女就是祁砚的亲生母亲——祁秋华。

现在，她背着祁砚多了个秘密。这件事情她到底该怎么告诉祁砚？

舒漾没什么表情地问候：“您好。”

她真的不知道该以什么态度来对待祁砚的妈妈。她难以想象，祁砚的妈妈竟然又怀了个孩子，祁砚却一无所知。

祁秋华面色温和，透着孕期女性独有的母性光辉：“漾漾，既然碰见了，我们聊聊吧。”她知道怀孕这件事靠她一个人是瞒不下去的，等祁砚来 M 国，一切都会穿帮。

想到电话中焦虑不安的儿子，祁秋华揪心的同时，不得不担心起肚子里的孩子，祁砚绝不会允许他的存在。

舒漾跟着走进了一间休息室，面对祁秋华递来的水，她没有任何想动的意思。

“想必漾漾你也大概猜到了，我现在确实怀有身孕，孩子已经快四个月了。这件事情我一直都不知道该怎么告诉祁砚，他的心理向来有问题。我也清楚这个孩子留了会出问题，可事情真到了自己身上，我真的狠不下心打掉他。”

舒漾的指尖仿佛要掐进手心：“那您就舍得祁砚，您就对他狠得下心是吗？

“祁砚在霍家的身份有多大争议，难道您不清楚吗？这个孩子的父亲是谁？您是不是还要和对方结婚？这些您为什么不提前和祁砚商量？”

说到最后，舒漾根本没法控制住自己的情绪。她只要想到祁砚知道这件事情有多痛苦，就提不起一点体谅之意。可是现在她又能怎么办？让祁秋华打掉孩子吗？

祁秋华叹气：“不是这样的漾漾，这真的是一个意外。”

“不，不是。”舒漾咬着牙摇头，“如果是意外的话，您明明就可以尝试和祁砚好好沟通，何必等到现在呢？”

这个孩子，祁秋华必然会生下来。无论有再多的借口，摆在面前的事实就是祁砚被欺瞒了。

祁秋华担忧地说道：“漾漾，事已至此，我也不知道该怎么办。本以为小砚已经二十八岁了，会理解我的，可是最近他的状态非常不好。我根本不敢把这件事情告诉他，万一他逼着我打掉孩子……”

舒漾看着她说：“说实话，阿姨您这个年纪生孩子风险很大。我没有逼着您打掉这个孩子的意思，但是我也想不到任何的解决办法，您自行决定吧！”

说完，舒漾就打算离开，祁秋华连忙起身抓住她的手。

“漾漾，我知道我这么做非常自私，可是我唯一的办法就是你啊。

“小砚最听你的话了，你能不能帮阿姨劝劝他？

“只要你不离开他，你们好好地在一起，就不会出问题。等阿姨把这个孩子生下来，小砚他会理解的。”

舒漾冷笑了一声：“您的意思是，让我和您一起背叛祁砚？更何况，我和祁砚的感情有问题，这件事情您或多或少也知道些吧？凭什么我们所有人都给要您肚子里的孩子让道！凭什么？”

舒漾从来都不知道，原来自己的脾气可以这么大。即便是面对一个长辈、一个孕妇，也没有办法做到说话不冲。

“漾漾，求求你，不要告诉小砚，阿姨求你了。”

见怀着孕的祁秋华打算下跪，舒漾赶紧扶住她：“我再说一遍，您现在这个年龄真的适合生孩子吗？万一有什么闪失，那就是一尸两命！一旦出了问题，祁砚又该怎么办？他只有您一个亲人啊！你为什么不多考虑考虑他？他不是您的孩子吗？他多么重视您这个母亲，您不知道吗？”

舒漾感觉自己的脑袋快要爆炸，为什么要让她发现这些事情，为什么要在这个时候？

祁秋华低着头潸潸泪下，不停地道歉：“对不起，对不起……”

沈轻听到动静赶紧跑了进来，只见休息室里一个人哭得泣不成声，一个眼眶通红倔强地不看对方。

舒漾甩开祁秋华的手，跑出了这压抑的房间。

沈轻左顾右盼，最终还是过去扶了扶坐地不起的祁秋华。

女人抱着她大哭：“沈医生，他们都不理解我，他们都不会原谅我……”

沈轻深深叹气，也不知道该说些什么。一个女人，大好的青春都在精神病院度过，还带着个没名没分的儿子。现在好不容易风光了，找到自己的爱人了，对方却是个家族独子，没有继承人。祁秋华想和他结婚，名正言顺地生个孩子，不仅得不到儿子的体谅，还要冒着生命危险。

沈轻也不知道这件事到底能不能评出一个是非对错：“祁女士，你们之间的情感我不做评判。我不止一次提醒过您，您现在身体状况虽然不错，但这个年纪生孩子非常危险，没有人能保证你的生命安全。为了您的儿子，您可以再重新考虑清楚。等到这肚子里的孩子再大下去，就来不及了。”

舒漾像逃命似的回到酒店。

她扑在床上，抱着枕头，不知该如何是好。

不管她帮不帮祁秋华，这件事情她已经知道了，她又该不该告诉祁砚？

如果说了，很有可能刺激到祁砚，甚至他会失控到想尽办法毁掉这个孩子，从而误入歧途。她难道要看着祁砚名誉尽毁，跌下神坛吗？

可是不说，她就彻彻底底地背叛了祁砚。

她、祁秋华，还有那个孩子，甚至祁秋华未来的丈夫，又会是什么下场？

她老公身边，好像除了她什么都没了……她的记忆又该怎么办？

私尝

舒漾闷在被窝里，眼泪止不住地掉。

耳边的手机铃声响起，她此时此刻最不想接的一通电话来了，是祁砚打来的视频电话。

她赶紧爬起来，到卫生间洗了把脸。她看了看镜子中的自己，发现眼睛还是红的，哭过的痕迹太明显了，祁砚肯定会察觉到不对劲。

舒漾快速脱掉身上的衣服，把浴巾包了上去，然后打湿些头发，装作刚洗好澡的样子。

检查完没什么问题后，舒漾才走到沙发旁，接起电话：“喂，老公。”

她本来想做作一番，开口却发现哭过再一开口，简直就是夹子音破音现场。

屏幕上，男人凑得离屏幕很近，笑起来唇红齿白。他那带着笑意低沉又动听的嗓音，从听筒传来：“宝宝，需要给你一次重新来过的机会吗？我可以选择性失忆。”

祁砚就是单纯想再听这女人多喊几声“老公”。毕竟人不在身边，这日子一天都过不下去。

舒漾顿时感觉有些社死，她故意用破音边缘的夹子音又喊了几遍“老公”，随后说：“不爱听拉倒！”

“爱听。”

祁砚没戴眼镜，他用手撑着脸，凑在笔记本电脑前，看着大屏幕里的妻子。

看着祁砚现在满心欢喜的面容，舒漾的心都是揪着的。

她完全无法想象，祁砚知道那些事情或者她恢复记忆后，祁砚该怎么办？

舒漾尽可能让自己表现得自然，不让祁砚发现端倪。

祁砚指尖点着屏幕上的人，落在她心口处的珍珠项链上：“老婆，那你大白天洗什么澡？就这样接我的视频电话，没想过我会误会吗？”

舒漾捂住自己的领口：“反正不管我做什么，祁总都有无数种借口误会的。”要是这么长时间她还没看透这个男人的本质，那这婚真是白结了。

祁砚轻笑：“眼睛怎么红成这样，洗澡的时候不小心弄到了吗？”

舒漾点点头：“不小心把泡沫弄进眼睛了，现在已经没事了。”

祁砚连理由都给她找好了，她没道理不答应。

不过，这男人的眼睛是真的尖，幸好她今天够机智，要不然就瞒不下去了。

“祁砚，我不和你说了，我还有工作要提前准备一下，你早点休息吧！”

舒漾还有太多事情需要胡思乱想，祁砚明天就要来 M 国了，如果没有办法平衡好这些事情，会发生什么，谁都不确定。

祁砚看着屏幕中的人，她伪装得再好，他也瞧出了些端倪。

他轻轻地喊她：“老婆。”

舒漾轻哼：“嗯？”

“我爱你。”

看着男人分外认真的神情，舒漾怔了怔，忽而一笑：“嗯！我也爱你。”

视频结束，舒漾又忍不住掉了眼泪。祁砚从来不喜欢把爱挂在嘴边，这是他第一次如此向她表白。她知道自己没藏住，祁砚一定发现了什么。

或许他已经猜到她在慢慢恢复记忆。

祁砚将这条珍珠项链提前作为生日礼物送她，或许也是因为这个原因。

舒漾摸了摸领口的珍珠项链，下定了决心。

第二天，舒漾踏进了催眠室。

她静下心坐在凳子上，面对沈轻和她的治疗方案。

既然所有的事情都会发生，那不如让祁砚把心思都花在她身上。

他不能来这个地方，不用见到祁秋华，更不需要知道那个孩子的存在。

催眠之前，舒漾给发了条消息：

祁砚，我觉得你不用来找我了，你认为呢？

舒漾盯着毫无动静的信息页面看了好一会儿，迟迟没有回信。

她轻轻地摇头，喃喃道：“不要来啊……”

沈轻看她如此忧愁，问：“难道你就没想过晚些恢复记忆吗？等祁

女士把孩子生下来后再来也行。”

舒漾低眸：“沈医生，我想你可能是误会了，我的决定和她没有任何的关系。我只是不希望祁砚再为了我的事情焦虑下去，他很爱我，也很尊重我，所以今天我才能坐在这里。”

那天舒漾在家里翻药剂，她看见了祁砚藏在书房抽屉里的药。那个用来装治疗躁郁症药物的瓶子已经空了大半。可是这些，祁砚从来没有和她说过。

“我先恢复记忆，这件事情或许还有转机。我若按你说的，先主动替祁秋华瞒着祁砚，等孩子生下来再恢复记忆，难道是要跟别人一起折磨他吗？等他认定我跟他母亲一起背叛他，他会疯掉的。”

沈轻紧紧皱眉：“这些事情我还是想得太简单了，你现在把祁女士的事情告诉他，确实会在他的焦虑上增加痛苦。”当下的确不应该再制造更多的事情隐患，而是要先解决他焦虑的源头，那就是恢复舒漾的记忆。

两个人的感情是什么结果，好歹祁砚还能有所期待。

但是孩子不一样，若是祁秋华铁了心要留，祁砚最后必然是狠不下心，只会折磨自己，消耗自己。那舒漾又该怎么办？袖手旁观吗？

舒漾曾经在祁砚身上受的委屈，又该如何？她怎么狠得下心责怪祁砚，祁砚又怎么舍得她委屈自己？事情怎么看都是个死局。

目前的最优解就是当这世界上没有那个孩子的存在，在他们两人的感情中，祁砚只需要看着她就好了。祁砚若是因为那个孩子做出格的事，这才是最不值的。

舒漾眸中的情绪深沉：“既然都是折磨，我希望他只因我而受伤。”

沈轻看了眼时间：“万一祁砚现在已经在来的飞机上，怎么办？”

舒漾温柔地弯起唇，她没有回答，而是说：“沈医生，开始吧。”

京城。

车子驶入机场外的停车场，助理往后看了一眼。

“九爷，登机时间快……”话未说完，他看到车后座低着头的男人手握得发白，正肉眼可见地颤抖着。他赶紧把车里备用的药递了过去：“九爷，药在这里。”

男人抬眸时眼睑猩红，慌乱地倒出几粒药，往嘴里倒。

助理眉心紧蹙："九爷，要不我们还是改天再去见夫人，先去找医生再检查一下。"这样的状态要是出了国，临时出什么事就都晚了。

转眼放个药的工夫，助理听见车门"砰"的一声从外面关上。

祁砚下车跑了出去，助理赶紧追了上去，此时机场的大厅已经开始播报：

先生们女士们，请注意，最后一次呼叫祁砚先生登机，您乘坐的 ×× 次航班马上就要起飞了，请立即前往 17 号登机口……

四年前，Y 国红枫公馆。

高档的深棕色真皮沙发上，坐着一位年轻俊美的男人。透明无框的银色眼镜和层次感极强的正装，处处都透露着精英的高冷气质。

"人什么时候过来？"男人放下手中的报纸，眉心微微蹙起，这是他失去耐心的表现。

助理看了眼时间："约的是九点钟，我现在再去联系一下对方。"

待在祁砚身边五年，助理很清楚这个男人的时间观念，现在让祁砚多等了一刻钟，显然已经超出了他容忍的底线。

祁砚抬了抬手："不用再去联系了，我倒要看看他打算什么时候把女儿送过来。"

助理有些担心地问："九爷，会不会是他反悔了，不想放人了。"毕竟上次的生日宴会上舒漾似乎受到了惊吓，当时和她在一起的人又只有祁砚。

祁砚薄唇轻勾，没说话。他又没对那小朋友做什么，甚至还帮她处理那件尴尬的礼物。他不仅收到了一张好人卡，还留下了不错的印象。

当然，要是江东旭想要反悔，祁砚也不会允许自己平白被人当猴耍。

助理站在沙发旁静静地等着。

祁砚摸起茶几上的烟盒，他刚抽出一根烟还没放到唇边，大堂外面就已经传来了动静。他把烟放回了烟盒，丢到一旁。

他的小礼物来了。

管家打开门，江东旭走了进来，身后还跟着个怯生生的女孩，手里抱着一个草莓形的大枕头。

“久等了祁先生，实在不好意思啊，漾漾有些舍不得她妈妈，就耽误了一会儿。”

舒漾站在父亲的身后，目光看向坐在沙发上的男人，她没想到男人的视线从进门起，就一直停留在她身上。

不知是不是因为第一次见面过后梦到了祁砚，导致现在看着他的眸子，她都觉得有些怕。

男人说话时的声音浑厚动人：“理解，既然人已经送到了，伯父就先请回吧。”

刚在管家的示意下准备落座的江东旭听见这句话，整个人都愣了一下。他知道祁砚这个人没什么人情味，倒是没想到这么大个事情，祁砚连聊两句的时间都不给。只是祁砚都已经这样开口了，江东旭也不好多做停留。

看着自己的女儿，他说了句：“漾漾，那爸爸就走了，你在国外读书也不用担心，有什么事情和祁先生说就行了。”

站也不是坐也不是的舒漾攥紧了手，不知所措地左顾右盼。她一向是和家人在一起生活的，现在父母要拓展国内市场，把她留在国外读大学，还是寄住在父亲的同事家，难免有些不习惯。

看着父亲离开，舒漾更是陷入了尴尬。她要主动打招呼吗？说什么好呢？她一着急，怀中的草莓枕头都被压扁了。

祁砚盯着站在面前纠结的女生：“打算站到什么时候？”

舒漾抬起脸看着他，男人睨了一眼沙发旁边的空位：“坐吧。”

听到话后，舒漾才找了个位置坐下，故意和男人隔了好长一段距离。

祁砚看着这大片的空位，也没说什么。

舒漾思来想去，怕被误会没礼貌，还是打了个招呼：“祁叔叔好。”

说完，舒漾就有些后悔了。面对着这么一张脸，好像真的不应该叫叔叔，但是非要她喊哥哥吧，总感觉哪里怪怪的，毕竟是父亲的同事，身份还不太一般，像她占人便宜似的。

果不其然，男人幽深的目光投向她：“嗯？喊我什么？”

舒漾抿着唇，挤出两个字：“哥哥。”

她的声音很小，祁砚见她似乎喊得挺勉强的，无奈地扯了扯唇角。

“以后和他们一样，叫九爷吧。”

舒漾马上就改了口：“好的九爷。”很显然，这个称呼她叫得顺口多了。

祁砚侧过头看着她：“不愿意和我相处吗？”

“没有。”舒漾赶紧摇了摇头，“上次的事情我还打算谢谢你呢。”

“拿什么谢？”男人的神情格外的认真。

听到这句话，舒漾怔住。她就客气一下，这人怎么还当真了……

“呃……”舒漾老实交代，“我，我还没想好。九爷要是有需要我帮忙的地方，可以和我说，虽然我大概率帮不上你什么。”

祁砚家里什么都不缺，她不给祁砚添麻烦就不错了。

“怎么会帮不上，我也有很多事情是自己做不了的。”

舒漾点点头：“那你记得和我说。”

“说了就会帮吗？”

舒漾：“……”

这男人的脑回路她怎么搞不懂啊？正常人在这个时候客气客气也就过去了，祁砚却像是真有很多事情会找她帮忙一样，必须现在确认清楚。

见她愣住，祁砚问：“是我的话有什么问题吗？”

“不是，没，没问题，只要是我帮得上的，我一定帮您。”

说完，舒漾才放下心，看来这位爷是个非常较真的主，她以后要注意轻易别画什么大饼。

祁砚从沙发上起身，对她说：“跟我来。”舒漾闻言老老实实地抱着大枕头跟在男人身后。

上了二楼，客厅主要以暖白色为主，太阳光从巨大的落地窗透进来。

男人走到一扇门停下，推开门，面积堪比客厅的房间映入眼帘，屋内的布置温馨自然，精美得让人移不开眼。

“之后就住这间房间，可以吗？”

舒漾连连点头，这还不可以，那太没道理了。

祁砚给她介绍了一下房间里的电源和设备的使用功能和账号密码等等，舒漾听到耳朵里，脑袋都是嗡嗡的。她看得出来祁砚是比较忙的，只好先一一应下，反正要是有什么问题，再问管家阿姨好了。

祁砚看着她怀里死死抱着的大草莓：“可以给我吗？”

在来之前，祁砚就让人通知过她，不用带任何的东西，一切都会被安排妥当。但是没有这个草莓大枕头，舒漾怕自己认床，睡不着觉。

舒漾没给，有些警惕地看着他，她不知道祁砚要对她的大草莓做什么。

男人耐心地解释："漾漾，这个东西我需要让管家拿去检查。今天它可能没办法陪你一起睡觉了。"

舒漾抱着枕头，难道他还怕她带什么危险的东西？装窃听器？

想了想，她还是把大草莓交到了祁砚手上。

祁砚拿过她的枕头："我的书房在客厅另一边，房间就在斜对面，有什么事情可以敲门。记住，一定要敲门。"

他睡觉向来没有穿衣服的习惯，万一吓坏了小孩子，多不好。

舒漾认真地记好。

祁砚扫了眼腕表："我还有些工作要处理，这周好好适应一下，等下周入学后就要乖乖学习了，知道吗？"

一提到学习，舒漾整个人都感觉不好了。据说佛罗荷大学是出了名的宽进严出，她要是到时候延迟毕业，简直要丢死人。

没听见舒漾答应，男人发出疑问："嗯？"

舒漾赶忙认同道："明，明白，一定好好学！"

在父亲的强烈要求下，她读的也是国际新闻系，可是她语言天赋并不是很好。舒漾的压力一下就上来了。

等到祁砚走后，舒漾松了一口气，她往沙发上一躺，感觉自己的精力瞬间都消失了。打开手机，有几条秦雅致发来的消息：

> 漾漾，怎么样了？新环境还满意吗？
> 那祁砚真的长得和新闻上一样帅吗？

舒漾打字回复：

> 这位祁九爷跟妖精似的。

秦雅致回复了一连串的问号。

舒漾一句话说不清，打了个电话过去。

“祁砚吧，就是人特别好，特别温柔，特别帅，对我也挺好的，但是我明明是和他正常交流，过了会儿就感觉自己被掏空了……你说这不是妖精是什么？”

这男人有毒，就算他表现得再好相处，只要对上他那双冷冽的眼眸，她都会心生怯意。

秦雅致哈哈大笑：“突然好想知道，祁砚发现你说他是妖精会是什么反应。”

舒漾跟着笑起来，躺在沙发上指尖在半空中，分别点了三下。

“祁妖精。”

这时，半敞开的房门被人敲响。

舒漾扭头看去，门口赫然出现一抹熟悉的身影。舒漾赶紧从沙发上坐正，慌张地看着突然出现在眼前的男人。

“妖……九爷，是有什么事吗？”

舒漾老实巴交地坐直身体，也不知道刚才她说的话祁砚听到了没有，听到了多少。她的乖乖女形象不会在第一天就崩塌了吧？

祁砚站在门口问：“可以进吗？”

“可，可以。”舒漾有点不习惯，毕竟这里是祁砚的家，没想到祁砚这么快就把房间的归属权交到了她手上，连进门都会打招呼。看样子应该是没听见是什么，舒漾暗自松了一口气。

祁砚走过来，把手里的黑卡递给她：“之后所有的费用，刷这张卡。”

舒漾接过那张黑卡，就喜欢这种人狠话不多，钱还多的男人！

她好奇地看着祁砚：“你就不怕我给你败光了？”

祁砚笑了笑：“那你可要加油了。”

舒漾捂着肚子试探地问他：“你吃早餐了吗？”刚才她从家里过来，光顾着和母亲告别了，早餐都没吃，现在饿得慌。

男人意味深长地看着她：“我是妖精，不吃这些。”

果然，还是被听见了。

舒漾尴尬地笑了笑：“九爷，我那是夸你呢。”

“嗯，我信了。”祁砚勾勾唇，“一会儿下来吃饭吧，我让阿姨给你做。”

舒漾连忙点头，等祁砚出去，她再次瘫回沙发上，仿佛被抽走了

所有力气。

忽然，丢在沙发上的手机传出声响。舒漾这才发现原来电话一直没有挂断，她和祁砚的对话全都被秦雅致听了进去。

秦雅致打趣地笑道："外界把祁砚传得神乎其神的，没想到他还是挺幽默的嘛，你以后日子爽歪歪啊！"

"我还是跟他保持点距离吧，总感觉他挺危险的。"

这男人的分寸感太强了。过于完美的人总是让人心生敬畏和距离，她甚至想象不到祁砚有失分寸的样子。

"怎么？你怕被他迷得走不动道啊？"

舒漾看了眼门口，压低了些声音："你别瞎说，祁砚可是我爸同事，以后大概率还是领导。我吃他的住他的花他的，再对他图谋不轨，多少有点说不过去吧？"

秦雅致叹了一口气："你有没有想过，你爸让你待在祁砚身边的目的？你知道多少人盯着祁砚吗？他现在二十四岁，正是适婚年纪，多少家里有女儿的人想和他攀关系。"

舒漾还是不相信："怎么可能，爸爸也没和我说啊。再说，就算是我真对他有什么想法，那也不行啊！万一人家根本就不喜欢我这种小屁孩，那以后你让我怎么面对他？可能还会对爸爸的事业造成影响。"

毕竟她在祁砚家生活可不是一天两天，而是整整三年，还是不要惹是生非了。

"不不不。"秦雅致分析道，"这你就不懂了，不管多大年纪的男人，永远喜欢十八岁的小姑娘，你完全符合！

"我打赌，就你们这样朝夕相处下去，绝对要出事。除非他不正常！"

舒漾坚持自己的想法："赌就赌！"

就算是要谈恋爱，大学里帅哥多的是，花花世界迷人眼，她何必要吃窝边草？

秦雅致说道："据我多年看剧的经验，我肯定赢！"

听着自己小姐妹如此胜券在握，舒漾暗下决心，男人可以不要，但是游戏绝不能输！

晚上，舒漾果然失眠了，躺在床上怎么也睡不着，她好想念她的大草莓抱枕。

熬夜都把她熬饿了，她爬起来准备去厨房找点吃的。

刚到客厅，她就发现书房的灯还亮着，凑过去看了眼，没想到祁砚竟然也没睡。

男人的视线从电脑上移开，转而投向她。站在书房门口的女生，穿着白色印花草莓的睡衣，散下来的长发乌黑，衬得那张脸越发小巧。

“睡不着？”

舒漾点点头，虽然环境真的非常好，但是也需要时间去适应。

说话间，她就看见自己的大草莓枕头立在祁砚书房的沙发上。

男人显然也注意到了她的目光，从座位上起身走过来。

“进来吧，有件事情本来是打算明天再和你说的。”

舒漾疑惑地走到沙发旁坐下，看着祁砚从茶几上拿起一个黑色的小零件放到她面前。

“知道这是什么吗？”

舒漾不解地看着男人，祁砚薄唇微动：“窃听器。”

她微微一怔。很显然，这个窃听器是从她带来的草莓枕头里找出来的。

舒漾拧着眉，再次向祁砚确认：“是这里面的？”

见男人点头，她有些不知道该如何是好。她知道对于祁砚来说装窃听器意味着什么，这东西出现在她的枕头里，所有的矛头都指向了她和她的家人。

“那，那是什么意思？”

舒漾对此丝毫不知情，她根本就没经历过这些事情。

祁砚把东西放回茶几上：“不用想太多，我相信这件事情和你没有关系。”

还没等舒漾问，男人就补充道：“但不代表和你的家人没关系，对吗？”

男人的话语分明是一个问句，听在舒漾的耳朵里，却像是肯定句。

舒漾心里有些不舒服，毕竟是朝夕相处的家人被质疑了，可她现在也找不到任何反驳的理由。

她问出话的时候，脸色都是苍白的：“你想怎么样？如果需要我配合你调查的话，也可以。”她不知道该怎么面对，万一窃听器真的是爸爸让人安排的，她又该怎么办？

这个枕头只有家里人能够接触到，舒漾在心里祈祷着，千万不要是父亲做的，那岂不就印证了秦雅致的话，父亲让她留在Y国另有目的。

祁砚忽然笑了起来：“漾漾，你好认真啊。”

他还没说要怎么样，小朋友就紧张成这个样子。

这男人刚才的表情那么严肃，她的心都快吓出来了，现在还反过来说她认真，还真是威而不自知。

祁砚伸手想摸她的头发，但似乎是考虑到什么，男人又收回了手。

“不管是什么原因造成的，只要你没有参与，我都不会对你的家人做什么。

“能听明白吗？只要你不参与。”

祁砚又和她重复了一遍重点，舒漾抿着唇答应。

她有些不理解，为什么祁砚把她看得这么重要？

紧接着男人说的话就让舒漾意识道，她还是太嫩了。

“因为你是我收到的第一个礼物。”

舒漾并不是很喜欢被物化，但看着祁砚真诚的神色，好像也没有任何不好的意思，就没说什么。

她对这个窃听器耿耿于怀，纠结到底要不要找父亲问清楚。

祁砚把草莓枕头交到她手上：“去睡吧。”

“那个，”舒漾有些不好意思地笑笑，“我饿了，我去吃点东西。”

祁砚睨了一眼她的小身板：“你一天吃四顿？”

舒漾可算是理解为什么祁砚没有女朋友了，大概不只是因为身份吧？

“对！我有时候还吃五顿呢！九爷这是怕养不起我吗？”

祁砚眼眸微抬：“你急了？”

舒漾感觉自己原本就受伤的小心脏又被猝不及防地捅了一刀。

“啊对对对，我急了，我要去干饭了！”丢下话，舒漾就直接抱着自己的大草莓，跑出了书房。

愿这个世界上没有直男！

再次见到祁砚，已经是两天后。

舒漾正在和小姐妹打电话，她信誓旦旦地说：“你绝对输定了，我现在每天根本都看不见那位爷，你更不用担心我们会发生什么！祁砚每天起得比鸡早，睡得比狗晚，我和他之间就像有时差一样。”

她醒了的时候祁砚已经去工作了，她睡觉的时候祁砚九成还在书房工作。

这男人完全不需要睡眠，跟神仙似的。

舒漾一边下楼一边说着，祁砚不在家的时间她格外地自在。没想到一抬头，几日未见的男人就出现在大厅的沙发上，舒漾直接吓得脚下一崴。

“……啊”舒漾拧着眉心，手抓着旁边的扶手，脚腕上传来的疼痛让她想直接坐在地上。偏偏今天她身上穿的又是小短裙，没办法坐下去。

她为什么每次背后说祁砚的坏话都能被抓包……

挂个电话的工夫，男人已经走了过来，扶住她的胳膊。

“站得住吗？”

舒漾眼眶有些红，摇了摇头。

祁砚脱下身上的西服外套，把她露出来的大半截腿包起来，然后托着整个人抱起放到沙发上。舒漾感觉到祁砚是有洁癖的人，自觉地把拖鞋脱掉。

“等阿姨帮我就可以了，你忙的话就先去工作吧。”

舒漾十分认真地说着，却见祁砚眉眼笑得温柔。

“我很像个工作狂吗？”

他已经工作了两天，一点休闲时间都没有。好不容易今天回来得早一点，家里这个小朋友又催他去工作。

看着男人的笑容，舒漾觉得咽口水都变得困难了起来：“不是，就感觉你比较忙。”

祁砚一边接过阿姨递过来的医药箱，一边说道：“这两天在家无聊吗？”

舒漾心里想，她最近的生活过得美滋滋的，但是又怕这么说显得她也太不见外了，还是说得委婉了些：“还行吧，一天看两部剧，吃五顿饭。”

男人轻笑着，盯着她的脸看了看：“好像是胖了点？”

舒漾：“……”

到底是谁教这个男人这么说话的？

“九爷，你这样会找不到女朋友的！”

“不着急。”

舒漾想了想，确实，祁砚这条件怎么会找不到女朋友？

见男人打算帮她涂药，舒漾下意识地缩了一下：“我自己来吧。”

她的脚底特别怕痒，被祁砚的手掌握住的时候，总觉得浑身不自在。

祁砚看着她蜷缩起来的小脚，嗓音微沉：“敏感？”

“嗯。”

祁砚并没有松开她，而是避开脚底握住她的脚腕。

“疼吗？”

舒漾摇摇头，过了那阵劲儿就好多了。

男人揉着她的脚腕处：“以后下楼梯不要再接电话了。”

舒漾点了点头，心里补充道：以后下楼再也不吐槽你了。

“记住你每一次答应我的事情，做不到的话，是要承担后果的。”

“啊？”舒漾傻眼了，“那我现在反悔还来得及吗？”先不说做不做得到的问题，过两天她可能连自己答应过什么都会忘得一干二净。

“嗯？”

祁砚一看向她的眼睛，舒漾就有些蔫了：“知道了……”

舒漾忍不住问道：“之前窃听器的事情怎么样了？”

祁砚知道她会这么问，还是因为不相信家人真的会利用她。

“如果是你父亲做的，你打算怎么办？”

舒漾理所当然地说：“问他为什么这么做啊，让他向你道歉。”

听完她天真的答案，祁砚弯了弯唇：“这么快就站到我这边了吗？”

“我只是就事论事。”

祁砚拿过手帕擦了擦手，面色淡然。

这个小朋友从没想过其他的可能，如果这个窃听器是他安放的呢？

通过破坏舒漾对江东旭的依赖，博取她的好感。

贼喊捉贼，一箭双雕。他想成为她最亲近的人。

祁砚像是想到了什么，问：“漾漾酒量怎么样？”

舒漾不明所以地看着他：“怎么了？”

别说酒量了，她长这么大滴酒未沾，根本不知道到底能不能喝。

祁砚说道："明天带你去参加生日宴怎么样？对方是你以后的同学。"

舒漾有些讶异，好家伙，学都没入，就已经知道同学是谁了。看来对方也是非富即贵。

"谁啊？"

"裴青月。"

她在心里默默地记了一下这位女同学的名字，免得到时候连生日宴主人公都不知道，那也太说不过去了。

祁砚看着她这张涉世未深的小脸："没喝过酒？"

舒漾老实地点点头："一定要喝酒吗？"

男人笑了笑："倒也不是，只是之后难免会有需要喝酒的场合，女孩子还是要知道一下自己的酒量比较好。不然被人灌醉了，挺危险的。"

舒漾仰头看着男人："这不还有你嘛！"

祁砚的唇角挂着淡笑："太容易相信别人可不是什么好事。"

舒漾倒是一脸不以为然："放心吧，我不会把自己喝醉的。小酌两杯应该还是没问题的。"

说到喝酒，舒漾还真有点小兴奋。毕竟她十八岁之前好多东西都没接触过，现在当然想多尝试一下。

祁砚有些担心："明天乖乖喝果汁吧。要喝酒的话，可以先在家里喝，这样也不会出什么事。"

舒漾想想，觉得也是，要不是现在大中午的有些不合时宜，她马上就想去开瓶红酒来品一品。

休息了一会儿，她的脚总算好些了，见祁砚洗完手回来，她说："谢谢。"

男人拿起茶几上的报纸，饶有兴致地看向她："不客气，下次和朋友说点哥哥的好话。"

舒漾："……"

这男人怎么这么记仇啊，该算的账一个都躲不掉。

祁砚认真地接着说道："漾漾，在我这里，你说一次'谢谢'，就意味着你欠我一份人情。所以，你是选择把我当自己人，还是打算一直欠人情下去？”

他并不是很喜欢和舒漾分得那么清楚，这样的距离感必须尽快解决。

舒漾想了想：“那我之后少说点。”

说来惭愧，她本来也只是口头感谢，没想到祁砚会想得那么复杂。难道这就是成年人的世界吗？不过既然有不用还人情的选项，她当然是欣然接受。

助理从大厅外走进来，说话前看了一眼坐在一旁的舒漾。

舒漾马上就会意了，赶紧穿起拖鞋打算离开。她还没起身，突然被一道力量按住，整个人僵了一瞬。

“不用避讳。”

舒漾又看了看那位助理，坐回原位。

助理汇报道：“九爷，送给裴青月的生日礼物已经让人安排好了，他真的值得您交好吗？”

裴青月这个人出了名的眼比天高，心情不好的时候就跟抽风似的，看谁都不顺眼。但是奈何裴家家族庞大，底蕴深厚，没有人能拿他怎么样。

“他们家族背景情况十分复杂，如果您和裴青月走得近，在某些人的眼中也就表明了立场，这样其实并不利。”

祁砚推了推眼镜，并没有立刻回答，而是看向在旁边揉着脚腕的舒漾。

“漾漾觉得呢？”

正在发呆的舒漾没想到自己会被突然点名，神经瞬间绷紧。

“啊？”

秉承着非礼勿听的想法，她刚才根本就没听这个助理说了些什么。

杨助理十分有眼力见地把刚才的话重复了一遍。

听完，舒漾试探性地说道：“九爷为什么要把重心放在裴青月的家族上？”

祁砚自己的事业已然是风生水起，在这个时候应该让别人都围着他转才对。去讨好任何一个人，都是自降身价和不自信的表现。

祁砚眼底划过一抹淡然的笑意，视线有些凌厉地落到助理脸上。

“听懂了吗？”

杨助理颔首："舒小姐，受教了。"

这件事情，他从一开始就分析错了，祁砚根本就不在乎那一家子的人怎么看，也不担心会被其他人误解。因为他是祁砚，能有今天的地位都只是靠自己。

归根结底，还是他对祁砚的认知不够清楚。

很难想象一个从精神病院走出来、十二岁才正式接受教育的人，竟然会没有任何自卑。

舒漾没想到误打误撞说对了。不过听起来她未来的那位美女同学好像不是很好相处，明天她还是少说话，多干饭。

祁砚用完餐，见舒漾还没吃完，说道："吃完来楼上找我。"

看着男人离开时那颀长的背影，舒漾觉得嘴里的饭都不香了。

一个一米九的大男人都吃饱了，她还在继续吃。她赶紧放下碗筷，擦了擦嘴跟上祁砚。

听到脚步声，男人回过身问："吃饱了？"

"嗯嗯！饱了饱了！"她真不能再吃了，祁砚都已经说她胖了，再这样下去光长体重不长高就麻烦了。

祁砚看着她说："把刚才的话再说一遍。"

突然被这么严肃地盯着，舒漾紧张得开始捏起手指，说第二遍的时候，明显有些底气不足："饱了……"

餐厅那边的阿姨已经开始收拾了，她再跑回去吃，似乎又不太好。

回答完，她偷偷瞄着男人的表情。祁砚脸上看不出任何情绪，由着她跟去书房。

进了书房，男人在她对面坐下："为什么要撒谎？"

舒漾刚想开口，祁砚却抢在之前说："想清楚再回答我。"

他不希望再得到一个谎言。

书房的氛围变得有些压抑，舒漾板板正正地坐着，不敢乱动。

她该怎么解释，把责任直接推到祁砚身上吗？怎么感觉有点像白眼狼？

可是这一切确实是因为男人的一句话，况且，祁砚这么大个人都已经吃完了，再吃下去倒显得她难养了。

"我就是想减肥了。"

话音一落，舒漾感觉男人的目光又冷漠了几分。

她心虚的同时有些后悔了。

祁砚紧紧蹙眉，接受她的回答。

“行，晚饭别吃了，饿着吧。等你什么时候愿意说实话了，再吃饭。”

他认为自己已经表达得很清楚了，可是舒漾还是选择对他撒谎。

舒漾怔在原地，攥着手有些不知所措。

祁砚冷冽的语气让她根本不敢去看男人的表情，她完全没想过祁砚会这么做，一时更不知道该怎么办。

只听见男人说：“出去吧，我还有工作。”

不知为何，舒漾眼睛有些酸酸的，她慢慢起身，越走越快地回了自己房间。

她完全想不通男人生气的点到底在哪里。

她吃多少饭难道不是她自己的事情吗？她又不会让自己饿死。

现在好了，祁砚竟然想不许她吃饭。

舒漾扑到床上，抓起大草莓枕头狠狠地捶了两拳。

“不吃就不吃！”

祁砚看着书房门口消失的人影，头疼地捏了捏眉心。

他是不是太着急了些？再怎么说舒漾也是刚住进来的，难免会客气些。

到了晚上，眼看着晚餐已经做好了，祁砚还是没等到舒漾过来认错。

男人坐在沙发，往二楼看了眼，管家阿姨下楼说：“九爷，小姐说她不吃。”

其实舒漾说的还不止这些，管家阿姨没敢说完，祁砚显然是猜到了。

“还有呢？”

管家阿姨硬着头皮说：“小姐说她要过神仙日子，让我们别去烦她修炼。她马上就要升天了。”

管家担忧地补充：“这小姑娘都饿得胡言乱语了。小姐年纪这么小，还在长身体的阶段，九爷，这样饿下去会出毛病的。”

男人眉心紧蹙，扯了扯领带，往楼上走去。

房间内，舒漾早就快撑不住了。本来中午的时候就没吃饱，再这样下去她真的要原地升天了。

她的心里冒出一个念头：要不就服个软？何必和香喷喷的大米饭过不去呢？

想着想着，舒漾又有些委屈，眼泪差点就掉了下来。

房门再次被敲响，她哽咽着继续嘴硬："阿姨，我不吃……"

"是我。"男人低沉的声音从外面传来，舒漾连忙把眼泪一收，看向门口。

"漾漾，我给你三分钟的时间收拾好，三分钟后你不开门的话，我会自己进来。"

三分钟后，分秒不差，祁砚直接开门进去。

沙发上空落落的，床上的被子蓬起来一大片，舒漾整个人闷了进去，连根头发丝都看不见。

男人坐到床边，看着那一坨白色的被子。

感觉到床边沉下去些许，舒漾探出个不安的小脑袋。

祁砚趁机把人揽起来："漾漾，我们好好谈谈可以吗？"

舒漾可怜巴巴地点头，每个小眼神仿佛都在告诉祁砚"我快饿死了，你最好是来劝我吃饭的"。

祁砚耐心地问道："先告诉我，为什么突然要减肥？"

提起这个，舒漾幽怨地看着眼前的罪魁祸首："你，你说我胖了……"

祁砚无奈地按着眉心："就因为这个？"

"还有还有！"憋了一下午，舒漾像是打开了话匣子，"你怎么吃得那么少，我才吃一半，你就已经吃饱了要走，我心里不平衡就被影响了。

"说出去我比你一个一米九的壮汉还能吃，岂不是太丢脸了。"

祁砚有些哭笑不得："漾漾，我不是真的觉得你胖，让你误会了很抱歉。至于午餐，我在公司已经吃过了，所以就先去处理工作了。你现在还在长身体，不能饿着自己，知道吗？"

舒漾小声说道："那你不让我吃……还那么凶……"

她当时连认错都不敢，只能把苦往肚子里咽。

祁砚摸了摸她的脑袋："哥哥是生气你让我感觉很疏远。

“先下来吃饭吧。”

跟着祁砚下楼吃完饭，祁砚像往常一样扎进书房工作，舒漾躺在床上，思来想去睡不着。

今天她做得也有些不对，祁砚都和她道歉了，她是不是也应该去道个歉？

舒漾爬起来，跑到书房门口敲了敲门，却发现没人应。

他应该是工作完回房间了。

舒漾又走到男人的房门前，也不知道他睡没睡。

但是今天不和祁砚道个歉，反正她是睡不着的。

舒漾抬手敲了敲面前的房门，依旧是没有人答应。她等了一会儿又敲了两下，见没反应后就打算离开。她刚转身，身后的房门传来声响。

舒漾回过身，淡淡的香气钻进她的鼻息，眼前是男人的黑色浴袍领口，上面还有水珠。

突如其来的美男出浴图，让舒漾踉跄了半步。

祁砚手疾眼快地伸手揽过去，担心她摔跤。

她站稳后赶紧移开视线，祁砚的眸子似乎也带着雾气，目光缱绻。

周身的空气都被祁砚身上的香味霸占。

这男人，香死她了。

祁砚的声音一如既往地动听：“抱歉，刚才在洗澡，没听见。”

“没，没事。”舒漾一开口，嘴皮子都在打架。

“是找我有什么事吗？”

舒漾垂着头说：“我来和你道歉的，对不起。今天的事情我也有错。”

祁砚看着圆滚滚的小脑袋，轻笑：“漾漾，你道歉都不看着我眼睛吗？”

舒漾抬起脸，她咽了咽唾液：“对不起。”

“嗯。”男人答应得干脆，舒漾过了几秒才反应过来。

这就完了？

不过想想也是，大半夜的她站在人家房门口，还想干吗？

“那，我退下了……”

正要走，舒漾的手腕被男人温热的手掌握住。

“现在有空吗？”

舒漾看着被男人拉住的手腕，拽这么紧，她好像有事也走不了吧？

想起祁砚下午找她，然后被气得没说的事情，舒漾应下邀请。

同时她小声提醒道：“你力气好大，我手疼……”

男人松开些她的手腕：“抱歉，没注意。”

说着，祁砚把她的手拿起来看了看，肉眼可见的红色正在慢慢消散。

一看就是娇生惯养的细腻皮肤，随便磕碰都容易留下印子。

舒漾感觉到男人的指腹在她泛红的腕上抚了抚，突如其来的痒意让她忍不住把手往后缩。

祁砚的情绪微不可察：“跟我来。”

把人带到了衣帽间后，祁砚抬手把灯一打开，舒漾很快就被眼前的景象闪到了眼睛。

一整排的玻璃橱窗里，摆放着数十件璀璨的礼服和裙子，就连高跟鞋和配饰都占了两面墙。

这哪是衣帽间，这是她失散多年的家啊！

男人附在她耳边说：“这是给你明天准备的礼服，看看喜欢哪件？”

他本来下午就打算告诉舒漾，谁知道两个人闹别扭，这件事就一直拖着。

要是今天晚上没把人哄好，明晚他只能一个人去参加宴会了。

舒漾走到那些礼服面前，每一件都漂亮得不可思议，她完全做不出选择。

“都不喜欢的话，明天再让人送过来，定制的话现在是有些来不及了。”

舒漾赶紧说道：“喜欢，我现在就像个渣女，全都想要。要不，你帮我选吧？”

祁砚看向她轻声问道：“想穿性感一点还是可爱一点？”

正在欣赏高跟鞋的舒漾一愣。她倒是没想过这个问题，下意识的念头就想说性感，毕竟她已经可爱十八年了，当然想尝试些不同的风格。

只是这两个字专门说给祁砚听，还怪难为情的。

祁砚见她虽然没说话，脸却偷偷红了，低声地轻笑了起来。

由于身高差，祁砚不得不歪着头才能看清她低下的面容。

“羞什么？”

舒漾抬起头，正好撞见祁砚那绝艳的面容，他双手环在身前，歪着脑袋盯住她，眼角带着慵懒随性的笑意。

舒漾连连退了好几步：“你，你选就好了。”

祁砚打开玻璃门，拿出一件淡粉色和白色交织的海棠花旗袍，看起来古雅又清贵，只是旗袍的开衩很高。

“这件怎么样？”

舒漾有些犹豫，可又是她让祁砚挑的，还是点头答应：“那就这件吧。”

祁砚把旗袍递给她：“去试试。”

折腾了好些时间，舒漾才把旗袍穿好，身材突然被凸显出来的感觉让她有些忐忑。

祁砚在衣帽间挑选着首饰，听见换衣室的门被推开，男人顺着声音看了过去。

原本穿着草莓睡衣的女孩此时已然像是换了个人，在旗袍的衬托下，身体曲线展现得淋漓尽致。

略显不安的舒漾每走一步都盯着脚下，少了高跟鞋的衬托，旗袍的开衩更高了些，视觉上几乎到了腰。

祁砚喉结滚了滚：“脱掉。”

还没来得及去镜子面前欣赏一下的舒漾，抬头就听见这两个字。

“去换掉，明早让设计师改一下，不安全。”

舒漾不死心地到全身镜前照了照，看完瞬间躲回换衣间。

何止是不安全，那简直是过火，幸好没什么人看见。

选好明天的配饰后，两人就往各自的房间走去，关门前，舒漾探出个小脑袋。

“哥哥晚安。”

还没等男人开口，房间门就被关上，女孩温软的声音似乎还在耳边回响。

Chapter 15
恢复记忆

次日。

舒漾想着晚上能跟着祁砚出去吃顿好的，特地把肚子留着去参加宴会。

换好衣服出来，舒漾踩着高跟鞋停在原处，朝祁砚招手。

她几乎下意识地脱口说了句："哥哥扶我一下。"

祁砚眸色一沉。他走过来，将手臂伸到她面前。

舒漾撑在男人的小手臂上，这才敢完全站直。

见她这般模样，祁砚问："要不要换一双鞋？"

舒漾像是宫里的娘娘，扶着祁砚走了一小段才说："不用了小砚子。"

察觉到男人危险的目光，舒漾这才老实地把嘴闭上。

她松开祁砚的胳膊，自己走了两步，不由得自恋道："我还真是有穿高跟鞋的天赋呢？"

祁砚看着眼前摇曳生姿的女人，薄唇微扬。

她也有吸引他的天赋。

晚宴，车子刚驶入百米红毯，舒漾就已经紧张得不行。

她这位同学过生日的排场未免也太大了。

同样坐在后座的祁砚倒像是对此司空见惯，淡然地扫了眼腕表。

男人揉了揉她的耳朵："放松点。"

随着司机把车停下，祁砚下车给她开好车门，舒漾挪着身下来，周边的闪光灯照得她睁不开眼。

直到眼前出现一道暗影，舒漾的眼睛才得以缓过来。祁砚的宽大

的手掌就抵着她的额头，男人的手指修长白皙，匀称得不可思议，这是她见过最好看的手。

她心慌的感觉减轻了大半。

进了宴会厅，很快就有人过来迎接他们。

穿着白西装的男生盯着她挽着祁砚的手，笑道："哟，祁总，带女人了？"

舒漾站在旁边不知所措，这人该不会以为她是祁砚的情人吧？

她第一眼就对这个白西装男的印象大打折扣。长得倒是端正，可惜小小年纪思想就出了问题。

祁砚波澜不惊地回答道："你什么眼神？"

对方抛出一个暧昧的眼神："我懂我懂，人太小了还不好下手。"

舒漾："……"这男的嘴真欠，出门真的不会被打吗？

祁砚不温不热地看着裴青月："脏的人看什么都是脏的，穿得再白也是。"

裴青月低头看着自己精心定制的白西装，一时无语。要不是他知道祁砚是什么德行，还就真信了他的话。

"行行行，我脏，你出淤泥而不染。"

哪个男人会突然养个小妹妹，然后什么也不图，那不是有病吗？

裴青月从上到下打量着舒漾："小同学，你长得还是蛮带劲的嘛！要不要我介绍点帅哥给你认识认识？"

听到他喊自己同学，舒漾有些嫌弃："你也是我同学？"

帅哥可以，这位同学还是免了吧！

问的时候舒漾就在心里面祈祷着，这男生千万不要是她同学，不然以后抬头不见低头见，躲都躲不掉。

"也？"裴青月疑问道。

舒漾不以为然地说道："对呀，不是还有位裴青月女同学吗？"

话音刚落，舒漾看着眼前的男生顿时瞪大了眼睛。

舒漾被他激动的样子吓一跳，赶忙往祁砚身后躲了躲。

裴青月做了个深呼吸，指着自己的脸说道："小妹妹，你看清楚，本少爷就叫裴青月，不是你说的什么女同学！"

他这么英俊帅气风流倜傥的一张脸，这妹子竟然都没听说过。

舒漾抓着祁砚的手臂，始终躲在男人后面，生怕被这个同学吃掉。

“不是就不是嘛，你急什么。”

裴青月感觉头上都快要气得冒烟，但是又无力反驳。

舒漾有些失落地嘟囔着：“白期待那么久了。”不是美女同学也就算了，还是个这种货色。

“你！”裴青月心一梗，到底谁给这妹子的胆，敢这么和他说话？

裴青月还打算说什么，祁砚打断了他开口：“得了，别吓到她。”

与此同时，舒漾才发现，她已经把男人的西服抓出了痕迹。舒漾松开手，默默地把男人西服的褶皱抚平。

祁砚侧眸看着那只柔软的手隔着西装面料来回抚摸，他按住她的手，轻声说：“哥哥还有很多事情要谈，你先自己去玩会儿。别乱喝酒，别乱和陌生男人说话。”

舒漾乖乖点头，然后准备去找吃的。

裴青月就这么眼睁睁地看着人从他面前安然无事地离开，他和祁砚说：“不能这么惯下去，不然迟早爬你头上兴风作浪。”

祁砚瞥了他一眼：“所以这和你找不到女朋友有关吗？”

裴青月：“本少爷年少多金，什么样的找不到，我找出花来。倒是你，都二十四了还不谈一个，你不难受啊？”

祁砚冷眼盯着他：“不想生日变忌日就闭嘴。”

裴青月摇摇头，难道这就是男人无欲，法力无边吗？

已经饿了大半天的舒漾，逛了一圈才发现，宴会里根本就没有准备主食！

大厅里面摆放的都是五彩缤纷的酒以及精美的小甜点。

大家都在谈笑风生，基本上没有人吃东西。

祁砚被一群人围住，好在有身高优势，她能轻易找到他。

舒漾摸了摸自己的肚子，盯着那些小巧的甜点，眼泪流了下来。

她一口能吃掉三个。

找了个没什么人的小角落，舒漾捏起小兔子甜品就往嘴里塞，还不忘转过头避开些他人的视线。

此时，宴会厅少了个叫舒漾的女生，多了个兔子杀手。

舒漾手里叉着一块蛋糕，放到了嘴边。

突然面前猛地出现一张男人的脸，对方歪着脑袋看着正在吃东西的她。

舒漾一时吃也不是，不吃也不是。

对方递过来一杯果汁，舒漾刚好有些噎到，想都没想就直接喝了下去。

看她狼吞虎咽完，男人“啧”了一声：“你男人在家都不给你饭吃吗？”

舒漾吃完，奇怪地看着他。

男人又把话重复了一遍，舒漾看他的眼神更加迷惑了。

这位怕是有什么大病吧？舒漾索性不理，低头继续吃着自己盘中的小兔子。

反正祁砚交代了，让她别乱和陌生男人说话。

可是对方一直在她的面前晃悠：“怎么不说话呀小可爱？又不是哑巴，我叫杰森，你叫什么？你有英文名吗？没有的话我帮你取一个怎么样？”

舒漾假装听不懂他不太标准的中文：“啊？”

杰森又说了几句，她依旧故作不懂。很快，杰森就意识到自己被耍了。

“不愧是祁砚养的小娃娃，果然是有几分野性在的。”

舒漾忍无可忍：“有病治病。”

杰森开心又惊喜：“你怎么知道我有病？！你好聪明呀小可爱！我就喜欢和聪明的人交朋友。”

舒漾眼角抽了抽，她没看错的话，这男人的眼中是……兴奋吧？她还是第一次见有人被这么骂了还能笑出来。

杰森拿出手机：“加个联系方式怎么样？”

舒漾往后靠去，满脸都写着“你不要过来啊”。

杰森看着她的脸说：“好红啊，你不会喝酒吗？”

舒漾摸了摸自己的脸，这才反应过来，杰森刚才递给她的不是果汁，而是特调果酒！

好晕……酒的后劲上来了，舒漾晃了晃晕沉沉的脑袋。她把手中的盘子放下，想去找祁砚，却被眼前的男人一直挡住视线。

杰森好奇地看着她：“难怪祁砚那么难讲话的人，会同意把你留在身边。

“小可爱，祁砚要是对你不好的话，你告诉我，虽然我可能帮不上什么大忙，但是只要你投奔我，我会让你知道，他对你已经够好了。”

舒漾本来就晕，还要听着这人前言不搭后语的疯话，顿时烦躁无比。

“你，走开！”

她本来就在角落，这人挡得死死的，还没完没了地叽叽喳喳。

舒漾身上没带手机，她想起身推开杰森，可一个没站稳，跌坐在沙发上。

杰森伸手想去扶她，背后传来低沉的男声：“你们在干什么？”

杰森刚回过头，整个人就被祁砚拽住领口扯到一边。

男人目光扫过沙发上的女人，身上的旗袍完好无损，泛红的小脸上有几分委屈。

祁砚手上的力道收紧，眼神凌厉：“你碰她哪儿了？”

窒息的感觉让杰森赶紧护住自己的脖子：“我没碰她！哥，这话你可不兴乱说啊！”

祁砚依旧没松开他：“你灌她酒了。”

“这酒是你家小可爱自己喝的！”杰森心里冤啊，赶紧朝舒漾投去求助的目光，“妹妹，你快和这疯子解释解释！”

舒漾看着杰森指责道：“就是他带坏小孩子！”明明自己是个疯子，还喜欢说别人是疯子。

杰森愣了，这小可爱怎么还是个告状精？

祁砚把这碍事的人甩到一边：“现在没空找你算账，滚远点。”

把人赶走后，祁砚正要去扶昏昏沉沉的舒漾，手却被小女人的爪子一把拍开。

“别碰我。”

男人寻机抓住她的手，俯身扣住她的下巴：“漾漾，你看清楚我是谁？”

舒漾半眯着眼睛，笑眯眯地喊道：“帅哥。”

才不过几分钟时间，舒漾就已经像是在酒罐子里泡过，醉得分不清东西南北。

祁砚还有事情没处理完，可是现在人这个样子，他根本走不开。

他一边把人揽起来，一边哄着：“乖，哥哥先送你回酒店休息。”

舒漾趴在他身上，抱紧他的同时还不忘伸手穿进他的西服中，隔

着衬衫摸两把:“帅哥腹肌好结实哦。”

祁砚扣住她的手腕，不让她乱动，路过的人都朝祁砚投来意味深长的目光。

没想到祁总平时清心寡欲，这会儿也得折腰。宴会才进行到一半，就迫不及待地撤了。

情急之下，祁砚只好让舒漾靠在自己怀里，然后快速把西装外套脱下来，遮住她的腿，大步流星地将人抱回房间。

等他想把人放下来的时候，舒漾死死地勾着他的脖子，嘴里说着不着边的话。

“帅哥，你有女朋友吗？”

祁砚拧着眉，试图把她的手拿下来:“没有。”

听到这，小女生有些惋惜地歪头:“那你的大好身材岂不是没人欣赏？太可惜了。要不，你给我看看？”

祁砚沉着气，咬牙切齿地叫了声她的名字:“舒漾！”

“唉，”舒漾可爱地应声，“看看嘛！”

祁砚怎么也不会想到，这小朋友醉酒后不仅六亲不认，还是个小色鬼。

男人摁住不停乱钻的小手，厉声呵斥道:“躺好！”

原本还在胡言乱语的舒漾瞬间被吓得浑身一震，看着祁砚的眼神也逐渐变得惊恐。她酒意刚醒些，就见男人凶狠狠地把她摁住。

舒漾躺在床上哆哆嗦嗦地看着他:“九爷，你，你要干什么？我们不合适啊，你走开你起来！我不要和你……”

祁砚有些生气。他好心把人送到房间休息，现在人倒是清醒了些，竟然把帽子往他头上扣？精彩，真是太精彩了！

现在不说清楚，之后就别想摆脱乘人之危的嫌疑。

祁砚盯着她问:“做什么？你以为我要做什么？”

舒漾挣扎着想要把自己的手从男人掌中抽出来。可是力量的悬殊让她根本逃不开，两条纤细的手臂被男人轻而易举地翻上头顶。

舒漾醉得没了力气，可意识相较刚才更加清醒了些。她知道在这个时候绝对不能激怒对方，要是祁砚真的丧心病狂起来，她哭都来不及。

“九爷，是不是哪里让你误会了吗？我真的没有那个意思。”

背着口大黑锅的祁砚轻呵了声："对啊，你整天哥哥哥哥地叫，让我怎么不误会？"

刚才还在他身前为非作歹，现在就把事情全都推到他头上，然后无辜又可怜地看着他，真让人心烦意乱。

本来没想过那些事，现在男人的思绪都变得不受控制了。

听他这么说，舒漾慌忙说道："我保证我再也不乱喊了，你要是实在听不得，别说叫你九爷了，叫你大爷都行！"

祁砚被她一番话气得发笑。年轻张扬的眉眼，染上笑意的时候越发让人移不开眼。他低下头，看着胆怯的小朋友："漾漾，你怎么把哥哥想得那么坏？

"明明是你抱着哥哥不放，还不老实地乱碰，宴会厅的人可都看见了，要哥哥把他们都叫来作证吗？

"所以你说现在，到底算谁的责任？"

听到后面，舒漾有些心虚地撇开眼神，一些记忆碎片闪过她的脑海。

难道她酒品真的这么差吗？她才喝了一杯啊！

舒漾索性打算一装到底："我不记得了九爷，我头好晕啊，我想睡觉，你先起来好不好？你把我手抓疼了。"

祁砚松开她的两条手腕，挑起她的脸："下次再敢颠倒黑白污蔑哥哥，那我会坐实罪名的。"

他语气温柔，可那认真的眼神让舒漾知道，这男人不是在说假话。

让他做他就真敢。

舒漾立刻保证道："不会了。"

见祁砚起身，她大口地深呼吸。看着不远处的祁砚，她催促道："你快去忙吧，我就在房间睡觉，你回来之前哪儿也不去。"

她现在只想睡一觉，忘记那些乱七八糟的事情。

祁砚从冰箱里拿出一瓶冰镇的矿泉水，边拧开边回过身看着她。

"漾漾，你觉得我现在这样能出去吗？"

舒漾这才注意到祁砚的黑色西装已经满是褶皱。她突然有些不好意思。

男人走过来整理着她额前的碎发："乖，睡一会儿吧。"

确实像裴青月说的那般，她还太小了，他下不去手。

况且，他喜欢的方式，舒漾未必能接受和配合。

他也不缺这点耐心。他会让舒漾成为真正为他所有的女人，前提是舒漾要爱上他，甘愿成为他的同类，感受他的苦乐与疯狂。

等舒漾睡着后，祁砚整理好西装走了出去。

裴青月刚好和杰森从另一端走来，看见一丝不苟的祁砚，瞥了一眼他身后的房间门，裴青月笑道："祁总，这么快？"

祁砚扶了扶眼镜，眼底锐气十足："不快点怎么赶着参加你的葬礼？"

裴青月："……"

裴青月在心里狠狠地记上一笔，这该死的祁砚，要是哪天落魄了，他第一个把脚踩上去，送他一程！除了他，谁还敢在生日这么对自己说话？

祁砚冷冷地看着旁边的杰森："你是不是应该给我个合理的解释？"

杰森见他冷下脸说道："那酒真的是你家小可爱自己抢过去喝的！

"不行的话你可以查监控，我可没灌醉她。再说，谁知道小可爱一杯就醉成那样，这还不是你的问题，在家就得把人教会。以后各种场合，谁能保证她喝到的都是果汁？"

祁砚听着他一口一个"小可爱"，深皱眉头："你恶不恶心？"

杰森伤心地捂着自己的心口处："'恶心'这两个字怎么会用来形容我这么英俊的男人，简直不可思议！毫无人性！"

祁砚看着他，毫不犹豫地重复："恶心。"

杰森无力反驳，算了算了，都是病友，可以理解！

找到休闲区的沙发坐下，用人问他们要喝点什么，裴青月和杰森都点了香槟，祁砚抬手拒绝了。

祁砚说起正事："之后漾漾在学校还需要你们多帮忙照看。

"记住，是照看，不是照顾。"

这两个人，一个是没救的精神病，一个是觉得全世界没人配得上他的奇葩，待在舒漾身边，可以说是最安全的。

而他的漾漾自然也不会对这两个嘴比脑子快的男人感兴趣。

更重要的是，他们是同一圈子，也好让舒漾早点融入他的世界。

相信在裴青月和杰森的衬托下，他那点不正常的占有欲，也算不了什么。

裴青月听了直摇头，一个劲地控诉道："还说对人家小朋友没兴趣，你现在怎么不嘴硬了？怕舒漾在大学被人拐跑了？

"杰森，你是不知道这个祁砚，刚才在那小朋友面前装得多么正人君子，把我衬得像个流氓一样。"

杰森深有同感地点头："祁砚，你这么做太不讲道德了！"

祁砚嗤笑："我没有道德我讲什么？"难道还想道德绑架他不成？

抿着香槟的裴青月，悠悠然地说道："不过我看这小朋友性格，可不像长得那么乖巧。十有八九不会如你所愿。"

都说初生牛犊不怕虎，舒漾对权对财不感兴趣，又怎么会像其他女人一样，对祁砚兴趣浓厚。

祁砚漫不经心地抽着指间的雪茄，微眯起眼睛，他倒觉得无所谓。

"有点挑战性，不是更好吗？"

舒漾的父亲把人送到他身边，他不过就是顺水推舟罢了，至于舒漾会不会变成和他一样的人，他很期待，且不允许失败。只不过这漫长的等待时间里，难免会有些煎熬。

从今天的事情分析来说，舒漾也未必对他没兴趣，至少她抱着他不放，对于他这美好身材的欣赏是真实的。

祁砚轻轻点掉雪茄灰。

应酬结束，祁砚回到房间，房间里面只有角落处亮着一盏微黄的灯。

他远远就看见旗袍下那双白得惹眼的长腿，床上的被子不知什么时候被舒漾踢到了地毯上。

祁砚走过去把被子拾起来，刚想帮舒漾盖上，就见女人精致的脸上隐隐浮着一层薄汗。

祁砚把被子先放到一边，手背贴上舒漾的额头。

温度正常，可是细碎的汗越来越多。舒漾放在两侧的手逐渐攥紧，眉眼轻轻蹙起，嘴里似乎还在喃喃自语。

男人俯身贴近她的唇边："怎么了宝宝？做梦了吗？"

舒漾撇开脑袋，声音依旧小得可怜，让人听不清其中的话。

那微皱起来的脸，看起来就像是被人欺负了。

祁砚正犹豫着要不要叫醒她，耳边就传来小女人微弱的呢喃声：“疼……”

男人看着眼前不省人事的人，听着那嘴里溢出的迷迷糊糊的话，视线缓缓落在被两只小手拽起的床单上。

祁砚把她的手拿起来，舒漾就抓着他的手指不放。

男人意识到这不是一般的梦。

他任由手被抓着，低声问：“梦见什么了？”

没有声音回答他，舒漾沉浸在自己的世界里。祁砚只好换了种问法，试图进入她的梦里：“漾漾，我是谁？”

男人的指尖在被抓住的手掌心里绕着圆，舒漾手往后缩着，却始终没打算松手。

祁砚把她的手摁住：“乖，是梦到哥哥了吗？”

等了几十秒，依旧是没有任何回答，祁砚眉心紧锁，将手从舒漾的掌心抽出来。

抓着他的手想别的男人，把他祁砚当什么了？

还没等祁砚叫醒她，感觉到手上一空的舒漾睁开眼睛，入眼就看见了祁砚清冷的脸。

“九爷……”

没有什么比睁眼就看到刚梦到的暧昧对象出现在面前更惊恐的事了。

下一秒，舒漾发现她想得太早了！

她往自己身上看了一眼，一条腿荡在旗袍外，原本盖在身上的被子被祁砚丢到床尾。

舒漾赶紧坐起身，把自己的腿尽可能挡住。

这祁砚不会真是变态吧？趁她睡觉的时候竟然不怀好意地掀她的被子！

还没等她想好怎么开口，站在床边的祁砚就饶有兴致地说：“怎么？又觉得是我对你做了什么吗？

“漾漾是不是以为被子是我拿掉的，旗袍是我翻上去的，而你也是我弄出汗的？”

不得不说，这女人每次醒得真是时候，一切看起来倒真像是他图谋不轨。

要说真做了什么也就算了，现在人是没碰到，锅是没少背。

舒漾有些不好意思地咽了咽口水，没想到话还没说，就被祁砚预判了。

难道她睡觉习惯和酒品有的一拼？

祁砚居高临下地盯着她："漾漾不妨说说刚才梦见什么了，要抓着哥哥的手不放，还在我耳边说那些话。"

若不是他自制力好些，刚才就算是真的做个混蛋，又怎么样？

舒漾瞬间气势全无，脑子里不停地想怎么找个借口搪塞过去。

这种尴尬的梦让她哪好意思说出口，更何况祁砚也算是她的一个长辈，要是事情传到爸爸那里去了，她简直想一头撞死。

和她比起来，需要担心有什么奇怪想法的人应该是祁砚才对。

"九爷，你真要听吗？"见男人点头，舒漾心里已经打好了草稿。

"我梦见你八十块腹肌，一拳头抡死好几个我。"

祁砚："我还是比较相信你梦见和我接吻，你觉得呢漾漾？"

舒漾瞳孔瞬间放大了一倍，这是能说的？

本以为就算是祁砚猜到，他也会睁一只眼闭一只眼假装不知道。这么尴尬的事情，她应该随便糊弄一下就过去了，可这个男人却一本正经地在她面前分毫不差地说出。

到底是她跟不上大人们的世界，还是祁砚性子太张扬了？

"怎么可能？"舒漾想都没想直接打死不认，"你想法很危险啊，不要带坏我。"

"漾漾，既然想法比嘴巴诚实，就应该做出来才对，对我抱有幻想倒也不是什么丢人的事情。"

男人把被子给她递过去，在盖上之前，扫过她全身上下："又不是不给你钓。"

舒漾捂紧身上的小被子，她本来心里没什么想法，被祁砚这么一说，莫名觉得自己又能行了。

祁砚说这话是什么意思？对她也有那么点感兴趣吗？

她闭着眼睛躺在床上，思绪被男人的一句话扰得一片混乱。

要说她对祁砚不感兴趣，可是一而再再而三梦见对方，还是那些极限场面，那也说不过去啊！

这天过后，舒漾每次在家看见祁砚就觉得心里怪怪的，不由自主

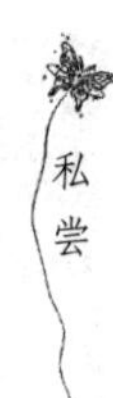

地会想要去刻意保持距离。

不敢钓还不能躲吗？

祁砚在哪儿她就避开，反正开学后学院里的帅哥应该不会让她失望的。

某日祁砚回家刚踏进大厅，原本坐在沙发上追剧的舒漾就打算起身回房间。

“舒漾。”

才刚起身，男人就已经出声叫住了她，舒漾有些心虚地抬头：“怎么了？”

祁砚松了松领口的领带，走到她面前，死死地盯着她：“现在我回来你是连招呼都不想打了吗？”

前两天舒漾虽然躲着他，但好歹回来见到人会打个招呼说句话，现在直接转身要走，就这么不想见到他？

舒漾被他盯得不敢说话：“我……我想回房间。”

男人一手扣住她的肩膀，将人摁回沙发上，随后脱掉西服外套搭在一边，坐到她旁边。

“把话说清楚再回去。”

舒漾低着头说：“我不知道怎么说……就上次梦到你之后，我就觉得不应该是这样，我不想再做那样的梦。”

她有些害怕，那样的她太陌生了，祁砚更加让人心生怯意。

祁砚弯了弯唇：“漾漾，很开心你今天没有撒谎。”

舒漾：“……”她看起来那么像满嘴跑火车的撒谎精吗？

祁砚看着她的眼睛说：“漾漾，你因为自己的梦就这么排斥我，对我来说会不会太不公平了些？分明哥哥什么也没做不是吗？”

不仅什么也没做，还要被时不时误解，扣上各种帽子。现在她四处躲着他，不知道的人还以为他在家不当人。

舒漾的头越来越低，她其实很喜欢祁砚这么好言好语地和她说话。

男人的温柔分析会让她愧疚得不知道该怎么办。

祁砚抬起她的脸，认真地说道：“你要真想这么躲着我也行，因为什么躲着我，我就把事情在你身上做了，这样也好避免一些冤情，可以吗？”

听完他的话，舒漾整个人怔住。事情原来还可以这样解决的吗？

怎么好像事情的走向变得更加奇怪了。

见她不说话，祁砚问："漾漾觉得这个建议怎么样？或者还有什么更好解决的建议，可以说给哥哥听。"

舒漾干咽着口水："建议很好，我建议你别建议。"

祁砚轻笑："那下次还躲吗？漾漾这样怕我，会被别人误会的，即便是我想欺负你，你这不也没让，不是吗？"

舒漾的脸顿时红得不像话，她推开祁砚扣住自己下巴的手："你离我太近了。"

"近吗？"祁砚收回手。

这么大的沙发，祁砚就差没把她直接抱到腿上去了。这还不算近，非要负距离才算吗？

意识到自己的想法后，舒漾往一边挪了挪，自从做完梦后，她感觉思想得到前所未有的蜕变，什么乱七八糟的事情都敢想。

"去学校后我能不回来住吗？"

祁砚刚准备点燃唇边的烟，听到她的话，点烟的动作顿了顿。

男人睨了她一眼："你觉得呢？"

舒漾被他盯了两秒就㞞了："不太行……"

如果祁砚打算同意的话就不会这样问她，很显然这件事只能想想。

可是她真的开始担心了，万一哪天她看上祁砚了怎么办？

祁砚这个年纪未必会喜欢她这种类型吧？都说可爱在性感面前不值一提，那些和祁砚年纪相仿的大美女比比皆是，他怎么可能看得上她这碟小菜？

祁砚看向她："今天早点睡觉，明早起不来真的会被掀被子的。"

只要他一忙，舒漾的作息就是乱套的，中午能醒来吃饭都算是不错了。

有时候他工作忙完都凌晨两三点了，还能看见舒漾偷偷摸摸下楼吃夜宵。

别人是偶尔熬夜，她是经常通宵。

舒漾信誓旦旦地点头："不就是六点半起来化妆赶早八吗？肯定没问题！"

第二天，管家阿姨过来敲门，舒漾雷打不动地睡死过去。

管家又不敢随便开门进去，只好和祁砚说："九爷，现在已经快七

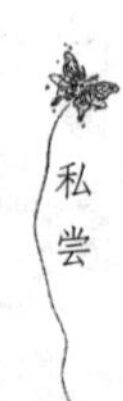

点了，小姐还没醒，要不要进去叫她起床？”

再拖下去，别说化妆了，连早餐都吃不成。

祁砚看完时间走到房门口，再次敲了敲门，没听见反应，随后打了个电话过去。

被电话吵醒的舒漾在被窝里扭成蛆：“别吵嘛……”

她现在困得要死，昨天因为想着要去学校，不熬个夜就亏了，结果追完剧一看，天都亮了。现在刚睡着就被吵醒。

电话里的男声低沉：“漾漾，我数到三，你再不起来我就进去了。”

祁砚这边还没开始数，就已经听见淡淡的呼噜声。

男人看向管家阿姨：“把门打开。”

门一打开，祁砚把窗帘全部拉开，刺眼的光让舒漾下意识用手臂挡住眼睛，然后翻个身继续睡。

祁砚把人从被窝里拖起来：“舒漾，昨天是不是和你说了早点睡觉？”

舒漾靠在男人的臂弯里，哭丧道：“这个学是非上不可吗……”

虽然嘴里这么抱怨着，舒漾还是老老实实地揉了揉眼睛，让自己清醒些。

收拾完，时间就已经快来不及了，舒漾只能在车上抱着三明治啃。

祁砚把温牛奶递过去：“慢点吃，别噎着了。”

舒漾看着杯中的牛奶，抗拒地摇摇头。她不喜欢喝牛奶，还是噎着吧。

祁砚耐心说道：“乖，你现在还在长身体的阶段，要注意营养摄入。”

舒漾很是自信地说道：“我已经长得差不多了！”

她这个身高在同龄人中已经不矮了，再长高些，上哪儿找那么高的男朋友去？

祁砚视线扫过她身前：“是吗？”

察觉到男人在看哪里后，舒漾连忙用手上的三明治挡住心口处。

祁砚把牛奶放在她面前，他的眼神不容拒绝。

舒漾坚定地和他对视了几秒，盯就盯，谁怕谁？

没过三秒，舒漾妥协，接过杯子一口喝完。主打的就是一个能屈能伸。

快到学院，祁砚交代道："下班来接你，如果我没来的话管家也会接你回去，不要在外面乱玩。有男生加你的话，给我的手机号码就行。"

舒漾不解："为什么呀？"这样她还怎么和帅哥们聊天谈恋爱。

祁砚面不改色："哥哥帮你把把关。不要轻易相信别人，大学里面是成年人的世界，哥哥不放心你。"

舒漾见他这么真诚，就答应了："那行吧。"

光是她已经碰见的两个同学似乎就病得不轻，确实需要把把关。

只要别给她把没了就行。

舒漾下车后，男人直到看不见人影才收回视线。

舒漾进大学后就发现，原来自己在这些外国人居多的同龄人中，竟然算矮的。放眼望去，系里的同学打扮得花枝招展，只有她老实得有些格格不入。

然后她看见了杰森和裴青月，两个人正在学校里闲逛。对视后，舒漾撇开头快步往课室赶。别过来，离她远点！

课后，碰上有帅哥要加她联系，舒漾刚准备开开心心地献出自己的电话时，抬眼就见杰森拦在她们两人中间。

"漾漾小可爱，我都还没有你的电话呢？"

舒漾："……所以呢？"

杰森环着手臂："虽然我们已经很熟了，但还是很有必要再留个联系方式比较好。"

舒漾："？"她和他很熟吗？这大哥到底哪里看出来的？

旁边的男生一听到她和杰森是朋友，立马抱歉地离开。

"哎！"舒漾想叫住她，裴青月又伸了只手过来。

"小舒漾，钱可以乱花，电话可不能乱给。"

舒漾气急败坏地瞪着他，一个念头闪过脑海，嫌弃地扫过裴青月。

"你该不会是对我一见钟情，暗恋我吧？"

裴青月不可置信地指了指自己："我，暗恋你？喂，你哪根筋搭错了？"

"对啊！"舒漾不以为然道，"你占有欲作祟，不想我和别人接触，啧，裴青月，没想到你是这种人。你暗恋我和我说就是了，虽然我不一定看得上你。"

反击一个自恋狂最好的办法就是，用魔法打败魔法。裴青月大概

这辈子都不会想到，舒漾竟然敢这么放肆地揣测他，还嫌弃他？简直没天理！

裴青月急得叉腰："舒漾你听好了，我裴青月配谁不够格，还用得着暗恋？"

舒漾借机逼问："那你说，你刚才抽什么风？"

"我那还不是……"话说一半，意识到什么后，裴青月忽然反应过来，"你套我话？好啊你，年纪不大，心眼倒是挺多。"

要不是他及时反应过来，差点把祁砚供了出去，那肯定会被拿出来讥讽一辈子，连舒漾都应付不了，还想争什么家产？

舒漾没想到这么快就被识破了："你倒是说啊，为什么？"

她背着祁砚在学校又办了一张卡，为的就是广撒网，这计划刚开始，她的开门红就被这两人搅黄了。

况且一旦传出去，别人要是真以为他们是朋友，那麻烦就大了。

要是被贴上不好相处的标签，她还怎么泡帅哥？

裴青月嬉笑道："想知道为什么？转我五百万，看看够不够格？这哪是不付费就能听的。"

舒漾扭头就走："我没钱，你找祁砚。"

裴青月悠悠然地在背后说道："祁砚要是知道你撒谎骗他，然后重新办了一张卡用来钓男人，你觉得会怎么样？"

舒漾脚步顿住，慢慢回过头："你一直跟踪我？"

她当然不会相信祁砚说的帮她把关的那种话，万一对方看上祁砚了，那也不是没可能啊！

"这还真没有。"裴青月耸了耸肩，"本少爷哪来那么多闲工夫？只不过呢，你去办电话卡的照片，被人发到学校论坛上了。"

发现舒漾另外办卡，其他的裴青月一想就知。

这舒漾还真是一离开祁砚身边就原形毕露，绝不是什么言听计从的乖乖女。

舒漾："那你想怎么样？你真以为祁砚管得了我？"

舒漾笑得淡然，不管怎么样气势上不能输，总不能明知道回去被祁砚教训一顿，还要在这里受裴青月的挑衅吧？

裴青月还真没想到她胆子这么大，心中不免为祁砚捏把汗。

这见人说人话、见鬼说鬼话的小姑娘可没那么好搞定。

没人知道她哪句话真，哪句话假。

舒漾想着说道："没想到裴公子这么高高在上，天之骄子般的存在，也会甘愿做别人的传话筒？你看看人家杰森，多么有自己的个性。"

简简单单几句话，舒漾就激起了几个人之间的矛盾。

裴青月转念一想：对啊，他干吗没事答应帮祁砚办事？祁砚什么身份，他什么地位？还有这个杰森，不是和他一边的吗？怎么一到关键时刻就哑了嘴。

杰森立马站到了舒漾这边："小可爱，我们做朋友吧，他看起来不是很聪明的样子。"

舒漾瞥着杰森，心想着：可是你看起来有大病。

但现在的情况，她当然会接受杰森这个朋友，把裴青月踢出局。

这样就算是祁砚问起什么，裴青月也会死要面子不说缘由。

裴青月气火直冲天灵盖，舒漾还不忘再补上几刀。

"去吧去吧，你快去投奔祁砚，他说什么你就听什么，我想祁砚也不会拒绝，毕竟免费的小弟谁不要？"

裴青月："你！谁说我要给祁砚当小弟了？"

舒漾眨眨眼："想当什么裴公子自便，行了，没什么事的话，你赶紧把事情说给祁砚听吧，没准儿他一高兴，赏你几个亿的项目。"

"我不说！"

总不能因为祁砚来参加了他的生日宴，他裴青月就把那男人当成自己人吧。更何况，他还等着踩祁砚一脚，现在帮祁砚又算是怎么回事？

就该让祁砚先尝尝感情的苦，省得那哥们日子过太舒坦了，把谁都不放眼里。

舒漾得逞地微勾起唇。

这下，杰森和裴青月两个人的塑料联盟彻底破碎。

结束一天的课，舒漾就直接被新认识的朋友带到了校外的游戏厅。

她自认祁砚很忙，应该没时间来接她，玩完打车回去就行。殊不知，放在包里静音的手机上已经有了七八通未接来电。

学院门口。

男人坐在车上，不知是第几次看向腕表上的时间。

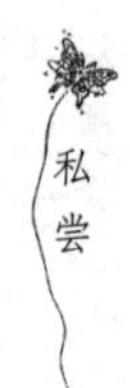

助理打完电话后，抱歉地说道："九爷，电话还是无人接听。"

祁砚沉声吩咐："查一下定位。"人才放出去一天，这到晚上就找不见人影了。

与此同时，祁砚打了个电话给裴青月："知道舒漾在哪里吗？"

裴青月很是高傲地说道："你问我，我问谁？我又不是她跟班。更不是你的传话筒！"听着他自带火药味的语气，祁砚微微蹙眉。

"你被杰森传染了？"有病？

祁砚虽然和裴青月关系算不上多好，但表面关系还是说得过去的，现在裴青月一反常态，很明显哪里不对。

提到杰森，裴青月更是来气："你别跟我提那个叛徒。舒漾在哪儿你问他去，他那个精神病挺欣赏你家那位的，指不定正屁颠屁颠地跟着呢。

"还有我好心再提醒你一遍，舒漾可不是什么省油的灯！太把她当回事你迟早要完！"

说着说着，裴青月就听见电话那头传来"咚"的一声，他才刚开始说舒漾的坏话，祁砚就把他电话给撂断了。

裴青月烦躁地把手机丢到一边："本少爷好心提醒你，居然不听。行！"

他倒要看看，祁砚能风光到什么时候？

挂断电话后，祁砚看着助理调查到的地址——马路对面三楼的游戏厅。

助理把车开到对面后停下，祁砚却没有想要下车的意思。

"九爷，您不上去吗？"

祁砚拿出了笔记本电脑，开始办公，他手边的另外一块车内投屏上，则直接显示着游戏厅的画面。

"不用了，让她玩。"

舒漾待在他身边也有一个星期了，原来他根本没有看透这个小孩。

自始至终舒漾都隐藏得很好，表现得格外乖巧，现在她大概是放飞自我了。

电话不接信息不回，在游戏厅玩得忘乎所以。

天色逐渐变得阴沉，暴雨骤降。

助理提醒道："九爷，已经快十一点了，要不要我上去叫小姐回……"

话未说完，男人微抬手："还早。"

助理完全揣摩不透祁砚的想法，把车驶进了游戏厅的地下车库。

十二点整。

舒漾猛地想起来，自己还有个家要回。

打开手机一看，就见到一整页的未接电话。

等她反应过来要找个地方过夜的时候，她从关掉的电脑显示屏上看见，几个男生站在她的游戏椅背后。

舒漾警惕地回过头："你那么看着我做什么？"她的心里已然升起不安的情绪。

那些刚才还在和她嬉笑的"朋友"，此时都汇集了过来，和她同行来的两位女生却不见了踪影。

一位男生按住电竞椅的上方，不让她起身。

"要不要上楼休息休息？"

楼上就是酒店，而这些人的想法无疑没那么简单。

舒漾意识到自己被盯上了，还是三个人。

见她不回答，另外一个男生说："你的另外两个朋友，已经收了我们的钱走了，我们是真的对你非常感兴趣，否则也不会花那么大的价钱，让人把你带到这里来。

"如果不想吃苦头，就乖乖跟我们走。"

舒漾握紧了拳头，她被卖了。

对方还是她极其有好感的朋友，现在就这么把她一个人丢在游戏厅，走的时候也不叫她。

舒漾想去拿手机，对方却快她一步夺过她的包。

"你还想联系你那两个所谓的朋友吗？小妹妹，你未免也太天真了。"

舒漾心里已经慌得不成样子，周围的人也都睁一只眼闭一只眼，没有任何打算帮忙的意思。

几个人已经蠢蠢欲动，想把她从电竞椅上拽起来。

舒漾急忙侧身躲过："我跟你们走，你们不要着急，我自己会走。"

几个人半信半疑地看着她，舒漾只好又说："我一个女生能跑到哪儿去？你们放心好了，我也不是那么不识好歹的人，带路吧。"

从位置上起来后，一个男生走在前面，另外两个跟在她身后，生

怕她跑了似的。

舒漾手心已经全是冷汗，完了，她不会真的要栽在这里了吧。

看见游戏厅角落的安全通道后，舒漾捂住自己的耳朵，一边跑一边大喊：“祁砚！”

女生尖厉的声音响彻整个游戏厅。

此时此刻，舒漾只希望祁砚真的派人跟着自己。

几个男生气急败坏地追过去，舒漾跑进安全通道，还没下楼梯就直接撞进一个温热的怀抱。

她心跳空了一拍，直接一拳头挥过去。

男人猝不及防地挨了一下，发出闷哼声。

略微熟悉的声音和清香让舒漾愣了一下。借着光源，舒漾才看清眼前的男人。

男人唇角还有刚才被她打出的细小伤口，正泛着血丝。

追上来的男生警惕地停住脚步，没等舒漾多看两眼，祁砚扣住她腰的手收紧，将人摁进怀里。

舒漾心跳如鼓，被刚才的情况吓得不轻。

催眠室的门突然被推开，舒漾猛地从椅子上惊醒，沈轻皱着眉往门口看去，助理慌慌张张地跑进来。

助理惊慌地说道：“沈医生，抱歉，外面出大事了！”

舒漾额头浮起一片虚汗，她对沈轻摇了摇头。

助理焦急地看着沈轻：“祁夫人她出血了！沈医生你快去看看！”

“什么？好端端的为什么会这样？”

舒漾怔住，赶紧跟着沈轻跑到私人医院的二楼房间内，进门后祁秋华痛苦的神情映入她的眼内。

沈轻跟着几位护士连忙把人送进检查室，舒漾在外面无法跟进去。

手术室的门紧闭，舒漾整个心都提了起来。

难道是因为她那天的话说太重了吗？

舒漾颤抖地摇着头，她从来都没有想过要逼死这个孩子，她只是想装作不知道，为什么会变成现在这个样子？

许久，沈轻从手术室出来。

“祁夫人肚子里的孩子怕是保不住了……”

舒漾腿一软，旁边的护士急忙扶住她。

“怎么会这样？”

“祁夫人现在人正在昏迷当中，初步猜测是受到撞击。”

“她隐约提到一个人，但是情况太紧急，我还没听清祁夫人就晕过去了。”

舒漾眉心紧锁：“那祁阿姨情况还好吗？”

沈轻抚着她的背安慰道：“放心吧阿姨身体素质还是不错的，好好休养能恢复的。”

“只是这个孩子……”

她比谁都清楚，祁秋华有多么喜欢肚子的宝宝，否则又怎么会不惜代价，冒着大风险想要生下来。

可是现在事情不遂人愿，令人唏嘘。

舒漾还没从被打断的记忆和祁秋华流产的事情当中缓过来，包里的电话就响了起来，是祁砚打来的。

她捂着心口处深呼吸了好几次，却并没有把电话接起。

只希望祁砚千万不要来 M 国。

过了好一会，电话铃声停了，舒漾如释重负，可沈轻的电话却响了。

她看向舒漾，意思很显然。

沈轻说道：“事已至此，祁夫人曾经说过，如果孩子留不住，就别告诉祁砚，给他徒增痛苦。你记忆的事情怎么办？还要继续下去吗？”

舒漾握住手机，看着屏幕上逐渐暗淡的备注，摇了摇头。

“你就和祁砚说，我已经恢复了所有记忆。”

如果她再不站在祁砚这边，又有谁来心疼她的爱人？

比她更在乎那些记忆，更担心她委屈自己的人是祁砚。

可现在，霍氏蠢蠢欲动，祁夫人这边状况百出，祁砚的心理疾病又越发严重。难道她非要趟这个浑水，让祁砚四面临敌吗？

如果到时候所有记忆恢复，她没办法做到像自己所想的那般，义无反顾地站在祁砚那边，又该怎么办？

舒漾留在医院照顾祁妈妈，晚上，人终于醒了。坐在旁边打瞌睡的舒漾赶紧起身给她倒温水。

“阿姨，你感觉怎么样了？”

祁秋华抿了点水，摇了摇头：“我没事。漾漾，辛苦你了。”

祁秋华的眼眶湿润起来，手术是什么结果，她心里很清楚。

舒漾有些不知所措，递了纸巾过去，祁秋华握住她的手说：“这件事情是阿姨糊涂了，可是孩子一旦怀上，作为母亲，我真的舍不得放弃，现在或许是最好的结果吧。但是漾漾，有人害我的孩子，有人趁我睡着的时候打我肚子，是个男人，是个男人……”

祁秋华逐渐泣不成声。这个孩子再怎么样，都不应该是以这种方式被人害死。

舒漾后背一凉，已经无法用言语表达内心的惊恐。

“阿姨……您现在出了这么大的事情，祁砚作为您儿子，有权利知道这一切，可是他生病了，是很严重的躁郁症，我真的不知道该怎么办……”

舒漾从未感觉自己肩上的压力如此重，所有的事情都摆在她面前，需要她一个人做关键抉择。

祁秋华轻轻拍着她的手背：“不要告诉小砚，我本来想尝试和小砚说怀孕的事情，可是他说‘妈，我很焦虑’，阿姨听到心都揪到一起了。祁砚他从小到大，不管多么苦累，从来没有这样过。”

可想而知，祁砚现在的心理状况有多么糟糕。

“可是阿姨，我们需要抓到那个杀人凶手不是吗？您的孩子不应该这样不明不白地胎死腹中。”

祁秋华擦了擦眼泪：“可是小砚这个情况，我不能连他也一起毁了，那我才是罪不可赦。”

她比任何人都清楚，儿子走到今天这样的地步经历了多少，现在孩子既然已经没了，就更不应该影响到祁砚。

“等小砚的情况好了再谈这件事情也不迟，阿姨相信他的能力，一定会为我讨回公道的。

“先不说这事了，漾漾，阿姨为之前的道德绑架向你道歉，不论你接受与否，阿姨是真心希望你和小砚好好的。他不是生来的坏孩子，不是故意那样对待你的，当年你和他闹分手，他每天都不知道该怎么办。

“他年轻气盛，给你造成的伤害是不可挽回的，我们母子俩都对不起你。”

当晚，祁秋华和舒漾说了很多。

在这整夜的谈话中，舒漾也大致清楚了自己还未恢复的后半段记忆。

原来，她是爸爸送到祁砚身边的联姻棋子，原来，祁砚从头到尾都是蓄意勾引她，原来，她抽烟喝酒谈情说爱都是祁砚教的。

原来祁砚要了她又丢弃她，原来她的报复让祁砚追悔莫及……

说到后面祁秋华已经有些困意："那个时候所有人都说祁砚喜欢你，可是这混孩子死要面子不愿认，就疏远你，冷落你，让你受了不少苦，恰好你发现其中的秘密，开始报复他，用他对你的方式折磨他，到最后闹到不可挽回的地步。

"不过到最后你特别害怕他，阿姨也不知道其中的原因。

"他手腕上常年戴的那串串珠，是你从庙里求来的，后来摘了一颗放你身上。"

舒漾心中不由得想，难道祁砚做什么出格的事情了？

"阿姨，您先好好休息吧，我后面几天需要忙工作，只能抽空来看你，不要太难过了，哪怕是为了祁砚都要照顾好自己好吗？"

等祁秋华睡去，舒漾才准备拖着疲倦的身体回酒店。

沙发上的黑色身影让舒漾心跳一空。

"祁砚……"

他还是来 M 国了。

见人回来，祁砚起身走过来，想接过她手上的包，舒漾往旁边侧了侧身。

祁砚垂眸："我不碰你。"

恢复记忆的事情他听沈轻说了，明知道会面对冷脸，他还是来了。

舒漾生气，他可以想尽办法把人哄好，但若是舒漾等着他哄，他却畏畏缩缩地在国内逃避责任，那他就不配得到任何谅解。

比起祁砚的感伤，舒漾满脑子都在想着要怎么演。

恢复记忆这个坎在祁砚这里是已经初步解决了，可是她总不能一上来就原谅祁砚吧，那岂不是穿帮了？更何况，这男人做的那些混蛋事听着就来气。

舒漾不去看他："这下我们祁总也不用每天提心吊胆了，只不过就是要换个老婆了。"

祁砚神色凝重，自动忽略她后半段话："老婆，你明天还要工作，我不打扰你了，你先收拾休息吧。"

舒漾见他不打算走："你打算住我房间？"

男人面不改色地说道："我身份证丢了，开不了房。"

舒漾眼角轻抽，被他这个理由噎到。大哥，你连我房间都进得来，说这话合适吗？

再说就凭借祁砚的身价，在M国也肯定有住处，他明明可以直接耍流氓的，却还贴心地给她找了个冠冕堂皇的理由。

舒漾没管他，找出睡衣就准备去洗澡，而祁砚也很自觉地睡在沙发上，一米九多的身高缩在一米八的沙发上，还真有几分可怜样。

第二天，舒漾一睁眼就看见自己身旁多了个男人。

她一脚把祁砚踢了下去，谁知身上的被子被男人连带着卷走，舒漾赶紧把自己身上的睡裙翻好。

地毯上的男人发出闷哼："老婆……"

舒漾起来踢了他两脚："谁让你爬我床的？"

祁砚握住她的脚踝："我在沙发上睡不着，腿都伸不直。"

舒漾缩回自己的脚："关我什么事，说得好像谁求你睡沙发了一样。"

祁砚眯着眸子接话："所以我过来睡床了。"

男人闷骚的发言听得舒漾起火，她抬脚又想踢过去，躺在地毯上的祁砚却始终抓住她的脚踝，提醒道："老婆，你穿着裙子在我身上踢来踢去，会走光的。"

舒漾整个人一僵，快速捂着自己的裙子，祁砚随即笑了起来。

舒漾脸色爆红："你闭嘴！"

祁砚松开她的脚腕，好心提醒道："老婆，快迟到了。"

看完时间，舒漾不解气地又踢了他两脚，然后跑去洗漱。

正闷头刷牙的舒漾，感觉自己的腰上突然多了一个人形挂件，洗手台前的镜子里就多出一道男人的身影。

舒漾含着一嘴泡沫说："祁砚，你，松开我。"

男人却不为所动："一会儿开车送你去。"

舒漾手肘往后一顶，撞在男人的腰腹上。趁着祁砚没反应过来，她从他怀里钻了出来。

祁砚怀里一空，担心耽误她的时间，就乖乖去外面等着。

他本来想等舒漾化妆时再洗漱，谁知道舒漾连妆都不化了，直接溜出门。

祁砚按了按眉心，自己做的孽，总归是会遭报应的，现在的状况已经比他理想中好太多了。

舒漾赶到品牌试衣服的场地，准备彩排，还不忘找几个同行的男模拍照合影，然后发朋友圈，设置仅祁砚可见。

虽然这记忆没恢复多少，但她心里清楚得很，这是祁砚应得的。

祁砚正开车准备去见母亲一面，电话打过去，母亲十分气愤地说道："祁砚，要不是漾漾恢复记忆和我说，我还真不知道你是那样的人。没把她追回来之前，不用来见我了。"

这段话是舒漾教她说的，因为祁砚一旦这几天见到她，孩子的事情肯定瞒不住，还是需要从长计议比较好。

祁砚被说得哑口无言，事情确实是他做出来的，怨不了谁。

"我知道了，妈。"

把车停在路边，祁砚打开手机就看见舒漾提醒他看的朋友圈。

那是一条和各国男模特合照的九宫格，有些人的眼睛都快粘到她身上去了。

祁砚立马掉转车头。

Chapter 16 突发变故

舒漾抽空看了眼手机，没收到任何消息，也不知道祁砚看到没有。

蓝沫儿看着她走神："这才来 M 国几天，你老公就不联系你了？

"这男人怎么都一个德行，老婆不在家的时候表面上装作舍不得，实际马上就和朋友喝酒聚会。

"等今天下班，姐帮你也安排起来！"

换成平常舒漾或许就拒绝了，可是现在情况不一样，她要翻身把歌唱："行！"

演戏就要演全套，不然也瞒不过祁砚那只老狐狸。

舒漾本来打算多去看看祁妈妈，但是现在祁砚就在 M 国，很有可能清楚她的一举一动，要是多去两次肯定会出问题。

权衡之下，还是让祁砚早点停止焦虑比较好。

结束完工作，稍微补了一下妆，舒漾就和蓝沫儿去了当地氛围较好的酒吧。

怕明天脸肿，她没敢多喝酒。

蓝沫儿拉着她去舞池蹦迪，舒漾正好心事也多，就跟着音乐无所顾忌地舞动着。完美的身材曲线吸引着无数目光，有热情的男生把手伸过来，想带她一起玩。

舒漾往后一躲，人挤人的情况下，撞上了身后的人。

她连忙颔首道歉："抱歉。"然而抬头时却对上了那双森然的眼眸。

一时之间，舒漾夫管严的后遗症让她下意识地心慌，而后才想到，她慌什么啊？她现在有资格光明正大地玩！

突然获得了话语权还真是有点不太习惯，舒漾假装没看见祁砚，想继续找人玩，就发现自己周围的帅小伙子们全都不知道退到哪里去了。

蓝沫儿也是投给她一个自求多福的表情。她只负责带人来玩，可不负责善后啊，更何况，修罗场她爱看！

舒漾不爽地撇嘴："你把我的帅哥们都吓跑了。"

她绝对不是因为自己想看帅哥，她这是在演戏。

祁砚把人从舞池里带出来，神色都比刚才温和了不止一星半点："哥哥把自己赔给你。"

现在的情形可容不得他再作下去，看男人就看男人吧，反正又不会少块肉，祁砚只能这样提醒自己。

舒漾心里乐开了花，但又不能表现出来，傲娇地翘着嘴巴："狗都不要！"

祁砚摸摸她的脑袋："别这么说自己。"

舒漾："……"

你小子这是追妻的态度嘛？她抓着男人的手，就往手臂上一口咬了下去。

骂都骂了，可不能吃这个亏。

祁砚看着自己手臂上的牙印，即便是被咬了，他的脸上却依旧挂着能气死舒漾的笑意。

舒漾感觉自己受到了侮辱："你笑什么？"她这鬼见愁的演技，难道不像？

没想到祁砚抚了抚那抹牙印："老婆，你舍不得，一点都不疼。"

牙印是浅浅的，不像曾经那般恨他的时候，不见血不罢休。

舒漾暗自捏紧了拳头。见过欠扁的，没见过这么欠的！难道就不怕她入戏太深，真的要造反了？

舒漾板着小脸问："你还来找我做什么？"

祁砚撑在她的腰侧，将她整个人都控制在自己的范围。

看着近在咫尺的人，祁砚喉结滑动着，用只有他们两个人能听见的声音说："可以做什么吗？"

舒漾咬着牙反问："你还想做什么？你还想造反不成？祁砚你之前做的那些好事，现在都是你活该！你乖乖守活寡吧！"

正好，让这个男人学会修身养性，别一天到晚就惦记着那点事。

祁砚把人抵在身后的高吧台上："老婆，我知道错了，你不要这么

凶好不好？”

听到“守活寡”三个字，男人不仅没有失落，反而眼底多了丝丝光亮，至少证明他的宝贝从头至尾没有想过离婚的事情。

经过之前的教训，祁砚心里很清楚，舒漾生气就得无时无刻地追着哄。

要是像以前那样默认为舒漾迟早都会消气，让她自己静静，那就完了。

让舒漾静下来想通了，一脚踹了他那都是基本操作。

听着眼前身高体长的男人示弱，舒漾顿时哑口无言。这哪是在撒娇，这是在她心上纵火啊！

他是不是在欺负她记忆没完全恢复，根本发不出什么大脾气？被祁砚这么软乎乎地一哄，她有点想躲男人怀里去。

舒漾掐了掐手心，出息点！忘了这狗男人曾经是怎么对你的吗？

她好像确实忘了……所有的事情都是拼拼凑凑才知道一点。

她轻哼一声：“别对我撒娇，我不吃这一套！你赶紧放开我，我要去找我朋友了。”

她不能和祁砚一直待在一起，否则过不了多久她就露馅了。

祁砚也没再拦着她，都这个地步了还想着控制舒漾，岂不是嫌她跑得不够快？

这和钓鱼放风筝是一个道理，该放线的时候就得舍得放，等到断了线可就得不偿失。不离婚已经赢了一大半。

舒漾找到蓝沫儿，她有些惊讶：“你老公竟然舍得放你出来？”

之前哪次不是舒漾只要一忙完就被祁砚给带走了，然后就几天见不到人。

舒漾美滋滋地说道：“这下他真管不着我了。你看他那样，还不是被本小姐拿捏得死死的。我可真是出息了！”

炫耀着自己的家庭地位时，舒漾的眉梢眼角都得意地扬起来。

她突然觉得，这记忆也没什么大不了的，还能保她一辈子荣华富贵，不受祁砚的管束。

想到祁砚婚后为非作歹还不知悔改，现在却变成一只乖狗狗，她整个人都身心舒畅了。

祁砚，你也有今天！

蓝沫儿往祁砚的方向看了看："我们祁大翻译官神色好落寞哦，即便是这样都坐在不远处看着你，舒漾你好狠的心啊，你怎么舍得……"

舒漾轻晃着手中的香槟，偷瞥了一眼，果然和蓝沫儿说得那般。

装的！绝对是装的！牢记，心疼男人倒大霉！

她睨着叛变的经纪人："说吧，祁砚给你多少钱了？"

蓝沫儿有几分不好意思，掐着指尖坦白："一丢丢。"

刚才舒漾被带走的那一会儿，她才得知今晚全场消费由祁砚买单。周围人也看出来了，这是人家两口子闹别扭呢。

知道舒漾已经结婚了，自然没有那么不识好歹的冤大头再上去搭讪。毕竟没必要和钞能力过不去。

舒漾嗤笑："肤浅！怎么能因为钱被祁砚收买了呢？我就不是那种人。"

蓝沫儿眼神中充满了不信，是谁为钱闪婚，她不说。

舒漾觉得自己的演技是真的过不了关，打个电话向许心寐取经。

据她所知，陆景深已经不知道追着许心寐多久了，还是没能成功，难道这陆景深做的事情比祁砚还要过分？果然是近墨者黑。

"喂，心心，你和他最近怎么样了？"

许心寐哈欠连天："宝，你知道现在几点吗，咱俩现在有时差啊，你说我和谁啊？哪个他啊……"

睡在许心寐旁边，同样被这通电话吵醒的陆景深打起了十二分精神。

舒漾口中的那个"他"，陆景深无疑是自动对号入座。却没想到许心寐这女人竟然能问出"哪个他"这种话！到底还有哪个他？

陆景深感觉脑袋快要爆炸，被当个随叫随到的玩伴就算了，钱拿不到也就忍了，现在这女人真是越来越丧心病狂，没心没肺，要他老命了！

许心寐察觉到男人的眼神，突然想起来边上还有个男人，轻飘飘地和舒漾说："哦，你说陆某啊。"

陆景深脸色已经变得铁青。许心寐这说的是人话吗？

舒漾听到这回答也觉得相当炸裂。她一下好像就知道自己演不下去的原因了，人家许心寐是真没把陆景深当一回事。

而她或许还是没有记起那些亲身经历，对祁砚太仁慈了。

“心心，就是我和祁砚……”

刚说小半句话，许心寐就先打断了她的话：“等等宝，我这边有内奸！”

要是让陆景深听了，指定会告诉祁砚。

辛苦了一整夜还没完全睡饱的陆景深，直接被女人一脚踹了下去。

许心寐收回腿，示意他：“出去。”

陆景深本来就是一肚子的憋屈，再加上清晨的起床气，看见许心寐这个态度，顿时火就上来了。他两手一握，牙一咬：“出去就出去！”

许心寐看着他那气冲冲仿佛要去干架的背影，还不忘提醒一句：“把门带上。”

走到门口的男人，用最凶的表情，握着最紧的拳头，用最轻的力道关上了门。

关好门，陆景深瞬间在门外抓狂，打个电话还不让他听了。

他怎么可能给祁砚通风报信，之前被这所谓的好兄弟“两肋插刀”后他就学乖了。

电话那边的舒漾听完，非常佩服：“心心，你这是怎么做到的？”

虽然她不了解陆景深，但他好歹也是有头有脸的人物，在许心寐面前竟然只敢虚张声势。

许心寐坐起身：“男人，就是不能太把他当回事，喜欢他的时候把老娘耍得团团转，现在再来装好人，天下哪有那么简单的事？不过你怎么突然问起这个了？”

舒漾把记忆的事情简单和她说了说：“我现在就是装不住。祁砚就在酒吧盯着我呢，他要是哄我两句我就妥协了怎么办？”

许心寐摇摇头：“漾姐，别太爱。都这份上了，你居然还在为祁砚着想？不过我的情况确实和你不一样，陆景深不至于被家族背弃，我不把他当回事，自然有人把他当宝贝，但是祁砚……”

舒漾托着下巴问：“你教我几招呗。”不然她真演不下去了，祁砚现在就像是个没事人一样，就顾着赖在她身边装乖。

许心寐笑笑：“我敢教你敢听吗？”她可没什么好主意。

舒漾：“这有什么不敢听的，你该不会让我就这么钓着他吧？”

她完全无法想象祁砚听到之后脸色会有多么精彩。

许心寐打了个响指：“你怎么知道我就是这么想的！”

她接着分析道："你想啊，你现在又不是完全恨祁砚，心里也拒绝不了祁砚这么天天哄着，既然不可避免有接触，那就干脆不管呗！"

舒漾认真地思考着："可是这样的话，岂不是没法避免两个人发生什么？"

"为什么要避免？"许心寐一句话把舒漾问愣住。

对啊！再者说，权利在她手上，还不是想不要就不要。

舒漾此时脑海里已经有自己威武霸气的画面了。

在酒吧待了会儿，舒漾起身打算回去。

祁砚一路跟着，蓝沫儿不用想都知道，她现在是多么多余。

"那个……漾漾，我突然想起来我手机不见了，我先回酒吧找一下，你可以先回去。"

舒漾还没反应过来，就已经被蓝沫儿抛弃了。可是她明明看见蓝沫儿的手机就抓在手上，别太离谱了！

舒漾径直往外面走，走了两步又觉得不太对劲，这么一直躲着算什么，祁砚有车载她回酒店，不坐白不坐。

舒漾停下脚步回过神，看着跟在自己身后的男人："车停哪儿了？"

祁砚恍惚了一下，没想过舒漾会主动和他说话。

"南门 B1 停车场。"

"走吧。"

祁砚见人朝自己这边来，下意识想伸手去牵她，又默默收回了手。

他才发现原来自己是这么喜欢黏着舒漾，现在总是担心过多的肢体接触会让舒漾对他产生抗拒。

舒漾跟着他上车，到酒店后却没有着急下车，连身上的安全带都没打算解。

她伸出一手搭在祁砚的大腿上，正低头解安全带的男人全身紧绷。

他看向舒漾："宝贝，你这样我会误会的。"

舒漾却不以为然，更没打算收回手："不用误会，就是你想的那样。"

祁砚不明所以地等着她把话说完。

舒漾装不在意地说道："你也知道我对你的态度还留有余地……干脆这样好了，我们就维持一层夫妻关系，其他的时候你识相点！"

祁砚眯着眼睛问："跟谁学的？"

舒漾不答反问："行还是不行？"

男人眉尾轻挑："行，怎么不行？"

舒漾没想到祁砚竟然答应得如此果断。怎么会有人如此热衷于被利用啊？

舒漾随后下了车："没什么事的话别跟着我。"

丢下话，也不管祁砚是怎么想的，舒漾了回酒店，他也确实没有再跟上来。

洗完澡后，舒漾接到了祁砚助理的电话。

"夫人，不好意思打扰您了，请问祁总现在和您在一起吗？是这样的，我到现在都联系不上祁总，他的身份证在机场找到了。"

舒漾微微蹙眉："什么？"

真丢了？

助理接着说："能否麻烦您把住址告诉我，我将身份证送过去。"

舒漾一边给他报地址，一边匆忙跑出门。

祁砚这男人是怎么把真话说得跟假的一样的？身份证的事情，她从头至尾就没相信过，祁砚也没和她解释。

跑到停车场，舒漾果然看见车还停在原先的车位上。

男人从车里下来，手上拿着烟盒，似乎准备找个通风的地方抽烟，但很快就看见站在不远处的她。

祁砚顶了顶鼻梁上的眼镜，确认后才走过来："怎么下来了？冷不冷？"

见她身上只穿了件薄薄的睡裙，祁砚正要把身上的西服外套脱下来，怀中就多了个柔软又炽热的娇躯。

祁砚微怔，抬手虚搂着她的后腰，不敢落下手："怎么了老婆？"

舒漾从他的怀里退出来："你为什么不跟上来，身份证丢了电话又打不通，你打算睡大街吗？"

祁砚失笑："我怕再跟上去你会生气。"

舒漾梗住："平时没见你这么听我的话！"

为什么这男人的分寸时有时无，总让她放不下心？

在外界看来，分明祁砚要比她强大很多，分明她好像才是受伤的那个，可祁砚却需要她时时关心和照顾。

“我今天不来找你，你就打算在停车场过夜吗？”

祁砚低眸不语，答案很显然。

舒漾把他手上的烟盒没收：“跟我上来，等下你的助理会把身份证送过来。”

男人静静地跟在她的身后，看着小女人娇俏的背影，觉得自己的全世界就近在咫尺。

进房间的瞬间，舒漾刚转身就被眼前巨大的身影拦腰抱住。

祁砚捧着她的脸：“老婆，你是不是在可怜我啊……为什么我觉得你还是对我那么好……”

祁砚感受过真正的恶意，自然知道恨是什么样子。

舒漾给他的感觉就像是小孩子受委屈了，又说不来哪里有委屈，但就是好面子下不来台阶，非要生点气找人哄两句。

舒漾看着他的眼睛，眸中的情绪格外复杂。她感觉祁砚已经猜到了什么。

祁砚不想让她为难：“宝宝，不管是做什么事情，我相信你都是为了我好。

“我也没那么脆弱，为了你，我也不会那么脆弱。

“即便没有曾经那些事，你不高兴也可以大胆地发脾气，我不会丢下你。”

说到最后，祁砚一眼不眨地看着她：“所以……去恢复记忆好吗？”

换作一年多前，祁砚从来都不会想到这句话会由他自己说出口。

这是他曾经最担心的事情，现在他却主动在舒漾面前提出。

他一直在找一个更好的解决方式，但逐渐地，他发现这样下去不仅是在折磨自己，对舒漾也不公平。

舒漾说不出话来，不敢相信这是祁砚亲口和她说的：“你，你知道了？”

她明明让沈轻和祁阿姨帮忙隐瞒这件事情，可还是瞒不过祁砚细腻的心思。她就不是个合格的演员。

祁砚点头，即便再多人和他说舒漾已经恢复记忆了，但如果不是亲身感受，他不会完全相信。

刚才在停车场舒漾夺走他手上的烟盒时，祁砚就断定了心中的想法。

他们在Y国的最后一年时，舒漾曾以死相逼要离开他。如果她真的恢复了所有记忆，现在不可能如此平静。

祁砚还记得决定放手的那天，杰森去过他的公司。

祁砚眼睑微红，摘下眼镜捏了捏眉心，显然是一副没休息好的状态。

“你找我？”

杰森在他对面的办公椅坐下：“你这不是废话吗？不然呢，还能是舒漾找你？”

提到“舒漾”两个字，祁砚眼底的锐气全无。

今天来公司之前，他们又吵架了，舒漾震慑他的话还印在脑海里。

“祁砚，我告诉你我已经快疯了，你再不放我自由，我不敢保证我会对自己做出什么事情。你敢保证我碰不到家里那些尖锐的东西吗？”

舒漾在用生命威胁他。

祁砚轻闭着眼，对杰森说：“你要是来劝我放弃，或者是找我出去聚会，都不必了，我没心情。”

杰森嗤笑：“我不瞎。哥们儿来找你，当然是给你带了解决方案的。”

祁砚完全没有抱任何的希望，杰森在他面前打了个响指，让人清醒些。

“既然事情已经无法挽回，那么从头再来过，不就是了？祁砚，亏大家还觉得你是个天才，怎么连这点东西都想不到？钻进一个死胡同就不出来了？”

祁砚看向他：“我没耐心听你说这些废话，什么办法？”

杰森从口袋里拿出一张名片，上面印着一位女士的照片和联系方式。

“我可不是要给你介绍对象啊，这位是业内非常有名的催眠师，沈轻。你想要你的宝贝小心肝忘记的东西，她都可以做到。”

祁砚眉心微皱：“我不可能让她忘记我。”

杰森拍了拍脑门：“你现在真是一根筋！格局打开点行不行？

“她忘记你了，你可以重新接近她啊！只不过是给你个机会换一副面孔，好好做人罢了。

“更何况，你有比我现在更好的办法吗？”

祁砚陷入沉思，而后他拿起名片看了一眼：“你怎么就确定她一定会帮我？”

杰森笑道：“人家看你们的那些八卦，早就对你的行为看不下去了，你要是肯让她帮舒漾重新开始，她高兴还来不及呢！别忘了，你现在可是出了名的渣男代表。”

祁砚：“……过段时间再说吧。”

杰森：“还过段时间？这日子你还真是过得下去，你是受虐狂吧？”

祁砚用力地捻着指尖：“我想再好好看看她。”

祁砚收回思绪，记忆的事情在两人之间被说破。

他抱着眼前的女人，长指轻抚着舒漾后脑勺的发丝：“不要委屈自己。当初的所有事情你都理应知情。”他对两人现在的感情有信心。

舒漾缩在男人怀里一动不动，比起过往的记忆，她更担心祁妈妈怀孕流产的事情会给祁砚造成心理上的影响。

在最后的决定下，舒漾打算结束完这周的工作再去找沈轻，正好那个时候祁妈妈应该也恢复许多。但她还是要担心祁砚起疑心，毕竟这男人太精了。

M 国的时装周拉开帷幕。

前来看秀的不只是明星，还有各行各业的顶尖人物，祁砚坐在一个不需要细找的显眼位置，舒漾却在人群后方看见了一对阴险的双胞胎。

霍折夜站在霍折诚的轮椅后面，两个人都穿着黑色西装，即便看不清表情，也依旧能够感受到一种阴森的氛围。

舒漾不慌不忙地走完整场秀，到了后台时，已经满手都是冷汗。

经纪人蓝沫儿赶紧上前递给她暖手袋，她以为舒漾受了凉。

舒漾眉心紧皱，那不是祁砚后妈生的孩子吗？霍家那两个人来 M 国做什么？祁砚知道吗？

她拿出手机想打电话通知祁砚，面前已然出现一道黑色的身影。

蓝沫儿站在一旁，整个人都是蒙的。对方的眼神说不上哪里不对，但就是怪怪的。

蓝沫儿想拉着舒漾走，舒漾摇了摇头：“沫儿姐，你在旁边等我，没事的。”

听到她的话，霍折夜连连鼓掌：“嫂子这么快就发现我们了？”

舒漾系紧大衣，环着手臂说道：“你来这做什么？自取其辱？”

眼看着霍家的产业逐渐被祁砚收购吞并，有人坐不住了。

霍折夜这般自信，想必是想到了什么愚蠢的办法来对付祁砚。

果不其然，她把话一引，霍折夜就迫不及待地问：“你要不要猜一猜？”

霍折夜仿佛看不懂她已经非常不耐烦的表情，自顾自地说：“给你三次机会，你要是猜对了……”

舒漾打断他：“你能不能别废话？”

“我闲得慌。”

舒漾发现这霍折夜脸皮堪比铜墙铁壁，什么时候都能笑得出来。

紧接着，从转角处又缓缓出现一辆黑色的轮椅，上面坐着的男人长得与霍折夜一模一样，是霍折夜的弟弟霍折诚。

舒漾愣了一下，她的脑海中闪过一个画面，血淋淋场面让她紧紧掐着手心。

在一个昏暗的地下室里，她似乎被绑在墙上，祁砚垂下满是鲜血的手，看向她时，眼镜上还带着飞溅的血渍。眼前的画面将舒漾吓晕了过去。

突然恢复了一点记忆，让舒漾不知所措。

霍折诚哈哈大笑着，简直比杰森那个精神病看起来更可怕：“我们这次来不光是见你，还给你老公准备了一份惊喜大礼！就是不知道祁砚什么时候才能发现，我已经迫不及待了。没准儿我们几兄弟能在精神病院团聚呢？”

虽然不知道霍氏兄弟说的话是真是假，舒漾心里不由得担心起来。

这两个疯子被逼急了，什么都做得出来。霍氏对于祁砚的算计，无时不在。

舒漾在他们这里听不到什么有用的信息，便打算离开。

她换上便装去找祁砚，谁知不仅现场没见到人，连电话也打不通。

她焦急地找现场的工作人员帮忙调监控，一抹略显熟悉的身影跑过来，是祁砚的助理：“夫人，九爷他像是碰到什么事情，突然开车走了，让您别担心。”

舒漾听了简直是两眼发黑："这让我怎么不担心？他开车往哪个方向去了？快想办法找到他！"

万一霍家的那两个疯子设好了陷阱，祁砚这样实在是太危险了。

舒漾跟着助理一路跑到停车场，上车后根据大致的方向追祁砚的车。

回想着刚才经过的几个路段，她发现路是通往精神病院的！

"快，往祁砚曾经住的那个医院开！"

舒漾晃了晃脑袋，试图让自己的思绪更清楚些。

祁砚怎么会突然想到去那里？如果他知道祁妈妈搬过去了，那是不是意味着怀孕的事情他也知道了？

绝对是霍氏兄弟告诉他的！祁妈妈孩子的事，难道是霍折夜做的？

舒漾细思后觉得背后发凉。

赶到精神病院门口，果然看见祁砚的车就停在不远处。

舒漾下车就往祁妈妈所在的大楼里面跑，离病房只有几步之遥，就听见里面传来的吼声："谁干的？！"

舒漾心惊肉跳地把门推开。祁砚就站在病床边，捏着检查报告的手颤抖个不停。

看清来人后，祁砚缓缓闭上眸子，极力控制着自己的脾气。

舒漾忍下心中的害怕，跑过去抱住他，不停地轻拍着男人的背，"祁砚，祁砚，你冷静一点。"

男人脸色阴沉地把那份报告丢到病床上。

"妈，你是不是该解释一下，这个孩子为什么从存在到流产，我都不知情？"

看着还未完全康复的祁秋华被如此逼问，舒漾作为事情的知情人，眼睛也红了一片："祁砚，我……"

男人食指抵住她的唇，微微摇头，不让她参与。

这件事情的源头在哪儿，祁砚心里很清楚。

母亲怀孕四个月这件事，他这个做儿子的竟然还要从别人的口中得知，而且孩子已经不在了？

难怪他感觉舒漾恢复记忆的想法没有从前那般坚定，原来问题出在这里。

祁秋华眸中尽是热泪："对不起儿子……真的对不起……"

祁砚按了按太阳穴："我现在不想听这些，孩子是怎么没的？"

看来之前拿他的钱在 M 国买房，也是为了这个孩子吧？

舒漾揪紧了男人的衬衫，祁砚的问题一针见血。

祁秋华哽咽地说着："那天做完检查我睡着了，醒来后发现身边有一个拿着棍子的人……我当时被吓得摔下了床，肚子疼得太厉害，看不清他的脸，医院监控也都被销毁了……"

说到这里，祁砚心里已然有了答案。除了柳玉儿的那两个儿子，还会有谁？

他讨厌这个孩子的存在和有人把他母亲的孩子害死，这是两码事。

祁砚转身走出病房，舒漾小跑着跟了上去。

"祁砚，你别冲动，现在是法治社会，什么事情都要讲证据的，你要是一时冲动做傻事进去了，我是不会等你的，我马上找别的男人！"

听见出轨警告，祁砚挤出一抹苦笑，摸着她的小脑袋："哥哥不傻。"

他只是现在不想见到那个所谓的母亲而已。

他需要一些时间来消化这件事情，即便遭到背叛这件事再难受，他也要帮自己的母亲讨回公道。

舒漾有些内疚："对不起，我没告诉你这件事情，我还骗你记忆都恢复了……"

祁砚把她抱进怀里："宝贝你没做错什么，我知道你是怎么想的，或许没有你给我的这几天缓冲时间，我真的会做那些出格的事情。"

刚才看检查报告上写着，这个孩子就是两天内流掉的，如果在这之前舒漾把事情告诉了他，祁砚也不知道自己会因为突如其来的孩子，对母亲说出多少伤人的话。

他提前知道，这个孩子就一定能保住吗？高龄生产，祁砚很有可能连母亲一同失去，所以现在，他只需要清除那两个人渣。

沈轻赶了过来，看见舒漾和祁砚两个人在医院走廊上抱着，挡住了进病房的门。

"呃……我先进去看看祁夫人吧？"

舒漾不好意思地拉着祁砚挪到一边。

祁砚让她坐在旁边的座位上，打电话给助理想办法处理那个孩子的事情。

同样也在等沈轻给祁秋华检查完。

舒漾双手环住祁砚的腿，不知道为什么特别想黏着他。正在和助理讲话的男人低头一看，腿上多了个挂件。

舒漾包里的电话响了起来，看到备注后她并不是很想接。

“爸爸”这两个字对她来说，多少有点讽刺。

舒漾静下心接通电话，并没有打招呼。

电话里传来江东旭略显年迈的声音：“漾漾，你恢复记忆了？”

舒漾语气淡漠：“对，然后呢？你想解释什么？哦不，你想狡辩什么？”

她当年就觉得很奇怪，为什么家人都要回国了，偏偏把她一个人委托给同事照顾。

原来都是算计。

江东旭叹着气：“爸爸没有什么要狡辩的，我也不知道该怎么补偿你。爸爸唯一庆幸的，就是你现在和祁砚过得很好。”

若是女儿依旧像从前那般患得患失，他也会煎熬得生不如死。

作为父亲，做错了事情那就是错了，幸运的是，祁砚真的愿意为了他的女儿一点点改变。

舒漾沉默了一会儿后说：“道歉就不必了，财产记得给我就行。”

江东旭十分惊喜，这又何尝不是一种变相的原谅方式，剩下只需要交给时间。

而另外一边，洗完澡正哼着歌的江衍从母亲口中得知了财产分配的消息。

江衍拿毛巾擦着头发的动作顿了顿：“舒漾她心也太狠了吧？她是我姐吗？财产一点都不给我留啊！”

舒梅在电话里说道：“本来也没打算分多少给你，现在一分没有，你也不用争了，知足吧！”

江衍不解，他知什么足，他知哪门子足？他对着空气知足吗？

“好了，我赶着去打麻将，现在家里的财产都是你姐的，你要钱的话必须经过你姐同意哈！反正你不传宗接代，要那么多钱干啥？”

这怎么洗了个澡，人生都变了？

江衍感觉自己突然从一个富家少爷摇身一变，成了白手起家的创

业男大学生，他陷入了迷茫当中。

这些事情折腾来折腾去，只有他一个人受伤的世界达成了。

江衍刚才的好心情全无，已经开始盘算自己以后该怎么过。

种种事情告诉他，别和自己姐姐沾边，会变得不幸。

看了眼手机上的日历，江衍拨通了林烟的电话："你到底要在沪城待多久？"

林烟有些奇怪地问："江同学什么时候这么关心我的行程了？"

"行，不管你回不回来，把银行卡号发给我，先把所有的医疗费用预支给你。"

"为什么？"

林烟觉得有些奇怪，江衍怎么突然提起钱的事情了，他又不是没钱，何必着急这么快把费用交齐。难道是想和她把关系彻底断了？

少年略显烦躁的声音从电话里传出："因为本少爷马上就要变成穷光蛋了！"

这件事情是他始料未及的，看来以后别指望向家里要一分钱，只能靠姐夫给的零花钱度日了，趁舒漾还没回国，他当然得先把部分钱预支出来。

林烟皱着眉问："你家里人把你赶出来了？"

"没。"江衍生无可恋，"但是他们决定把财产都给我姐，你说我爸咋就知道干些对不起我的事情，真是的！"

从小衣食无忧的江衍还真从来都没想过，二十岁了，却仿佛像是重新投胎了一样。名义上是小少爷，实际兜里掏出来的还是姐夫给的零花钱……

林烟说道："不用了，你把钱用在公司上，就当帮我入个股。"

江衍在客厅里晃荡着，时不时擦擦头发："你就不怕我卷钱跑了？"

毕竟现在公司只是刚刚起步，能否成功站住脚还是两码事。

林烟不以为然地笑了笑："那江同学记得带我一起跑路。"

江衍："你什么时候回京城？"

"现在还不确定……"

话未说完，林烟房间的门就被敲响了，外面传来一道男声："林医生在吗？"

林烟应声答应，然后和电话那头的江衍说："应该是找我有事情，有空再联系。"

江衍生硬地问："你去给男人看病？"

林烟给男人看病的话，必然会面对那些乱七八糟的情况，这是不是意味着少不了肢体接触？

本想挂电话的林烟又听见电话里传来声音，但是她已经拿远了手机，并没有听清："你说什么？"

等她再问一遍的时候，江衍显然是不想把话说第二遍。

"没什么，挂了！"

男的女的和他又有什么关系？刚才纯属他嘴抽了。

江衍把手机丢到沙发上，直接用毛巾捂住一头未干的短发，开始烦躁地擦头发，恨不得把头发薅光。

擦完头发后，他打开电脑忙公司的事情。

突然他想起之前的各种保密义务，发了个信息给傅衍之。

保密费打过来。

那么大个情况，怎么可能是一句谢谢就能解决的？

他现在感觉自己穷疯了。

江衍很清楚他的开销，生在这样的家庭，把他各方面都养刁了，现在让他过节俭的生活，不是不能，是他不想啊！

傅衍之：多少？

江衍想了想，生怕要少了，很贼地回复道了个"多多益善"。

就看傅衍之把这件事情看得有多重了，他这辈子可就指望这些姐夫们了。

傅衍之：卡号。

把卡号发过去之后，江衍还不忘带个玫瑰花的表情。

却不知另一头，秦雅致突然在沙发后面拍了一下傅衍之："说！给

谁打钱呢？！”

傅衍之脊背一僵，听到身后的声音后，立马把手机熄屏。

转眼看去，秦雅致双手环在胸前，摆出一副高傲的看戏姿态。

“这下被我抓到了吧？”

本来她倒也不是故意想看傅衍之的手机，只不过见男人十分专注地盯着消息，连她走过来都不知道，于是就顺带着瞟了一眼，这不看还好，一看就发现了重磅消息。

秦雅致重复着他刚才发出去的消息：“卡、号。”

这两个字从她的口中说出来，有些咬牙切齿的意味。什么时候这个男人把打钱这件事情说得这么简单了？为什么她平时找傅衍之要零花钱，他都抠抠搜搜的舍不得给？

不知道是给哪个小妖怪，说打钱就打钱。

秦雅致绕过沙发走到他面前：“傅衍之，今天你不把这事给我解释清楚，我们就没完！给外人打钱利索得很啊，怎么到了我头上，你就一毛不拔？”

最近她连出去玩的钱都没了，还记得没上大学时，傅衍之从来都不会管控她花钱，现在一切都变了。

别人是越长大越孤单，她是越长大越穷酸。

傅衍之被女人堵在沙发上，甚至连起身的机会都没有，只能坐着被眼前的女人质问：“小雅，你不要把事情想得那么复杂，这只是我和朋友之间正常的工作交易而已。”

傅衍之从没发现原来自己撒起谎来也可以连眼睛都不眨一下。

秦雅致才不会相信这种说辞，她现在只相信自己的直觉：“那你说你给谁打钱呢？”

傅衍之实话实说：“江衍。”

说完之后，他就不知道该怎么圆，他和江衍之间到底会有些什么利益关系？虽说他是一个医生，可江衍的主治医生是林烟，两个人的医学方向也不同，他像把自己推进了一个死胡同。

一旦秦雅致再继续盘问下去，说不了几句就会败露。

秦雅致的一句话，却让男人陷入了沉默：“你喜欢他？”

傅衍之听着这事情越来越离谱的走向，眉眼微怒：“小雅，话可不能乱说。”

再这么传下去，所有事情都乱套了。

本来他自己这边就已经是漏洞百出，如果再牵扯上更多的人，那么需要无数个谎言来圆。

秦雅致脸色变幻莫测："那你该不会是想用钱堵住江衍的嘴，让他保密吧？你怎么不也给我打点钱？我也知道啊！"

傅衍之："小雅，我觉得我们很有必要重新认识一下对方。我不管你是哪来的这么大的误解，我现在认真地和你说一遍。"

傅衍之在秦雅致的注视下严肃而郑重地吐出几个字："我不喜欢男性。"

秦雅致疑惑地皱着眉："可是很多事情说不通啊！你为什么会突然给我的网恋对象送别墅？还死活不让我们在一起，你不喜欢他，难道喜欢我啊！"

秦雅致的话几乎是脱口而出，话音刚落，整个场面的气氛都僵住了，气氛变得有些奇怪起来。

傅衍之没想到自己一直隐瞒的事情会被秦雅致就这么说出来，他甚至能听到自己心跳的声音。

秦雅致见傅衍之不说话，以为是自己的态度有问题，把声音放低了些："小叔叔，我觉得我快不认识你了，你一天变得比一天莫名其妙，难道你自己心里没点数吗？"

秦雅致只要想到她自己在这里百般猜测，心里就有些委屈。

以前的傅衍之根本就不是这样对她的，难道是不想养她了吗？是觉得她太拖累了，所以每次才这样对待她，想让她赶紧离开这个家？

等了几秒钟，没有听到男人的回答之后，秦雅致捏紧拳头，明亮的眸中泛起雾气，她盯着傅衍之，咬牙说："行，不说是吧？反正你也没把我当成亲人对待，捡来的终归是捡来的。

"我已经不配知道你的任何事情了，你连敷衍都懒得敷衍我，好，那我现在就走，在你的世界里消失，我以后再也不问你了，你也别管我！"

丢下话后，秦雅致转身就要跑出别墅。

傅衍之握住她的手腕，重心不稳的秦雅致直接朝后跌了下去，撞进男人结实的胸膛。

还没等秦雅致想起身，腰侧就被男人牢牢扣紧。

秦雅致顿时吓得不敢乱动，她背对着傅衍之，根本看不见男人的任何表情，唯一能够感受到的就是他强势。

秦雅致撑着想起身，两只手就被男人抓到了身后。

“别动。”

秦雅致从未听过傅衍之如此低哑的声音。她的一颗心已经提到了嗓子眼：“你，你搞什么啊傅衍之！你放开我！”

傅衍之反常的举动让她有点害怕，她的手被扣在身后，只能不停地挪动着。

“傅衍之，你该不会恼羞成怒要打我吧……你可不能乱来啊你！”

之前她为了谈恋爱导致挂科后就被傅衍之教训了一顿，到现在秦雅致都记忆犹新。

傅衍之听着她胆怯的颤声，并没有一丝的心软，扣住她张牙舞爪的两只手，在女人的耳后沉声问道：“我养你几年了？”

从没想过这个问题秦雅致愣了一下：“十……十三年……”

她是九岁的时候逃出孤儿院，被傅衍之捡回家的。

现在傅衍之二十九，而她也二十二岁了，提起多年前的事情，脑海中的记忆都有些恍惚了。

傅衍之显然是感觉到了她害怕和紧张的情绪，松了些力气，用另一只手轻抚着她耀眼的红发：“那你凭什么认为，你就可以这样离开我？

“小雅，我在你身上花的时间、精力、金钱，你这辈子都还不起。还是说你觉得我是个慈善家？”

男人低沉的声音一直从身后传来，秦雅致看不见他任何的表情，只觉得周身的一切都是陌生的。

“你这是什么意思？”秦雅致微微侧过头问他，“这是要让我还钱？还是还什么其他的？”

她红着眼眶，声音都变得有些哽咽：“傅衍之，你真的想把我赶出去的，是吗？

“你甚至已经开始盘算我欠你多少东西，一直把我留在身边，然后又管束着我。是因为我还不起你东西，你就想尽办法折磨我吗？原来是这样啊……”

每当这个时候，傅衍之就觉得七岁的年龄差真的是一个难以跨越的鸿沟。

明明他什么都没有说，秦雅致却已经自己在脑海里唱了一出大戏，还把自己唱哭了。

傅衍之松开她的手，将人翻过来，抱坐在腿上。

秦雅致低着头，还在不停地掉眼泪，这些年傅衍之供她读书，提供衣食住行、吃喝玩乐的开销，她哪儿赔得起啊……

傅衍之抬起她的下巴，见整张精致的小脸已经被眼泪糊住，他说："我没有那个意思。"

傅衍之拂去秦雅致脸颊上的眼泪："如果我真想把你丢下，就不会养你到今天，小雅，你把我想得太仁慈了。"

秦雅致鼻尖红红的："那你到底是什么意思？你现在什么事情都不和我说，每次都是我一个人在那猜来猜去的，我也不知道是对还是错，你也从来都不和我解释。你有没有把我当成你的亲人？"

如果不是因为这样，秦雅致怎么可能处处逼问，傅衍之和她的交流不能说是比以前少了，而是变得完全没有了。

"你知不知道你这样是冷暴力，在家你不和我说话也就算了，我要出去玩你也不让，你真太过分了……"

若不是秦雅致亲口说出，傅衍之还没有意识到他最近已经给眼前的女人带来了这么多委屈。

秦雅致抹了两把眼泪："你到底想要什么？"

傅衍之指腹在她下巴摩挲着，微微动了动唇："你。"

傅衍之这个时候才意识到，他刚才竟然一时心急，吐露了心声。不过说出来后，心里好像也没那么煎熬了。只不过他接下来要面对的，是他毫无心理准备的场面。

傅衍之眸色深沉地看着眼前的人，事情兜兜转转这么多年，还真就熬不过这最后的一年。

秦雅致着急地等了他半天接下来的话，却没了后文。

"你什么你，你倒是说呀，什么你你我我的，能不能把话说完，急死人了。"

她刚才噼里啪啦说了一大堆，一个"你"是什么答案？

内心紧张了许久的男人简直快要气笑了。

这女人的回答在意料之外，又在情理之中，把他的心情扰得七上八下。

秦雅致推开他："敢情老娘刚才说的那么多话，你是一句都没听进去啊，一个字就想打发我，傅衍之我真是受够你了！

"今天我话就放在这儿了，你想赶我走的话直说就是，不用整那些弯弯绕绕的，但是钱我是绝对还不起的，你要我钱还不如要我命。"

见她想跑，傅衍之又把人按回怀里，秦雅致一怔，试图挣脱他的禁锢。

傅衍之却没有松手："我要你这个人。"

秦雅致抱紧了自己："你别吓我，你口味这么重啊。我听话还不行吗？小叔叔你倒也不必拿这种事情来搪塞我。我，我心脏不好啊……"

完了完了，这傅衍之肯定是疯了，在说什么胡话？

秦雅致眼神乱飞，也不知道傅衍之的意思到底是不是她想的那样。

傅衍之见她害怕成这个样子，眉心紧蹙。最后，他缓缓叹了一口气："我想要你乖一点，我在试着尝试让你更自由些。你这几年的变化也让我陌生，再给我最后一年时间可以吗？一年之后……我会把自己的时间精力都花在家庭上。"

他真的不想在这最后的时间里破坏两个人十几年的感情。也许做亲人就是对他们最好的结果。

秦雅致听得糊里糊涂的："你结婚跟我有什么关系？怎么搞得好像是我影响了你的计划一样。

"傅衍之，请你停止你这些乱七八糟的话，我听不懂，也不想懂。你现在最应该做的是，把我从你的腿上放开！"

他们现在真的很奇怪！

在傅衍之松手的那一刹那，秦雅致飞快地起身，跑回自己的房间。

刚才傅衍之说的那些话，她越想越不对劲。在房间走了好几圈后，她在衣帽间门口停下，坚定的目光落在下方的行李箱上。

她跑进去打开行李箱，开始往里头丢衣服："不行不行，到底是他疯了还是我疯了，这个家是一天都待不下去了。"她还是先找个地方避避风头吧。

收拾好行李箱之后，秦雅致把藏在床垫底下、夹在书里、放在台灯里的钱全部拿出来，准备跑路。

这是她所有的私房钱。

她扛着行李箱准备下楼时，用人急忙过来问：“大小姐，你这是做什么啊？这么高的楼这么多台阶，万一摔着了可就麻烦了，快放下，快放下。”

谁家小姑娘一个人扛着大行李箱就往楼下冲啊？跟逃难似的。

秦雅致依旧扛着行李箱不让她们碰：“闪开，别挡道！”

现在不跑更待何时？难道等傅衍之把她吃了吗？

几个人在二楼旋转楼梯口僵持不下，用人们实在没办法才说：“大小姐，你要把行李箱搬哪儿去，我们帮你。”

秦雅致这肩上扛的那是行李箱啊，那是她们的工资啊，如果秦雅致有什么好歹，她们责任是跑不掉的。

秦雅致也没再为难她们，把行李箱放下后累得大喘气。

有刚才这争执的工夫，她箱子都扛下去了。

现在力气没少花，人还在二楼被堵着。

好不容易等用人们把箱子抬下来，看见傅衍之不在大厅，秦雅致也松了一口气，托起行李箱就往外走。大厅的门刚好被打开，管家走进来，看见她这副行头，疑惑地问：“大小姐，您这是……”

说话的功夫管家趁机背过手去，把身后的门悄然关上。

这祖宗在他面前要是跑了，他有八张嘴都解释不清楚！

秦雅致看着他身后的大门：“你什么意思，我要出去找朋友玩，傅衍之都还没说话呢，你想关着我？”

见她有些生气，管家连忙解释：“不是的大小姐，傅先生让我通知您，您不用走，他已经离开了，短时间内不会回来。您可以安心在别墅住着，他不会打扰您。”

秦雅致有些讶异：“什么？他离家出走了？”

这男人怎么跑得比她还快？该跑的人难道不是她吗？

秦雅致依旧握着行李箱的把手不撒手：“不行，他凭什么比我先跑？”

管家：“呃……这……”

他也想知道啊！傅先生向来成熟稳重，怎么会做出这种事情？

秦雅致咬咬牙：“这房子他不住，我也不住！”

秦雅致拉起行李箱头也不回地往外走。

管家：“哎，这……”他赶紧追出去，傅先生没有交代这种情况该

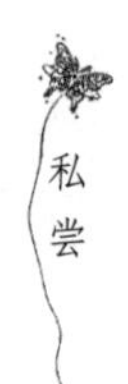

怎么办啊！大小姐怎么不按套路出牌？

秦雅致实在是被管家追得不耐烦了，停下脚步看着他："你要是真担心我的话，别说那些没用的话，不如给我卡上打点钱。在外面，我有钱就不会饿死的。"

她现在没有办法在这个和傅衍之生活了多年的地方一个人待下去，她感觉每个角落，都有可以记起的画面。

越想秦雅致就越觉得奇怪，甚至背后发凉。

管家不知道该怎么办，要是大小姐拿着这钱去外面花天酒地，他一样饭碗不保。可现在如果不给钱，让人在外面饿着了也不行。管家这碗饭真是越来越硌牙了。

"这件事情我会和傅先生申请的，小姐您在外面可一定要注意安全啊！"

用人们也纷纷点头附和，这可是他们行走的工资条啊！

沪城。

管家在林烟面前叹气："林医生麻烦你去看一下郁总吧，她今天心情好像很差劲。很多事情小姐也不会和我们说，你是她的朋友或许会好些。"

林烟跟着管家过去，到了江郁的豪宅，就见她躺在沙发上睁着眼睛，什么也没干，盯着天花板发呆。

听见门口传来动静她也无动于衷。

林烟走过去坐下："这是怎么了？还在想上次的事情啊？没怀上，之后再找机会就是了，别想那么多。"

江郁木讷地张了张嘴："没有机会了。"

林烟秀眉皱起，静静地在她身边倾听。

"他要走了。回Y国，至于什么时候回来……"江郁无奈一笑，没再说下去。

裴青月本来就常年生活Y国，他只是回到他该回的地方，如果事情进展得顺利，裴青月是必然不会离开Y国的。若是不顺利，那在国内这最后一段时间就是他们最后的见面。

林烟劝她："他当初待在你身边，一直都是摆明了目的，外界猜不到，你自己心里还不清楚吗？注定是留不住的。"

江郁坐起身抱过一边的抱枕："是啊，野狼怎么会臣服于一时的圈养之中。

"说不定裴青月把待在我身边的这四年当成人生耻辱了。"

这一切，江郁从贫民窟把人带回来的时候就想过，可真到这个时候，她又怎能做到毫无波澜？

但是裴青月能做到。

真是讽刺。

林烟问："那他和你说了什么时候走吗？"

江郁摇摇头："反正也就这段时间了，养了个白眼狼，孩子又没搞到手，烦死了。"

要说两个人要是真能有个爱情的结晶，那也算是不错，裴青月走也就走了。现在难道要她再去物色一个对象？

有裴青月这般姿色的前任在，她还怎么找？

"那剩下的这段时间，就一点机会都没了吗？"

江郁耸耸肩："不知道能不能怀上，他估计现在正想尽办法把我给他的财产转移到国外去呢。"

想到那晚裴青月说的话，江郁忍不住心颤。她现在完全相信，谁阻挡裴青月复仇，他就会弄死谁。

"那你对他有想法吗？"

江郁被问住了："只能说我是个有血有肉的正常人，过段时间就该习惯了吧，都说一个人不能留在身边太久，果然是这个道理。

"至于和裴青月之间会如何，我要求不高，只要他不通知我去Y国给他收尸就行。"

林烟也不知道该怎么安慰她，自己的感情发展也好不到哪里去，只能想着多陪江郁待一会儿。

片刻后，江郁的心情缓和了许多。

"谢谢你特地来听我说这些废话，孩子的事情看来是没结果了，你随时可以回京城，赶紧想办法搞定那小少爷，离开太久，小心被别人盯上了。我们两总有一个人要达成所愿吧！"

两个人拥抱了一会儿，等林烟走后，管家看着坐在沙发上接着出神的江郁，揪起心。她刚才在林医生面前也是在硬撑，实际情况没有任何好转。

大厅的门突然被推开，管家刚想呵斥，就见公司的助理十分着急地跑到江郁面前。

“郁总！您送给裴公子的直升机突然被人从海岛开过来了，正准备在庄园天台降落。是您安排的吗？您没跟我们说过这件事情啊！”

江郁飞速站了起来：“你说什么？！”

除了和裴青月出去旅游，她基本上是不会动用那架直升机的，谁擅自把它调动到沪城了？

有一个念头在江郁的心中浮起，她慌忙说道：“快带我去天台！”

除了她之外，只有裴青月有这架直升机的调动权力。这架直升机是她送给裴青月的二十二岁生日礼物。

现在裴青月要一声不吭地跑路吗？

“裴青月在哪儿？”

管家和助理都表示今天都没见到他。

等不及助理去开车，江郁拼命往外跑去，一到室外，江郁就清晰地听到螺旋桨的声音，直升机正准备往旁边的别墅天台上降落。

江郁此时头脑一片空白，只知道往那个方向奔去，连脚下的拖鞋掉了都顾不上。她刚跑到别墅区就有人把她拦了下来，江郁对他们吼着：“给我滚开！废物！老娘一个个养活你们，是让你们帮裴青月来对付我的吗？滚！”

保镖依旧严防死守着，直到管家和助理赶过来，几个人扭打了起来，江郁才找到机会往楼上跑。

到了天台上，江郁很快有被另一群保镖拦住，她不停地试图挣脱，却根本不敌那些人的力气。

“郁总！您冷静点。”

江郁看着不远处的黑色身影大喊着：“裴青月！”

不知是不是因为螺旋桨的噪音，男人就像是没听见那般，头也不回地登机，强风吹起男人的黑色风衣，在江郁的眼中，他的每一步都格外的绝情。

“裴青月——”

江郁用尽全身力气不停地尝试叫他，可是那身影已逐渐消失。

江郁的美甲几乎要掐进手心里，这个混蛋，竟然真的就这么从她身边逃走了！

事实果然如她所想的那般，看似是她一直在掌控着裴青月，实际上这男人羽翼丰满要离开她的时候，她根本没有任何权力阻止。

四年的交易，就真的只是交易。

裴青月离开的时候，甚至都不愿意和她说一声，连最简单的告别都没有。

江郁抹去即将从夺眶而出的眼泪，咬了咬牙："四年，冷血动物都该养熟了，就他裴青月不行！"

纯白的机身在蓝天中渐行渐远，仿佛成了唯一的云。

江郁的泪水决堤。

裴青月，既然走了，就一定要成功……

Chapter 17
唯他是从

秦雅致飞到京城以后发现，她忘记了舒漾现在人在 M 国。

但是她现在要想再换一个城市，却连再买一张机票的钱都不够。

她去了金山酒吧找到秦叙："帮我开间房。"

虽然是这么说着，可是秦雅致连钱都没有拿出来。

秦叙掀起眼皮一看，这不是上次让他当了冤大头的女人吗？一个晚上坑了他三万四，现在竟然还来找他开房，秦叙嗤笑一声："这次又打算坑我多少？"

他看起来那么好骗吗？

秦雅致双手交叠，放在台面上，友好地说："什么坑不坑的？太见外了，我俩都姓秦，八百年前没准儿都是一家人，开间房还谈钱不成？"

秦叙感觉自己快被这小丫头片子绕进沟里去了："我是个生意人，不是什么活菩萨！"

"身份证拿来，住几天？"秦叙拿过她的证件，准备录资料。他看秦雅致也不像是付不起房费的人，大不了开便宜点的房间就是了。

秦雅致想了一下："一年吧！"

秦叙整个人都听愣了："你说什么？"

秦雅致见他这么惊讶，又重复了一遍："一年啊，有问题吗？"

正好傅衍之不是需要一年的时间吗？她给他。

就算傅衍之真对她动了什么歪心思，这一年过去，恐怕也物是人非了。

想到这里，秦雅致不由得摇摇头，亏她还以为傅衍之是什么禁欲之人，终究还是抵不过她该死的魅力啊。

她表示非常理解。

秦叙看着眼前的女人，不知道她脑袋里突然想什么，她发着发着呆还突然撩着头发自恋了起来。

不过想到她一开口就是租一年的房间，也就觉得不奇怪了……

秦叙把手在她面前晃了晃，让她回神，秦雅致眨眨眼："房间开好没啊？你这办事速度到底行不行？"

"行，这不是送财少女吗？本少爷当然欢迎。"

他快速算了一下："最便宜的房间三千一晚上，一年算你365天，也就是一百零九万五千，给你抹个零，一百一十万，打来。"

秦雅致听着他噼里啪啦一通算，总觉得哪里不对，但是脑袋一时嗡嗡响，根本就反应不过来。

"不，不是，我没钱。"

别说一百万了，她现在身上连一百块都掏不出来。

"没钱？"秦叙嘴角抽了抽，"这位姐，你没钱来开什么房啊，还开口就是一年。"

"你担心什么，傅衍之少不了你的钱，你不相信我，难道还不相信他吗？"

秦叙微笑着说："我担心我的一百多万到时候直接变成五十几万。"

"……"

秦叙把房卡递给她："一个月的时间，我相信你很快就会被那位姓傅的给带回去，希望你能坚持住，这一个月我可以不收你钱。"

能有免费的好戏看，还收什么钱啊？

秦雅致抽过那张房卡："你应该说，如果我能坚持一个月，你就让我免费住一年。"

傅衍之为了躲她都已经离家出走了，一个月的时间还不算小菜一碟？

反正之后傅衍之结婚了，她都是要搬出来住的，提前习惯一下也挺好。

秦叙："……"敢情他开会所主打的就是一个免费呗？

失去继承权的江衍在公司忙活了一天，这才发现自己以前过的日子是多么逍遥自在。

临近下班，一个约莫三十岁的宅男拍了拍他的肩膀："老大，把你

电脑借我用一下，我那台测试系统测坏了。”

江衍：“……那你还敢来祸害我的电脑？”这可是他为数不多的移动财产了。

男人笑嘻嘻地解释道：“放心，我就查个资料。”

江衍把电脑往他那边移了些：“赶紧的，本少爷要下班了。”

江衍在心里盘算着，既然继承不到江家的财产，那有没有可能继承母亲的财产？于是，江衍立马发了个语音问母亲舒梅。

“妈，你有没有财产给我呀？儿子不想奋斗了。”

江衍心情美美地等着母亲回信，甚至还把自己的语音重复播放着欣赏了一遍。这语气，这诚恳的态度，谁听了都得往卡上打点钱。

旁边借电脑的男人被江衍这一系列操作惊呆，他们衍哥什么时候还会夹子音了？

他摇头打开浏览器，还没打字开始搜索，就看见下方一列的浏览记录，全部是查找某方面功能的相关话题。

男人挠了挠头，不由得看向坐在一旁椅子上低头玩手机的江衍。

原来他们衍哥是这么坚强，明明内心那么在意，却丝毫都没有表现出来，还在网上不停地学习。

江衍一抬头发现自己正被一个男人盯着看，一脚往他的凳子踢了过去：“你一个大男人这么看着我干吗？鸡皮疙瘩都起来了。”

江衍突然瞥到电脑上的页面，立马意识到什么，飞快把自己的电脑夺了过来。

“没事瞎翻什么呢？”

对方干笑：“衍哥，我还没翻呢……谁让你搜太多了这满屏都是，我想不看到都难啊！”

江衍沉着气故作坚强，没事，人生不就是起起落落落落落落吗。

等江衍回过神来看向手机，却发现那条语音不知什么时候，竟然出现在他和林烟的聊天界面里！

江衍定睛一看：“我去，发错人了！”

他赶紧点撤回，却发现消息已经超过两分钟，撤回失败！

江衍凌厉地看向旁边刚才耽误时间的男人，从椅子上起身：“啊啊啊啊我要掐死你！”

江衍现在看着手机就想丢远点，他试图安慰自己，刚才那段语音也没什么，于是又打算再听一遍，前面两个音调冒出来时，少年两眼一黑。

这么恶心的声音是他发出来的？

江衍发现林烟还没回，或许她还没看到，立马开始消息轰炸。

不许听！不许听！

本少爷命令你，不许听上面这条语音！要是让我发现你偷听，我和你没完！！！

旁边借电脑的男人看着自家老板抓狂的样子，内心害怕极了。

原来衍哥的暴躁脾气都是有迹可循的。

江衍发完信息看见他还敢待在这里，立马握着拳头气势汹汹地警告道："你要是敢把刚才看到的东西说出去，我就让你试试废掉的滋味！"

男人连忙后退："不是，哥，你最近孔雀开屏了？

"衍哥，你以前对这事没这么积极啊，这不像你啊！

"难道你为了继承财产，已经开始研究怎么传宗接代了？"

男人一想十分认真地点点头，这是最有可能的原因。

一句话扎中江衍的两个痛点，江衍瞬间觉得仿佛全世界都与他为敌，难道他是一个人在一个频道吗？

"你是来给老子添堵的吧！"

手机突然响了一下，江衍急忙打开。

我想当你女朋友，你居然想当我儿子？

江衍顿时坐不住了，拨了个电话过去："林烟你到底有没有把我的话放在心上？都说了不让听，你还要听！"

林烟有些无辜："我没听啊，语音转文字的……"

转过来的那些字识别得极其不标准，她甚至还以为江衍说的是哪里的方言。

搞半天，江衍反应过来脾气发早了。

女人的轻笑声传进耳朵："不过我现在已经被你教训了一顿，那是不是代表我可以听这条语音了？"她总不能白白被说一顿吧？

一想到那让人起鸡皮疙瘩的语气，江衍就硬说道："不行！你这样会失去我的！"

他在林烟面前已经社死过够多次了，事情绝对不能再这样发展下去。

林烟脑海中回味着他那句话："我什么时候得到过你啊，江衍。"

江衍冷哼："你也知道少爷我行情好，都让你碰过了，怎么不算得到？"

林烟眉眼微低，连声音都变轻了些："江衍，你有没有那么点喜欢我？"

电话那边一阵安静，少年在挂电话之际吐出两个字。

"废话。"

M 国。

沈轻从病房出来，就看见走廊外面两个人腻腻歪歪的。

这确定是一对因为记忆快要闹分手的夫妻？

舒漾赶紧把眼前的男人推开些："沈医生，祁阿姨的恢复情况还好吗？"

沈轻点点头："整体还是很不错的，需要静养一段时间。"

本以为作为儿子的祁砚应该会过问两句，但是他并没有。

祁砚看向沈轻说："麻烦帮漾漾恢复所有的记忆，谢谢。"

沈轻有些惊讶地看着他们两个人："你们说开了？"

她倒是很少见这样的夫妻，相互间一点秘密都不藏。

舒漾点头："有些该过去的事情就让它过去吧，我和祁砚都做好了面对全部记忆的准备。"

不管怎么样，他们都不会离开对方。

沈轻默默看了祁砚一眼，仿佛在说：你小子是怎么用半年的时间把人家小姑娘哄得晕头转向的，甚至都既往不咎了？

高手，这真的是高手。

祁砚面色从容，并没有一丝心虚，在别人看来他对舒漾的转变可能是装的人设，只有他自己知道花了多少心思去让这一切变得顺理成章。

舒漾跟着沈轻进了催眠室，关上门后，祁砚就在外面静静地等候着。

助理带着资料找过来："九爷，霍折夜说他想见你。"

祁砚撑着额头闭目养神："让他别着急，总有送他进去的一天。"

他老婆现在刚进催眠室，不知要多久才能出来，祁砚的心思全都扑在那上面。霍折夜是什么人，值得他这个时候去见？

助理刚开口想要接着说，走廊上就传来了阴森狂妄的笑声："哥，弟弟这么想念你，想见你一面都不让吗？那弟弟只好自己过来了。"

霍折夜一步步朝这边走来，看着这熟悉的医院环境，他不由得想到那天晚上的情景。

祁砚有他和霍折诚两个弟弟就够了，为什么还要再出现一个弟弟或者妹妹？他这么做也是在帮祁砚斩草除根，祁砚应该感谢他。

助理下意识看向旁边的催眠室，祁砚也起身往霍折夜那边走。舒漾正在进行二次催眠，绝对不能让这个疯子知道。如果他恶意破坏治疗，极有可能对舒漾的精神造成损伤。

霍折夜看见他过来，笑得更大声了："这还是第一次见哥哥迎接我。"

祁砚不屑地扫过他，径直往天台外走，霍折夜跟了出去，空旷的天台上，祁砚回过身质问他："没有那个孩子，对你有什么好处？"

霍折夜满脸无辜："哥，我不知道你在说什么，我完全听不懂。"

他的眼底是藏不住的恶意，但所有的证据都被他销毁了，只要他不承认，没有人可以抓他。

霍折夜甚至开始把事情往祁砚身上引："哥，说实话，你也不想那个孩子存在吧？最有可能伤害那个孩子的人，难道不是你吗？你说你那亲爱的母亲，到底有没有把事情往你头上怀疑过呢？"

霍折夜不停地挑拨着祁砚和祁秋华之间的关系，亲情爱情他没有，祁砚凭什么有？原本祁砚才是那个处于黑暗之中的人，为什么现在却成了他？

祁砚笑了笑："你这是在提醒你自己，当年霍折诚腿断了，你那所谓的母亲柳玉儿却怀疑是你打断了你弟的腿，对吗？"

"你在胡说什么？！"霍折夜内心最不愿承认的事情就这么被祁砚

拿到台面上来说。

那时候他虽然经常和弟弟霍折诚打架，但也不至于做出那种事情，可身为母亲的柳玉儿却几巴掌甩到他的脸上，说他为了争夺财产不惜牺牲弟弟的腿。

而真正的罪魁祸首祁砚却还过得好好的。

霍折夜阴戾地说："你打断了我弟弟一条腿，我毁了那个野种，我们也算是扯平了。"

祁砚揪住他的衣领，把人摁在地上："扯平？他敢在舒漾成人礼的礼物上搞鬼，还绑架她，我废他一条腿都是轻的！"

如果当时不是舒漾醒了，祁砚不会轻易停手。

霍折夜擦了擦嘴角的血："那你想怎么样？霍家的财产很快就会移到我的名下，我才是最后的胜利者，你和霍折诚不过就是两块垫脚石！"

祁砚讥讽地笑着："我从没放在眼里的东西，你们却发疯似的争，真可怜。好好享受这为数不多的自由时间，别等进去了才怀念。"

说着，祁砚一把从霍折夜身上抽出藏在衣服后的匕首，霍折夜想要夺回，却使不上力气，只能眼睁睁看着祁砚拿利器离开。

祁砚把手上的东西交给助理："处理掉。另外，派人盯着霍家那两个人，绝不能让他们有机可乘。"

在做什么事情之前，祁砚必须保证舒漾和母亲的安全，霍氏那不择手段的两个人，很有可能威胁到她们的性命。

祁砚不想让事情变得复杂，更不能因为两个无关紧要的人让他的爱人面临危险。

助理把东西收好："九爷，目前找不到任何证据证明是霍折夜对胎儿动手的。

"那天晚上医院所有的监控都出现了问题，霍折夜谋划得很精细，甚至连医院周边道路的监控都被销毁了，无法证明他来过附近。

"况且，他和霍折诚是双胞胎，霍折诚只要撒几个谎，就能够给霍折夜做一个完美的不在场证明。"

看着霍折夜死气沉沉地离开后，祁砚回到催眠室前坐下，才说道："让人在郊区假装立一个这孩子的墓，周围装好最精密的监控录音，记住，这件事情一定不要张扬。"

助理大概猜到祁砚的意思，他想让霍折夜不打自招。

“那需要派人走漏风声给霍折夜吗？”

祁砚轻摇头：“不用，所有的事情按我们的节奏来就好，他自己会犯蠢的。越低调，越有信服力。”

把霍氏处理掉这件事情，他不允许出任何差错，只有这样，他才能和舒漾放心地生活。

祁砚盯着催眠室紧闭的门，心中变得柔软。

他们很快就能无忧无虑地在一起。没有任何秘密、隔阂、意外，放肆地互相占有。

不知过了多久，催眠室的门被打开了，祁砚迅速从位置上站了起来，紧张地捻着手心。

走出来的却只有沈轻一个人：“不好意思祁先生，舒漾她应该是想起了那些不好的事情，现在陷入了昏迷。”

祁砚不可置信地颤声问：“昏迷？”

他立马冲进催眠室，看着躺在床上一睡不醒的人，试图去唤醒她。

“漾漾，你听得到我说话吗？”

即便男人喊再多遍，舒漾依旧没有任何反应，呼吸平稳地沉睡着。

祁砚看向沈轻：“为什么会变成这个样子？”

“我也从来没有碰到过这种情况。”沈轻有些紧张，“初步推测，应该是过去的记忆和她现在的生活感受产生了强烈的碰撞，让她陷入了一种自我割裂中。简而言之，都是你干的‘好’事。”

虽然知道曾经的那些记忆会给舒漾带来不小的冲击，可是祁砚完全无法接受这样的结果。

站在一旁的沈轻也一直担忧不已，她也没有办法保证之后会变成什么样子，如果舒漾就此长睡不醒，对她来说也是前所未有的失败。

“祁先生，漾漾现在情况比较特殊，如果去强行想办法弄醒她，很有可能在精神方面出现不可挽回的后遗症，我们能做的也只能相信她。”

祁砚握着床上人的手，轻轻摩挲着，难道真的是他的决定出错了吗？

刚才的满怀期待，现在已经变成痛苦和无力。

无论舒漾是长期昏迷不醒还是留下精神后遗症，对于祁砚来说都

是致命的打击。

他没有办法看见他的宝贝因为曾经的那些事再受伤了，祁砚根本没有办法原谅自己。他甚至不知道这样的结果，该怎么和所有人交代。

祁砚认真地和沈轻说道："沈医生，不管你用什么办法，我只希望漾漾能够尽快醒过来，哪怕她怨恨我也没有关系。"

他心里很清楚，如果不是因为他想要让舒漾在过去的记忆中释怀，舒漾也就不会一直迫切地想要恢复记忆。

他的宝贝这么做，兜兜转转都是为了他。反观他自己，做了坏事还乞求着内心的解脱。或许他就该愧疚一辈子。

那些只有他一个人清楚的所有回忆应该伴随着他一生，让他不得安宁，但是现在舒漾却与他共同承受着这些。

沈轻有些为难："这件事情我也没有十成的把握，最重要的还是要看漾漾自己愿不愿意醒过来。她现在沉睡在那段记忆当中，有句话不知当讲不当讲……"

她看了看舒漾紧皱的眉头："漾漾现在最不想见到的人应该就是祁先生你了。"

换句话来说，祁砚从现在起不陪在舒漾身边，可能人还醒得快一些。

毕竟导致这一切的根本原因是祁砚，站在医生的角度，她必须把话说得直白些。

祁砚也明白她的意思，却仍旧依依不舍地牵着舒漾的手，放到自己唇边细细地吻着。

即便这一切不是他想造成的，可是事已至此，他应该给舒漾一个更好的恢复环境。

若是放在几年前，沈轻根本不会相信她能够看见祁砚如此愧疚的画面，这个男人曾经有多不可一世，现在就有多低声下气。

早前传闻祁砚折腰哄女人，她基本都是半信半疑的，毕竟有些男人分明没有做什么改过自新的事情，却总想把自己摘得干干净净。

但是时隔许久再次见到祁砚，很明显这男人就是变得更加沉稳内敛了，曾经的张扬和锋芒或许让异性都为之疯狂，而现在清冷疏离的气质，却能让那些动心思的人敬而远之。

两个人能够将婚姻维系这么久，祁砚必然做出了很大的改变。

躺在床上的舒漾忽然有些难受地想要缩回手，沈轻赶紧提醒还沉浸在忏悔里面的祁砚："祁先生，漾漾身边必须换个人来照顾她。你这样一直拉着她的手，她是有感觉的。从目前的情况来看，他应该不希望你这样和她接触。"

沈轻尽可能把话说得委婉些。其实换位思考一下，如果是她经历了舒漾的那些事，应该无论如何都没办法冰释前嫌吧。

祁砚回过神，默默松开了女人的手，然后小心翼翼地帮她掖好被子。看见舒漾蹙起的眉心，祁砚眉头也紧皱起来。

沈轻继续交代："现在这种状况，找一个漾漾相熟的好闺密来医院照顾她会比较好。然后最好让漾漾身边经常玩的那些朋友多来看看她，只要目前生活当中的事情更多地影响她，给她带来一个好的氛围环境，相信她很快就能醒来的。当然，这段时间祁先生你还是尽量……"

即便是沈轻没有把话说完，其中的意思已经不言而喻。

祁砚明白，现在最没有资格出现在舒漾身边的人就是他。

答应下来之后，祁砚没再犹豫，起身走出病房。现在最重要的事情，就是把舒漾身边的朋友找过来。

他边走边和助理嘱咐："我现在需要回国一趟，漾漾这边我不太放心，把能调的人都调过来。一定要打起十二分精神，让他们盯紧点，我不想听到霍折夜再次出现在附近的消息！若是他再敢不停试探我的底线，不用手下留情，直接想办法处理掉。"

助理问道："九爷，您突然回国做什么？既然您这么担心夫人，有什么事情派我们去就好了。"

祁砚眉眼深沉："这件事情需要我亲自去，我会尽快返回 M 国。"

舒漾在他的身边，突然又出了这么大的事情，想要请她的朋友过来帮忙。打个电话或者派人去说固然也是可以的，可是祁砚觉得他必须担起这份责任。

不管是会被骂还是会受到冷眼，他都应该亲自去。

但是现在霍折夜和霍折诚两个人都在 M 国，他也必须保证舒漾的人身安全，霍家虽然不敌当年，可是瘦死的骆驼比马大。霍氏这两兄弟的精神状态堪忧，指不定什么时候就发疯朝谁乱咬。

祁砚："如果事情顺利的话，我很快就会回来，记住，千万不能掉以轻心，所有的事情都可以放一放，舒漾绝对不能出事。"

现在舒漾的情况本来就不容乐观，如果再经历一些无法想象的波折，后果不堪设想。

祁砚走到楼梯口，就发现母亲祁秋华不知什么时候从病房里出来了，一直站在门口等他。

见他脚步匆忙，祁秋华本想上前关心几句，可最后张了张嘴，还是没说出话来。她看着儿子在自己面前大步流星地离去，甚至连一个眼神都没有留下。

助理不好意思地向祁秋华点了点头，然后赶紧去安排祁砚交代的事情。

祁秋华失落地回到自己的病房，一念之间的错误让她和儿子的关系陷入僵局，可是事情变成这个样子，她也怨不了谁，只能怪自己糊涂。

现在落得这样的下场，不仅肚子里的孩子没了，就连已经成家的儿子也渐渐疏远她，把照顾她当作任务一样，再没有半句关心。

祁秋华默默掉着眼泪，旁边的护士赶紧过来劝她："祁夫人您怎么了？那些事情都已经过去了，您就不要再想了。您的爱人也说这或许是因祸得福。"

祁秋华哭诉着："是我活该，是我对不起小砚，才导致事情演变成这个样子，他现在生气不理我都是我自己的问题，我不该那么做的，我更不该自作主张，之后还瞒着他这么久。"

"祁夫人你想开一点。"护士叹气道，"九爷不论如何都是您的亲生孩子，等过段时间他自己气消了，想通了，你们就能顺其自然重归于好的。"

祁秋华失落道："当年他父亲一夜之间改变主意退婚，让我把孩子打掉，是我舍不得。把小砚生下来后，他从小跟我吃了那么多苦，却没有任何一句埋怨，拼尽所有让我在 M 国过上衣食无忧的生活，现在我却变相地把他抛弃了。"

护士："谁家的孩子不心疼自己的母亲？久而久之，九爷能明白您的苦衷的。您也有再追寻幸福的权利。"

祁秋华："谢谢你。"

舒漾沉浸在记忆当中，浑身都冒着虚冷的汗，她在梦里面下意识抱紧自己，似乎正在面对一些不好的画面。

记忆中，是她第一次从游戏厅被祁砚抓回去的情景。

那次她整整被在家里关了一个星期，准确来说应该是被关在游戏房里，祁砚特地让人给她准备了一屋子的游戏，让她每天面对着各种游戏玩个够。

舒漾原本还觉得没什么，甚至和同学说这样的生活她能过一辈子。

可到了第五天，舒漾整个人就不行了，再继续面对这些游戏她快疯了。

舒漾趴在游戏房的门上拍了拍门："有没有人啊？我不想玩了，让我出去。"

没有人回应她，舒漾就这么无力地趴在门上，时不时拍两下叫唤着。

"放我出去，我再也不打游戏了……呜呜我想上学，放我出去……"

不知道喊了多久，房间的门终于被从外打开，男人面无表情地出现在她面前。

看见人来，舒漾这眼泪一下就滴下来，她赶紧抱住祁砚，生怕他跑了："哥哥我错了……我保证我再也不那么玩了，你就放过我吧，我一定好好学习，天天向上！"

祁砚看着她，语气淡然："你确定？学习哪有游戏好玩？还是说哥哥派人给你布置的游戏房还不够大，不够好，不够有感觉？"

"不不，不是！"舒漾握紧拳头，目光坚定，"我对游戏不感兴趣，我只想学习！学习使我快乐！学习使我进步！"

祁砚把人带到书房，将一台崭新的笔记本电脑移到她面前。

"里面有你这些天落下的所有课程视频记录，这两天刚好是周末，把课业全补完，下周回学校。"

舒漾："……"

倒也不用这么快就安排上吧？而且还是一周的课程！

见舒漾没回答，祁砚抬眼给了她一个意味深长的眼神，舒漾赶紧抱起笔记本电脑："明白！明白！我现在就学！"

舒漾移开椅子端坐在书房桌前，冲劲十足，可当她打开线上课程的时候，她又开始怀念打游戏时的轻松时光了……

她赶紧摇了摇头："不行不行，还是要回归正道。"

舒漾忍住困意坐好听课，在本子上做着学习笔记。可她越学越犯困，听又听不懂，学也学不会。

又撑了一会儿之后，舒漾看了一下课程，照这个进度，她两天根本补不完。

舒漾实在是坐不住了，抱起电脑，带上本和笔，打算回房间躺床上继续刷课。

困意席卷下，舒漾推门回房就想往床上扑，可走近之后才看见床上还有一个人！当舒漾反应过来时，整个人已经重心不稳，往下扑过去。

刚准备休息一会儿的祁砚，半眯着眼，看着正压在自己上方的女人。

舒漾摔愣住，原本的困意一扫而光，笔记本夹在她和祁砚中间，被男人抽出丢到空旷的半张床上。

"起来。"

男人的声音沉闷，盯着她的目光有些晦暗，舒漾赶紧想爬起来，可是心急则乱，刚起身又重心不稳地跌了回去。

祁砚的声音比刚才严肃了几分："起来！"

他扣住她的腰，把人直接托起来，舒漾脸色已经红得不像话："你，你怎么会在我的房间？！"

祁砚从床上坐起身，失笑道："漾漾，有没有可能这是我的房间？"

这已经不知道是第几次被这小朋友倒打一耙了。

舒漾看了看周围的环境，火速低下头，慢慢往后退："对，对不起……我马上走，马上……"

她真是困糊涂了，竟然直接闯进了祁砚的房间，还往人身上扑。

祁砚看着女人一步步退到门边，无奈地勾了勾唇。

舒漾跑回自己房间后，看着手里的仅剩的钢笔，才发现笔记本电脑还落在祁砚房间，她又转身跑回去。

"我的电脑……"

开门的瞬间，舒漾被眼前一幕惊得说不出话来，祁砚恰好从床上起来，身上什么都没有！

"啊啊啊啊——"

祁砚眉心紧皱，看着舒漾站在门口睁着眼睛大叫。

过了好一会儿舒漾才想起来捂住眼睛，可是刚才的画面已经完全印在脑海当中。

她转身想跑，却被身后人握住手腕，舒漾惊恐地看着出现在自己面前的男人。

“你，你干什么？！”

舒漾的眼睛压根不敢乱看，索性直接闭上眼。

“我不知道你……我不是故意的，对不起，我马上走……”

祁砚挑起她的下巴，死死地盯着她：“我有没有告诉过你，不要随便进我的房间，有什么事情要敲门，为什么不听？”

舒漾紧紧地闭着眼睛，能够感觉到祁砚就在她面前：“我，对不起，我走还不行吗……我不会和别人说的，只要我们装作不知道，这件事就没人会知道。”

早知道事情会变成这个样子，她还不如在游戏房多打几天游戏，现在她到底该怎么面对祁砚？

说了一大段为自己开脱的话之后，却没听见男人的回答，舒漾又看不到祁砚的脸色，只能小心翼翼地再问一遍。

“怎，怎么样？”

能不能先松开她的手，离她远一点啊！

舒漾觉得再这么下去，她都快要不知道该怎么呼吸了。

过了一会儿，她才听见祁砚缓缓开口：“睁开眼睛。”

舒漾犹豫了一会儿之后才看向他，祁砚的喉结滚了滚：“舒漾，这件事情你要负责到底。”

舒漾怔住，负责？负什么责？

“你想怎么样……我真的不会乱说的，你别……”

舒漾整个人紧张至极，连呼吸都是微弱的，红艳的唇轻颤着说：“哥哥……”

慌乱和害怕让舒漾的眼睛里忍不住泛起雾，眼睑红得惹人心疼。

却不知这让原本想放过她的男人，眼底更加暗了几分，他抚着她的手说：“别怕，帮哥哥一个忙。”

紧接着，男人的吻压了下来……

那天过后，祁砚就出差了整整一个星期，舒漾也跟着松了一口气，

到现在她都想不明白，为什么会答应祁砚那么荒唐的事情。

可是事情已经发生了，不论她怎么想都无法挽回，这些天舒漾都过得格外老实，生怕祁砚像之前打游戏那般出差回来就教训她。

那些混乱的记忆时不时浮现在脑海，可是她不知道她和祁砚现在到底是什么关系？那种事应该是情侣之间才会发生的吧？

但祁砚什么都没说，她也没问，难道就这么不了了之？

舒漾躺在沙发上，把书往脸上一蒙。

毁灭吧！

随着时间过去，这件事情再也没被谁提起过，仿佛被默认为是两个人当时的冲动导致的后果，二人的关系也没有实质性的进展。

可这件事却在舒漾心里变成了不可磨灭的记忆，越想忘记就越发清晰。

每次看见祁砚像个没事人一样，舒漾心里就很难过，只能把内心真实的想法埋在心里。

一颗种子悄然埋下。

祁砚的工作变得很忙，几乎在家都见不到人，舒漾回来时习惯性地问管家阿姨："九爷回来了吗？"

阿姨微低头："没。小姐，九爷他应该是最近工作比较多，等忙完这段时间就好了，晚餐已经做好了。"

舒漾不知道是第几次听到这个答案，信与不信都变得不重要了，之前觉得祁砚在家她不自在，现在见不到，还是有些不习惯。

"我不吃了，我和同学出去吃。"

舒漾上楼换了身裙子就准备出门，祁砚不在家，她待着也无聊，还不如和朋友去玩。杰森和裴青月都不带她去他们常去的那些场所，好在还有艾瑞尔陪她。

艾瑞尔把车停在路口，舒漾拉开车门坐了进去，就被他逮着调侃："还不让我知道你住在哪里，这么神秘？"

舒漾照着镜子，不太愿意谈到关于祁砚的事情："你说带我去哪儿来着？"

自从上次被人在游戏厅"卖"了之后，舒漾就再也不和背景不透明的人玩了。

艾瑞尔抛给她得意的眼神："杰森他们不带你玩的地方，哥带你去。”

车子在一家高档会所前停下，会所里面有大型俱乐部。艾瑞尔把她带到二楼的台球桌前，递给她一根长杆：“会吗？”

舒漾接过台球杆，摇摇头，抱着杆子感觉自己就像是个值班的。

俱乐部里的很多人路过时都会和艾瑞尔打招呼，并且新奇地看着被带来的舒漾。

艾瑞尔走到她面前：“看着，哥给你演示一遍。”

舒漾看着艾瑞尔专业地架好杆，然后侧过脸和她解说着规则，随着一杆出去，被碰撞的球掉进角落的洞内。

舒漾却怎么都学不会艾瑞尔那个动作，艾瑞尔急得准备直接上手。

“哥过来手把手教你。”

舒漾俯身在台球桌前，艾瑞尔走过来，还没等她察觉什么，身后传出严厉的男声：“舒漾。”

听到有人叫她的名字，舒漾和艾瑞尔一同回头看去，出现在台球厅玻璃门前的男人让舒漾心跳空了一下。

祁砚怎么也在这里？而男人的身后，就是一脸看好戏的杰森和裴青月。

舒漾想到自己身边的艾瑞尔，有些心虚，但也不知道她到底在心虚什么。

正在等着她过来的祁砚，发现舒漾只不过是看了他一眼，然后转头继续和艾瑞尔讨论关于学台球的事情，完全把他当成透明人。

男人眼底一暗，也没继续说什么，和杰森裴青月一起，开了隔壁的台球桌。

舒漾想到祁砚就在她旁边，根本就玩不开，她偷偷瞥了眼，就见祁砚正在击球。此时他的身上只有件简单的黑衬衫，祁砚的动作标准，击球必进，别人根本就没有拿杆的机会。

察觉到她的目光之后，祁砚视线往这边一扫，台上的球又少了一颗。

舒漾收回视线，低头想到，祁砚是不是生气了？气什么呢？他都出差回来了，不也没和她说一声？现在两个人在会所相见，还有什么可说的？

艾瑞尔见她有些心不在焉，问道：“你和祁砚认识啊？”

怎么感觉这两个人隔着段距离都仿佛较着劲一样，特别是刚才祁砚看他的眼神，好像是有什么夺妻之仇似的。

他和祁砚之间都谈不上认识，更别说得罪。那么只有一个可能，就是这小姑娘得罪祁砚了。

但祁砚是什么人啊，不至于和一个女孩子计较吧？

舒漾没什么情绪地说道："不熟。"

她的声音不大，但是在艾瑞尔问完这个问题之后，整个场面都安静了下来，每个人都听到了她的回答。

裴青月用一种十分佩服的眼神看着她，默默地在后面鼓掌。

舒漾没去看其他人，也不想管祁砚什么脸色，寂静过后，场面上突然就传来砰的一声，祁砚将最后一颗黑 8 球打进网，收杆。

在场的所有人都明显能感觉到男人身上散发的怒意，舒漾也没心情玩了，可是还没等她说想回家，艾瑞尔不知是看到谁的眼色，立马开口："妹妹我还有事，我先撤了！"

杰森和裴青月也一前一后从她眼前离开。杰森小声提醒道："祁砚那人有病，你说话小心点。"

舒漾看着他们几个离去的背影，抬脚就要追上去。

既然知道她待在这里危险，倒是把她也带走啊！这几个叛徒！

"你再走一步试试。"

听到男人不悦的嗓音，舒漾没回头："我玩够了，我要回家了。九爷您慢慢玩，我就不在这里打扰您了。"

祁砚走到她面前，堵住她所有的去路，把人按在台球桌前："把刚才的话再说一遍。"

随着男人的靠近，舒漾只能一点点地往后倒，她撑着手："我为什么要听你的话，更何况明天是周末，我没有课，难道还不能出来玩吗？就允许你在外面玩，我也是个成年人，我应该有自己的生活节奏。"

说着，舒漾心里的气也不小，祁砚到底有什么资格说她，上次的事情都还没有给她一个交代。后来到底是因为工作忙，还是不想见她，只有祁砚的心里最清楚。

"所以呢？"祁砚盯着她，"我是不让你玩了，还是怎么样？在外面见到我们就是陌生人，我刚才叫你了，漾漾你刚才是什么态度？

"连招呼都不打，转身就和别的男人打台球，甚至在对方问起我们的关系时，只有‘不熟’两个字，这就是你说的自己的生活节奏吗？六亲不认的节奏？”

舒漾被他问得哑口无言，但她心里就是在生气，祁砚这段时间为什么要躲着她，有空和杰森他们来打台球，都没空回趟家。

她撇开脸不说话，祁砚就低头咬住她的唇。

“小白眼狼。”

舒漾吃痛地皱着秀眉：“你才白眼狼！那天得到我了就开始装死躲着我，你想过给我一个交代吗？我就算是白眼狼，那也是跟你学的！”

舒漾想要把他推开，祁砚一步都不肯退，直接把她抱坐在身后的台球桌上，男人的双臂撑在两旁，把她圈在怀里。

“漾漾，我没有躲着你，我这些天确实出差很忙，所有的事情也都是让助理转达给你。”

舒漾打断他：“那今天呢？”

祁砚看着她的眼睛：“我说我去学校接你了，得知你回家后才过来找你的，你信吗？”

舒漾没想到事情兜兜转转，问题又回到她身上。

祁砚抓住她生气的重点，一并解释：“至于我们的关系，我不知道你是怎么想的，我希望给你冷静下来的空间。现在也过了这么多天，你考虑得怎么样？

“舒漾，你想和我在一起吗？”

男人的目光直接、热烈、强势，舒漾下意识咽了咽口水。祁砚顺势温柔地吻下去，和她厮磨着。

“舒漾，我想和你在一起。始于欲望，终于你。”

在祁砚的强势表白下，那时候年纪还小的舒漾哪懂什么相互试探，心里有些喜欢就和盘托出，直到真正在一起，才发现自己进了龙潭虎穴。

舒漾只谈过这一段恋爱，但她觉得世上没有比和祁砚在一起更疯狂的事。

他们无话不说，无事不做。

就当舒漾以为他们会平平稳稳地过下去时，一通电话打破了她所有的幻想。

舒漾照常回到家中，管家见她回来立马就想打招呼，舒漾把食指放在唇边。

"嘘。"

今天的课临时减少了，舒漾比往常回来得早许多，她一手拎着服装纸袋，一手放在卫衣兜里，捏一个方形的小盒子。

这是她路过便利店的时候特意去买的，还有里面的衣服也是她精心挑选很久的，祁砚一定会喜欢。

舒漾知道祁砚在书房工作，特地轻手轻脚地走楼梯另一边躲回了房间。她放心地洗了个澡，换上新买的衣服，在镜子面前照了照。

白亮的肌肤上那东少一条、西缺一块的性感布料，让她光是照镜子都觉得脸红到了耳朵根。

舒漾赶紧套上浴袍，简单地扎了个头发，然后带上买的小盒子悄悄往书房走去。她倒要看看，祁砚在面临她和工作的选择时，还有没有那般定力？

舒漾把拿着盒子的手放在身后藏着，看着眼前的书房门，想悄悄打开。

发现门是虚掩着的后，舒漾忍不住在缝隙中偷瞄，却没看见坐在办公椅上的身影。

男人的声音透过门缝传来，似乎是坐在沙发上和别人打电话。

舒漾意识到现在进去不太好，就打算在门口等一会儿，可下一秒祁砚说的话让舒漾脸上的笑容逐渐消失。

"没有结婚的打算。"

祁砚的声音辨识度极高，舒漾可以确定房间没有第二个人，这句话就是从祁砚的口中说出来的。

舒漾紧紧地蹙眉，这话是什么意思？

没有结婚的打算是说他自己吗？舒漾手扶着门边，仔细往下听。

在祁砚没说话的几秒时间当中，舒漾脑海里已经出现了无数种想法，她紧张地攥紧手中的小盒子。

没过一会儿，似乎是电话那边的人说了什么，祁砚语气没什么波动，淡然地回答道。

"你情我愿的，也谈不上玩，但不可否认，她的确很对我胃口。"

只有一门之隔的舒漾整颗心瞬间就揪了起来，这些话到底是什么意思？祁砚口中的那个女人是她对吗？

原来在一起这么久，祁砚就是和别人这么阐述他们的感情的。

谈不上玩，对胃口而已，没有结婚打算。

舒漾不知道是祁砚这些话太现实，还是她太玻璃心，听到的那一瞬，舒漾眼泪直接掉了下来。

两个人相处这么久，每一天都过得很愉快，她本以为他们的感情进展不错，原来一切只是她的臆想。

舒漾低着头盯着身上的浴袍，手里拿着的小盒子，上面的每一个字母都是对她的嘲讽。

祁砚根本就没想过和她结婚，难道仅是因为对他胃口，两个人才走到现在吗？

舒漾掐着自己的手心，如果这个时候再把自己往祁砚书房送，她就是在作践自己。

她无声地掉着眼泪，脑海里有无数的想法提醒她回自己的房间，可脚下就像是被灌了铅一样，怎么都无法挪动一步。

她期待着听到祁砚其他解释的话语，又没有勇气冲进书房质问这个男人是怎么回事。事实告诉她，失望的话听一两句就够了，再待下去，只不过是自取其辱罢了。

祁砚而后说的每一个字，都传到舒漾的耳朵里："否则你觉得我当初为什么会留她在身边？她很听话，很乖，我们的事情不需要你操心。况且，舒漾……"

躲在门口的舒漾突然听到自己的名字，心里一惊，手上的小盒子"啪嗒"一声掉到地上。

让书房内外顿时寂静一片，舒漾听到祁砚往门口走来的脚步声，也来不及顾着地上的东西，直接跑回房间。

祁砚拉开门就看见一道匆忙躲逃的身影，眉心紧紧地皱着。

"漾漾……"

刚才电话里说的那些话舒漾一定是听见了，祁砚快步追了上去，可是房间的门却"砰"的一声被关上反锁起来。

祁砚急忙敲了敲房门："漾漾。"

舒漾无力地靠在房门上，不管她想与不想，脑海中始终都是刚才的那几番话。原来她在祁砚眼中什么都不是，就像个单纯打发时间的

工具，用完就可以抛之脑后，甚至只要祁砚找到更对胃口的，就可以把她直接丢弃。

她像个傻子一样给祁砚准备惊喜，希望他看到的时候能高兴。结果现在她变成了一个天大的笑话。

祁砚站在房门口试图开门，试了好几下后，男人又敲了敲门："漾漾，开门。"

他没想到舒漾今天会这么早回家，刚才书房的门是虚掩着的，祁砚回想了一下自己说的那些话，只觉得太阳穴生痛，舒漾肯定是乱想了。

舒漾蹲在门后，现在她不知道该怎么面对这一切，她只是想好好地冷静一下。

祁砚越是盯着她不放，舒漾的情绪变得越发暴躁。

"你给我滚！我现在不想听到你的声音，更不想见到你！"

她到现在总算是想明白，为什么祁砚身边所有人都把她当祁砚的宠物来看待，原来是祁砚默认了这回事。否则就凭祁砚的身份地位，只要站出来帮她摆正名分，又有谁敢那样调侃她？

舒漾在这一刻只觉得，梦醒了。

今天之前，她没有想过和祁砚分手，即便很多时候这个男人都让她受不了，可是现在，她却有了分手的冲动。

舒漾蹲在地上抱着自己的膝盖大哭，她真是个傻子，让人白白睡了两年才醒悟。

这只是一场游戏。

而她在为祁砚情窦初开后，基本都是受到这个男人的影响，她一点点被往祁砚的世界引导，却好像又从未踏足进去。

祁砚依旧不肯放弃："宝贝，先把门打开，你听我解释，事情没有你想的那么糟糕，你不要一个人胡思乱想好不好？我可以给你一个合理的解释。"

舒漾现在什么话都听不进去："我不要合理的解释！从你嘴里说出来的话，我一句都不想相信！你哪次不是白的都能说成黑的？

"祁砚，讲道理我讲不过你，但我活这么些年很清楚，不以结婚为目的的恋爱就是耍流氓，既然你从来没有想过和我结婚这件事情，你凭什么耽误我两年？

“你还打算瞒着我多久，你还打算玩弄我多久才满意？”

舒漾眼泪不停地往下掉：“祁砚，你就是个混蛋，你再有钱，长得再好看，你也是个混蛋！”

如果两个人刚开始谈恋爱，舒漾对于这种没考虑过结婚的话非常能理解。可是现在，她完全想不通，既然从来都没有过结婚的想法，为什么一开始不告诉她？

如果今天不是她听到这件事情，祁砚打算瞒她多少年，难道是等到玩腻了，再告诉她没想过结婚的事吗？

祁砚按着眉心，知道舒漾现在在气头上，也不敢让管家直接开门。

“漾漾，我不否认结婚的事情上我缺少计划，但不代表我对你就没有任何的感情，不代表和我在一起两年或是几年后就会抛弃你。”

原生家庭的情况让祁砚对于婚姻根本就没有任何的憧憬和期待，即便是对舒漾再有感觉，再想得到，他也不会往那上面想。

因为现在舒漾就在他身边，他们两个人过得好好的，结婚与不结婚在祁砚看来没有任何的区别。

但舒漾不同，她完全无法理解这种思维，她咬了咬牙：“没有结婚的打算？然后呢，祁砚，你想这样不负责任地和我过多少年？”

舒漾哭得有些喘不上气，她抱紧自己，突然觉得整个环境都很陌生，这根本就不是她的家。

这只是祁砚圈养她的金丝笼而已。

祁砚在外面听着这些话，从没想过一通电话会演变成这样，他甚至不能完全理解舒漾所在乎的点。

于他而言，婚姻基本就是牵扯利益的工具，结了婚和没结婚一模一样的人多了去，祁砚也同样没有对此上心。如果舒漾今天不提这件事情，或许他们的关系就会长此以往地继续下去。

他们过的和夫妻没有任何区别。

祁砚在这期间最后悔的事情，就是这个时候他选择让舒漾继续冷静下去。

男人在门口轻声说道：“漾漾，你现在的想法过于极端，我们没办法沟通，你先冷静一下，等你情绪稳定下来我们再谈，好吗？”

他只觉得舒漾年纪还小，对于身份和认可看得比较重，产生的想法过于偏执，等她冷静下来，一切都可以好好交流。

舒漾听着门口的脚步声渐行渐远，扑到床上放声大哭。

“祁砚……你个混蛋……呜呜……死渣男……”

舒漾哭得整张脸通红，她揪着身上的浴袍，只觉得里面那颗心像是被人捏在手里，疼得呼吸都变困难。

她没想到平时满嘴甜言蜜语、极其有耐心的男人，就因为她质问了几句话，竟然直接走了，甚至连哄都不愿意哄她。

舒漾越想越委屈，再回过身来看祁砚对她的种种，只觉得充满了哄骗。

为什么会变成这个样子？

她费尽心思讨好他，却得不到相同的重视。

舒漾感受着自己飞快的心跳，不知是害怕还是恐惧。

她要想办法离开祁砚。

Chapter 18
再无二人

祁砚回到书房门口，捡起掉在地上的小盒子，一眼就认出这是什么东西。

这是舒漾给他准备的惊喜吗？

祁砚不知道该怎么形容自己当下的心情，就好像是曾经掌控在手里的东西，某一个地方突然脱节。

之前不管发生什么事情，舒漾从来都是以他为主，只要舒漾肯服软，他们就不会有吵架的时候，可是今天舒漾在试图挣脱。

祁砚把手中的小盒子带回书房，随手丢到旁边的抽屉里，继续处理剩下的工作。他花了好几分钟才让自己静下心来，这在祁砚看来已经是很荒唐的事情。

看来不光是舒漾需要冷静，他也需要好好冷静一下。

没过一会儿，杰森的电话又打了回来："祁砚，出什么事了，那么着急把电话挂了？"

杰森的声音轻佻："让我猜猜啊，不会是被你家小妹妹听到了吧？"

他从来没见过祁砚话说到一半就把电话挂了，又不是什么要紧的话，看来他很在乎对方的感受。

祁砚想起刚才舒漾说的话，沉声道："别把你喜欢的那些称呼用到舒漾头上。"

以前他从来不在意这些事情，毕竟他对恋爱本身就没有概念，但既然舒漾已经生气了，他再听到这种话没道理不管。

杰森讶异地说道："你这是突然怎么了？"

祁砚接着电话，单手拿过旁边的烟盒，筛出一根烟叼在嘴边点燃。

“刚才她和我吵架了。”

这个时候的祁砚在感情上有些自负，他完全不认为刚才的事情有吵架的必要。所以他说的是“她和我吵架了”，而不是“我们吵架了”。

杰森听到觉得不可思议：“祁砚，很早之前我就说过，舒漾可能并不是你最好的人选，但后来你也的确把她征服了。现在，鱼儿想要挣脱钩子，要么捞起来，要么让它在水里耗得筋疲力尽，你说呢？”

祁砚长指夹着烟，不紧不慢地吞云吐雾：“等她冷静好了，会想明白的。”

在他看来，纯粹的爱也好，欲望也好，完全不需要和其他身份挂钩，更没有必要因为那些东西而如此歇斯底里。

在情感里自负的人，往往不会想到还有一种可能，“鱼儿”脱钩了。

杰森笑了笑：“倘若舒漾想不明白呢？要知道，女人陷入自己的思维当中，再想要把她的思想占据，会变得非常困难。”

通常来说，他会选择直接换一个猎物。

“想不明白……”祁砚不知是在回味口中的烟还是在回味这几个字。

他心里依然是有着不为人知的答案。

杰森挂电话前给他最后的忠告：“不要把一个猎物看得太重，让她爱上你是必然，可你深爱她就麻烦了。那会很折磨人的。”

祁砚弹着烟灰，这件事情他早知道。

房间内，舒漾哭得昏天黑地，哭累了的时候，就在想会不会有人来劝她，哪怕是管家或者祁砚的助理都行。可是谁都没来。

即便是舒漾觉得自己发完脾气了，需要找个台阶下，都没有人给她递这个台阶。她坐在床上，刚止住的眼泪又哗哗掉了下来。

昨天祁砚还口口声声地喊她老婆，如今她到底算是个什么东西？

远在国外，舒漾不想家里人担心，连电话都不敢打过去，只能一个人在房间抹眼泪。

舒漾捂着饿得翻滚的肚子，眼泪也已经哭干了，她也不知道自己内心在期待什么，等待什么，只觉得心中是空落落的一片。

舒漾红着眼睛看向紧闭的房门口：“我真的错了吗……”

为什么祁砚真的就不来找她了……

其实今天那一通电话只是导火索而已，平时她也有无数次想质问祁砚，她在他身边到底是个什么样的身份？

但每次舒漾都安慰自己说，祁砚只是觉得没到公开的时候而已，该来的总会来的。时间这么一过就是两年。到今天她才明白，根本不是时间的问题，而是这个男人从来都没有想给她一个光明正大的身份。

舒漾翻着手机给几个朋友打了电话，或许是因为时差的问题，没有人接起，她连个倾诉的人都没有。

舒漾从未觉得如此委屈，世界上好像只有她孤零零的一个人。

她好想祁砚抱抱她，为什么他要把她丢在这里……

房间的门终于被敲响，舒漾立马坐了起来，外面传来的声音让她有些失落。

“大小姐，可以下楼用餐了。”

管家阿姨敲了敲门，平时一到饭点大家都下来吃饭了，可今天不知道怎么回事，两个人都不出门，一个闷在书房，一个躲在房间。

舒漾起身去开门，她没必要和自己的身体过不去。

阿姨一见到她哭得有些红肿的眼睛，忙关心地问：“大小姐，你这是怎么了？谁欺负你了？你要是有什么事情，一定要和九爷说啊！”

提到祁砚，舒漾眼睛又开始有些发酸：“不用了……”

她的伤心就是拜祁砚所赐，她还能和谁说？

舒漾说话时都是哽咽着的：“我想吃饭……”

阿姨紧张得连连答应：“好好好，我们先洗把脸，下楼吃饱饭。”

相处了两年，阿姨也知道这小姑娘的性格，从来都是温温顺顺的，还从没见她哭成这个样子过。

看来是两个人闹别扭了。

阿姨先把人劝下来吃饭，又向其他用人打听了一下，才知道原来在她出门选购食材的时候，舒漾和祁砚大吵了一架。

看着闷头吃饭一言不发的小姑娘，阿姨在一边慢慢安慰：“感情哪有那么一帆风顺，都会有吵架的时候，漾漾小姐你可千万不要想太多，我和我家那位还三天两头吵架呢。男人说话有些时候就是不带脑子的，能气死人，阿姨到时候帮你说说他。”

在阿姨的贴心安慰下，舒漾的情绪总算平静了下来。

想想说的也是，谈恋爱怎么可能有不吵架的情侣？可是她和祁砚真的是在谈恋爱吗？

不管她怎么想，怎么劝解自己，舒漾就是非常在乎这个问题。

可是真让她放下这两年的感情，又谈何容易？

舒漾不知道该怎么办。

管家阿姨这边劝完又跑到楼上去劝，她敲了敲书房的门，得到许可后才进去。

“九爷，您要不要去看看漾漾小姐，她哭得太厉害了，整张脸都肿了，您去哄哄她吧？”

若不是见舒漾那般伤心，管家阿姨也不敢擅自这么说话，毕竟当家做主的人是祁砚，她这样做有失分寸。

祁砚面无表情地翻动着手里的文档：“她想明白了会来找我的。

“既然要吵架，就该自己承担后果才对。”

为了防止这种事情持续多次发生，祁砚打算一次性解决，如果这次他去哄了舒漾，那之后呢？难不成他要围着舒漾过日子？

况且祁砚根本就无法理解吵架的原因，舒漾不是贪图名利的人，为什么事情会变得这样？

管家阿姨也不敢再为舒漾说话：“那九爷您记得下楼吃饭，我就先下去了。”

祁砚的思维本来就不是她可以揣摩的，心疼归心疼，她也帮不了舒漾什么。

舒漾吃完饭以后，坐在沙发上一直纠结着：“要不……我去找祁砚和好吧……”她真的开始怀疑是不是自己太敏感了。

就当舒漾下定决心准备上楼找祁砚时，男人拎着公文包，从旋转楼梯上下来。

舒漾快步走到他身旁：“你，你要去哪儿……”

看祁砚这个样子应该不是下来准备吃饭的，果不其然，就见男人轻启薄唇：“出差。”

舒漾心里完全不知所措，她才准备去找祁砚和好，还没想好该怎么表达，现在男人就要去出差了。

舒漾心里着急，又不知道该怎么说，本以为祁砚也会为他们吵架的事情而纠结，可祁砚竟然打算去出差？

如果不是她正好在客厅撞见祁砚要出门，是不是这个男人就丢下她直接走了？

舒漾捏着手心，心里五味杂陈。

祁砚把人揽到怀里："吃饱了吗？"

舒漾愣愣地点头，在她看来祁砚这细小的举动就是在向她示好。

她才发现，原来自己的那些想法，在男人的一个简单关心下就可以迎刃而解，甚至足以让她忽略了今天吵架的原因还没有解决。

祁砚轻轻拍了拍她的背，目光扫过腕表："乖，在家记得好好休息，不要给自己增添太多的心理负担，我很满意我们的现状，漾漾，希望你也是。"

在祁砚的思维当中，他们现在本该就是一样的人，为什么思想会出现分歧？

这种情况是他极其不想看到的。

最初的半年，他们时不时会吵架，那是因为思想还在一个磨合的阶段，而现在让祁砚觉得一切都在倒退。

舒漾怔在原地，一时脑子里一团乱麻。

祁砚刚才最后一句话是什么意思？难道这件事情就是得过且过吗？

她刚才都在想要去找祁砚和好，为什么祁砚就一次都不肯为她服个软？

舒漾攥紧了浴袍裙边，看着男人在自己的眼前离开。

祁砚停下脚步，回身看着她，舒漾心跳飞快，每秒都在期待着祁砚能说一句认同她的话。

女孩的眼神满是憧憬，在他转身的那刻，眼底更是泛着光。

祁砚却注意到她身上还裹着的浴袍，指尖挑开她领口的一侧，看见黑色的蕾丝边。

她特地挑了这一身，原本是为了今天晚上讨祁砚开心，没想到却是以这个方式被祁砚看见。如果精心准备的一切就这么被忽视，舒漾只怕是再也没有这种心思和胆量了。

可偏偏在她为了身份而纠结时，祁砚又注意到了她的小心思，他替她整理好领口，摸了摸她的脑袋："谢谢你的惊喜。"

舒漾脸上一红，现在她已经分不清到底是害羞还是羞耻。

她一边为祁砚的话心动，一边又因为他的话而伤心。好的坏的都是这男人说的。

祁砚去出差了，舒漾躺在宽大的床上，出神地想着："也好，还不如分开几天，说不定等他回来后，这些事情也就不会是问题。"

舒漾给自己做完一番心理辅导之后，就沉沉地睡去。可是她怎么也没想到，这趟出差一去就是一周。

再次得知祁砚的消息，是杰森在学校时无意中说漏了嘴："祁砚他不是早就……"

舒漾拦住杰森："你说什么？你把话说清楚？"

杰森知道出大事了。

舒漾见他不说话，声音又大了几分，丝毫不顾学校的道路上有没有人看向他们："你说啊！"

"祁砚早就回来了是不是？他只是不想见我，他只是躲着我是不是？！"

杰森是一个从来不屑于说谎的人，舒漾从他的沉默中读出了答案。

舒漾转身就走，杰森拦住她："你要去找他？"

舒漾打掉他的手，眼泪掉了下来。

杰森被她这个样子吓了一跳："你怎么了？我就问问不至于这样吧，你可别说是我惹哭的啊，待会儿祁砚会要我命的。"

听到那个男人的名字，舒漾哭得越发厉害了，不少路过的人都用异样的目光看着杰森，认为是他又欺负小女生了。

杰森不明所以地站在原地，他不明白舒漾怎么突然就哭成这样。

舒漾绕开他跑出学校，祁砚这个混蛋，为什么要这样对她……

她满心欢喜地等着祁砚出差回来，这一个星期里她又说服了自己，不去计较那些事情。她想相信祁砚，可是现在祁砚回来了却不想见她，是不要她了吗？

难道她要的东西给祁砚这么大压力吗？那她到底算什么，她这两年到底在干什么，做祁砚的情人吗？不，她什么身份都没有，什么都没有。

舒漾连现在该去哪里都不知道，只能在大街上游荡，经过她身边的人都不由得多看几眼。她一个人在路上漫无目的地走着，她拿着手机盯着电话页面，却迟迟没有拨出去。

打电话给祁砚，要说什么呢？还有什么可说的呢？说不定正打扰祁砚的好事，让他更加不耐烦。滚烫的眼泪砸在手机屏幕上，模糊了她的视线。

杰森担心她出事，一直开车跟着她，舒漾很快就发现了，随后像是故意逃避一样改成走小路。

杰森把车停下，赶紧打电话给祁砚。

盛天拍卖会，主持人正在介绍接下来的拍品。

“帕帕拉恰，世界名列前五的稀有粉橙色的蓝宝石。我们此次拍卖会上，拥有全世界最大且切割工艺最好的帕帕拉恰蓝宝石戒指，呈现融合度极高的粉橙色，五十点三克拉。起拍价五千万。”

这是祁砚下飞机后赶过来的目的，他不知道舒漾这段时间心情怎么样，她一周都没有联系他。祁砚看着大屏幕上璀璨的粉色帕帕拉恰戒指，舒漾应该会喜欢。

吵完架的这一个星期，他不知道自己在过什么日子，舒漾要的他无疑是能给的，只是祁砚不愿意承认自己会为女人沦陷而已。

更何况这个女人还是她父亲送来的礼物，极有可能是江东旭给他挖的坑，祁砚的理智让他并不想陷入其中。但舒漾的确变成了他生活中不可或缺的人，这两年里他从来没有对别的女人产生兴趣，正因为如此，祁砚才一直让自己忽略舒漾是她父亲的工具这一事实。

在舒漾提到名分这点时，应该就是他们分手的时候，这样江东旭的目的才不至于得逞。可是祁砚现在想放任这件事情脱离原本的轨迹，江东旭想让他做女婿也未尝不可。

只是祁砚回国后，一切计划都被打乱了。

这一周的事情他都在处理这些事情，就为了能让舒漾安心待在他身边，舒漾还没到法定结婚年龄，他买这枚戒指是希望两个人能够先订婚，让舒漾不再那么缺安全感。不可否认，舒漾要是不和他吵架，他或许根本意识不到这些，更不知道她想要什么。

男人的思维理智且固执，一切的计划都只是为了回国后进到霍家而做准备，他默认舒漾会一直在他身边，回过头却只看到了自己的自负。

竞拍环节，助理小声提醒道：“九爷，有电话。”

祁砚面不改色地问：“谁？”

“杰森。”

听到来电的人是杰森后，祁砚直接抬了抬手："不用接。"

他觉得想要这段感情继续下去，就应该少跟杰森那个精神病交流。他出差也是不想事情变得更加糟糕下去，希望他和舒漾都已经冷静清楚了，可以好好谈谈。

祁砚不清楚自己的感情，他只知道自己想要舒漾在他身边，以什么身份都可以。最终祁砚以全场最高价带走了那枚稀有的蓝宝石戒指。

杰森跟着舒漾，着急地给祁砚打电话，可是根本就没有人接。

等他再抬眼的时候，舒漾早就不知道跑哪里去了。

杰森查到祁砚的位置后，立马开车去了拍卖会现场。

从拍卖会出来，祁砚就看见杰森被拦在外面，明显情绪有些激动。祁砚走过去："你找我什么事？"

杰森抓着头发："你家小姑娘跑不见了！"

"什么？"祁砚眉头紧蹙，"你说清楚，人不在学校哪儿去了？"

祁砚给助理使了个眼色，让他立刻去查舒漾的下落。

杰森一头雾水地把事情从头说了一遍："她从我口中得知你回来了，就这样了……为什么要哭啊，我完全不懂。"

"你！"

祁砚暂时没有告诉舒漾回来的事情，就是想先把这枚戒指买下来，现在被杰森全部搞砸了。

漾漾肯定误会了。

"我说错什么了？"

杰森不解，这两个人到底是因为什么事情搞成这个样子，最后怎么扯到他头上来了？

祁砚回到别墅，见里面空空如也，彻底慌了神："舒漾回来过吗？"

管家阿姨看他这脸色就知道又出事了，急忙说道："还没。中午吃了午饭。"

祁砚捏着眉心，沉着气不停想舒漾到底会去哪儿，助理带着资料快步走进别墅："九爷，手机定位找到了！"

知道定位后，祁砚开车疾驰了过去，到了一处监控设施不齐全的老城区，男人跑进四通八达的小巷子，地上却只有一部手机，却不见人。

祁砚捡起地上的手机，看向跟来的助理："找！不管付出多大代价，把人给我找出来！”

这件事情绝对不能拖下去，舒漾会对他失望的，他没想过抛弃舒漾，更没出轨不忠。他只是一时不知道该怎么面对这段感情的变化，不愿承认自己喜欢舒漾，而现在他在试着接受这个事实。

躲在一堵墙后的舒漾整个人都是发抖的，她心里此时只有害怕，她甚至能够感觉到男人的脚步声渐渐逼近。

舒漾的心提到了嗓子眼，她不想回去，至少不要这样被祁砚抓回去。她不知道祁砚会对她做什么，现在这个男人在她的眼里根本就没有爱意可言，她算是认清了，祁砚不过就是把她当个玩具罢了。

他从没想过一个女孩子在他身边这么多年，只需要最基本的尊重。

等听见祁砚离开的引擎声，舒漾大口地呼吸着，花了好一会儿才平静下来。

舒漾向路人接电话，几番纠结下打给了最不容易被怀疑的艾瑞尔。

“你能帮我个忙吗？”

舒漾被接到了艾瑞尔住的庄园，见到她人的时候，艾瑞尔都被吓到了，奇怪地问道：“你怎么哭了？学校也不见人，听说杰森惹你了？”

“我没事。”舒漾摇了摇头，“我可以在你这里住一段时间吗？”

思来想去她还是和艾瑞尔说清楚：“收留我可能会有点麻烦，但是我不会乱跑的，只要不被发现就没事。”

艾瑞尔一下就猜到了：“你该不会是离家出走吧？”

据他所知，舒漾几乎是没有什么叛逆的时候，没想到有生之年，他还能看见舒漾离家出走。

祁砚真该上点心了。

舒漾低头点了点，艾瑞尔笑道：“行，那你得给我介绍一百零八个帅哥。”

舒漾被他逗笑，过后心里却空落落的，只要一想到关于祁砚的事情，她就想哭，这辈子从来没觉得自己眼泪这么不值钱。

洗漱完，舒漾就躲在房间，艾瑞尔叫了朋友露营她也不敢去，生怕有人告诉祁砚。

她也不知道自己现在应该怎么办，她的学业在Y国，在祁砚的信息网下也回不了国，可以说离开了祁砚，她在国外举步维艰。除非像这样躲一辈子，躲到祁砚对她连兴趣都没有。

舒漾走到衣帽间的全身镜前，她凭什么一直躲着祁砚，她就一定要把祁砚当一回事吗？

“死渣男！你不肯承认我，多的是人排队！”

就以为她不会玩吗？

从这一刻起，舒漾再没有回头的想法。

红枫别墅。

深夜，灯依旧全部亮着，听完最后的消息，祁砚摘下眼镜按着眉心：“把漾漾认识的人全部查一遍，一定有人带走了她。”

助理马不停蹄地安排，祁砚叫住他：“叫人把杰森给盯死！别让他再出现在我面前！”

祁砚不停地想着舒漾能去哪儿，可似乎舒漾喜欢去的地方都是和他一起去的，她几乎把所有的时间和心思都花在他身上，整整两年。

心里的危机感让祁砚无法入睡，祁砚从礼盒中拿出那枚帕帕拉恰戒指，失神地看着。

直到第二天晚上，祁砚在办公桌前撑不住要倒下的时候，助理闯了进来。

“九爷！有舒小姐的消息了！”

祁砚的困意瞬间荡然无存，他立刻开车赶过去，地点却是当地的一家大型酒吧，里面鱼龙混杂。

祁砚进去后闻到空气中混乱的气味，皱眉挥了挥鼻息周围的空气。

舒漾怎么会在这种地方？男人神色凝重地走进去找人，很快就在人群中央最大的圆形卡座里找到了那抹熟悉的身影。

女人穿着酒红色的亮片吊带裙，白皙的肌肤大片大片地暴露在所有人的视线当中，随便一个举动都有可能走光。

腿上、脖颈往下的那些痕迹是他留下的，舒漾丝毫不隐藏，似乎不在乎自己被误会成什么样的女人。

她瞥见他时就像是看陌生人一样，目光没有任何停留。

祁砚面色阴冷地走过去，旁边认识祁砚的女生轻轻拍了拍舒漾，她这才意思一下回过头。

舒漾看着西装革履的祁砚，笑着打招呼：“祁总也来玩啊。”

在场所有的人都看着这两个人，明明两个人的表情都还好，怎么有股火药味？

祁砚扫过那些人的目光透着无声的警告，男人把外套脱下来罩在舒漾的身前，舒漾拿开他的西服往一边丢去。

祁砚看着丢在地上的西装外套，极力控制在失控边缘的情绪，说出口的每个字都格外沉重："舒漾，回家。"

结婚后的祁砚有多注意细节，有多在乎舒漾，他就踩过多少雷。

没有天生就会一切的男人，舒漾给他狠狠地上了一课。

在该道歉的时候，舒漾却等来强势地一句"回家"，即便祁砚的本意只是想让她先离开这种地方。

舒漾当时就压不住心中的火气："回家？回哪里的家？我有家可回吗？你是我什么人？我和你是什么关系？你就叫我回家？"

两年的时间，舒漾觉得已经糊涂够了。

祁砚不明白为什么又开始吵架，彻夜未眠的男人眸子里充满了红血丝，他的思绪混乱，他第一次在外人面前低声下气地说："不要吵架，先回家好不好？"

吵架毫无疑问成了祁砚的心理阴影。

"哦。"舒漾低眸一笑，"你说的是那个金丝雀笼啊？"

祁砚的脸色很难看，他从未见过这般尖锐的舒漾，仿佛变了一个人。

舒漾偏偏还笑眯眯地看着他，用一种娇娆的口吻说道："我不是很想回呢。"

在这种外人多的场合舒漾根本不惧怕祁砚，因为她知道祁砚工作的特殊性，甚至清楚祁砚回国后打算在霍家大做文章，也算是有了这个男人的一些把柄。只是她没想到自己有一天，竟然会把这种伎俩用到祁砚身上。

祁砚已经看穿了她底气的由来，他的眼神明显带着不可置信，他毫无保留地把所有计划都和舒漾说过，甚至把舒漾当作身边唯一可信的人，他无法想象舒漾背叛了他，他会变成什么样子。

他从来都没有想过离开舒漾，否则也就不会将那些关乎性命的事情全盘告知。他犯的最大的错误就是没有及时知道舒漾想要什么，让舒漾无穷无尽地等待着，直到那通电话后情绪的爆发。

祁砚握住她的手腕，薄唇上挂着了然张扬的笑："不就是上新闻吗，一起好了。"

男人揽过她的两条腿，直接将人一手扛起，径直往外走去。

"你放开我！我不回去！你放开！救命啊——"

舒漾不停地打着他，不管指甲在男人的脖子上挠出多少痕迹，祁砚都一声不吭，大步流星地走出了酒吧。

很快，祁砚在酒吧把人扛走的这段视频，就在网上传疯了。

被丢上车的舒漾当即就想跑路，祁砚牢牢地将她按在副驾驶位上，系好安全带。

"舒漾，我们冷静一点好不好？"

冷静？毫无疑问，祁砚是会在雷点蹦迪的。

舒漾刚消下去的怒火瞬间烧了起来："冷静？我还要冷静到什么时候，冷静到过年吗？祁砚你有什么资格叫我冷静？你就只会说冷静，冷静！你哄我一句能死啊！"

舒漾说着说着眼眶又红了，她发疯一般往他身上打去，即便是打到男人的脸上，在祁砚下颌划出一条泛血的红痕，她也不管不顾。

"呜呜……你个混蛋……为什么两年才发现你是这个样子……祁砚，我冷静你个死渣男，你自己滚一边冷静去吧……呜呜……"

祁砚语气中满是无助："漾漾你告诉我，我到底要怎么说话你才不会生气，你告诉我好不好？"

其实这个时候舒漾多想祁砚抱抱她、哄哄她，他到底是不懂还是不爱？舒漾终究还是没去拥抱这个男人，她害怕自己成为一个无可救药的恋爱脑，拼命帮祁砚开脱。

祁砚盯着她看，把人紧紧地抱进怀里。

既然他说什么都不对，那就什么都不说，即便祁砚这个时候太想了解舒漾的心思。他猜不透，悟不懂，根本不会处理吵架这种事情，只知道需要冷静下来，却不明白有些事情是要吵明白的。

舒漾哭累了趴在男人肩上，眼神空洞："祁砚，你真的喜欢我吗？你认得清自己的欲望、占有和爱吗？"

她知道祁砚对她是有兴趣的，可是这种兴趣真的长久吗？

舒漾原以为自己这辈子都不会为了名分而失态，可随着时间流逝，她真的害怕了，害怕祁砚对她的兴趣随时会消失，害怕祁砚没有想过和她长远走下去。

祁砚扶着舒漾的肩膀将两个人的距离拉开一些，和她对视着："这个时候我该说我分得清、我爱你，对吗？"

祁砚痛苦地拧着眉摇头："可是我不知道，我不想对你撒谎，但是我离不开你，我没有想过抛弃你，真的一瞬间都没有想过，我甚至想我们就可以这样过一辈子。

"我不知道你在乎那些，没有任何的概念。直到这个星期我才明白了很多自己的问题，我……"

他想说的妻子只会是她，再无二人。

舒漾打断他，抓住重点："所以就是没想明白爱不爱我，对吗？"

这个时候的舒漾不清楚，一个从小到大没被爱过的男人该怎么理解爱。

"爱"这个字，在祁砚心里太重了。

重到他不会提起，所以他只知道想要的东西该紧紧抓牢。

舒漾提的名分、称呼，对于祁砚是没有任何意义的。这份无知源自无意识的自负，也导致这段关系在两年间停滞不前。

如果不是因为这次吵架，他可能永远都不会深思"他到底爱不爱舒漾"这个问题。但唯有一点不会变，他离不开舒漾。

舒漾无法理解，在提到婚姻爱情的观念时，她才发现两个人是这样不同。

祁砚需要时间去接受这些被颠覆的观念，出差的一个星期是他对自己的沉淀，可男人却不知道，短短一周的冷静期对于舒漾有多难熬。

没有人会一直等他学会爱，认知爱。

两个人的矛盾发生得太晚了，两年的时间已经耗尽了舒漾的耐心和等待。

她给不了祁砚时间，更没有意识到祁砚的不解。

在她的认知中，祁砚是渣男无疑，可真要说祁砚有没有想过甩了她或者其他想法，也都没有。

祁砚捧着她的脸说："漾漾，你给我点时间。"这一个星期的时间，对祁砚来说还是太短了。而两年之期，对舒漾来说又太长。

最终"求"这个字还是没能从男人的嘴里说出口，但这个念头的出现也让祁砚吓了一跳，他还没有意识到自己观念在一点点地崩塌、重塑。

祁砚这两年沉浸在舒漾对他的爱里，这种陌生又让人雀跃的爱意，让祁砚忘乎所以。舒漾不说，他也想不到名分那上面去。

在祁砚的认知里，他已经把舒漾随时带在身边，所有人都清楚舒漾是他的女人，这已经代表很多东西。他却不知道，舒漾在等一个肯定的答案。

舒漾哭笑不得地摇了摇头："祁砚，我想我们还是分开比较好，我不知道还能不能相信你。"

如果这个时候舒漾选择既往不咎，等再过几年祁砚彻底认清自己的感情，发现对她并不是爱，她又该怎么办？

舒漾赌不起。

祁砚抱着她不放："不要分开，不要分手。你说的那些我都可以给你，不要分手。"

意识不到名分重要性的男人，这个时候同样意识不到，等到一个女人向你要的时候，名分就已经变得没有任何价值。

之后的祁砚，没日没夜复盘了整整半年，将所有大大小小的事情整理成资料文档，一件一件分析，试图读懂舒漾的心思。因此才有了婚后善解人意的祁砚。

舒漾语气冰冷："倒也谈不上分手，反正我也从来不是你名义上的女朋友。但是，我不想和你在一起了。让我下车。"

两个人就这么一直僵持着，祁砚把车门锁死，就算被迫要在车里过夜，也不想让她离开。

祁砚松开了圈着女人的胳膊，原本出神的舒漾察觉到腰上的手一松，却没有丝毫解脱的轻松感，整颗心一揪。

祁砚，原来连你的占有欲也不过如此。

就当她以为祁砚打算放她走时，男人却认真地看着她说："舒漾，从今天起我不碰你，也不会要求你为我做什么，回家住好不好？我保证，在你同意之前，我会管好自己的行为举止。"

祁砚想让舒漾知道，他和她之间的感情并不是靠占有欲来维护的。

舒漾冷笑："九爷不过是觉得家里没了个小宠物，看着怪不习惯的，有空的话记得去物色一个新的。"

舒漾才不相信常年应酬的男人能拒绝外面的诱惑。若不是以前成天带她出门，恐怕醉酒后就会找别的人吧。

祁砚已经分不清舒漾说的是气话还是真话，他只知道如今的舒漾表现出一种前所未有的陌生。

“不要这样曲解我，漾漾，我从来没有这种心思，不要曲解我。”

舒漾环着手臂冷漠地说：“开车吧。”

再多挽回的话对她来说都已经不重要了，她打算一条路走到黑。

祁砚的精神倍受折磨，再加上整夜没有休息，开车的时候头昏脑涨，舒漾看出来了他的不对劲。

“停车。”

祁砚以为她又不打算回家，并没有停车，舒漾看着男人紧绷的侧脸：“祁砚，我让你停车听到没有，你这个状态怎么开车？你想死我还不想，下车，我来开。”

停车后，祁砚沉沉地看着她，似乎害怕她会逃跑。

舒漾轻嗤一声：“放心，我还能逃到哪儿去？”

最后是舒漾开车回去，她上楼直接锁了房门，把自己和祁砚的世界隔离。

祁砚看着那扇紧闭的房门，如果舒漾不承认这个家，他也就没有家了。

第二天祁砚把人送去学校，在开去公司的路上接到电话，舒漾根本没去上课。

祁砚急忙拨打起舒漾的电话。接通后，却听见周围有男人的声音。

“漾漾你逃课去哪了？你身边有异性？”

舒漾现在是逆反心理极其严重的阶段，懒得回答他：“我玩够了会回去的。”

祁砚强迫自己冷静下来：“别和其他男人乱来，别伤害自己的身体，不值得。”

舒漾看着正在开车的艾瑞尔，对祁砚说：“你再敢管我，我现在马上就和他在一起。”

艾瑞尔的眼睛都快瞪掉了，他把舒漾当姐妹，她这是要他的命啊！

艾瑞尔觉得他现在不应该出现在车里，应该出现在车底。不过他倒是想知道这两个人发生什么了，让乖乖女舒漾都变成这样。以前舒

漾是不可能说出这种话的，更别说逃课叫他带她去玩了。

舒漾给他递了个放心的眼神：说说而已，姐又不吃了你。

有些时候人就是喜欢用一些话来激怒对方，从而试探自己在他心里到底重不重要，似乎这个时候只有祁砚生气，舒漾才能感受到这个男人是在乎自己的。

艾瑞尔心慌慌，他不放心啊！

在舒漾说完那句话之后，电话那头的祁砚就再没开口说话，舒漾打算把电话挂断，男人的声音再次从听筒里传来："漾漾，我……我对不起你，你不要去做那些事情。你想要报复我，气我也好，不要伤害自己的身体，我不值得你这样报复。"

男人的每个字都说得小心翼翼，生怕哪个字又说错了，导致一系列的连锁反应。

祁砚从没想过自己二十六岁还在学怎么沟通，外人面前他是众星捧月般的存在，但在舒漾面前，他只是一个不合格的男友。

舒漾等到了她想要的那句道歉，但没有哪个女生敢赌一个以自我为中心的高傲男人几年之后会变成什么样子。

既然现在事情已经变成这个样子，再往回走已经没有任何意义，舒漾现在最希望的就是和祁砚回到相敬如宾的状态，度过剩下的两年时间。

和电话那端的凝重不同，舒漾说话的语气十分轻松："你未免把自己太当一回事了。不管我做什么事情和你都没有关系，我只想过我自己的人生，没有你的人生。祁砚，请停止你对我的控制。"

说完，舒漾直接把电话挂断，她怕自己再多听听祁砚的道歉就心软了。她无疑是对这个男人有感情的，仅剩的一点理智阻止着她。

开车的艾瑞尔急忙说："姐姐，我舍命陪君子，你就真不把我的命当命啊！祁砚到时候找到我头上，你可要救我啊！"

舒漾撑着脑袋说："放一百二十个心好了，祁砚大概不会再管我的事情了。"

她把话都说到那份上了，祁砚应该不会是那种死缠烂打的人。毕竟她什么身份，祁砚什么地位，他怎么会把她看得太重。

对于他们，最好的结果可能就是没有结果。

艾瑞尔摇摇头："祁砚丧心病狂起来哪管我什么想法，只知道我是个男的，并且给他造成麻烦了。

“你们这两年不是都好好的，怎么突然关系闹得这么僵？难道是祁砚出轨了？可我也在很多场合见过他，不像是移情别恋啊。”

在之前的宴会上，祁砚走到哪儿都是生人勿近的模样，再加上他一直把舒漾带在身边，久而久之也就没人敢自讨没趣地给他介绍女人。

“但是你有没有想过，这两年我在他的身边，所有人都以为我是他的什么人？情人。”

之前舒漾心里也很清楚，只不过她不会让自己一直去想，可是现在她再也没法控制自己的想法，就像是钻牛角尖，进去了就难出来。

艾瑞尔深深皱眉，他倒是从来没有想过这些问题，可真要问起来，好像确如舒漾所说。但说实话，他从来没有听到过看不起舒漾的言论，周围人都是觉得她年纪轻轻就能够让祁砚定心，是个厉害的女人。

但在舒漾的认知中不该是这样的，她要的是名正言顺，按部就班。这就是两个人的价值观不同。

艾瑞尔一时不知道该怎么和舒漾解释，毕竟这姑娘心情都这么差了，他总不能唱反调，说这件事情其实很常见吧？

舒漾苦笑：“你是不是也觉得我不识好歹？毕竟我的家世在祁砚面前的确不够看，他能把我一直留在身边我就该谢天谢地了，我又有什么资格奢求更多的东西。

“可是我就想要名正言顺地恋爱，我不管他是什么商业大亨还是什么翻译官，我只在乎他爱不爱我，我没办法继续说服自己得过且过。”

到了酒庄，艾瑞尔把车停好，思来想去还是和舒漾说：“对于你们的感情我也没有什么发言权，但是祁砚的身世在圈内也不算是什么秘密了。漾漾，你如果把祁砚按照一个正常男人来看待，其实对他也不公平。

“他本来就没有正常人的思维，没有受到过爱的熏陶，还是在精神病院的环境中长大。祁砚身边的朋友你也知道，都是吃人不如骨头的商人，你让他怎么突然变得和你观念一致？这是一件很困难的事情，你若是觉得无法理解，或者无法忍受，还是早日分开比较好。”

虽然艾瑞尔选择了帮祁砚说话，但他也知道，两个观念不一样的人，想要走下去会非常坎坷。

就好比杰森，他也没有在任何一个场合特地介绍过他的女朋友，

但所有人对他们的关系都心知肚明。

舒漾是个普通小女孩的想法，没有任何问题，这件事情放在艾瑞尔看来，没有谁对谁错，祁砚还算是比较专情的。

舒漾这个时候哪里听得进去，她目光幽幽地看向艾瑞尔："看来你也有当渣男的潜质？"

"不不不！"艾瑞尔赶紧撇开关系，"我可没有啊！我谈恋爱都是公开的！祁砚简直太不是人了，两年都没有正式公开过你们的关系！"

舒漾思绪一团乱麻，这下不用祁砚叫她冷静，她自己也想好好静静，她什么都不想去想，跟着艾瑞尔去酒庄喝酒。

舒漾就像喝水一样往肚子里灌着酒，艾瑞尔就在一旁陪着。他现在倒是不敢喝酒了，生怕他喝醉后舒漾出什么事情，那样的话祁砚真会要他的命。

而另一边，祁砚把车停在路边，目光始终盯着被挂断的电话，直到手机熄屏了也没有移开。男人扯开领带，又解开两颗衬衫领扣，才觉得呼吸顺畅了一些。他颓丧地趴在方向盘上，迷茫到不知道该怎么办。

他从车内夹层拿出精巧的礼物盒，看着那枚没机会送出去的戒指。回想过去，舒漾在他身边好像从来都没有要求过什么，他竟然真的以为什么都不需要，真是可笑至极。

祁砚把车开到酒庄的侧门，却没打算进去。他担心自己看见舒漾和别的男人在一起的画面会控制不住情绪，只能让人联系艾瑞尔帮忙照看。

不论如何，他都没想过和舒漾走到分手那步，名分、金钱、权势他都可以交到舒漾手上，之前没有给到的安全感他想尽可能地补上，可他现在连和舒漾好好说话的机会都没有了。

不知在酒庄外等了多久，祁砚接到艾瑞尔的电话："她醉了，你进来带人回去吧。"

艾瑞尔看着晕倒在酒桌上的女人，他不敢乱动，选择让祁砚自己来带走。

祁砚就进了酒庄，自然是吸引了大多数人的目光。他的下颌上罕见地出现了女人指甲的抓痕，看来昨晚发生的事真和传闻那般激烈。

祁砚走到舒漾的身边，没有第一时间把人带走，而是坐在舒漾的旁边，看着她闭着眼的样子。祁砚感觉自己像个小偷一样，盯着喜欢的人出神。

这些天的事情让他根本就没有机会好好看看舒漾，这静下心来一看，他的宝贝一下瘦了那么多，原本脸颊上的婴儿肥都消失不见，就连睡着的时候眉头都是蹙起的，委屈得不像样。

祁砚一直守在舒漾的身边，他拿出西服中的那枚戒指，隔着段距离在舒漾展开的手上比画着，他的宝贝戴着戒指一定很好看。

舒漾动了动，祁砚快速将手中的戒指握进手心，他不知道这枚戒指该怎么送出去，以男朋友的身份吗？可是现在不被承认的人是他。

过了许久，祁砚才过去抱起身边的女人，打算把她带回家。

察觉到有人触碰，舒漾顿时警惕了起来，缩着胳膊往两边躲。祁砚轻轻地拍着她的背，没说任何话，怕吵醒了舒漾让事情变得更加复杂。

醉酒后的舒漾闻到熟悉的味道，想推开他，嘴里还小声呢喃着："别碰我……死渣男……坏蛋……"

祁砚只好加快步伐，把人放进车内系好安全带。等他坐上车后，舒漾还是醒了，她伸手就想去解开身前的安全带，说话也带着醉意："我……不回去……"

祁砚按住她的手："乖，回家睡觉也是一样的，我不会打扰你。"

舒漾委屈巴巴地眯着半醉不醒的眸子。在家里睡她会频繁地梦到祁砚，梦到那些之前的美好，而醒来后又要面对现实，她怎么会想回去？

祁砚摸了一下外套中的戒指，现在大概是这段时间舒漾最安静的时候，如果错过这个时候，他不知道这枚戒指还有没有机会送出去。

祁砚拿出戒指，放到舒漾的面前："漾漾，这枚戒指是我在回国后第一时间拍下的，原本它应该是我们的订婚戒指，可是现在我却不知道该以什么资格送给你。可不可以再给我一个机会，我一定会改的。"

说到最后，男人的声音变得有些哽咽，舒漾看见戒指的那瞬，眼睛里只有不可置信，复杂的情绪让她的思绪变得空白。

她不知道说什么，一时也没做好决定，也忘记了时间的流逝和祁砚的煎熬。

她为难的神色让男人的心一点点冷却，祁砚看着手中的戒指，如果舒漾不愿意收下，这枚戒指和垃圾也没两样。

他直接降下驾驶位的车窗，抬手将戒指直接丢进路边的垃圾桶。璀璨的戒指在空中形成抛物线，精准地落入垃圾桶内。

舒漾怔怔地目视着前方，眸中逐渐模糊。

直到车子开远，舒漾的内心仍旧不能平静，祁砚再没和她说过其他的话，两个人在对方的沉默中沉默，他们好像真的回不去了。

她没想过祁砚会给她买订婚戒指，如果刚才男人再多说几句，她会答应吗？答案连舒漾自己都不确定。

戒指被丢出去的瞬间，怅然若失的感觉席卷舒漾的每个细胞。

这个阶段的舒漾自然想不到，祁砚之所以会在她的沉默下选择把戒指丢掉，还是因为对做错事情的自己没有信心。

很难想象曾经在舒漾面前意气风发的男人，变得如此患得患失。

比起舒漾的直接拒绝，祁砚更愿意自己丢掉戒指，或许只要他没有听到答案，两个人似乎就还有回到以前的机会。

祁砚不想把现在的舒漾逼得太紧，他只是想借此机会表态，他从来没有过不负责任的想法。

到家后，舒漾已经睡过去，祁砚轻手轻脚地把人抱回房间，他看着怀中的人，有些舍不得放下。但他又怕舒漾突然醒过来，抗拒他的肢体接触。最终祁砚还是把人放到了床上。

祁砚俯身时，看着近在咫尺的容颜，强忍住吻下去的欲望。

他郑重且温柔地说：“对不起。”

如果他能早点认清自己的心，事情就不会发展到这一步。舒漾已经给了他两年的时间，起初祁砚自然把舒漾当成她父亲的棋子，确定她的心意后，他才开始慢慢相信她。直到现在，他们的感情才和江东旭完全脱离关系。

没有利益的牵扯，没有玩弄的心思，而是真正的相爱。

睡梦中的舒漾仿佛听到了男人的道歉，眼角溢出泪水。祁砚抚去她脸上的泪痕，小心地把她的手从衬衫上拿下来，并为她盖好被子，随后祁砚走出了房间。

舒漾缓缓睁开湿润的眼睛，她分明醉得睡了过去，为什么还是在祁砚细致的温柔中醒来，为什么要让她听到那句道歉？她该再相信祁砚吗？

祁砚是真的爱她吗？会不会在婚后就变了一个人？舒漾害怕的同时更明白一个道理，以祁砚的身份来说，一旦选择了婚姻这条路，就是拿他们这一辈子去赌，所以她没办法轻易接受祁砚的求婚。

舒漾猛地想起被祁砚丢在路边垃圾桶的戒指，她赶紧摸起手机打电话给艾瑞尔："不好意思，还要再麻烦你一件事。"

艾瑞尔："说吧，姐妹我两肋插刀！义不容辞！你只要不让我当你男朋友就行！这我是真做不到。"

舒漾想到祁砚生气时候那样子："算了吧，我也受不了。我现在出不去，祁砚把戒指丢进你酒庄附近的垃圾桶了，你去帮我捡回来吧，万一明天不见了就麻烦了。"

艾瑞尔震惊道："你让少爷我去帮你翻垃圾桶？"

他衣食无忧这么多年，从没听过如此离谱的事情，怎么这两个人闹个分手，都是他在中间团团转啊！

说着，艾瑞尔突然发现了重点："等等！你说什么，祁砚他给你买戒指了？"

"嗯。"舒漾轻叹气，"他说那是原本的求婚戒指，我没说话他就丢了。"

这败家男人，要不是她记着，就这么把拍卖来的戒指丢了。

艾瑞尔疑惑道："那他什么时候订的戒指啊？这么说祁砚也不是没想过结婚的事情啊。"

舒漾想着眉眼一怔，这才反应过来，她以为祁砚出差回来躲着她的那天，原来是去拍卖会买求婚戒指了。

舒漾的语气变得有些着急："你现在能去吗？你不想翻垃圾桶，让人帮忙看着也行，我明天去翻。"

"得了吧，有那工夫我都叫人找出来了。你有时间找我拿就行。"

这两人的感情没他艾瑞尔都得散！

挂掉电话后，舒漾怎么也睡不着，她爬起来想出去找水喝，房间的门突然打开了。祁砚手里端着醒酒汤走了进来，他没想到她这么快就醒了。

祁砚把手中的汤放到桌子上，走到她身边把人扶着坐下，像是往常那样摸了摸她的脑袋："头疼吗？"

之后他才意识到自己的举动对舒漾来说有些冒犯，又收回手。

“漾漾你先在沙发上躺一下，我去给你倒杯水，醒酒汤还有点烫。”

舒漾看着祁砚在自己身边忙前忙后，他坐在她不远处，认真地搅动着碗里的醒酒汤，想让它尽快冷却下来。

像这样的小事情，祁砚并不是第一次帮她做，一直以来祁砚都很照顾她，所以舒漾也理所当然地以为，祁砚对于感情的处理方式是有概念的。

她不停地思考他们还要不要继续在一起这个问题。

但很显然，现在的舒漾并不那么想把祁砚当成全世界，爱情只会是她现阶段的一部分，她再也不想因为爱情产生世界崩塌了一样的感受。

她好像从来都是在迎合祁砚，她想摆脱这样的自己。

Chapter 19 奋不顾身

舒漾第二天又逃课了，她跑去找艾瑞尔拿戒指，随后两人就一起去会所和别人打牌。祁砚接到消息的时候，即将有一场十分重要的直播，正在调整领带的男人二话不说就往外赶去。

助理急忙拦下祁砚："九爷，你这个时候可不能糊涂啊！这是直播，推不掉更推迟不了，成千上万的人在看着，你不能拿自己的前程开玩笑！"

他跟在祁砚身边这几年，眼看着祁砚一步步到今天的地位，很快就能一身荣光地回国面对那些曾经看不起他的霍家人。这么关键的时候要是出事了，那些盯着祁砚的人一定会想方设法把事情闹大，给祁砚制造一系列的麻烦。

祁砚握紧拳头重重地砸在墙上："让人去盯着，要是做什么出格的事情，直接把人绑回来。"

这次的直播是祁砚第一次出现失误，并不是翻译错误，而是祁砚在最后结束时起身离开了座位。导播刚好把镜头切到了他，呈现在所有人面前的画面就是，话音未落祁砚已经转身走了。

之后这场直播录像的观看次数成为历史新高，一部分人抨击祁砚不专业，一部分在分析祁砚的情绪，八卦其中的缘由。

那天之后，两个人吵架的原因就从感情变成了自由，后来演变成在舒漾答应不逃课之前，祁砚不许她出门。

舒漾就待在房间不吃不喝地和他置气，祁砚端着晚餐走进房间叫人吃饭。

他的手刚碰上被子，舒漾就在被窝里挣扎着："我都说了我不吃！"

祁砚蹙眉，连人带被一起抱过来："三个月了，你打算这样下去玩

到什么时候？你有多少次差点在外面玩出事，舒漾，你有没有想过要是哪天我赶不过去怎么办？”

祁砚想不到他该怎么面对接下来的一切，在这短短的几个月，他多少次丢下手上的事情去找舒漾，闹得满城风雨。

舒漾撇开脸不听也不看，她讨厌所有祁砚认为对的东西。

她以为这样才是摆脱祁砚的控制，才是做自己，却不知道已经在其中迷失了方向。

祁砚扣住她的下巴逼着她把脸正过来：“我不要求你考虑我的感受，你就这么不把自己的身体当回事吗？”

舒漾一口咬住他的手，恶狠狠地瞪着他：“你没资格限制我的自由！更没资格赶走我的朋友！那不是你经常干的事情吗？你会所去少了还是怎么样？凭什么我就不可以？对我有企图的男人多了，你不就是吗！”

祁砚看着眼前伶牙俐齿的女人，沉着脸说：“是，我对你没企图我管你干什么？”

毫无疑问，两个人又无休无止地吵了起来。

这样的状态持续了很久，吵架成为两人之后的日常。

前两年舒漾和祁砚过得有多和谐，后面两年就吵得有多厉害。可他们在精神上还是离不开对方，他们能在吵完架后各自消失几天，也能吵着吵着就滚到一张床上。

祁砚觉得舒漾变了，好像在把自己尽可能变成他不喜欢的样子，就为了摆脱他。殊不知，这才是舒漾本应有的样子，只不过她的叛逆期在祁砚的影响下变晚了，也变得更严重了。

舒漾本来就不算乖乖女，现在她不在乎祁砚的想法，自然不会顺他的意。

舒漾再也没有主动提起两个人的感情问题，她只知道和祁砚在一张床上度过的时间都够愉快。

祁砚管束得越多，她越是不想妥协。那枚帕帕拉恰婚戒也被封存在艾瑞尔酒庄的保险柜，再未拿出来过。

祁砚想，这可能就是对他最大的报复。

他不知道舒漾什么时候才能恢复理智，这样的日子他过得提心吊胆，难以想象舒漾两年间是在拿什么说服自己坚持下去。

最近，舒漾在学校总是收到陌生人的礼物，开始她只是以为追求者送的，连拆开的兴趣都没有。

直到有一天，杰森把她扔掉的礼盒拾了起来：“啧，这样对待他人的礼物，很没礼貌哦。”

舒漾从他手上把礼盒拿回来：“好啊，我今天就礼貌地带回家，等祁砚问起来，就说是你让我收的。”

杰森赶紧把东西抢回来往角落丢去：“不！还是丢掉比较好！”

摔开的礼盒露出一角，舒漾好奇地走过去查看，杰森立马挡在她面前。

她听见杰森骂了一句脏话，然后才对她说：“别看，不是什么好东西。”

这么一说，舒漾的好奇心被提了起来：“让开，送给我的东西，还不让我看了？”她本来还没那么感兴趣，可是被杰森这么一说，她不仔细看看都感觉亏了。

杰森想方设法地拦着她，可还是被舒漾钻了空子。

她抬脚挑开礼盒盖子，就看见里面躺着一个十分恶心的玩具。

艾瑞尔也跑了过来：“到底是谁这么恶心，玩这么恶劣的恶作剧？”

这不由得让舒漾想到当初过生日的时候，她也收到过一份这样类似的礼物。并且一直没有调查出到底是谁送的，舒漾怀疑很有可能就是同一个人。

杰森拿起手机，舒漾知道他要干什么，直接拦下他：“你什么时候在祁砚面前变得这么狗腿了？亏你之前还说裴青月没有自己的个性，我看现在你也一样。”

舒漾感觉自己被骗了，杰森最初装作和祁砚关系不好，难道是变相地骗取她的信任？

祁砚明明不在身边，但是她在学校发生的事情，他每一件都知道。

杰森轻笑：“是啊，后来他裴青月有了自己的个性，都有个性到破产了，而我不需要那么个性。”

舒漾说：“你也知道我现在和祁砚的关系不怎么样，快毕业了我不想欠他人情，所以这件事情就这样吧。”

再有几个月，她就可以离开 Y 国、远离祁砚，回到自己熟悉的环

境。在这最后的时间，她不想和祁砚有过多的纠葛。

离开 Y 国之后的生活，才是真正属于她舒漾一个人的自由。这个时候一心想逃离的舒漾，还不知道当她的念头被男人知晓后，她将会面临什么样的危险后果。祁砚对她的执念已然刻骨入髓。

杰森饶有兴致地撑着下巴："不想欠人情？没记错的话，近两年来祁砚也没少给你收拾烂摊子，也不多这一件事了。如果要想着跑，从一开始就不要接受他的帮助。"

杰森十分不理解，祁砚为什么那么担心舒漾会离开，甚至一而再再而三地放弃底线，但每次他和祁砚提到感情方面的事情，祁砚都让他闭嘴。

舒漾不以为然地扯着嘴角："我又没求着他，是他自愿的。"

她以前不也是这个样子？就该让祁砚好好体会体会，践踏真心比什么都可恨。

杰森仍旧疑惑："可你利用他，这是和其他事情完全不一样的性质。你在玩弄祁砚的感情。"

之前两个人刚闹别扭的时候，舒漾是拒绝和祁砚有任何肢体接触的，但直到某一天就突然变了，舒漾开始主动，她开始把自己的感受放在第一位，只把祁砚当成一个玩伴，甚至工具。

舒漾唇边挂着淡笑，把祁砚曾经的话原封不动地说出："你情我愿的，也谈不上玩他，但不可否认，他的确很对我胃口。"

杰森无语，为什么这种话要让他听两遍？因为那几通电话，他已经不知道挨了多少次教训。

舒漾环着手臂说："你有意见？"

"我可没说。"杰森赶紧打住，"你和祁砚是你们两个人的事情，不要牵连我这个无辜路人。"

他今天的话确实点醒了舒漾，她应该尽早应该结束那点关系，避免离开的时候牵扯不清。

舒漾有些讽刺地说："事情到了你们男人头上，也知道这是玩弄感情了？"

杰森被堵得说不出话来，他总算是知道了，为什么祁砚会迟迟拿不下这个女人。他想了一下说："其实就算我不说今天的事情，这么多人看见，祁砚早晚也会知道的，难道你就打算这么放过背后恶作剧的人？”

艾瑞尔在边上附和道：“对！绝不能放过那个人，这次不把他找出来，万一下次他再做出更过分的事情怎么办？这种人看起来就有些心理疾病。”

舒漾心里还是很纠结，如果找祁砚帮忙，她心里这关过不去。虽然她本身就已经给祁砚添了许多麻烦，但主动的和被动的是两回事。她心里想的只有几个月后的解脱，这四年下来她和祁砚也算是两不相欠。

最终杰森他们也没办法，只能尊重舒漾的决定，但是自从这件事情发生后，舒漾就总觉得有人在暗处盯着自己，她整个人魂不守舍，她害怕。

她好想把这件事情告诉祁砚，而不是一个人埋藏在心里，可是她对祁砚说了那么多狠话，两个人每次都吵到翻脸，现在又要求祁砚帮她保护她。舒漾不知道自己到底在干什么。

本来两个人的关系就乱七八糟，断得也不够干净，再扯上这些事情，她好像就成了得寸进尺的那方。

也不知道祁砚会不会从其他人的口中听说这件事，她的潜意识里还是有些依赖祁砚的，哪个女孩子碰到这种事情喜欢独自一个人承受？

可是直到舒漾洗漱完打算睡觉了，祁砚也都在书房里没出来，她只好想办法让自己忘掉这件事情。可是一闭上眼，整个脑海都涌现出礼盒中的画面，包括她生日那次，同类型的恶作剧发生了两次，从礼盒的风格看，应该是同一个人，而这其中隔了快四年，只要一想到四年的时间都被同一个人盯上，舒漾整个人都毛骨悚然，根本不敢睡着。

她到底是得罪什么人了？对方会在四年后依旧有她的消息，可见身份肯定不一般，舒漾来来回回把自己认识的人都排除了一遍，还是没有结果。她紧紧地抱着自己缩在被窝里。

房间的门突然被敲响，把舒漾吓了一跳，她也不知道为什么，一时就忽然觉得好委屈，眼眶直接红了。

如果她不是一个人在异国他乡，而是在父母和弟弟身边，是不是就不会这么无助？但是现在舒漾不想让家人知道她承受的这些苦，她担心说错话把事情闹大。如果真正得罪了祁砚，那么对于父亲的影响

也将非常大。

门外传来低沉的男声："漾漾，是我。"

舒漾闷在被子里说："我要睡了。"

她并不想让祁砚听出自己声音的异样，但内心又有一颗小种子，期待着祁砚发现她的不对劲，女生有些时候就是如此矛盾。

其实舒漾心里很清楚，一个人睡的话，今天大概是要失眠了。

她听见轻微的开门声，掀开挡住脸的被子往门口看去，没想到祁砚竟然直接开门进来了。

两个人四目相对，祁砚看见了她那双泛红的眼睛。

祁砚走到床边坐下："抱歉，刚才没有经过你的同意就进来了。"

舒漾避开他的眼睛："你还进来干什么？"

"眼睛怎么红成这样？"祁砚问。

舒漾想都没想就胡乱扯："困了打哈欠打的。"

不可否认的是，房间里多了祁砚这个人之后，舒漾不再像刚才那么害怕了，她甚至心里盘算着，该怎么找个完美的借口把祁砚留下来。

祁砚盯着她问："今天在学校发生的事，就没有什么要跟我讲的吗？"

事情并不是杰森和其他任何人透露的，祁砚仅仅在吃晚餐那一会儿就发现了她的不对劲。其实他在书房根本就没有心情工作，一直在等着舒漾找他。

他真的很怀念曾经舒漾无条件相信他的日子。如果舒漾愿意重新依赖他，也就意味着两个人的关系会有所缓和，可结果就是几个小时也没等到。

祁砚担心她晚上睡不着，主动过来探望。

舒漾只好大概说了说，但是也并没有要求祁砚帮她。祁砚怎么会感觉不到她想和自己撇清关系的念头？

男人有些沉闷："如果我今天不问，你是不是就不打算告诉我？舒漾，我难道比外面那些人，还要让你害怕吗？"

面对男人所有的疑问，舒漾全盘承认："我觉得没有什么是比依赖你更危险的事。"

舒漾就是典型的一朝被蛇咬，十年怕井绳。在后面这两年里，任何事情如果不是必要，她都不会找祁砚解决。

当然床上那件事除外，那需要他们合作。

祁砚知道自己理亏，在这种时候也不想再影响舒漾的心情。

"漾漾，这件事情我会去处理，这几天你乖一点好不好，不要去那些危险场所。哪怕不是为了我，你也要为自己的安全着想。"

舒漾点点头，既然祁砚帮她，她当然不会不识好。

说完，祁砚又看了看她，心里还是有些担心："晚上开着灯睡吧。"

再怎么样舒漾年纪还小，又是女孩子，碰上这种事情难免会有些害怕。但他们俩从两年前吵架开始，只有舒漾提出要求或者联系他的时候，祁砚才有资格在她的房间待上几小时。

交代好后，祁砚就打算起身回客房睡。

舒漾伸手拽住男人腰侧的衬衫。

祁砚回过身看向舒漾拽住自己衬衫的手："怎么了？"

舒漾揪着手心的白衬衫："陪我睡觉。"

她刚才已经试过了，根本就没办法安然入睡，都这个时候了，她还逞强个什么劲？有男人不用白不用就是现在舒漾最真实的想法。

哪怕是知道舒漾在利用他，祁砚也甘之如饴，这是近两年来舒漾第一次主动依赖他，虽然是在不得已之下，但是给他带来的却是无限的希望，意味着他们还有机会重归于好。

祁砚揉着她的手："我去洗个澡就来。"

原本已经洗漱过的舒漾却跟着从床上爬起来："一起。"

祁砚把她整个人都托着抱了起来，这样和谐相处的感觉，每次都是非常短暂的，都说吵架伤感情，可现实就是他们的感情只有靠吵架才能维系。

两个人相拥而眠度过了一夜，有祁砚帮忙处理那件事情，舒漾心里也安心很多，本以为事情就这么过去了，舒漾没想到对方直接找到她学校来了。

当时舒漾正在图书馆自习，突然面前就多了一道身影挡住她的视线，她的第一反应就是杰森又开始发什么神经了，抬眸却看见一张陌生的面孔。

那人长相还算是端正，但是怎么看都觉得有些猥琐，舒漾几乎是瞬间靠第六感就联想到，这个人就是那个送"礼物"的变态！

舒漾关掉电脑警惕地看着他，对方神色中一直都带着三分阴森森的笑意："妹妹这么怕我做什么？我送你小礼物还喜欢吗？"

舒漾紧紧皱眉："我认识你吗？玩那种把戏你不觉得恶心吗？"

霍折诚在她的对面坐下："恶心？你不觉得很好玩吗？难道祁砚没对你用过什么手段？"

在他坐下的瞬间，舒漾直接拍桌起身，立马拿出手机想报警，却被霍折诚抢走手机，直接摔了个粉碎。

巨大的动静导致图书馆为数不多的人全看了过来。

有个别人已经认出来了这个男人。

"那不是霍折诚吗？他怎么会和祁砚的女人扯上关系？啧啧，他们这一家的关系可真够乱的。"

"祁砚不是马上就要回霍家了吗？这几兄弟恐怕不得安宁。"

"看起来霍折诚对舒漾也很有兴趣的样子，这女人和家产真是一个都不放过啊！"

霍折诚笑着看向摔碎的手机："真是不小心，下次我赔你一个新手机，就当是纪念我们第一次正式见面，怎么样？"

舒漾火冒三丈直接开骂："你、脑子有什么病是吗？还想怎么样？"

霍折诚依旧坐在位置上不为所动，面对舒漾的话语不怒反笑："漾漾性格还真是火爆，生气对身体不好，有什么事我们可以好好说，你觉得呢？"

"你赶紧给我滚远点，少来恶心人！"舒漾真不理解为什么这种人，竟然还能厚颜无耻地出现在她面前，就应该烂在臭水沟里。

霍折诚目光阴狠："你真以为在这我不敢拿你怎么样？"

他愿意送礼物都是舒漾的荣幸，还敢反抗他？

跟祁砚久了，竟变得如此不识好歹，看来他要把人尽早从祁砚身边带走。

舒漾仔细地回想着自己到底在什么时候见过这个人，但是脑海里面并没有任何的印象，直到想起他刚才提到祁砚，难道事情和祁砚有关系？

舒漾的神色鄙夷不屑："自己做出那样的事情，还怕人说了？你不会是想借我来对付祁砚吧？

"你想要对付祁砚，没必要费那么大的心思从我身上下手，他要是真那么看重我，我现在恐怕早就已经是祁太太了。根本的原因恐怕还是因为你不敢和祁砚作对，也就只能在我头上玩玩这种恶心的把戏，用我来维护你在祁砚面前那点可怜的胜负欲。”

霍折诚看着舒漾一字一句说出那些话，她眼中的轻蔑简直就和祁砚如出一辙，自命清高。

“不愧是祁砚的女人，还真是和他一样的目中无人。

“我再给你最后一次机会，现在只要你当着所有人的面，选择和我在一起，接下来的任何事情绝对不会牵连到你，可若是你不识相，就等着和祁砚一起下地狱吧！”

舒漾翻了个白眼：“精神病！”

话音刚落，身后就传来一道熟悉的男人声音：“别侮辱了精神病。”

舒漾转头看去，不知道杰森什么时候来了，作为行走的精神病患者，听见有人骂霍折诚是精神病，杰森第一个不答应。

杰森走过来，轻飘飘地看了霍折诚一眼：“就是你想当精神病？”

霍折诚疑惑地看着杰森，这个人他听说过，精神状态似乎有点不太正常，现在见到本人，果然如此。

舒漾没忍住笑出声，连杰森都看不起这样恶心的男人。

霍折诚气急败坏地瞪着他们：“你们接着笑好了！我倒要看看你能笑到什么时候！”

很快他就会让祁砚变得一败涂地，而舒漾也只会成为他的玩物，祁砚所有的一切都会被他收入囊中，然后尽情挥霍，摧毁！

霍家的财产只有他和霍折夜的份，其他人休想来分一杯羹！更何况还是祁砚这个名不顺言不正的私生子，有什么资格不把他放眼里？

看着霍折诚放狠话离开，舒漾捡起地上摔烂的手机：“真是脑子有问题！”

她看向杰森：“那人你知道是谁吗？”

“霍折诚。祁砚后妈的小儿子。”

舒漾想到霍折诚的所作所为就犯恶心：“用这种手段来对付我一个女人算什么，有本事难道不应该直接找祁砚吗？”

舒漾一直知道霍家有这么两个人存在，但是与他们没有任何交集，对方现在又为什么要来主动招惹？

杰森说：“这件事情必须和祁砚说，你一个人真的太危险了，只要

你和祁砚还住在同一个屋檐下，必然会受到牵连。还有，你刚才真是不怕死，要是我没在场，那样的做法只会激怒他。女孩子在外面先学会保护好自己。

“你出了事情，祁砚可是第一个找到我，就当是为了我好吗？哥们儿不想再挨打了。”

杰森心里苦啊！

那通电话，不仅改变了祁砚和舒漾的命运，也改变了他的命运。

每每回想起，杰森都觉得他真该死啊，干吗没事找祁砚聊女人的事情。让这两个糊涂蛋一直过下去不就好了。

变成现在这样，最后还不知道两人的关系会怎么收场，杰森虽然不觉得自己的思维有错，但即便是为了自己的产业和不挨打，也要帮忙照看着舒漾。

好不容易从精神病院出来，重获新生，祁砚要是爱而不得发神经，真有可能再把他弄进去。

舒漾看着手里被摔坏的手机：“我没办法告诉他，不是有你吗？你给祁砚打个电话好了，反正你们不是最喜欢打电话聊些有的没的吗？”

杰森听出了舒漾这是在明里暗里地讽刺那通电话，压根不敢反驳，只好默默地接过了这传话的活儿，通知祁砚今天的事情，让他有个心理准备。

霍折诚当然知道祁砚会找他的麻烦，所以在发生了这件事情之后，直接飞回了国内，在霍家的庇护下，祁砚自然拿他没办法。

没想到他刚回到霍家，迎面而来的就是一巴掌。

“啪”的一声，霍折诚甚至来不及看清眼前的人，他愤怒地抬头。

“你找死啊！”

“啪”！又是一耳光。

霍折诚惊恐地捂着自己的脸，不可置信地看着霍折夜：“哥！你干什么？”

他才刚回国，霍折夜就这么无缘无故地扇了他两耳光，霍折诚心中的怒气飙升。

霍折夜直接拽着他的衣领，把他扔到沙发上：“我看你是活腻了，祁砚现在人还在国外，你跑到那里去惹他的人干什么？

“你知不知道他的人全在找你？但凡你不是早一点飞回来，在他的地盘，谁也救不了你！”

霍折诚这样做对于整个计划来说，简直就是打草惊蛇。

“你这么一犯蠢，祁砚回国后必然会有心理准备，我还怎么对付他？你是猪吗？”

说着，霍折夜又忍不住想一拳头往他脸上打，霍折诚赶紧抱住自己的脑袋：“哥，哥，你也别把事情想那么坏，这次我去 Y 国发现，过了这么多年，那个姓舒的女人竟然还待在祁砚身边。”

早在四年前的时候，他们就已经见过舒漾，当时所有人的想法都是一样的，觉得这个女人只不过是祁砚身边的玩具，也就没太关注。直到近一两年，关于祁砚身边女人的消息越来越多，也越来越神秘，查不到任何消息。所以霍折诚才想要亲自确认一下，到底是祁砚弄虚作假混淆视听，还是真有那样一个女人把他耍得团团转。

当霍折诚发现还是四年前的那个女人时，他就知道事情没那么简单。

霍折夜冷笑：“没想到他祁砚也会栽在一个女人身上，这简直是天助我也。把女人太当一回事的男人，能有什么好下场？

“正好，还想不到该怎么对付他，有了这个女人，事情就简单多了。”

舒漾是祁砚有且仅有的软肋。那么，从她这里下手再好不过。

江山和女人，哪怕不能影响到祁砚最后的抉择，也能让他痛苦一阵。

霍折诚跟着笑，完全忘记了自己刚才挨的两巴掌：“哥，我已经帮你试探过，祁砚在乎那女人在乎得不得了，跟守着什么宝贝似的，但是那个女人对他似乎没什么感情。

“光凭这一点想要击溃祁砚，恐怕还不够，我们要让这个女人愿意为我们所用。最好让她怀上祁砚的孩子，如果她为我们窃取祁砚的秘密文件，大肆公开，就让祁砚精神崩溃！身败名裂！

“一旦祁砚名声尽毁，你觉得父亲还会要他这个私生子回国干什么？丢脸吗？”

他们很清楚，之所以霍家会认祁砚这个私生子，不就是因为祁砚现在圈层高、人脉广，可以让霍家名利双收吗？霍折夜坐下来仔细盘算着：“你有那个女人的照片吗？”

霍折诚立马拿出手机，把偷拍的照片翻出来，放到霍折夜面前。

“这女人叫舒漾，过了四年的时间，出落得更加精致了，浑身上下都透着一股媚劲儿。哥，你难道就不想知道这女人身上到底有什么魔力，才让祁砚把她留在身边这么多年？”

这女人根本就不把他放眼里，一看就是大难临头各自飞的白眼狼，不过这样也好，那么他们用钱就可以收买。

霍折夜看向他，又盯着舒漾照片看了几秒，霍折诚越说情绪越激动：“把她抓过来不就是了？这些天看得我都要眼馋死了。”

霍折夜看着舒漾的照片露出笑容：“祁砚养了四年的女人，脸蛋身材都是极品。”

“哥，我们合作如何？”

霍折夜当然是接受了霍折诚的提议，毕竟在对付祁砚这件事情上面，他们从来都是统一战线的。

要知道现在那老头子有多想认回祁砚这个儿子，风光又有面子，还能给霍家拉到更多的合作伙伴，甚至现在的部分投资商都是在祁砚那边捞不到好处，才转而看向霍家，从而想达成合作的。

等祁砚回国，霍氏的股份肯定少不了他的，这种局面是霍家双胞胎最不想看到的。

霍折夜说道：“你老实在国内待一段时间，等祁砚回来再动手。绝对不能因小失大。”

“知道了。”霍折诚嘴上虽然这么应着，可是心里却感觉一天都等不了，日思夜想都是舒漾的模样。

第二天，霍折诚就用霍折夜的名义乘私人飞机回了Y国。

本以为这样就能逃过一劫，没想到刚下飞机他就被一群高大的黑衣人，按在地上拳打脚踢。

霍折诚抱着头，不停地骂：“你们知不知道老子是谁，活得不耐烦了敢打老子！保镖！保镖呢？”

国外的黑衣人根本就听不懂他嘴里在说些什么，被他叽叽喳喳吵得烦了，直接把他往死里打。

直到霍折诚奄奄一息，黑衣人才全部离开，经过霍折诚摔到旁边的手机时，还不忘一脚踩碎。

跟着霍折诚来的保镖双拳难敌众手，自己也被打得半死，最后只好妥协，看着霍折诚生生被打吐血。

保镖过去把地上的霍折诚扶起来，霍折诚把嘴里的鲜血和口水吐到他脸上:“废物！这点人都打不赢！”

保镖:“……”

霍折诚爬去找自己的手机，却发现手机变成了一块无用的废砖:“肯定是那臭女人跟祁砚告状了！”

这下，霍折诚也见识到了祁砚在Y国的势力，这么快就知道他回来了，还派人在停机坪堵他。

挨完打，霍折诚进医院躺了一个星期还没完全康复，在国内的柳玉儿听到消息，连夜赶去了Y国，看完儿子就去学校门口堵舒漾。

看见手机照片上那熟悉的人影，柳玉儿走过去扬手就是一巴掌。

走在舒漾身后的杰森，手疾眼快地抓住柳玉儿的手:“你干什么？！”

这女人现在就是他祖宗，竟然有人敢在他面前动他祖宗，那他这么多年岂不是白混了？

舒漾被吓了一跳，看着眼前莫名其妙的女人:“有病？”

柳玉儿看着这一男一女:“好啊你个狐狸精，身边男人还真是多，勾引我儿子不成，竟然还叫人把他打得遍体鳞伤！你给我去死吧！”

杰森死死地拽住她的手腕，将人推到地上:“发什么疯？”

柳玉儿顺着就趴在地上大哭，引来一众围观的人。杰森阴沉沉地向四周扫过去，看热闹的人一下减少了大半。

原本停在门口的迈巴赫开了进来，祁砚下了车，她舒漾还没开始告状，谁知道柳玉儿就冲了上去，在祁砚的面前指着她说道:“小砚，这女人不是什么好东西，她推我，还背着你勾引别的男人！”

舒漾和被“勾引”的杰森面面相觑。

祁砚冷眼看着哭诉的女人:“管好你生下来的脏东西，招惹我的女人，你就等着下半辈子都在医院见到他。”

舒漾跟着祁砚上车，有一件心里纠结了很久的事情，她打算和祁砚说清楚:“祁砚……”

可当她刚叫男人的名字时，祁砚就接话了。

“回家再说可以吗？”

他大概猜到不是什么听了心情会好的事情，如果在现在开车的时候说出来，影响到情绪，容易出事故。

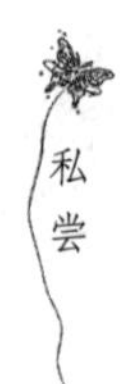

舒漾没接着说下去，回去之后，舒漾跟在他身后在客厅坐下，缓缓开口："祁砚，今年学校已经没什么事了，我想回国实习。"

她和祁砚在Y国脱不开的关系，随着毕业也该全部结束了。这段感情，他们都走得很累，每天这样的状态下，他们总有一天会连吵架的欲望都没有。面对曾经相爱过的人，舒漾不想走到那般地步，还是由她来主动结束这段关系比较好。

这话听到男人的耳朵里，无疑变成了她想逃离。

事实也确实如此。

祁砚沉沉地叹气："漾漾，我知道你受到的伤害不是靠弥补就能抹平的，可是真的不能再给我一点机会吗？"

他花了两年的时间，想尽办法挽回之前的过错，舒漾已经不是从前的舒漾，却比任何时候都要让他为之着迷。

时间证明，是他离不开舒漾。

如今的舒漾已经锻炼出金刚不坏的心，她面色平静："就这样吧，祁砚。我没有那么多的四年等着你去改变，也没想过一辈子都栽在你身上。"

舒漾本以为这些话应该是在激烈的争吵中说出的，可现在两个人的情绪出奇地冷静。

"我买了明天上午的机票。"

祁砚盯着她，不敢相信舒漾连机票都已经买好了，却到现在才和他告别。

说完该说的，舒漾就从沙发上起身，往楼上走去。祁砚揽腰抱住她，红着眼睛，声音低哑地挽留："别走，别走好不好？我在改，你相信我好不好，别离开我。我知道错了，我只想和你在一起，你别走好不好……"

舒漾听着男人反反复复说着这几句话，低头不语。

她下定决心的事情就没打算改变，她不是不能再相信祁砚，而是爱情和男人在她的世界里变得没那么重要了。她爱祁砚，但并不是非要在一起才能爱一个人。

她知道祁砚的本性，即便曾经接受不了，她依旧会爱上他。

她见过他的温柔和无微不至，也在他无意识的话语下心碎。

舒漾不答应，祁砚就紧紧地抱着，仿佛这样就能把她抓牢，却不知道这会给舒漾带来多大的压力。

两年前，祁砚对于爱只字不提，两年后，祁砚的爱又过分沉重，压得舒漾喘不过气。

他一直在自己摸索着如何去爱一个人，可是当舒漾提出要离开他时，所有支撑他的信念在一瞬间崩塌。

他不知道怎么办了只能一味地道歉。

舒漾看着男人圈在她腰上的手，试图掰开："祁砚，回不去的。"

祁砚把她整个人转过来，堵上她的唇，舒漾怔怔地看着眼前的人。眼泪浸湿了男人的眼睫，舒漾的心跟着揪了起来。

若是两年前祁砚就这么爱她该多好，他们应该今年都结婚了吧……

现在他们都应该面对事实才对，她没有结婚的冲动了，也知道祁砚有很多的事情需要做。她试探性地问过杰森，这段时间的事情也很显然，她是祁砚唯一的软肋。

那些人都想方设法拿她下手，想对祁砚造成麻烦，而舒漾不想成为这样的人。没有她的祁砚，一定会成功的。

两个人就这样僵持着，舒漾有些站不住，祁砚抱她回房间休息，也默认刚才的话题就此结束。

这晚过去，舒漾误了次日的飞机。

舒漾醒来后懊恼地捂着脸："怎么就答应他了呢……"

其实她根本没打算做什么，但是昨天祁砚就一直各种哄着她，说什么就当成是他们之间的最后一次，结果现在飞机都起飞了，她人还在床上躺着。

说实话有些时候再恨，面对那张脸的诱惑，她真受不住。

舒漾不死心，拿起手机打算订晚上的机票，却发现她卡里竟然没有钱付款。

她又换了一张卡，结果还是不行，甚至连瞒着祁砚办的新卡也用不了。

祁砚把她卡里所有的钱都转空了！

舒漾一下都没了困意："不会吧，回不去了……"

她赶忙爬起来，整个人就像是散架了一样，踉踉跄跄地穿好衣服准备去找祁砚说清楚。

还没等她出房间，男人就开门走了进来，关心道："怎么不再睡会儿？”

舒漾咬牙看着他：“睡！再睡下去我人都没了，你把我卡上的钱弄哪儿去了？”

祁砚心平气和地说道：“漾漾，你想要实习的话，我可以给你安排好工作，或者你自己找我也支持你，回国的事情你先放一放好吗？半年后，我们可以一起回国。”

越是看见祁砚这淡然态度，舒漾越是来气：“祁砚！你没资格安排好我的人生，我要回国！

“你难道不知道霍家的人盯上我了吗？你把我留在身边有什么用，成为你的软肋被人拿捏吗？”

她很清楚，这半年是祁砚在 Y 国事业最巅峰也最重要的时候，等他拿下翻译公司的话语权，也就不需要再惧怕谁。

这中间出现任何问题，祁砚这些年的努力就毁了，她不想看到这样的场面，更不想因为自己导致这一切发生。光是想想舒漾就觉得无法接受，她必须离开祁砚。

人生如此之长，谁又知道等祁砚回京城后，他们能否再有交集？或许祁砚会习惯没她的日子，又或许那个时候祁砚还钟情于她，舒漾会选择再试一次。

不论如何，绝不是现在这时候。

“漾漾，我从来都没觉得你在我身边是拖累，你为什么会这么想？是不是杰森和你说了什么？”

祁砚难以置信，认为这是舒漾在曲解他的感情，不管霍家是什么情况，他根本没想过丢下舒漾。

舒漾无奈地摇头：“你看，我们俩从来都不在一个频道上，这件事情和杰森没有关系，是我自己决定的。祁砚，有些时候并不是抓得越紧越好，这样只会让我觉得，是你的占有欲和控制欲在作祟。我们分开一段时间吧，事情或许没你想的那么糟糕。”

她始终相信，如果他们真的足够相爱，依旧会在今后的日子走到一起。现在分开，只是不想继续消耗自己对祁砚最后的爱意。

对于祁砚来说却不是这样的，他受不了这样的方式。他捧着舒漾的脸：“宝宝不要分手，不要冷暴力好不好？”

祁砚仿佛在舒漾身上看到了曾经的自己，他一直叫舒漾冷静，而现在却变成了舒漾让他冷静。面对这样的情况，他很痛苦，也知道曾经的舒漾面对他的话语有多无助和痛苦。

他怕舒漾会爱上别人，这半年的时间他没办法回国，即便眼看着一切就在眼前，唾手可得，他却觉得好难熬，好远。

陷入偏执的祁砚什么话都听不进去，舒漾闭上眼睛没再说话。

过了许久，祁砚抚着女人的脸，下定了决心："漾漾，你要回国的话，我可以陪你一起回去。"

舒漾掐着他的胳膊："祁砚你疯了是不是？！你这么多年的努力为了什么，在这里的事业都不要了是吗？你在想什么？"

祁砚计划了那么多年的事情，现在说回国就回国，完全不计后果。他不敢放手，不是不相信舒漾对他的感情，而是从头到尾都是对自己没有自信，害怕舒漾遇到其他男人，觉得他更加差劲，他们就再没可能了。

祁砚发颤一般地抱着她："不要分手，求你……我可以陪你回国，你想去哪里都可以……不要分手……"

舒漾无力地闭着眼睛，她不知道现在该怎么样才能唤回祁砚的理智，难道要眼睁睁看着祁砚就这么把自己毁掉，功亏一篑吗？

她思来想去，还是要先稳住现在的局面，稳住祁砚。

舒漾认真地和他说："祁砚，相处四年，你应该知道我是个什么样的女人。你现在这么风光，我都没答应留在你身边，如果一点事情就让你崩溃，你凭什么认为当你跌下神坛后，我就不会离开？"

她必须让祁砚清楚，现在有更重要的事情等着他去做，而不是满脑子想着情情爱爱。可是祁砚如果听得进去，他就不会说出刚才那番话。祁砚红着眼睛死死盯着她："我成功你就不会离开我吗？"

如果是这样，他或许会考虑放舒漾离开一段时间，但是他害怕舒漾只是为了哄骗他，然后逃离。

舒漾不知道这男人是怎么理解的："我的意思是你只能成功，与我无关。"

换句话说，祁砚即便处理好了所有的关系事情，她也不一定会同意继续在一起，而她也没有打消要离开的念头。

祁砚摇头拒绝："漾漾，我会成功的，也会很爱你，你不要走，再相信我一次好不好？"

祁砚把他的执念重复了多少遍，舒漾就听了多少遍，现在不是她想不想走的问题，而是没有任何的条件足以让她离开。

她所有的钱都被祁砚控制着，其他人也没办法借她钱，再加上有祁砚的人盯着，她就算有钱买票，恐怕上不了飞机就会被抓回去。

舒漾因为学校事情不多，就在家休息了一天，可是和往常截然不同，她不管去哪儿做什么，身边都有管家阿姨盯着。

舒漾感觉自己的生活已经完全变了味道，像是被困在祁砚为她建造的精美牢笼里。这样的日子只过了小半天，舒漾就已经压不住心中的怒火，也不管祁砚在干什么，直接打了个电话过去。

“别再让人盯着我了，我要是真能跑早就跑了。”

早知道会是今天这种情况，她之前就不应该把买了机票的事情告诉祁砚。

她还是太小看了祁砚对她的偏执。他不会真打算就这样和她纠缠一辈子吧？

祁砚回答她：“漾漾，只要你打消离开的念头，这些事情很快就会结束。半年之后，我们可以一起回国，或者现在我陪你回国，但是绝对没有分手这个选项。”

祁砚抓牢自己的安全感，却把舒漾逼得喘不过气来。一个偏执入骨，一个渴望新生，在这样的环境下，注定是没有结果的。

舒漾实在忍不住，和他吵起来：“你这样的做法非常不尊重我的人身自由！祁砚，我不是你一个人的所有物，我有自己的思想，有自己的生活，你这样的做法和几年前他们口中的养宠物，有什么区别呢？”

“宝宝，我没有那么想。”祁砚低声辩解着。

舒漾：“是，你是没有那样想，可你是那样做的！如果我们真的是情侣，如果你真的把我当作过你的女朋友，那么我就有主动提出分开的权利。你剥夺我的权利，你就从来没有把我们当平等的两个人来看待。”

祁砚的声音很是痛苦：“不是的，不是的……”

他没有那么想过，他的想法从来都很简单，只希望他们能够好好在一起，可是在几年之间，为什么他们的感情会变得这么复杂？

两个人的争吵，到最后又是毫无结果。舒漾瘫坐在沙发上，抓起旁边的抱枕就乱丢：“真是疯了！”

再这样下去别说半年，半个月恐怕精神病院就有她的一席之地。

舒漾拍了拍脑袋："果然心软没好事，走都要走了还做什么告别？直接跑不就是了，现在倒好……"

看来不管怎么样，这段感情都没有办法体面地散场。

后来，祁砚把跟着她的人全撤走了，但是舒漾依旧没有感觉到任何自由，她在外面发生的任何事情祁砚都一清二楚，钱更是被他控制得死死的，让她没有任何可逃离的机会。

舒漾时常想着想着就不自觉地掉眼泪，这样的日子看不到任何希望。

祁砚对她是无微不至的好，但是她却越来越害怕。她变得不爱出门，不爱说话，只能用这样的方式来表达对祁砚的不满。

祁砚经常找她的几个朋友来家里试图开导她，最后都无功而返。最后变成了艾瑞尔和杰森一起去劝祁砚。

杰森作为半个罪魁祸首不敢说话，艾瑞尔就坦率直言："舒漾不是温室里的花朵，你越是这样想把她牢牢锁住，她越是会衰败枯萎。你自己看看她现在的状态，已经非常不对劲，你难道想逼疯她吗？

"该放手的时候就要放手，祁砚，你要相信你们会有更好的机会重新认识。而不是一直消耗着你们曾经的感情，互相折磨。"

坐在办公椅上的男人低着头沉思："我做不到。"

艾瑞尔差点被这四个字气晕过去："你平常难道都是这么和舒漾交流的？你做不做得到关舒漾什么事啊？你有没有想过这一点？

"你凭什么让一个女孩子，因为你的喜欢就得满足你的一切？祁砚，这样是不公平的。"

亏他还一直帮祁砚说话，谁知道这男人思维就是不会转弯，根本理解不了女孩子的心思。

杰森在旁边听着，反正他也听不懂，不知道艾瑞尔哪来那么多的大道理。总之目前这样的情况，杰森压根不敢多说话，生怕把矛头引到自己的头上。

祁砚关掉面前的电脑："不要再在我面前提这些事情，我的想法从始至终都非常简单，舒漾想做什么都可以，除了分手。"

艾瑞尔摇摇头喃喃着："劝不动劝不动，十头牛都拉不回来。"

走之前，艾瑞尔最后说道："那你就等着看她一点点憔悴下去，或

许这样你就满意了。”几乎每一次他来，舒漾的状态变化都很大，无精打采得像是个病人，对任何东西都提不起兴趣和欲望。

祁砚对此选择性视而不见，冲昏头脑的他已经没有了客观的判断。他只知道，舒漾还在他身边。

等所有人都走后，祁砚才摘掉眼镜沮丧地撑着垂下的脑袋，此时此刻他特别想抽烟。换作以前，恐怕他就会抽到情绪平静为止，可是现在不行，他在陪舒漾戒烟，舒漾一旦发现他身上有烟味会非常生气。

每一件事情好像都是他自己搞砸的。

书房的门被敲了敲，祁砚揉了揉眉心："进。"

管家阿姨走了进来："九爷，舒小姐这个月好像还没有来月事……"

关于这种特殊的日子，管家阿姨一般都会帮忙记着，想起来了就赶紧告诉祁砚。阿姨小心翼翼地说道："也不知道是没休息好，还是有了？"

如果是真怀孕了，阿姨也不知道情况是喜还是忧，毕竟这段时间两个人的相处，她都是看在眼里的。

祁砚立刻起身："去叫医生过来。"他回想着和舒漾最近发生的一次，两个人是有做措施的，他也知道舒漾没有替他生孩子的打算。

祁砚担心万一在疯狂之下出现了意外，舒漾真的怀孕了，他该怎么解释？

几天没出门的舒漾，面对着医生、管家和祁砚等人，有些茫然。

"我不去，我的身体没有任何问题，不需要做检查。"

管家担忧地说道："大小姐，您月经不调，还是去检查一下吧，看看到底是怎么回事，就算肚子里没有小宝宝，也当是为了把您身体调养好。"

舒漾听到关于孩子的事情，马上紧张了起来："你说什么？"

她的目光直直地看向祁砚，他走过来解释："漾漾，你相信我，不会怀孕的，我从来没有想过用那种方式捆住你，你相信我。但是你现在身体出现状况，你需要看配合医生才行，继续这样下去你身体会吃不消的。"

舒漾还沉浸在刚才阿姨的话中，她从来都没有想过怀孕这件事情，如果她和祁砚真的有了孩子，到底该怎么办？

在混乱的思绪下，舒漾还是去了私人医院做检查。

祁砚等在外面，盯着检查室的门，每一分每一秒都在祈祷着不要怀孕，千万不要意外怀孕。

他从来没有打算利用孩子去做什么，他在这方面非常尊重舒漾，如果这个时候舒漾意外怀孕了，祁砚知道他是解释不清的。

舒漾或许真的会舍不得把他们的孩子打掉，但也一定会恨他，永远都不会再相信他。随着时间过去，检查终于出了结果，舒漾被转移到了一间病房。

沈轻向祁砚解释："没有怀孕。只是单纯的月经不调，这和病人的心情作息也息息相关，需要多关注一下病人的心理状态。"

得知没有怀孕，祁砚并没有完全放松下来，所有人都在告诉他，舒漾的心理状况出现了问题，可是他却不知道该怎么办。

祁砚带着煲好的汤走进病房，舒漾半靠在病床上，像没有灵魂的木偶，对于谁去谁来，也没有任何的兴趣。

直到祁砚把保温桶里的汤盛出来，舒漾闻到食物的味道，开始疯狂作呕。

祁砚赶紧放下手上的东西，快步走过去："漾漾你怎么了？"

舒漾恶心作呕的情况并没有任何的好转，祁砚抱着她去洗手间，在舒漾反胃时不停地轻拍她的背，帮她顺气。

可是半天舒漾也没吐出什么东西，浑身却像是被抽空了力气，她洗漱好，来不及擦干脸上的水，就对身旁的男人说："你走吧。"

祁砚全当没有听见，这样的情况下，他怎么可能放心舒漾一个人在医院？

把人抱回病床上后，祁砚立马又把医生叫了回来。

最后沈轻的判断是厌食症："病人现在心理疾病远远大于身体疾病，需要从根源下手。"

舒漾面无表情地听着医生阐述着她的情况，看着自己的手被打上吊瓶，从小那么怕打针的她，此时却毫无感觉。

祁砚抱着坐在床上的人，害怕地喊着她："你不要这样好不好？你像以前一样和我吵架，打我都行，责骂我都行，别这样……我好害怕……"

舒漾无声地掉着眼泪："让我离开吧，祁砚，求你了……"这是舒漾近日来和他开口说的第一句话。

她在求他，只为了能离开他身边。

祁砚用力抱紧眼前的女人，她瘦弱得不像话，他的怀抱里仿佛是一团虚无。

他真的害怕这样下去，舒漾的身体会被彻底拖垮。经历过这些的祁砚，深知其中的挣扎与痛苦。他不敢想象如果舒漾因为他变成这样，他又该怎么活下去。

祁砚低着头埋进舒漾的颈窝，滚烫的眼泪砸在舒漾的肩颈上，浸透了她身上的病号服。

舒漾梦寐以求的那个答案，从祁砚的口中说出，艰难而沙哑："好……"

舒漾记得这天祁砚抱着她哭了好久，和她说了很多话，无数次重复着那句"我会改的"。

之后，祁砚就再也没出现在她的视线当中。

身体调理得差不多后，舒漾就坐上了去机场的车。她什么行李也没带，唯有左手无名指上，戴着一枚粉色的戒指。

突然，侧方的黑车变道，朝这边撞过来。

"砰"！马路上一声刺耳的巨响，车子很快开始冒烟，舒漾扶着额头晃了晃脑袋，试图让自己保持清醒。还没等她做出反应，突然有人把她从车内拖了出去。一块白布捂上她的口鼻，舒漾直接晕了过去。

醒来后，舒漾半睁开眼，陌生的环境和潮湿的气息让她下意识地皱眉，想要捂住鼻子，却发现她的手怎么都无法动弹。

不论她怎么挣扎，只有铁链的声音响起，她被人用链子锁住手脚定在了一面墙上。她让自己冷静下来，看着现在密闭的空间，喊救命多半是没用的，有人绑架她！

舒漾不停地回想着，很快就心里就有了答案，是霍家的人！

没事绑架她干什么？她和祁砚都断关系这么多天了，偏偏等她打算回国的时候发生这种事，真是祸从天上来。

毫无疑问，靠她一个人的力量，想要从这鬼地方出去是根本不可能的事情，舒漾只能选择静观其变。

黑暗处传来一道阴恻恻的声音："醒了啊。竟然不喊救命？"

舒漾看向声音传来的地方，霍折诚慢慢走进来，饶有兴致地看着被锁住四肢的女人。

大多数人醒来面对这样的场面，都无法保持淡定，舒漾却像什么都没发生似的，冷静地看着他。

看来她已经猜到了其中的缘由。

舒漾整个人都警惕了起来，看着暗中的那道门被打开，一张令她恶心的脸出现在她面前："你到底想做什么？"

霍折诚露出诡异的笑容："你不是知道吗？我抓你来，当然是为了对付祁砚。"

本来他们的计划并没有这么早执行，而是打算等到半年后祁砚把舒漾带回国再下手。如果到时候祁砚想救这个女人，就得付出更大的代价。但没想到，现在还没到时间，祁砚和这女人居然闹掰了？

看来祁砚也知道这个女人是累赘，选择趁早一脚踢开。

霍折夜听到这个消息的时候，对这个计划已经不抱什么希望。在霍折夜看来，出生在他们这种家庭的男人，没有一个不是薄情的，祁砚绝对不会为了一个女人而放弃他奋斗多年的事业。

但霍折诚并不这么认为，既然舒漾能在祁砚身边待四年，或多或少能够利用到一点，就算最后不成功，他们也可以把这个女人收入囊中。

至于成功与否，无非就是牺牲这个女人而已，对他来说是没有什么损失的。

Chapter 20
陷入昏迷

舒漾心中十分不安，这并不是一场简单的绑架，对方做足了准备。她只能想其他的办法，目前先稳住霍折诚："你想让我怎么帮你？你也知道现在祁砚一脚把我踹了，我在他心目中根本就没那么重要，你觉得你又能从我这捞到什么好处？"

舒漾故意把两个人的关系说得很差，反正在外界看来确实是这样的。

霍折诚的目光渐渐落到舒漾手上那枚钻戒上："这么大一枚鸽子蛋，一定不少钱吧？祁砚若是对你没上心，怎么会跑去买这东西？"

舒漾笑道："当然会，因为这是他给我的分手费，你要真不相信，那就试试看好了，我对祁砚是构成不了任何威胁的。"

只要她足够废物，就没有人可以利用她。她希望祁砚能够记清楚他们已经分手了的这个事实，不要来管这件事。

在离开之前，舒漾就已经告诉过祁砚，以后做一个强大的人，不要因为她而影响任何判断。既然要分手，她希望祁砚可以在另一件事情上非常成功，而不是到最后她还成为一个麻烦。

霍折诚也跟着笑了起来："别这么说自己，我可是很看得起舒小姐你的。祁砚对你是否还留有情面，我们试试看就知道了。再说了，你以为我把你抓过来，就为了这点事情吗？"

如果能够对祁砚造成影响，那当然是最好的事情。若是不能，也就证明舒漾这女人祁砚都完全不在乎了，那岂不是可以任他处置？

到时候做点手脚，传得国内外尽人皆知，就算祁砚和这个女人已经撇清了关系，也会受到影响。

他完全可以到时候在新闻舆论上面大做文章，祁砚不想蹚这浑水都不行。

舒漾并不清楚霍折诚其他的目的。在光源不足的空间内听着霍折诚的声音，舒漾心里是异常害怕的，她极力让自己保持冷静。

霍折诚拿出自己的手机对着舒漾：“祁砚，这是谁？你还认识吗？不认识的话也没关系，或许我把她的衣服撕了你就认识了，毕竟处了四年，不是吗？”

发现他在录像之后，舒漾直接破口大骂：“你要不要脸？祁砚别理他！”

可是霍折诚早早就按了结束键，然后把视频发给祁砚。

视频中女人欲言又止的样子，看起来就像是在呼救。

他反复欣赏着这一段录像，还把手机放到舒漾面前：“你说他会不会回消息呢？”

舒漾对此嗤之以鼻：“你除了会用这些卑鄙无耻的手段，还有什么能够对付他？据我所知，祁砚现在还没打算回国，你们就已经担心成这样，你绝对会是最后的失败者！”

霍折诚气急败坏地瞪着她：“话别说太早了，就算我失败又怎么样？那也要拉着你当垫背的！”

男人邪恶地上下打量着她：“毁不了祁砚，难道还毁不了你吗？”

舒漾浑身有些发抖，她能够感觉到霍折诚并不是在开玩笑，而是真的对她的身体有企图。

舒漾完全不敢继续把事情往下想：“姓霍的，撇开祁砚的事情不谈，我父亲和母亲在京城也是有头有脸的人物，你要是敢动我，你们全家都不得安宁！”

她知道这个时候不能再激怒霍折诚，就像杰森说的，应该先保护好自己。

霍折诚笑得越发大声：“你难道还不知道是你父亲把你特意安排在祁砚身边的吗？既然他都肯把你当成棋子一样利用，那么再送给我霍家的人玩玩又怎么样呢？

“他要是真像你想的那样看得起你，就不会害你沦落到今天这般下场。放心，就算你没有办法嫁给祁砚，嫁给我，我以后也不会亏待你们江家！”

舒漾握紧拳头，本以为父母会是她最后的底气，可是霍折诚说的

这些事情让她无法反驳。父亲确实背叛了她，甚至连霍折诚都不把她这个江家大小姐放在眼里，默认她对江家来说可有可无。

霍折诚看见她脸色苍白，就知道是抓到她的痛点了，不停地说着："你弟弟江衍貌似是个废物吧？

"你看啊，你父亲把一个废物当个宝贝一样捧着供着，却不停地利用你去达成他的目的，谁看了不说一句悲哀？

"你们江家日后没有继承人，所有的产业照样会被我收入囊中，希望到时候你还能看见这一幕。

"指望你父亲替你出头，倒不如指望指望祁砚，看他有没有工夫管你。"

舒漾怔住，并不是因为被霍折诚吓到，而是感受到了他口中的那种悲哀。

就连家里人都不能当成她的后盾，她被父亲骗了，这是众所周知的事实，所有人自然以为江家并不把她这个女儿当回事。

很快，霍折诚的电话就响了起来，他直接打开免提，里面传来祁砚急促的声音："人在哪儿？我警告你不要动她！否则我会让你死无全尸！"

祁砚已然通过卫星定位获得大概的位置，黑色超跑疾驰在郊区道路上，后面紧跟着搜救车队。

霍折诚听到电话里的动静："哥，你也别太心急了，你说你要是带着那么多人过来把弟弟吓到了，弟弟可不敢保证会对她做出什么事情。"

祁砚声音凌厉："你想要什么？我再说一遍，不要动她。"

"没想到你还真是视她如命。"霍折诚心中有几分惊喜，"至于我想要什么？我想要你在国外的所有产业，你给吗哈哈哈哈！"

舒漾出声制止："祁砚！我们已经分手了，你不用管我！"

听到她的声音之后，祁砚整颗心都揪起："宝宝，你别害怕，别担心，不会出任何事情。"

霍折诚打断他们的对话："少给我在这儿上演情深似海，今天你要是不把手上的产业交出来，我就当着你的面把你的女人弄死！"

这时，霍折诚听到楼上传来动静，但是没有保镖给他报信息，他开始慌乱，没想到祁砚这么快就找到了这个地方。

他赶紧威胁道："祁砚！你给我马上从这栋房子滚出去，不然我现在就弄死这个女人！"

舒漾惊恐地看着离自己越来越近的男人，她拼命地躲着："不要！不要！"

"砰！"

地下室的门口传来巨大的爆炸声，密码门瞬间被炸飞，舒漾陷入短暂的眩晕耳鸣，她紧闭着眼睛痛苦地拧着眉。

黑暗中冲出一个高大的身影，祁砚掐住霍折诚的后颈往地上摔去。男人的拳头疯狂地砸到他的脸上："狗东西，敢碰我的女人！"

情绪失控的祁砚耳边响起女人微弱发颤的声音。

"别……别杀他……"

祁砚一顿，他怔怔地侧眸看过去，对上舒漾那双惊恐万分，被泪水打湿的眸子。刚才的一幕，深深地烙印在舒漾的脑海里。

祁砚整个人大脑空白几秒，他起身朝舒漾跑过去，舒漾看着跑向自己浑身是血的男人，尖叫道："你别过来！"

在极端冲击之下，舒漾整个人晕了过去，祁砚看着自己沾满鲜血的手，将身上的衬衫扯下，疯狂地擦着手臂和指尖的鲜血，直到看不见明显的血迹，他才拿着手下的人找来的钥匙，跑上前把锁住舒漾的锁链打开。

祁砚慌乱得像是不会用钥匙那般，花了好一会儿工夫才打开。他把舒漾揽到怀里仔细地检查着，却看见女人手上那枚早已被他丢掉的钻戒。

正戴在无名指上。

祁砚的心狠狠地跳了一下。

原来他的宝贝从来都没有真正不喜欢过他，甚至偷偷把这枚钻戒从垃圾桶里捡了回来。

只是他明白得太晚了，也犯下了难以原谅的错误，就在刚才，他在舒漾的眼睛中看出了对他的惧怕。

确认人没事之后，祁砚把她紧紧地抱在怀里。

"对不起，对不起……"

把舒漾送到医院之后，祁砚在病房内守了两天，一直低烧不醒的舒漾才有了点动静。原本被困意缠绕的祁砚，瞬间打起了精神。

“宝贝。”祁砚伸手想贴上她的额头，却被眼前的人直接躲开。

“你别碰我！”

舒漾看清坐在自己身旁的人之后，立马缩了起来，前几日那些画面充斥在她的脑海中，让她越发混乱。

祁砚不解地想要靠近她，可是越靠近舒漾的情绪就越激动。沈轻从外面赶了过来：“祁先生，漾漾应该还是在惊吓过程中没有缓过来，你别吓着她了，先出去一下吧，我给她做个检查。”

祁砚犹豫再三，还是先走出了病房，杰森和艾瑞尔就站在外面，刚才的情况是听得一清二楚。

杰森无奈地说道：“你现在在舒漾的眼里的形象已经全部崩塌了，现在可不单单是感情不和那么简单了。”

祁砚完全没有办法理解：“漾漾为什么要怕我？我不会伤害她的。为什么要那么怕我……”

艾瑞尔透过病房门上的玻璃往里看：“我看舒漾之所以这么抗拒你，也不单单是因为这一件事情。之前她提出要走，你把她关在家里，差点把人逼疯，再加上你之前的所作所为，这次绑架也是因为你，虽然我不知道霍折诚有没有对她做什么，但是一个小女生被绑到那种地方，内心的恐惧是可想而知的。而你，又恰好出现，她不怕你怕谁？”

祁砚陷入短暂的沉默。他紧紧握着拳头，一切计划都乱了，他是答应过舒漾放她离开，可是现在这样的状况，他该怎么让舒漾一个人回国？

舒漾回国后，难道他们就这样到此为止了吗？他留给舒漾最后的印象，是那么令她害怕，祁砚完全无法接受这样的结果。

他原本是打算就像舒漾说的那样冷静一段时间，然后他再重新追求舒漾，可现在似乎成了不可能的事情。舒漾害怕得甚至不想见到他。

接下来的几天，舒漾也都拒绝看见祁砚，祁砚只能在人睡着的时候进病房偷偷看一会儿。

某天，祁砚像之前一样看完人之后从病房出来，却发现杰森不知道什么时候来了，正在外面等着他。

杰森看着他这么小心翼翼的样子，不由得说道：“你这真是被女人折磨得够呛。”

祁砚把他拽到病房的一边：“你说话小声点，别把人吵醒了。”

杰森环着手臂："谈恋爱谈成这样子，不如重来算了。"

他就这么看着祁砚一年过得比一年憋屈，换成是他早就忍不了了，偏偏祁砚还就是不知疲倦，那既然如此，只能想点别的办法了。

祁砚开始并没有把杰森说的话当回事，只是陷入了无穷无尽的后悔当中，他不知道该怎么让舒漾淡忘那些记忆。

杰森知道祁砚现在满脑子都是舒漾，根本没心思想他说的话，于是他把沈轻带到了祁砚面前。

"这位就是世界著名的催眠师沈轻，你和舒漾现在的情况只有一个办法，那就是重新开始。"

祁砚看着和杰森较为熟络的沈轻，目光又回到杰森身上："你说什么？"

他心里出现一个大胆的推想，下一秒杰森就证实了他的想法。

杰森难得认真地说道："否则你觉得你和舒漾的关系，还有什么回旋的余地吗？她现在连见都不想见你，更别提接受你的追求了。等舒漾的精神状态好些之后，她必然还是会选择离开你身边，回到国内。祁砚，你凭什么认为你还有机会？"

原本的机会就特别渺茫，现在又发生了这件事情，祁砚心里很清楚，接下来他该面对多少令他意想不到的事情。

杰森把沈轻的名片递到祁砚面前，过了好一会儿之后，祁砚才接过。

祁砚捏着手中的名片，坐在医院走廊里的椅子上，神色复杂地低着脸。

让舒漾彻底忘记他这个人吗？即便是后面两年祁砚过得有多么不顺心，他也从来都没有怪过舒漾，因为他知道这些事情是他一手造成的。可是现在他面临选择，有一个机会可以让舒漾忘记这些，重新开始。

祁砚整个人是矛盾的，即便这些记忆不那么美好，可这是他和舒漾的四年啊。

他该怎么承受两个人的感情变成他一个人这件事。

舒漾侧身躺在病床上缓缓睁开眼睛，其实她根本就没有睡着，在这样的心理状态下，她怎么可能睡得那么安稳？

祁砚每次进来她都知道，只是舒漾不愿意面对，她一心只想离开这个地方。

在医院这些天，舒漾不想见到祁砚的同时，自然也就拒绝看见杰森，医生沈轻成了她的朋友。这个时候的舒漾还不知道，沈轻已经和祁砚达成了协议。

舒漾顺利地回到了国内，她并没有先回家，父亲的事情，她还没想好该怎么面对，沈轻把她带到了一座山里静养。

突然有一天，舒漾不见了！

沈轻醒来之后吓坏了，到处跑去找舒漾，就连原本守在他们木屋的四个保镖也都消失无踪。

沈轻立刻拿出手机打电话，通知住在附近不远处的祁砚找人，电话刚拨通，就见两名保镖从山间小路跑了回来。

“沈医生，不用担心，舒小姐起得比较早，我们陪她去了一趟庙里，她现在人也在回来的路上，有其他两个人守着，我们先来通知您一声。”

沈轻这才算是放下心，要是人在这山里面不见了，她真不知道该怎么办。

电话那头的祁砚依旧不放心，快速往这边赶。从小路回院子的舒漾刚好和从另一头跑来的男人撞了个照面。

许久未见的男人，穿着一件简单的黑色 T 恤，整个人看起来比以往更加成熟稳重。

这也是祁砚这么久以来第一次和舒漾碰面，他的宝贝看起来真的太瘦了，白色的长裙衬得她就像一片云，随时可能都会变虚无。

沈轻心里一惊，完了完了，被发现了。

如果舒漾问起来，她根本不知道该怎么解释，一旦舒漾对她失去信任，催眠这件事情也会变得困难许多。

就连祁砚也等待着舒漾的质问，却什么都没发生。

舒漾握紧了藏在衣袖下的串珠手串，低头走进院子里。

沈轻左顾右盼，还是赶紧跟着舒漾进屋子。

见沈轻进来，舒漾扯了扯嘴角：“沈医生，我没有怪你的意思，你不用担心。我只是觉得他不应该在这里。”

生活在这里这么多天，她也不是傻子，稍微多留意一些，就知道祁砚应该就住在附近，舒漾只能装作不知道。可是已经大半个月，祁砚还和她一同留在这与世隔绝的山里。

她深知祁砚这个时候不该回国的，更不应该把时间浪费在这里。

她和祁砚之间的感情，已经不是几句话能够说清楚的。舒漾自己都不明白，为什么相爱的两个人会慢慢走到这种地步。

她知道祁砚在努力向她靠近，但是既然已经都选择了分开，那么之前的一切都不重要，祁砚应该去做他该做的事情，放过自己，也当是放过她。

如果祁砚一直待在这里陪着她，丢下事业不管不顾，她只会感觉到更多的愧疚。

她并不希望祁砚为了她，最后落得一个一事无成的下场，至于她要在这山里住多久，舒漾还没有想好，所以更不应该耗着祁砚。

沈轻也不知该怎么办才好。杰森特地飞回国内好几趟，就是为了让祁砚回去，可是祁砚完全听不进去。眼看着到时候杰森控制不住场面，祁砚必然会被人诟病。

舒漾从桌子上拿过一个简易的小木盒，随着她在沈轻面前摊开手心，一串古棕色的串珠躺在上面，她把东西放进了木盒内，递到沈轻面前。

“沈医生，我想麻烦你，帮我把这个东西交给祁砚，然后让他离开。”

沈轻惊讶地看着突然多出来的串珠，才想起来舒漾去了一趟寺庙，看来就是为了求这串串珠。

跟在舒漾身边这么多天，沈轻明显能够感觉到这个女孩并非不喜欢祁砚，只是感情这个事情，谁又能说得明白呢？

沈轻想了想说：“要不还是你去给他吧，我去的话可能祁砚也不会相信。”

不管怎么样，她希望这两个人能再见一面。因为沈轻知道，舒漾马上就要进入催眠阶段，她将会很快地忘记祁砚这个人。

舒漾轻轻勾唇，笑意淡然：“没关系，你去吧。他会听我的话的。”

沈轻叹着气，只好带着舒漾交给她的串珠去找祁砚，她一出门就见男人等在院子外的角落。

看见门打开，祁砚有几分欣喜，可看清来人后就只感到无尽的失落。

祁砚有些担忧地蹙着眉：“我是不是吓到她了？”

沈轻摇摇头："您多虑了，漾漾现在状态还不错，有一件东西她让我帮忙带给您。"

她拿出小木盒放到祁砚面前，男人接过缓缓打开，古色古香的串珠手串卧在木盒当中，散发着淡淡的清香，让人的情绪在无形之中保持着平静。

祁砚拿出那串串珠，这种东西对于他一个常年生活在国外的人来说是极其陌生的。他一时不能明白这其中的寓意，心里只想着舒漾是不是在考虑原谅他。

"漾漾有说什么吗？"

沈轻点点头，实话实说："舒漾说，希望你离开这里。"

祁砚内心的一点惊喜在这瞬间破碎。他握住手心的串珠，神色中有几分迷茫。

沈轻说道："她应该猜到你搁置了工作，你应该很清楚，她并不希望你这么做。"

祁砚盯着那串串珠，明明是舒漾送给他的礼物，可是他却那么害怕，隐约感觉到这是舒漾对他最后的告别。

祁砚怔怔地摇头，无法接受心里那个强烈的念头。

他对沈轻说："计划提前。"

祁砚将那串串珠戴上手腕，轻轻抚摸着，神色疯狂又温柔。

如果这就是最后的结果，那么我们重新开始。

舒漾昏迷不醒，祁砚完全无心做其他事情。国际时装周即将开幕，他也不能贸然把舒漾带回国，如果到时候舒漾醒来耽误了工作，必然又是错上加错。

祁砚只好先让经纪人蓝沫儿过来照顾舒漾，然后独自飞回国内。

第一个收到消息的就是江衍。

少年跨坐在黑色的机车上，单手拎着头盔，手里接通刚才的电话："喂，姐夫，什么事啊？"

江衍喊得格外顺口，平时他和祁砚的交流多半是关于零花钱的事情，难道姐夫突然想起他，又打算给他打钱了？还是在国外看到什么新奇的玩意儿或者机车，准备送他几辆？

江衍想得格外美，家产什么的没了也就没了，这姐夫可不能没了！

祁砚的声音有些沉重："你姐姐她出了点状况。"

江衍原本嬉笑的脸色瞬间紧绷了起来："你说什么？你把话说清楚！"

在电话这边的江衍不明白情况，只能干着急："你说啊，出什么状况了？"

祁砚刚出机场，坐上车开始详细说明："漾漾因为回忆起了一些不好的事情，陷入了昏迷。目前没有生命危险，但……"

还没等祁砚说完，江衍就急得没了一点好心情："这都昏迷了，还没危险呢？怎么回事？你跟我说清楚，还有我姐，她现在在哪儿？我现在立刻马上就要见到她！"

"她现在的情况不方便回国，所以我希望你能够出国一趟，有你在她的身边照顾，或许会对漾漾康复有帮助。"

从决定告知江衍这件事情的时候，祁砚就知道他在江衍心中的形象必然会一落千丈。可事情总归是瞒不住的，江衍也有知道的权利。

江衍毫不犹豫地说："我现在就订机票过去，你最好祈祷我姐没什么事情，否则我不会放过你的！"

他虽然早就知道祁砚和姐姐两个人之间的感情不简单，但是也没想过会发展到这种地步，人现在都昏迷了。

万一这人永远醒不过来了……江衍不敢往下继续想。

如果祁砚此刻就在他面前，江衍可能会给他一拳。收到消息后他订了最早的飞机飞往 M 国。

另一边。

祁砚看着手里被江衍挂掉的电话，沉默了一下就立刻打通了陆景深的电话。

"你老婆现在在哪儿？"

刚接通电话的陆景深还以为是自己听错了："不是，祁砚，我老婆在哪儿关你什么事？"

祁砚怎么突然问起了许心寐？

"舒漾在恢复记忆的过程中出现了意外，现在正在昏迷当中，叫漾漾的朋友们过去陪着，或许会好一点。所以你知不知道她在哪儿？"

祁砚没什么耐心，一边问一边已经让助理在查位置。反正他打这通电话也没抱什么希望，毕竟陆景深的家庭地位谁不清楚，他不知道

许心寐在哪里是再正常不过的事情。

果不其然，陆景深很快就说道："你可真算是问对人了，她在哪儿？她在哪儿她能告诉我吗？我倒是也想知道她在哪儿。"

这女人每次都在他这儿赊账不给钱，两百两百的已经不知多少回了，欠他的巨款是丝毫都没有还的打算啊！

他倒是也想把人找到，好好问问。

陆景深讶异地问道："不过你说什么？舒漾昏迷了？你这是做了什么丧心病狂的事情？把人都气得不想醒过来了。"

本来他还在想祁砚和舒漾感情都稳定了，他铁定只有被祁砚嘲笑的份，现在看来该发生的还是发生了，他真的是替祁砚感到……开心啊！

祁砚不愿和他废话，看见助理传来的眼神，就知道已经找到人了。

在短短几个小时内，祁砚一直都在不停地联系人，出面麻烦她们陪舒漾。

见到许心寐的时候，她正和秦雅致在酒吧聊天，祁砚把舒漾的情况大致讲了一下，当场就撞上了她们的冷脸。许心寐和秦雅致都没想到，这个婚后看起来无微不至的祁砚，曾经做的事情竟然能够把漾漾气到这种程度。

"你放心，看在漾漾的面子上我们也会去的。"

不管怎么样，舒漾醒过来才是头等大事，她们当然是无条件站在舒漾这边，对祁砚如何，取决于舒漾的态度。

祁砚深深地鞠了个躬："谢谢。"

座位周围的人看见祁砚和两个女人鞠躬，炸开了锅，不停地揣测着其中的原因。

秦雅致和许心寐也没想到祁砚会鞠躬。她们不过是有些生气，以祁砚的身份，他就算是有求于她们，口头上道个谢也就过去了。况且祁砚其实根本没必要因为这件事特地回国，打个电话结果也是一样的，祁砚显然是拿出了最大的诚意。

陆景深和傅衍之都在到处打听这两个女人的消息，最后两人在金山酒吧碰面才被秦叙告知。

"她们跟祁砚去照顾舒漾了啊。"

陆景深和傅衍之一时无语，他们两个人各自找了半天，结果人早就已经上飞机了，祁砚都不通知他们一声。

陆景深烦躁地喝了杯冰水，急忙往外走去，傅衍之拉住他：“你去干什么？”

陆景深好笑地看着他：“追媳妇儿啊，干什么？

“你就留在国内吧，反正秦雅致应该也不想见到你。”

傅衍之：“我也去。”

舒漾病房。

守在病房里的蓝沫儿被闯进来的少年吓了一跳。

“我是她弟弟。”江衍走到病床旁边，看着一睡不醒的女人，她眉眼郁结，似乎正在经历些什么不好的事情。

“祁砚到底对我姐做了什么？亏我还那么把他当回事。”

似乎是听到“祁砚”这个名字，舒漾的眉心皱得更深了，江衍赶紧闭嘴。

他在病床旁边坐下，轻声呼唤：“姐，我是江衍。”

提到他的名字，床上的人却没有任何反应，江衍捏了捏她的脸，很是不客气地说道：“舒漾，你要是不醒过来的话，家产可全都是我的咯？”

蓝沫儿顿时傻眼，好硬核的唤醒方式……

关键是原本躺着不动的舒漾，在得知江衍要抢家产之后，指尖动了动。

蓝沫儿惊讶得说不出话来，江衍也有些惊喜，继续对着舒漾说道：“好啊你，说我是你弟江衍，就一点反应都没有，提到钱就生怕我跟你抢。反正我告诉你啊，你要不醒过来，那些钱必然是我的，等钱到了我手上可没有还你的份。”

没过多久，祁砚和许心寐、秦雅致三个人就赶过来了。江衍满是怒火地起身，揪住祁砚的领口：“你到底干什么了？”

大家都被这突如其来的动静吓了一跳，躺在病床上的舒漾更是皱着眉，额头直冒汗。

祁砚沉声说：“别吵到你姐。”

旁边的秦雅致和许心寐干脆把他们两个人赶出去：“要打上外面打去，这小地方不够你们大显身手的。”

江衍把祁砚拽到门外："你给我解释清楚，为什么会变成这个样子？"

祁砚微低着头，那四年间发生的事情，他不知道该从何说起，也不是几句话就能够说清的，就连他自己都不是很想回忆。

"对不起，是我没有照顾好你姐。所有的事情都是我的错。"

江衍直接一拳头往男人的脸上砸了过去："你还知道是你的问题，还算个男人！我告诉你，你刚才要是试图狡辩，我今天就跟你拼命！"

他姐姐舒漾现在还都不知道什么时候能醒过来，如果在他质问祁砚的时候，这个男人满脑子想的都是为自己辩解和开脱，那么他真的觉得这姐夫不要也罢！

可即便祁砚只是一味地道歉，还是平息不了江衍心中的怒火。

陆景深和傅衍之刚赶到医院，还没来得及走到病房这边，就远远看到如此精彩的一幕。

江衍把祁砚给打了？！陆景深不由得摇了摇头，还真是风水轮流转，祁砚以后的日子恐怕是要难过了。

傅衍之则是淡然地站在一旁，他非常清楚这其中缘由，祁砚被打那就是活该。

两个人装作没看到，更没打算替祁砚解围。

"你们继续打。我们先进去看看。"

陆景深和傅衍之两个人刚踏进病房，两道很是嫌弃的女声同时响起。

"你怎么来了？"

两个男人面面相觑。

蓝沫儿看着这一个接一个的俊男靓女，舒漾这里怕是成了全医院最热闹的病房，她这再不醒就说不过去了。

陆景深走上前，很是高傲，今天无论如何，他的家庭地位都不可能输给傅衍之："我来看看舒漾还不行嘛。"

当然更重要的是看谁，大家都心知肚明，毕竟陆景深从进病房到现在，目光就没落到病人舒漾的身上……

许心寐冷嗤一声："她认识你吗？"

陆景深在舒漾的印象里可能就是个坏事做尽的渣男。

陆景深张了张嘴，又无从反驳。他也不敢认识啊，不然祁砚难保不会拿刀追着他跑。

许心瑧本来有点事情想出去，旁边的秦雅致却拽了拽她的衣袖。

她立马就明白了秦雅致的意思——她不想和傅衍之单独相处。

傅衍之捕捉到了这点小举动。显然，他的心思还是没有完全藏住，秦雅致意识到了之后开始躲着他。

两个女生像是达成了某种默契，不管做什么她们都待在一块儿，让追着赶来的陆景深和傅衍之没有任何和她们单独说话的机会。

陆景深郁闷地站在天台吸烟区吞云吐雾，傅衍之走过来时脸色也好不到哪里去。

陆景深把打开的烟盒递向傅衍之，示意他拿根烟一起抽。

傅衍之："我不抽烟。"

陆景深眯起眸子："烟不抽，酒也不喝，情绪够稳定啊傅大少？"

傅衍之夺过他手中将要收回的烟盒，叼了根烟，还不忘朝他身后扬了扬下巴，提醒："你盯着的那位出来了。"

陆景深扭头看去，医院长廊出现一道倩影，他立马把烟摁灭追了上去："老婆。"

准备下楼的许心瑧看着跑来的男人微微蹙眉："识相的话就别惹我。看见男人就烦。"

陆景深想解释，许心瑧目光冰冷地瞪着他："你也不是什么好东西，你们都是一路货色！"

陆景深跟在后面说："我跟祁砚那种人真不熟，我是舒漾我也气晕，老婆，我绝对站在你这边的。"

"别跟着我了，最烦死缠烂打的男人。"

"你给我站住！"陆景深拽住她的胳膊，很是硬气，"还钱！"

不提钱还好，一提许心瑧就摆摆手敷衍着说："知道了知道了。"

为了表示她的诚意，她又补充道："回去我就马上把结婚时候你送我的那破戒指卖掉，还你钱。"

反正那枚戒指许心瑧从来都没戴过，那是陆景深送给她的唯一一件礼物，还是她自己要过来的。

一开始她还当个宝贝似的，渐渐地就直接丢在一边，看都懒得看一眼。

每次看见或者想起那枚戒指，许心瑧都觉得十分讽刺。

陆景深一听到她要把婚戒卖掉还钱，着急地吼道："不行！你知不知道那是我们的婚戒？"

这女人就这么狠心吗？他知道许心寐不靠家里，身上也没什么存款，可是他每次想方设法找理由往她的卡上打钱，就是不见她用。现在许心寐竟然为了钱要卖婚戒，陆景深是绝不会同意的。

许心寐淡淡然地说道："不是都离婚了吗？婚戒我怎么处理应该和陆少爷没什么关系吧？还是说陆少爷一毛不拔，现在离婚抠门到连送出去的婚戒都要收回去？"

许心寐说着就忍不住翻旧账，认识两年、结婚三个月，她都不曾真正认识这个男人。那段婚姻简直可以说是她人生中最精彩又最黑暗的时候，嫁给一个不爱自己的男人也就算了，为了钱也好人也好，她都是能够过下去的。但是陆景深心里还装着别的女人，瞒着她几年，她就是恶心得看见这个男人就想吐。

陆景深见她认真的样子，越发着急："我没这个意思。不许卖掉婚戒听到没？！"

有些东西一旦没有了，他们的婚姻或许就再难回到从前了。

许心寐冷冷地睨了他一眼，仿佛在说"你再吼一个试试"。

"这钱也不着急还……"

陆景深也不想这个样子，可是许心寐每次见到他就装作不认识，要不然就是目的非常明确，根本没有打算和他再有其他的交集，同样也没有给他一点机会。

这种时间他并不是只过了几天而已，近一年来都是如此，快把他折磨疯了，他想不到该怎么去挽回这段感情。可笑的是在许心寐的眼中，他连自己的错误都还没认识清楚。

许心寐懒散地靠在墙壁上："可是我不想欠你怎么办？"

她可没钱，有钱也不会花在这男人身上。

许心寐演戏赚的钱基本都拿来看医生和调养身体了，她甚至不敢和家里人说她偷偷结婚，然后把自己身体整垮了这件事情。恐怕父亲会直接找上陆景深要个说法，她不想把事情闹得那么难看，最后无非就是把她身上的伤疤再划开一遍，没有任何意义。

陆景深面色严肃："心心，我们之间就一定要算得那么清吗？"

"不然呢？"许心寐看着他，"是你先算的，陆景深你说我之前不妨想想你自己的问题。”

反正要么不给钱，要么卖婚戒，就这两条路。

陆景深心里很是委屈，他真的缺那几百块钱吗，当然不是，只是时间这么久过去，许心寐对他的态度还是没有任何的好转，他需要有动力和方向坚持下去而已。

“我可以……”

“喂。”没等陆景深说完，许心寐接通响起的电话，“张导啊，我吗？我现在有空啊，有事您说。”

许心寐接着电话往旁边走，和陆景深擦肩而过，专注地听着电话里的内容。连头都没抬一下。

陆景深看着刚才还对自己拒之千里的女人，转眼对待电话里的男人就是另外一副态度，心里有一种说不出的难受。

自从裴青月出国后，林烟就经常看见江郁郁郁寡欢的样子。

她干脆告诉江郁，想知道裴青月的消息直接调查就是了。

人都已经远在国外了，还管那么多做什么？没必要委屈自己。

江郁最后也接受了她这个提议：通过林烟帮忙联系到江衍。

他听到裴青月的名字后，沉默了一下：“不好意思，他是我的单主。”

其实早在几年前，裴青月就花大价钱委托江衍办了很多事情，这次回 Y 国，所有的动向自然也少不了江衍帮忙隐藏。江衍清楚地记得，裴青月严防死守紧盯着的人里面就有叫江郁的。

他不允许这个叫江郁的知道他的任何信息。作为收佣金的人，江衍也只能拿钱办事，其他的裴青月也不会向他透露更多。

林烟没想到世界上竟然有这么巧的事情，裴青月找了江衍帮忙隐藏动向，而现在她们找江衍去查裴青月，除非江衍不顾职业操守两头赚钱，否则是不可能帮江郁的。

江衍交代道：“既然这件事情是你来询问我，那么不要有第三个人知道，如果对方找你要说法，你就说我最近公司很忙，不接私活。”

林烟只好放弃这个想法：“那你在国外注意安全，要定时做检查，别忘记了，如果那边的医生不合适就回来一趟吧。”

“嗯。”

江衍挂掉电话，用手机内的特殊软件给一个人发了条信息。

有个叫江郁的女人想调查你。

江衍收了裴青月的钱，有任何关于他的事情都是应该告知的，至于怎么处理或者怎么应对，那就是他的事情了。

看着上面的消息显示已读，但是裴青月那边却没有任何回信，江衍就直接退出了软件。

有江衍在的时候，祁砚基本是没办法靠近舒漾的，现在也只能站在病房门口，透过一层玻璃往里看，却不知道他在看心爱之人的同时，也有人在看他。

祁秋华站在自己住的病房门口，从里面透过玻璃看着斜前方的儿子，不敢出声。曾经的祁砚，不管是焦虑或者伤心，都还会和她说两句话，而现在却独自承受着一切。

明知道她也住在这家医院，可就是不愿进来看看她。这就是尝到背叛过后的祁砚，想要再获得他的信任几乎是不可能的事情。

祁秋华终于明白了何为“自作孽不可活”。

祁砚毫无疑问是能够察觉到背后有目光一直盯着自己的，即便不转身，他也能够猜到是谁。

对他来说，欺骗不欺骗已经不重要了，他现在的心思完全没有办法从舒漾身上移开，更不想再让其他事情分心。

曾经他早已接受生来就不被爱的事实，可是偏偏天意弄人，舒漾在他身边竭尽全力地爱他，他却不把这份爱当回事。起初他不明白这是需要多么大勇气的事情，等他知道反应过来的时候，为时已晚。

祁砚尝试过弥补，可是伤害是无法挽回的，他好像又犯下了其他的错误，把舒漾越推越远。

现在只要舒漾能够醒过来，不管结果是如何，哪怕舒漾要求和他离婚，祁砚想，他或许都会答应。

陆景深坐在咖啡馆内，今天他需要确定一件很重要的事情。

他知道这也是许心寐心中的一根刺，关于他曾经的暗恋史，女人最忌讳的白月光。

当他再一次看见那抹身影时，目光平淡，心中没什么起伏。

对方很快就从附近上了车，陆景深却盯着窗外沉思了很久。

回想着他和许心瘵结婚的那三个多月和假离婚之后的这半年，他可以确定的是，他没有把这两段关系混淆。

他和许心瘵结婚已经是在他们认识两年后，而这个时候江夙也早已结婚。陆景深之前从来没有在意过这件事情，因为在他看来，一直都是两段分开的感情。

现在再回过头，和他面对许心瘵时的感觉，是截然不同的。

认认真真地确定好自己的心意后，陆景深更加坚定自己走的这条路是正确的。

即便之前他对许心瘵的态度以及所作所为罪不可恕，他也要竭尽全力地试一试。

每一次在许心瘵面前碰壁之后，陆景深总是会想尽各种办法，来让自己更加坚定。而这一次，他也只为了确定自己对许心瘵的感觉。

陆景深长舒一口气，感觉自己好像又活过来了，他赶紧拿出手机给许心瘵打电话。

脸皮不厚追什么媳妇儿。

几通电话打过去都是对方正在通话中，陆景深很是疑惑，难道他被拉黑了？

这么想着，他赶紧又发了信息过去。

老婆。

信息左边跳出一个红色感叹号，陆景深心中一惊，立马打起十二分的精神。

“怎么回事？”

陆景深又试了试，还是几个红色感叹号。

陆景深神色顿时格外凝重。

之前不管他和许心瘵怎么吵架或者闹别扭，都没有出现过这样的情况。

陆景深反思着：“难道是因为我突然回国，她生气了？不对啊，我之前吵完架也老离家出走，也没见她生气啊……”

陆景深了解许心寐的性格，吵完架最好就是几天之内不要出现在她眼前，过段时间自然好好的；如果一直在旁边碍眼，惹毛了许心寐，最后还是要让他滚出视线，而这个时间会被拉得很长。

所以通常，陆景深都是还没等许心寐开口，就自己先溜了。

但是今天的事情，他必须再去一趟。

陆景深一刻都等不了，立马买了机票飞过去，落地时已经是深夜，他顾不上那么多，直接让医院的护士找个借口把许心寐叫出来。

陆景深拿着手机着急地等在医院走廊里，他知道这次的事情不是冷战可以解决的，他们连联系方式都没有了，必须当面问清楚。

没过多久，眉眼惺忪的许心寐就穿着睡衣拖鞋从房间里走了出来，看见眼前的男人，她愣了一下，甚至以为自己在做梦。

下一秒，许心寐上前直接一个耳光甩在男人脸上。

"啪"！清脆的巴掌声回荡在整层医院走廊。

陆景深被打蒙了一瞬，随后疼得龇牙："老婆……疼……"

许心寐看着自己打痛了的手心，不是做梦。

顾及着这里是医院，许心寐咬牙切齿地质问："疼不死你，你还来这里干什么？想挨巴掌了就直说！"

陆景深满脸疑问："我，你，老婆我……"

他又是哪里惹到许心寐了，往常他们吵完架过几天就好了，绝对不会到拉黑的地步，结果赶过来想询问一下原因，就挨了一巴掌。

陆景深不是没有挨过许心寐的巴掌，但是他绝对不挨不明不白的巴掌。

许心寐现在听到他说话，看见这个人心里就来火："婆婆妈妈的搞什么鬼东西，赶紧给我滚！"

这人到底还有什么脸来见她？吃着碗里的看着锅里的，她见一次打一次！

陆景深拉住她不让走："到底发生什么事了？"

类似他离开之前的那种架他们没少吵，甚至陆景深都应对出经验来了，识相地消失几天让许心寐消消气，可是这次怎么和想象中不一样啊？陆景深不得不慌。

许心寐看着他这一脸单纯的样子，冷笑道："装什么呢陆景深，不是喜欢去见你那白月光吗？你去见她啊！来找我做什么？皮痒了欠打？

“活该人家看不上你，活该你被嫌弃，你就盯着那段过往活一辈子好了！三心二意，给你一巴掌还算是轻的！你松开我！”

陆景深握着她的手腕不放：“你说什么？什么白月光？”

所有的话语，陆景深都听得一知半解。

许心寐深呼了一口气，气得不知道该说什么：“你自己干出来的事情，难道还要我去替你解释吗？这里是医院，我不想大半夜的和你在这吵架丢人，滚！”

陆景深看了眼周围，想把人拉到无人的休息室，许心寐挣扎着不走：“你干吗？大半夜你想谋杀啊！”

陆景深直接把人整个扛起来，进了休息室后关上门，才把人放下。

许心寐拨着脸上的碎发：“你发什么神经？”

陆景深认真地看着她：“你说清楚，谁和你说什么了，还是发生了什么事情。心心，就算你要责怪我，把我拉黑不想原谅我，你也要让我死个明白吧？”

其实说到这里，陆景深已经猜到了部分，但是许心寐有什么事情一贯不信任他，而是选择自己压在心底，他一定要让她把话说出来，这样才能更好地解决他们之间的问题。

许心寐捏着手心：“陆景深你这样一遍遍地揭人伤疤有意思吗？我不就是喜欢了你几个月，你管谁和我说什么了，你自己做出来的事情难道还怕被人知道吗？你惦记着白月光，这不是事实吗？”

这次若不是有人发短信告知她，那她还要被瞒着多久？

在她不知道的时候，陆景深又偷偷跑去见过那个人几次？

许心寐根本不敢往下想，只会越想越心寒。本就是一个不爱她的男人，怎么指望对方会考虑她的心情。她只恨自己明白得太晚，栽了进去，现在爬不出来才在这里歇斯底里。

陆景深紧皱着眉头：“我没有。老婆，我不知你在外面听到什么消息，但你听我解释，我今天是去见了她，但是和这些没关系。”

这件事情他是打算告诉许心寐的，可是等他打电话发短信的时候，人就已经被拉黑了，他只能急匆匆地跑到国外来。根本没有时间休息，现在脑子更是一团乱麻。

那一个巴掌也算是让他清醒了些。

听着男人这话，许心寐气红了脸："这都没关系还有什么是有关系的！陆景深，你太自以为是了，怎么才算是有关系？"

自己的老公偷偷去见曾经喜欢过的女人，她还要怎么容忍？若是她真的能做到睁一只眼闭一只眼，就不会闹离婚。陆景深心里有别人，这就像是许心寐心里的一根刺，碰一下疼一下。

许心寐觉得这婚离了也罢，她还装什么傻子，再装下去，陆景深恐怕真以为她是傻子，觉得她好欺负。

她怎么就会看上陆景深，简直是自找罪受。想到离婚这步的许心寐已经没什么所谓，既然陆景深喜欢去见别的女人，那就让他去见好了！

离婚了见个够，反正她也没有资格去管陆景深的事情。

陆景深见她气得喘不过气，连忙过去拍着她的后背帮她顺气："老婆你听我说，我对她没有任何其他的想法，今天是因为……"

许心寐甩开他的手："别满嘴跑火车地找借口，你自己说的话你自己信吗？你那么喜欢她还娶我做什么，你……唔……"

解释的话语被打断，陆景深直接捧起她的脸亲了下去，不给她继续说话的机会。

说得不对，全都不对。原来他媳妇儿对他有这么多的误解，他都还不知道。

他还停留在许心寐不和他和好，是因为身体各方面的事情造成的伤害上。之前他一件件在这个女人面前罗列，却不知江夙的事情恐怕是他忽略的最严重的问题。

既然现在意识到了，陆景深必然是要说清楚的。

许心寐狠心地往男人下唇一咬，很快两个人就尝到血腥味，但是陆景深依旧没有松开她，直到把人吻得没了力气，才把她扶到沙发上。

"老婆，你听我解释，我今天之所以会这么做，是因为我想确定一下我对你的感觉。之前我一直害怕面对这件事情，直到现在才改变自己的想法。"

陆景深趁着许心寐现在情绪还算稳定，急忙继续说道："老婆，你别再提什么白月光了，我现在清楚地知道我心里只有你一个人，放不下的人也只有你，我对你的喜欢和其他人没有任何的关系。

"之前那些事情是我做得太混蛋，这么久以来我也一直在弥补，可是我知道很多伤害不是弥补就够的，但是我真的在努力，你再正眼看看我好吗？”

之前的错误，陆景深不想否认也无法否认，他只想和许心寐创造更多更新的回忆，然后去淡忘那些不好的事情。不论这个女人变成什么样，刁钻还是蛮横，胖了还是瘦了，他心里都只有许心寐这个人。

“怎么，陆总自己做出来的事情还不让人提了？不就是白月光我说错什么了？还是说你连曾经的自己都不敢面对？”

陆景深被她堵得说不出反驳的话：“老婆，我没有不敢面对，我今天就是在面对这些。我希望让你放心，我不是你想的那样，没有精神出轨，从我们结婚起从来都没有过。”

许心寐半信半疑，不管怎么样，她遇到陆景深的时候，这个男人眼里还根本没有她。

开始两个人只是相识的关系，后来陆景深一个人郁闷地在招金基地打高尔夫，她只是单纯地被陆景深身上的气质吸引。

后来她找到机会过去搭讪，两个人玩了一下午，喝了点红酒看对眼了，就那么一发不可收拾地走到了一起。而后，许心寐就这么糊里糊涂地和他保持着见面关系，因为陆景深比她大六岁，又是形式婚姻，她也不敢和家里人说。

她瞒着所有人甚至走到结婚这一步，直到她听说有个女人也结婚了，多问了一句那个女人和陆景深有什么关系，一切就开始崩塌。

陆景深眉心紧锁：“心心，我和你结婚跟她没关系，如果我真的那么放不下她，我不会接受你，更不会和你结婚。”

许心寐：“你闭嘴！”

陆景深抚着她的脸：“我闭嘴了这些事情怎么办？我解释了你也不一定相信，我哪敢闭嘴。

“许心寐，你听清楚，我没有把你当作替代品，且不说你们两个人一点都不相似，如果真要是那样，我何必和你结婚。

“刚结婚时我确实对你不够重视，也不知道该怎么维护我们的关系，什么事情都只想着自己的心情，让你受那么多委屈。我也发现我是有点贱骨头在身上的，只有等到你和我闹离婚的时候，才知道改变。”

许心寐听着他一遍遍解释，要说内心没有任何触动那是不可能的

事情，可是她真的没办法全然相信他。

陆景深喜欢过别的女人就是事实，这些话有多少真有多少假，她该怎么去判断，难道当陆景深上一段感情不存在吗？她做不到。

“之前到底是什么情况，还不是你一嘴编一编的事情。”

陆景深喉咙里像是卡着一根刺，每个字说得都比之前艰难许多：“因为我之前喜欢过别人，所以我说什么都没有可信度，心心你是这样想的吗？”

“不然呢？”许心寐毫不犹豫地反问。

对于有情感洁癖的她来说，这已经和死罪差不多，陆景深对她是好是坏，她都会不自觉往那件事情上面联想，想着如果是那个女人，陆景深会对她做出那些混蛋事情吗？

短短三个字，陆景深说不出任何话来。

他深深地看着坐在自己怀里的女人，举起三根手指：“我陆景深对天发誓，我对你许心寐没有二心，我心里只有你一个人，也只爱你一个人，对其他人绝无留恋，如有说谎，天打雷劈，不得好死。”

许心寐怔了怔，等她想捂住男人的嘴的时候，已经来不及。陆景深发完誓俯身对她说：“心心，再给我一次机会，我一定会珍惜的。”

“别亲我。”许心寐撇开脸。

她接受不了，每次只有麻痹自己才能和陆景深好好相处，她不止一次地想过她和陆景深之间的一切，是不是他本想和另外一个女人发展的，而她只是退而求其次的选择。哪怕现在陆景深发誓心里只有她，可之前也装过别人不是吗？

陆景深把人摁在怀中，轻咬着她的唇：“老婆，我二十八九了，以前有过喜欢的人，这是无法改变的事情。谁都没办法预知未来，如果我们遇到得早一点，再早一点，或许就不是这样，我知道这是对你的不公平，我……我比任何人都想当一张白纸。”

许心寐介意，他又何尝不痛苦，他这颗心已然是脏了，忘了不喜欢了又如何，发生过的事实是骗不了人的。

许心寐推开他起身：“我没想清楚。”

她的脑袋是乱的，感情洁癖也不是一时说没就没的，况且除了这件事，陆景深还有很多件事不可原谅。

陆景深送她回房间前，许心寐想着去舒漾的病房看一眼，这一看整个人都绷紧了神经，她拍着旁边的陆景深大喊：“快！快去叫医生！”

陆景深甚至都来不及看清病房内的情况，听到许心寀的话语后丝毫不敢懈怠，连忙跑去找医生。

许心寀走进病房，拍了拍趴在床边熟睡的江衍：“醒醒，你姐都醒了，还在这儿睡呢？”

突然被话语刺激到的江衍猛地惊醒，左顾右盼：“姐？姐呢？”

舒漾无语地看着他，许久未开口的嗓子有些沙哑：“你面前。”

江衍激动地把她抱进怀里，时不时退后打量几眼：“姐，你终于醒了！你脑子没事吧？”

舒漾一个巴掌就往江衍头上拍去：“你脑子才有事呢！”

对于舒漾来说，她只不过是沉沉地睡了一觉，现在打弟弟都还有些使不上力气。

江衍吃痛地捂着后脑勺，才知道这不是梦，姐姐真的醒过来了。

许心寀也很是激动：“漾漾你终于醒了，这几天都担心死我们了，还想着要不要告诉你爸妈。幸好你意志力够坚强，刚才我就有些预感，跑来看一眼，没想到你真的醒了！”

收到消息的沈轻、秦雅致和傅衍之几人也都在第一时间赶到了病房，祁砚却在门口没有进来。

因为沈轻提醒他：“祁先生，为防病人受到精神刺激，我建议你还是先不要进去。我们会想办法提到你的名字，先看看病人的反应，再做决定。”

刚刚醒来的舒漾，还不确定记忆恢复到什么程度，之前发生昏迷也是前所未闻的状况，所以沈轻不敢冒险。

祁砚看着病房门，最终还是点了点头，留在外面。

他的神色凝重，心中紧张、焦虑的情绪交织。在他人生中鲜少有这样的感受，而每一次都是因为舒漾。

他站在门后深呼吸，整理着身上有些皱巴巴的白衬衫，沈轻特意将病房的门留了缝隙，方便祁砚能够听到里面的谈话声。

舒漾看着又跑进来的几个人：“你们怎么都来了，这么大阵仗？”

病房内一下变得热闹了起来，沈轻走上前说：“漾漾，我先帮你检查一下身体情况。”

沈轻看着仪器上的数据，全部记录下来，确认一切正常之后，替舒漾拔掉了手上的针头："起来活动一下吧。"

舒漾伸了个懒腰坐起身，从床上下来活动着胳膊和腿，她心情极好地打趣道："我感觉我现在像是给你们表演复健。"

大家看舒漾心情这么好，心里也默默替祁砚松了一口气。

江衍看这情况也放心了不少，太好了，他不用还钱了。

只有待在门外的祁砚依旧悬着一颗心，舒漾全程都没有提起过他的名字，也没有说到任何相关话题。他不知道当自己的消息再次出现在舒漾的耳边时，舒漾会是什么样的反应。是伤心还是厌恶，又或者是其他？

沈轻往病房外看了一眼，试探地和舒漾说道："祁砚也来了，要不要让他进来？"

一时间，病房的气氛又变得凝重起来，大家都在小心翼翼地观察舒漾的脸色。

谁料舒漾表情根本没什么变化，更多的是疑惑。沈轻又不敢再问第二遍，只觉得舒漾可能现在不想提到，大家也笑笑，想把这个问题糊弄过去。

没想到，舒漾两眼蒙蒙地看着大家："祁砚是谁？"

Chapter 21 重新开始

舒漾口中的话让在场的所有人陷入沉默。

随后大家都震惊得面面相觑。这是什么情况?

许心寀惊讶地拉着她的胳膊问:“漾漾，你是认真的吗？”

舒漾轻声笑了下:“不然呢？他是你们朋友吗？是朋友的话来都来了，让他进来坐坐呗！”

话音落下，众人内心的震惊只增不减。

舒漾记得他们所有人，却偏偏忘了祁砚?

大家都设想过舒漾醒来之后的样子，她或许会责怪祁砚，两个人甚至可能闹离婚，又可能会和好如初，可谁都没有想到，真正的情况是一切归零。

在门口等候的祁砚自然也听到了这番话，他难以置信地攥紧了手。

舒漾把他忘了，再一次把他忘了。

曾经是记忆任由他摆布，现在他变成了被记忆玩弄的人。

祁砚原以为等舒漾醒来之后，事情不论如何都该有个结果，是好是坏他都可以接受，可如今状况变成了这样，要他怎么放手，怎么接受?

现在他甚至没有一个身份进入这个病房，甚至无法站到舒漾的眼前。

许心寀、秦雅致和江衍三个人自然是为舒漾抱不平，另外两个男人更是没有话语权可言，而沈轻作为催眠师，不敢擅自让他进来。

祁砚从不知道原来人可以这么痛苦，做错了事情没有人给他惩罚，才是对他最大的惩罚。他没有任何弥补的机会，甚至连之前做的一切努力，也都在舒漾忘记他的这一刻，前功尽弃。

舒漾往病房门口看去，透过玻璃看到一道宽阔的肩膀，她被这道

背影吸引，有些想看看他。碍于这么多朋友在场，舒漾犹豫了一下，等再次抬眸的时候，门口的玻璃已经看不见那道身影。

沈轻拉起她的手："我们先不去管那件事了，漾漾，你现在把你想起的人或者事，简单地和我们说一下，你的记忆可能出现了偏差。"

舒漾有些好笑地说道："什么偏差啊？我晕倒睡了一觉而已，你们该不会觉得我失忆了吧？"

怎么大家看她的眼神都有些怪怪的？每个人都像是藏着许多秘密一样。

大家也不知道这件事情该怎么解释，毕竟现在舒漾看起来恢复得真的很不错。而且关于舒漾需要恢复的那段记忆，他们也并不清楚具体发生了什么，就算是把事情大概说出来了，恐怕也无法改变现状。

沈轻认真地告诉她："漾漾，初步推测你现在的症状，应该是心理创伤后应激障碍导致的选择性失忆。"

舒漾听着这一大段话，迷迷糊糊地问："我真的失忆了？"

沈轻点点头："你的身体没什么问题，但是这段记忆具体什么时候能恢复，现在也没办法下定论。这方面还需要去咨询更专业的医生。"

秦雅致的目光唰地一下投向了傅衍之，男人无奈地捏着眉心："我是外科，不是心理科。"

秦雅致淡淡地应了一声："白指望了……"

傅衍之："……"

两个人相处这么多年，这女人竟然连他是什么专业科室都记不清楚。傅衍之实在是哭笑不得，看来她真的是对他没有半点其他心思。

舒漾隐约猜到了什么，她看向病房门口："我忘掉的就是你们刚才提到的那个男人？"

即便大家不说，她也能够感觉到那个没进来的男人一定是一个很重要的人物。

舒漾暗自咬牙：我对帅哥向来是过目不忘的啊！血亏！

不过很显然，既然是心理创伤导致的，那么对方必然是做了一些对不起她的事情。能把她逼到这种地步，那也是不简单了。

沈轻继续说："你的确忘掉了和他有关的所有记忆，想要恢复记忆的话，恐怕还需要接受相关治疗。"

听到这里，大家都不知道该怎么说好，到底是支持漾漾再去恢复记忆，还是得过且过？如果恢复记忆的过程中又出现了什么问题，这是所有人都不想看到的。

“这次你之所以会出现昏睡的情况，就是在恢复某段记忆的过程中造成的。现在你醒了，却还是失忆了，所以这件事情也是有极大风险的。”

江衍站出来说道：“姐，我不希望你再冒风险去做这样的事情，那段记忆能把你逼成这个样子，你也该清楚，它不是什么值得回忆的东西。现在你才刚醒过来，我真的不想你再出任何事情，如果你真的想恢复记忆，我们过段时间再说好吗？”

舒漾没什么大不了地说道：“忘了就忘了呗，之后再认识一下不就好了，你们一个个这么愁眉苦脸的干什么？人总不能一直活在过去吧。”

许心寐小声地提醒道：“他是你名义上的老公……你把你老公忘了……”

舒漾也小声地回答道：“问题不大。老公嘛，一回生二回熟，关了灯的事。”

许心寐竖起一个大拇指：“你牛。”

大家都没办法判断现在这个情况对祁砚来说是好是坏，反正只要舒漾醒过来了，没什么大碍，大家也就都放心。至于祁砚，就只能让他自求多福了。

确认舒漾没事之后，许心寐等人也要赶去忙自己的事，由蓝沫儿陪着舒漾。原本秦雅致也是想留下来的，但是她一想到傅衍之即将要相亲的事情就有些不放心，还是决定一同回国看看。

时装周已经过去一半时间，舒漾出院后，蓝沫儿就马不停蹄地去对接安排工作：“这次真的多亏了祁总，换作是哪个模特耽误这么多天，恐怕早被换掉了。”

说完，蓝沫儿就意识到嘴快了，其实舒漾的心情并没有刚醒过来那么好，等朋友们走后才露出低落的一面。

舒漾见她突然不说话，安慰道：“我没事。只是我心里很清楚，能和自己老公折腾到如此地步，必然没发生什么好事。我在想，到底是去重新认识他，还是直接离婚。”

她一生中的眼光总是出奇地一致，哪怕刚醒来的时候她根本就不知道病房外那个人的身份，却一眼就看到了祁砚的肩颈，并且印象深刻。

最后果然从大家的口中得知，那是对她非常重要的一个人。

他为什么不敢进病房来看她？是因为愧疚吗？想必也没有其他原因。

马上就要登台，舒漾顾不上想太多，整理着着装和检查妆容。

在晚宴秀场的席位当中，舒漾看到了那一抹熟悉的肩颈线条，只不过这一次对方并不是背对着她，两个人四目相对。

对方的目光直白且大胆，欣赏地看着她。男人的气质身形独特，短发英眉，眼底深沉，是嘉宾席上最吸睛的存在。

舒漾能够感觉到自己出场的同时，有许多人的目光也都投向了她的老公，祁砚的视线却没从她的身上移开过。

舒漾淡然地走完全程，然后换了身更加舒适合身的礼服去晚宴用餐。

她来的目的很明显，倒不是为了吃这一顿晚餐，而是为了寻找那个男人。

舒漾在偌大的会场里左顾右盼，却没看见那道身影。她无聊地拿着一杯香槟坐在高吧台区域，看着交际的人群。

偶尔也会有眼熟的名媛来找她合影，舒漾配合拍照完，对方笑着调侃道："刚才你走秀的时候啊，你家先生可是看得迷了眼，出场的其他模特，他脸都没抬一下，什么时候我家那位也能有这般觉悟啊！"

舒漾笑了笑，想到什么就随便应答："再有觉悟，现在不也找不到人。"

她总不能到处说她把祁砚忘光了吧？

名媛四处看了看："刚才我先生带我入场的时候，还看见他呢，脚步挺匆忙的，我都还说他着急找你呢，现在估计人在C区那边。"

舒漾往左侧方的C区看过去，瞥见男人的身影一闪而过，她抱歉地和这位名媛说道："不好意思，那我就先过去了。"

打完招呼，舒漾深呼了一口气，握着酒杯走到C区，很快就在灯红酒绿的露天阳台上看见自己要寻找的男人。

祁砚站在栏杆边缘，双手随意地搭在一边，不知在往下看些什么。

舒漾踩着高跟鞋走到他身旁："先生，一个人？"

祁砚怔怔地看着自己刚才一直找寻的身影突然出现在眼前，舒漾穿着简单的抹胸黑色礼裙，脖子上戴的是他送的珍珠项链，手里握着两杯香槟，一只纤细的手将其中一杯递到他的面前。

祁砚伸手接过，特意避开了女人的手，可在舒漾松手时，指尖故意轻扫过他手背的皮肤。

男人盯着手中的酒杯，其实他今天没打算喝酒，晚宴场地离舒漾住的酒店有些远，祁砚打算待会儿找机会送她回去。

关于这段关系，祁砚每个阶段对待感情的方式都是不同的，他清楚地记得舒漾醒来时开心释然的语气，没有了和他相关的一切，他的宝贝找回了那个无忧无虑的自在灵魂，这就是事实。

祁砚的眸色幽沉，四年来换得一场空的滋味，让他迟迟不能平静。

看着眼前的女人，哪怕他内心有再多的波澜，也不敢表现出一丝一毫，他害怕会给舒漾留下不好印象，进一步刺激到她。

舒漾打量着眼前沉稳内敛的男人："祁先生这么盯着我做什么？"

她不明所以地对上男人的视线，那是一双很深情的眼睛，此时却显得有些忧郁，明明没开口，目光神色却好像对她说了许多话。

祁砚没想到她会认出自己，甚至走过来主动打招呼。祁砚喉结动了动："你很漂亮。"

他恍惚间都有些记不清有多久没有看见舒漾如此明媚的样子了。其实算下来或许也没多少时日，可对祁砚而言简直是度日如年。

舒漾扑哧一笑："好久没有听过这么一本正经的夸奖了。"

祁砚一瞬不眨地盯着舒漾，他的宝贝本该就是这样明艳生动的，那些记忆的存在让舒漾逐渐失去灵动的笑容。

现在这样好像也没什么不好的，那些本就不算美好的记忆，他凭什么要让舒漾和他一同承担？

"怎么会来找我？"祁砚低垂着眼帘，"你应该能猜到，我对你没做什么好事，甚至是个非常可恨的人。"

祁砚已然接受了这些现实，在他思绪杂乱到不知该以什么身份出现在舒漾面前时，舒漾的主动让他方寸大乱。在避重就轻和直面过往之间，祁砚选择了后者。他没什么资格在舒漾面前继续塑造一个完美无缺的形象，他做的那些事本就糟糕透了。

舒漾意味深长地笑笑："或许，我是来看你愧疚的？"

祁砚抬眼看着她，女人笑得恣意："这玩笑祁先生好像觉得不好笑。"

最初祁砚给她的感觉都是沉重的，看见他心里这般受折磨，舒漾感觉不到任何报复的快感。明明是这个男人伤害了她，让她为了感情失去自我，甚至最后连记忆都要被祁砚掌控。

祁砚将手中的酒杯放到旁边的台子上：“漾……舒小姐说的是事实而已。

“说实话，我现在不知道该怎么面对你。唯一清楚所有记忆的我，在忘记所有记忆的你面前，不管做什么说什么，都显得很虚伪。”

祁砚的想法很颓丧，他不知道该怎么继续下去。他放不下舒漾，也不忍心看着她再次因为那该死的记忆而变得情绪低落。

他终于理解了舒漾曾经对他的态度，相爱也不是非要在一起，他只希望她过得快乐。可祁砚也知道，这种状况他维持不了多久，那四年的记忆会把他现在的理智吞噬。

舒漾轻晃着手中的酒杯：“外界都说你视我如珍宝，可是我现在因为你受到了心理创伤。祁先生不觉得，你在我面前表现得这般愧疚才是虚伪吗？我更希望看到一些实质性的弥补。比如……钱。”

世界上唯一不变的真理——谈恋爱不如搞钱。

舒漾决定向钱看齐，男人会变坏，但钱不会。因为表现出愧疚就原谅一个男人，那岂不是太便宜他了？

祁砚淡然地开口：“我们结婚没多久，能够转移的资产就早已经移到你的名下了，如果觉得还不够，我尽快挣。”

舒漾有些错愕，什么时候的事？她之前对于这些事情向来是没有概念的，那么现在加上江家的财产，她岂不是要提名圈内首富了？

舒漾满意地笑着：“如果是这样的话，比起记忆，我倒更愿意向现实妥协。”

谁又能拒绝一个赚钱上交的男人？

祁砚提醒她：“那些记忆，没你想的那么简单。”

看着舒漾对记忆一无所知，祁砚就感觉自己每分每秒都在欺骗她。

如果舒漾真的恢复了所有的记忆，绝对不会像现在这样对待他，更不会主动来找他，那些伤害连他自己都觉得不可原谅。现在看见舒漾情绪的转变，他才更清楚自己对这个女人的伤害多大。

曾经的记忆，无时无刻都是潜在的危机。可是他还是藏不住想要靠近舒漾的心，哪怕一次又一次面临记忆带来的折磨。他所承受的，舒漾一点都没少，他又有什么理由放弃。

舒漾一步步靠近，祁砚下意识地扶住她的腰，女人柔软的声音在耳边响起：“原谅你还不乐意了？”

没想到她只是稍微松了点口，祁砚还担心起来了，看来这段时间他的日子也不好过。

祁砚想往后退，可后面就是栏杆，只能看着舒漾越靠越近。

原谅？这是他想都不敢想的事情。

“怕什么？”舒漾看着两人紧挨着的身体，“熟悉一下自己的老公，应该不算什么过分的事情吧？”

祁砚：“……”他的退让好像让舒漾变得越来越放肆。

祁砚的双手不知如何放置，推开舒漾也不是，不推也不是，最后只能悬在半空中。

舒漾对他的态度让他不知所措，从舒漾决定要恢复记忆以来，所有事情都在他的预料之外，这是祁砚人生中感到最无力又矛盾的阶段。

舒漾握着自己手里的酒杯，将杯口贴上男人的唇：“你怎么像块木头一样。一动不动，还硌得慌。”

冰凉的玻璃酒杯被按在男人红润的下唇上。祁砚夺过她手上的酒杯仰头一饮而尽，随即扣住女人的后颈，疯狂地吻了下去。

舒漾眼睛瞬间放大了一圈，这男人疯了吗？还敢亲她！

舒漾还没来得及推开他，就被祁砚抓着压到身后，男人的吻强势野蛮，一点都不温柔，大有一副只干最后这票的狠劲。

天台上为数不多的人都朝这边看了过来，有人甚至举起手机录像，较为大胆的外国人则为他们尖叫鼓掌。

舒漾觉得有些尴尬，拼命想推开祁砚，但她根本就推不动，干脆绝望地闭上眼睛，眼不见为净。

直到她快要喘不上气时，祁砚才松开她，舒漾此刻连打人的力气都使不上。

“你……”

这狗男人不是愧疚吗？不是不敢靠近她吗？就会装！

祁砚扣住她的下颌：“非要惹我？舒漾，我做的混蛋事也不差这一件，以后算总账好了。”

既然他已经被这段记忆玩弄成这样，那么就不可能放弃舒漾，就算是最后闹到天翻地覆，他也要看到那个结果才行。

不论什么原因，舒漾无疑是喜欢他的，连舒漾都不担心恢复记忆之后的事情，那么他何必胆怯。

舒漾气结，又找不到任何反驳的理由。她连忙偏头躲向男人的怀里，避开外面的那些目光。

主要是舒漾担心这件事情传到朋友们的耳朵里，那她也太没面子了，这才醒来没两天就又和祁砚勾搭上了。

连她自己都觉得自己死性不改。

祁砚抱紧她，将下巴埋在女人的脖颈上："舒漾，我不会放过你的，就这么纠缠到死好了。"

他可以肯定他没有办法看见舒漾完全脱离他的生活，甚至和其他的人开始新的生活。

"祁砚，你难道就不会觉得这样很没意思？我若是再恢复记忆，你现在对我所做的一切都会令我更加恶心。你大可不用对我有任何付出，反正我早晚都会和你闹翻的。"

舒漾想知道祁砚对待那段记忆的看法，他究竟是便宜能占一时是一时，还是真的愿意几次三番地挽回她。

祁砚抬头看着她："漾漾，我比任何人都希望你能够尽快恢复所有的记忆，那段记忆对你我来说虽然算不上多么美好，可它是你人生经历中的一部分，更是我们之间不可或缺的几年。你大概没有办法理解，也不需要理解，这几年中的经历，只有我一个人知晓那种感受。

"可是现在天不遂人愿，你将我这个人也忘得一干二净，起初我不知道这到底是好是坏，但我现在只想和你在一起，哪怕每一天都是最后一天。

"如果你迟迟没有办法恢复记忆，或者陷入这样的死循环，我不介意一遍又一遍地接近你、追求你，一遍又一遍地想方设法让你爱上我。"

舒漾沉默地看着他，男人的眼睛熠熠生辉，她张了张嘴想说什么，霎时眉头一皱。肚子传来的疼痛，让舒漾出现了不祥的预感。

又过了一秒钟，那种疼痛再次传来，舒漾摸了一下肚子，该不会是来例假了吧？

“那，那个……我先去一趟洗手间。”她的例假通常来得都比较突然，而且刚开始量会比较大，舒漾害怕身上的短礼裙遮不住，赶紧推开祁砚准备去找洗手间。

祁砚拉住她，舒漾着急地捂着肚子弯腰，带着些许恐慌看向他：“干吗？你别抱我去啊！我不想再社死第二次！”

她真的觉得祁砚干得出这种事情，说不定他会直接把她抱到女厕所门口，舒漾想想那情景都觉得没脸见人。

祁砚脱下身上的西服外套披在她身上，从口袋里摸出一片小东西，放到她手心：“洗手间在左手边。”

舒漾看见手上的东西愣了一下，这男人怎么还随身带卫生棉？

来不及想太多，舒漾抓紧往洗手间赶去，果然是来例假了。

处理好后，舒漾的肚子却疼得越发厉害，她弯着腰，勉强走出洗手间的门。她想打电话给祁砚，记起现状之后又立马换了个人，把经纪人蓝沫儿叫了过来。

“蓝姐，我现在在C区左手边的洗手间，我来例假了肚子好痛，能不能过来扶我一下？”

蓝沫儿着急地在外面对着电话里说：“宝贝，没有邀请函我进不去主区啊，我最多只能在宴会大厅等你，你能走过来吗？

“你先别着急，你在洗手间等一下，我现在就和服务生说你这边出状况了，看能不能进去。”

舒漾闷声答应着：“嗯。”

不知道是不是这段时间体质变差的原因，舒漾这次疼得特别厉害，只有扶着墙才能勉强站稳。她今天穿了一双十厘米高的高跟鞋，在这种场合她又不可能直接脱鞋。

过了好一会儿，舒漾见经纪人还没来，她额头有些冒汗。突然她手里的电话响了起来，是祁砚打来的，舒漾在接与不接之中纠结。

下一秒，蓝沫儿的电话也打了过来，舒漾还是选择接了经纪人的电话。

蓝沫儿打着电话往这边赶：“漾漾，你现在情况还好吗？我马上就到了……祁，祁总。”

舒漾听见她电话那头的称呼，心头一紧，看来她是碰到祁砚了。

蓝沫儿手上的电话很快被祁砚拿了过去：“漾漾，我现在就在洗手

间门口，你出来就好。”

舒漾踩着高跟鞋，慢慢地扶着墙从洗手间挪了出去，随后就被人拦腰抱起。

在众目睽睽之下，舒漾被抱起离开，刚才没经历的社死，现在虽迟但到。

祁砚真的来女厕所门口等她了，舒漾老老实实地低着头，没再挣扎。毕竟她现在是真的走不动了，这男人也是真的不在乎围观的人是多是少。

蓝沫儿小跑着跟在后面，十分欣赏地看着他们，时不时还左右对正在围观的人点点头，微微笑，仿佛昭告全世界那般：舒漾和祁砚是最般配的！谁懂！

虽然这段时间舒漾和祁砚两个人之间的氛围有些奇怪，但是蓝沫儿把祁砚这些天的所作所为都看在眼里。即便工作忙到脱不开身，还一直抽空帮舒漾解决工作行程上的问题，而不是什么东西都不管不顾，到时候留下一堆烂摊子。

见他这样知悔改懂分寸，她就知道两个人和好应该只是时间问题。

谁碰上这么大个事情，肯定都是会有顾虑的，她虽然不清楚所有缘由，但是看漾漾身边的朋友对祁砚的态度，也能够猜到一些。

有些时候，转变身边的人的态度才是最难的。好在漾漾把人都劝走了，才有了两个人单独相处的机会。

到停车场附近，祁砚已经叫司机把车开了过来，他把舒漾抱上车系好安全带，然后自己再坐好。

“去酒店。”

舒漾抓着他手肘：“去哪个酒店？”

祁砚盯着她揪紧的小手，忽然觉得有些好笑：“去哪个酒店也不能把你怎么样，不是吗？”

舒漾恼羞成怒地顺势揪了男人一把：“你能不能正经点儿，我要回我自己的住处，才不要和你住一个酒店。”

跟祁砚回去无疑就跟上了贼船那般，这男人表面上看起来风平浪静，实际上能装得很。刚才不过是随便撩拨了两句，祁砚本想维持的沉稳人设就崩塌成废墟。

分明就是老狐狸一个，还总在她面前假斯文。

虽然舒漾的确有些无法控制自己想见祁砚的心，但是她告诉自己一定要忍住，男人越是能够轻易得到原谅，就越是本性难移。一贯都是祁砚在主导她，这次，也该换换角色了。

祁砚伸手想要摸摸她的头发，舒漾立马就躲开，男人也没什么恼怒的情绪，而是说："这次晚宴的所有嘉宾都安排在同一个酒店。我会把你送回房间的，别担心。"

对于这些事情的分寸，祁砚还是一直都有的。舒漾来例假他怎么可能赖着不走，那岂不是嫌自己追妻之路还不够艰辛？

其实今天两个人能够重新认识，祁砚就已经很满意了。这是他从没想过的，也让他重新燃起了希望。

舒漾故意曲解他话中的意思："祁总该不会是对来例假时期的女人没有什么兴趣，才装作如此绅士吧？"

刚才这男人吻她的时候可是表现得要吃人一样，现在又是另外一副面孔。

不得不承认，连她自己都记不清的例假时间，祁砚竟然记得，还随身携带着卫生棉。如果没有祁砚，她不知道自己在晚宴遇到这种突发情况会比现在狼狈多少。

对于舒漾这种已经被拿捏了又不肯承认的女人来说，必须嘴硬一会儿，所以她直接将矛头指向了祁砚。

男人好整以暇地看着她："基本的常识哥哥还是有的。"

舒漾拍开他的手："谁知道你怎么想的，反正你变态也不是一两天的事情。"

从两个人认识的第一天起，这男人就把斯文败类的样子表现得淋漓尽致，短时间内根本不可能看清他本性到底如何。但是随着时推移，男人的伪装会渐渐瓦解，直到露出他最真实也最丰富的一面，而这些都是舒漾用时间尝出来的。

不知道是这男人的手段太高明，还是她太没出息，她总是会去相信祁砚，接受祁砚。这个男人对于她的吸引力，不管过了多少年，似乎都没有变过。

祁砚深眸紧蹙："嗯？"

听着舒漾刚才口中的那句话，祁砚陷入了短暂的疑惑，什么叫也不是一两天了？

如果按照舒漾苏醒后的记忆算，舒漾对他的认识应该也只有这几个小时而已，但很显然，那句话并不是这个意思，反倒是像两个人相识已久，了解透彻后说的话。

舒漾的心瞬间跳到了嗓子眼，她刚才说话说得快，竟然就那么顺嘴说出来了，祁砚很显然已经对她的记忆起了疑心，幽幽的目光此时就盯着她不放，似乎在窥探着什么。

祁砚的眼睛很深邃，盯着人的时候仿佛有洞穿内心的魔力，让舒漾感觉在这个人面前藏不住任何秘密。舒漾装作不解地同样用疑惑的目光看着他:“突然用这么直白的目光盯着我干什么？”

很显然，她对应对祁砚这种老狐狸缺少经验，但凡有一个字说错了，祁砚都能够捕捉到话语中的深意。

现在就因为刚才的那句话，祁砚开始思考她失忆的真假。舒漾虽然表面上看上去没什么波澜，经历了这么多事情，她也能够较好地伪装住自己真实情绪，但是祁砚如果一直这么强势地盯着她看，舒漾觉得自己再撑不过三十秒就要露馅。

眼看着形势又将变成被动，舒漾暗自咬了咬牙。

她的确没有失忆，并且还恢复了所有的记忆。

那些让她陷入昏迷的记忆，已然深深地刻在她的心里，五年的时间，她和祁砚围绕着 Y 国发生的事情吵了又闹，闹了又吵，很多事情循环下去是没有任何结果的，所以，舒漾想重新创造一个结果。

其实在昏迷的过程中，谁和她说话她都是有意识的，祁砚来见她时的那些忏悔，她也都知道。之所以迟迟没有醒过来，是因为她不知道自己究竟该不该相信浪子回头这件事。

祁砚起初对她的目的是不纯的，或许她当时心里就是很清楚的，只不过一直选择性地蒙蔽自己，然后为祁砚找各种各样的理由。

但是祁砚和杰森的那通电话，把她一直以来说服自己的信仰给摧毁了。至此，她才开始恢复野性，开始反击，好像也只是为了能够看见这个男人真正在乎她的一面。对于舒漾来说，这段记忆是卑微的，从头到尾都是。

祁砚移了些目光说：“漾漾，比起你究竟知道多少事情，我更在乎你对我的态度是如何。”

知道所有事情的来龙去脉，这是舒漾的权利，但他只关心老婆搭不搭理他。只要舒漾还愿意理他，他就会倾尽所有去弥补和改过。

祁砚并不愿意一直去探究舒漾记忆的情况，不管是说顺了嘴，还是说漏了嘴，他遵循舒漾现在给他制造的环境。至少他还能够接触到自己心爱的女人。

舒漾眉眼一挑："反正迟早会翻脸的。"

虽然不知道什么时候，也不清楚祁砚对她的记忆到底是怎么判断的，但是这个下马威，舒漾必须给，输了什么都不能输气势。

祁砚勾了下唇："那就等翻脸的时候再说。"

翻脸这种事情，他也不是只经历一次两次了，过去他们也没过得有多太平。对于祁砚来说，那几年的架不是白吵的，如今他更明白该怎么去规避风险，就比如现在。

祁砚并不想由着记忆的事情一直和舒漾纠扯下去，那可不是什么对他有利的局面，多提无益。虽然这种做法显得非常狡诈，但是在失去老婆面前，祁砚还是选择卑鄙一点。

错误他可以改，但老婆不能走。

舒漾有些疲倦地闭上眼睛休息："到酒店叫我。"

"嗯。"

舒漾和祁砚两个人一同坐在后座，两个人都没有继续说话。车内的空间总归算不上很大，在只开空调没有开窗的情况下，舒漾的嗅觉变得越发灵敏，隐隐约约能够闻到飘散在空气中那非常淡的血腥味，很显然是她的例假导致的。

她下意识地偷瞥了祁砚一眼，没料到男人正好侧过脸看着她。舒漾有些尴尬，她重新闭上眼睛，往靠窗边坐了坐，尽可能离祁砚远一些。

这种气味在注意到了之后没法不在意，连她自己都闻着奇怪。舒漾整个人都开始不自在。

"怎么了？"祁砚看着两个人之间隔着的大段距离，发现舒漾刻意往边上坐，想要离他更远一些。

祁砚揽着她的腰把人带过来："坐那么远干什么？"

舒漾十分尴尬地解释："有味道……"

这男人难道闻不到吗？还把她整个人都揽过来。其实正常处理好是不容易发觉血腥味的，但是舒漾今天不小心沾到身上的布料上了。

舒漾在紧张之下又感觉血一涌而出，她简直有一种想跳车的冲动。

祁砚轻笑了声："怎么突然在意这个？"

舒漾推了推他："你闻着不难受吗？还靠我这么近。"

"还好。"祁砚正过她的脸，认真说道，"这是正常的生理现象，不应该成为你焦虑的原因。回去洗个澡，处理一下就没事了。"

舒漾还是觉得不自在，非要从他怀里挣脱出去，然后整个人缩到一边，祁砚无奈地摇摇头，这小朋友现在在他面前，还要几分面子了。

祁砚想着低脸笑了笑。

把人送回酒店房间后，祁砚在门口没有进去："待会儿服务生会把新衣服和需要用的东西送上来，晚上不要熬夜，早点睡，有什么事情给我打电话。或者敲我门也行，哥哥就住对门。"

"知道了！"

舒漾火速关上房门隔绝两人。

她生怕再多相处一秒钟，就不知怎么的让祁砚住进来了。这种仿佛被人下了蛊的行为，她干过不少次，那男人有毒！会勾魂！

舒漾洗漱时间就听见外面放着的手机不停传来信息。

消息铃声没完没了，总让人会比较急促，舒漾并不知道是谁发来的，捏紧带着泡泡的拳头："你最好是有什么事情！"

殊不知，她和祁砚在晚宴接吻，男人又抱着她离开送她回酒店的一系列事情，很快就在国内传开了。

江衍刚下飞机，一连上网就看见姐姐的娱乐新闻，他快速地翻了翻，看着一堆有些模糊的照片，不由得感叹："好样的，只要男人换得快，祁砚就追不上你！"

江衍兴致十足地点开图片放大一看，刚才的笑容全部凝固在脸上："这怎么是祁砚？"

他不过就是坐个飞机的工夫，怎么他姐又被这人拐走了？这两个人不是应该闹得不可开交吗？不管怎么样，短时间内也不会到这种地步啊！

江衍看着铺天盖地的秀恩爱新闻，立马点开和舒漾的聊天框，发了几条六十秒的语音过去。

"舒漾你能不能有点出息？这才多久，祁砚就把你迷得神魂颠倒，你这破记忆越恢复越少也就算了，怎么到头来还是个恋爱脑？我告诉你，你完了你……

“关键是我把用的钱都还给他了，你给我搞这出，你让祁砚把钱还给我……”

发完信息，江衍就盯着手机在机场等车，他倒要看看他的好姐姐这次又打算找什么借口。

他都和祁砚把话说到那份上了，舒漾这样的做法不是断他生路吗？早知道舒漾这么没出息，他那口气也不是非争不可。

江衍越想越亏。

那些钱可不是一笔小数目，林烟还因为这件事情，非要接济他。虽然他没接受，但是没钱的事实已然是瞒不住了。

江衍越想越郁闷。

舒漾洗完澡之后，打开手机看见江衍发来的信息，条条都是录到自动结束的长语音，一看就没什么好事情。她根本没打算点开听，直接回复了四个字过去。

江衍等了半天，看着手机上好不容易冒出的四个字。

言之有理。

他看着这莫名其妙的几个字，又发了条语音过去：“什么言之有理，知道言之有理你还这么做？这件事情已经不是你一个人的事情，你得考虑一下你弟弟我的处境知道吗？

“比如你现在就可以和姐夫说，你弟弟只是一时激动，没什么坏心思，旁敲侧击地让祁砚把钱还给我，然后继续把这段时间没给我打的钱全部都补上。”

江衍美滋滋地说着：“这才一个姐姐该做的事情。”

只要舒漾能原谅祁砚，他当然没那么多事，毕竟又不是他和祁砚谈恋爱。更何况感情这种事情谁又说得清，舒漾没有恢复所有的记忆，其中到底发生了什么他上哪儿知道去？

舒漾不耐烦地看着他不停地发语音消息，随便回了个“对对对”的表情包过去。

想必江衍一定是看到了她和祁砚的新闻才这么大的反应，除了有

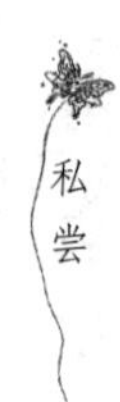

关于钱的事情，没有什么能让这位落魄小少爷如此暴跳如雷。

如果让江衍知道，她是在所有记忆恢复之后选择和祁砚接触的，恐怕他人都要马上飞到 M 国来。

记忆的事情舒漾现在谁都不敢告诉，因为她知道祁砚现在的处境，同样也不知道自己到底该怎么和祁砚相处，所以索性就将这件事情暂时隐瞒下去。

江衍看着聊天框敷衍的表情包，问道："你该不会是没听我发的语音吧？"

回复他的依旧是一个表情包。

江衍又发了一条，什么也没说，只是录得乱七八糟的杂音，就想试探一下舒漾到底有没有把他的话当回事。

第三个表情包来袭。

江衍急了："果然没听！"

发完第三个表情包之后，舒漾直接把手机拿去充电，然后去吹头发。

这期间手机还是不停地在响，舒漾也懒得搭理。

站在路边的江衍知道舒漾不听语音之后，改成发了一串串文字过去。他的身后站着两个等车的女生，其中一个正打算上前要联系方式，隐约看见江衍手机的聊天框之后，就果断放弃了搭讪的想法。

她跑回去悄悄地和自己闺密说："这男生好像刚失恋，给他女朋友发那么大段大段的消息，人家都没理他，真的太可怜了。"

女生的闺密说道："这样的男生上哪儿找去，你还不快上，就是要把握时机啊！"

听了闺密的话之后，女生又鼓起勇气，刚走到江衍的身后，就见马路边停下一辆粉色的车，车窗缓缓降下来，露出一张美艳成熟的脸。

"上车。"

看见林烟之后，江衍笑了一下："我还以为你不来接我了呢，毕竟我上次放了你鸽子。"

知道林烟说要接他后，他虽然没太当真，但还是来约好的地方等着了。就算是林烟要报复他放他鸽子，他也认了，谁让他自己食言在前。

林烟毫不避讳地承认："的确这么想过，姐姐怕你在机场被人拐走了，特地过来守着点。"

没想到她开车来的时候，江衍后面就正好跟着两个小女生，也不知道江衍在手机上看什么看得那么入迷，一点都没有察觉到。

林烟见他一直盯着手机看，问道：“和谁聊天这么投入啊？”

“我姐。”

江衍把那些舒漾没听的废话又和林烟说了一遍：“你说她这不是玩我吗？”

林烟很少听江衍一下对她说这么多话，她静静地听着，最后做出精辟的总结。

“所以你这是在心疼自己的钱，且担心收不到来自姐夫的零花钱了？

“怎么跟钱做得似的，还是第一次见拜金男。”

江衍有些着急地狡辩道：“你别胡说！

“我只是替我姐担心，她怎么可能斗得过祁砚那个老狐狸，刚醒过来难道不应该直接给祁砚几巴掌吗？风平浪静也就算了，还鬼混到一起去，这要是我在她身边，肯定得好好说说她。祁砚肯定对她用什么阴谋诡计了，要不然这就离谱！”

江衍早知道就多待几天了，至少要清楚舒漾是怎么回事。

林烟思索后说道：“他们和好得太快，显得你倒是有些不是人了。”

林烟看江衍死灰般的表情：“我说错了吗？”

“对！”江衍咬着牙回答，“你说得很对！”

这女人确定是喜欢他？本来舒漾敷衍他的消息他就烦，林烟还给他添堵。

到了分岔路口，林烟笑着看向他问：“回你家还是？”

问这个问题纯粹出于她的私心，江衍如果拒绝的话对她来说也没什么。

与此同时，江衍收到银行打来的电话，随口答道：“随便。”

话音落下时，刚好是绿灯亮起，林烟果断往自己家的方向拐去。

江衍还没反应过来，看着手机银行上的信息提示，自己的汇款被转了回来，江衍坐直了身：“什么情况，祁砚不用我还那些钱？”

江衍感觉车内的空间似乎还回荡着他刚才那句：“白来的钱他才不稀罕。”

现在看来，也不是不可以收回这句话。

林烟好笑地看着他五彩斑斓的纠结表情。

察觉到林烟的目光后，江衍很是硬气地说道："我不要！"

林烟憋着笑，嘴硬的男人怎么这么可爱？

江衍凶神恶煞地瞪着她："不许笑！"既然他已经把祁砚的钱还清了，那么他就不想再陷入借钱的地步。

就算祁砚之后和姐姐感情顺利，也愿意一直给钱给他用，可他江衍也是个男人啊！一直花他人的钱算什么本事，还要被林烟嘲笑！江衍决心已定，他要自己挣钱！

原本还在憋笑的林烟，被他这么一吼，直接笑出声。

江衍："……我看你是想被我暗杀！"说着江衍撇过头故意不去看她，而是盯着外面的街道，看着看着好像有点不对，这路怎么不像是去他家的啊！

江衍赶紧和林烟说道："等等，你往哪里开呢？"

他仔细地看了眼，这哪里是通往他家的路，分明就是去林烟家的路！

他这才想起林烟之前问他的问题，他压根没仔细听就说了随便，谁知道是这种事啊！

林烟没打算掉头："不是你自己说随便的吗？"

现在都快到了，哪有把人又送回去的道理。

眼看着就要进小区了，江衍急忙说道："我哪知道你要我住你家，这像话吗？你赶紧掉头，把本少爷送回去！"

见他态度这么坚决，林烟也有点无奈："好吧。"

她很是无所谓地说道："看来网上说得没错，最烦那种说随便，然后别人帮忙决定了又挑三拣四的人，看来你也是这样啊。"

江衍闻言哽住，不知说什么好："我……"

林烟接着说："我知道江同学洁身自好，毕竟我也确实对你有意思，被想成不轨之人也很正常，我现在就送你回去。"

看着林烟就要掉头，江衍出声制止："到都到了！"

林烟偷笑："这可是你说的哦。"

下一秒，林烟一踩油门就把车开到了自家小区楼下。

江衍被晃了一下，定神的工夫，车就已经停在了楼下车位上。

他怎么感觉自己被林烟的"茶味"熏晕了？

林烟停下车，看着紧紧抓着安全带的江衍："走啦，不下来？"

江衍发现自己的紧张行为后，立马松开手。

之前他来林烟家都是有事情，这样莫名其妙地来还是第一次，总觉得怪怪的，一个单身男生住在一个单身女性家，太暧昧了。

他虽然暂时没什么能力，但好歹也是个男的吧？

江衍硬着头皮下车后，老老实实地跟着林烟进了电梯。

为了不委屈自己，江衍恶狠狠地说道："我睡房间，你睡沙发。"

林烟果断答应："好啊，江同学都不介意我还介意什么？四舍五入我们也算是住在同一个屋檐下了。"

反正对她来说怎么都是赚到，何乐而不为。

江衍一顿，进门换好鞋："算了，我认床，睡不着。"

睡林烟家的床，江衍想想觉得太可怕，沙发才是他最好的归宿。

林烟接着调侃："认床，那就不认沙发了？"

"是！"江衍说什么都要嘴硬到底。

两人各自洗完澡，江衍往沙发上一倒，发现整个小腿都垂在沙发外面。他爬起来找了个矮凳子摆在沙发另一端，虽然脚腕还露在外面，但是已经舒服很多了。

林烟从房间拿出薄被丢到他身上："别着凉了。"

见江衍想拿掉被子，林烟猜测他担心这是她盖过的被子，解释道："新的！"

听到这话之后，江衍才算是安分下来。

要是盖林烟的被子，没准儿要出什么事，他必须避免！

江衍见她还不走，直接把被子蒙上脑袋："本少爷要睡了，快关灯回你的房间！"

林烟关掉客厅的主灯，只留了一盏墙角的小灯，然后就回房间休息了。

听到脚步声消失之后，江衍才扯下被子露出脑袋。

他说不上自己现在是什么心情，翻来覆去睡不着。他好像真的不仅认床，还认沙发，怎么会睡不着呢？

最后实在躺不下去，江衍呆滞了一会儿，决定起身。

犹犹豫豫之下，江衍走到林烟的房间门口，敲了敲门。

江衍忐忑地站在门口，敲完门之后却没有任何动静，该不会是已

经睡着了吧？

里面传来一道有些沉闷的女声："等一下。"

江衍回到客厅，坐在沙发上等着林烟出来。

林烟在睡衣外披了件薄毯，因为她睡衣的里面没再穿其他的东西，刚才找了好一会儿。

"怎么了？"她带着困意地看向江衍。

少年坐在沙发上，低着头手搭在两腿边，似乎正在纠结什么事情。

林烟奇怪地看着他："深更半夜的，你这是怎么了？"

江衍抬起脸说："我好像真的认沙发。"

他翻来覆去试了好久，完全没办法入睡。明明脑海里也没想什么，但是潜意识好像一直提醒着他，这是一个女人的家里，而他就在这里过夜。

江衍四处看了看："有安眠药吗？"

林烟皱眉，对发生这样的情况有些自责："对不起，我不知道会这么严重，我先把你送回去。"

现在大多数时候，林烟都是把江衍当成一个正常人来看待，她知道江衍想摆脱异样的目光。最近他也确实没有之前那种见到异性就犯恶心的表现，可是现在看来还是不行。

"不用了。"江衍摇头，"是我自己答应的，把安眠药给我就行，偶尔吃一次没事的。"

答应下来的事情，江衍不喜欢出尔反尔。他自己也不满意自己表现出来的状况，兜兜转转，为什么还是这样，他到底还能不能好？

林烟只好找出安眠药递给他："你明天几点去公司，我叫你。"

"八点。"

吃完药，江衍重新躺下，林烟担心地看了看，欲言又止，最后还是回了自己的房间。

第二天，她怎么叫江衍都叫不醒，只好上手。林烟晃了晃江衍的胳膊："你不是说八点要去公司吗，起来了。"

江衍抱住被子："别吵……"

林烟站在沙发旁边，看着沙发上的少年睡得正香，连眼睛都懒得睁。

她问一句，江衍就答一句。

“你不去了？”

“晚点……”

林烟叹气，昨天不是还睡不着吗？早上睡得这么死。

她没再打扰江衍，自己收拾了一下准备去医院：“我走了，你别忘了去公司。”

江衍从沙发上坐起来，头发还是乱糟糟的，他看着已经准备出门的林烟，问：“几点了？”

“九点。”林烟顺便把车钥匙放在桌上，“你开另外一辆去。”

“哦。”听完，江衍又倒回沙发上。

等江衍清醒后又过了半个小时，昨天有多难熬，今天就有多不想起。

江衍冲完澡吹干头发，拿起茶几上的车钥匙准备出门时，被林烟敞开门的房间吸引了。理智告诉他即便门打开着，也应该做到非礼勿视，可眼睛就像是不听使唤般停顿了一秒，因为他看见了一样熟悉的东西。

整体呈暖白色调的房间里放着许多图书，书架的最上方有一副长方形的相框，里面裱着一张张写满字的纸。

江衍猜到了那是什么东西，他收回视线。那是他曾经抄的一千遍林烟的名字。

没想到这女人竟然还留着，不仅如此，还用相框裱起来放在房间里。

江衍走到楼下开车，找到林烟的车的时候他愣了一下：“这怎么也是粉色？”

林烟昨天开着粉色车来接他也就算了，借他开去公司的车竟然还是粉色的。

看了眼时间，江衍还是坐上车，不忘给林烟发信息：

你干吗都把车贴了粉色车衣？

他开这车去公司，要是让公司的那群人看到了，还不被笑死？

过了一会儿那边的信息回了过来：

姐姐上年纪了，就喜欢这颜色，理解一下。

本来林烟是不喜欢粉色的，自从给江衍取了“江大粉红”的名号之后，她对这个颜色怎么看怎么顺眼。

江衍：“……”

果不其然，江衍的车在停车场格外瞩目，一众黑白色之间多了一抹亮粉色。

他停好车就赶紧远离，生怕别人知道这是他开来的车，谁承想肩膀突然被人从后拍了一下。

“衍哥，开这么粉的车啊！”

江衍吓了一跳，甩开他的胳膊：“你怎么还在停车场，这个点不上班？”

男生讪讪笑着：“这就去这就去。”

江衍眼睛一眯：“迟到是吧？”

听到这话，男生沉默了，早知道就不打这个招呼了。

进了办公区，江衍打开昨天给舒漾编辑的小作文，这次他贴心地没有发语音，而是发了文字消息，却连敷衍的表情包都没有收到。

江衍气愤地把手机丢到一边，就没见过这么没定力的女人。祁砚就有那么好，她一天不被盯着就被人拐走了？虽然江衍不是很放心，但是他总不能一直在国外守着舒漾吧？这两个人再怎么说也都还没离婚，难免会接触。

想到这里，江衍只好嘱咐别人在M国盯着点舒漾，别让她吃亏。

舒漾在M国的行程全部结束，打算和蓝沫儿在这边玩两天再回国，但是在逛街的时候却发现有人跟着她们。

舒漾拉着蓝沫儿进了一家商场，然后利用商场比较复杂的地形，躲开跟踪人的视线。

蓝沫儿不明所以地被拉着蹲在一处货架后：“咋了舒姐？”

“有人跟着我们，商场外面应该也有对方的人，我们先待着这里看看情况。”舒漾不知道跟着她们的人到底是谁，一时也没想到更好的办法。

蓝沫儿还是第一次碰到这种事情，难免有些紧张：“那要是人家不走怎么办？”

不管怎么样这都是在国外，蓝沫儿心底有些害怕。

舒漾手机突然响了起来，她吓到赶紧把声音调成静音，看见是祁砚打来的电话，她莫名心安了许多。

Chapter 22 密谋求婚

电话接起来后，祁砚没有多余的废话，直接说："别怕，跟着你的是江衍的人。"

"江衍的人？"舒漾满脑子问号，"江衍让人跟着我干什么？"

"应该是想知道你在国外的情况吧，人已经被带走了。"

舒漾想着总觉得有些不对："你怎么这么快就知道是江衍的人，难道你也派人跟着我？"

要不然祁砚的消息也来得太快了吧，说是临时调查也太过凑巧。舒漾其实不喜欢这样的生活，在祁砚的眼底下没有一点秘密可言。她不知道祁砚在调查她什么，难道是在试探她到底有没有恢复记忆？

如果是这样的话，舒漾根本就高兴不起来，或许有祁砚的人保护，她不会有什么危险，却没有私人空间。特别是有关于记忆的事情，她现在不想面对，如果祁砚逼着她承认，那么他们肯定还会吵架。

"嗯。"

舒漾没想到祁砚竟然直接承认了。

随后他在电话里解释道："因为霍家的一些事情可能会给你带来麻烦，所以我才不得已让人跟着你，并不是在刻意窥探你每天的生活。"

其实舒漾工作完直接回国是最安全的，只不过祁砚不想因为自己影响到舒漾的正常生活，让舒漾为了他的计划去迁就他。

霍家的那两个人现在都在 M 国，上次祁秋华在医院流产的事情，祁砚一直在收集证据，不处理掉这两个祸害，之后他的人生依旧会不得安宁。

他就算不为自己考虑，也要为舒漾考虑，霍家的人三番五次找到漾漾，他必须避免他们失心疯，做出威胁到舒漾生命安全的事。

舒漾听到答案之后，心安了不少："那我今天晚上就回国，这样对你来说应该会比较有利。"

说完之后，舒漾就有些后悔了，她刚才在说的是什么话？为什么莫名其妙又站在了祁砚那边？

可是现在说出去的话，就像泼出去的水，舒漾只能尽量找补："我只是担心我自己的人身安全而已，你别多想。"

这么一解释，颇有欲盖弥彰的味道，旁边的蓝沫儿听着偷偷发笑。

祁砚也没有把事情说穿："你先回国也挺好，把这边的事情处理完之后，我会尽快回去的。"

舒漾阴阳怪气地说："所以你真的认为我在国外是你的累赘咯？"

虽然知道对方可能不是这样想的，但是舒漾心里有这个担心，试图得到男人口中的答案。

祁砚无奈地笑出声，他明白这是没有安全感的试探："那就留下来。如果连自己的女人都保护不了，我也没脸继续出现在你面前。漾漾，你愿意和我同甘共苦，我很开心。"

在他看来，这些都是舒漾还喜欢他的表现，如果真的不在乎，那么根本没必要试探他的态度。

舒漾结结巴巴地反驳："谁、谁要和你同甘共苦了！夫妻本是同林鸟，大难临头各自飞，我现在就要订机票马上飞回国。"

祁砚听了却笑得更加深沉："原来漾漾还记得我们是夫妻，你是我老婆。不管大难临头是不是各自飞，你只要记得前面这点，我就已经很满足了。"

舒漾："……"

这老狐狸不是常年居住在国外吗？语文到底是谁教的？这么会抠字眼！

"行了，我没工夫和你说，我倒要问问江衍到底派人跟着我干什么！"

挂掉祁砚的电话之后，舒漾立马拨通了江衍的电话，铃声还没响两秒就被接通了。

江衍兴奋的声音从电话那边传来："姐，你这是想通了？你就说我发的那些消息，有没有道理？拒绝恋爱脑，从你做起啊！"

舒漾一头雾水："什么道理？"

她直奔正题："你没事派人跟着我干什么？你生怕我一个女生在国外出门还不够害怕是吗？你给我制造点恐慌？这就算了，你派人盯着我，好歹也找几个专业的吧？像人家祁砚那样，他不承认，我根本发现不了。"

江衍很是生气地说道："我一早就发信息跟你说了，我让两个保镖跟着你，不想让祁砚有机会和你单独相处太久，万一他欺负你没恢复记忆，趁机动什么歪心思怎么办？

"是你自己不看我的消息，你还好意思怪我！你是我姐吗你？你说！我这两天给你发的消息，你是不是一条也没仔细看？"

好像是的。

主要她又被祁砚吸引了这个事实，她也不好意思承认啊！

舒漾急忙打算挂掉电话："打扰了，那没事了。"

江衍立马截住她："什么没事了！有事！你现在那边工作忙完了就赶紧回国，然后好好调养身体，把记忆恢复，不要被一个男人牵着鼻子走了，懂？"

被弟弟说教的舒漾只好搬出撒手锏："我听说……你和林烟……"

"滴"的一声，舒漾拿下手机一看，电话已然被江衍毫不留情地挂断。

舒漾扑哧一笑，其实她什么都不知道，只是随便说了说而已，江衍就心虚地把电话挂了。看来是真的有情况啊？

舒漾打开聊天框，看了看江衍呕心沥血给她发的消息，真是为了不让她吃亏，操碎了心。

舒漾很是感动地回了消息：

谢谢弟弟。飞吻。

下一秒，江衍的消息就发过来。

都是一家人客气什么，姐，那个财产……咳咳。

舒漾手起刀落，直接把人拖进黑名单。想到什么之后，她又把人拖出来说：

对了，你还给祁砚的钱直接打我卡上，现在他的钱都归我了。

既然弟弟钱都凑出来了，她没有不收下的道理。

江衍看着信息整个人都不好了，上一秒他给舒漾发消息是红色感叹号，这一秒舒漾发过来却是叫他还钱。

要不你还是把我删了吧。

江衍发完消息就直接把舒漾拉进黑名单。

要说之前他欠的钱是祁砚的，为了争口气也要把钱给还了，但是现在既然这钱是姐姐的，这便宜他没道理不占。现在的钱，江衍收得更加的理所应当。

舒漾不容置疑地发消息：

江衍，给你三分钟，赶紧把钱给姐姐我打过来。我的钱你都敢私吞，你想死是不是？

一个大写加粗的红色感叹号冒了出来。

“还敢拉黑我，等我回国就掀了你小子的皮！”她马上和经纪人蓝沫儿说，“订机票回国。”

打弟弟这件事，一刻都忍不了。

舒漾决定好提前回国之后，原本打算给祁砚发条信息，编辑了一段之后，才意识到，她干吗要和祁砚报备啊！于是她又把消息直接从聊天输入框中删除。

舒漾回到酒店收拾东西，推着行李箱就打算去楼下找蓝沫儿会合，对面的门突然开了，祁砚从里面走出来：“我送你去机场。”

男人顺势就要接过她手中的行李箱。舒漾任由他拿着，工具人不用白不用。

到了楼下，蓝沫儿看见一同跟下来的祁砚，又是一副憋着笑的表情，托舒漾的福，她竟然能坐上祁砚的车。

到机场后，舒漾从祁砚的手上接过行李，张嘴想道谢，却被祁砚

抢先打断："如果是想说谢谢的话，就不必了。"

舒漾只好收回想说的话，她拿过蓝沫儿手上的纸袋，里面是那天她来例假的时候祁砚借给她的外套。她把纸袋递还给祁砚："你的西服，已经让人干洗好放里面了。"

祁砚没有收下，而是说："国内这几天降温，落地又是凌晨，你穿这么薄，来例假的时候别受寒了。留着吧，回去再还给我也是一样的。"

蓝沫儿在旁边都不好意思一直听下去，她走到一边，这样的男人朝那个方向跪能求来啊！

她也穿得薄啊，冻死她这个单身狗算了。

见祁砚说得头头是道，舒漾只好把装着衣服的袋子又收回来。

"那我先进去了。"

"嗯。"

想了想，舒漾还是忍不住问："你什么时候回国？"

霍家的那两个人向来都是狡猾的，想要对付他们绝不是一件简单的事情，更何况霍家也不希望自己家出任何丑闻，所以有什么事情都会帮忙摆平。之前关于他们的事情，祁砚不想牵扯进去，但是现在显然是人善被人欺，一条生命已经死在霍折夜的手中，祁砚不可能坐视不理。

"大概后天回去，这边的事情碰到一些瓶颈，不会留特别长时间，不用担心。"

祁砚好像总是能从许多细节捕捉到漾漾是爱他的，哪怕这些事情都是他自己想多了自我暗示，他也宁愿深信不疑。

不管舒漾是潜意识地关心还是根本没有失忆，这对祁砚来说都不重要，现在他依旧能够感受到爱就好，而爱是不需要添加任何猜疑的。

祁砚原本给霍折夜设计的圈套有一定的效果，他已经派人打听过墓地的位置，但是这个人非常谨慎，比霍折诚更加心思缜密，不会轻易去做那种自投罗网的事情。

所以这个时候祁砚没有必要继续留在 M 国，否则反而会让霍折夜起疑心。处理完国外的工作之后，祁砚打算直接回去。

送完舒漾后，祁砚回到车上，接到助理打来的电话。

"九爷，医院的监控查到了。"

祁砚开车回到酒店，电视大屏幕上正播放着那天霍折夜进医院的全过程录像。

助理说道："对方包裹得很严实，基本看不到皮肤，甚至为了不被发现，连走路的姿势和体态都有所改变，根本没办法证明这个人到底是谁。

"凭借这段录像想让霍折夜进去，恐怕有点困难。您之前交代的税务事情我也在查，只不过这背后牵连的人有点多，您的父……霍老先生和整个家族背后都没那么简单。"

祁砚坐在沙发上，神色凝重地看着视频，画面中的黑衣人进入医院的房间，缓缓地走向躺在床上熟睡的母亲，恶狠狠地扬起拳头。

在最后一瞬，祁砚把录像关掉，闭上眼睛。

这已经不是简单的报复，霍氏这两个人的存在对社会都是一种威胁。

祁砚睁开眼睛，眼底冰冷如霜："那就一起处理掉。"

助理震撼得微怔眼眸，大义灭亲，不过如此。

祁砚自嘲地扯出一抹笑："现在不把威胁一次铲除干净，之后这些事情必然还会牵连到我身上。父亲之所以会抢着认回我这个儿子，无非是想草船借箭，用我的名声和势力来作为霍家的挡箭牌，这样不管霍家出什么事情，只要搬出'祁砚'两个字都可以得到解决，即便事情再大，也有我在前面承担舆论。

"既然打着我的算盘，那也该想到我回国的目的，就是要亲手摧毁他霍家几辈子的心血才是。"

可笑的是那些人还真的以为他看得上那点产业。

如果不是因为霍家那该死的男人禁不住外面的诱惑，背着已经订婚的母亲，偷偷和当时的小三柳玉儿领了证，他怎么会变成私生子？

作为私生子，他的年纪比所谓的正牌少爷还大，这难道不讽刺吗？

这一切彻底改变了祁砚的人生轨迹，柳玉儿知道母亲把他生下来之后非常担心，她生怕自己生的双胞胎以后会受委屈，就不断给祁秋华施压，想要逼死他们母子。最后两人只能靠着祁秋华装疯卖傻苟活，后来就被送进了精神病院。

即便如此，柳玉儿还是不肯善罢甘休，在医院的那些年，他们母子没有一天是过得轻松的。祁秋华一个正常人，为了保命却要伪装成精神病人，久而久之，她甚至不知道自己到底还是不是一个正常人。

而在这样的环境下长大的祁砚，从小就被确诊患有心理疾病。

“私生子”“精神病”这些标签从小就贴在他的身上，直到有一天，有人跟他说：“你是女娲私藏的宝贝啊。”也是在那一刻，他对舒漾没了半点杂念，只有无尽的沦陷。

助理汇报完所有事情，出去之前电话响了起来，他看了眼正靠着闭目养神的祁砚，男人没有睁开眼睛，动了动唇：“接。”

助理当着祁砚的面把电话接通，然后打开免提。

电话里面传来霍父的声音：“杨助理啊，我找你有点事情。我也就不拐弯抹角了，关于我们家的事情，你多少也有点了解。关于他们兄弟三人之间的矛盾，我不希望继续恶化下去。

“我知道你作为祁砚的助理，年薪应该也不少，但是你要清楚，再高的年薪你也只是个助理而已，和我们霍家作对是没有什么好处的。祁砚让你查的事情，不该查的就不要查。你若是想要什么报酬，大可以和我说，这些都不是问题。”

霍父在国内显然是得知了一些消息，具体的事情其实他并没有调查到，但是在得知祁秋华遭到殴打流产后，他清楚接下来会发生什么。

霍折夜、霍折诚两个儿子都在国外，并且拒绝和他联系，所以他也没有办法。若是事情一旦被捅出来了，他的三个儿子都要牵扯进去。对于霍家的股票来说，那是致命的打击，他绝对不能让事情变到那种地步。

祁砚说道：“兄弟三人？你说出来不觉得恶心吗？

“你是不是老糊涂了？我可从来没有承认过我是你儿子，你儿子应该姓霍，而不是姓祁。”

霍父听到电话里传来祁砚的声音，握紧了手中的拐杖：“祁砚，你就非要把家里闹得不得安宁吗？

“你介意外界说你是私生子，我现在已经在霍氏集团官方资料里认证了你的身份，以后霍氏的股份自然也有你一份，你还要怎么样？

“你和折夜、折诚就算不是一个妈生的，也不至于针锋相对吧？你弟弟们都还比较小，不懂事，他们之所以会那么做，都是因为想亲近你这个哥哥而已。”

祁砚起身拿过助理手上的手机：“那几个脏东西三番五次地挑衅，就不该跑到外面来恶心人！”

听到这些话，霍父气得脸都绿了，握着拐杖拼命地在地上敲："祁砚！我是你父亲！你竟然敢这么对我说话！"

之前他就知道，这个儿子以后必然不好掌控，但是他还是相信自己能够震慑住祁砚，没料到事情竟会变成如此地步。

祁砚冷笑："既然你非要抓着这个名分不放，那么我就好心提醒你一句，好好把你做的那些事情藏严实了，不然我很乐意送你下地狱。"

霍父听着阴冷的话语，心底竟然开始有些犯怵："逆子！你是不是想把害死你母亲那个孩子的脏水，往你弟弟头上泼？"

霍父想要借机试探，祁砚究竟是否在调查这件事情，是否已经怀疑到了他那两个儿子头上。不管怎么样，他的儿子们不能出事，霍折夜还掌管着公司的事务，更加不能出事。

祁砚轻呵了一声："原来你也知道那两个脏东西嫌疑最大啊？"

这不是不打自招是什么？

霍父："你忘了你当年打断折诚一条腿的事情吗？他现在一辈子只能在轮椅上度过，你难道还想把折夜也彻底毁掉吗？你以为这样霍家的财产就是你一个人的了吗？我告诉你，不可能！"

祁砚笑出声，他已经懒得辩解。

一个人自以为是了这么多年，怎么能指望他一时能听得懂人话？

霍父不知道他在笑什么，非常严肃地说道："今天我本来是想让你的助理旁敲侧击地劝劝你，既然现在你也已经听到了，就好好给我记清楚。一个未出生的孩子而已，死了也就死了。不要再继续纠缠不清！"

"嗯。"祁砚应声，"血缘关系而已，你也不要再纠缠了。"

祁砚掐断电话，将手机递给助理。

"事情要尽快去办，这通电话过后，他肯定会有所警觉，这段时间他会想尽办法摧毁那些证据，这样只需要调查他，就能够知道他们的动向，发现动静之后抢在前面，把资料查到手。"

靠他们自己去查的东西，当然没有对方主动露馅来得多、来得真实。

祁砚之所以会接这通电话，也是为了布局。

报仇也好，除害也罢，他必须让这些人付出相应的代价。

国内。

舒漾落地后，披上了祁砚留给她的外套。

很快一辆车停在她们面前，确认是祁砚发过来的车牌号后，两个人才敢上车。

上了车之后的蓝沫儿仿佛重获新生般，还不忘指了指舒漾的外套说："舒姐，看到没，千万别随便分手！我这个没人照顾的单身狗就是下场！"

舒漾拢着身上的西装外套笑道："那先钓着吧。"

话音刚落，舒漾意识到车里还有个祁砚派来的司机。

舒漾和蓝沫儿的目光汇集到司机的脸上，正在开车的司机紧张到有些结巴："夫、夫人放心，我绝不是什么多事之人。"

舒漾瞪着两只大眼睛，非常认真地看着他："你看我信吗？"

之前的种种事情，祁砚身边的人哪次不是毫无保留地都告诉了他？

毕竟养这些人可是花了大价钱，他们要是这般不忠心，恐怕早被祁砚收拾走了。

蓝沫儿在一边陷入沉默，她当然是希望舒漾和祁砚之间能够好好地，不要再出什么岔子了。

司机很是诚恳地解释道："夫人放心，九爷早就跟我们交代过了，什么事情以您为主，您不让我们说的事情，我们当然不敢透露出去。"

舒漾想想也无所谓："在他那老狐狸面前我能装几天？知道就知道了吧。"

反正以祁砚现在的觉悟，他是不可能跑过来质问她的。

原谅似乎只是迟早的事情。

四个月后。

婴儿的哭声在海岛私人医院传开。

江郁早产了。

八个月大的男婴落地，身为母亲的江郁却因为大出血还在紧急抢救中。

第一时间得知消息赶来的是林烟，同样身为医生的她，在这个时候却只能站在手术室外等待结果。这件事情她甚至不能和任何人讲，医生向她递来一份又一份手术签字合同，林烟忐忑地落笔。

江郁把生命委托给了她，她不知道如果今天江郁醒不过来，她该怎么办？那个孩子又该怎么办？

在长达四个小时的手术后，手术室的灯暗了下来，医生说："产妇已脱离危险。"

林烟重重地松了一口气，等到江郁意识清醒之后，在护士的陪同下将婴儿抱到她的身边。

在鬼门关走了一趟的江郁，看见自己怀里的孩子时忍不住流下眼泪。

她又哭又笑地说道："真的很漂亮。"

通常小孩在刚生下来的时候都是皱皱巴巴的，可是她的孩子皮肤却舒展得很快，红红的脸蛋也能够看出精致协调的五官。

在这一刻，她感觉什么都值了。

林烟也跟着笑，发自内心地替她感到高兴："恭喜我们郁总的人生理想已经完成啦！"但她还是不敢告知江郁裴青月即将结婚的消息。

江郁目不转睛地看着怀里的婴儿，刚出生的婴儿还看不出像谁，可她眼前却全都是记忆中的那张脸。

哪怕又过了四个月，依旧清晰。

林烟察觉到了江郁的情绪，轻快地说道："你现在可要尽快把身体养好，这样就可以亲自带宝宝了。"

她特别理解江郁现在的心情，生了一个自己喜欢的人的孩子，怎么可能不想到对方呢？江郁即便内心再强大，依旧也会被感情所伤害到。

江郁点了点头："你从国外赶过来，还没休息吧？我现在已经没事了，你赶紧去休息一下吧。"

林烟摇头说道："没事，我待会儿要立马飞回去，有一场很重要的研讨会，我在飞机上休息就好。你现在的情况可一定要听医生的话，多补补身体，等我那边忙完了再来看你。"

江郁却说："我过两天应该就会换地方，到时候稳定了我再通知你。"

不停地更换住所已经成了江郁生活中的常态，她特别害怕被裴青月发现这个孩子的存在，所以这里她也不能久待。

或许那个男人已经忘记了她是谁，江郁却仍旧提心吊胆，她一直在想办法收集裴青月的绯闻资料，以防裴青月来和她争夺孩子的抚养权。

林烟十分担心她："现在才刚生完孩子，你身体还没恢复，这样折腾的话，以后会留下病根的，要不就先在医院待一段时间吧。"

江郁答应下来："好。"

她最终还是没有问出任何关于裴青月的事情。

江郁休养了大半个月后，脱掉了身上的病号服准备离开，此时她不知道外界已经舆论纷飞。

江郁抱起睡着的孩子坐上离开的车，她在产后第一次打开手机，如心中早有的预感那般，新闻中果然出现了关于裴青月的消息。

五花八门的标题当中有一条极其醒目：裴青月即将结婚。

江郁坐在车上，面无表情地看着这些新闻，仿佛在折磨自己，可就是停不下点开的手。

怀中婴儿的哭声让她恍然回过神来，原来是看手机的时候情绪太紧绷，收紧的手臂压迫到了小孩。

江郁连忙把手机放下，轻轻地拍着孩子的背哄他入睡。

她温柔地看着怀中逐渐安静下来的婴儿，怀胎八个月的艰难，让她甚至没有时间去想孩子的名字。

江郁嘴里呢喃着裴这个姓，过了一会儿不由得苦笑，孩子是她的，凭什么跟裴青月姓？

最终江郁还是先带孩子回到了国内，决定定居在一个江南小镇，瓷都。

连日奔波，孩子当晚就发了高烧，江郁连夜往医院赶，又是几天没休息。

小孩总是白天不舒服，晚上稍微好点了又特别闹腾，江郁还要喂奶，照顾孩子，几乎没什么睡眠时间。

可是看着自己的小孩，她却一点都生不起气来。

凌晨三点多，怀里的孩子还在揪着她的头发咿呀咿呀的，亮亮的眼睛十分新奇地盯着她这个妈妈。

江郁有些疲倦，但更多的是欣喜，她戳了戳小宝宝的脸蛋："总是晚上出没，就叫江夜好不好？"

小宝宝什么也不懂地看着她，可爱的脸蛋上仿佛自带笑意。

江郁垂着眸轻轻勾唇："让妈咪夜不能寐的江夜宝宝。"

京北。

短短几个月，霍氏发生巨大变故，霍折夜和霍折诚因故意伤害入狱，父亲霍章涉嫌包庇被刑拘，一时间震惊圈内外。

随着霍家失势，祁砚和舒漾的感情也慢慢回到正轨。

结束完工作，祁砚去了一家私人工作室，进去之后很快有人接待，前台微笑着说道："九爷是来接您夫人吗？"

祁砚微点头："她在哪间学习室？我自己过去就好。"

"二楼右手边第一个 A1 教室。"

祁砚乘电梯上楼，二楼的长廊通透，每个教室都有一面巨大的玻璃，能够看到里面的情况。

刚靠近 A1 教室，祁砚就看到了在人形模特前试着布料的女人。

服装设计是舒漾最近非常感兴趣的一个爱好，祁砚给她提供了学习的环境。

祁砚并没有直接往里面走，而是站在长廊上观看，他特别喜欢舒漾静下心来做一件事情的时候的样子。近半年来，他也能够感觉到妻子的变化，逐渐多了一些轻熟女的韵味。

舒漾认真地量着布料的尺寸，完全没有注意到窗外有人，直到把制作一件西服的布料都准备好，她才停下来喝了点水。

抬头之际，舒漾对上了窗外的那双眼眸，她有些惊喜地起身快步走过去。祁砚从门口推门而进，顺势抱住眼前的人，在她额头上亲了亲。

舒漾抬脸看着他："你今天怎么有空过来？"

到了紧要时期，祁砚基本都忙着和商业场上的人应酬，拉拢更多人脉的同时，也是向外界模糊他和竞争对手之间的矛盾，从而让人猜不透真正的局面发展。在这种情况下，他们夫妻俩也只有晚上才有时间见面。

祁砚牵起她的手："今天不忙，就想来接你。"他往舒漾的工作台上睨了一眼，"是在给我准备衣服吗？"

舒漾拉着他过去看："我现在才刚入门，当然要拿你试试手。"

她之所以会突然想学服装设计，就是因为长期待在基地太无聊，偶然站在她和祁砚共同的衣帽间前，看见那成排的西服和旗袍，就萌生了学设计的想法。

祁砚摸了摸桌面上准备的布料，眉眼带笑道："不胜荣幸。"

舒漾拿起旁边的卷尺："你来得正好，我用模型只量了个男士的大概数据，现在可以好好量一下了。你去那边把外套脱掉，站好。"

祁砚并没有挪动脚步，就站在她面前解着西装，修长白皙的手指在纽扣上轻轻转动着，黑色的西服逐渐敞开。

舒漾咽了一下口水，咬了咬牙说："你在勾引我吗？"

祁砚微笑不语，深情的目光带着光亮落到她脸上。

舒漾环着手臂，抬起一只手，伸出食指摆动了两下："不好意思哦九爷，人家现在可是有免疫力了。"

下一秒，舒漾这个人就被男人圈在桌前的狭小范围内。

祁砚有些强势地抵着她，眸中略带遗憾地说道："真的吗？"

舒漾看着眼前逐渐逼近的人，心虚地往后仰，呼吸都感觉有些艰难。

舒漾把人往空旷的地方推开："我开玩笑的，你，你去那边脱，别搞得好像跟什么似的……"

祁砚依旧禁锢着她，目光炽热："宝贝，你不承认的话，我会没有安全感的。"

虽然知道只是玩笑话，可是他还是希望在最后能够得到认可，他更在乎舒漾眼里的他是什么样的。

舒漾抬手捧着他的脸，认真地哄道："你在我心里永远有吸引力。乖，去那边量，这边空间太窄了。"

尝到甜头的男人这才算是满意。祁砚松开她，在测量台前脱下西服外套张开手站好。

舒漾拿着软尺开始量男人的臂展、腿长等。

祁砚配合着测量，看着心爱的女人为了给他制作合身的西服而在他的面前忙来忙去，心头甚至有种不真实感。

舒漾有那么一瞬的出神，想着该怎么把准备的惊喜给祁砚。

他们的爱经过这段时间的沉淀，变得更加坚定。

她想更勇敢一点。

第二天趁着祁砚去公司开会，舒漾溜出家门，去找许心寐和秦雅致商量计划。

三个人直接聚在金山酒吧，舒漾赶到的时候，看着愁眉苦脸的秦雅致，问：“天都还没黑呢，就打算把自己灌醉了？”

秦雅致见她来了，放下酒杯叹了叹气。

舒漾又看了一眼旁边的许心寐，想要知道秦雅致这其中的原因：“她这是怎么了？要不是你说小雅也在京城，我还不知道呢，怎么在京城待这么久？”

秦雅致的状态看起来很颓丧，她以前精致到每寸头发都是红色，而现在发根处褪色了一大截也没有处理，还坐在这里喝闷酒。

许心寐摊了摊手：“她和傅衍之彻底撕破脸了，她没有能再回京城那个家的身份。可以简单地理解为，小雅已经脱离傅家了。”

所有的新闻媒体都说，傅家养了只白眼狼，长大了就翻脸不认人。

舆论肆意发酵，再也没有人帮秦雅致抵挡外界的恶意。

舒漾意味深长地看着秦雅致说道：“挺好的呀，打破一段关系，还可以重新建立一段关系。”

断开也未尝不是一件好事。

秦雅致抿着唇眼睛有些红，还泛着红血丝，一看就是没有休息好：“我不知道。

“这一切之所以会变成这样，都是因为傅衍之，他为什么要不计后果地向我表白？别说答应，我根本不敢考虑。”

舒漾忽然明白为什么傅衍之不找秦雅致了，显然不是真的不想见，而是希望眼前这个傻姑娘能够认清自己的心。

不然就算表白千万次也没有用，秦雅致还是会不停地逃避、害怕。

比起在网上被骂，秦雅致更不希望傅衍之和傅家都染上污点，这才叫真正的恩将仇报。傅衍之好像成了她的底线。

旁边一身轻松的许心寐笑道：“感情这破玩意儿真复杂。”自从摆脱了陆景深和陆家那些事，她的生活简直不要太轻松。

秦雅致甩了甩脑袋：“先不谈我的事了，漾漾你今天找我们过来是想计划什么？该不会是你和祁砚打算要孩子了吧？”

舒漾看着她们俩，一字一句地说道：“我要求婚。”

许心寐和秦雅致两个人吃惊地看着他，脱口而出：“你要求……唔。”

趁酒吧里的人还没有注意到这边，舒漾赶紧捂住她们俩的嘴："嘘！这样下去，全世界都该知道了！"

她准备了大半年的惊喜，可不能在这紧要关头功亏一篑。

被捂上嘴的两个人纷纷点头表示不说话，舒漾这才把她们松开。

许心寐用气声再次问道："求婚？"

"对啊。"舒漾坦然地挑了挑眉，"反正我和祁砚不是还没办婚礼吗？谁规定准备婚礼和求婚就必须是男人做的事了？"

她知道这些东西祁砚一定会给她准备，并且会准备全世界最好的，那么这就够了。同样，她也有这样的想法。

秦雅致眼睛冒着金光："漾漾！你好帅！"

许心寐疯狂点头："这必杀技一出，祁砚肯定这辈子都对你死心塌地！"

舒漾撑着脑袋说道："但现在有一个问题，虽然已经计划得差不多了，可祁砚天天黏着我，导致我没办法去准备彩排呀！"

这是他们婚姻中人生中很重要的一环，她一定要将这件事做得完美无缺。

"这个简单。"

许心寐打了个响指，说道："你就说我和小雅两个人感情不顺心情不好，有点什么心理疾病，比较依赖你。然后你借着和我们见面的机会，去准备求婚的事。"

舒漾有些犹豫地看向她们两个："小雅看起来状态的确不怎么样，可是心心你……"

感觉脱离了陆景深之后，许心寐整个人状态好多了。

许心寐眨了眨眼睛："放心放心，我可以装的嘛！"

下一秒，许心寐就收起了脸上的笑容，一脸苦巴巴地坐在位置上。

舒漾转眼就看见她迅速进入状态，活像一个谈恋爱三年，男友出轨两年十一个月的怨妇。

"行啊，你这几个月演技提升了不少。"

许心寐苦笑道："那当然了，今年没准儿还能提个最佳女配角的奖项，当然前提是没有黑幕。"她的演技之所以能够进步得这么快，说起来还真的离不开陆景深和他家人的功劳。

舒漾捏着手心："你拍戏坚持了这么多年，好不容易有点成绩，谁要是敢下黑手，我第一个把他除了！”

许心寐摆摆手说道：“也不是什么大事，你还是多把心思放在求婚的时间上面，我可是等着喝喜酒呢。”

说到喝喜酒，秦雅致默默举手：“我能申请和傅衍之那桌坐远点吗？”

国内。

陆景深刚下飞机就直奔祁砚和舒漾的家，噼里啪啦地把许心寐的近况全部讲了一遍。

坐在客厅沙发上的陆景深说完喝了一大口水，接着问道：“情况差不多就是这样。现在追心心，我应该从哪儿下手？”

这次陆景深比以往谨慎了许多，他没有直接去找许心寐，而是先来问祁砚和舒漾的意见，避免一切吵架的可能性。

舒漾想了一下说：“我还是觉得，你不要以追求她的方式出现。”

之前陆景深翻车，大多都是因为错误的挽回方式，把他和许心寐之间的感情关系这条路走死了。

如果还继续选择追求，效果也不会太显著，倒不如换个方式，改变相处模式。

陆景深瞬间就理解到了：“以退为进，先做朋友是吧？”

见他反应如此之快，祁砚把玩着手中的串珠，低声笑道：“攻略没白看。”

陆景深志在必得地说：“那是当然。”

他和许心寐只要没有离婚，就不可能是纯粹的朋友关系，以朋友的身份，只是为了让许心寐更加容易接受一些。

聊完之后，陆景深脑海里也有了大概的计划，离开的时候，舒漾跟出来叫住了他。

“陆先生，我需要你帮我个忙。”

陆景深乐意之至：“你确定还有我能帮上的忙？”

“当然有。不过是个苦力活。”

陆景深的好奇心顿时被引了起来，跟着舒漾走到别墅的另外一边。他忍不住问道：“什么事啊，这么神神秘秘的，还得背着你老公跟我说？

“提前说好啊，我可不乱帮忙，祁砚开导了我挺多的，我总不能当个白眼狼吧。”

要知道这两夫妻可是出了名的没有秘密，现在看样子舒漾好像是有事情瞒着祁砚了。

舒漾轻声说道：“我近期打算向祁砚求婚，需要人帮忙布置婚礼场景。”

“什么！”陆景深瞬间被惊讶住，他捂住嘴巴，放低了声音说道，“没搞错吧，你，和他求婚？”

舒漾点了点头：“这件事你千万别说漏嘴了，最近江滩别墅那边正在布置，我自己脱不开身，需要有人帮忙盯着点。”

陆景深心里有些发酸，不由得产生嫉妒。

祁砚怎么这么好命！竟然能让老婆主动向他求婚！

陆景深有些为难地说道：“舒漾，不是我不帮你，我这还得追老婆呀！这样吧，我直接给你找个团队，帮你布置求婚场景不就行了。”

他一想到祁砚舒漾将来办婚礼的时候，许心寐还没原谅他，跟他坐得相隔十万八千里，陆景深就觉得有些窒息。

他一定要努力把老婆追回来才行！

舒漾见他还没想到另外一层意思，于是说：“团队当然不缺，只是你确定要放弃这个能和心心相处的机会？”

因为她不能经常离开祁砚身边太久，所以就把布置求婚场景的事情交给了许心寐和秦雅致帮忙把关。这两天傅衍之也加入了，舒漾上次过去的时候就发现，秦雅致和傅衍之两个人相处的过程逐渐暧昧，而许心寐则是默默在一边整理其他物品。

舒漾能够感受到许心寐身上的落寞，或许她也不想孤身一人，只不过有些原则上的问题，让她并没有办法快速放下曾经的事。

人都需要一个逐渐接受成长的过程，而陆景深显而易见地变得比以往更加强大可靠，舒漾才产生了牵线的想法。

陆景深惊讶地问道：“你是说，我老婆也在？”

见舒漾点到之后，陆景深激动的手不知道该往哪儿放：“漾漾姐！好人一生平安！我感谢你一辈子！”他正愁没有个机会能够接近许心寐，通过舒漾无疑是最好的办法。

舒漾温馨提醒道：“你自己千万注意好相处时的分寸，要不然谁都帮不了你。”如果不是因为真正看到了陆景深的改变，舒漾也不可能产生帮忙的想法。

同样她也知道，许心寐是绝对不可能主动找陆景深的，毕竟事情发展到这样的地步，许心寐没有做错任何事。

哪怕还心存喜欢，也会尽力地埋藏起来。

陆景深认真地点头：“我一定会把握好机会的。”

交代完一些事情之后，舒漾往回走，刚进客厅，迎面碰见祁砚正好走过来。

舒漾本以为男人已经在书房办公，此刻忽然有些庆幸她让陆景深早点走了，不然祁砚肯定会起疑心。

“老公，你怎么出来了？”

祁砚走过来一把抱起她：“和他说什么这么久？”

舒漾隐藏着心虚缩男人怀里说：“看他挺没头绪的，说了一下心心的近况。”

祁砚将她抱到书房坐在电脑面前，饶有兴致地抚了抚她的下巴：“什么时候对陆景深改观了？”

要知道，之前舒漾对陆景深的印象可以说是奇差无比，现在她竟然会私下帮着陆景深。

舒漾想了想说道：“只是觉得他们彼此心中都有些遗憾，既然陆景深已经做出了改变，还是希望他们能有个好的结果。”

她也不想继续看到许心寐故作轻松的样子，那并不是许心寐真实的状态。

分开对于许心寐似乎不是解脱，反倒成了枷锁。

祁砚若有所思地看着她说：“这件事情如果要帮忙的话，尽量我来就好。”

舒漾明白祁砚说这话，是担心她和许心寐会因此有隔阂。

她搂住男人的脖子亲了一口：“知道了。”

“那你办公吧，我不打扰你了。”说完，舒漾打算溜之大吉，祁砚环住她的腰没有松手。

“不打扰。”祁砚扫了一眼桌面上的电脑，“乖，坐着陪我一会儿。”

舒漾讪讪地笑了笑：“九爷，我只适合晚上陪伴你办公，那样比较助眠。”

要是换作平常，她就当是午休了，可是现在这个阶段，舒漾还有很多事情需要暗中准备。

她每次在祁砚面前装作无所事事，独自待在房间的时候，就开始疯狂联系各种团队了解进度，舒漾感觉她的演技飞速提升的同时，都快精神分裂了。

祁砚指尖从女人的腰间划过，故意用沙哑的声音说："也可以随时都变得不无聊。"他十分乐意在工作的间隙，做点什么放松一下。

舒漾下意识地缩了缩，她摆摆手，婉拒道："不了不了。"

祁砚把她整个人抱上来些，让她坐在自己腿上，慢条斯理道："漾漾，等过了这段时间，我们去度蜜月怎么样？"

他想，他是该补给舒漾一个婚礼了。

舒漾怔了一瞬："好，好啊！"

她想到自己的求婚，试探地问道："过段时间是多久啊？"

万一和她求婚的时间差不多，计划可能要变动。

男人摸了摸她的脑袋勾唇说道："具体还不清楚，不过应该很快。"

舒漾低着脸暗自咬了咬唇，心想着：别太快啊！

祁砚察觉到舒漾眼中不经意流露出的担心，捧着女人的脸问道："怎么了？"

舒漾故作淡定地摇摇头："就是有点太突然了，我还没想好有哪些想去的地方呢。"

其实她知道祁砚一直想要准备婚礼，但是按理来说还需要一定的时间筹备，她的求婚自然不会被截胡。可现在变成了旅行蜜月，指不定什么时候说走就走。

祁砚勾着她的手，笑道："现在想也不迟。"

舒漾忽然想到一个绝佳的理由，于是说道："反正月底之前不行。"

男人轻轻应了一声："嗯？"

舒漾义正词严地说道："月底来大姨妈，出去旅游会很累的，还是等它走了再去吧。"说完，舒漾不由得在心里欣赏自己，觉得这个理由实在是太过于天衣无缝。这样她就可以在剩下的时间尽快安排好一切。

谁知道下一秒，男人淡淡地开口："上个月不是五号来的吗？"

舒漾顿了片刻，被问得不吱声。

这种是连她自己记得都有些乱了，没想到这个男人竟然连几号都说得出来。

她将信将疑地说："是吗……没准儿这次可能提前，到时候再说吧。"

祁砚认真地盯着她的眼睛："老婆，你真的没有什么事情瞒着我吗？"

其实在男人问出这句话的时候，心里已经有了答案，只不过具体的事情他并没有概念。

舒漾只好搬出自己的两大救星："其实也没什么大事，我朋友心心和小雅你也知道，她们俩最近感情都处于矛盾的状态，也比较依靠我来开导，所以我突然有点放心不下。说起来，你得让你的好兄弟们努努力啊！"

祁砚无奈地失笑，所谓的兄弟情谊，只不过是在他情感关系中的绊脚石。

舒漾从他的腿上下来："上次给你定制的西服还没弄好呢，我要去看看，你好好工作吧。拜拜老公。"

走之前，她还不忘在男人的唇上吻了两下。

祁砚看着人从书房溜走，立马拿起电话拨通了陆景深的号码。

那边传来阵阵风声，夹杂着陆景深的声音："有什么事啊祁大军师？"

他现在正开车赶去舒漾的求婚场地，迫不及待想见到许心窠。

祁砚沉声开口："麻烦你尽快把你老婆哄好。"

陆景深脑海里冒出一个大大的问号："我当然知道啊，不过你怎么比我还急？"

祁砚语气平静地陈述："你影响到我了。我老婆的时间都花在许心窠身上，你觉得合理吗？"

他当然不能干涉舒漾的交友，但是如果因为这件事情，他们的蜜月旅行需要推迟的话，他还是希望能够尽快解决。

陆景深顿时反应过来，不由得在心里感慨：你小子现在是身在福中不知福啊！福气还在后面呢！

"你以为我不想啊？我现在正努力呢，你就等着喝喜酒吧！"

而另一边，跑出书房的舒漾转头在三姐妹群里打了个群聊电话，只有许心窠接通了。

舒漾窝在房间的沙发上问道："那边还有多久才能布置好啊？祁砚他今天突然跟我说近期要蜜月旅行，我怕时间上会有冲突。"

许心寐环视了一下周围的布景："比我们想象中的要慢一些，感觉还需要一个星期。基础框架已经搭建好了，但是有一些大型工艺品还在运来的路上，都是晚上才运过来，太过于大张旗鼓的话难免会走漏风声。

"漾漾你不是还要抽空过来彩排，走几遍流程吗？时间好像确实有点赶。"

舒漾想了想："一个星期应该没问题。对了，小雅人呢？"

许心寐轻声笑道："刚才还在呢，这会儿不知道被傅医生带到哪里去了。

"听说傅医生最近直接向医院申请了长假，就为了陪小雅，这不立马就上升成了准男朋友。

"我每天在这儿都不知道要吃多少狗粮，漾漾我得找你要精神损失费了！"

舒漾感到有些不妙，她的两大救星已经沦陷了一个，陆景深要是再把心心搞定，她在祁砚那边可就没有借口了。

她在心中默默给陆景深道了个歉，然后对许心寐说道："心心，陆景深回国了你知道吧？"

许心寐声音比刚才小了些："怎么了？"

这两天关于陆景深事业有成回国的新闻铺天盖地，她想不知道都难。

舒漾："那我就直说了，他不管用什么手段追你，姐妹，你坚持住啊，至少等我求完婚，不要沦陷得太快好吗？"

许心寐听到"沦陷"这两个字，满脑子都还是陆景深曾经和她争执的模样，忍不住扑哧一笑："他也配？"

听到许心寐没有打算复合的想法，舒漾放心的同时也替陆景深捏了一把汗。

不过这也真不能怪她，要怪就怪傅衍之那么快就把小雅追到手了，只好牺牲一下陆景深。

许心寐听到别墅的院子里有动静，于是对电话里说："漾漾，外面可能是有布景的材料到了，我先去看看。"

舒漾应了应声："辛苦你了。"

挂掉电话之后，许心寐往门口走去，庭院里已经停了一辆大型货车，三五名工人正在卸货。

她正打算走过去看一下是到了什么货，远远就发现那些搬运货物的工人当中，似乎混进了一个有些违和的年轻面孔。

许心寐疑惑地走过去看了看，这些天下来，她怎么不知道有这样一个搬运工，似乎长得还不赖。

很快，对方似乎也注意到她的目光，在搬着货物的时候往她脸上看了一眼，许心寐瞬间愣在原地。

怎么会是陆景深？！

在她惊讶之际，陆景深只是默默地低下头，专注地和搭档的工人把沉重的箱子抬了进去。

许心寐眉心微蹙，视线紧跟着穿着一身黑色工装服的男人。他抬着沉重的箱子时一声不吭，面容紧绷着，宽厚的背影竟然给人一种沉稳安心的感觉。

她怎么也没想过，陆景深会以这种方式出现在她面前。

曾经那个不可一世的豪门少爷，为了两百块钱还要和她争吵的男人，现在竟然能够弯下腰来踏实地做搬运工作。

看见她之后，他没有像以前一样激动地质问她，也没有用各种各样的语言来地逼迫她。

许心寐心里有种说不上来的复杂，她很清楚陆景深不是无缘无故出现的。这样行为方式上的巨大变化，让她能够感觉到男人逐渐变得成熟。

陆景深并没有过度打扰她，甚至在对视的那一瞬还担心她注意到之后会不高兴。

许心寐掐了掐手心，让自己尽量忘记陆景深的存在，这样对他们彼此来说都轻松一些。

她接过货车司机递来的货单，前往大厅进行比对。

许心寐看着货单对搬运人员说道："麻烦帮忙开一下这几个大箱子。"

话音刚落，还未离开的陆景深从工装裤中拿出一把美工刀，把箱子上的密封条划断，然后打开方便她核对。

陆景深动作迅速，一气呵成，非常熟练。

许心寐捏着手中的货单和笔，控制着不往他的身上看去，清点好所有的物品后，在货单上落下签名。

许心寐面无表情地将手上的货单递到了离她最近的陆景深面前："谢谢，核对好了，你们可以走了。"

"嗯。"陆景深双手接过递来的单子应了一声，便跟着其他人一起走出了大厅。

许心寐看着陆景深离开的背影，他并没有回头，逐渐消失在她的视线里。

这和她设想好的重逢场景截然不同，没有争吵，没有情绪，也没有歇斯底里，有的只是成熟和隐忍。

这还是陆景深吗？或者说，他真的都放下了……

许心寐沉沉地叹了一口气，好像得到什么结果她都一样不快乐。

不管是陆景深来缠着她，还是现在像陌生人一样，她的状态始终都没有办法恢复到从前。

她已经记不得有多久没因为和自己相关的事感到高兴了。

"心心，你看什么呢？"

不知从哪儿回来的秦雅致蹦到她身边，许心寐回过神来四周看看："傅医生呢？"

秦雅致拨了拨身前红色的卷发说道："好像是家里那边找他有点事情，不过我猜应该和我们谈恋爱的事情脱不了关系。"

她和傅衍之的恋爱关系并没有对外公开，但是也没有刻意隐瞒，所以圈内已经出现许多传闻了。

起初傅衍之特别介意，担心她会被那些传言中伤，可是秦雅致完全没在意，一有空闲时间就跑到这里来帮忙，傅衍之也就跟着过来了。

许心寐微微皱眉道："有些事我们不得不担心，你们自身的感情培养是一方面，可外面的舆论又是另外一方面，他家人会同意你们在一起吗？"

傅家在国内是极其有声望的，如果傅衍之和秦雅致把恋情关系公开，必然会引发激烈的讨论。这件事情显然不是医学世家想要看到的，甚至会对傅衍之的前程有一定的影响。

秦雅致抿了抿唇："傅衍之一直让我相信他，说一定会把事情处理好，所以我也就不管了。”

他们已经因为在意他人的看法而彼此折磨太久了。所以不管最后会变成什么样，秦雅致都决定先在一起再说。

许心寐微微点头：“他能够站出来解决问题就好。”

说着，许心寐不由得想到自己，就是因为陆景深在陆家没有话语权，也无法帮她阻挡风雨，才会导致她需要一人面对陆老夫人的场面。一旦事情发展到这种家族干涉的地步，就会变得越来越糟糕。

秦雅致说：“傅衍之他能有这觉悟，都是被逼出来的。

“反正我现在就等着他的消息，解决不好的话，他应该也不会告诉我的。

“你别担心我了，什么时候重新找一个对象，我算是发现了，谈恋爱真的好玩！”

许心寐扑哧一笑，将布景材料拿出来，边整理边说：“我婚都还没离呢，顶着陆家少奶奶的名头，谁敢跟我谈恋爱？”

在陆景深把他们结婚的事情曝光出去之后，她身边寸草不生，连烂桃花都没有。这个婚也离不掉，两人就这么耗着。

秦雅致奇怪地说道：“我看新闻上不是说他回国了吗？他没联系你吗？”

按照她们对陆景深这个人的刻板印象，他现在早就应该求着许心寐了，或许还会大吵大闹，要死要活。

许心寐慢慢说道：“刚才陆景深来过了。”

秦雅致瞪大了眼睛：“他怎么会知道这里？他该不会和祁砚说吧？”

如果这样的话，所有人的努力都白费了。

虽说祁砚提前知道的话依旧会很开心，但是她们不想让舒漾的求婚留有遗憾。

许心寐心中其实很清楚，陆景深会得知这个地址，必然有人帮忙，并且大概率是江衍。

“没事，应该不会说。不过……我刚才看见他了。”

秦雅致震惊地看着客厅门外：“你是说在这里？”

许心寐点头：“他跟着那些师傅一起把这批货送过来，没和我说一句话。

“我觉得他大概也想通了，等过些天没准儿就来找我离婚了。”

“等等等等！”秦雅致按了按脑袋，“我怎么觉得你想多了呢？”

“他肯定不是平白无故地出现在这里啊，绝对是为了见你，找你和好。

“我觉得这只是男人的手段，为了洗白在你心中的暴躁形象，现在故作沉稳。”

秦雅致打量着许心寐的神情：“你看，你现在不就主动把注意力放到他身上了吗？”

许心寐半信半疑地看着秦雅致：“你确定？”

或许是男人此前一言不合就暴躁的样子深入脑海，她不敢相信陆景深时隔半年回来，能有那么高的觉悟和情商。

秦雅致顿了一下后摇头：“不确定，我又没什么经验，你懂的呀，全是瞎猜的。”

思来想去，秦雅致还是把话圆了回来，毕竟感情这种东西还是需要靠他们自己去感受。

现在的许心寐很明显就是当局者迷，但是由此可见，她对陆景深还是保留着一部分感情的，至少没办法做到无动于衷。

许心寐轻舒了一口气：“先不管这些了，漾漾刚才打电话过来说，祁砚过段时间想要带她去旅行，求婚的事情必须尽快准备好。”

“肯定没问题的！”秦雅致揉了揉脸颊，“一想到漾漾要求婚，我莫名也好紧张啊！我们赶紧把这些新到的货物布置好。”

Chapter 23 一生挚爱

两个人开始继续布景，与此同时，舒漾则去了国内的婚纱工作室。

给祁砚定制的西装已经完全制作好，正笔挺地挂在旁边。她伸手摸了摸西服的袖口，这是她亲手参与设计的第一件作品，此时她已经能够想象到祁砚穿上的样子。

旁边的工作人员说道：“祁夫人，现在设计您的婚纱肯定是来不及了，我们准备了一些未公开的婚纱礼服，您要不要过去看看？”

舒漾点了点头，这段时间她忙着新房的装修和设计西服，完全没考虑到自己求婚那天要穿什么。

她跟着工作人员进到另外的房间，整个空间内充斥着华丽的灯光，三排礼服分按色系陈列在她面前。

这些婚纱与馆内展示的其他礼服截然不同，每一件的工艺都更加华丽。

工作人员介绍道：“祁夫人，这十二套礼服您都可以随意使用，我帮您试试吧。”

舒漾第一眼就被面前那套黑色抹胸吊带拖尾长裙吸引，裙子左胸口处是一朵栩栩如生的红玫瑰，她向工作人员示意：“先试这套吧。”

在工作人员的协助下，舒漾把十二套礼服全部试了一遍，每一件都格外喜欢。

令她出乎意料的是，竟然每一套婚纱都很合身。

舒漾站在镜子前，欣赏着身上的婚纱，不由得问道：“你们设计婚纱是有一个平均尺码的吗？”

对方回道：“是的，我们的设计师都是根据模特的上身效果来设的计，当婚纱公开后，可能会根据不同的客人进行改动。您本来就是模特出身，当然能够轻松驾驭。”

舒漾认可地点了点头，但还是觉得有些不可思议。

“选最开始那件黑色的。”

在选择困难的情况下，舒漾还是决定穿自己第一眼就挑中的那套黑色长裙。

礼服的前后长度不一，并不影响走路，拖尾的黑色鹅毛飘逸梦幻。

确定好礼服之后，舒漾直接开车去了祁砚的公司。

当她出现在大厅的时候，立马就有前台想要通知祁砚。舒漾抬起手做了一个噤声的动作，冲她眨了眨眼睛：“嘘，第一次查岗，有点紧张。”

工作人员点了点头，在这种情况下，他们默认夫人的话语权是要比祁总高的。

舒漾到公司顶层时祁砚还在会议室开会，这还是她第一次突发奇想过来看看。

助理看见她，并没有拦着，而是说道：“夫人，距离会议结束估计还有好一会儿，您要不先去九爷的办公室等？我不会向他透露的。”

明知夫人要查岗，他如果走漏风声告知祁砚，反倒弄巧成拙。

舒漾微微笑道：“好，你先去忙吧，不用管我。”

进了办公室，舒漾随便看了看，然后走到整面墙的书架旁，打算挑本书打发打发时间。

书架上大部分是较为深奥的专业书籍，舒漾完全没有任何想看的欲望。她正打算放弃时，突然看见有一个格子中有一套封面格外精美的书籍。

她好奇地靠近了些，那套书放得很高，她需要踮起脚才能够到。

舒漾抽了一本下来，却发现是一本关于设计美学的书，正是她最近非常感兴趣的东西，没想到祁砚也会看这类书籍。

舒漾一连拿了好几本，然后抱着书坐在祁砚的办公位上。

她想着把每一本都翻翻，再决定要看哪本，正打算仔细看看时，办公室的门被推开了。

在看见坐在自己办公椅上的女人之后，祁砚的眼中明显有些惊喜。

祁砚绕过办公桌走到舒漾面前，双手撑着办公椅扶手的两边，俯身在她的唇上亲了亲：“老婆，怎么过来了？”

他的余光扫过舒漾面前的几本书，那本夹着设计手稿的书此时正在舒漾的手上摊着。只要她将手中的书再翻一页，一切将会暴露无遗。

舒漾完全被眼前的男人吸引了注意力，她将手中的书合上，笑着说道："突然想你了。"

祁砚把人从办公椅上抱起来："怎么个想法？"

舒漾勾着他的脖子，红唇弯了弯："浑身都想。"

过后，舒漾扫了一眼办公桌角上的设计书："你怎么也看那些书？"

被问到那些设计相关的书籍，祁砚不紧不慢地开口回道："夫人现在热衷设计行业，我怎么能一点都不了解？"

为了让这个理由听起来更加合理，他又补充了一句："我看的书比较杂，偶尔用来打发时间。"

舒漾十分佩服地看着他："不愧是我们祁总，还真是好学。"

祁砚轻声失笑："夫人第一天知道吗？"他用西服外套将舒漾包裹起来，"时间不早了，先回家。"

她挣扎着要从祁砚的怀里下来："我自己走，被员工看见影响不好……"

祁砚将她放了下来，然后把那些设计类的图书放回书架，舒漾出声制止道："那些书带回去给我看吧，我好像都没有看过。"

祁砚拿着文本的手微微收紧，他答应下来，主动帮她拿着那些书，两个人一起往外走。

舒漾跟着他进电梯到了地下车库："本来今天还说我开车接你回去呢，现在有点累了，你来开。"

祁砚无奈地将副驾驶位的车门打开："好，我来开。"

舒漾看着敞开的车门，环着手臂，微抬起下巴："你说'公主请上车'，不然不上。"

祁砚低笑着，他对上她的视线，温柔地哄道："公主请上车。"

舒漾往前挪了一小步，继续盯着他："你说美丽、漂亮、大方的公主请上车。"

祁砚止不住唇角的笑意，抬手往车里做了一个"请"的动作，顺着的话说道："美丽、漂亮、大方、优秀的舒漾公主请上车。"

听到他口中刻意多加的词，舒漾脸上开始微微发烫："既然你都这么说了，那本公主就勉为其难地宠幸一下你的副驾驶位。"

祁砚抬手帮她挡住头顶的车框，等人系好安全带后才关上车门。

回去的途中，舒漾说道："我亲自给你设计的西服已经做好了，待会儿回去试一下。不过只能试一下啊，等我们去度蜜月的时候你要穿着。"

祁砚认真地盯着前方的道路，眸色深沉："嗯。"

舒漾有些奇怪地撑着脑袋看向他："祁砚，你这是喜欢还是不喜欢呀？"

虽然那件西服初步定型的时候，祁砚就已经看过并且试了一遍，但也不该如此平静吧？

红灯路口，男人将车子停下，沉沉的目光落在她脸上，他轻声开口："舒漾，我爱你。"

突如其来的表白，让舒漾有些蒙，她忽然笑了："这是怎么了……"

祁砚的爱好像总是在某一个瞬间才说出口，他们之间平常并不会腻歪地提到这些，说"爱"的次数屈指可数。即便如此，两个人也并不会觉得感情变淡。

祁砚看着她，似乎有许多话要说，最后说出口的却只有一句轻松的话语："没事，只是在那一瞬间又更爱我们漾漾宝贝了。"

舒漾这才放松地笑了一下："你突然表白我还莫名紧张呢，绿灯了，先回家吧。"

祁砚点了点头，将注意力放回到道路上。

其实舒漾的准备他都知道。她默默为他做的一切，都让他更加坚定一件事：喜欢舒漾是人生最正确的决定。

舒漾在他的面前从来不会有过多的负能量，做什么都很可爱。

他灰暗的家族和无趣的生活在舒漾的参与下，也逐渐有了生命力。

回到居住的庭院里，祁砚将车停好，舒漾还没等管家来开门就先下了车，还不忘对车里的祁砚说道："书别忘了。"

祁砚拿起带回来的那些书，特地将最下面夹着图纸的那一本遗留在车内。

两人洗漱完后，舒漾将西服拿出来给男人试穿。

裁剪得体的西装笔挺利落，男人低头整理时，带着串珠的手轻推了一下眼镜，这动作让舒漾不禁感叹："啧，假斯文。"

祁砚抬眸一笑，走过去捧着她的脸亲了亲："谢谢老婆，西装很合身。明天可以穿着去上班吗？"

舒漾拉下他的手，一听男人要穿给别人看，赶紧说道："不行！我都说了，想你在度蜜月的时候穿，只穿给我一个人看。"

要是提前穿出去了，那她的求婚岂不是没有新鲜感了？

男人轻笑出声，其实刚才的话是他故意逗舒漾的，没想到她还急眼了。

就这样的心眼藏着那么大的事情，怎么可能瞒得住他？

祁砚轻笑："好，都听夫人的。"

接下来的每天，舒漾只要一有空就偷偷去布置求婚场景的别墅彩排，不断地确认所有的细节。

这期间，她就看见陆景深出现在工作人员里。

舒漾倒是没有想到，这个男人会以这种方式引起许心寐的注意。

她下意识看向许心寐，女人的表情并没有什么变化："那天有位工人不小心扭到了脚，他非要留下来帮忙，我就没管他。"

陆景深这一留就是好几天，只要许心寐在这里，就永远有他到处帮忙搬东西、想办法的身影。他和其他人一样穿着黑色的工装，协作组装舞台。

舒漾若有所思地点了点头，不由得在心里感叹，陆景深果然没有白"留学"。

大少爷做苦力显然是醉翁之意不在酒，还是奔着让许心寐改变看法来的。

江衍从门口走进来："姐，还有需要帮忙的吗？我来学习积累经验。"

舒漾默默往陆景深的方向扫了一眼："不用了，已经有人了。"

江衍看过去，惊讶道："陆景深？"

被喊到名字的男人看了他一眼，然后继续低头干活。

那股一人要抵两个的劲头，仿佛是在布置他自己的婚礼现场。

江衍直接到陆景深旁边问："你这是受什么刺激了，没吃过苦找苦吃？"

男人没有停下手中的事情，平静地回答："你不懂。"

他思来想去研究了许多办法，唯一的共同点就是不能按照以前的

方法追许心寐，少说多做才是关键。事实证明，现在许心寐也没有反感到要让他离开的地步，只能装作视而不见。

江衍想了想说道：“你一直这样下去也不是办法，就不怕她真的以为你对她没兴趣？”

陆景深给了他一个意味深长的眼神，似乎另有打算。

在求婚现场一忙就是大半天，即便有空调，陆景深还是热出了一身汗。庄园里又到了一辆货车，陆景深顶着烈日继续帮忙搬运。

正在对货的许心寐皱了皱眉，这几天下来，她就没见陆景深停过，完全把自己当机器人来用。

她和一个工作人员说道：“叫那个姓陆的适当休息一下，到时候要是出了什么事，我们可负不了责任。”

工作人员说道：“许小姐，我们已经劝过了，没用，他说不累。”

整个场地的工作人员都看得出来，那小伙子就是奔着许心寐来的，起初以为只是作秀，没想到是真在踏踏实实地帮忙。

许心寐还打算说什么，就看见不远处刚放下一件重物的男人扶着旁边的东西，随时都要晕过去。

她快步往那边走去：“陆景深，你怎么了？”

陆景深下意识扶住许心寐伸过来的手臂，有些头晕目眩地按着太阳穴：“我没事……”

看着男人这副样子，许心寐拧着眉说：“你先坐下休息一会儿，我去给你拿水。”

“不……”陆景深正要拒绝，就被女人的眼神剜了一下，随后老实地坐在位子上等候。

没过一会儿，许心寐就端着温水走过来，把水放到他面前：“没那个体力你逞什么强？是想证明生产队的驴都没你能干吗？”

陆景深喝完水就被呛了一下，盯着杯中剩余的一点水低头不语。

许心寐忍无可忍地说道：“我说的话你到底有没有听？你要是继续这样下去，就不要留下来，到时候陆大少爷的身体出了什么问题，我可负不了责任。”

男人这副模样让她感到有些陌生。

陆景深抬起脸说：“我知道了，我不会给你添麻烦的。”

得到了想要听到的回答后，许心寐心里却莫名感到不舒服。

现在在她面前的男人仿佛是从骨子里进行了蜕变，除了身上那股倔脾气，其他地方完全不像是同一个人。

许心寐在旁边站了一会儿，两个人谁都没有话要说，隔了这么久，他们已经不知道该用什么样的方式继续相处。

她正打算转身离开，陆景深轻声开口："我奶奶找你道歉了吗？"

许心寐"嗯"了一声，便直接离开了。

自从陆景深和陆家闹翻出国后，陆老夫人就不停地找她，从最初求她帮忙到后来一次又一次地登门道歉，她已经分不清真正的善意该是什么样子。

陆老夫人大概只是想尽快解除她和陆景深之间的矛盾，从而让整个家族恢复正常。

在别墅忙到晚上十点，许心寐拿起车钥匙往停车的院子走，却发现车旁站了一道身影。

原本早就该离开的陆景深，不知道在什么时候折了回来，身上换了件干净的衬衫，手里托着一个精美的草莓蛋糕。

见她出来之后，他拿出打火机将蛋糕上的蜡烛点燃。

许心寐有些木讷地走近，她早已忘记今天是自己的生日。

黑夜中，男人唱着生日歌慢慢向她靠近："心心，生日快乐。"

许心寐借着烛光看到他眼中的自己，复杂的情绪涌上心头，这一切都让她毫无防备。

陆景深伸手挡住经过蜡烛的风，在她面前说道："先许个愿。"

在这一瞬间，许心寐不知道自己有什么样的愿望："我没什么想许的。"

陆景深心尖一震："那我帮你许。"说着，男人就已经闭上眼睛，微动的嘴唇似乎在虔诚地祈祷着什么。他自然是希望他的宝贝心心过得开心一点。

许心寐看着眼前的男人，等他许完愿之后，将蜡烛吹灭。

许心寐忽然有些释怀地轻笑着问道："陆景深，你知道我过几岁生日吗？"

陆景深听到这样的问题，无奈地笑了笑。

许心寐能够问出这样的问题，可见对他曾经有多失望，甚至不相信他会记得她的年龄。他认真地回答："心心，二十五岁生日快乐。"

在他说出口的那一刹那，许心寐盯着男人手中的蛋糕，心底浮现酸涩的满足。

或许是因为这个男人之前做的事情一件比一件让她难以接受，现在仅仅是帮她过个生日而已，就已经让她感觉到莫大的安慰。

她也是病得不轻。

许心寐轻轻点头，嘴角挂着淡淡的微笑："你的好意我心领了，时间不早了，麻烦你让一下，我要开车回家。"

陆景深手里还端着一整个草莓蛋糕，薄唇轻启："你不尝一下吗？"

这是他亲手做的。在这边帮完忙之后，陆景深一收工就马不停蹄地回家洗澡换衣服，然后准备蛋糕。

许心寐拿着车钥匙犹豫了一瞬，在她拒绝之前，陆景深抢先一步说道："这样吃确实也不方便，你等一分钟，我帮你包好，带回家吃吧。"

说着，陆景深就要去他的车里拿蛋糕盒。他担心许心寐会在这个时候直接开车离开，又回头真挚地说了一遍："拜托等我一下。"

许心寐看着他在驾驶位着急打包的样子，内心的遗憾在这一瞬间冲到了顶峰。

为什么她的爱情，就非要变成这个样子才能够感受得到？迟来的深情真的还有意义吗？

很快陆景深就已经把蛋糕装好，连着打包盒的袋子一起提给她。

男人把蛋糕递到她的面前，没有过多的纠缠，保持着恰到好处的分寸，完美地演绎了什么叫最熟悉的陌生人。

"装好了，晚上开车的时候路上小心。"

许心寐接过蛋糕说："谢谢。"她把蛋糕放进车里，坐上驾驶位驱车离开。

一路上陆景深的车都跟在她的后方，许心寐把车停在公寓楼下，从后视镜中瞥过那辆车，然后看向副驾驶座位上的蛋糕，将它拿了起来。

透过透明的盒子能够看出，里面蛋糕上有一些小瑕疵，很明显蛋糕并非出自专业人士之手。

许心寐轻叹了一口气，下车拎着蛋糕上楼。

洗漱完，她坐在餐桌前把蛋糕拆开，不知道该用什么样的心情品尝。

她拿起小勺子挖了一勺蛋糕放进口中，奶油的味道在口腔弥漫开来，可是她仿佛感觉不到甜味，只觉得苦涩极了。

她的思绪很乱，完全没有想过这一切会往什么样的方向发展。

陆景深坐在车内，白皙的手臂搭在车窗外，指间夹着一根点燃的香烟。

烟一点一点燃尽，直到皮肤感觉到热度，他才把放在窗外的手收回，拿过车内的烟灰缸将烟头摁灭，离开了公寓楼下。

舒漾这一忙又是两天。

她不知道将求婚的场景彩排了多少遍，回家脱掉高跟鞋的时候，脚旁边已经起了一个红色的水泡。

在男人还没有回来的时候，她洗完澡后倒头睡着。

祁砚回到家，看见玄关处的鞋子，下意识喊道："老婆？"

他脱下西服外套挂好，往设计室走去，却没有看见熟悉的身影。直到推开卧室门，他才发现裹着浴袍就已经睡熟了的舒漾。

他走过去摸了摸舒漾半湿的长发，担忧地微蹙眉头："怎么没吹干就睡着了。"

稍微想想也能够猜到，一定又是去忙那些事情了，看样子累得不轻。

祁砚把吹风机拿了过来，将人轻轻抱起来些。

"乖，哥哥帮你把头发吹干再睡。"

感觉到触碰的舒漾动了动，半梦半醒的她抱着男人的胳膊，口中还在背着为求婚准备的话："祁砚……我想和你……"

祁砚靠近她的唇边，压着笑意问："想和哥哥做什么？"

原本还迷迷糊糊的舒漾顿时睁开眼睛，看见近在咫尺的祁砚，刚想推开他说话，就被他摁在床上，随后柔软的唇覆上她的唇。

舒漾的上半身突然无法动弹，下意识踢直了腿，脚上的水泡撞在被子上，突如其来的痛感让她眉头紧皱。

祁砚紧张地松开她："怎么了宝贝？"

舒漾心里一凉，完了，又快露馅了。她想偷偷摸摸准备个求婚，怎么那么难啊！

舒漾将计就计，把脚从被子中伸出来，可怜巴巴地说道："老公，你看。"

祁砚握住她的脚腕看了看，脚侧明显红了一小块，透明的水泡刚才被磨破了，在白皙细嫩的皮肤上显得触目惊心。

他没有问原因，而是第一时间摸了摸她的脑袋说："我去拿医药箱，等我一下。"

舒漾看着他匆忙离开的背影，已经忘记了脚上的疼痛，疯狂在脑海里想着能够找补的理由。

没想几秒，男人就从客厅拎着医药箱回来，坐在床边拿出消毒棉棒，专注地帮她处理伤口。

即便是一个小小的伤口，祁砚的眉心也始终是紧皱着的，他手上的动作也十分小心。

舒漾咽了咽口水，暗想道：你小子配得上我的求婚。

祁砚将破皮的地方处理好，一边整理着医药箱一边说道："晚上让伤口透透气，白天再贴上创可贴。"

舒漾点了点头："你不问我是怎么弄的吗？"

她连一个特别励志的理由都编好了，迫不及待地想说给男人听。

祁砚轻笑着看向她："看样子是想到怎么忽悠我了？"

"我……我哪有！"

舒漾生气又伤心地噘着嘴巴："别以为只有你有工作，人家为了重操旧业练台步很累的好嘛！"

今天在求婚舞台走流程，舒漾数不清走了多少个来回。对她来说，上一次这么认真地做一件事情，还是在大学毕业后决定跨行业当模特的时候。

祁砚揉着她的脚腕，低头吻了一下："老婆辛苦了。"

舒漾惊恐地瞪大了眼睛，不敢相信自己上一秒到底看见了什么。

祁砚竟然吻了一下她的脚背！

舒漾火速缩回脚，不可置信地看着面前的男人："你变态啊！"

说完，舒漾有些认命地泄气，自问自答道："好吧，你本来就是。"

祁砚听到后失笑，继续帮她做腿部按摩，放松肌肉："不要伤到自己。"

舒漾享受着顶级服务，脸上顿时露出意味深长的笑容："技术不错嘛。”

祁砚微挑眉：“才知道？”

舒漾轻啧了一声：“无法反驳，好气！”

要是她敢在这件事情上面质疑祁砚，这男人当场就能把她给折腾乖。

已经领略过无数次的舒漾，今天实在是没有那个体力顶嘴。

祁砚勤勤恳恳地帮她揉腿，感人的目光盯着她，突然说：“宝贝，既然不困了，哥哥想申请加个餐。”

舒漾两只手挡在身前：“要不我们还是消停点吧，祁总？”

祁砚眼角微扬，他明显是故意逗她的。他能够看得出来舒漾在外面忙了一天很累，否则平常总笑他不懂熬夜乐趣的女人，不至于今天倒头就睡。

祁砚摸了摸她的脑袋：“睡吧，我帮你再按按腿。”

舒漾讪讪地笑着摸过放在旁边的手机：“我看会儿资料，助眠。”

睡醒后不玩手机对于舒漾来说简直是不可能的。更何况这些天她忙得没有什么时间放松，正需要调剂一下。

点开娱乐软件，推送的第一条视频传出博主的声音：“求婚十大攻略，如何……”

舒漾瞬间瞪大了眼睛，来不及看祁砚听到是什么反应，飞快划到下一条视频：“让老公死心塌地的小技巧……”

舒漾火速将视频划走，可是大数据就像是在她心里装了定位，不断推送求婚恋爱相关的视频，舒漾不停地把声音调小，指尖都快划出火星子了，最后直接把软件退出。

整个世界都安静了。

舒漾蜷缩的脚趾恨不得抠出另外一个星球，完全不敢去看祁砚的表情。

藏了这么久的求婚，竟然要被几条视频破坏惊喜感吗？

她不能接受！

男人给她按摩的手在最初停顿了一下，随后便若无其事地继续帮她放松肌肉，只不过舒漾的小腿已经紧绷得像块钢板。

祁砚揉着她的小腿开口说道：“别担心，我一直明白我们之间缺少什么。”

舒漾握紧了手机，有些挣扎地暗自咬着牙，恨不得把耳朵堵上，她不想听到自己计划就这么被揭穿。

她抬手就要捂住祁砚的唇，男人却握住了她的手腕，温柔地看着她："求婚、婚礼、蜜月，什么都不会少。"

在舒漾以为祁砚会联系最近的事情来猜测她的时候，祁砚却是站在一个男人的角度，思考作为她的人生伴侣，自己给她的东西还缺少什么。

他告诉她别担心，一切都会有，一切都会来。

舒漾眼眶微红，她不止一次感觉这段婚姻是值得的。

他们的付出永远都是双向的，他们占据了彼此的整个世界。

"咳……"舒漾清了清嗓子，"你心里有数就好，这些视频都是点你的。"

把矛头转移出去后，舒漾才算是放松了些，却不知道她整个内心的波动，都随着小腿忽而僵硬忽而放松的肌肉，被祁砚真真切切地感受到了。

男人轻笑着应答："明白。"

真是一次干脆利落的甩锅。不过，这些仪式他从来就没有遗忘。

因为种种事情，本该有的婚礼延后，他已经觉得很愧对舒漾了。

一通电话打进来，舒漾将手机屏幕上的备注给祁砚看了眼，然后按下接通键。

"大晚上找我什么事啊？"

江衍瘫坐在沙发上，身上的衬衫还有些凌乱，他烦闷地抓了抓头发："你说我该怎么向林烟解释，之前为什么看病的？"

舒漾蹙眉："什么怎么解释？当然是实话实说啊！烟姐问你这事了？"

"没有……"江衍整个人陷入纠结，"但这件事情确实是我们俩之间唯一的隔阂，我总不能装作什么都没发生过，让她迁就我一辈子吧？"

舒漾不解："所以你在担心什么？难道你想替害你的陈雨馨遮掩？"

"当然不可能！"江衍义正词严地否认，"我只不过是担心林烟误会我喜欢过别人。"

先前不停在他的世界刷存在感的陈雨馨，现在早就消失了。之前他没把事情做绝，就是报复心理在作祟，想让对方姐妹反目成仇，并趁机劝退当时追求他的林烟。

可现在情况显然不一样。关于曾经厌女的原因，他始终没告诉过林烟，所以林烟只能靠猜测。这不是他想看到的，他想坦白。

舒漾思索了一下说道："那难免会多想啊，毕竟你那件事情发生在小时候，谁知道你是不是对陈雨馨有点白月光的意思。"

"停停停！"江衍立马急了，"姐你还不了解我吗，当年我那么小，哪懂什么白月光。我那纯属是农夫与蛇，好心没好报！"

如果当初他没有那份同情心，或许就不会受到那样的屈辱，但或许也不会和林烟有任何接触。一切好像早就悄然注定了。

舒漾看了一眼祁砚，慢悠悠地对着电话那头说道："听听你姐夫怎么说。"

忽然被安排任务的祁砚，笑意悠然："我和漾漾的想法是一样的，直接坦白就好。

"既然你已经意识到了这个问题，林烟自然也知道，之所以没问你，想必就在等着你的主动解释。这个时候弯弯绕绕，反而会显得心虚。

"不过人在特定的环境下，注意力会特别集中，也就容易钻牛角尖，因此……需要找个好时机。"

碍于舒漾在旁边，祁砚最后的话说得十分含蓄。

即便是打直球也要讲究方法，消除误会只是第一步，斩草除根才是关键。

江衍应声道："我明白。"他听懂了祁砚的暗示，打算挑林烟注意力容易被分散的时候四两拨千斤。

事情并不是经不起推敲，而是不值得因为别人消耗他们的信任。

不久前他话都要说出口了，林烟却接到医院的紧急电话，来不及听就出门了。

这让不知所措的他陷入了迷茫和怀疑。

这么看来，他的想法至少是没有出错的。

舒漾正要挂电话，江衍说道："对了，凌晨会放出个大新闻。"

还没等她开口问，江衍就把电话挂断了，舒漾拧着眉对着手机吐槽："说话说一半，晚上三分半！"

她看着手机上方的时间，几秒钟后，分针从十一点五十九分跳到了零点。

舒漾赶紧打开社交平台刷热点新闻，眼睁睁看着好友的话题空降热搜第一。

傅衍之 秦雅致 恋情

舒漾点了进去，话题下面的热点新闻曝出两人牵手逛街以及车前拥吻的视频画面。

傅衍之甚至在注意到了偷拍的镜头后依旧继续着热吻。

那扫过镜头的眼神，满是清冷和不屑。

舒漾激动地把视频递给祁砚看："哇！傅医生公开关系的方式这么硬核吗？"

这出新闻没有傅衍之的同意是绝对不可能被爆出来的，也就是说，这是整个傅家都默认接受的舆论。

其实对于傅衍之来说，不刻意对外公开并不会影响他和秦雅致的感情，还能避免外界的猜忌。可是他还是选择了直面所有，只为了能随时随地坚定地站在对方身边。

祁砚看着新闻内容，不由得想起之前傅衍之对于这段关系的态度。

"㞞了那么久，总算是看见些进展。"

舒漾刷新了一下，很快就多出上千条讨论。点赞较高的评论，无疑都是在震惊两人曾经的身份。各种各样的话语层出不穷，舒漾无奈地抿了抿唇。

"不过，好像还是逃不过网友的审判……"

次日。

舒漾来到布景的别墅，看见许心寐后紧张地搓了搓小手："明天就要求婚了，我好紧张啊！"

许心寐打趣着笑道："难道你还怕他不答应你？"

对于这个问题，舒漾相当自信地挑了挑眉："那不可能。但是祁砚从来都是个有条理的人，不管是工作还是生活上的事情都规划得很好，对于突如其来的求婚，也不知道会是什么反应，所以我才紧张。"

许心寐看着眼前布置多日的场景："这事情放到别人身上我不确定，但是祁砚你就不用担心了，他一定能感受得到你的用心和付出。因为你爱的人在同等爱你。"

舒漾脸上露出被幸福滋养的微笑，忽然问道："对了，小雅呢？昨天晚上刷到新闻，我都惊呆了，傅医生闷声干大事啊！”

许心寐有些难为情地使了使眼色：“因为这事，他们好像在闹别扭呢。”

舒漾疑惑地蹙着眉：“嗯？他们公开的时候难道没有商量好吗？”

许心寐叹气道：“应该是傅医生单方面决定的。之前我看小雅的态度挺无所谓的，没有非要公开的意思。

“现在网络上那些言论你也知道，不仅说得难听，各种造谣和揣测都出来了，对傅家的影响还是挺大的。

“漾漾你先别担心这些了，好好准备明天的求婚才是大事。”

舒漾点了点头，明天还得想个办法把祁砚“骗”过来。

傅家庭院。

“你别跟着我了。”赶着去布景现场的秦雅致快步走在傅衍之前面，拉开车门坐进去，跟司机说道，“开车。”

在司机犹豫的间隙，傅衍之立马跟着上车，秦雅致坐在最边上，看向窗外，无视旁边的男人。

傅衍之坐过去，在她身边轻声解释道：“小雅，我们的敌人不是彼此，而是外界的声音才对。我不是在冲动之下做出的决定，我一直都想公开我们的关系。

“你肯定也不希望就这样一直没名没分地在我身边对不对？”

“可是……”秦雅致有些着急地扭过头，“可是公开也要讲究时机啊！你知不知道外界都把我们的关系说成什么样子了？你维护了这么多年的名声，说不要就不要了吗？”

傅衍之牵住她的手，话语中带着绝对的坚定：“我们决定在一起后，就是最好的时机。

“小雅，我喜欢你。世人的诋毁并不会改变什么，不是吗？因为种种顾虑，我们已经浪费很多时间了，现在好不容易走到一起，如果还需要让你担心那些外界因素，那我根本不配以一个男人的身份站在你身边。”

秦雅致捂住他的嘴巴：“哪有你说的那么严重，再说下去是不是还得分开了？我是担心你啊。”

傅衍之抚着她的手背：“我知道。相信我，这些事情我已经在处理了。”

他们之间的喜欢并没有想的那般不堪，只是两个无血缘关系的成年人正常产生的悸动。

秦雅致深呼了一口气：“现在都已经这样了，也没有后悔药。但是我还是生气，谁让你这么大的事情自作主张。”

男人把人抱过来，低头认错：“是我的问题，之后不会了。”

在这之前，傅衍之倒是试着商量过几次，可是每次都被秦雅致拒绝了。他当然知道秦雅致是因为在乎他才那么做的，但也正因为是这样，他更想要尽快给小雅一个身份，因此才决定先斩后奏。

秦雅致撇过头，没打算这么快原谅他。

车子驶进布好景的庭院，秦雅致和傅衍之达到别墅的时候，所有人都在做最后一天的最终检查工作。

尽管这些天看过很多遍，当场地彻底布置好的时候，大家的内心还是忍不住惊叹场面的壮观。

农历七月初七。

这是祁砚和舒漾结婚一年半以来，感情稳定后的第一个真正意义上的情人节，也是舒漾求婚的日子。

舒漾刚醒来就发现，平常早该出门工作的祁砚现在还躺在她身边。

舒漾坐起身，有些疑惑：“你不上班吗？”

没记错的话，今天应该是工作日，她还特意算好了祁砚下午下班的时间。

才醒不久的祁砚凑过来，有些黏人地趴在她的腰上：“今天陪你过情人节。”

舒漾略显不自然地说道：“那个，要不你还是去上上班吧？”

祁砚眯起眼睛看着她：“嗯？”

舒漾尴尬地抓了抓头发，开始胡编乱造：“主要是我还没给你准备礼物，我打算一会儿去买呢！”

祁砚慵懒地笑着：“不急。”

听着这话，舒漾心生疑惑，怎么感觉祁砚也没准备礼物？

她甩了甩思维发散的脑袋，起床洗漱。

吃完早餐后，舒漾借口挑情人节礼物溜了出来。

赶到新买的别墅后，所有团队都已经准备就绪，知情的圈内好友们也都赶到了现场。

许心寐带着妆造团队走过来："漾漾，你先去做妆造换礼服，这边设备我们来检查就好。"

舒漾点了点头，在多名妆造师的辅助下，一个小时后完成了所有细节。

造型师拿出一个保险箱在她面前打开，里面存放着舒漾定制好的婚戒，以及一顶玫瑰红宝石皇冠。

舒漾看着多出来的那顶皇冠，惊讶道："这是哪儿来的？"

造型师回复道："婚纱馆说是奢侈品合作方赞助的，和你选择的礼服很搭，就一起拿过来了。"

舒漾触摸着那顶皇冠，上面是一个个由大至小的金色玫瑰图案，中间镶嵌着富丽堂皇的红宝石。

"谢谢。"

之前舒漾忙于准备求婚的事情，将自己妆造设计方案都交给了团队。

造型师将皇冠为她戴上的瞬间，镜子里的人看起来光彩夺目。

准备好一切，舒漾踏上别墅大厅的舞台，接下来的流程她练习过千百遍，就等着连接庭院入口的那端出现她的爱人。

舒漾站在舞台巨幕后面，拿出手机点开备注为"猛男老公"的聊天框，发送语音信息："祁总，出来约个会吧？我把地址直接发给管家了，你直接让他送你过来吧。记得穿我给你设计的那身西服哦！"

很快聊天页面就弹出男人的回复，同样是一条简短的语音："好的老婆。"

舒漾忍不住点开听了好几遍，兴奋地等待着男人的出现。

殊不知，祁砚在收到她这条消息时已经换好了那身西服。

人生中不断出席各大场所的祁砚，此时却紧张又谨慎。

他不停地检查衣着发型的细节，连指间的那枚从不离手的素银戒指都要调正。

出门前，祁砚将锁在书房顶层保险柜中的礼盒取了出来，把里面的东西放入身上西服口袋中。

期盼的时间飞快流逝，车子驶入一幢别墅庭院。

偏古典中式的风格极具沉稳的韵味，这种感觉他很熟悉。

管家将后座的车门打开，入眼便是直通大厅的百米红毯。

祁砚下车往里面走去，红毯尽头有一片插满玫瑰的爱心巨幕，场内布满了各种不同蓝色的水晶，汇集成山河冰川，仿佛把极地的天然景观都搬了过来。令人疑惑的是，一路上没有一个人出现。

当他踏入主厅的瞬间，场地内所有的灯光全部都亮了起来，*Back at One* 的伴奏响起。

祁砚盯着向两边打开的巨幕，舒漾身着一袭黑色拖尾婚纱，头戴璀璨炫目的玫瑰红宝石皇冠，手握话筒从里面走出来。

她演唱着歌曲，逐渐走近，浪漫歌声似在娓娓道来地倾诉他们之间的一切：

It's undeniable that we should be together.

（不可否认，我们将会厮守在一起。）

……

原本空无一人的现场瞬间响起巨大的欢呼声，一群人拿着礼炮从后台冲了出来。江衍也拿着专业的设备，站在台下默默地记录着这一切。

舒漾踩着红色高跟鞋，坚定地朝不远处的男人走近，目光所至皆是她梦寐以求的场景。

过往的一幕幕浮现在舒漾的脑海中，她唱歌时的声音因紧张而变得轻轻颤抖，万般思绪化为涟漪，反复在心头荡漾。

One, You're like a dream come true,

（一，你让我美梦成真，）

two, just wanna be with you,

（二，就是想和你厮守，）

……

舒漾来到祁砚的面前，脸上张扬着幸福的笑容："祁先生，你来啦。"

她把话筒放到旁边的中岛台上，拿起戒指礼盒，伸手拨开前方的裙摆，俯身准备进行彩排过无数遍的单膝跪地求婚。

一只手拦住她将要弯下的腰，舒漾抬眸，对上祁砚炽热的目光。他的举动和眼底的神情似乎在告诉她，他们之间从来都不需要她放低姿态来表达诚意。

舒漾轻轻勾唇，搭上祁砚的胳膊站直身，将拿在指尖的男士婚戒递到祁砚的面前："祁砚，你愿意陪我度过漫长岁月吗？"

迫不及待想听到答案的舒漾，感受到了前所未有的漫长等待。

只见刚才伸手拦下她的祁砚，往后撤了半步，这一退惹得舒漾心惊肉跳。

紧接着祁砚从西服外套中拿出那枚早已准备好的钻戒，单膝跪在她的身前："我愿意。舒漾，你愿意嫁给我吗？"

舒漾怔在原地，她有些不可思议，一时间嘴唇都在颤抖。

话音落下的瞬间，大厅内的音乐随之切换，热烈的红玫瑰雨从空中落下，求婚曲 *The One* 响彻整栋别墅。

She could be the one,

（她是那位与我心灵契合的人，）

She could be the one,

（她是那位命中注定的伴侣，）

She could be the one the one.

（她就是独一无二的挚爱，唯一的爱人。）

……

台下的众人欢呼声四起："哇！"

祁砚毫无预兆的求婚出乎所有人的意料。

此起彼伏的惊叹声中，舞台上的两人接受着玫瑰雨的洗礼。

当求婚和被求婚同时发生时，祁砚和舒漾的爱情宿命亦达极致。

舒漾眼眶湿润，她看着面前的男人，刚才祁砚还不允许她单膝跪地求婚，现在他却虔诚地跪在她面前询问。

舒漾掩着唇，不停地点头："我愿意。"

祁砚起身抚去她脸颊上不停掉落的泪水："别哭，我等这一天很久了。"

听到这句话，舒漾眼睛酸得更厉害了。

原来祁砚什么都知道，婚纱馆的私人高定礼服和皇冠的来历也有了答案。

他们彼此的爱从来不缺具象化的表达。

当求婚与被求婚同时发生，当美梦成真，在只属于他们的时刻，

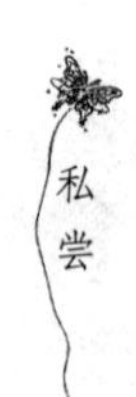

两人互相为对方戴上准备好的婚戒。

舒漾盯着指间璀璨的钻戒，顺势环住祁砚的脖子，毫不犹豫地往他唇上用力吻去，表白的声音还带着些哭腔："老公我爱你！"

祁砚捧着她的脸回吻了好几下，最后直接将舒漾整个人抱起来，走遍布满红毯的舞台，沉厚有力的声音向全世界宣告他们的爱。

"舒漾，我爱你！

"尔尔年年！生生世世！"

Chapter 24
无原则心动

半年后。

傍晚，舒漾坐在酒吧小酌，秦叙凑上前八卦道：“听说没，裴青月回国了？”

舒漾不知闻到什么味，撇过头干呕了一下。

秦叙佩服地捶了下大理石吧台：“不愧是我舒姐，做人就是真实！裴青月是挺令人作呕的！”

舒漾捂住鼻子拧着眉看向他：“你离我远点。”

秦叙低头打量了一下自己：“我刚吃了顿炸鸡回来，不至于熏到你吧？”

舒漾放下手，又闻了闻秦叙衣服上的油腻味道，转瞬破防。

她接连呕了两下，把旁边的秦叙吓得不轻，他赶紧把舒漾面前还未碰的酒杯拿开，惊恐地看着她：“你你你该不会……有了吧？！”

舒漾被他口中的话吓了一大跳：“你你……你别吓我！”

话音未落，反胃的感觉再次涌了上来，舒漾二话不说往洗手间跑去。

站在垃圾桶前干呕了一阵之后，舒漾的状态才算好转些。

缓过劲来，她站在洗手台前盯着镜子里的自己，回想着种种近况，几乎全都对应上了怀孕的征兆。

舒漾低头看了一眼身上的白色紧身短体恤，下面还露着一截扁平的腰腹。

她下意识用手摸了摸肚子，完全感觉不到任何不同。

一个多月前她和祁砚才决定备孕，打算生个宝宝体验一下，这就怀上了？

舒漾脑袋一片混乱，连呼吸都变得很小心。她看着脚上十厘米的高跟鞋，一点一点地慢慢挪出洗手间，生怕惊扰到肚子里或许存在的小东西。

到休息室后，舒漾立马换了双平底鞋，拿出包里随时备用的验孕棒去检测。

两条浅红杠赫然呈现在她眼前。

即便事先猜到答案，舒漾还是震惊不已。

“怎么办怎么办？”她慌得在原地打转，手忙脚乱地拿手机拨通祁砚的号码。

电话很快就被接通，她不知所措的语气听着像是在哭：“老公……”

“怎么了宝贝？”祁砚的整颗心顿时悬了起来，柔声安慰道，“没事你慢慢说，我在开车过来接你的路上。”

意识到祁砚还在开车，舒漾又赶紧说道：“你，你先把车子靠路边停，我有很重要的事情要和你讲！”

男人的心更加揪紧了些，快速将车子开进安全的岔道停好：“宝宝，发生什么事了？”

舒漾激动地说道：“老公我怀孕了！我肚子里有我们的宝宝了！”

时间仿佛发生了静止，听筒里一时间只有男人的呼吸声。

祁砚单手接着电话，搭在方向盘上的手指收紧，心跳在那一瞬间乱了。

“宝贝，你再说一遍？拜托你再说一遍。”

舒漾眼中泛起泪光，向他重复着：“祁砚，我怀孕了。我们有宝宝了！”

祁砚深呼吸几次，让自己的心情快速平静下来，他担心舒漾会产生许多焦虑想法，第一时间安抚她说：“宝贝你听我说，你怀孕了我很开心，你真的很棒！别担心，你永远是我人生中的第一顺位。”

舒漾被这突如其来的情话安慰得一蒙，在男人看不到的手机这头不停点头。

祁砚接着说道：“你现在乖乖待在酒吧等我，我过来带你去做个检查。”

“好。你路上开车别着急。”

挂断电话后，舒漾坐在休息室的沙发上，光是想想有宝宝以后会带来的生活变化，就激动地抓起抱枕摇晃："啊啊啊啊！以后有小宝宝啦！"

没过多久祁砚就赶了过来，在休息室的门打开的瞬间，两人紧紧地拥抱在一起。

祁砚抚着舒漾的头发，在她的额头上落下一吻又一吻。

"宝贝，我爱你。"

被爱意包围的舒漾扑在男人怀中："那你不爱我们的宝贝吗？"

得知她怀孕的消息后，祁砚从头至尾都很少提到宝宝的事情，而是把注意力都放在她身上，祁砚短暂地迟疑了一下，回答道："爱。"

但更多的是爱她所爱。

在原生家庭的影响下，祁砚并不觉得自己的婚姻中一定要有孩子，所以也从来没有要求过舒漾什么。直到近期舒漾接触到江郁，成功被七八个月大的江夜宝宝萌化，突然想生个孩子体验体验。

祁砚捏了捏她的脸颊，轻笑着说："走吧，先去检查一下你的身体。"

两人牵着手往酒吧门口走去，外面突然闯进来一道黑色身影，祁砚立刻将舒漾护到身后。看清跑进来的男人之后，在场所有人都不约而同地皱起了眉。

消失许久的裴青月出现在众人的视野当中。

他穿着深咖色的皮质风衣，头发利落有型，眼神看上去深沉了不少。

秦叙漫不经心地打量了他一遍："裴公子的伤养好了？"

裴青月不答反问："你们谁有江郁的联系方式？"

果不其然，裴青月一开口就是大家都避讳的问题。

舒漾张口结舌地看着他，满眼都写着荒谬："不是吧大哥，这都什么时候的事了，你还惦记着人家呢？"

裴青月嗤笑："她生了我的孩子，我凭什么放过她？"

于情于理，他都不可能让这段关系彻底断掉。

秦叙正经地扫过面前的几个人："你们这一个两个的造孩子倒是挺迅速的！不过我可不知道江郁的下落啊。"

祁砚揽着舒漾的腰，看向裴青月淡然地说道："我们也不清楚，我先带漾漾去检查身体。"

说着祁砚就护着舒漾往外走，裴青月挡在前面，他的视线停留在舒漾脸上，开口问："舒漾，你也不清楚吗？"

据他所了解，江郁关系较好的朋友也就只有林烟和舒漾。若不是有同样有背景的人在帮忙隐藏，他不可能调查起来那么困难。

背后帮忙的人或许是江衍，也或许是祁砚，但这都和舒漾密切相关。

舒漾一句话回绝了他："你低估了郁总对你的绝情。"

简单来说，江郁为了躲避裴青月的骚扰，不惜放弃原有的生活环境和社交圈子，带着孩子销声匿迹。

舒漾走之前最后说道："体面一点吧。"

秦叙靠在旁边的吧台上，也不知该说些什么，伸手拍了拍裴青月的肩膀："酒水全免。"

裴青月站在酒吧内场，周围的嘈杂似乎都和他无关，他的情绪平静得有些死寂，唇角若有似无的那一抹笑，似乎是在讽刺过往的自己。

裴青月，这就是你想要的吗？因为一场复仇失去了所有人。

如今的裴青月看似家财万贯，却让人避而远之，最可能知道消息的林烟对他厌恶至极，什么都不肯透露。他该去哪里找江郁的下落？

舒漾在祁砚的陪同下，心情忐忑地做完检查，医生在旁边说道："恭喜祁先生，您太太已经怀孕五周了！目前祁夫人各项指标都不错，身体状况良好。不过切记怀孕前三个月严禁同房，避免影响到胎儿的稳定。"

祁砚认真听完医生说的注意事项，一一记在心里。

等医生离开之后，舒漾才忍不住惊叹道："五周了？"

照这样的时间推算回去，岂不是两人决定要孩子的当晚就中了？

祁砚不明所以地摸了摸她的脑袋："怎么了？"

"……没，没事。"舒漾越说声音越小，"就挺快的。"

后知后觉的祁砚轻笑着吻了吻她的脸："老婆，谢谢你。"

他永远都记得舒漾说愿意为他生孩子时那一刻的感受。

在他们的婚姻里，孩子并不是非要不可。相比于基因的延续，祁砚更明白对于一个女人来说生孩子意味着什么。

焦虑、风险，同样也是对他绝对的信任和爱。

舒漾抱紧他，往他的怀里蹭了蹭："那就麻烦祁总接下来两个月老实一点。"

闻着男人衬衫上熟悉的香气，舒漾在心底不断地想着：祁砚，我们会有一个完整鲜活的小家。

回到家，舒漾还沉浸在怀孕的喜悦当中，突然接到蓝沫儿打来的电话。

她刚想第一时间分享怀孕的喜事，蓝沫儿同样惊喜地在电话那头说道："舒姐！好消息啊，咱们接到世界时装周的邀请了！品牌创始人非常看好你的时尚表现力和影响力！"

舒漾握着手机愣在原地，喜悦中顿时掺上了担忧。

能够登上世界时装周，可以说是每一位模特的毕生梦想，也是舒漾在追求的东西。但是在决定备孕的那一天，舒漾就把这个目标往后顺移了。

她脱离这个行业已经有一段时间了，本来打算在生完孩子后全身心地重新投入进去，在此期间就继续学学设计，和秦雅致一同把模特公司运营好，可令她意外的是，就在这样的情况下收到了世界时装周的邀请。

舒漾轻声说道："沫儿姐，我怀孕了。"

"啊？这就怀孕啦？！"蓝沫儿愣了一下，赶紧接着说道，"你别误会我意思啊宝贝，恭喜你啊！只是我没想到这么快，我还想着把时装周的消息告诉你，让你先别急着备孕呢。"

舒漾打算备孕的事情她是知道的，可是这也没过多久，说怀就怀了。

舒漾看了眼从书房出来的男人，她走到沙发边坐下小声说道："如果对方是看中我的身份带来的热度和话题，那这可能不是我想要的受邀情况，把这个机会留给更加专业的人吧。"

能够站上世界时装周的模特，都要通过层层竞选，能够直接受邀的屈指可数，舒漾难免觉得受之有愧。

蓝沫儿听她说的话总觉得有些不对劲，可一时也找不出其中的问题。

"好可惜啊！你现在刚怀孕，身体最重要，确实不适合高强度训练。不过没事，舒姐你好好照顾自己的身体，咱们明年还有机会！"

在胎儿还没稳定的情况下穿高跟鞋进行台步训练，万一出现意外，后果不堪设想。

舒漾应了应声，挂断电话的时候，心里还是有那么一瞬间的失落。

怀孕的第一个影响，比她想象中来得快得多。舒漾的情绪变化落入祁砚的眼中，他在沙发旁坐下，伸手将旁边的人抱到腿上。

“和谁打电话呢？”

舒漾知道当祁砚开始问的时候，事情就瞒不住这个男人，于是避重就轻地说道：“经纪人打来的，说有个时装周邀请我，但我现在不是怀孕了嘛，就推了。”

祁砚低眸看着她：“世界时装周？”

“嗯……”

男人捧起她的脸，温柔地笑道：“宝贝，那为什么不开心呢？”

舒漾有些迷糊地看向祁砚，难道祁砚支持她去参加？

只见男人缓缓开口：“漾漾，我知道你是在担心宝宝的安全问题，距离时装周还有两个多月的时间，我们有足够的时间进行健康安全的训练，真正站在舞台上的那一天，孩子也快四个月了，会相对稳定很多。

“我的意思是，你可以去做你想做的事情，我们更加注意些就好。”

他知道这样的机会难得，所以事情也不只有放弃这一个选择。

舒漾眼睛忽然亮了些：“你支持我去参加？”

“嗯。”祁砚轻轻抚着她的脸颊，“我不希望你一直为我牺牲自己的光芒。

“你从来都不是我的附属品，我同样愿意支持你的所有。”

舒漾扑进男人的怀中撒娇：“谢谢老公。”

两个人腻歪了好一会儿，舒漾撇着小嘴，陷入自我怀疑：“但我还是不去了吧，总感觉不太适合……”

她现在的身份参加任何商业活动，都避免不了被人诟病是关系户。若是带着身孕去走秀，网络上必定又是一番腥风血雨。

祁砚把玩着她的发尾，耐心地在她的耳边问：“你觉得自己现在的专业能力不如其他模特？”

舒漾果断摇头。

虽然在国外那半年她没有参加过任何秀场活动，但并不意味着她对这件事情就失去了热情，曾经吃饭的老本行也没有彻底荒废。

最近半年，舒漾也一直以模特的身份活跃在大众的视野，但是更多人对于她的印象，已经从“天才模特”变成了“祁砚夫人”。

网络上简简单单几句话就能磨灭她所有的努力，认为她受邀参加的活动都和当下的身份背景脱不了关系。

祁砚很理解舒漾现在产生的种种想法，一点一点地鼓励她：“我不希望你被‘祁夫人’这几个字束缚住。既然我们有这个话题影响力，那我们就接受它。不可避免会有一些装睡的人，但是一定有更多的人能看到你的优秀。”

舒漾用力地点头，想了想还是有些担心地说道：“完了完了，我怎么变得这么敏感了，你之后不会厌烦我吧？”

祁砚笑意粲然：“难道不是一直都很敏感吗？”

舒漾狠狠掐了他一把，义正词严地说道：“我指的是情绪！情绪！”

祁砚戳着她气鼓鼓的脸蛋，逗她：“秦叙在酒吧。”

舒漾哽住，她指着男人的胸膛控诉道：“谐音梗！扣钱！扣钱！”

祁砚握住她的手指，放在唇边亲了亲：“哥哥怎么会厌烦你呢？永远不会。”

曾经那个病态的祁砚，无比希望看到舒漾依赖他，希望看到她患得患失，没有他就失魂落魄的样子。

同样的情况放到现在，他依旧是喜欢的，这和他喜欢舒漾自信无畏的样子并不冲突，因为他喜欢的不是某个状态，而是舒漾本身。

舒漾最终决定去参加世界时装周，为了保证她的人身安全，怀孕的事情并没有对外界公布。

随着主办方将参加的模特名单陆续公布，时装周的热度也在不断攀升，舒漾出现在名单当中，不出所料成为当下的热点讨论话题。

不少网友纷纷在官方发布的帖子下方留言：

“啊啊啊啊！支持舒漾！”

“不出意外的话祁砚肯定出资赞助了，舒漾天生好命啊！”

“老实说收了多少钱？不得不说舒漾后台真硬，听说都没参加竞选，直接保送的。”

“别酸了！舒漾从出道以来就是国内飞升最快的实力模特，爱看她走台步怎么了？！女王爱走多走！爱看！”

……

与此同时，祁砚公司项目的发布会，在线上线下同时举办。

舒漾关掉和自己相关的帖子，想看看发布会上的帅气老公调整一下心态。谁知道刚点进去直播间，就发现她的事情在祁砚这儿也被刷屏了，不少人都催现场的记者提和她相关的话题。

发布会的流程正常进行着，在即将结束前，根据本场发布会的互动规则，祁砚需要回答直播弹幕提问最多的一个问题。

负责此环节的记者十分尴尬，因为问题和发布会内容基本无关，而是关于祁砚的私事。

记者硬着头皮提问道："本场观众最想要问到的事情是，对于祁夫人参加世界时装周，祁先生您有什么特别想说的话吗？"

镜头前，男人不苟言笑的面容上泛起温柔，祁砚勾了勾唇，对着镜头肯定地点了点头："老婆加油。我永远是你秀台下的观众，是你的裙下臣。"

现场一片惊呼，网络上更是炸开了锅。

舒漾心跳飞快，她看着手机屏幕上满屏的"啊啊啊啊"，逐渐将男人的脸挡得严严实实。

发布会宣布结束，正当与会的人陆续准备离场时，已经站起身的祁砚看见下方不停跟拍的记者，扶过面前的黑色话筒，弯腰的同时用锐利的目光扫过镜头："最后耽误各位一点时间。比起'祁夫人'，我更希望大家称呼我的妻子为'舒小姐'。

"舒漾无须冠我的姓氏，她有自己的力量和光芒。

"关于'祁夫人'，抱歉，是我的独家称呼，谢谢。"

屏幕面前的舒漾摸了摸平坦的小腹，觉得这一切都是值得的。

曾经她从来不觉得自己以后会为男人生孩子，可当她的幸福变得具象化，多到快要溢出来，想法就这么自然而然地产生了。

祁砚的采访在各大网络平台被刷屏，无数人见证着他们的爱情。

关于舒漾参加时装周的舆论并没有彻底消失，衍生出来的话题隔三岔五登上热搜，在主办方的造势下，观众格外期待这一场秀。

在祁砚的安排下，舒漾每次去参与台步训练都会携带贴身女保镖，防止在训练的过程中发生意外。

结束完一下午的练习，舒漾脱下高跟鞋坐在沙发上，保镖在旁边提醒道:“舒小姐，您先生来了。”

舒漾惊喜地往门口看过去，身材颀长的男人大步流星地朝她走过来。

周围散落的目光纷纷汇集，有些人开始小声议论着:

“天啊，祁砚哎！”

“哇，见到活的了！真人比例也太绝了吧！”

……

舒漾起身拉过男人的胳膊:“不是说不让你进来吗？”

祁砚亲吻着她的脸颊，微微勾唇:“老婆，我等不及了。”

他牵起舒漾的手，弯腰拿过女人落在沙发上的包，带着人往外走。

坐到车上，舒漾托着下巴无奈地说道:“我做孕检，你这么积极干什么？”

祁砚揉着她的手，不紧不慢地说道:“老婆，今天满三个月了。”

舒漾眨了眨眼睛:“我知道啊，所以呢？”

从医院检查出来，结果非常理想，科学的训练方式并没有造成任何负担。

还在回家的车上，祁砚抱着她就已经开始不老实，就差直接黏在她的身上。

到了庭院，舒漾刚下车还没站几秒钟，祁砚就迫不及待地双手将她抱了起来，脚步沉稳地往别墅内走去。

在只属于他们的温馨空间内，祁砚小心地将她的脚放到地毯上，扶着她的腰帮她快速站稳。

男人热烈而绵密的吻落下，舒漾一点一点地回应着，他们进入彼此熟悉的节奏里。

或许是时隔许久，舒漾格外紧张，男人轻抚着她的后背，低声安抚:“宝贝，我会小心的。”

直至最后，一切都还算可控。

舒漾趴在床上，祁砚亲吻着她露出的肌肤，柔声问道:“我们的宝宝叫什么好呢？”

舒漾翻过身，目光懒散地看向他:“祁愿。怎么样？”

从怀孕那天，舒漾就已经在脑海里想过无数个名字，但都不及这个名字。

祁愿，祈愿，寓意着希望。

男人抚着她的脸轻轻应声：“好。”

舒漾小声嘀咕着：“那我们是不是还要想个男生的名字？毕竟还不知道宝宝是男孩还是女孩呢。”

祁砚用手心贴着她的腹部，动作很小心：“慢慢来吧。”

“老公你喜欢男孩还是女孩？”

果不其然，死亡问题虽迟但到。

祁砚早已准备好了标准答案：“老婆生的我都喜欢。”

舒漾撇了撇嘴：“可真官方呢！”

她任性地追问：“我不管，你现在必须选一个。”

祁砚权衡后回答：“生个男孩也不错。”

听完舒漾直接在男人手背上打了一下，警惕地看着他：“祁砚你竟敢重男轻女！”

被控诉的男人沉声失笑，祁砚捧着她的脸解释道：“只是觉得男孩可以放养，不影响我们过二人世界。”

其实他对未知的小生命还真没什么兴趣，从没出生就要霸占他老婆的身体，分走他老婆的爱，以后还不知道会发展成什么样子。

舒漾“嘘”了一声：“你小心，别让肚子里的宝宝听见了，哪有你这样当爸爸的？”

两人在睡前你言我一语地交谈着。

只要舒漾半夜起来上洗手间，祁砚在下一秒也会随之醒来，然后起床开灯，陪她一起去。

另一边，同样是深夜。

江郁不知为何不安地醒来，却没有听到小孩闹腾的声音。

平常江夜都是白天睡觉，晚上就咿咿呀呀地缠着她。由于江夜最近又学会了走路，江郁晚上时时刻刻提心吊胆，根本不敢睡得太沉，就担心宝宝乱跑摔跤。

她看向躺在身边的宝宝，如今孩子的脸上惨白一片，嘴里还吐着白色的泡沫。

江郁顿时吓得惊慌失措，她飞快地起身把孩子抱了起来。

“宝贝，宝贝你怎么了？”

江郁紧紧地掐着手心，发现自己无法冷静下来，就狠狠地咬了一口舌尖。

她立马呼叫了救护车，用厚厚的外套将小孩裹住后，她连睡衣都没换就急匆匆往外跑。

在门外站了一夜的裴青月没想到门会在这个时候被打开。

江郁的目光没在他身上停留一秒，她不敢耽误一分一秒，抱着孩子快速离开。

她眼里的泪花和焦灼刻进男人的眼底，裴青月反应过来，立马追了上去拉住她。

“江郁！江郁你停下！小孩看着像食物中毒了！”

一心想着去医院的江郁完全听不进去男人的话，裴青月快速地解释道：“孩子中毒有一段时间了，去医院路上肯定会出问题，现在最应该做的是用应急手段。”

江郁难受得说不出话来，她也只是个初当母亲的女人，在这种充满未知的突发情况下，都不知道向谁求助。

可是现在出现在她眼前的为什么偏偏是裴青月。

裴青月索性把江郁扶回屋内，他从江郁手中抱过小孩，开始按压胃部尝试催吐。

刚才情绪激动的江郁也冷静了下来，看着小孩的现状，眼泪悄无声息地掉落。

裴青月额头便泛起了一层冷汗，他丝毫不敢懈怠，尽可能情绪稳定地和江郁说道：“乖，没事，帮忙去拿下水和筷子。”

江郁赶忙往厨房跑，拿着水杯和筷子的手都是颤抖的。她将东西放到裴青月面前，此时她最不想见到的男人，却成了她不得不依赖的人。

“现在怎么办？”

“别怕，没事。”

裴青月口头上安抚着她，拿过水杯为小孩喝了点水，然后打开宝宝的嘴巴。

可是孩子毕竟还小，经过这一番折腾一直在哭，不停乱动的身体也让裴青月担心控制不好力道，一直没下手。

“江郁，按住他一下。”

江郁的手在两侧固定住小宝宝的脑袋，一边担忧地看着一边出声哄着。

“江夜乖，妈妈在，妈妈在呢，一会儿就好了啊……”

听着女人口中温柔至极的话语，裴青月有那么一瞬间出神，他回过神后立刻用筷子找到小孩咽喉的位置，想办法让他吐出来。

反复试了两次，小宝宝开始不停地呕吐大哭，抱着孩子的裴青月直接被吐了一身。

男人无暇顾及这些，只觉得深深地松了一口气。

小宝宝或许是不习惯陌生的气味，还在男人怀里不停地乱动，越哭越狠。

江郁悬着的心放下了不少，她伸过手去：“我来抱吧。”

裴青月按住小孩要扑向女人怀抱的两只小手，强行把人抱在怀里。“没事。”

江郁：“……”

江夜十分不给面子，裴青月抱了多久他就嗷嗷大哭了多久。

最后江郁实在看不下去，开口说道：“裴青月，不能让宝宝这么哭下去，嗓子会坏的。”

听到这句话裴青月才开始犹豫，江郁趁机把孩子抱了过来，状态已经好转许多的宝宝很快就哭得没那么大声了。

裴青月低头看着自己狼狈的一身，再看向不懂感恩只知道趴在江郁怀里的小屁孩，他忍。

等医生团队赶到，对宝宝进行了一个全方位的检查，最终决定留院观察。

负责交代注意事项的医生看着江郁和裴青月夸赞道：“多亏了你们两口子处理得当，省去了不少麻烦。不然这么小的孩子洗胃，该多难受啊。”

江郁尴尬地笑着，只能时不时点头应和：“医生麻烦您了。”

医生微笑着说道：“不麻烦，赶紧带你老公去处理一下吧。”

等医生离开，江郁也转身要回病房看孩子，裴青月整个人挡在她面前，男人眸子微眯起，顺着医生的话说道：“不带你老公去清理一下吗？”

江郁看了眼脸皮极厚的裴青月，干笑了两声："呵呵。"她转身就往病床边走，眼里只有还在睡觉的小宝宝。

裴青月咬了咬牙，江郁的呵呵一笑，简直比任何话语都要让他烦躁。

男人不停地在心里告诉自己要忍，在外人面前可以嘴硬，在江郁面前那就是死刑。他也跟着走过去，站在病床旁边看着熟睡的小孩。

这是裴青月第一次认真地看清他的孩子，突然多了个亲生骨肉的感觉很奇妙。

宝宝长得很可爱，皮肤白里透红，脸颊鼓鼓的，看起来被养得很好。

他心平气和地问江郁："孩子叫什么？"

江郁充耳不闻，就当是没有他的存在。

裴青月继续忍着嘴欠的冲动，好声好气地劝道："你先休息吧，孩子我来照看就好。"

不管他说什么江郁都不为所动，她就坐在凳子上静静地守着孩子，生怕他偷偷把孩子抢走。

裴青月无奈地说："我没别的想法，你现在需要休息，人都瘦成什么样了，我……"

话未说完，江郁"嘘"了一声，看着病床上的宝宝动了动，她轻轻地说："你吵到孩子了。"

裴青月顿时哑口无言，孩子孩子孩子，江郁现在世界里只有孩子！

他站在病房里面郁闷得喘不过气，但现在他要是离开病房，江郁指不定又要误会他，甚至直接把他关外面不让回来。

一直守着孩子的江郁撑着下巴，平常带孩子时她的休息时间就很散乱，已经记不清有多久没睡饱过，现在裴青月不走，她根本不敢闭眼。

随着时间流逝，病房内极其安静，江郁头脑越发沉重，开始打瞌睡。

将这一切收入眼底的裴青月实在看不下去，他把人从凳子上揽起来，强行带走。瞌睡中忽然被抱住的江郁吓一大跳，在她下意识要发怒的瞬间，裴青月用宝宝堵住她的嘴。

“嘘，别吵到孩子。”

江郁：“……”

很快，裴青月就把她送进了另外的休息间，VIP 病房很大，透过休息间的玻璃也能看见病床上孩子的情况。

男人把人放下的时候，胳膊已经被掐红了。

江郁睡意淡了不少，气愤地瞪着守在门口不让她出去的男人：“你到底要干什么？！”

裴青月睨了一眼她身后的床：“你去休息。”

江郁冷声拒绝他的好意：“我不困。”

裴青月气笑了，这女人刚才差点倒下，还要怎么样才算累？

“江郁，我发誓我不会和你抢孩子，你没必要这样防着我。”

光是抢个孩子过来有什么意思，他当然是要把自己女人先追回来。

江郁静静地看着他，又看向玻璃墙外的孩子，男人的声音再次在她耳边响起。

“你好好休息一下，我会看好他的。我不会再骗你了……”

他和江郁之间的信任和情感已经被他一手摧毁，想要再次建立起来必然没那么简单。

江郁走到床边安静地躺下，慢慢地闭上了眼睛。

她知道，如果裴青月铁了心要把孩子带走，她没有任何办法阻止。

见她安心睡下，裴青月走出休息室去看着些孩子。

他拿过放置在一边的医院缴费单，小孩的信息上写着：江夜。

裴青月的注意力回到孩子身上，越看越可爱，越看越喜欢。这小家伙还长得怪讨喜的，不愧是他儿子。

这让裴青月不由得开始幻想起以后的生活，尽管他整夜没休息，此刻也不觉得累了。

没过多久，小宝宝迷迷糊糊地要翻身，裴青月赶紧起身，担心小宝宝扯到手上的吊针。

他小心地托着宝宝打着针的那只手，没想到下一秒江夜就睁开了些眼睛，眼前陌生的男人让他感到害怕，病房内顿时响起宝宝哇哇大哭的声音。

就在裴青月不知所措的时候，刚睡着不久的江郁就立马跑了出来，她用力地将裴青月从孩子的视线中扯开，转头抱起宝宝的时候又变得轻手轻脚。

“宝宝乖，妈妈在呢，不哭不哭……”

这一切全然落入男人的眼中。裴青月从来没见过这样的江郁，他的心好似被什么东西掐住了。

宝宝醒来之后，江郁也就无法继续休息，一直哄着什么都不懂的小孩玩。

此时的裴青月发现，当孩子不认他的时候，他除了陪伴什么也帮不到江郁。

他试图让孩子认识他，可是江夜只要一看见他就往江郁怀里躲，这种被自己亲生孩子排斥的挫败感，让裴青月内心很沮丧。

在江郁哄孩子的时间里，裴青月不停地在旁边用手机搜索攻略。

裴青月前十几年都不会想到，自己有一天会在手机里保存一堆如何亲近小宝宝的攻略。

心中差不多有了大概的想法之后，裴青月等不了一分一秒，对江郁轻声说:“我出去一趟，马上就回来。”

江郁抱着孩子没回应，她不得不担心，裴青月是为了顺理成章得到孩子才回过头找她，还是因为她生了他的孩子，不得不找她？接下来她又将要面临怎么样的生活？

只要牵扯上裴青月，她就变得迷茫，不知道该怎么应对。

不出半个小时，病房的门就被从外推开了，江郁目光扫过去，门口出现的男人身上的装扮让她眉头一皱。

再次出现的裴青月已经脱下了身上的西服，换上了一身极其可爱的浅粉色卡通毛绒套装。衣服上面印着各种各样小孩子喜欢的图案，男人变得看起来有亲和力了，像是换了个人一样。

江郁:“……”

裴青月顺着女人的目光低头打量了一下自己这身装扮，还不忘问道:“怎么样？”

江郁转过头，没给他任何一个多余的眼神。对于江郁这样的态度，裴青月已经完全看开了，就当是家常便饭。

他做好心理准备之后往病床边走去，既然江郁现在的心思都花在孩子身上，让孩子喜欢上他就是追人的最快捷径。

江郁皱了皱眉，并不想让这个人靠近她的孩子。

可现在的裴青月阴魂不散地想逗宝宝。

“小江夜？”

原本还对他这身装扮有些好奇的宝宝，在男人威严的声音响起时瞬间扑到江郁的怀里大哭。

“哇……麻麻……”

江郁赶紧抱着宝宝转过去，不让他面对裴青月，手掌拍着孩子的背不停地细声轻声哄着。

裴青月张口结舌：“不是，我……”

他再次开口，刚被江郁哄好一些的小宝宝又哇地哭了，江郁冷冷地扫了他一眼，警告他在孩子面前闭嘴。

男人有些抓狂，这小孩怎么这么爱哭，一点都不可爱了！

他本来还想着，如果孩子能和他玩，就能换江郁去休息了，可是宝宝这状态根本就离不开江郁。

裴青月不知道在旁边干等了多久，在哄孩子这方面他也帮不上太大的忙，给江郁倒的温开水放凉了也没见她喝一口。

江郁刚拿开手，宝宝就醒了，她不得不重新把江夜抱起来接着哄。

目睹整个过程的裴青月心里一团乱麻。

不知过了多久，宝宝好不容易再次睡着了，江郁小心翼翼地放下孩子，发现终于没闹之后深深地松了一口气。

她把婴儿病床旁边的安全围栏检查好，然后转身看向裴青月，一个人径直地往病房外走。

裴青月立马跟了上去，出了病房之后他才敢开口说话：“你不休息吗？”

江郁忽略了他的问题，语气冰冷：“你可以走了吗？”

为什么还要再进入她的世界，搅乱她好不容易安定一些的生活？为了忘记这个男人，她已经用尽全力了。

裴青月的心情瞬间跌入谷底，就连刚才孩子被他吓哭两次，他都没有这种感觉，可是江郁做到了。

他势在必得地说道：“我不会走的，要走也是你和孩子跟我一起走。

“我知道我不辞而别害你伤心了，还说了很多重话，当时情况复杂，我不能失败，也是真的不希望你被牵扯进来。现在说什么都像借口，可我真的意识到自己错在哪儿了，你再相信我一次好吗？”

江郁已经很累了，强撑着说：“裴青月，你能说出这些话，只能证明你现在日子过得顺了，多一个孩子对于你来说是锦上添花。你有没有想过你不顺的时候呢？你还会想要这个孩子吗？你不会。

“如果时光能够倒流，再给你一万次的机会，你也不会选择我和孩子。

“放过我吧，拜托了。”

裴青月不停地摇头，认为江郁的说法是错的。

让他更无法接受的是，当初把他从贫民窟救出来的女人，现在每次在他面前都在卑微地哀求。他忍住去触碰江郁的想法，担心她觉得冒犯。

“江郁，你不能就这么给我判死刑，当初我根本就不知道孩子的存在，你就一定觉得我会像口中说的那样冷漠无情吗？”

女人面无表情地陈述着：“是。你也从来没想过和我一同面对问题。”

裴青月极力控制着自己：“对不起。江郁，我不会不要我们的孩子的，我不会那么做……”

江郁再次提醒裴青月：“我们之间没什么可纠缠的，你想要孩子，多得是女人愿意帮你生，别再来烦我了。”

裴青月挡住她的去路：“我就要你的。”

他知道现在钻牛角尖谈不出个结果，于是退而求其次地说道：“你有权利拒绝和我复合，但是你不能不让我见孩子。”

只要有机会和孩子接触，自然能趁机对江郁“下手”。

江郁被逼得脾气逐渐暴躁，由于身处医院，她不得不放小了些声音，咬牙讥讽：“裴青月，你为这个孩子只不过是贡献了一颗精子！说难听点，还是你自己玩脱了不小心留下的。你有什么资格厚着脸皮说这些？”

裴青月沉默了一秒，说道：“你说得对。我知道你讨厌我，可是我们要为孩子的成长环境考虑考虑吧？孩子以后的成长里没有爸爸在身边，或多或少都会有缺憾，甚至会造成心理健康问题，你忍心看着江夜经历那些吗？”

江郁回怼道：“我就没有父母，我不一样活得好好的？”

“你……”裴青月不敢展开这个话题，又换了个说法，“我可以给你们母子提供更好的生活环境和资源，至于我们要不要复合，可以以后再说，你为什么就非要躲着我呢？”

隔壁病房一直掩着门听的老阿姨实在按捺不住，打开门跳出来说道：“姑娘，这种渣男，咱们就要踹得远远的，孩子凭什么给他见？有几个臭钱就觉得自己了不起了！”

裴青月面对态度彪悍的阿姨敢怒不敢言，要是得罪了阿姨们，不出今晚整个医院都会传遍他的“光辉事迹”。到时候年龄相仿的阿姨坐一桌谈论他，再挨个儿去江郁面前说一些劝分不劝和的话，他大半年的努力都将付之东流。

“我知道错了，是我年少不懂事不知道珍惜眼前人，我现在能负得起这个责任，也必须承认之前的错误，希望能再给我一个机会。”

阿姨满脸不信地打量了一下裴青月，把江郁拉到一边偷偷小声说道：“这男的长得就不靠谱，姑娘你可得擦亮眼睛，和不和好的不重要，养孩子的钱必须管他要！”

江郁笑着点头：“知道了，谢谢阿姨。”

如果所有的伤害都能被原谅，那对不起的意义是什么？

阿姨被护士通知去做检查，裴青月内心跟着松了一口气，他满眼担心地看着江郁：“这个话题我们改天再说，你先去休息，宝宝有我看着。”

累到不行的江郁也没精力再吵下去，可她依旧没法相信同样一夜没睡的裴青月能把孩子看好：“宝宝刚输完液，应该会睡很久，还是叫个护工来吧。”

万一裴青月中途睡过去了，孩子没人管出什么意外，这样的风险江郁赌不起。

这些话落到男人的耳朵里，却变了一层味道。裴青月心里一暖：“你在关心我？”

江郁面无表情地看着裴青月自我脑补，忍住想要一巴掌打醒他的冲动，转身自己去找护工。

靠男人还不如靠她自己。

裴青月追上来：“我不是让你去休息吗？都说了孩子这边有我看着。”

江郁没有耐心和裴青月周旋，语气逐渐变得像是命令：“把护工找来！”

本来她没怎么睡觉就烦，对于这个男人，她耐心已经给得够多了。

见情况不对，裴青月赶紧低声下气地说道：“我马上就去，你别生气。”

没过多久，裴青月就请来护工，江郁这才敢回休息室准备休息。

没想到转头裴青月也跟了进来：“你进来干什么？”

裴青月往沙发上一躺：“休息啊！”

江郁：“滚出去。”

裴青月赖着不走：“你睡床我睡沙发，互不干扰。我担心我儿子。这里看得到，比较放心。”

江郁也懒得和他争执：“那我出去。”她宁可坐在外面的椅子上休息，也不愿意和裴青月待在同一个房间内睡觉。

裴青月一下从沙发上弹坐起来：“我走我走，我马上走。”

在江郁要离开休息室之前，裴青月抢先一步拉开门跑出去，还不忘把门关上。

出来之后，裴青月深深地叹了叹气。

女人怎么这么难搞？早知如此，他当初何必嘴硬呢？

现在江郁见到他就烦，说不到两句就恨不得吵起来，完全没把他放眼里。

裴青月找个病房内的椅子坐下，怎么都睡不着，干脆去看孩子。

有专业的护工在，裴青月也想办法融进了小孩的世界，坐在床旁边陪江夜。

孩子还没有玩累，裴青月就要累倒了，但是他总想着再趁机培养培养父子感情。裴青月撑着脑袋看向抓着拼图的一岁小孩：“宝贝，叫声爸爸听听？”

江夜认真地摆着拼图，完全没有要搭理他的意思。

裴青月以为他听不懂，在孩子耳边不停示范给他听：“爸——爸——”

见孩子依旧不感兴趣，男人又换了好几种语气教他，原本低沉的嗓音都快夹冒烟了。

“爸爸——爸爸！爸比。”

江夜两只小手各抓着一块拼图，仰头就要哭："哇……"

裴青月连忙挡住他哇哇叫的嘴巴，低三下四地哄着："别哭别哭，求你了。你妈已经一天一夜没睡觉了。"

等下宝宝的哭声把江郁又吵醒了，他会被拉入和孩子接触的黑名单的！

江夜仿佛听懂了他说的话，瞬间就不哭不闹了，继续玩着手中的拼图。

裴青月在心里暗自腹诽道：小小年纪就成了妈宝男！

实在扛不住困意的裴青月靠在椅子上睡了过去，醒来的时候脖子一阵酸痛。

他抬手揉了揉颈部，余光瞥到空无一人的病床，立马跳了起来。孩子呢？！

裴青月环顾着病房周围，就连休息室里的江郁也不见了。

他冲出去找到护工阿姨："人呢？我老婆孩子呢？"

阿姨被他吓到，急忙说："您夫人醒来说带孩子去医生那儿问诊，我看她一直没回来，也是刚得知她已经办理了出院，把小孩带回家了。"

裴青月两眼一黑，也没时间和护工阿姨多说，直接跑去找人。

再次来到江郁家门口的时候，裴青月在外面不停地按门铃和敲门，令他意外的是，江郁真的还在家，并且给他开门了。

他看见客厅地毯上摊开的行李箱，里面已经装了不少东西。

江郁蹲下身继续收拾，裴青月着急地问道："你收拾东西去哪儿？"

江郁整理着行李箱，说话的时候甚至没看他一眼："搬家。"

"搬去哪儿？"裴青月站在一边干着急，"你搬去哪儿我找不到你？江郁你何苦呢？"

江郁把手里的衣服塞进行李箱："对啊，今时不同往日，现在的你想要掌控我的行踪简直易如反掌。"

裴青月听出女人话中的嘲讽，蹲下身在她旁边解释道："我不是那个意思。你现在身体不好，孩子又刚出院，这么到处奔波得不偿失。"

江郁瞥了他一眼："谢谢关心，我带孩子去哪里是我的事情。你要是想争夺孩子的抚养权，那我们就法院见。"

既然现在已经被裴青月找到，这男人还像个狗皮膏药一样甩不掉，那她干脆搬回沪城，给孩子更好的条件，光明正大地生活。

裴青月无奈道："我们一定要这么针锋相对吗？"

江郁抬了抬手："让开，你挡到我的视线了。"

裴青月蹲着往后退，不小心直接摔坐在地上，抬眼的一瞬间，他看见江郁嫌弃的眼神，备受打击。

男人起身说道："我帮你一起搬。"

江郁在哪里他就在哪里。

京城。

舒漾的肚子已经开始显怀，江衍这天陪着她散步。

他跑到舒漾面前，好奇地歪头盯着她微微隆起的肚子看。

舒漾伸手往他头上拍过去："你现在看起来真的很像个变态！"

江衍吃痛地摸了摸脑袋，老实地待在旁边："这不是没见过嘛！我以后还是孩子的小舅舅呢！"

她视线扫过江衍说道："对了，刚才见你怎么像是有心事的样子？"

"姐……"江衍挽住她的手臂，有些可怜巴巴地说，"我和烟烟闹小别扭了。"

舒漾扭头看着他："什么事啊？看把你委屈的。"

江衍叹了叹气说道："林烟要辞掉医院的工作，回大学当教授。"

舒漾还等着他的下一句话，没想到江衍就闭嘴了。

"就这？"她还以为是什么感情危机。

江衍幽怨地说道："什么叫就这，她都要放弃她的事业了。她去M国进修不就是为了能在医学造诣上大放异彩，可是现在……我也不是说她去做教授不好，但是我就是觉得哪里不对！"

江衍有些抓狂，一时半会儿说不清自己的感受。

舒漾眼角抽了抽，帮他总结道："你就是觉得她是因为你才放弃的，你不想这样。"

"对对对！"江衍急忙附和道，"她在医院发展也挺好的，突然就说要辞职，还瞒着我已经把辞呈递交上去了。"

舒漾拍了拍他的背："你没有必要想得那么过激，林烟姐肯定是经过深思熟虑后决定的，更何况，她做教授，日后为医院输送更多的优

秀医生，也很光荣啊。我猜林烟姐这么做，应该也是为了协调你们共同的生活时间。”

之前就听江衍三天两头找她说，林烟太忙了，经常要加班手术，人都不在家，他们的作息完全碰不到一块儿。

教授这个职业相对来说可以轻松一些。

江衍呼了一口气：“你说的这些我能明白，我就是觉得一直以来她为我们的感情付出很多，我始终都觉得我给她的回报不够。”

舒漾轻轻一笑：“就像书上说的，爱不就是常觉得亏欠吗？只要你不辜负她，那么她的所有付出都是值得的。”

江衍默默开始反思，陪着舒漾散完步把人送回家。

舒漾走进庭院朝他摆了摆手：“知道你心里按捺不住了，赶紧回去吧。下次找个时间我们去看看爸妈。”

江衍点点头：“知道了，谢谢姐！”

等舒漾回别墅后，江衍立马开车回家。

趁着林烟还没回来，他打开冰箱看了眼，然后直接出门买菜。

从超市回来之后，江衍回到厨房系上围裙，开始处理食材。

不知过了多久，餐桌上逐渐放满了菜。

听到开门声，江衍马上从厨房出来，林烟有些讶异地看着还系着围裙的男人，紧接着就闻到餐桌上菜肴的香气。

江衍摘下围裙走过来抱住她，轻声说道：“烟烟，我错了。”

“怎么了？”林烟受宠若惊地抬起脸，她甚至不知道江衍具体指的是什么事情。

江衍把心里的想法往外一通说，告诉林烟他当时表示理解都是装的，现在才是真正地说服了自己。

女人听完之后哭笑不得，要不是江衍说这些，她还真不知道江衍一个人想了这么多。

她环住男人的腰：“感情本就是相互付出的，如果换一份工作能够更好地维系我们的感情，那为什么不呢？”

江衍低头亲了亲她的额头：“先洗手吃饭吧，今天的菜可都是我亲手做的。”

林烟凑到餐桌前闻了闻：“真香啊，辛苦咯江少爷。”

她洗完手坐到餐桌前，江衍已经准备好了碗筷，满脸期待地等她尝第一口。

林烟看着一桌的家常菜，每一道看起来都格外有食欲，看见那道土豆丝，她不由得笑出声。

这少爷的土豆丝切得都跟土豆条差不多了。

她稍显忐忑地夹了块放嘴里，果然没熟。

林烟把土豆吐到纸巾上丢掉，江衍不知所措地看着她：“不好吃吗？”

她笑着说道：“熟了的话应该还是挺好吃的。”

江衍：“……”

林烟又尝了尝番茄炒蛋和豌豆虾仁，点头认可道：“挺好吃的。”

只要不需要江衍切的菜，他都做得挺像那么回事的。

江衍见还有能吃的菜，总算松了口气。

用完餐，江衍很是积极地收拾碗筷，挂上围裙准备洗碗。

林烟倚靠在厨房的门边，就这么盯着他收拾。

她的目光逐渐从江衍的洗碗的手上转移到他的后背，又飘到系着咖啡色围裙的腰上。

原本宽松的衬衫在腰部被收紧，呈现倒三角的身材看得人移不开眼。

林烟走过去，一手将他身后的围裙系带扯散。

江衍扭头疑惑地看向她，林烟整个人往前压过去，将他抵在洗碗池的边缘，江衍愣愣地看着她，可是因为手上有泡沫，他又不敢触碰林烟。

女人媚眼如丝地盯着他，越靠越近，几乎要贴上他的唇：“江少爷，你穿围裙做家务的样子好性感啊。”

突然被夸奖的江衍整个人都有些不知所措，因为林烟在他面前，所以他不得不把手臂展开，担心洗碗手套上的泡沫和水落在女人身上。

没想到林烟直接赖在他怀里，柔软的唇吻上他的唇角，两只手散落的位置，也逐渐变得放肆起来。

“林，林烟……”

江衍靠在水池边无法后退，戴着洗碗手套的两只手不敢去触碰林烟，就只能撑在吧台边缘。身前的女人仿佛就是抓住了他不敢碰她的这一点，肆无忌惮地对他上下其手。

面对这样的戏弄，江衍又气又无可奈何，他轻咬住女人的唇，林烟灵敏地往后躲，几次没得逞的江衍，被惹得有些急眼。

“林烟，别闹……”

怀里的人嫣然一笑：“怎么了？”

江衍扫了一眼那半池子碗筷，他把两只手背到身后，迅速将手套扯下来丢到一边，随后把林烟压在后面的冰箱上，声音一改日常的温和，变得痞气十足：“烟烟，我是不是只顾着收拾碗筷，忘了收拾你。”

林烟勾着他身前的围裙：“别浪费时间。”

深夜。

两人相互依偎着躺在床上，林烟看着盯着她有些出神的男人，碰了碰江衍，问：“想什么呢？”

江衍回过神，低着眼帘笑道：“我在算我还有多少天能持证上岗。”

和林烟在一起的每一天，他都希望自己能尽快到法定结婚年龄。

林烟失笑：“还是第一次见结婚这么积极的男人。”

江衍幽幽地说道：“结婚不积极，要是以后林教授喜欢上别的小男生了，我怎么办？”

“外面诱惑那么多，烟烟，我危机感很强的。”

林烟撑着脑袋缓缓开口：“好不真实啊。”

“嗯？”江衍凑近盯着她。

林烟嘴角上扬，感叹道：“去年这个时候，你对我的态度还挺嚣张的。”

她可忘不了那个时候江衍见到她就吐的场面，只要见面就挂着一张黑脸。而现在，他竟然成了她的男朋友。

江衍抱住她狠狠亲了两口：“现在真实了吗？以前是我年少，不知姐姐好，惹你伤心了。”

林烟回想着，忽然笑出声，调侃道：“当时但凡脸皮薄点，我都追不到你。”

江衍摸了摸她的后脑勺：“辛苦了，谢谢你。谢谢你做我的女朋友。”

林烟幸福地闭上眼睛，过了一会儿问：“那女人还会联系你吗？”

听到这话江衍反应了几秒，才意识到林烟说的是陈雨馨。

“不会。永远不会。”

林烟知道他已经将事情处理得很好，才敢把话说得这么绝对。

“江衍，我曾经真的害怕你会喜欢上那样的女人。”

如果输给陈雨馨，她这辈子都不会甘心的。

江衍拍着她的背：“别怕，我眼光没那么差。”

林烟想起他之前说的事情，问道：“那你后悔小时候见义勇为了吗？”

江衍摇了摇头：“不后悔。一切都是最好的安排。”

事实证明，善良的人总会等到救赎。

世界时装周在沪城拉开帷幕。

祁砚已经提前处理好工作，陪着舒漾一同去沪城。

此次时装周声势浩大，是近十年来规模最大的一次，电视台争相报道。

两人刚到官方指定的酒店，就被早早等候的记者们围得水泄不通。

多名保镖将人挡住，祁砚紧紧地把舒漾护在怀里。

到了酒店房间，祁砚将室内的温度调整好，脱下西装外套往沙发那边走去。

舒漾正看着电视上的宣传新闻，媒体明里暗里都将她捧得很高，觉得她出场排场大，却都还不知道这是因为她怀孕。

这件事情她目前从未向外界透露过，她并不想拿自己的孩子来博眼球，主办方也十分尊重她的意愿，没有借题发挥。

祁砚在旁边坐下，把人小心地抱坐在腿上：“身体有没有哪里不舒服？”

舒漾勾着男人的脖子摇了摇头：“有点小兴奋呢，要是晚上睡不着怎么办？”

祁砚摸了摸她的肚子：“晚点陪你散散步。”

每次两个人牵手散步的时候，舒漾忍不住荡起小手，她觉得她就是世界上最幸福的女人。

散完步舒漾的精神力也消耗得差不多了，躺下没多久就睡着了。

次日。

秀场从红毯入场就开始实时直播，在线观看人数不断攀升。

作为舒漾好友的许心寐和秦雅致也到了秀场，许心寐以青年女演员的身份出席红毯。拍完照离场，由于身上的礼服裙摆太大，许心寐看不到脚下的台阶，她提着裙子在角落离场处，却不见自己的经纪人。

一只男士手臂伸到她的眼底，许心寐看过去，陆景深开口说道：“我扶你下去吧。”

许心寐微微皱眉，眼看着另外一位女明星要拍完照从这边下台，她只好搭上陆景深的胳膊，慢慢走下台阶。

陆景深默默跟在她身边，负责帮她提裙子，整理裙摆。

进入秀场，许心寐看见两人的座位连在一起，按道理来说，陆景深怎么也不会被安排在明星区域。

陆景深知道她在疑惑什么，解释道：“在外界看来我们还是夫妻。”

许心寐没说什么，落了座。

陆景深坐在旁边，面对许心寐的默不作声，他不再非要逼出一个两极的结果，而是试着去慢慢理解。男人年近三十，才真正开始沉淀，蜕变。

令媒体震惊的是，傅衍之出席了这场秀的开幕红毯，并且携女友秦雅致一同走上红毯。

傅衍之温文尔雅，身边挽着的人却是一头火红的长卷发，但两人看上去却并不违和。秦雅致亮相时已然换上了模特公司副总的头衔，面对众多媒体也是丝毫不怯场。

她穿了一袭深蓝色拖尾裙，站在红毯中央开心地拗造型。

傅衍之从旁边助理手中接过相机，走到一众记者身旁里面：“抱歉，可以给我让一个机位吗？几分钟就好。”

记者先是一愣，然后连忙往旁边让了让。

傅衍之拿起手中的相机，给红毯中央的人拍照。他透过相机看向秦雅致的目光充满光亮。

拍完之后，傅衍之礼貌地颔首：“谢谢。”

下台后，秦雅致迫不及待地说道：“拍得怎么样？我看看。四舍五入我也算是走上世界时装周了！”

傅衍之脸上带着笑意，把相机里的照片翻给她看。

虽说在家里已经学了不少时间，可他还是担心拍不好，毕竟这小祖宗真的会因为丑照跟他生气好几天。

秦雅致一张一张地检验，点头拍了拍他的肩膀："干得不错嘛小傅！"

男人笑了笑："我们小雅公主天生丽质。"

秦雅致脸色微红，难得害羞起来："低调，低调。"

台下已经陆陆续续坐满了。

江衍和林烟也赶到了现场，身边还坐着调养身体回来的母亲舒梅。

林烟四处看了看，最后略带失落地收回目光。

江衍似乎猜到她在找什么，靠近她耳边说道："你朋友江郁在二楼包厢，她带着孩子，不方便坐这边。"

林烟这才露出笑意："来了就好，证明没被裴青月影响。"

江衍点了点头："有道理。"

二楼包厢内，江郁的精神面貌明显比半个月前好了许多。

自从搬回了沪城，衣食住行都有人照顾，孩子也能偶尔交给阿姨照看，她整个人都轻松了。不用躲躲藏藏后，她忍不住感叹：还是有钱的日子过得舒坦。

只不过从此之后，家里多了位男保姆。

裴青月一门心思跟在她身边，学着奶孩子、带孩子。

眼看着宝宝和他逐渐亲近起来，江郁心烦意乱，却毫无办法。

"飞咯。"裴青月一手抱着孩子不停举高逗他玩儿，江夜却一点都不害怕，被惹得咯咯笑。

江郁看着小孩被高大的男人举到两米多的高度，心怦怦直跳。

她快步走过去："你把孩子给我。"谁教他这么带孩子的？

裴青月看见她过来，不仅没把孩子给她，反倒是一手把孩子抱在怀里，腾出的一只手将她也单手来了起来。

"飞咯。"

毫无防备的江郁吓了一大跳，她一把薅住裴青月的头发，发现自己没事后，恼羞成怒地大喊："神经病！你把我和孩子放下来！"

江夜宝宝看见妈妈也在玩，笑得更欢了，可劲儿地拍手。

"麻麻……麻麻鼓掌！"

江郁的好大儿已经一去不复返了。她瞪着裴青月，用眼神警告着他。

裴青月只好把人放下来，把孩子抱低了些。

江郁有些不满地说道："你打算什么离开国内？"

"不急。"裴青月把小孩抱到肩膀上趴着，带孩子的动作越发娴熟。

江郁："不急是什么时候？你费尽心思稳固的产业，说不要就不要了吗？别怪我丑话说在前面，孩子不可能跟你出国。"

她不清楚裴青月的情况，总担心裴青月有一天会再惹出什么事端。

"那边的事情我会处理好。你和孩子可以一直待在国内。"

无非就是他需要经常国内外两头跑，谁让他自作孽，让江郁无法心甘情愿地带着孩子跟他走。

江郁没再说什么，伸手要把孩子从裴青月手里抱回来。

裴青月坐到她身边："我现在不在乎那些，我只想和你在一起。"

把小孩抱在腿上玩的江郁眸光闪了闪，她看向秀场的方向。

"快开始了。"

台下始终有个中心位置空着，座位的主人还在模特候场的后台。

舒漾已经换上了首个品牌的成衣，这是一套将街头休闲风结合得很好的咖啡色西服，裤腿宽松拖地。

她朝着站在不远处的男人比了个"OK"的手势，表示她不紧张。

祁砚看着她微微点头，给她鼓励。

他倒是有点紧张了。

祁砚回到观秀席，和周围许多人一样拿出手机记录接下来的时装秀。

只不过，他的镜头和眼里只有那抹心爱的身影。

随着动感的音乐响起，来自世界各地的超模陆续出场，其中有且仅有一位华人面孔。

舒漾高挑的身材比例，略显厌世的微表情，和衣服的风格完美匹配。

看着舒漾在T台上意气风发的样子，男人的唇角忍不住上扬。

舒漾脚的每一步都很稳，她看着台下许多熟悉的面孔，底气十足。

在时间的见证下，大家都成为更好的自己。

本次时装周的主题，展现在舒漾身后的大屏幕上——顶峰相见。

这一刻，一切正中青春的眉心。

台下。

江衍放在腿边的手紧张地收紧了些，他将目光从 T 台移到身边的她的脸上。

林烟穿着一身白色的女士西装，头发被梳成利落的高盘发，整个人从眼神到气质都流露出知性美。

她侧过脸看向江衍，正疑惑地想要开口，却见身边的男人从座位上起身，拿出一直藏在西服中的礼盒单膝跪在她面前。

江衍真诚地看着林烟，缓缓说道：“我亲爱的女朋友，过了今天我就二十二岁了，你今早问我想要什么生日礼物，我现在回答你。林烟，我只想要你。你愿意嫁给我吗？”

此时，T 台上的秀已经落幕，直播的镜头切到这对情侣，线上线下的观众都见证着少年的求婚。

林烟不可思议地捂着唇，她看着江衍手中那枚钻戒，听着周围的欢呼声，觉得仿佛置身于梦境。

她热泪盈眶地点头：“我愿意。”

江衍把戒指缓缓戴入她的手指间，激动地吻上林烟的手背，将人高高抱起。

“我爱你。”

舒梅在旁边跟着拍手，脸上露出了久违的笑容。

舒漾在侧方的后台欣慰地看着这一幕，弟弟的转变和日渐成熟，她都见证着。

为了定制那枚钻戒，江衍几乎把所有的积蓄都投了进去，只为了给林烟最好的一切。

舒漾看着亲朋挚友们成双结对，眼眶不禁有些湿润，发自内心感到高兴。

不久，为时一周的世界时装周在沪城完美收官。

舒漾完美展现出了国内模特的风采，先前质疑的声音都变成了称赞。

主办方 CEO 兼本次时装周的时尚总监，在采访中专门赞叹了舒漾的职业精神和时尚表现力。

对方一口英文，面对媒体说道：“现在终于可以祝福舒漾女士当母亲了，感谢她对本次活动的奉献，她是一位很棒的女性，未来肯定也会是一位很棒的母亲！”

言论被报道后，网络上一片哗然。

所有人都没想到，舒漾是怀着四个月的身孕走完这一周秀的。

“真的完全看不出来，状态也太好了吧！”

“难怪祁砚总是护着舒漾的腰，原来是怀孕了啊！他居然不反对舒漾孕期走秀哎！”

“好佩服舒漾，这得需要多大勇气啊！”

“她没有利用孩子炒作，真的是一位很酷的妈妈！”

……

舒漾忙完工作后，特意去和江郁见了一面，两个人在江郁家里聊了许多有关怀孕和小孩的事情。

一提到孩子，江郁打开的话匣子就合不上：“我当时生江夜可费劲了……”

裴青月从外面回来，正好听到江郁谈起生孩子的心路历程，心跟着揪了起来。

见他出现，江郁没再说下去。

舒漾看了眼时间说道：“我差不多该出发去机场了，郁总，你好好照顾自己身体，我们下次有空再见。”

两人拥抱了一下，舒漾便准备离开了，临走之前还不忘给裴青月一个“好自为之”的眼神。

舒漾走了之后，江郁转身要回房间看孩子，把刚回来的男保姆晾在旁边。

裴青月从背后紧紧抱住她：“江郁，对不起。以前是我太幼稚了，我不会再让你伤心了，对不起。”

江郁微微低着脸，静静地看着裴青月环在她腰上的手。

她很早就知道，人生不是什么都有答案，有些事发生了就是发生了，可是裴青月那么在乎，总是抓着不放，也成了她的心魔。

她这段时间无数次听过男人口中的对不起，可每当抱歉的话从裴青月的口中传入她的耳朵里，心还是会忍不住触动。

江郁咬了咬唇，想拿开男人的手，便看见面前门缝里探出一个可可爱爱的小脑袋。

江夜两只肉乎乎的小手扒着门框，圆圆的眼睛看着抱在一起的两个大人。

“粑粑……”

五个月后。

婴儿的哭啼声划破手术室紧张的氛围。

祁砚抱住因生产疼痛而哭成泪人的舒漾，心疼得不知该如何是好：“宝贝，辛苦了。辛苦了……”

舒漾微笑着摇了摇头，心中的幸福感远远大于生育的疼痛。

她想，这一切都值得。

脱离危险后，宝宝被抱到舒漾身边，当医生说是个男孩时，祁砚和舒漾两个人都有些意外。因为他们都没有想男宝宝的名字。

在之后的一个月里，他们试图叫宝宝祁愿，小宝宝哭得一次比一次大声。

舒漾一边哄着小宝宝，一边眼神求助身边干着急的男人：“怎么办，宝贝好像不太喜欢这个名字。”

最后夫妻两人实在没有办法，急忙翻出字典，用尽毕生所学凑出了三个字。

祁修野。

看着临时想出来的名字，舒漾扑哧一笑：“就是可惜了祁愿这个名字，要不有机会再生一个吧。”

听到舒漾有生二胎的想法，祁砚立马捧着她的脸摇头拒绝：“一个够了。”

他真的不希望舒漾再受一次生孩子的苦。

而在之后的日子里，因为舒漾实在太喜欢祁愿这个名字了，经常深更半夜的时候在男人的耳边细语。

“老公，真的不再生一个嘛？”

祁砚义正词严地回绝。从那之后，仅五个月大的祁修野宝宝，从小就被爸爸打上了“没品位”的标签。

在祁砚看来，都怪孩子不喜欢原先的名字，害得他老婆总想着要再生一个。

就在舒漾钻进了“祁愿”这个名字的牛角尖时，许心寀怀孕了。

许心寀早年拍戏受寒导致体质薄弱，起初担心孕期出意外，直到宝宝四个月大了才告知大家。

时光如梭。

又一个孩子降临。

陆景深看着病房内乌泱泱的一群人，不停地说道："你们都安静点，医生说我老婆刚生完孩子，要静养。"

然而并没有人理会陆景深，大家都在和许心寐聊天。许心寐生下了一个女孩儿，名叫许愿。

裴青月搭上陆景深的肩膀，寻找同病相怜的认同感："你老婆生出来的孩子也不跟你姓哈哈哈哈。"

陆景深："……"

听到孩子的名字后，舒漾浅浅勾唇，内心的小遗憾在这一瞬被填补。

他们都得偿所愿。

忽然，舒漾感觉到身边炽热的目光。她缓缓抬眼，掉进祁砚温柔深沉的眼眸。

两人相视一笑。

他们的爱，热烈地绽放着。

病房墙壁上挂着的电视机，播放着祁砚近期电视台的采访。

画面中，男人面容清隽眸色含情，下方的字幕滚动着：

"你说爱啊，爱抵万难。"

"因为——"

"玫瑰无原则，心动至上！"

正文完

Extra 一瞬永恒

儿童房内，舒漾正在帮三岁的儿子祁修野穿衣服，她交代道：“宝宝，今天去上幼儿园，可不要哭鼻子哦。”

奶萌的小野从衣领口钻出脑袋，瞪着圆圆的眼睛天真地看着她。

“妈咪，不可以不去上学吗？”

舒漾温柔地说道：“学校有好多小朋友哦，到时候小野就有朋友们一起玩儿了。”

小野眨了眨眼睛：“那妈咪，你可以再生个妹妹陪我玩吗？”

舒漾失笑，把他抱起来：“你爸爸不同意。”

自从有了宝宝后，这三年来她和祁砚的独处时间绝大部分被孩子占据，男人已经很不满了。现在好不容易熬到儿子要去上学了，若是再怀个二胎，简直要命。

小野搂住她的脖子，愁眉苦脸道：“管家阿姨说我是爸爸妈妈爱的结晶，那爸爸是不是不爱妈妈了呀？”

门口传来脚步声，一道高大的身影走进来：“小家伙，又在说我什么坏话？”

看见男人进来，小宝宝往妈妈怀里扑，小声喊道：“爸爸……”

“嗯。”祁砚应声，一只手就把小宝宝从女人怀里拎起，抱到自己怀里，伸手揉了揉舒漾发酸的手臂，“多大了还要你妈妈抱。”

小野老老实实地待在男人怀里，每次爸爸出现，他就无法多在妈妈的怀里多待一秒。他确信爸爸很爱妈妈，可是为什么他一直没有弟弟妹妹呢？

祁砚看着他奇奇怪怪的小表情，解释道：“妈妈照顾你已经很辛苦了，她也是我们的宝贝，也需要被人照顾对不对？”

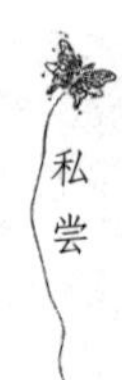

小野点点头，祁砚捏了捏他的圆圆的脸颊，继续说道："况且，以后学校会有很多小朋友陪你玩，还是说你希望再多个弟弟妹妹，来分走妈妈陪伴你的时间？"

小野立马摇头："我才不要！"

祁砚很是满意地勾唇，牵起舒漾的手："走吧。"

两人把孩子送去学校，刚回到家，舒漾就被男人缠住，祁砚从后抱住她，吻上她粉红的耳垂。

"老婆，我们有多久没过二人世界了？烦人的小鬼总算是去上学了。"

舒漾嗔怪道："哪有你这么说自己儿子的。"

家里少了个小宝贝，她心里不由得担心："也不知道小野去学校适不适应……"

话音未落，舒漾的唇已经被男人堵上。

祁砚语气充满幽怨："宝贝，你现在该好好关心关心你老公了。"

五月二十一日。

世界时装周在柏林举办，偌大的 T 台下座无虚席。

随着音乐响起，模特陆续登场。

舒漾身着品牌超季抹胸短裙，笔直白皙的长腿踩着高跟鞋，沉稳大方地在无数镜头前自信展示。

台下一大一小的两道身影，是她所向披靡的底气。

坐在祁砚身边的祁修野两眼放光地盯着聚光灯下的女人，轻拍着肉肉的手，小声又兴奋地和男人说道："爸爸快看，那是妈妈！妈妈在发光哎！"

"嗯。"祁砚欣慰地笑着问，"妈妈是不是很棒？"

小野不停点头，目不转睛地看着 T 台上的那抹英姿飒爽的身影，充满向往。

秀场演绎结束，现场响起热烈的掌声。

小野新奇地看着面前的一切，这些人都是专程来看他妈妈走秀的。

他抬头看着祁砚说道："爸爸，我以后也要变得和妈妈一样厉害！"

男人揉了揉他的脑袋："好。"

祁砚抱着孩子去到后台侧方等待老婆出现。

媒体纷纷举着话筒跟上来。

“打扰一下，祁总方便接受采访吗？”

“请问祁总这次为什么会带儿子一同出席秀场呢？”

全国皆知，祁砚从未缺席过舒漾的每场走秀，但是带儿子前来观秀，这还是第一次。

祁砚抱着小孩微俯身靠近话筒，目光坚定地说道：“今天是我太太的生日，我和宝宝来为她庆生。另外，我们的宝宝年龄还小，缺乏认知，作为父亲，我必须让他知道，他妈妈是位非常成功、优秀的女性。”

场面一片哗然。

出现在后台的舒漾热泪盈眶。

得此深爱，今生无悔。

祁砚察觉到不远处的视线，抱着孩子穿过人群走过去，一手将女人抱起，亲吻她的唇。

“宝贝，生日快乐！”

现场惊呼四起，相机的快门声不断。

闪光灯下的男人，两只有力的手臂分别抱着孩子和妻子，他真挚温柔地亲吻着怀中的妻儿，意气风发。

画面一瞬永恒。

全文完

图书在版编目（CIP）数据

私尝：全 2 册 / 妘子衿著 . -- 南京：江苏凤凰文艺出版社，2025. 4. -- ISBN 978-7-5594-9200-5

Ⅰ . I247.5

中国国家版本馆 CIP 数据核字第 2024QU4681 号

私尝：全 2 册

妘子衿 著

责任编辑　项雷达
特约编辑　胡湘宁　刘心怡
装帧设计　白砚川
封面插画　果　露
责任印制　杨　丹
出版发行　江苏凤凰文艺出版社
　　　　　南京市中央路 165 号，邮编：210009
网　　址　http://www.jswenyi.com
印　　刷　天津鑫旭阳印刷有限公司
开　　本　880 毫米 × 1230 毫米　1/32
印　　张　19.75
字　　数　627 千字
版　　次　2025 年 4 月第 1 版
印　　次　2025 年 4 月第 1 次印刷
书　　号　ISBN 978-7-5594-9200-5
定　　价　69.80 元（全 2 册）